History 16

中國文學史

李小龍、張仲裁、楊飛 主編

前言

關於中國文學史方面的書，這些年出版了很多，這在一定程度上反映出讀者和出版人對此的興趣。我的書架上就有十幾個版本，其中不乏優秀之作，可我還想再有一本好看好讀好用的文學史，於是便有了本書的出版。

最初的靈感來自於博物館。每當走進世界級的博物館，都會被其宏大的殿堂、豐富的館藏和獨具匠心的陳列設計深深震撼。有一次突然冒出用構建博物館的理念來編寫一部中國文學史的想法。這樣的想法在腦海縈繞不去，便積極地搜集圖片資料，幾年下來，竟有千幅之多。其中有經久流傳的文學名著的書影，有記錄作家音容笑貌的畫像與舊照，有歷代文學家留下的珍貴手稿墨蹟，有大師們描繪詩文意境的藝術作品，還有承載著歷史滄桑的文物照片等等。這些圖片常常讓我如流連於一條彩色的歷史長廊，同大家一起來分享這些的願望也越來越迫切。

當然，僅有豐富的圖片是不夠的，沒有好的編寫思路和好的文字也是不行的。以前很多文學史學術性太強，是寫給少數人看的。我們在編寫過程中力圖避免這些，且從體例設計上有所創新，在正文以外加入精采篇章、名言警句、延伸閱讀、推薦讀本、名家導讀等輔助內容，目的是讓讀者閱讀輕鬆，當然也很實用。

如此，宏大的殿堂和豐富的館藏都已俱備，做好陳列設計工作又是一個難題，只好求助於設計師。他們的設計使形式與內容珠聯璧合了。簡潔大氣的版式很好地將傳統文化內涵和現代審美融合在一起，圖文的合理搭配，不僅讓人直觀地了解時代背景和各時期文學的特徵，而且還使讀者深入感受文學和社會文化、藝術的內在聯繫；構圖、布局等處處都體現著設計的力量，將中國文學歷史立體地、具象地展示出來，讓讀者彷彿置身於一座文學的博物館。在此之前，中國文學史還從未被如此展示過。

目錄

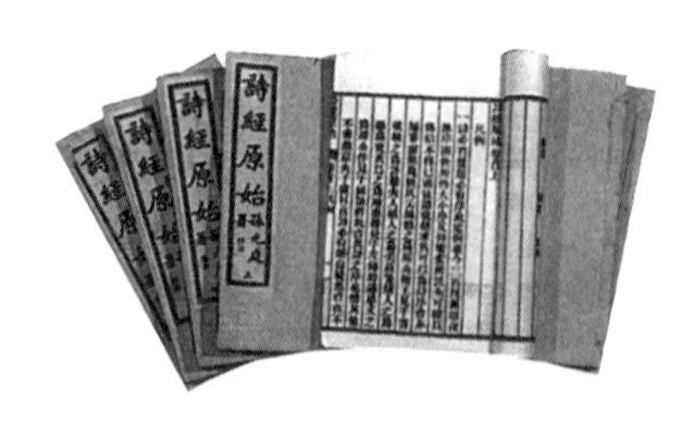

第三篇　亂離時代的文學自覺：魏晉南北朝文學

目錄

第四篇　全盛時代的磅礡氣象：唐代文學

目錄

目錄

中國文學史

第七篇　風雨滄桑三十年：現代文學

第八篇　喧嘩與騷動：當代文學

第一篇

先秦文學

青銅時代的東方智慧

孕育著，萌動著，積累著……當華夏民族的祖先一步步走出了蒙昧的洪荒時代，學會用他們的稚嫩而勇敢的聲音喊出自己內心困惑和悲傷的時候，當他們學會了用文字這一令鬼神喪膽的神秘武器解開自己的文化密碼的時候，繆斯女神在古老的黃土地上撒下的文學種子，也隨之在文明的春風中破土而出，茁壯成長。從《詩經》到《左傳》，從《莊子》到《離騷》，先秦文學在詩歌、散文、小說等各個題材上啓迪了中國文學，奠定了中國文學敘事、抒情、寫景、狀物的偉大傳統。

響徹千年的木鐸金聲

詩的起源與《詩經》

詩歌是上蒼饋贈給華夏民族的最好的禮物。從刀耕火種的洪荒時代起，身穿獸皮樹葉的華夏祖先，就已經學會了用簡單而整齊的語句在艱辛的勞動中呼喊，在恐怖的災異前祈禱，在黑夜的篝火旁吟唱。詩歌伴隨著人們走過最貧瘠的年代，慰藉人們灰暗而無助的靈魂。

遠古時期的聲響

洪荒歌謠與神話傳說

似火的驕陽照在大地上，一群原始的人類正扛著粗壯的大木頭前行。他們的汗水像雨水般滾落，他們被曬成古銅色的皮膚閃閃發光。這些木頭如此沉重，以至於他們不得不走走停停。太累了，不知道是誰第一個喊出一聲「邪許」來鬆弛自己緊張的神經，旁邊的人也和了一聲。哪知道，這種簡單的呼喊竟然奇妙地使疲倦的身心得到緩解，人們紛紛加入這「邪許」的唱和中來。漸漸地，人們調節自己的步伐與大夥的腳步協調，適時地發出呼喊使之與眾人的呼喊相配合。高低起伏的聲音，輕重相間的腳步，整齊劃一的動作，使得艱苦的勞動變得輕鬆了許多。人們逐漸學會了這樣的方式，並把它運用在各種勞動場合，慢慢形成了一種簡單的模式。

這種簡單的模式就是節奏。

舞蹈紋陶盆　新石器時代

文學藝術起源於勞動生活，《淮南子．道應訓》說：「今夫舉大木者，前呼‘邪許’，後亦應之，此舉重勸力之歌也。」原始歌舞對文學的產生起了重要的作用。此盆出土於中國西部的宗日文化遺址，內壁飾有兩組手拉手舞蹈紋圖案，再現了原始社會人們在勞動之餘的生活狀態。

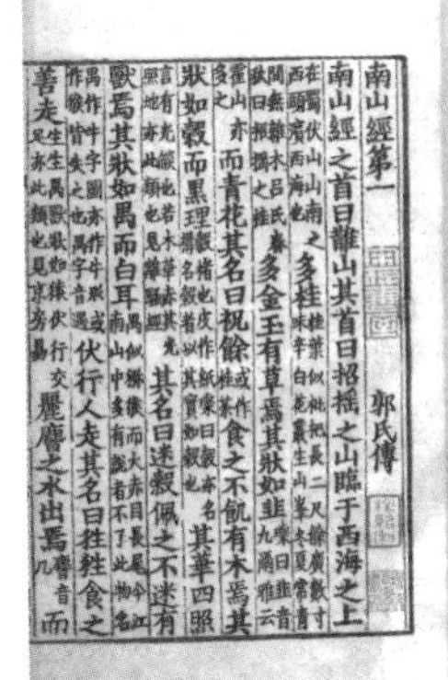

南山經第一　郭氏傳

南山經之首曰䧿山其首曰招搖之山臨于西海之上多桂多金玉有草焉其狀如韭而青花其名曰祝餘食之不飢有木焉其狀如穀而黑理其華四照其名曰迷穀佩之不迷有獸焉其狀如禺而白耳伏行人走其名曰狌狌食之善走麗𪊨之水出焉而

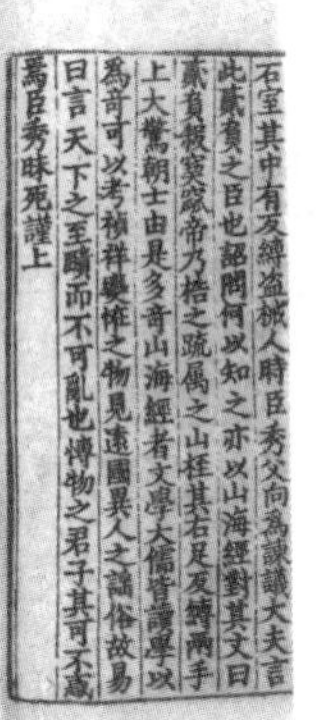

石室其中有反縛盜械人時臣秀父向為諫議大夫言此貳負之臣也詔問何以知之亦以山海經對其文曰貳負殺窫窳帝乃梏之疏屬之山桎其右足反縛兩手上大驚朝士由是多奇山海經者文學大儒皆讀學以為奇可以考禎祥變怪之物見遠國異人之謠俗故易曰言天下之至賾而不可亂也博物之君子其可不惑焉臣秀昧死謹上

《山海經》書影

成書於周代的《山海經》是中國古代神話寶庫中的經典，記載的著名神話有「精衛填海」、「刑天爭帝」、「夸父追日」、「西王母」、「天有十日」、「月有十二」等，對後世文學產生了深遠影響。

節奏向形體的方向邁一步就是舞蹈，向聲音的方向邁一步就是音樂，向文字的方向邁一步，就是詩歌。雖然這種有節奏的呼聲只是一種聲音，沒有任何有實質意義的歌詞，但那種自然而健康的韻律，實際上就是詩歌的起源，也是一切文學創作的開始。

在遠古部落首領葛天氏的時代，人們手持牛尾巴，腳踏著節拍，載歌載舞，爲勞動和收穫歌唱，爲天地鬼神歌唱。這是原始社會人類的一種簡單而純粹的娛樂方式。在這種最樸素的集體文藝活動中，孕育著人類語言、感官和形體藝術的最初形態。

當人們掌握了更多的語言技巧，尤其是掌握文字這一強大工具後，人們開始學會把那些無意義的「邪許」聲變爲有意義的語句，從而給自己內心更大的動力。「斷竹，續竹，飛土，逐肉。」《吳越春秋》中記載的這首《彈歌》，回憶了我們的祖先完整的狩獵過程，

后羿射日圖　戰國

后羿射日是中國古代著名的神話傳説之一。《淮南子・本經訓》記載：逮至堯之時，十日並出，焦禾稼，殺草木，而民無所食。猰貐鑿齒、九嬰、大風、封豨、修蛇皆爲民害。堯乃使羿誅鑿齒於疇華之野，殺九嬰於凶水之上，繳大風於青丘之澤，上射十日而下殺猰貐，斷修蛇於洞庭，禽封豨於桑林。萬民皆喜，置堯以爲天子。這幅圖來自於湖北省隨州市曾侯乙墓出土的漆製衣箱。圖中每棵樹上都有金烏和九個太陽，后羿正舉箭待射。

記錄了漁獵時代的社會生活。雖然很短，很簡單，但已具備了一首詩歌的雛形。

語言居然可以有這樣奇妙的作用。於是，原始的人們對語言的力量不禁產生了崇拜，他們企圖通過它控制那些給他們帶來傷害的自然現象，甚至企圖通過語言去影響神靈，以實現自己的某種願望。因此，他們常常把詩歌當作「咒語」使用：

土返其宅，水歸其壑，昆蟲毋作，草木歸其澤。（《禮記・郊特牲》）

伏羲女媧圖　唐

伏義氏女媧是中國古代神話中人類的始祖，傳說人類是由這對兄妹結合產生的，這件出土於新疆吐魯番的墓幡由絹製成，懸掛在墓室的頂部。圖中伏義女媧人首蛇身，以手相抱，伏義執矩，女媧擎規，以示天地方圓。畫面滿布的圓點代表天宇星辰，上部繪著內有三足烏的太陽，下部繪著內有玉兔、桂樹、蟾蜍的月亮，表現了人類始祖遨游於日月蒼穹間的情景。

從語氣上看，雖然這是祈禱，但卻充滿了命令的語氣。因此，這首詩歌雖然看起來是「祝詞」，但其本質上卻具有「咒語」的作用。以語言爲武器，人們指揮著自然服從自己的願望，在幻想中實現自己的目的。當然，在無所不在的強大自然力量的支配下，原始的人類還是無法將他們生存的這個世界打量清楚。面對自然，他們會驚恐、讚歎，在鬥爭失敗時，又不免懊惱、懷疑，甚至時常感到自己的渺小和軟弱無力。天地是怎麼形

成的？人爲什麼來到這個世界上？爲什麼人會死？爲什麼天上會打雷、下雨？這些問題像座大山一樣橫亙在人們心中，當人們無法解釋這一切的時候，一種神秘主義便佔據了他們的心靈。在他們看來，在冥冥之中，必然有一種不爲人所知的神秘力量，在高遠的空中控制著人類，支配著人類的命運。於是，在他們心中，一切無法解釋的自然力量都被神化，隨後他們又在生產勞動中按照自己的理解，去創造許多神的故事，這就是神話的起源。

神話是一個民族想像力的起源，也是推動人類社會走向文明的動力。現存的各種片段神話資料中，較有意義的是仍接近於原始狀態、主要解釋萬物起源和人與自然之關係的部分。其中以女媧救世的神話最爲著名。《淮南子．覽冥訓》記載：

> 往古之時，四極廢，九州裂，天不兼覆，地不周載，火爁炎而不滅，水浩洋而不息，猛獸食顓民，鷙鳥攫老弱。於是女媧煉五色石以補蒼天，斷鼇足以立四極，殺黑龍以濟冀州，積蘆灰以止淫水。

這是華夏民族的祖先對於天地萬物的形成作出的解釋。在他們的腦海中，最初的天地一度遭受大破壞，洪水和大火毀滅了一切物。後來是人面蛇身的女媧想盡辦法，才重新創造了天地，撲滅炎火，止住了洪水，樹立了四極然後才慢慢地創造出生物和人來。

在那個生產力落後的年代人們展開想像的翅膀，翱翔在精的宇宙空間裡，爲自己不能解釋生存狀態和自然現象尋找合理的能。他們飽受洪水之苦，於是便了治水的鯀禹；他們爲烈日和乾所折磨，於是便有了射日的后羿他們嚮往太空的無限空間，於是有了嫦娥奔月；他們經歷了種族的慘烈戰爭，於是便有了黃帝和尤之間的大戰。作爲初民幻想的晶，古代神話在千萬年後，依然發著華夏民族的想像力，成爲後作家創作的取之不盡的寶庫。

抒情言志的偉大起點

《詩經》

古老的黃河以其深厚的內涵和奔騰的氣質孕育著華夏文明。剛剛走出茹毛飲血的年代，我們的祖先就在艱苦的條件下，在黃河流域建立起一個以青銅爲象徵，以宗法制度爲核心的社會。爲了維持內部秩序的穩定與和諧，這個社會需要抑制其社會成員的個性自由和與之相聯繫的浪漫幻想。正是在這個時代，中國的第一部詩歌總集，中國文學的偉大起點──《詩經》出現在歷史的地平線上。

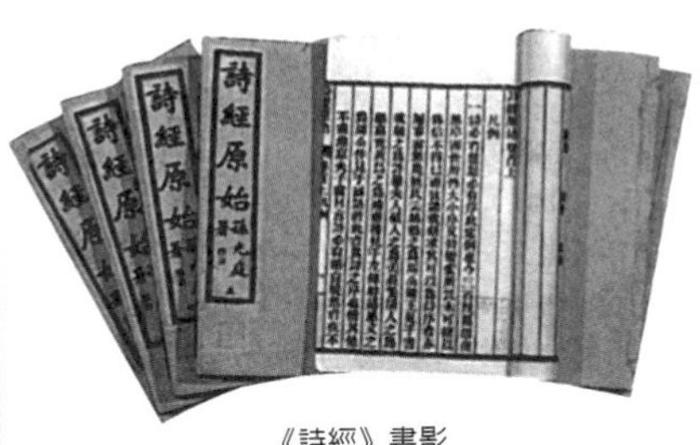

《詩經》書影

《詩經》共收入自西周初期(西元前十一世紀)至春秋中葉(西元前六世紀)約五百餘年間的詩歌三百零五篇。在這個按音樂關係劃分爲《風》、《雅》、《頌》的詩歌世界裡，展現了一個久遠的年代

名言警句

死生契闊，與子成說。執子之手，與子偕老。──《詩經・擊鼓》

溥天之下，莫非王土。率土之濱，莫非王臣。──《詩經・北山》

知我者，謂我心憂；不知我者，謂我何求。──《詩經・黍離》

彼采蕭兮，一日不見，如三秋兮。──《詩經・采葛》

青青子衿，悠悠我心，縱我不往，子寧不嗣音。──《詩經・子衿》

蒹葭蒼蒼，白露為霜。所謂伊人，在水一方。──《詩經・蒹葭》

它山之石，可以攻玉。 ──《詩經・鶴鳴》

戰戰兢兢，如臨深淵，如履薄冰。──《詩經・小旻》

呦呦鹿鳴，食野之苹。我有嘉賓，鼓瑟吹笙。──《詩經・鹿鳴》

昔我往矣，楊柳依依。今我來兮，雨雪霏霏。──《詩經・南山》

豳風圖之八月剝棗　清　吳求

豳風圖冊表現的是《詩經·國風》中產生時間最早的詩的內容，一些章節與周公有關。「豳」原是周人的祖先公劉的居住地，地望在今天陝西的旬邑縣、彬縣附近。由於周人對農業極爲重視，所以豳詩多與農桑稼穡有關。本圖依據《豳風·七月》的內容繪製而成，主要講述農曆八月，棗子已熟，農人打棗、拾棗、剝棗的情景。《豳風·七月》曰：「六月食鬱及薁，七月亨葵及菽。八月剝棗，十月穫稻。爲此春酒，以介眉壽。七月食瓜，八月斷壺。九月叔苴，采荼薪樗，食我農夫。」

裡，我們的祖先關於政治風波、春耕秋獲、男女情愛的悲歡哀樂。作爲周朝宗廟祭祀樂章的《頌》，眞實地描繪了周民族以農業立國的社會特徵和西周初期農業生產的情況：在廣闊的田野上，數萬名農夫

同時勞動，形成壯觀的勞動場面：「噫嘻成王，既昭假爾，率時農夫，播厥百穀。駿發爾私，終三十里。亦服爾耕，十千維耦。」（《周頌・噫嘻》）這是怎樣的一幅生動鮮活的社會生活畫卷啊。難能可貴的是，在那個久遠的年代裡，我們的祖先已經學會了用詩歌來反抗黑暗的世道，對抗不公的階級剝削。在很多政治批評詩中，人們表達著自己對艱危時事的極端憂慮，對他們自身所屬的統治集團，包括最高統治者強烈不滿。在周王朝統治區的音樂《雅》中，有大量的針砭時弊、怨世憂時的作品。《小雅・十月之交》通過自然災異而警告了當權者，《大雅・蕩》則把批判的矛頭直接指向了最高統治者周王，以商朝的覆滅給他響了警鐘。來自民間的《國風》直接地反映了下層民眾的思想、感情和願望，詩歌中對世道的怨恨更加強烈，對不公正現實的諷刺也更加尖銳，具有更強烈、徹底的批判精神。如《魏風・碩鼠》：

碩鼠碩鼠，無食我黍！三歲貫汝，莫我肯顧。逝將去汝，適彼樂土。樂土樂土，爰得我所。

在反覆的詠歎中，詩人把奴隸主直呼爲「貪而畏人」的大老鼠。詩篇唱出了奴隸們對剝削者的無比憎恨，同時也表露出對「樂土」的憧憬和嚮往。在《鄘風・相鼠》中，詩人痛罵統治階級的無恥淫亂；在《魏風・伐檀》中，詩人辛辣地諷刺剝削者的貪婪；在《唐風・鴇羽》中，詩人控訴統治階級的兵役、徭役給人民帶來的巨大傷害。總之，《國風》中的怨刺詩無不在有力的諷刺中蘊含深沉的悲憤，吐露人民不平的心聲。「饑者歌其食，勞者歌其事」，中華民族詩歌抒情誌的現實主義傳統，就從這裡牢牢地確立起來。

《詩經》以動人的筆調描繪出，在那個物質生活匱乏的年代，我們的祖先是怎樣的一邊從事著生產，一邊在清澈的河水邊，唱出心裡的甜蜜與憂傷。不管是展現愛情、婚姻的悲劇，還是表達懷念和思慕，抑或是描繪幽會的甜蜜，莫不生動活潑，感人肺腑。《詩經》的首篇《周南・關雎》就是一曲火熱的情歌：

關關雎鳩，在河之洲。窈窕淑女，君子好逑。

參差荇菜，左右流之。窈窕淑女，寤寐求之。

①

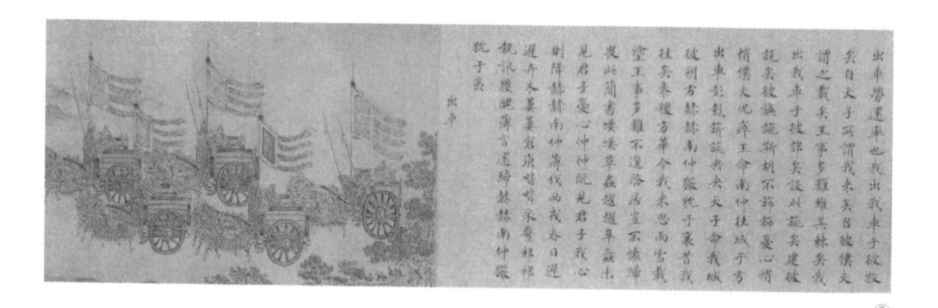

②

③

詩經圖　南宋　馬和之

《詩經》自誕生之日起，便成爲歷代藝術家著力表現的題材。在眾多的藝術作品中，以繪畫爲首，其中最爲著名的屬南宋馬和之所繪的《詩經圖冊》。圖畫①《詩經．陳風．月出》的文章大意，圖畫②《詩經．小雅．出車》中的文章大意，圖畫③《詩經．周頌．昊天有成命》的文章大意，人物造型準確生動，筆法古樸流暢，是畫家對兩千年前《詩經》這種文學作品的藝術再創作。

求之不得，寤寐思服。悠哉悠哉，輾轉反側。

參差荇菜，左右采之。窈窕淑女，琴瑟友之。

參差荇菜，左右芼之。窈窕淑女，鐘鼓樂之。

詩人以河洲上雌雄和鳴的雎鳩起興，寫一個男子對一個採荇菜的美麗姑娘的單戀。他白天想，晚上也想，終於和她在夢裡結合。儘管被後世的學者硬加上了「綱紀」與「王教」的帽子，但這熱烈而坦率的戀曲，卻在千百年後依然感動著無數爲愛獻身的男女。從《衛風・氓》裡棄婦的哀傷，到《王風・君子于役》裡思婦的憂愁；從《鄭風・風雨》的愛情的纏綿，到《鄘風・柏舟》誓言的堅貞，《詩經》爲我們眞實地展現了我們的祖先在那個年代的感情生活。當然，在一個崇尚「禮」的國度裡，人們追求愛情的歷程必然是一條艱難而崎嶇的路。因此，我們在《詩經》中看到的許多情詩，都詠唱著迷惘感傷、可求而不可得的愛情：

南有喬木，不可休思。漢有游女，不可求思。漢之廣矣，不可泳思。江之永矣，不可方思。（《周南・漢廣》）

蒹葭蒼蒼，白露爲霜。所謂伊人，在水一方。溯洄從之，道阻且長。溯游從之，宛在水中央。（《秦風・蒹葭》）

在後人看來，這也許是一種含蓄的微妙的藝術表現，但在當日，這恐怕是壓抑情感的自然流露。

《詩經》的抒情較常見的是憂傷的感情，不管是個人的失意和憂傷之情，還是軍中的厭戰思鄉之情，還是男女間的戀情，《詩經》都顯得節制婉轉。它不是噴湧而出，一泄無餘，而是以「樂而不淫，哀而不傷」爲抒情基調。這形成了《詩經》委婉曲折、細緻雋永的特點。而這一特點，也深刻地影響中國詩歌以含蓄爲美的審美精神。

《詩經》從多方面表現了那個時代豐富多彩的現實生活，反映了各階層人們的喜怒哀樂，奠定了中國文學以抒情傳統爲主的發展方向。

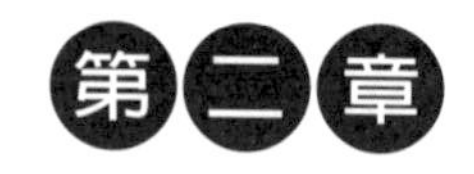

第二章 軸心時代的百家爭鳴

歷史與諸子散文

對於黎民百姓來說，春秋戰國時期是殘酷而痛苦的。無數的戰亂，兼併與征伐，給那些諸侯王公帶來了利益，卻給普通百姓帶來了苦難。對於中國的文化來說，春秋戰國則是燦爛、輝煌的。動盪的社會造就了活躍的思想，各種各樣的士人活躍在這個廣闊的歷史舞臺上，以自己的學說為歷史上著名的「軸心時代」添上濃重的一筆。孔子、老子、墨子、孟子、荀子、莊子……百家爭鳴的活躍局面由此形成。在這以後的兩千年封建社會中，再也沒有出現這樣壯麗的景觀。

中國敘事傳統的確立

《左傳》與《戰國策》

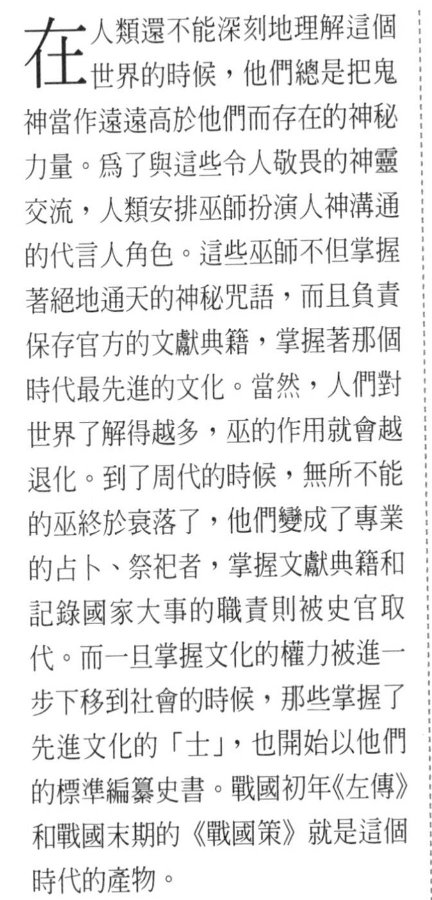

在人類還不能深刻地理解這個世界的時候，他們總是把鬼神當作遠遠高於他們而存在的神秘力量。為了與這些令人敬畏的神靈交流，人類安排巫師扮演人神溝通的代言人角色。這些巫師不但掌握著絕地通天的神秘咒語，而且負責保存官方的文獻典籍，掌握著那個時代最先進的文化。當然，人們對世界了解得越多，巫的作用就會越退化。到了周代的時候，無所不能的巫終於衰落了，他們變成了專業的占卜、祭祀者，掌握文獻典籍和記錄國家大事的職責則被史官取代。而一旦掌握文化的權力被進一步下移到社會的時候，那些掌握了先進文化的「士」，也開始以他們的標準編纂史書。戰國初年《左傳》和戰國末期的《戰國策》就是這個時代的產物。

一、「人」的覺醒：《左傳》

儘管被認為是一部闡釋春秋時期魯國史書《春秋》的作品，但《左傳》實質上是一部獨立撰寫的史書。千百年來，它的作者一直是個猜不透的謎，司馬遷和班固都說是左丘明，並說他是魯太史，有的人認為這個左丘明就是《論語》中提到的與孔子同時的左丘明，但也

左丘明像

有更多的人對此提出質疑。現在，人們一般都把它歸於戰國初年無名氏的名下。

《左傳》是一部史書，但它又不僅僅是一部史書。它沒有對歷史事件做客觀的羅列，而是以「禮」的規範總結歷史、批判人物，爲人們提供歷史的借鑑。同時，作者敏銳的目光已經深刻地穿透了歷史，看透了周王室的衰落和諸侯的爭霸，看透了新舊勢力的消長和社會變革的趨勢。作爲一部剛剛擺脫了「巫」文化不久的歷史著作，《左傳》已經開始表現出「人」的覺醒的力量，這就是至今仍爲人們所稱道的「民本」思想。一方面，《左傳》揭露了貪婪無恥、暴虐荒淫之輩，褒揚了忠良正直之士；另一方面，在《左傳》的作者看來，只有尊重人民的權利，才能得到人民的擁護；只有得到人民的擁護，國家政權才能穩固。在《桓公六年》中，作者借師曠之口表明了自己的觀點：「夫民神之主也。是以聖王先成民而後致力於神。」在《莊公三十二年》，說：「國將興，聽於民；將亡，聽於神。」這些議論，在以前幾乎是不可想像的，然而卻實實在在地發生在奴隸社會行將衰亡的時代。表面上看來，天道鬼神的痕跡依然無法抹去，但實質上，「民」已經成爲與這些神秘力量平起平坐，甚至高於他們之上的宇宙間的高大形象。在黑暗的奴隸社會，這是怎樣的一道人性的曙光啊！由它所埋下的人性覺醒的火種，必然在不久的將來開花結果。

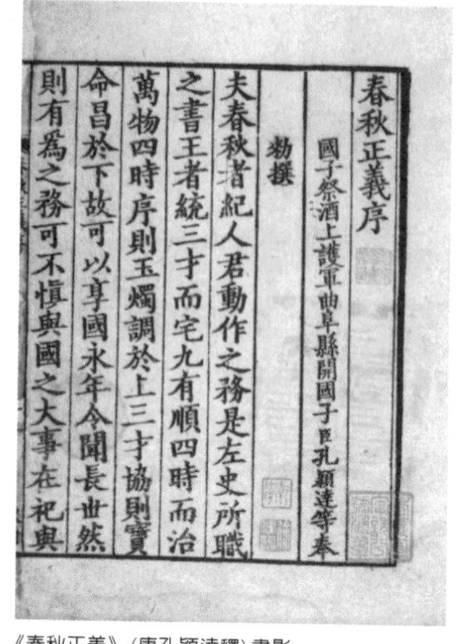
春秋正義序
國子祭酒上護軍曲阜縣開國子臣孔穎達等奉
勅撰
夫春秋者紀人君動作之務是左史所職
之書王者統三才而宅九有順四時而治
萬物四時序則玉燭調於上三才協則寶
命昌於下故可以享國永年令聞長世然
則有爲之務可不慎與國之大事在祀與

《春秋正義》（唐孔穎達釋）書影

此書是對春秋左丘明的《春秋左氏傳》的注釋性讀物。

嚴格來講，《左傳》並不是文學著作，但它卻處處孕育著文學的細胞。作爲中國第一部大規模的敘事性作品，《左傳》的敘事能力比以前任何一種著作都表現出驚人的發展。許多頭緒紛雜、變化多端的歷史大事件，都在作者筆下處理得有條不紊，繁而不亂。尤其是關於戰爭的描寫，更是曲折完整，精采動人，為後人所稱道、所借鑒。《左傳》一書，記錄了大大小小幾百次戰爭，不但像城濮之戰、鄢陵之戰這樣的大戰役寫得驚心動魄、曲折動人，就是那不計其數的小戰役也寫得精采紛呈、各具特色。《左傳》並不限於對戰爭過程的描述，而是將戰爭的遠因近因，各國關係的組合變化，戰前策畫，交鋒過程，戰爭影響，都以簡練而不乏文采的文筆一一交代清楚。在那樣久遠的年代，這種早熟的敘事能力令人感歎不已。而且，《左傳》在記敘歷史事件與歷史人物時，並不完全從史學價值考慮，而是常常注

名言警句

多行不義，必自斃。──《左傳》

輔車相依，唇亡齒寒。──《左傳》

畏首畏尾，身其餘幾？──《左傳》

師直為壯，曲為老，豈在久乎？──《左傳》

精采閱讀

公與之乘，戰於長勺。公將鼓之，劌曰：「未可。」齊人三鼓，劌曰：「可矣！」齊師敗績。公將馳之，劌曰：「未可。」下視其轍，登軾而望之，曰：「可矣！」遂逐齊師。既克，公問其故。對曰：「夫戰，勇氣也。一鼓作氣，再而衰，三而竭。彼竭我盈，故克之。夫大國，難測也，懼有伏焉。吾視其轍亂，望其旗靡，故逐之。」

──《左傳．曹劌論戰》

崔武子見棠姜而美之，遂取之。莊公通焉。崔子弒之。

晏子立於崔氏之門外，其人曰：「死乎？」曰：「獨吾君也乎哉，吾死也？」曰：「行乎？」曰：「吾罪也乎哉？吾亡也？」曰：「歸乎？」曰：「君死，安歸？君民者，豈以陵民？社稷是主。臣君者，豈為其口實？社稷是養。故君為社稷死，則死之；為社稷亡，則亡之。若為己死，而為己亡，非其私暱，誰敢任之？且人有君而弒之，吾焉得死之？而焉得亡之？將庸何歸？」

門啓而入，枕屍股而哭；興，三踴而出。人謂崔子：「必殺之！」崔子曰：「民之望也，舍之得民。」

──《左傳．晏子不死君難》

劉向像

《戰國策》經過劉向的整理和潤色，成爲一部著名的傳世經典，對後世影響甚大。「唐宋八大家」中的王安石、蘇東坡都對其推崇備至。劉向(前77～前6)是西漢著名的文學家、經學家。本名更生，字子政，江蘇沛縣人。他是漢代皇族楚元王的四世孫，元帝時因直諫而得罪權貴，被誣下獄，免爲庶人，閒居十餘年。成帝即位，改名向，受詔整理五經秘書，官終中壘校尉，故後世稱「劉中壘」。他作有賦三十三篇，但最爲人稱道的是他纂輯的著作，共有四部：《戰國策》、《說苑》、《新序》、《列女傳》。

意到故事的生動有趣，常常以較爲細緻生動的情節，表現人物的形象。這些都使作品充滿了濃厚的文學色彩。

在整個中國文學史上，小說與戲劇在很久以後才產生。然而與此有關的文學因素，卻在春秋戰國時代就借助了歷史著作的母胎兒孕育著。《左傳》正是第一部包含著豐富文學因素的歷史著作，它所創立的文史合一的創作傳統，既爲後代小說、戲劇的寫作提供了經驗，又爲之提供了豐富的素材。

二、「士」的崛起：《戰國策》

和《左傳》一樣，《戰國策》也是一部無法弄清作者的歷史著作。它上接《春秋》，下迄秦統一，以策士的遊說活動爲中心，反映出這一時期各國政治、外交的情狀。它原來的書名並不確定，是在西漢劉向考訂整理後，定名爲《戰國策》。雖然我們習慣上把《戰國策》也歸爲歷史著作，但它與《左

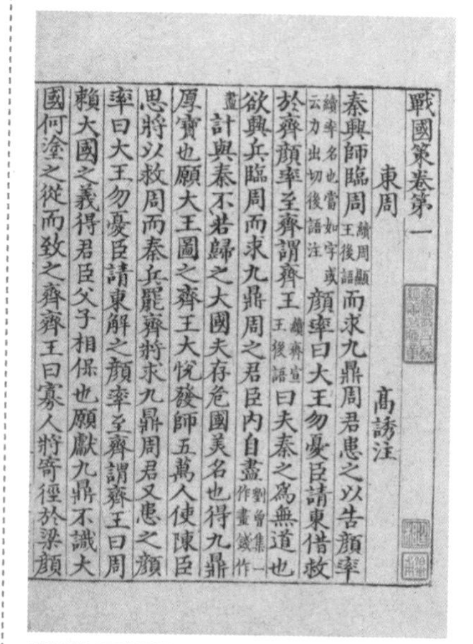

戰國策卷第一

東周　高誘注

秦興師臨周續周顯王後語而求九鼎周君患之以告顏率

續率名也當如字或云力出切後語注顏率曰大王勿憂臣請東借救

於齊顏率至齊謂齊王續齊宣王後語曰夫秦之爲無道也

欲興兵臨周而求九鼎周之君臣內自盡劉曾集一作畫鐵作

盡計與秦不若歸之大國夫存危國美名也得九鼎

厚實也願大王圖之齊王大悅發師五萬人使陳臣

思將以救周而秦兵罷齊將求九鼎周君又患之顏

率曰大王勿憂臣請東解之顏率至齊謂齊王曰周

賴大國之義得君臣父子相保也願獻九鼎不識大

國何塗之從而致之齊齊王曰寡人將寄徑於梁顏

戰國策(西漢劉向輯)書影

傳》已經有了太多的不同。從春秋到戰國，社會已經發生了翻天覆地的變化。周天子至高無上的權威已經蕩然無存，作爲威脅社會秩序紐帶的「禮」也已然斷裂，天下諸侯蜂起，戰亂頻繁，新興的士階層日益崛起，逐漸成爲歷史舞臺的主角。在這種情況下產生的《戰國策》，生動地反映了時代的氣息。《戰國策》以大量的事實展示了「士」的重要性，如《齊策四》記載齊宣王重用王斗，王斗舉薦五個人出任要職，結果齊國大治；《燕策一》記載燕昭王師事郭隗，招攬天下之士，結果燕國強大起來，聯合五國討伐齊國。這些布衣之士左右天下局勢的事蹟被作者津津樂道，甚至加以虛構。他們甚至在諸侯王公面前也毫不掩飾自己的鋒芒。在《齊策四》中，道出：「士貴耳，王不貴。」這種思想不僅完全突破了講究等級尊卑的宗法觀念，而且與《左傳》的民本思想根本不同。

易水送別圖　清　吳歷

易水送別是《戰國策．燕策》中的精采篇章，西漢司馬遷在《史記》中幾乎全部採錄了這些史料，並加以潤色。「易水送別」成爲歷代文人詠唱的題材，唐駱賓王《易水送人》道：「此地別燕丹，壯士髮衝冠。昔時人已沒，今日水猶寒。」《戰國策．燕策》載：燕太子丹希望刺客荊軻及早刺秦王，於是在易水邊送別。荊軻飲完酒，慷慨悲歌：「風蕭蕭兮易水寒，壯士一去兮不復還。」吳歷(1632～1718)字漁山，號墨井道人、桃溪居士，江蘇常熟人。早年師從王鑒、王時敏學畫，後加入天主教二十餘年，畫風蒼古荒率，是清朝六大畫家之一。

它說明，在社會的巨變中，作為一支新興的社會力量，士的影響力和地位在不斷地上升，自我意識不斷地加強，終於要和傳統的貴族分庭抗禮了。這樣一個戰亂頻繁的時代，傳統的道德在淪喪，傳統的倫理在崩潰，人們撕掉了過去籠罩在國家和人際關係方面溫情脈脈的「禮」的面紗，而代之以赤裸裸的利益關係。如蘇秦始以連橫之策勸說秦王併吞天下，後又以合縱之說勸趙王聯合六國抗秦。他遊秦失敗歸來時，受到全家人的蔑視；後富貴還鄉，父母妻嫂都無比恭敬。於是他感慨道：

嗟夫，貧窮則父母不子，富貴則親戚畏懼。人生世上，勢位富貴，蓋可忽乎哉！

蘇秦在失敗時和富貴時人們的態度變化，正說明了那個時代崇實尚利的人際關係實質。名利思想已經侵入了社會生活的各個領域，成為支配人們行為的原動力。圍繞謀臣策士的遊說活動，《戰國策》描寫了一大批個性鮮明的人物。上至諸侯王公，下至閭巷細民，三教

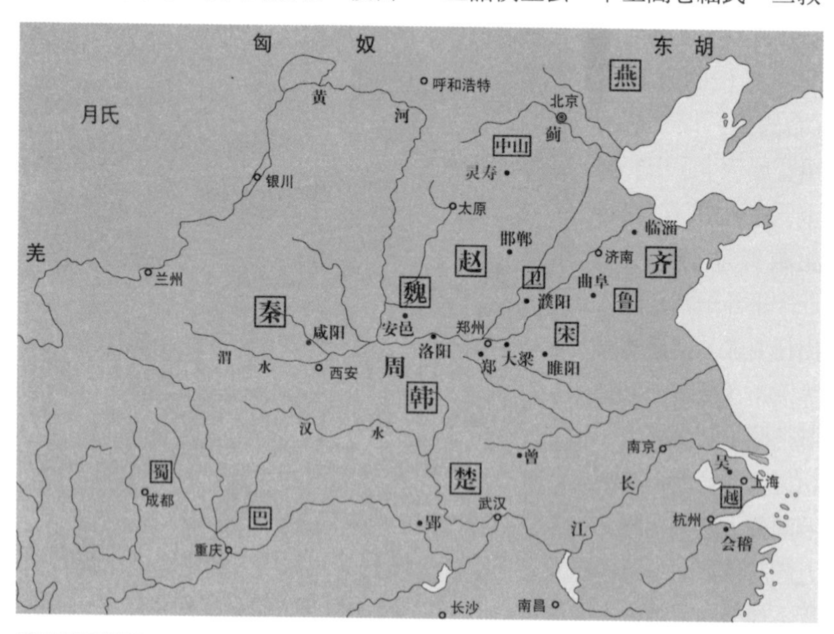

戰國時期形勢圖

戰國時期自西元前475年至西元前221年。秦國於西元前230年滅韓，西元前228年滅趙，西元前225年滅魏，西元前223年滅楚，西元前222年滅燕，西元前221年滅齊，統一六國。

名言警句

善作者不必善感，善始者不必善終。──《戰國策》

見兔而顧犬，未為晚也；亡羊而補牢，未為遲也。──《戰國策》

三人成虎，十夫揉推。衆口所移，毋翼而飛。──《戰國策》

行百里者半九十。──《戰國策》

臨淄之途，車轂擊，人肩摩，連衽成帷，舉袂成幕，揮汗成雨。

──《戰國策》

精采閱讀

楚有祠者，賜其舍人卮酒。舍人相謂曰：「數人飲之不足，一人飲之有餘，請畫地為蛇，先成者飲酒。」一人先成，引酒且飲之，乃左手持卮，右手畫蛇曰：「吾能為之足。」未成，一人之蛇成，奪其卮曰：「蛇固無足，子安能為之足？」遂飲其酒。為蛇足者，終亡其酒。

──《戰國策》

虎求百獸而食之，得狐。狐曰：「子無敢食我也。天帝使我長百獸，今子食我，是逆天帝命也。子以我為不信，吾為子先行，子隨我後，觀百獸之見我而敢不走乎！」虎以為然，故遂與之行，獸見之皆走。虎不知獸畏己而走也，以為畏狐也。

──《戰國策》

九流的人物都出現在《戰國策》中，使得它的人物畫廊空前地開闊。當然，最活躍的還是那些俊雄宏辯之士。他們在歷史舞臺上縱橫捭闔，任意馳騁，轉危爲安，運亡爲存，顯示出卓異的風采。作者在敘述他們的事蹟時，往往集中筆墨敘寫一個人的事蹟，通過富於特徵的言行表現他們的性格，展示他們的內心世界。同時，作者還使用大量的誇張、渲染和虛構手法，和鋪陳、排比、誇張、比喻的手法，造成酣暢淋漓的啓示和鏗鏘有力的文章節奏。這樣，就使得奇異曲折的情節與恢奇卓異的人物有機地結合在一起，使作品既文采飛揚，又充滿了傳奇色彩。《戰國策》在敘事寫人上取得的成就，以及它辨麗恣肆、詞采華麗的文風，在文學史上都具有承上啓下的作用。秦漢的政論散文、漢代的辭賦，都受到《戰國策》藝術風格的影響；司馬遷的《史記》描繪人物形象，也是在《戰國策》的基礎上的向前發展。

垂範千年的儒家經典

《論語》與《孟子》

憑藉著宗法血緣關係建起來的奴隸社會，在春秋戰國時期終於露出了衰老的跡象。原來維繫著社會關係的「禮」，在此時已經瓦解崩潰。道德在淪喪，倫理在瓦解，傳統在丟失。面對這樣的社會現實，一些緬懷著周王朝輝煌歷史的仁人志士，開始用他們不倦的儒家言說為重建禮樂社會而奔波。在深邃的歷史甬道中，他們的心志那樣的淒苦，他們的腳步是那樣的堅定，他們的面孔是那樣的清晰。他們的學說雖然在當時遭到抵制，卻在後來統治了中國兩千年。

孔子像

一、先知之門：《論語》

他從時間深處走來，深邃的目光穿透了幾千年的中國歷史，超前的智慧照亮了整個黑暗時代。他高尚的品質像高山大河一樣令人景仰，他簡短的言說為一個五千年的泱泱大國打開了先知之門。他就是孔子，一個百折不撓的活動家，一個憂思重重的思想家，一個萬世師表的教育家。

孔子(前551～前479)名丘，字仲尼，春秋時期魯國陬邑（今山東曲阜東南）人。據孔子說，他的祖上居住在宋國，後來為了避禍才逃到魯國，定居下來。孔子的父親名叫叔梁紇，曾以勇敢和臂力過人立下戰功。叔梁紇在六十六歲左右與未滿二十歲的顏徵在結婚。婚後兩人曾到山東曲阜東南的尼山拜神求子；後來生下了孔子，便取名爲「丘」，字「仲尼」。他三歲時就遭受了喪父之痛，母親顏氏把他帶到當時魯國的都城曲阜。他十五歲立志求學，通過私人傳授，博習詩書禮樂，青年時代作過管理倉庫和牛羊的小官。大約三十歲的時候，他在曲阜城北設學舍，開始私人講學，受業門人先後達到三千多人，其中傑出者七十二人。身處於硝煙瀰漫的亂世，感受著天下蒼生所遭受的深重災難，孔子，這個悲天憫人的聖哲，一心想通過傳揚自己的思想來改變亂世，拯救百姓於水火之中。於是他遊走列國，勸說各國君主接受自己振興禮樂的主張。然而，在一個普遍崇尚開疆拓土、征戰殺伐的功利年代，他理想主義的主張注定只能是悲愴現實的一個不起眼的注腳。孔子五十歲的時候，開始了從政生涯。他先是在魯國當過「司空」、「司寇」的官職，但任期都很短，最後他被迫離開了魯國。他爲了實現自己的政治主張，帶領眾弟子周遊列國，先後到過衛、宋、陳等十多個國家，受到過圍攻，挨過餓，末了只好重返魯國。直到六十八歲時，這位一生踟躕不得志的智者，才重返魯國，從此專心從事整理和傳授典籍的工作，直到七十三歲逝世。他所整理的《詩》、《書》、《禮》、《易》，他所編著的《春秋》等古代文獻，每一部都成爲幾千年封建社會的經典之作。《論語》曾被稱作「中國人的聖經」，在長達兩千多年的中國社會中，享有獨一無二的至尊地位，對中國人精神的影響之大不言而喻。《論語》作爲記載這位聖賢和他弟子言行的著作，它大約編定在戰國時期，不但是儒家的主要經典之一，在中國文學史上也堪稱名著。

孔子一生都在爲恢復禮制、挽救社會道德淪喪而奔走。他不靠金錢，不靠強力，也不用宗教的力量，爲什麼能使得門人三千、賢人七十二心甘情願地追隨他到老呢？

《四書》書影

《論語》自漢代即被奉爲儒家經典。南宋時，大理學家朱熹將它與《孟子》、《大學》、《中庸》合稱爲「四書」，正式成爲文人的必讀書。

聖蹟圖冊　明　佚名

這件圖冊原藏於山東省曲阜市孔府，爲絹本設色，共有36幅，用連環畫的形式表現了孔子的生平事蹟，有「尼山致禱」、「問禮老聃」、「在齊聞韶」、「離衛去曹」、「子路問津」、「在陳絕糧」、「刪詩定禮」、「漢高祀孔」等。每一幅作品中均有故事簡介和讚語，畫風古樸，用色溫雅，是描繪孔子一生活動的極爲重要的文獻資料。

《論語》爲我們提供了答案。「修身，治國，齊家，平天下」，他的抱負是何等的遠大；「知其不可爲而爲之」，他對理想的追求又是何等的執著。「己欲利而利人，己欲達而達人」，他的胸襟是何等的大氣；「子厄於陳蔡，而弦歌未絕」，他的是風度又是何等的灑脫；「躬自厚而薄責於人」，他對人是何等的謙卑和寬容；「君子無所爭，必也射乎，揖讓而升，下而飲。其爭也君子」，他爲人處事又是何等的光明磊落。

孔子墓

孔子墓位於山東省曲阜市孔林中部偏南，洙水橋北享殿後院內。孔林也稱爲「至聖林」，是孔子及其家族的墓地，現總面積達2平方公里，垣牆長達7.25公里，是中國現存規模最大、綿延時間最長的宗族墓地。

《論語》中浮現的孔子，以炯炯的目光洞徹了人生，領略了宇宙的至理，卻又是如此的寂寞，不被世人了解；他是如此執著，爲實現自己的主張、拯救天下蒼生而奔走不休，而他同時又是如此的豁達，不自怨自艾。是的，孔子巨大的人

名家導讀

讀《論語》，有讀了後全然無事者；有讀了後其中得一兩句喜者；有讀了後知好之者；有讀了後不知手之舞之足之蹈之者。頤自十七八讀《論語》，當時已曉文義。讀之愈久，但覺意味深長。

——中國北宋　理學家　程頤

孔子學說與《論語》本書的價值，無論在任何時代、任何地區，對它的原文本意，只要不故加曲解，始終具有不可毀的不朽價值，後起之秀，如篤學之、慎思之、明辨之，融會有得而見於行事之間，必可得到自證。

——中國當代　國學大師　南懷瑾

如果人類要在21世紀生存下去，必須從2500年前的孔夫子那裡汲取智慧。

——1998年75位諾貝爾獎獲得者巴黎會議宣言

格魅力，就在於他「學而不厭，誨人不倦」地追求大道，然後把這種生生不息的生命源泉傳遞給別人。弟子從他身上吸取的，是厚道慈善的寬容仁愛精神，是反省自躬的自我批判精神，是至大至剛的拼搏進取精神。智慧而不自滿，溫柔敦厚而不軟弱，爲理想奔波不已，知其不可爲而爲之！這種巨大的人格魅力，使他不追求地位而追隨者無數，不追求名聲功業而名垂千古，功成萬代；同時，他以自己的身體力行，確立了中國儒家具有終極關懷性質的宗教品格，從而在現實生活中，成爲處於亂世中的孤獨個體安身立命、精神皈依的歸宿，並爲幾千年的中國文人立下了立身、處世的楷模，也爲幾千年的中國文化立下了齊家、治國之本。

整部《論語》，都是由孔子和弟子的對話組成。然而在短短的對話中，卻已經孕育著後世散文敘事、議論、寫人的基本創作要素。整部《論語》語言十分簡練，但是

孔子講學圖　清

此圖表現了春秋時期孔子在杏壇講學的情景。圖中孔子端坐講授，弟子們在周圍恭敬地聆聽。作品因是宮廷繪畫，所以特別講求用色和整體結構。

孔廟遠景

山東省曲阜市孔廟始建於西元前478年的戰國時期，歷經兩千餘年，一直是祭祀孔子的聖地。現存建築主要建於明清兩代，佔地327.5畝，有建築100座，殿、堂、亭、廡464間。它的建築用黃瓦紅牆，是中國唯一一座非皇家而採用皇宮規格的建築，與北京故宮、河北承德避暑山莊並稱爲中國三大古建築群。

卻善於用形象的語言表達深刻的道理，因此讀來無不用意深遠，洋溢著一種雍容和順、迂徐含蓄的風格。「歲寒，然後知松柏之後凋也。」（《子罕》）由樹之常青象徵堅貞凜然的風骨，這不僅僅是對松柏的讚頌，更是對豐富的社會現象的概括。後世多少詩人筆下所歌頌的「鬱鬱澗底松」，都是從《論語》中得到了啓示。《論語》更善於在簡單的對話中描寫人物。《先進》篇侍坐一節，描述孔子聽弟子各言其志，在短短的言談中，子路的直率，冉有的謙恭、公西華的長於辭令都躍然紙上。而曾皙「莫春者，春服既成。冠者五六人，童子六七人，浴乎沂，風乎舞雩，詠而歸」的描繪，更是將一種安貧樂道的情懷，一種瀟灑倜儻的風度，都體現在生動鮮明的生活畫面中。仁者的精神境界變成富於審美意義的形象，平易親切而情趣盎然。

二、浩然之氣：《孟子》

就在孔子去世一個世紀後，一位名叫孟軻（約前370～前289）的鄒國年輕人，由於景仰孔子學說，而模仿孔子廣收門徒，周遊列

精采閱讀

子曰：「學而時習之，不亦說乎？有朋自遠方來，不亦樂乎？人不知而不慍，不亦君子乎？」

——《論語·學而》

子曰：「吾十有五而志於學，三十而立，四十而不惑，五十而知天命，六十而耳順，七十而從心所欲，不逾矩。」

子曰：「溫故而知新，可以為師矣。」

子曰：「學而不思則罔，思而不學則殆。」

——《論語·爲政》

子曰：「朝聞道，夕死可矣。」

子曰：「君子喻於義，小人喻於利。」

——《論語·里仁》

子曰：「質勝文則野，文勝質則史。文質彬彬，然後君子。」

子曰：「知之者不如好之者，好之者不如樂之者。」

——《論語·雍也》

子曰：「三人行，必有我師焉：擇其善者而從之，其不善者而改之。」

子曰：「君子坦蕩蕩，小人常戚戚。」

——《論語·述而》

三聖圖　明　佚名

圖中左邊爲顏回，中間爲孔子，右邊爲曾參，三人的衣紋由一部《論語》組成。

國，企圖將孔子終身未竟的事業在百年之後完成。然而，推崇「仁政」言說的孟子也和孔子一樣碰得頭破血流。於是，他也和他所敬仰的孔子一樣退而著書，從而成爲儒家的又一名大師，被後世尊爲「亞聖」。

作爲孔子忠實而出色的繼承人，孟軻的思想本於孔子而又有所發展。他把孔子「仁」的思想發展爲「仁政」，主張使人民安居樂業；他主張建立一個黎民不饑不寒、老者安享晚年之樂的小康社會；他主張「民貴君輕」，對當時某些統治者虐民以逞的行爲提出尖銳的批判，甚至斥責爲「率獸而食人」(《梁惠王》)。他甚至對君主的個人絕對權威表示否定：「君有大過則諫，反復之，不聽，則易位。」(《萬章》)「君之視臣如草芥，則臣之視君如寇仇。」(《離婁》)「聞誅一夫紂矣，未聞弒君也。」(《梁惠王》)這樣的話，在專制強化的後代就沒有人敢說了。

然而與孔子的深沉莊重、謹慎省身不同的是，孟子是一個鋒芒畢露、自負好強的人。爲了讓他「仁政」的思想推行天下，他動輒便與人言辭交鋒，唇舌開戰，而且

孟子像

必欲爭勝。這種好勝的性格反映在《孟子》裡，就形成了理直氣壯、慷慨激昂的風格：

說大人，則藐之，勿視其巍巍然。堂高數仞，榱題數尺，我得志，弗爲也；食前方丈，侍妾數百人，我得志，弗爲也；般樂飲酒，驅騁田獵，後車千乘，我得志，弗爲也。在彼者，皆我所不爲也，在我者，皆古之制也，吾何畏彼哉？(《孟子．盡心》)

孟子曾經說過：「吾善養吾浩然之氣。」(《公孫丑上》)這種浩然之氣，是一個正直篤行的士大夫對仁義道德進行堅持不懈的修練，從而形成一種至大至剛、充塞於天地之間的人格魅力。由這種人

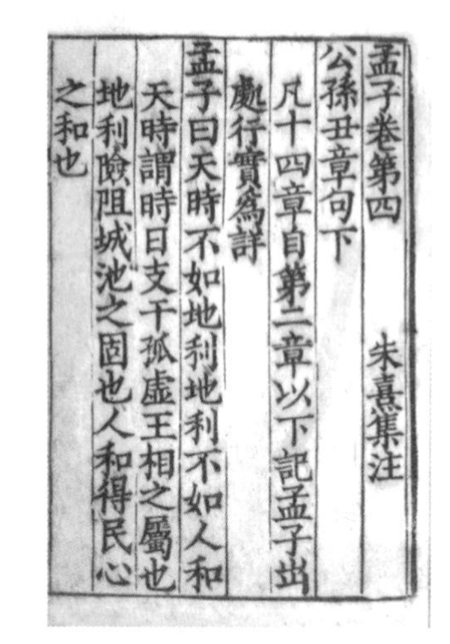
孟子卷第四　朱熹集注
公孫丑章句下
凡十四章自第二章以下記孟子出處行實爲詳
孟子曰天時不如地利地利不如人和
天時謂時日支干孤虛王相之屬也
地利險阻城池之固也人和得民心之和也

《孟子》(戰國孟子著)書影

格魅力所決定，《孟子》在嬉笑怒罵之間傳達觀點，絕不作吞吞吐吐之狀，感情激越，詞鋒犀利，氣勢恢宏，如長河大浪磅礴而來，橫行無阻，震盪乾坤。這種理直氣盛的做人和行文的風格，以其巨大的魅力，影響著後世一代又一代的作家。

作爲儒家學派最出名的兩部經典作品，《論語》與《孟子》爲後世提供了垂範千年的立身、治學準則和治國、平天下的原則。儘管後來的封建統治者是出於鞏固自身統治的需要而把《論語》和《孟子》奉爲規範人民思想的圭臬，但是《論語》和《孟子》寶貴的「仁」的思想，卻是黑暗的奴隸社會中，人性覺醒的一道燦爛的曙光。

亞聖廟坊

亞聖廟又稱爲「孟廟」，位於山東省鄒縣舊城南門外，是紀念孟軻的廟宇。現存的規模建於明弘治十年(1497)。

人性的拯救與逍遙

《老子》與《莊子》

就在世人們紛紛忙碌於世俗的功名富貴、利益紛爭時，就在人們遭受著身處亂世的悲愴與艱辛時，就在孔子和孟子在爲拯救生民的苦難與道德的淪喪而奔波時，老子和莊子卻以絕塵而去的姿態遠離了塵世的痛苦，逍遙地生活在自己的精神宇宙內。由他們所開創的道家學說，爲後世一切被世俗事物折磨得痛苦不堪者，提供了一個精神的避難所。

一、大音希聲：《老子》

老子是一個神龍見首不見尾的神秘人物。千百年來，人們一直無法對他的眞實身分下出一個肯定的結論。在《史記．老子列傳》中，司馬遷認爲他就是李耳，名老聃，春秋時期楚國人，做過周朝守藏室之吏。孔子到周的時候，曾經向他請教關於「禮」的問題。也有很多人認爲他就是周朝的太史儋或老萊子。在道教中他被神化爲太上老君，在唐朝開國時，李淵爲了找一個顯赫的出身而名正言順地當皇帝，則攀他作爲自己的祖先。他只留下玄而又玄的短短五千字，卻開啓了後世所有隱逸者與逃遁者的智慧之門。

《老子》在中國歷史上第一次舉起了「道」的大旗，這是剛剛走出混沌不久的華夏民族祖先，對自己所處的蒼茫宇宙的樸素認識。老子認爲，「道」是萬事萬物存在與變化的普遍原則和根本規律。它先天地而生，是宇宙的本原；它無聲無形，「恍恍惚惚」，難以用感官去把握，但又「其中有

老子騎牛出關圖　明

象」。它無知無欲，自然無爲，卻決定和支配著天地萬物的生存變化。老子首創以「道」爲最高範疇的哲學思想，反對上帝有知、天道有爲，針鋒相對地提出天道自然無爲的思想，這在黑暗中摸索的人類對天上神權的大膽質疑，是人類思維的一次重大發展。身處在一個動盪不安的戰亂年代，怎樣重構社會

老子像　元　趙孟頫

此圖用白描的手法畫出中國道教始祖老子的立像，生動地刻畫和表現了老子清心寡欲的性格和神情，是趙孟頫六十八歲時的人物畫佳作。趙孟頫(1254～1322)字子昂，號松雪，湖州(今浙江湖州)人。他本是宋代宗室，入元官至翰林學士承旨，故人稱「趙承旨」。他於繪畫，涉足山水、人物、鞍馬、花鳥、竹石等各類題材，風格多樣；於書法，正草隸篆無一不精，無一不熟，是元代傑出的書畫家。

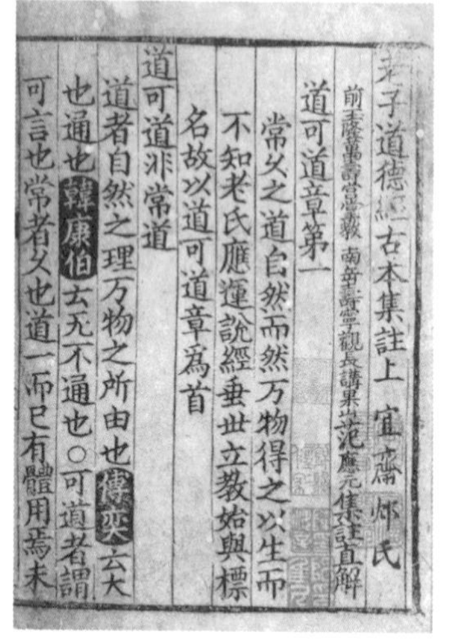

老子道德經古本集註上　宜齋郁氏
范應元集註直解
道可道章第一
常久之道自然而然万物得之以生而不知老氏應運説經垂世立教始與標名故以道可道章爲首
道可道非常道
道者自然之理万物之所由也傅奕云大也通也韓康伯云无不通也○可道者謂可言也常者久也道一而已有體用焉未

《老子道德經》(春秋老子著)書影

的秩序，撫平人民的創傷，是橫亙在每個有識之士面前的嚴肅問題。與儒家學派企圖以禮義的稻草，將落入萬丈泥潭的奴隸社會拉上岸的做法不同的是，老子主張「無爲而治」。他敏銳地洞察了現實社會中的種種不合理現象，認爲只有摒棄禮樂、賦稅、政刑等人爲措施，實施無爲之政，老百姓才能眞正地安居樂業。無論是儒家的「尙賢」，還是法家的「法治」，都於世無補，只能造成「盜賊多有」，天下大亂。而他自己並不能確切地提出「無爲而治」的具體方案來，只能在幻想中描繪一幅理想社會的藍圖：

小國寡民。使有什伯之器而不用；使民重死而不遠徙。雖有舟輿，無所乘之，雖有甲兵，無所陳之。使民復結繩而用之。甘其食，美其服，安其居，樂其俗。鄰國相望，雞犬之聲相聞，民至老死，不相往來。

這是一個遠離了戰爭和動亂，遠離了剝削和壓迫，遠離了人吃人的不合理現象的理想社會；是一個人民可以安居樂業，再也不用忍饑挨餓受凍的理想社會；同時又是一個拒絕文明，自我封閉的社會。老子的這種理想主義，是一種走歷史的倒退之路回到原始社會的空想，然而作爲與黑暗現實的對

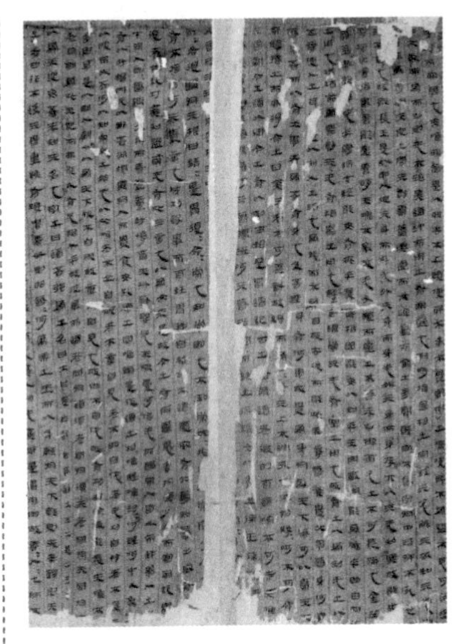

帛書《老子》乙本　漢

帛書《老子》乙本出土於湖南省長沙市馬王堆3號漢墓，每行六十餘字，中有朱線隔開，書寫於漢文帝初期，反映了漢初老子思想的廣泛流傳，是極有價值的文物資料。

精采閱讀

道可道，非常道；名可名，非常名。

知白，守其黑，為天下式。

知人者智，自知者明。勝人者有力，自勝者強。

道常無為而無不為。

大方無隅，大器晚成，大音希聲，大象無形，大隱無名。

道生一，一生二，二生三，三生萬物。

大直若屈，大巧若拙，大辯若訥。靜勝躁，寒勝熱。清靜為天下正。

禍兮，福之所倚；福兮，禍之所伏。

治大國，若烹小鮮。

九層之台，起於累土；千里之行，始於足下。

民不畏死，奈何以死懼之？

——《老子》

三教圖　明　佚名

在漢末三國時期，佛教傳入中國內地。以老子爲代表的道教、以孔子爲代表的儒教和以釋迦如來爲代表的佛教在中國開始漫長的相互促進與融合。這種促進和融合對中國政治、文學、宗教、思想等都產生了巨大的影響。三教合一成爲眾多政治家、藝術家研究與表現的題材。圖中老子欲從孔子懷中接過活潑而年幼的佛祖。

照，它卻是一種永恆的精神家園，是後代無數文人的烏托邦情結的源頭。

二、萬世逍遙：《莊子》

莊子大約活動在西元前369～前295年間，是宋國蒙(今河南商丘東北)人。莊子是一個富有傳奇色彩和浪漫氣息的人，不僅是因爲他的經歷，更因爲他超塵脫俗的生活方式。他比孟子稍晚，比屈原略早。莊子曾做過蒙地的漆園小吏，管理生產漆的工匠。然而世道的淪喪、社會的黑暗，使他徹底厭煩了仕途，心甘情願地靠編草鞋糊口，過著隱居生活。楚威王聽說他是賢才，曾派人以重金迎他到楚國去做國相，卻被他拒絕了。在他看來，做官是對人的自然本性的一種戕害，遠不如在貧賤生活中自得其樂。

莊子像

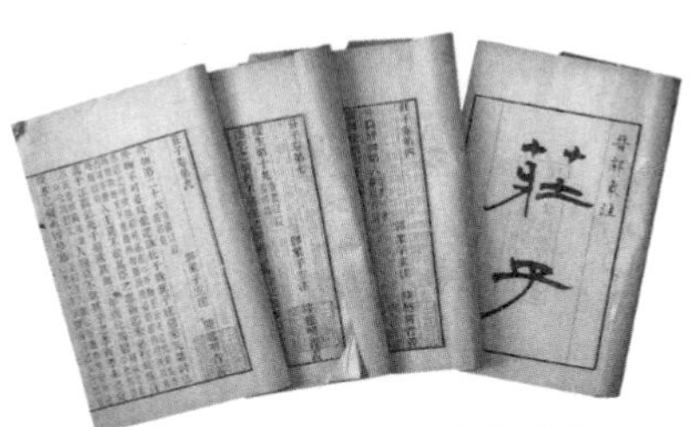
《莊子》(戰國莊子著)書影

莊子的思想，是以老子學說爲基礎，又對老子的思想進行了充分的發揮。如果說《老子》的中心，是闡述自然無爲的政治哲學的話，那麼到了《莊子》這裡，則是要探求在沉重黑暗的社會中，如何實現人性的拯救與逍遙的方法。如果說老子的「無爲」，是要達到「無不爲」的目的，是仍然要「入世」治天下的話，那麼到了莊子這裡，這種「無爲」則已經徹底歸於虛無的「無所用天下爲」，是一種更加決絕的「出世」姿態。在莊子看來，最理想的社會是上古的混沌狀態，一切人爲的制度和文化措施都違逆人的天性，因而是毫無價值的。因此他激烈反對儒家所提倡的政治學說，主張讓社會順其自然，讓人順其天命。當然，莊子的這種

「出世」，其本質是竭力從悲愴的現實中逃亡，使自己的外在生活獲得某種輕鬆的氣質。而在靈魂的深處，他依然心繫天下，關注著社會的苦難。他對現實有比別人深刻的認識和尖銳的批判。不同於其他人只是從統治者的殘暴來看問題，莊子還更爲透徹地指出，一切社會的禮法制度、道德準則，本質上只是維護統治的工具，「竊鉤者誅，竊國者爲諸侯。諸侯之門，而仁義焉存。」鑒於這種近似於絕望和悲觀主義的認識，莊子鄙棄一切追求名譽地位、聲色貨利的世俗生活，要求達到精神自由的境界。在他看來，人不過是世界運行化育時的無限現身之一，他的生老病死，猶如季節的循環一樣無法阻止。因此，人的全部痛苦就喪失它的本體論根據。莊子清楚地洞悉了這一點，並蔑視那些坐在季節循環的縫隙裡，爲「苦難」而感傷抽泣的人。對於他而言，人無須爲生成或消亡他的事物而悲喜，就像石頭無須爲它在

精采閱讀

北冥有魚，其名為鯤。鯤之大，不知其幾千里也。化而為鳥，其名為鵬。鵬之背，不知其幾千里也；怒而飛，其翼若垂天之雲。是鳥也，海運則將徙于南冥。南冥者，天池也。《齊諧者》，志怪也。《諧》之言曰：「鵬之徙于南冥也，水擊三千里，摶扶搖而上者九萬里，去以六月息者也。」野馬也，塵埃也，生物之以息相吹也。天之蒼蒼，其正色邪？其遠而無所至極邪？其視下也，亦若是則已矣。

——戰國《莊子．逍遙遊》

古之人，在混芒之中，與一世而得淡漠焉。當是時也，陰陽和靜，鬼神不擾，四時得節，萬物不傷，群生不夭，人雖有知，無所用之，此之謂至一。當是時也，莫之為而常自然。

——戰國《莊子．繕性》

吾生也有涯，而知也無涯。以有涯隨無涯，殆已；已而為知者，殆而已矣。

——戰國《莊子．養生主》

泉涸，魚相與處於陸，相呴以濕，相濡以沫，不如相忘於江湖。與其譽堯而非桀也，不如兩忘而化其道。夫大塊載我以形，勞我以生，佚我以老，息我以死。故善吾生者，乃所以善吾死也。

——戰國《莊子．大宗師》

莊周夢蝶圖　元　劉貫道

莊子・齊物論》曰：「昔者莊周夢爲蝴蝶，栩栩然蝴蝶也，自喻適志與！不知周也。俄然覺，則蘧蘧然周也。不知周之夢爲蝴蝶與，蝴蝶之夢爲周與？周與蝴蝶，則必有分矣。此之謂‘物外’。」成語「栩栩如生」便來自於此。「莊周夢蝶」在後世成爲文人士大夫熱衷表現的題材，上圖人物線條高古，構圖嚴謹，刻畫了莊周閒適的情性。

泥土中的變化而驚異。他強調「全性保眞」，捨棄任何世俗知識和名譽地位，以追求與宇宙的抽象本質——「道」化爲一體，從而達到絕對的和完美的精神自由。

在莊子看來，現實是荒謬的，無法與之直接對話，只能借重其他形式來進行。因此，《莊子》使用了「寓言」、「重言」、「卮言」爲主的表現形式。所謂「寓言」，意思是言在此而意在彼。《莊子》全書「寓言十九」，意即絕大部分是寓言。作者借助河伯、海神、雲神、元氣，甚至鴟鴉狸猻、山靈水怪等逸出塵想的藝術形象，演爲故事，來講述他的大道學說，使作品充滿了瑰奇幻麗的浪漫主義色彩。所謂「重言」，是借重古先聖哲或當時名人的話，或另造一些古代的「烏有先生」來談道說法，讓他們互相辯論，或褒或貶，沒有一定之論。但在每一個場合的背後，卻都隱藏著莊子的觀點和身影。「卮」是古代的漏斗，所謂「卮言」，就是漏斗式的話。漏斗的特點是空而無底，「卮言」隱喻沒有成見的言語。通過這三種充滿了暗示性的表現方式，《莊子》創造了一個超越時空、不辨古今，具有無限闡釋的可能性的藝術境界。

第三章

汨羅江上萬古悲風

屈原

儘管已經有了《詩經》、《左傳》和《戰國策》這樣的巨著，儘管已經出現了孔子、孟子、老子、莊子這樣的文學和哲學大師，然而這一階段的中國文學，要麼就是依賴於集體創作而缺少個體意識，要麼就與歷史、哲學混合在一起而顯得模糊。直到屈原的出現，才改變了這種現狀。他高舉著抒情的大旗前行，把一個空前高大的背影留給了後世，他和他所獨創的「楚辭」的出現，標誌著繆斯女神在中國的真正覺醒。

汨羅江上萬古悲風

屈原

西元前277年，一位楚國貴族孤獨地徘徊在汨羅江邊。他是這樣的憔悴，因爲無數的打擊已使他身心交瘁；他是這樣的憂傷，因爲他的國家還在遭受著屈辱，人民還在遭受著苦難；他又是這樣的驕傲，因爲他高貴的靈魂和不朽的詩篇。然而他知道，一切都已經結束了——所有的暗淡與輝煌，光榮與流浪。他縱身跳進了汨羅江的滔滔江水中。奔騰的汨羅江水嗚咽著、翻滾著，悲悼著一個偉大靈魂的消失。不，詩人並未離去，他的靈魂正飄蕩在楚地上空，他留下的詩作仍然光輝奪目。時至今日，每年的農曆五月初五，人們依然用同樣的方式悼念這個偉大的名字——屈原。

屈原像

屈原出生在西元前340年的寅月寅日。生於硝煙瀰漫的亂世，空負絕世才華和救世之志，卻只能感歎報國無門，在一次次的打擊和流放中體味憂世、憂生、憂民的精神之痛，這就是屈原的悲劇的一生。這齣悲劇從西元前318年，二十二歲的屈原出任楚國左徒之職揭開了序幕。爲挽救楚國的危亡，屈原提出了內修弊政，改革圖強，外聯齊國，抗秦圖存的「美政」綱領。然而，在舊貴族的造謠中傷、陷害詆毀之下，他很快便遭到疏遠，並在五年後遭受了人生中的第一次沉重打擊，被流放到漢北。然而他絕不

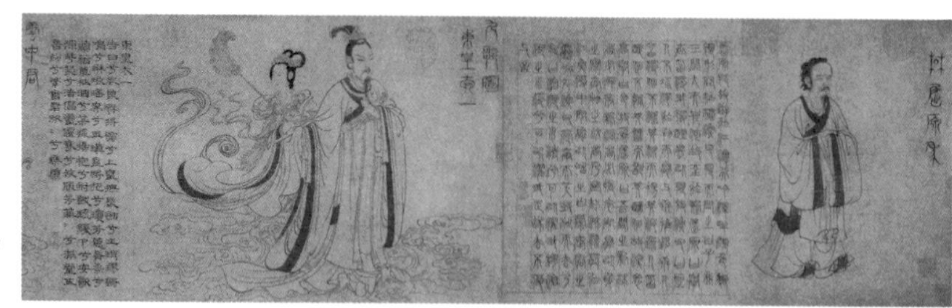
九歌圖　元　張渥

這幅圖卷描繪屈原及《九歌》中的「東皇太一」、「雲中君」、「湘君」、「湘夫人」、「大司命」、「少司命」、「東君」、「河伯」、「山鬼」、和「國殤」十個章節的內容。

肯就此放棄。西元前292年，已回到楚國宮廷的屈原，因不懈堅持「美政」路線，而被放逐江南。黯淡的雲、灰色的郢、淒苦的路、憂傷的心伴著屈原踏上流放的途程。詩人沿著江夏東行，到洞庭湖；又沿沅水至漵浦，浪遊沅湘一帶；西元前283年，輾轉北上至夏浦。九年的流浪，使他形容枯槁、潦倒困頓。西元前278年，楚國國都被秦國攻破，一直支持著屈原人生的精神支柱──國家，就此坍塌了，屈原內心的孤憤隨著國破山河碎而徹底泯滅。懷著絕望的心情他走向汨羅，投江自盡，以身明志，以死殉國！

屈原的人生之痛，造就了中國文學之幸。從《九歌》到《九章》，從《哀郢》到《離騷》，從《橘頌》到《天問》，屈原所有的痛苦、憤怒、哀怨、孤獨都通過與楚地民歌相結合，而化爲響徹天地的吟唱，迴盪在時間的盡頭，這就是「楚辭」──一種在香草美人的意象中寄寓理想，在上天入地的境界中探索眞理，在不拘一格的言語中

屈原卜居圖　清　黃應諶

《卜居》是楚辭中的名篇，爲屈原所作。《卜居》道：屈原既放，三年不得復見。竭智盡忠，而蔽障於讒。心煩慮亂，不知所從。乃往見太卜鄭詹尹曰：「余有所疑，願因先生決之。」詹尹乃端策拂龜，曰：「君將何以教之？」屈原曰：「……世混濁而不清：蟬翼爲重，千鈞爲輕；黃鐘毀棄，瓦釜雷鳴；讒人高張，賢士無名。吁嗟默默兮，誰知吾之廉貞？」詹尹乃釋策而謝曰：「夫尺有所短，寸有所長；物有所不足，智有所不明；數有所不逮，神有所不通。用君之心，行君之意，龜策誠不能知此事！」這幅圖即根據《卜居》的文意而繪。

屈原像

抒寫憂傷的嶄新文體。由屈原「自鑄偉詞」所開創的楚辭的天空一經產生便是群星璀璨，而《離騷》則是所有星座中最燦爛的一顆。《離騷》全長三百七十三句，二千四百九十字，是中國文學史上第一首由詩人自覺創作、獨力完成的長篇抒情詩。詩人以自身爲原型，從多方面樹立了一個具有高尚品格和出眾才華的抒情者光彩照人的形象。他自豪地宣稱，他有著「帝高陽之苗裔」的高貴身分，降生在「庚寅」的祥瑞時辰，被賜以「正則」、「靈均」的美好名字，又有著「內美」與「修能」的卓異秉賦。在此基礎上，詩人進一步敘述自己堅持不懈地磨練自己的才幹，希望有朝一日實現「美政」的理想，通過「舉賢而授能兮，循繩墨而不頗」令楚國振興，使楚王成爲「三后」和「堯舜」一樣的聖明君主。他堅持所謂「舉賢授能」，就是不分貴賤，把眞正有才能的人選拔上來治理國家，反對世卿世祿，限制舊貴族對權位的壟斷。總之，在詩人傾注滿腔心血所塑造的這個能夠把楚國引向康莊大道的主人翁身上，體現著詩人自己的主體意識、情感、理想和人格。這是中國文學史上的第一個光輝照人的抒情主人翁。

然而，屈原「舉賢授能」的美好願望卻因爲得罪了那些昏聵無能的「黨人」，而在現實中處處碰壁。「惟夫黨人之偷樂兮，路幽昧以險隘」，這些結黨營私的小人只顧著自己的享樂，而不顧國家安危，使得楚國的前景變得危險而狹隘。由於詩人的受到重用、實施改革而威脅了他們的利益，他們便「內恕己以量人，各興心而嫉妒」，紛紛誣衊詩人是淫邪小人。在正邪兩種勢力的對抗中，能夠決定雙方成敗並由此決定楚國命運的楚王，卻是昏庸糊塗，忠奸不辨。他雖然也一度信任和重用詩人，最終卻受

了「黨人」的矇騙，進而背棄了與詩人的「成言」，「悔遁而有他」，由此導致了詩人的失敗和楚國的衰危。詩人的理想受到了沉重的打擊，甚至他親手培養的人材也紛紛轉向，他處在完全孤立的境地。然而詩人他絕不因此放棄自己的理想，與污濁的世俗妥協。「亦餘心之所善兮，雖九死其猶未悔！」「伏清白以死直兮，固前聖之所厚！」他寧死也不肯絲毫改變自己的人格，他依然佩戴著香草芝蘭，頭頂著高高的帽子，身穿著奇裝異服，把自己與溷濁的世道區分開來。詩歌的前半部分，展示了品質高潔的主人翁堅守信念、堅持理想、不懈追求的光輝形象。

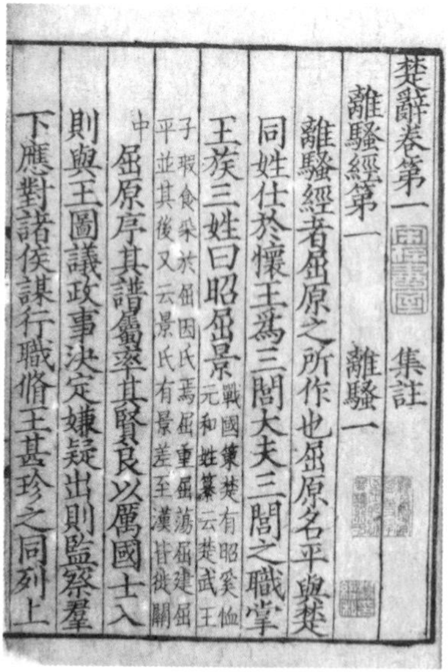

《楚辭》（戰國至漢，屈原等著）書影

由於在現實世界中鬱鬱不得志，詩人從黑暗的現實中脫身而出，到一個虛擬的神話世界中探索眞理。「路漫漫其修遠兮，吾將上下而求索。」他到底應該走一條什麼樣的道路呢？《離騷》的後半部分展示了他探索未來道路的歷程。首先，「女嬃」勸他不要「博謇好修」，而是要明哲保身。但是詩人通過向古代的聖君舜的陳辭，分析歷代興亡，證明自己的選擇的正確，否定了這種消極逃避的道路。而後詩人來到天界扣求帝閽，然而天帝的守門人卻閉門不理。這表明重新獲得楚王信任的道路已徹底阻塞。他又降臨地上求佚女，請求他們爲上帝通報，卻依然吃了閉門羹。這樣，他找到能夠理解和幫助自己的知音的理想也徹底破滅了。

那麼，出路到底在哪裡呢？詩人轉而請巫者靈氛占卜、巫咸降神，請他們指示出路。靈氛認爲楚國已毫無希望，勸他出國遠遊，另尋施展才華的地方；巫咸勸他暫時留下，等待機會。在現實中所遭遇的一切使詩人清楚地認識到，留在黑暗的楚國是沒有希望的，時不待

屈子祠

屈子祠位於湖南省汨羅縣汨羅江岸的玉笥山上，始建於漢代，現存規模爲清代乾隆二十一年(1756)重建。祠後有一平頂土丘，俗稱騷壇，傳說《離騷》就在此地寫成。

人，不如離開吧。於是，詩人駕飛龍，乘瑤車，揚雲霓，鳴玉鸞，自由翱遊在一片廣大而明麗的天空中。然而，這一行動與他心中的愛國情結是格格不入的。正當他升騰遠逝之時，卻看見了祖國的大地：「忽臨睨夫舊鄉。僕夫悲余馬懷兮，蜷局顧而不行。」他發現自己根本無法離開故土。既不能改變楚國，又不能改變自己，而且也離不開楚國，那麼，除了以死殉自己的理想，他還能有什麼選擇呢？「既莫足與爲美政兮，吾將從彭咸之所居！」詩人最終選擇了他唯一能選擇的道路：以死來堅持理想、完善人格，與黑暗現實對抗到底的道路。

整篇《離騷》閃耀著理想主義的光輝異彩。通過對詩人一生不懈的追求與探索，作品展現了一個偉大靈魂深摯熱烈的愛國情懷、光輝的人格和不屈不撓的精神。《離騷》是現實主義的，詩人眞實而深刻地揭示了在戰國末年楚國政治舞臺上兩種勢力的尖銳鬥爭；《離騷》又是浪漫主義的，那火樣的激情，飛騰的想像，奇幻的意境和絢麗的文采，形成了一個幻彩紛呈的藝術世界。

屈原是中國文學史上第一個偉大的愛國主義詩人。從他開始，中國詩歌進入個人獨創的新時代。而由他獨立開創的新詩體——楚辭，已經大大地突破了《詩經》以四言爲主的表現形式和以抒情誌爲主的現實主義風格，極大地豐富了詩歌的表現力。後人也因此將《詩經》與《楚辭》並稱爲「風、騷」，這就是中國詩歌現實主義和浪漫主義傳統的兩大源頭。

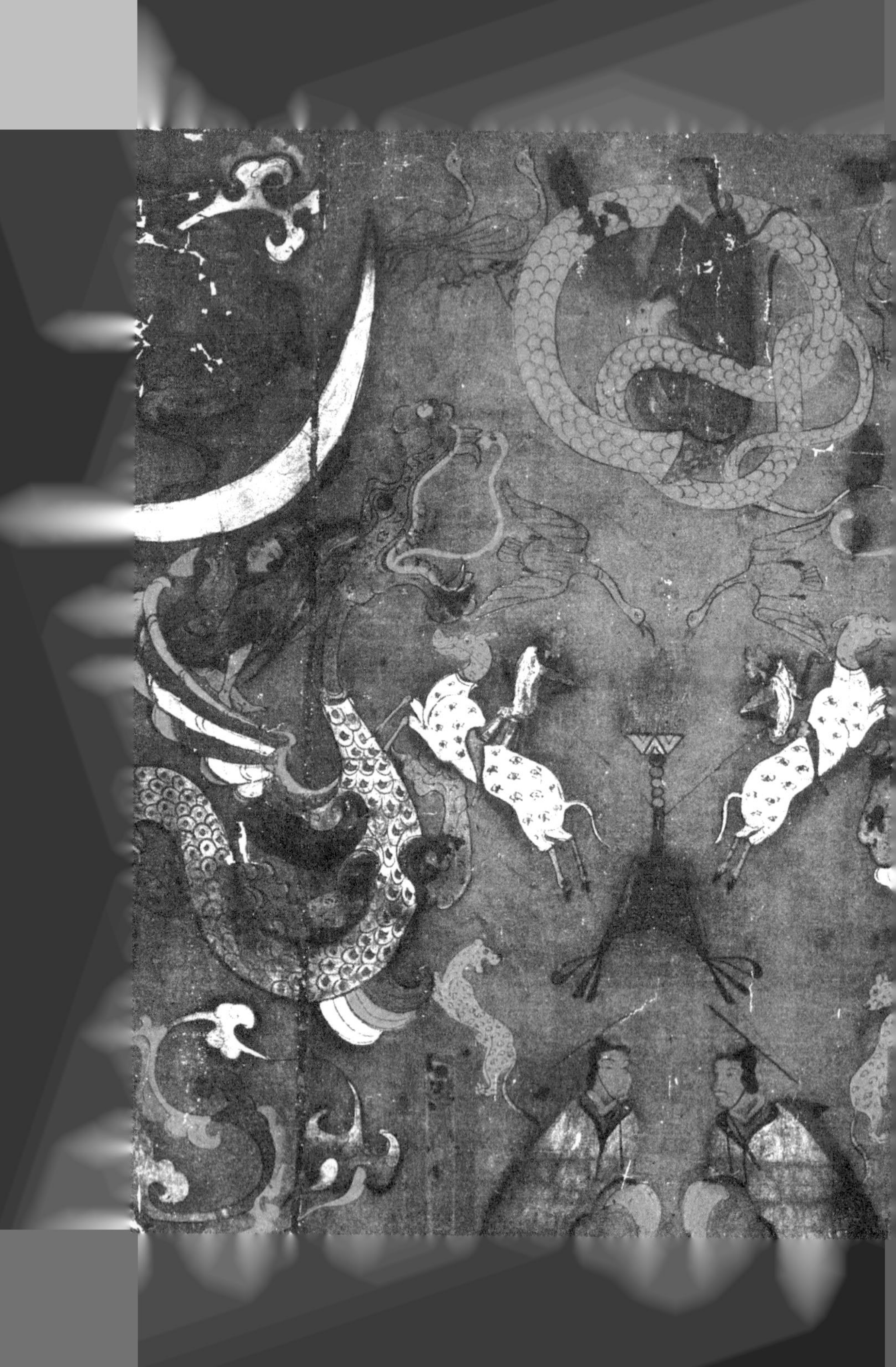

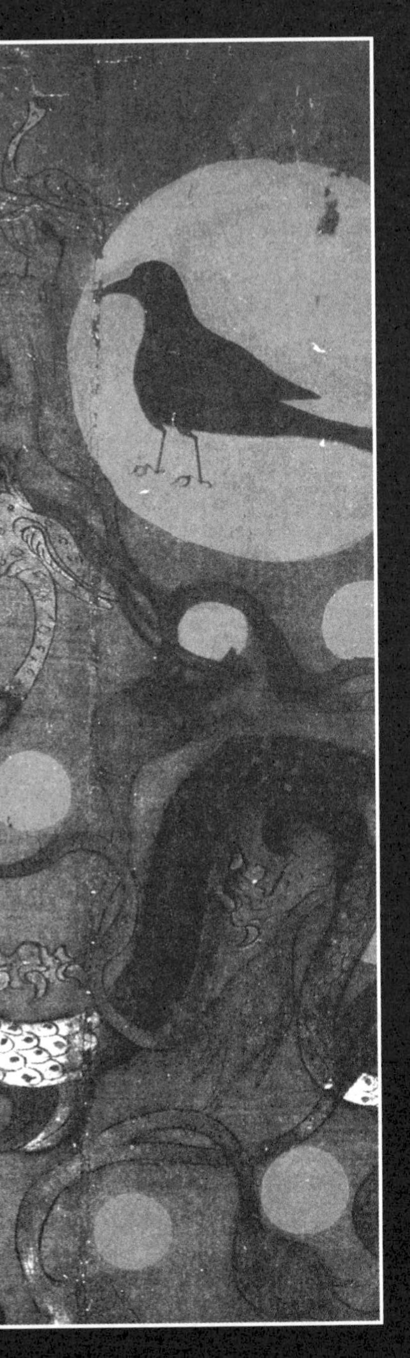

第二篇

兩漢文學

強盛帝國的輝煌景觀

漢家王朝，是中華民族歷史上的一個揚眉吐氣的時代，也是一個充滿了創造性的時代。在這個偉大的時代裡，處處洋溢著勝利的喜悅和豪邁的情懷。作為時代精神象徵的漢代文學，也取得了輝煌的成就。賦作為漢代文學的代表，壟斷了兩漢文壇，表現了漢王朝的大國風貌，司馬相如、揚雄這一批風流才子，唱響了時代的讚歌。最能代表兩漢文學偉大實績的，是司馬遷的《史記》，它既是歷代正史的開山之作，也是中國文學的淵藪。漢代樂府詩是一種民間歌吟，那些不假修飾的文字，傳達出勞動人民真摯的心聲，樂府詩的興盛，影響了文人詩的創作，詩歌逐漸地取代了辭賦佔據了文壇的統治地位。

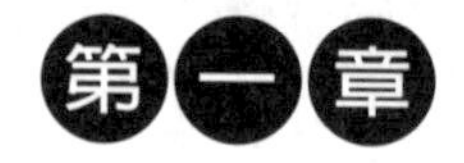

第一章 富麗堂皇的大漢頌歌

兩漢辭賦

賦作為漢代最流行的一種文體，幾乎壟斷了兩漢四百年的文壇。它介於詩歌和散文之間，一方面具有詩歌的音樂性，另一方面又具有散文的靈活性。從整個賦體的發展歷程來看，它的詩歌特性在不斷削弱，而散文性則不斷增強。漢賦借鑒了楚辭和戰國縱橫家文章中主客問答的形式，吸收了那種鋪張揚厲的行文風格，又繼承了先秦史傳文學的敘事手法。漢賦通常以豐辭縟藻大肆鋪陳，著力描寫帝王宮苑的富麗、京邑的繁華以及田獵聲色之樂，以達到「潤色鴻業」的目的。

琴台絕調

司馬相如

司馬相如(前179～前118)，字長卿，小名犬子，因為欽慕完璧歸趙的藺相如，所以更名為相如。蜀郡成都人。文帝景帝時期，當時的蜀郡太守文翁鑒於蜀地偏僻，有蠻夷之風，於是派遣蜀中青年十餘人到國都長安學習，司馬相如也在其中。景帝時，司馬相如憑藉家庭的富有拜官為武騎常侍，但他對這個官職並不感興趣。正值此際，梁孝王來到長安，並帶來鄒陽、枚乘等一批文士，司馬相如與他們文章往來，十分愉悅，於是藉口有病辭去了官職，投到梁孝王門下當了一介門客。在這段時間裡，他寫出了《子虛賦》。景帝中元六年(前144)，梁孝王死，司馬相如回歸蜀地。因為生活無著，他依附於臨邛令王吉。這期間他認識了臨邛富人卓王孫的女兒卓文君，因琴會意，兩情相悅，他們克服了重重困難，終於成就了幸福的婚姻。如今成都的「琴台故徑」一景，猶有當年的遺風餘韻。

漢武帝即位後，為彰顯帝國的文治武功，把一大批文士招置在自己周圍。當他讀了司馬相如的《子虛賦》後，大為讚賞。在廷見時，司馬相如表示《子虛賦》寫的不過是諸侯之事，算不了什麼，他願意作一篇天子遊獵之賦。於是當廷作《上林賦》。漢武帝龍顏大悅，封他作郎官。武帝元光五年(前130)，相如兩次奉旨出使巴蜀。他從巴蜀回來後，有人告發他出使時曾受人財物，因此被免官，但不久又復職。他看到仕途之險，故常稱病閒居。晚年時他還任過文

神祇攸歆逸豫無期
一人有慶兆民賴之
畋獵
子虛賦
司馬長卿

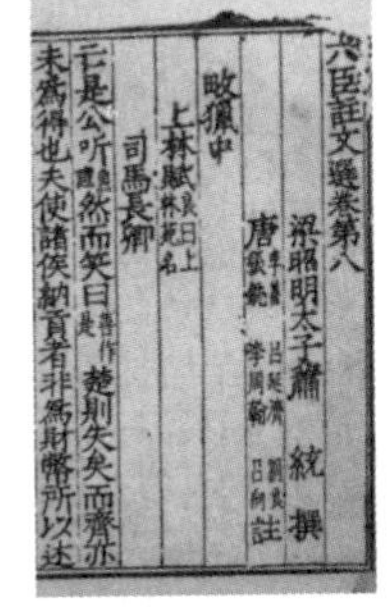
六臣註文選卷第八
梁昭明太子蕭統撰
唐 李善 呂延濟 劉良 張銑 呂向 李周翰 註
畋獵中
上林賦
司馬長卿
亡是公听然而笑曰 楚則失矣而齊亦
未為得也夫使諸侯納貢者非為財幣所以述

《子虛賦．上林賦》(西漢司馬相如著)書影

園令，這是管理文帝陵園的閒散職務。元狩五年(前118)，司馬相如病卒。

據《漢書・藝文志》記載，司馬相如有賦二十九篇，現存有《子虛賦》、《上林賦》、《哀秦二世賦》、《大人賦》、《長門賦》、《美人賦》等幾篇。其中前兩篇是整個西漢時期大賦的代表作。《子虛賦》寫於在梁孝王門下為客時期，《上林賦》作於武帝召見之際，前後相差十年，但是兩篇內容相接，構思連屬，實際上是一篇完整的大賦。作品虛構了子虛、烏有先生、無是公三個人，借他們的對話聯結成篇，形成三個自然的段落。

卓文君像　明　佚名

卓文君是西漢女文學家，司馬相如的妻子，蜀郡臨邛人。她本是臨邛富人卓王孫之女，擅鼓琴，長於詞賦。喪夫後她不顧家人阻撓與司馬相如逃至成都。婚後兩人衣食無著，於是回到臨邛，當壚賣酒。司馬相如成名得官後，欲聘茂陵女爲妾，卓文君作《白頭吟》加以諷勸，兩人恩愛如初。其《白頭吟》至今尚存。

文章一開頭寫楚國使臣子虛出使齊國，齊王盛待子虛，悉發車騎，舉行大規模的田獵，以炫耀齊國的宏大氣魄。田獵後，子虛訪問烏有先生，當烏有先生問及田獵之樂時，子虛則將楚王在雲夢澤打獵的盛況描述了一遍，以表明楚國田獵之盛遠遠地超過了齊國。這是第一個段落。接著烏有先生爲齊國辯護，並批評子虛說：

「今足下不稱楚王之德厚，而盛推雲夢以爲高，奢言淫樂而顯侈靡，竊爲足下不取也。」他認爲，地域的遼遠，物產的富饒和對於物質享樂的追求，同君主的道德修養根本無法相比，因而是不値得稱道的。何況齊國之大，奇珍異寶、名禽怪獸無所不有，烏有先生是想借此折服子虛。這是第二個段落。第三個段落裡，無是公對子虛、烏有先生乃至齊、楚諸侯展開批評，並大事鋪張天子上林苑的巨麗。在描繪了上林苑的地勢後，連用了七個「於是乎」來描述上林苑的種種繁華富麗和天子遊獵的壯闊聲勢，以顯示大漢天子壓倒諸侯的無比聲威。在作者的筆下，漢天子是位既懂得奢侈享樂、又勤政愛民而爲國家計深遠的英明君主。他在極樂之餘，又有所思，感歎：「此太奢侈！非所以爲繼嗣創業垂統也。」於是發布命令說：

地可墾辟，悉爲農郊，以贍氓隸；隤牆塡塹，使山澤之民得至焉；實陂池而勿禁，虛宮館而勿仞。發倉廩以救貧窮，補不足，恤鰥寡，存孤獨。出德號，省刑罰，改制度，易服色，革正朔，與天下爲始。

天子的這一道命令，否定了

上林苑遺址

司馬相如在《上林賦》中極力表現的上林苑是中國歷史上最著名的帝王苑囿之一。西漢上林苑的範圍包括現在陝西省户縣、長安、周至三縣。當年宏偉壯觀，今已夷爲平地，常有「上林」瓦當出土。

上林的富麗之美，而代以天下之治。作者這樣寫意在對帝王起諷諫作用，抑制他們對於生活享受的過分追求。但這種垂於篇末的諷諫是「勸百諷一」，作用甚微。

《子虛賦》、《上林賦》在藝術上最為突出的特點就是極度誇張的鋪陳描寫。例如在描寫雲夢澤時，作者極力寫這裡的山水土石的名貴，接著把所想像到的一切奇花異草、珍禽怪獸，依照東南西北上下的方位排列於其中，斑斕絢麗，華豔奪目。再看他對於上林內的河流的描寫：

蕩蕩乎八川分流，相背而異態；東西南北，馳騖往來；出乎椒丘之闕，行乎洲淤之浦，經乎桂林之中，過乎泱漭之野；汩乎混流，順阿而下，赴隘陿之口，觸穹石，激堆埼，沸乎暴怒，洶湧澎湃……

這種縱橫捭闔鏗鏘響亮的文字，不正是漢帝國雄視寰宇的精神面貌的象徵嗎？

宏偉巨麗的《子虛賦》、《上林賦》建立了漢賦的固定的形體，成為後世賦家刻意模仿的樣板，才力高深如揚雄、班固等人，不管如何的筆力雄健，卻始終沒有衝破《子虛》、《上林》的藩籬。

《長門賦》和《美人賦》的名氣沒有前兩篇大，卻更有意思。司馬相如與卓文君是歷史上確切記載的第一對自由戀愛自由婚姻的男女，他們的舉動在當時的歷史背景下堪稱驚世駭俗，但時間的流逝卻使之成為千載流傳的愛情佳話。據說後來司馬相如移情別戀，卓文君寫了一篇《白頭吟》以諷勸，相如讀後深為感動，就寫了兩篇賦自我批評，同時表明心跡。《長門賦》裡，作者刻畫了一個美人，她批評丈夫的變心，而自己依然一往情深。賦前的小序裡說明這是陳皇后失寵後，相如「為文以悟主上，陳皇后復得親幸」。可見這篇賦實是一篇堅貞不渝的愛情宣言。在《美人賦》裡，這種主題表現得更為清楚。在那個三妻四妾的時代裡，浪子回頭的司馬相如，依然不失為忠於愛情的有情人。

班固和張衡

如果說四百年的漢朝是一支完整的進行曲，那麼王莽亂漢就只能算一個小小的插曲。但是這個插曲造成的社會動盪，以及它給文人和文學帶來的衝擊，卻是十分巨大的。大亂之後的東漢辭賦創作，失去了武帝時代那一種汪洋恣肆和鋪張豪放，轉而形成了一種深邃冷峻、平正典雅的風格。這一時期的代表作家有班固(32～92)、張衡(78～139)等。

班固像

在東漢文壇上，班固的主要角色是一位史傳文學家。但他在賦的創作上也卓有成績。他寫有《兩都賦》、《答賓賦》、《幽通賦》等。《兩都賦》被梁朝蕭統所編的《文選》列為第一篇，可見其在漢魏六朝文人心目中的地位非同一般。這篇賦分《西都賦》和《東都賦》，而從內在關係上看，實為一篇文章的上下章。作品虛構了「西都賓」和「東都主人」兩個人物，通過他們的談話構成內容。「西都賓」盛讚長安形勝，具有建立國都的得天獨厚的自然條件；而「東都主人」則否定「西都賓」所代表的那種過分看重宮廷、河山等品物繁盛的舊的京都意識，而極力推崇東都洛陽的制度之美，盛稱光武帝重鑄綱紀的赫赫帝功，頌揚他遷都的重要決策，並充分褒揚漢明帝崇盛禮樂、修明法度的煌煌成就，表達

了對於天子風範的深切嚮往。從這篇賦的體制和表現手法上，可以明顯地看出司馬相如《子虛》、《上林》的影響。當然，這並不等於說班固重蹈前人毫無創新，他的這篇賦作開創了「京都大賦」這種體式，稍後的張衡和晉時的左思都受其影響，分別作有《二京賦》和《三都賦》。

張衡是東漢著名的天文學家和文學家。說到天文人們自然會想到他的渾天儀和地動儀，說到文學則會想到他的《二京賦》和《歸田賦》。《二京賦》是他用了整整十年的時間才寫成的。當時天下承平日久，統治者耽於享樂，極盡奢華，「衡乃擬班固《兩都》，作《二京賦》，因以諷諫」。《二京賦》在結構謀篇方面完全模仿《兩都賦》，以《西京賦》、《東京賦》構成上下篇。作者有意和班固的《兩都賦》及司馬相如的《子虛賦》一比高下，所以內容力求豐富完備，文中生動地描繪了宮室的輝煌，官署宿衛的嚴整，後宮的侈靡，其間又穿插了商賈、遊俠、解抵百戲、嬪妃邀寵的描寫，展現了漢代的城市生活和風俗民情。文章的氣勢波瀾壯闊，成爲漢代「京都大賦」的代表之作。

精采篇章

一思曰：我所思兮在太山，欲往從之梁父艱。側身東望涕沾翰。美人贈我金錯刀，何以報之英瓊瑤。路遠莫致倚逍遙，何為懷憂心煩勞。

二思曰：我所思兮在桂林。欲往從之湘水深，側身南望涕沾襟。美人贈我金琅玕，何以報之雙玉盤。路遠莫致倚惆悵。何為懷憂心煩傷。

三思曰：我所思兮在漢陽，欲往從之隴阪長，側身西望涕沾裳。美人贈我貂襜褕，何以報之明月珠。路遠莫致倚踟躕，何為懷憂心煩紆。

四思曰；我所思兮在雁門，欲往從之雪紛紛。側身北望涕沾巾。美人贈我錦繡段。何之報之青玉案，路遠莫致倚增歎，何為懷憂心煩惋。

——東漢・張衡《四愁詩》

大火流兮草蟲鳴，繁霜降兮草木零。秋為期兮時已征，思美人兮愁屏營。

——東漢・張衡《歎》

浩浩陽春發，楊柳何依依。百鳥自南歸，翱翔萃我枝。

——東漢・張衡《歌詩》

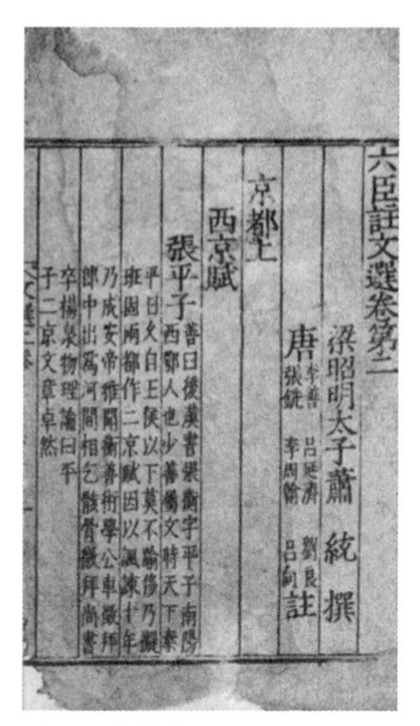
六臣註文選卷第二
梁昭明太子蕭統撰
唐 李善 呂延濟 劉良 張銑 李周翰 呂向 註
京都上
西京賦
張平子 善曰後漢書曰張衡字平子南陽西鄂人也少善屬文特天下泰平日久自王侯以下莫不踰侈乃擬班固兩都作二京賦因以諷諫十年乃成安帝雅聞衡善術學公車徵拜郎中出為河間相乞骸骨徵拜尚書卒楊泉物理論曰平子二京文章卓然

《西京賦》(東漢張衡著)書影

代表著一個時代的文學樣式，大約是和那一個時代相始終的。漢大賦的恢宏磅礴，是與漢武時代的盛世氣象相適應的。東漢時期的士人，處於外戚、宦官爭權奪勢的夾縫中，志向才能不得施展，滿腹的憤懣鬱結，都傾注在賦的創作之中。大漢的堂皇頌歌，變成了文人的自我抒懷。於是大賦一變而為抒情小賦。這個變化中，張衡是一個非常奇妙的人物，他的《二京賦》標誌著大賦創作高潮的結束，而其《思玄賦》、《歸田賦》等作品則預示著抒情小賦時代的到來。

在和帝、順帝時期，張衡以才華出眾受到親幸，同時也招致群小的讒言毀謗。他常為自己的處境而苦惱，於是寫成《思玄賦》，陳述自己不肯屈從流俗的心志。同時，他還寫成《歸田賦》。這一篇作品表現出了更多的藝術才能：

仲春令月，時和氣清。原隰鬱茂，百草滋榮。王睢鼓翼，鶬鶊哀鳴；交頸頡頏，關關嚶嚶。於焉逍遙，聊以娛情。爾乃龍吟方澤，虎嘯山丘。仰飛纖繳，俯釣長流。

這自然萬物任情舒展的田園，這遠離塵囂的方外勝境，怎不令人心馳神往！可以逍遙地遊玩，可以自在地射釣。通讀全篇，能感受到濃郁的生活情趣，品味到人與自然的完美和諧，讓人想起老莊的精神境界。

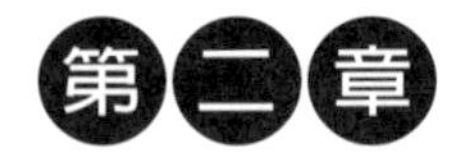

史傳文學的里程碑

《史記》與《漢書》

漢武帝時文學的鼎盛，不僅表現在辭賦的創作上，歷史散文也出現了里程碑式的傑作，這就是司馬遷的《史記》。司馬遷是漢代成就最高的散文家。他那淵博的學識、深邃的思想、不朽的人格，以及揮灑自如的神來之筆，鑄就了一部享譽千秋的史家絕唱，成了後代文人時時仰視的一座高峰。順著司馬遷開闢的道路，班固的《漢書》也在歷史散文的殿堂裡取得了一席之地。有許多學者對於《漢書》的評價比《史記》還高，這是一個很有趣的現象。

史家絶唱，無韻離騷

《史記》

一

在陝西韓城市，有一個緊臨黃河龍門的小鎮。它在古時叫作夏陽。這裡東臨黃河，北依龍門山，相傳大禹曾在這裡鑿山治水。長河名山，氣象雄渾。西漢景帝中元五年（前145），一代文史祖宗司馬遷就誕生在這裡。

司馬遷童年時「耕牧河山之陽」，鄉土文化培育了他的靈秀之氣。他的父親司馬談是個有文化修養和專門學問的人，給了他大量的文化薰陶。司馬遷十歲時，父親作了太史令，他也跟隨著父親來到了京城長安，師從當時的大學者董仲舒、孔安國學習《春秋》、《尚書》，奠定了堅實的學問基礎。

二十歲那年，風華正茂的司馬遷滿懷豪情地開始了他的壯遊，他主要到了中原和江南，在那裡尋訪歷史陳跡，憑弔那些早已隨風而逝的風流人物。回來以後，他在朝廷作了郎中。後來又奉旨到過四川、雲南一帶。這一時期，好大喜功的漢武帝，也正處於春風得意的時候，時常到全國各地巡狩。司馬遷跟從著皇帝，走遍了華夏大地，他一方面搜集到了許多歷史人物的資料和傳說，增長了史家的見識，同時開拓了胸襟和眼界，蘊蓄了詩人的情懷。

漢武帝元封元年（前110），當時的太史令司馬談去世。臨終

五帝本紀第一　史記一

黃帝者

《史記》（西漢司馬遷著）書影

時，把著述歷史的未竟事業鄭重地託付給司馬遷。司馬遷繼任父親作了太史令。在司馬遷心中，一直有一個堅定的信念：周公死後五百年有了孔子，孔子死後到現在也正好五百年；如果今世有像周公、孔子那樣的塑造時代精神的文化聖人，非我司馬遷而何？他焚膏繼晷，兀兀窮年，大量閱讀國家藏書，研究各種史料，準備著撰寫一部「究天人之際，通古今之變，成一家之言」的曠世奇書——《史記》。行萬里路的司馬遷，正在萬卷書籍中尋求繼往聖、興絕學的精神力量。但是，每一個取得巨大成功的人，似乎都命定會有一段苦難的歷程。如果說這些人當中有一個最不幸的人，或許他就是司馬遷了。正在爲著理想而奮鬥的太史公，大概想不到一場巨大的災難正等著他呢。

天漢二年(前99)，在漢朝對匈奴的戰爭中，名將李陵力戰不敵，兵敗被俘。對於漢武帝來說，這大大地損傷了他大漢天子的無上尊嚴。一夜之間，李陵成了朝野千夫所指的罪人。在這牆倒眾人推的時候，司馬遷卻犯了書生的呆氣，居然爲這位可憐的降將作辯護。漢武帝天威震怒，司馬遷在劫難逃。按照當時的法律，交一定的贖金或是接受宮刑方可免死。司馬遷家貧難以自贖，而左右親戚知道他「獲罪於天」，又怎敢冒著得罪皇帝的危險施以援手呢？志在青雲的太史公，此時卻走上了絕路。他只能在宮刑和死刑之間做出選擇。

司馬遷具有朝氣蓬勃的進取精神。爲了他的理想，他可以赴湯蹈火，甚至不惜犧牲自己的生命。

司馬遷祠

祠位於陝西省韓城市西南的芝川鎮，始建於晉，經歷代修建，至今猶存。祠坐西面東，東眺黃河，西枕梁山，北爲峭壁，裡面有司馬遷的墓塚。

現在他應該怎麼辦呢？如果要捍衛自己的尊嚴，免除自己和家族的奇恥大辱，一死應當是最好的選擇。但是他是一個為理想而活著的人，生命不僅僅屬於他自己，還屬於他所獻身的事業。《史記》尚在草創階段，他怎麼可以就這樣放棄理想放棄生命呢。他只能接受宮刑。

曾經的精神貴族，墜入了恥辱的地獄，那是一種怎樣的生不如死、九曲迴腸的痛苦呢。但是，依然有一種力量支持著司馬遷，去完成他的名山事業。這種力量，集中表現在他的《報任安書》一文中：

古者富貴而名磨滅，不可勝記，唯倜儻非常之人稱焉。蓋西伯拘而演《周易》，仲尼厄而作《春秋》，屈原放逐，乃賦《離騷》，左丘失明，厥有《國語》，孫子臏腳，兵法修列，不韋遷蜀，世傳《呂覽》，韓非囚秦，《說難》、《孤憤》。《詩》三百篇，大抵聖賢發憤之所為作也。此人皆意有所鬱結，不得通其道，故述往事，思來者。乃如左丘無目，孫子斷足，終不可用，退論書策，以舒其憤，思垂空文以自見。

關於《史記》

影響中國歷史進程的100本書之一
中國第一部紀傳體通史
最能代表中國文化的史學典籍
雙跨文史學界的不朽巨著
一部治國安邦、立身處世的最佳教科書
梁啓超、章太炎等開列的最低限度必讀書
展示5000年中華文明風采的傑作

司馬遷像

這篇鴻文感情真摯，情文並茂，有時如泣如訴，有時奔放激盪。他把自己之所以「隱忍苟活」與時浮沉的苦心，悲涼沉痛地呈現在世人面前，這不僅是為了告訴他的同時代人，尋求他們的理解，而且也是在尋找異代知音。

司馬遷寫作此文時，大約四十三歲。這時《史記》已經完成，生的留戀已不再多，所以《報任安

書》既是憂憤心靈的剖白，也是對於人世的深情告別。此後他的生平事蹟幾乎無從知曉。只有一部史家之絕唱，無韻之《離騷》，千百年來默默講述著英雄的寂寞和英雄的悲憤。

二

《史記》原名《太史公書》，東漢末年才稱爲《史記》。司馬遷在《報任安書》中說，他寫作此書的宗旨是「究天人之際，通古今之變，成一家之言」。爲此，他創立了紀傳體的史書體裁。全書由十二本紀、十表、八書、三十世家、七十列傳組成。十二本紀按照歷代帝王的先後順序記載各朝興衰終始，十表排列帝王和諸侯國之間的大事，八書是有關經濟、文化、天文、曆法等方面的專門論述，世家主要是貴族之家的歷史，列傳則是社會各階層、各類型風雲人物的傳記。這五種體例相互補充而形成的

名家導讀

百代而下，史官不能易其法，學者不能舍其書，六經之後，惟有此作。

——中國宋代　史學家　鄭樵

雖背《春秋》之義，固不失為史家之絕唱，無韻之《離騷》矣。惟不拘於史法，不囿於字句，發於情，肆於心而為文，故能如茅坤所言：「讀遊俠即欲輕生，讀屈原、賈誼即欲流涕，讀莊周魯仲連即欲遺世，讀李廣傳即欲立鬥，讀石建傳即欲俯躬，讀信陵、平原君傳即欲養士也。」

——中國現代　文學家　魯迅

中國有兩部大書，一曰《史記》，一曰《資治通鑒》，都是有才氣的人在政治上不得意的境遇中編寫的。看來人受點打擊，遇點困難，未嘗不是好事。當然這是指那些有才氣又有志向的人說的。沒有這兩條，打擊一來，不是消沉，便是胡來，甚至去自殺，那便是另當別論。

——中國現當代　政治家、軍事家、革命家　毛澤東

《史記》是中國第一部通史，但此書的真正意義不在史而在文。司馬遷說：「詬莫大於宮刑。」他滿腔孤憤，發而為文，遂成《史記》。時至今日，不可一世的漢武帝，只留得「西風殘照，漢家陵闕」，而《史記》則「光芒萬丈長」。歷史最是無情的。

——中國當代　學者　季羨林

宏大框架，勾連天人，貫通古今，全面地反映了從黃帝到漢武帝三千年的歷史風貌。

《史記》的主體內容是以描寫人物爲中心的「本紀」、「世家」和「列傳」，這是它最有文學價值的部分。司馬遷通過展示人物的活動來再現多姿多彩的歷史畫面。在他的筆下，上自帝王將相，下至市井黎民，諸子百家，三教九流，所涉及到的人物有四千多個，各有各的風貌，各有各的個性。同是漢高祖的功臣，蕭何是刀筆吏出身，所以他能持身謹愼，奉守法律；陳平年輕時家境貧寒而愛好學習，所以他始終有讀書人的氣質；樊噲發跡以前以屠狗爲生，功成之後依然是大塊吃肉大杯飲酒。即便是同一類型的人物，司馬遷也能讓他們千人千面。比如同樣是以口舌爲能的策士，蘇秦是一位身處逆境勇於發憤的正面形象，而張儀身上卻多了幾分狡詐和權謀。

完璧歸趙圖　清　吳歷

《廉頗藺相如列傳》是《史記》中最著名、最精采的篇章之一，「怒髮衝冠」、「完璧歸趙」、「負荊請罪」、「刎頸之交」等成語都出自其中。上圖表現的是「完璧歸趙」的這一故事情節。

同時，司馬遷筆下的人物具有多方面的性格特徵，沒有「好人完全是好，壞人完全是壞」的臉譜人物。項羽是一位「力拔山兮氣蓋世」的天地英雄，在多年的南征北戰中屠城無數，殺人如麻，可謂心堅似鐵。後來他在垓下被劉邦包

圍，到了四面楚歌，走投無路的境地，司馬遷是這樣描寫的：

夜聞漢軍四面皆楚歌，項王乃大驚曰：

「漢皆已得楚乎？是何楚人之多也！」項王則夜起，飲帳中。有美人名虞，常幸從；駿馬名騅，常騎之。於是項王乃悲歌慷慨，自爲詩曰：「力拔山兮氣蓋世，時不利兮騅不逝。騅不逝兮可奈何，虞兮虞兮奈若何！」歌數闋，美人和之。項王泣數行下，左右皆泣，莫能仰視。

此時的西楚霸王，別是一種英雄氣短，兒女情長，不再是一介只會征殺的武夫，而是一個性格豐滿有血有肉的眞英雄。再比如劉邦。毫無疑問，這是一位知人善任的明君，但是和我們心目中常有的高大完美的形象不同，他也有極其醜陋的一面。在與項羽兩軍對壘的時候，項羽劫持了他父親來要脅他。請看他的臨場表現：

項王……爲高俎，置太公其上，告漢王曰：「今不急下，吾烹太公。」漢王曰：「吾與項羽俱北面受命懷王，曰‘約爲兄弟’，吾翁即若翁，必欲烹而翁，則幸分我一杯羹。」

別人要把他的父親煮了，他卻笑著說那就分給我一杯肉湯吧！劉邦的流氓無賴的嘴臉，顯露無餘。這一種性格與他的雄才大略，合成了一個完整的劉邦。

《史記》中的人物還表現出許多人類的共性。千載以下仍然能夠引起人們的強烈共鳴，對後代產生深遠的影響。這些人物的共性首先表現在滴水之恩，湧泉相報。蘇秦手握六國相印以後，家財萬貫，他沒有忘記往昔幫助過自己的親族朋友，給以重金酬謝，有人曾借給他一百錢，他就以一百金償還。劉邦當泗水亭長的時候，到咸陽出差，一般人都送他三百錢，唯獨蕭何送他五百錢，劉邦稱帝封侯時，特地爲蕭何增加了兩千戶，以報答先前他多送二百錢的恩惠。韓信年少時寄食於人，一位洗衣的老母接濟了他，後來他受封楚王，以千金酬謝漂母一飯之恩。這些人物在微賤時受人恩惠，發跡後百倍千倍地予以報答，以示自己不忘本，不負人。這種報恩行爲的極致，就是司馬遷在他的書中再三申明的「士爲知己者死，女爲悅己者容」。在《刺客列傳》裡的專諸、豫讓、聶政、荊軻等人，都是把一腔熱血交與知己的人。與這種知恩圖報相對應，則是以牙還牙，以怨報怨。伍子胥在楚國時，父兄均被楚平王無辜殺害，他被迫逃亡吳國。後來，他借助吳國的力量攻破楚國都城，挖掘出楚平王的屍體，鞭屍三百，以報家族之仇。蘇秦對於借給自己百錢的人以百金相償，而對那些在危難之際試圖離開自己的隨從則一文不賞。此外，《史記》裡人物還普遍存在著富貴還鄉的共同理想和追求。項羽在火燒秦都咸陽後一心想

名言警句

天下熙熙，皆為利來；天下攘攘，皆為利往。

諺曰：「千金之子，不死於市。」

——《史記‧貨殖列傳》

天子為治第，令驃騎視之，對曰：「匈奴未滅，無以家為也。」

——《史記‧衛將軍驃騎列傳》

信曰：「狡兔死，良狗烹；高鳥盡，良弓藏；敵國破，謀臣亡。天下已定，我固當烹。」

呂后曰：「人生一世間，如白駒過隙，何至自苦如此乎?」

——《史記‧淮陰侯列傳》

豫讓曰：「士為知己者死，女為悅己者容。」

——《史記‧刺客列傳》

傳曰：「鳥之將死，其鳴也哀；人之將死，其言也善。」

——《史記‧滑稽列傳》

屈原曰：「舉世混濁而我獨清，衆人皆醉而我獨醒。」

——《史記‧屈原賈生列傳》

項羽曰：「富貴不歸故鄉，如衣繡夜行，誰知之者？」

——《史記‧項羽本紀》

太史公曰：「前事之不忘，後事之師也。」

——《史記‧秦始皇本紀》

張儀謂韓哀王曰：「臣聞之，積羽沉舟，群輕折軸，衆口鑠金，積毀銷骨。」

——《史記‧張儀列傳》

韓安國曰：「強弩之極，矢不能穿魯縞；沖風之末，力不能漂鴻毛。」

——《史記‧韓長孺列傳》

著東歸故里，他說：「富貴不歸故鄉，如衣繡夜行，誰知之者？」劉邦當了皇帝以後回到故鄉，特地高歌一曲《大風歌》，表露了功成後的喜悅和豪邁情懷。蘇秦、韓信、司馬相如、主父偃，都是這一類人。

司馬遷的人生是悲劇的人生，這種悲劇的精神不可避免地籠罩著全書。《史記》裡的風雲人物，大都具有悲劇的命運。伍子胥、虞卿、范雎、魏豹、彭越等人，或在困境中著書立說，或久經磨難而不衰，千錘百鍊更堅強。他們的苦難經歷都打上了深深的悲劇烙印，寄寓著作者深切的同情，包含了司馬遷自己的人生感慨。

一部《史記》，就是一條五光十色的歷史人物畫廊。天才畫家司馬遷，以其天縱之才，把三千年風起雲湧的歷史中的風流人物，活靈活現地驅於筆端，魅力無窮，常讀常新，千百年來，一直受到人們的喜愛。

三

一部血淚凝成的《史記》，不僅是歷代正史的開山之作，而且也成爲了以後兩千多年中國敘事文學的淵藪。它是古代散文的典範，其寫作技巧、文章風格、語言特點，對唐宋八大家、明代的前後七子、清代的桐城派都有著巨大而深刻的影響。它情節曲折、人物形象栩栩如生的特點，也對後代小說的創作積累了豐富的經驗。至於那些活躍在歷史浪花裡的人物，則成爲明清戲曲裡的鮮活的舞臺形象。

《史記》具有詩的意蘊和魅力。雖然在形式上是歷史，但它也許是中國文學史上最偉大的浪漫主義的抒情篇章。在司馬遷的身後，有著無數的異代知音，有著無數的風雲人物，他們在追隨著那一個浪漫的時代，在追隨著浪漫時代裡的那位爲著渺茫命運奮鬥不息的悲劇英雄司馬遷。已故著名學者季鎮淮先生寫有一首《題〈司馬遷〉》，留下了又一個追隨的背影：

茫茫禹跡溯龍門，
耕牧河山漢史村。
百世奇文懸日月，
千秋孤憤訴晨昏。
繪心歷歷英雄譜，
奮筆諍諍血淚魂。
豈道名山事業重，
是非終峙後賢論。

《漢書》

在文學史上，能夠和太史公司馬遷並稱的人並不多，東漢時期撰寫《漢書》的班固算是一位。

班固出身於官宦人家。他的父親班彪是西漢末年著名的學者，揚雄、王充等名士都出其門下。班固少時聰穎，頗有文才。十六歲時到了都城洛陽，進入太學學習，他學無常師，謙虛謹慎，備受其他學者的稱讚。後來因爲私撰國史，被捕入獄。他的弟弟班超代他向漢明帝陳述了著書的意圖。漢明帝看了班固寫的文章，欣賞他的文才，就任他爲蘭台令史，後來又升爲郎官，專門從事《漢書》的寫作，至漢章帝建初七年(82)基本完成，前後歷時二十餘年。能夠平平安安地把《漢書》寫完，班固比他的前輩太史公幸運得多了。

《漢書》是我國第一部紀傳體斷代史。它在體例上完全依照《史記》，漢武帝以前的歷史，大都沿用《史記》原文。與《史記》相比，《漢書》缺乏一種深蘊的詩情和悲劇風格，這大概是因爲司馬遷在本質上是一位激情的詩人，而班固卻是一位嚴謹的史家。不過《漢書》在寫人方面也多有成功之處。比如那位忠君愛國的蘇武，十九年的漫長光陰，匈奴無數次的威逼利誘，依然改變不了一顆漢臣的心。又如朱買臣這個形象：

班固像

初，買臣免，待詔，常從會稽守邸者寄居飯食。拜爲太守，買臣衣故衣，懷其印綬，步歸郡邸。值上計時，會稽吏方相與群飲，不視買臣。買臣入室中，守邸與共食。食且飽，少見其綬。守邸怪之，前引其綬，視其印，會稽太守章也。守邸驚，出語上計掾吏。皆醉，大呼曰：「妄誕耳！」守邸曰：「試來視之。」其故人素輕買臣者入內視之，還走，疾呼曰：「實然！」坐中驚駭，白守丞，相推排陳列中庭拜謁。買臣徐出户。有頃，長安廄吏乘駟馬車來迎，買臣遂乘傳去。（《漢書·朱買臣傳》）

漢書一
高帝紀第一上
師古曰紀理也統理衆事而繫之於年月者也
漢　護軍　班　固　撰
唐　正議大夫行秘書少監琅邪縣開國子顏　師古　集註
高祖 荀悅曰諱邦字季邦之字曰國張晏曰禮謚法無高以爲功最高而爲漢帝之太祖故特起名焉師古曰邦之字曰國者臣下所避以相代也
沛豐邑中陽里人也

《漢書》（東漢班固著）書影

班固通過朱買臣失意時和得意時的不同表現以及世人對他的前倨後恭的不同態度，刻畫出封建文人的可憐形象，也揭露了世態的炎涼。

蘇武牧羊圖　清　任伯年

《蘇武傳》是《漢書》中最爲膾炙人口的一篇，文采生動，婉而有致。後世畫家常以《蘇武傳》中的內容表現蘇武「持節牧羊」、視死如歸的高風亮節。

班固常採用細節描寫的手段來刻畫人物性格。《陳萬年傳》裡有一個精采的例子：

萬年嘗病，召咸教戒於床下，語至夜半，咸睡，頭觸屏風。萬年大怒，欲杖之，曰：「乃公教戒汝，汝反睡，不聽吾言，何也？」咸叩頭

謝曰：「具曉所言，大要教咸諂也。」萬年乃不復言。

陳萬年沉疴在身，還讓兒子陳咸侍立床前聽從教導，而他所說的無非是要陳咸學會如何巴結權貴。偏偏兒子對這一套不感興趣，居然打起了瞌睡，惹得父親大光其火。而兒子的綿裡藏針的謝罪之語，讓老父親啞口無言，沉默的背後是羞慚，還是失望？在文學語言上，由於班固本人是一位辭賦家，所以《漢書》行文重視規矩，謹嚴有法，語言具有整飭詳贍、富麗典雅的特點，這與司馬遷的《史記》的簡潔明朗、生動活潑的文風形成鮮明的對照。後世有許多散文家特別喜歡班固的這種語言風格，因此把《漢書》捧得比《史記》還高，對它的行文風格也刻意地加以模仿。就對於文學史的影響來說，《史記》、《漢書》可謂各有千秋。

名言警句

忠言逆耳利於行，毒藥苦口利於病。

——《漢書．張陳王周傳》

往者不可及，來者猶可追。

——《漢書．袁盎晁錯傳》

百里不同風，千里不同俗。

——《漢書．王貢兩龔鮑傳》

水至清則無魚，人至察則無徒。

——《漢書．東方朔傳》

王者以民為天，而民以食為天。

——《漢書．酈陸朱劉叔孫傳》

人固有一死，死有重於泰山，或輕於鴻毛。

——《漢書．司馬遷傳》

高祖常由咸陽，縱觀秦皇帝，喟然太息曰：「嗟乎！大丈夫當如此矣。」

——《漢書．高帝紀》

延年侍上起舞，歌曰：「北方有佳人，絕世而獨立，一顧傾人城，再顧傾人國，不知是傾城與傾國，佳人難再得。」

——《漢書．外戚傳》

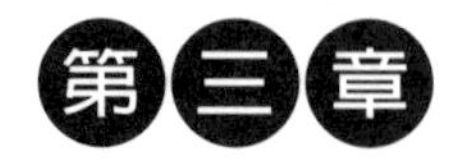

風騷之後的詩壇奇葩

漢代詩歌

在《詩經》和《楚辭》之後，漢代的樂府詩成為詩史又一壯麗的景觀。這種來自民間的新的詩體，在漢代呈現出旺盛的生命力。詩人們以獨具匠心的立意和命題，高超熟練的表現技巧創作出美妙的華章，成為中國古代詩歌新的模範。同時，文人詩歌創作出現了新的局面，五言詩取代傳統的四言成為新的詩歌樣式。《古詩十九首》就是一組成熟的文人五言詩。

民間俚曲

兩漢樂府

樂府本來是掌管音樂的官署，在秦朝和漢初已經設立，漢武帝時最爲興盛。樂府機關不僅讓御用文人們創作詩歌以供演唱，而且也大規模地採集全國各地的民歌。後來就把這些詩歌統稱爲樂府詩。

文學作品往往是時代的一面鏡子。漢代樂府詩大多來自民間，它是生活在最底層的民眾積存心底的喜悅和憂傷情感的自然流露。這裡面有對社會不平的反抗，有對炎涼世態的控訴，有對死的厭惡和對生的眷戀，也有唱給眞誠愛情的大膽頌歌，具有濃郁的生活氣息，翻開一部《樂府詩集》，就彷彿打開了一幅五光十色的漢代生活畫卷。

物不平則鳴。當不公道的社會把生活的重擔沉沉地壓在肩上時，自然會激起苦難的呻吟和呼號。《東門行》裡，一戶人家「盎中無斗米儲，還視架上無懸衣」，這種無食無衣一貧如洗的現況，逼得男主人翁拔劍而起，走上反抗的道路，而妻子則苦苦相勸，懇求丈夫忍受生活的煎熬，不要做出違法的事情，但是這種沒有希望的日

樂府鐘　秦

樂府是秦漢時期專管音樂的官署名稱。漢時將樂府收集的詩稱「歌詩」，魏晉南北朝始將其稱爲「樂府」或「樂府詩」。故樂府詩，主要的是指兩漢至南北朝，當時樂府採集的歌詩。這件銅鐘出土於陝西省西安市臨潼區秦始皇陵，上面鑄有「樂府」二字，表明早在秦代，樂府這個機構已經出現。

子，何時是一個盡頭呢，除了反抗，生活沒有留給他們別的出路。《婦病行》中，妻子久病在床，垂危之際，她再三囑咐丈夫要好好養育孩子，不要打罵他們；她死後，丈夫不得不沿街乞討，碰到熟人給了他幾個錢；回到家裡，卻看見小孩子不知母親已經死亡，還一個勁地哭著要母親抱，再想起母親臨終時死不瞑目的牽掛，這是怎樣的撕心裂肺呢。在《十五從軍征》一詩中，有一位苦命的老軍人：

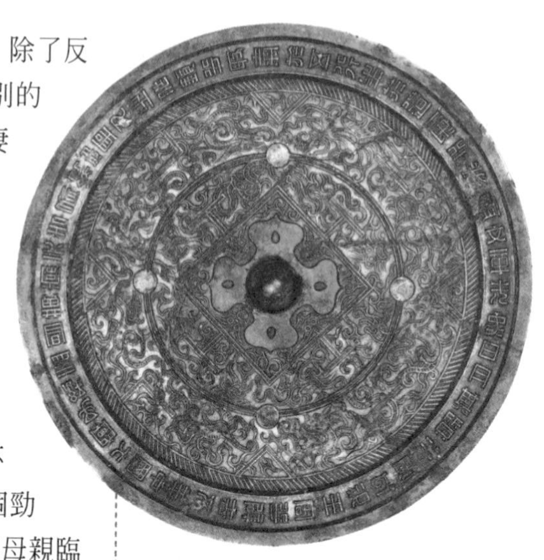

鎏金博局鏡　漢

銅鏡在漢代極爲流行，常見於墓葬中。這面銅鏡銘字：「中國大寧，子孫益昌，黃裳元吉，有紀綱。聖人之作鏡兮，取氣於五行。生於道康兮，咸有文章。光象日月，其質清剛。以視玉容兮，辟去不祥。」這已是一首帶有騷體風格的詩歌，反映了漢代詩歌範圍的廣泛。

十五從軍征，八十始得歸。道逢鄉里人，「家中有阿誰？」「遙看是君家，松柏塚累累。」

兔從狗竇入，雉從梁上飛。中庭生旅穀，井上生旅葵。舂穀持作飯，採葵持作羹。羹飯一時熟，不知貽阿誰。出門東向看，淚落沾我衣。

當兵作戰六十年，大好的人生歲月全都在戰場上度過，總該有一個安寧的晚年了吧。但是當他千辛萬苦回到家鄉，卻再也見不到親人面，只看到荒涼的庭園房舍和座座孤冷的墳墓。碾穀摘菜作好了飯，卻不知道叫誰來吃，出門四顧，唯有老淚縱橫。

雖然生是這樣的痛苦，但是對生的期望卻永不磨滅，這一種強烈的矛盾，讓人深感生命短促，人生無常，因而時時覺得傷感和悲哀。如《薤露》和《蒿里》，這是兩首喪歌，前一首感歎生命就像草上的露珠，在陽光下的生命非常短暫而且不會再生，後一首感歎大千世界無論賢愚不肖，最終都會成爲塚中枯骨。正因爲生命的短促是無法改變的事實，所以更應當倍加珍惜。《長歌行》裡說：

青青園中葵，朝露待日晞。陽春布德澤，萬物生光輝。常恐秋節至，焜黃華葉衰。百川東到海，何日復西歸？少壯不努力，老大徒傷悲！

朝露易乾，繁花易落，流水東去永不歸，就像那一去不復返的生命歷程。面對殘酷的事實，只有勸君惜取少年時，莫作老來徒傷悲！這裡表現的，是一種緊握生命的意識，是對美好人生歲月的深情眷戀。

人生痛苦，生如彗星之短暫，但是總是要閃光的。人生最美的光環，就是永遠年輕的愛情。漢樂府詩裡很多詩篇都涉及到了愛情的主題，表現了青年男女對於愛情的熱烈追求。《上邪》是熱戀中的情人的誓言：

上邪！我欲與君相知，長命無絕衰。山無陵，江水爲竭，冬雷震震，夏雨雪，天地合，乃敢與君絕！

詩中運用了五種絕不可能出現的自然現象，表示愛就一直要愛到世界的末日，讀來自有一種驚心動魄的震撼力量。而對於那些背叛愛情的人，則沒有憂傷也沒有哀怨，有的只是決裂的憤怒。在《有所思》一詩中，主人翁聽說戀人有了二心，立即把愛情的信物毀壞並燒成灰，而且要「當風揚其灰」，讓這曾經的感情見證隨風而逝，以表示自己的堅決態度。

當然，說到漢樂府裡的愛情詩，最值得一提的當數美稱爲「樂府雙璧」之一的《孔雀東南飛》。這首詩是中國現實主義詩歌的一座高峰。詩中的男主人翁焦仲卿與其妻劉蘭芝感情深篤，但是焦母卻不

樂府詩集卷第一
太原郭　茂倩　編次
郊廟歌辭
樂記曰王者功成作樂治定制禮是以五帝殊
時不相沿樂三王異世不相襲禮明其有損益
也然自黃帝已後至於三代千有餘年而其禮
樂之備可以考而知者唯周而已周頌昊天有
成命郊祀天地之樂歌也清廟祀太廟之樂歌
也我將祀明堂之樂歌也載芟良耜藉田社稷
之樂歌也然則祭樂之有歌其來尚矣兩漢已
後世有制作其所以用於郊廟朝廷以接人神
之歡者其金石之響歌舞之容亦各因其功業
治亂之所起而本其風俗之所由武帝時詔司

《樂府詩集》（宋郭茂倩輯）書影

精采篇章

秋風蕭蕭，愁殺人。出亦愁，入亦愁，座中何人，誰不懷憂？令我白頭。胡地多飆風，樹木何修修。離家日趨遠，衣帶日趨緩，心思不能言，腸中車輪轉。

——漢《古歌》

悲歌可以當泣，遠望可以當歸。思念故鄉，鬱鬱累累。欲歸家無人，欲渡河無船。心思不能言，腸中車輪轉。

——漢《悲歌》

饑不從猛虎食，暮不從野雀棲。不從野雀棲，野雀安無巢，遊子為誰驕？

——漢《猛虎行》

結交在相知，何必骨肉親。甘言無忠實，世薄多蘇秦。從風暫靡草，富貴上升天。不見山嶺樹，摧抗不為薪。目睹井中泥，上出作埃塵。

公無渡河，公竟渡河。墮河而死。當奈公何？

——漢《箜篌謠二首》

蒿里誰家地？聚斂魂魄無賢愚。鬼伯一何相催促，人命不得少踟躕。

——漢《蒿里地》

天道悠且長，人命一何促。百年未幾時，奄若風吹燭。嘉賓難再遇，人命不可續。齊度遊四方，各繫太山錄。人間樂未央，忽然歸東嶽。當須蕩中情，遊心恣所欲。

——漢《怨歌行》

皚如山上雪，皎若雲間月。聞君有兩意，故來相決絕。今日鬥酒會，明日溝水頭。蹀躞御溝上。溝水東西流。淒淒復淒淒，嫁娶不須啼。願得一心人，白頭不相離。竹竿何嫋嫋，魚尾何簁簁。男兒重意氣，何用錢刀為。

——漢《怨歌行》

君子防未然，不處嫌疑間。瓜田不納履，李下不正冠。嫂叔不親授，長幼不比肩。勞謙得其柄，和光甚獨難。周公下白屋，吐哺不及餐。一沐三握髮，後世稱聖賢。

——漢《君子行》

喜歡兒媳，婆媳矛盾十分激烈，終於焦母逼令仲卿休妻再娶。焦仲卿進退兩難，讓妻子回娘家暫住，過段日子再來接她。劉蘭芝回到娘家後，縣令和太守相繼爲子求婚，劉蘭芝的哥哥逼迫妹妹應婚，劉蘭芝走投無路，決心以死相爭。婚前一天，蘭芝與聞訊前來的仲卿抱頭痛哭，一對有情人在人世找不到相聚的地方，相約共赴黃泉，在另一個世界裡尋求天長地久的愛情。迎親日，蘭芝「舉身赴清池」，仲卿「自掛東南枝」。詩的結尾寫道：

兩家求合葬，合葬華山傍。東西植松柏，左右種梧桐。枝枝相覆蓋，葉葉相交通，中有雙飛鳥，自名爲鴛鴦。仰頭相向鳴，夜夜達五更。行人駐足聽，寡婦起彷徨。

在這對有情人的墳墓周圍，茂密的松柏枝枝葉葉相互交錯，有一對鴛鴦在其間恩愛飛鳴。這種餘音嫋嫋的浪漫結局，象徵著那綿綿不絕的忠貞愛情。

在封建社會裡，男女在愛情上是不對等的，所以就會有棄婦，有怨女。樂府詩裡，這一類題材的作品也不少見。相傳爲卓文君所作的《白頭吟》中，女子因爲男子重利輕情有了二心而深感痛苦，但是她並不軟弱，敢於面對殘酷的現實。《上山採蘼蕪》寫女子因爲男子的喜新厭舊而被拋棄，對男子的行爲表示了強烈的譴責。與這些人物形成對比的，是《陌上桑》裡的美麗的羅敷。這位年輕的姑娘在面對太守的無恥調戲時，表現出來的不是那種弱者的哀怨無助，而是對於強權的反抗和對於愛情的忠貞。

品讀漢代人的樂府詩，我們彷彿走進了他們的時代，與他們一同生活同歌同哭。在中國古代以抒情詩爲主的文學大背景下，漢代樂府詩以其突出的敘事性獨標一格，成爲文學百花園裡一朵常開不敗的奇葩。

文人歌吟

古詩十九首

以《詩經》和《楚辭》爲代表的先秦詩歌主要是四言詩。到了漢代，在樂府民歌的影響之下，文人們的五言詩創作逐漸地興盛起來。流傳到今的，以東漢時期的《古詩十九首》爲代表。

《古詩十九首》是一組非常成熟的、文學價值頗高的五言詩歌。但是非常遺憾的是，今天已經不可能知道它們的作者是誰；唯一能夠肯定的是，這十九首詩歌從寫作的手筆來看，一定出自學養很高的文人之手，同時這些詩人們都受到了民歌的影響。

與漢樂府不同，《古詩十九首》是一組抒情詩。失意的文士們，把對於現實的怨憤，對於前途的迷惘，以及人生無常的感慨，羈旅窮途的哀愁盡情地傾注於筆端，化作了傳世的詩篇。

文人們靈心善感。相比下層民眾而言，他們對於生命意識的體認最爲強烈。「生年不滿百，常懷千歲憂。晝短夜苦長，何不秉燭遊？」這一種人生苦短、世事無常的感慨，流露在詩行間。他們或有感於長青的松柏，或寄意於磊磊的金石，與自然的永久的存在相比，人生總是顯得那麼渺小，那麼短暫。在這個世界上，最可怕的竟然

蘇李泣別圖　明　陳洪綬

在文學史上，與《古詩十九首》相輝映的是《蘇李別詩二十一首》，成就相當高，據說是蘇武和李陵所作的贈別詩。劉勰《文心雕龍》說「古詩」是「五言之冠冕」。裴子野《雕蟲論》說「五言爲家，則蘇李自出。」此圖表現蘇武與李陵告別的情景，人物形象生動，線條高古有力，是明末著名畫家陳洪綬的代表作之一。

是時間，它以不變的步伐帶走了最可貴的生命。因此，春花秋月的節序物候，一草一木的榮枯衰敗，總會在詩人的心中激起情感的波瀾。「四顧何茫茫，東風搖百草。所遇無故物，焉得不速老？」「回風動地起，秋草萋以綠。四時更變化，歲暮一何速！」秋風蕭瑟，草木搖落，一年的光陰爲什麼總是那麼快呢？似乎總是在不知不覺中，青春歲月就隨風而逝，曾經意氣風發的年輕人，如今已經蒼顏白髮矣。正因爲有此感慨，詩人們特別珍視情感，輕利重別。不滿百年的人生裡，愛情、親情、友情、鄉情，才是最値得珍惜的東西，遠離故土，漂泊天涯，和愛人、朋友的分別，都會讓人感到黯然神傷！「思君令人老，軒車來何遲？傷彼蕙蘭花，含英揚光輝。過時而不採，將隨秋草萎。」遠方的心上人啊，爲什麼還不見你歸來的身影呢？你可知道，華年易逝，青春難駐，美好的人生將如蘭蕙一樣很快的枯萎。

品讀《古詩十九首》，最強烈的感受就是它的這種情感眞摯的特點。而且，與民歌的樸拙之美不同，它開始展現出精妙之美。這自然得力於文人們的妙手，他們有意

牛郎織女圖　高句麗

漢代，中國開始出現完整的牛郎織女的傳說，東漢應劭《風俗通義》佚文引《歲華紀》載：「織女七夕當渡河，使鵲爲橋。」南朝梁宗懍《荊楚歲時記》曰：「天河之東有織女，天帝之子也。年年織杼勞役，織成雲錦天衣。天帝哀其獨處，許配河西牽牛郎，嫁後隨廢織紝，天帝怒，責令歸河東，唯每年七月七日夜渡河一會。」《古詩十九首》中的《迢迢牽牛星》就是這一民間傳說在文學上的反映。

識地運用各種表現手段，把詩句刻意地加以打扮雕琢。比如《迢迢牽牛星》一詩：

迢迢牽牛星，皎皎河漢女。纖纖擢素手，札札弄機杼。終日不成章，泣涕零如雨。河漢清且淺，相去復幾許。盈盈一水間，脈脈不得語。

這首詩借牛郎織女的神話故事來寫人間平凡男女的離別情。全詩借助寫景來抒發情感，沒有一處直露的筆墨，而茫茫愁緒，洋溢其間，讀來只覺情景難分委婉纏綿。

《古詩十九首》以其獨具的魅力，對後世產生了深刻的影響。歷代的不少文人，都對其情有獨鍾，從中學到了不少的東西。

第三篇

魏晉南北朝文學

亂離時代的文學自覺

漢家王朝的興盛已成逝夢，三國是非成敗轉眼成空，兩晉的分分合合也只是一個插曲。南北朝時期，各方各派的刀光劍影成了這個混亂時代的主旋律。社會的動盪，民生的凋敝，生命的短暫和難以把握，強烈衝擊著文人的心靈。他們在奮進樂觀，追求建功立業匡扶天下的同時，也對人生悲劇有了更加深刻的思考。作家們不再有漢代賦家「潤色鴻業」的歷史使命，他們在作品中更多的表現個人的思想情感和美的追求，由此帶來了文學的繁榮。要而言之，在中國文學史上，魏晉南北朝是一個富有創新精神的時代，它是唐代文學的繁榮昌盛的先聲。

第一章 亂世悲歌與名士風流

魏晉文學

建安文學以曹氏父子為中心，在他們周圍集中了號稱「七子」的一批文人。他們的創作普遍抒寫政治理想的高揚，人生短暫的哀歎，表現出鮮明的個性和濃郁的悲劇色彩，形成了慷慨悲涼的建安風骨。正始時期的文學創作以嵇康和阮籍為代表，主要表現的是內心的苦悶與彷徨。西晉時，文壇呈現出繁榮的局面，三張、二陸、兩潘、一左，在向前人學習的同時也頗有創新，形成了一個文學創作的小高潮。到了東晉，隱逸之宗陶淵明開創了田園詩的新園地，他也是中國文學史上第一流的大詩人，對後世文人的思想情感和文學創作產生了極其深遠的影響。

三曹與建安七子

西元196年，曹操奉漢獻帝移都許昌，並改元「建安」，這就是歷史上著名的「挾天子以令諸侯」。曹操和他的兩個兒子曹丕、曹植，既是建安時代政治的中樞人物，又是當時文壇的領袖，以他們爲中心形成了一個文學集團，開創了一代文學風氣——以慷慨悲涼著稱的建安風骨。

由於小說《三國演義》的緣故，曹操留給世人的印象是一個「寧教我負天下人，休教天下人負我」的白臉奸臣。但是歷史上眞實的曹操，卻是一位叱咤風雲的亂世英雄。他在漢末的大亂中招兵買馬，建立軍事力量，成爲建安時期實際的統治者。他曾不無自豪地宣稱：「設使天下無有孤，不知當幾人稱帝，幾人稱王！」

作爲一位心懷雄圖的軍事家，曹操的廣闊胸襟和開闊視界，自然地流露在他的詩歌裡。比如《薤露》、《蒿里行》等詩，直接反映東漢末年重大的歷史事件，展現出當時的歷史畫卷。

曹操像

曹操（155～220），字孟德，小名阿瞞，沛國譙縣（今安徽亳州）人，三國時期的文學家、政治家、軍事家。

《蒿里行》一詩中說：「鎧甲生蟣虱，萬姓以死亡。白骨露於野，千里無雞鳴。生民百遺一，念之斷人腸。」寥寥數語，概括了當時戰事連年導致百姓大批死亡的事實，語言古樸而內涵厚重，英雄的慈悲情懷，自然地表露字裡行間。不過這遠不是他的代表之作。最能打動人心的，當數那些抒發個人情

感，表達政治抱負的作品。以《短歌行》為例：

對酒當歌，人生幾何？譬如朝露，去日苦多。慨當以慷，憂思難忘。何以解憂，唯有杜康。青青子衿，悠悠我心。但為君故，沉吟至今。呦呦鹿鳴，食野之苹。我有嘉賓，鼓瑟吹笙。明明如月，何時可掇？憂從中來，不可斷絕。越陌度阡，枉用相存。契闊談宴，心念舊恩。月明星稀，烏鵲南飛，繞樹三匝，何枝可依？山不厭高，海不厭深，周公吐哺，天下歸心。

全詩從「人生幾何」發端，以「天下歸心」收結，流動著一片悲涼慷慨、深沉雄壯的情調，這正是建安詩歌最能動人的氣韻。

與此詩主題風格近似的，還有《步出夏門行》組詩，其中的

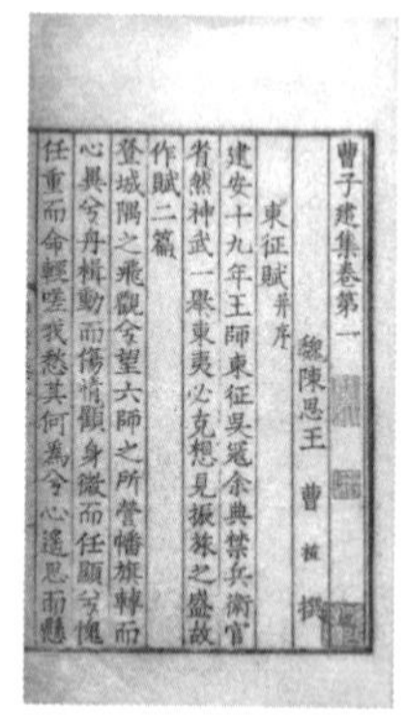
曹子建集卷第一
魏陳思王 曹植撰
東征賦并序
建安十九年王師東征吳寇余典禁兵衛宮省然神武一舉東夷必克想見振旅之盛故作賦二篇
登城隅之飛觀兮望六師之所營幡旗轉而心異兮舟楫動而傷情顧身微而任顯兮愧任重而命輕嗟我愁其何為兮心遥思而懸

《曹子建集》（三國曹植著）書影

袞雪帖　三國　曹操

《觀滄海》、《龜雖壽》早已眾所熟知。這些詩作皆能看出「外定武功，內興文學」的曹操包容四海、囊括宇宙的壯志和雄心。但曹操之所以比一般英雄更為得意，還在於他有兩個在文學上頗有成就的兒子，他們是曹丕和曹植。

在三曹裡，魏文帝曹丕是真正當上了皇帝的人。他對文學頗為重視，認為是「經國之大業，不朽之盛事」，他自己也創作，以寫遊子思鄉、思婦懷遠見長。在現存作品中，七言詩《燕歌行》是其代表作。

曹植自幼聰明可愛，很受曹操的寵愛。他與兄長曹丕間曾有過一場王位的爭奪。因此，曹操死後，曹植受到了政治迫害，名為王侯，卻沒有行動的自由，鬱鬱而死。

曹植前期作品多數是抒寫個人的志趣與抱負。《白馬篇》是曹植的代表詩作，這是一篇遊俠詩，

「捐軀赴國難，視死忽如歸」，表達的是曹植對於人生的遠大追求。《鰕䱇篇》中，詩人直抒胸臆：「撫劍而雷音，猛氣縱橫浮。泛泊徒嗷嗷，誰知壯士憂！」這些詩大多情調明朗，富於進取精神，洋溢著少年意氣。

曹植墓

曹植墓位於山東省東阿縣魚山。曹植（192～232），字子建，沛國譙縣（今安徽亳州）人。作爲曹操的第三子，他與其兄曹丕在嗣位的爭奪中落敗。漢建安二十五年，曹操去世，曹丕稱帝，曹植屢遭貶徙。魏太元三年，他被徙封東阿；六年，封爲陳王，抑鬱而逝，謚曰思，世稱「陳思王」。

曹丕當權以後，曹植在殘酷的迫害之下忍辱求生，心情極爲悲苦。早期的豪邁自信已不再有，他在作品中多抒寫對個人命運的怨恨，顯出一種深沉悲涼的氣氛。

如《美女篇》詳細描寫一位高貴女子後，發出深沉的感慨：「佳人慕高義，求賢良獨難。眾人徒嗷嗷，安知彼所觀。盛年處房室，中夜起長歎！」潛藏的是自己

洛神賦圖（局部）　東晉　顧愷之

此圖取材於三國時期文學家曹植的《洛神賦》（《感甄賦》），描繪曹植在洛水邊遇到宓妃的浪漫故事。顧愷之以手卷的形式，用連續的畫面，藝術地展現了原賦的內容，表達了曹植抑鬱惆悵的感情，成功地傳達了洛神「翩若驚鴻，婉若游龍」的動人姿容。這幅畫在內在氣質上和曹植的《洛神賦》達到了珠聯璧合的程度，是中國繪畫史上不朽的精品。

有志難伸的痛苦和怨懟之情。這類作品中，最有代表性的是《贈白馬王彪》。當時曹丕當政，曹植與其他諸王入朝，任城王曹彰在京城暴死，曹植與白馬王曹彪同行返回封地，結果中途又被強令分道而行。全詩一共七章，內容豐富，情感深醇，這其間有旅途的艱辛，有骨肉分離的傷悲，有對曹丕的深藏不露的憤恨，也有對白馬王強作達觀的慰勉。

洛神賦圖（局部） 東晉 顧愷之

曹植的作品大多精心錘鍊，其結構精緻，對仗工穩，語言華美。辭賦代表作《洛神賦》開頭是這樣來描寫洛神的容儀的：

其形也，翩若驚鴻，婉若游龍，榮曜秋菊，華茂春松。彷彿兮若輕雲之蔽月，飄颻兮若流風之回雪。遠而望之，皎若太陽升朝霞；迫而察之，灼若芙蓉出淥波。……

這一段文字，歷來被視爲描繪美女的經典手筆。

在曹氏父子的影響下，文學創作蔚爲壯觀。較爲著名的有孔融、陳琳、王粲、徐幹、阮瑀、應瑒、劉楨。他們七人與曹丕、曹植兄弟有密切的交往，由此形成了一個文學集團，文學史上稱之爲「建安七子」。這其中以孔融的輩份最長，而以王粲的成就最高。王粲是個多面手，詩、賦、散文各體兼擅，其代表作《登樓賦》，抒寫亂世士人的流離之苦和懷才不遇之愁，情景相生，語言精美，頗爲耐讀。

任情放達的正始之音

竹林七賢

在那個多變的時代，曹氏父子的絕代風華很快地就幻化爲歷史天空的一抹殘霞。曹魏後期，曹氏皇帝昏庸無能，司馬家族重權在握，大肆誅殺異己，後來乾脆篡位自立，建立了西晉，這一段歷史，文學史上稱之爲「正始時期」。建安文人的那種對於建立不朽功業的渴望和自信，那種昂揚奮發的精神面貌，到這裡已經消失殆盡，由於政治理想落潮，文人們普遍出現了危機感和幻滅感，他們不再把目光聚集在醜惡的當世生活，而是避開現實，以深具洞察力的眼光去觀照哲學的世界。在他們的作品裡，表現出的是深刻的理性思考

高逸圖　唐　孫位

這是殘存的《竹林七賢圖》。圖中只剩下了四賢：從左到右，分別是慣作青白眼的阮籍、嗜酒的劉伶、善發談端的王戎、介然不群的山濤。人物重視眼神刻畫，線條細勁流暢，似行雲流水。作者孫位，名遇，號會稽山人，善畫龍水、人物、松石墨竹和神王，是晚唐蜀中畫家第一人。

竹林七賢與榮啓期圖　東晉

在這幅距離竹林七賢時代不遠的東晉墓室中，竹林七賢和春秋戰國時期的隱士榮啓期同繪在一幅畫中，表示他們已被視爲士族文人理想人格的象徵。

和尖銳的人生悲哀。這一時期的代表文人，就是所謂的「竹林七賢」。

「竹林七賢」指的是阮籍、嵇康、山濤、劉伶、阮咸、向秀和王戎。他們生性曠達，無拘無束，經常聚集在竹林下縱酒酣歌。嗜酒幾乎是七賢的共同特點。劉伶醉酒，千古聞名。他常作的一件事就是乘著鹿車，拿著一壺酒，到處亂跑，讓從人跟著他，並且吩咐說：「我死了，你就隨便挖個坑把我埋了吧！」司馬昭想讓阮籍的女兒嫁給自己的兒子，派人去提親，阮籍不願意，就故意大醉六十天，使得媒人無從開口，只得作罷。

除了嗜酒，他們也放任自己的行爲舉止，一切順隨自己的心意，而不管世人是如何評說。阮籍爲素不相識的夭亡少女扶棺痛哭，表達對一個美麗生命逝去的痛悼；他對誰都翻著白眼，唯獨對嵇康青眼有加。劉伶則經常在家中裸奔，有人責備他過於孟浪，他居然說，我以天地爲房屋，以屋宇爲衣服，你怎麼鑽到我衣服裡面來呢！從實質上看，七賢的這種放達任性的林下之風，表現的是內心深處的無法解脫的痛楚。他們很明顯地認識到自己面對現實的無奈，但仍然選擇了明知沒有結果的與世抗爭的消極行爲。他們的痛苦，爲千秋後代留下了一個評說不盡的話題，也成爲後世文人傾心追慕的行爲風範。不過就文學方面來說，只有嵇康和阮籍的成就較大。

嵇康是一位頗具魅力的人物。他身長八尺，玉樹臨風。在他死後，有人誇讚他的兒子嵇紹貌美如鶴立雞群，王戎則說：「君未見其父耳！」除了長得帥氣之外，嵇康天性曠達，文才斐然，是一位頗爲出色的文學家。散文方面，他的《與山巨源絕交書》，是傳頌一時的名篇。山巨源就是「竹林七賢」之一的山濤，本與嵇康爲至交，後來卻投靠司馬氏。他向朝廷推薦嵇康作官，嵇康寫了這封信表明自己斷然拒絕的態度，並宣布與山濤絕交。他在信中說：「人之相知，貴識其天性，因而濟之。」並且打比方說：

此猶禽鹿，少見馴育，則服從教制；長而見羈，則狂顧頓纓，赴湯蹈火；雖飾以金鑣，享以佳餚，愈思長林而志在豐草也。

這種個人意識和追求個性自由的精神，是正始文學最爲顯著的特色，在文學史上具有獨特的魅力。

嵇康的詩寫得也不錯。其詩現存五十餘首，有四言、五言、七言和雜言詩，而以四言的成就爲高。他在詩中表現追求自然、高蹈獨立、厭棄功名富貴的人生觀。他因友人呂安的冤案被陷害下獄，《幽憤詩》就作於此時。在詩中，他自述身世和志趣，表達出對自由生活的無限嚮往。《贈秀才從軍》是一組充盈著激昂之氣的成功之作。這組詩共十九篇，是送他哥哥嵇喜從軍而寫的。其中的第十四篇尤其有名：

息徒蘭圃，秣馬華山。流磻平皋，垂綸長川。目送歸鴻，手揮五弦。俯仰自得，遊心太玄。嘉彼

釣叟，得魚忘筌。郢人逝矣，誰與盡言？

詩中想像嵇喜從軍後的生活，描寫他在行軍休息時遊獵彈琴、神情悠然的高超境界，實際表現了自己的人生情趣。「目送歸鴻，手揮五弦」，那是一種別樣的瀟灑脫俗，是作者理想人格的寫照，充分體現了作者高遠的情懷。

但是污濁的現實容不得率真的人。嵇康被陷害下獄。此事對朝野的震撼極大，有三千名太學生上書請求免罪，這反而堅定了司馬氏殺害嵇康的決心。嵇康本人對於死

精采閱讀

淡淡流水，淪胥而逝；泛泛柏舟，載浮載滯。微嘯清風，鼓楫容裔。放棹投竿，優遊卒歲。

乘風高逝，遠登靈丘。結好松喬，攜手俱遊。朝發太華，夕宿神州。彈琴詠詩，聊以忘憂。

良馬既閑，麗服有暉。左攬繁弱，右接忘歸。風馳電逝。躡景追飛。凌厲中原，顧盼生姿。

人生壽促，天地長久。百年之期，孰云其壽。思欲登仙，以濟不朽。纜轡踟躕，仰顧我友。

——三國・魏・嵇康《酒會詩四首》

人生譬朝露，世變多百羅。苟必有終極，彭聃不足多。仁義澆淳樸，前識喪道華。留弱喪自然，天真難可和。郢人審匠石，鍾子識伯牙。真人不屢存，高唱誰當和？

——三國・魏・嵇康《五言詩》

徘徊蓬池上，還顧望大梁。綠水揚洪波，曠野莽茫茫。走獸交橫馳，飛鳥相隨翔。是時鶉火中，日月正相望。朔風厲嚴寒，陰氣下微霜。羈旅無儔匹，俯仰懷哀傷。小人計其功，君子行其常。豈惜終憔悴，詠言著斯章。

嘉樹下成蹊，東園桃與李。秋風吹飛藿，零落從此始。繁華有憔悴，堂上生荊杞。驅馬舍之去，去上西山趾。一身不自保，何況戀妻子。凝霜被野草，歲暮亦云已。

出門望佳人，佳人豈在茲。三山招松喬，萬世誰與期。存亡有長短，慷慨將焉知，忽忽朝日隤，行行將何之。不見季秋草，摧折在今朝。

危冠切浮雲，長劍出天外。細故何足慮，高度跨一世。非子為我禦，逍遙遊荒裔。顧謝西王母，吾將從此逝。豈與蓬戶士，彈琴誦言誓。

——三國・魏・阮籍《詠懷詩四首》

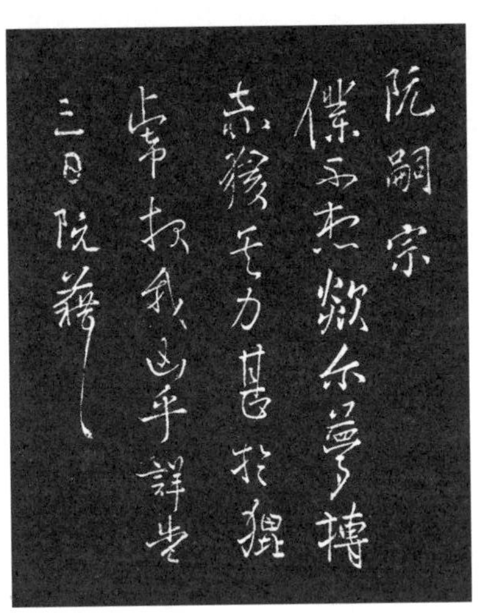

不想帖　魏　阮籍

亡倒是從容不迫。東市臨刑的時候，他氣定神閒，彈奏了一曲《廣陵散》，然後不無遺憾地歎息說：「《廣陵散》於今絕矣！」在與強權的對抗中，嵇康最終還是不免悲慘的一死。

與嵇康不一樣，阮籍並不願意與司馬氏對抗求一死。但是他同樣也不願意像山濤那樣阿附權貴。生活在夾縫中的阮籍，進退兩難，提心吊膽，卻始終無法擺脫，他只好同司馬氏虛與逶迤，佯裝癡狂。所以其詩裡大多透露著內心的無奈與惶恐。

阮籍的詩，以八十二首《詠懷詩》爲代表。詩裡充滿苦悶、孤獨的情緒。他或者感歎人生無常；或者寫樹木花草由繁花密葉而花飄葉落，藉以比喻世事的反覆；或者寫鳥獸蟲魚對自身命運之無奈；或者傷感於生命中不能承受之痛。試看組詩的第一首：

夜中不能寐，起坐彈鳴琴。薄帷鑒明月，清風吹我襟。孤鴻號外野，翔鳥鳴北林。徘徊將何見？憂思獨傷心。

冷月如鏡，晚風拂衣，宿鳥驚飛，哀鴻悲啼。陰冷的氛圍中，抒情主人翁寂然獨處，憂思徘徊。這種中夜不寐的痛苦，又能向誰說去呢？只有獨自傷心罷了。

現實中沒有出路，只有向精神世界尋求。阮籍在詠懷詩中諷刺歷史上那些因貪圖富貴而招致殺身之禍的名利之徒，羨慕仙人的生活，讚美古時的隱士。這是他爲自己尋找的精神出路。他是那個特定時代的悲劇人物，代表著那一批個性覺醒的知識份子，他們以極大的熱情去追求人格和生命的完美，追求眞誠自由的生活，但是現實並不曾給予他們實現追求的希望。後世的人們都非常羨慕他們的那一種名士風度，可有幾個人能夠眞正地走進他們的心靈世界，體味他們的絕望人生呢？

綺靡的新聲與慷慨的餘響

西晉文壇

西晉文學繁榮期主要在於太康、元康（280～299）年間，代表作家是三張（張載、張協、張亢），二陸（陸機、陸雲），兩潘（潘岳、潘尼），一左（左思）。兩晉之交，社會局勢混亂，出現了慷慨悲歌的劉琨。

陸機出身江南士族之家，祖父陸遜是東吳儒將。吳亡後，他閉門苦讀。太康十年，他與弟弟陸雲到了洛陽，名動一時，人謂「二陸入洛，三張減價」。陸機才冠當世，長於寫抒情小賦，如《感時賦》、《思親賦》、《思歸賦》等。他的《文賦》，則是古代文學批評方面的名篇。在詩歌創作方面，陸機自《詩經》、《楚辭》、漢樂府以至古詩十九首都有模仿。他在太康末年應召北上，途中作有《赴洛道中作》二首。第一首寫道：

……虎嘯深谷底，雞鳴高樹巔。哀風中夜流，孤獸更我前。悲情角物感，沉思鬱纏綿。佇立望故鄉，顧影淒自憐。

陸機像

陸機（261～303），字士衡，吳郡吳縣華亭（今上海松江）人，西晉文學家。

詩人由吳入洛，既眷懷南國，又憂懼未來，他極力描寫旅途景象和客遊的憂傷，流露出孤獨與寂寞的心情。

《世說新語》中說：「陸才如海，潘才如江。」與陸機齊名的潘岳，是一位風流貌美的才子。他的

陸雲像

陸雲（262～303），字士龍，吳郡吳縣華亭（今上海松江）人，西晉文學家。

文風在追求綺麗，詩文以善於抒寫悲哀之情著稱。潘岳與妻子伉儷情深，後愛妻病故，他有《悼亡詩》三首，在第一首中，他這樣抒發自己的緬懷妻子的情感：

……望廬思其人，入室想所歷。幃屏無彷彿，翰墨有餘跡。流芳未及歇，遺掛猶在壁。悵怳如或存，迴遑忡驚惕。如彼翰林鳥，雙棲一朝隻。如彼游川魚，比目中路析。

亡妻病故已周年了，一往情深的潘郎，有感於節序如流，天人永隔，遺墨在壁，心中百感交集，忽忽若有所亡，以至迷亂不知所之。這種深婉的情感，打動了無數的癡情人，以後歷代的「悼亡」作品都緣於此。

在西晉文學漸趨柔媚的大背景下，左思當算是獨標一格的。他長相醜陋，說話結巴。但他勤於學習，辭藻壯麗。他的《三都賦》撰寫花了十年時間，在山川方物的描繪方面，很有特色。左思的詩以《詠史詩》八首爲其代表之作。這一組詩以剛健質樸的語言表現對於士族門閥制度的強烈不滿，頗具激情與力度，有建安遺風。比如在第一首中，他寫道：「長嘯激清風，志若無東吳。鉛刀貴一割，夢想騁良圖。」詩人豪邁自信，認爲自己可以爲國立功。不過他畢竟身爲寒士，無處施展抱負的生存困境是無法迴避的現實。他在第二首中說：

陸士龍文集卷第一
晉清河內史陸　雲　士龍
賦　箴
逸民賦　逸民箴
歲暮賦　愁霖賦
喜霽賦　登臺賦
南征賦　寒蟬賦
逸民賦并序
富與貴人之所欲也而古之逸民或輕天下細萬物
而欲專一丘之歡擅一壑之美豈不以身聖於宇宙
而恬貴於紛華者哉故天地不易其樂萬物不干其

《陸士龍文集》（西晉陸雲著）書影

鬱鬱澗底松，離離山上苗，以彼徑寸莖，蔭此百尺條。世冑躡高位，英俊沉下僚。地勢使之然，由來非一朝。……

昏庸的貴族佔據著社會的高位，懷才的寒士卻只能屈沉下僚，這就好比生長在澗谷裡的青松，縱然高大挺拔，可是由於生長的地方太低，竟然被山頂的小草所遮蓋。由此他生發出對於權貴之門的蔑視之情。

和左思有著相同命運的還有一位詩人，他就是劉越石。劉越石，名琨，字越石。他曾任刺史、大將軍等職，在北方輾轉抗戰，屢敗屢戰而無悔。劉琨的詩現存的只有三首：《扶風歌》、《答盧諶》、《重贈盧諶》。在這些詩裡，家國之

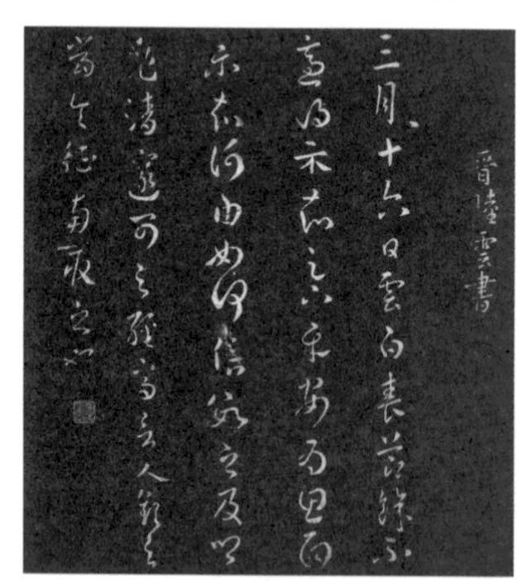

三月十六日帖　西晉　陸雲

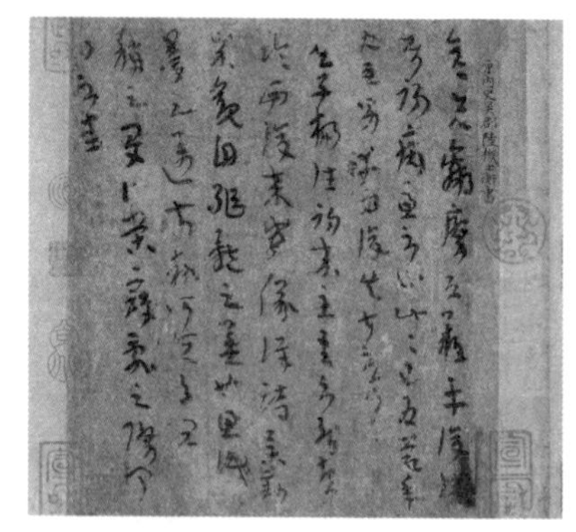

平復帖　西晉　陸機

《平復帖》是中國年代最早、最眞實可信的名家法帖，是中國書法史上極爲重要的研究作品和代表作品。此帖自宋代入宣和內府，流傳有緒，筆意生動，風格質樸高古，是一種介於章草和今草之間的過渡書體。

痛激昂奮發，體現了一位英雄面對大廈將傾的國家大勢隻手擎天的深深悲憤。《重贈盧諶》的結尾說：

功業未及建，夕陽忽西流。時哉不我予，去乎若雲浮。朱實隕西風，繁英落素秋。狹路傾華蓋，駭駟摧雙輈。何意百煉鋼，化作繞指柔。

國家不幸詩家幸。正是兩晉播遷的悲劇，才造就了這樣一位悲劇性的愛國詩人。

孤標傲世偕誰隱

陶淵明

東晉時期的文壇十分奇特。彷彿是一片漆黑的夜空，連閃爍的星辰也難尋覓，突然間，一顆照徹長空的明星在天邊升起，他就是陶淵明（365～427）。

談起陶淵明，我們自然就會想到《桃花源記》中的遠離塵囂的生活，也會想起「悠然見南山」的靜遠境界。這位採菊東籬、有酒自斟的中國第一隱士，在傳統文人的心目中，也許是最和諧最完美的一位人物。

一

陶淵明曾祖父陶侃是晉朝的開國元勳，官至大司馬，封長沙郡公。祖父和父親都做過太守之類的官。不過，到他出世後，父親早亡，家道中落，由於少年貧困，他很少交遊，大部分時間花在讀書上。青年時代的陶淵明，頗有豪俠之氣。二十九歲時他開始作官，先後作過州祭酒、參軍一類。

陶淵明像

四十一歲時，他的堂叔陶夔見他實在貧困，於是設法讓他作了彭澤縣令。有一次，上級派遣督郵到地方檢查工作，屬下告訴他應該束帶迎接。陶淵明歎息說：「吾不能為五斗米折腰向鄉里小兒！」於是便封印掛冠，匆匆結束了他的仕途生涯，回到了廬山山腳西南部的老家。不久他作了一篇《歸去來兮

辭》，表達了從世俗的囚籠中放飛而出的欣喜心情。在歸隱的最初三年裡，他似乎感覺很好，耕田、爬山、作詩、喝酒。隨心所欲，無拘無束。但不幸的是，在他四十四歲那年，一場大火把他的家燒了個精光。所有家產化爲烏有，他的家境急轉直下，全家人終年辛勞也常常難以糊口。在這種情況下，他竟然不改遠離官場的初衷，又一次拒絕了朝廷的徵召。

他的晚年貧困而又淒涼，和窮人們一起過活，有時甚至出門借糧以維持全家人的生計。但是窮困並沒有改變詩人的眞淳本性。他有許多農夫朋友，他與他們和諧相處。有一次，陶淵明派兒子去一個農家幫忙做些農活，他特地囑咐說：「此亦人子也，可善遇之。」慈悲的情懷，表現得十分眞誠。

他最大的嗜好便是喝酒。他的生活十分孤獨，很少和世俗中人來往，可是每當看見酒的時候，縱使與主人素昧平生，他也會爽快地坐下來和大家一起喝上幾杯。如果是他做主人，常常是客人尙清醒著他自己倒先醉倒了，這時候他就會對客人們說：「我醉欲眠，卿可去。」他也仍然寫詩，寫他一往情深的自然和田園。他的詩與他的天性一樣自然而又純情：那在薄霧中浮動的綠色，那悠然流淌的小溪，那春天和秋天的氣息，那菊花在初冬的寒霜裡散發出的淡淡的清香。當然，少年時的濟世心腸，田園外的社會離亂，也常常在他平靜的心

吳興錢選舜舉
貴賤造之者有酒輒設若先醉便語客我醉欲眠君且去

陶淵明飲酒圖　元　錢選

湖裡掀起波瀾。這時候他就會寫上幾首詠史詩和詠懷詩，以抒發心中不平的塊壘。不過這種「金剛怒目」式的情況並不太多，大多數時候的陶淵明，仍是一位靜穆悠遠的隱士。

在元嘉四年（427）年秋天，陶淵明在貧病交加的情況下，健康狀況越來越差。他預感到自己生之時日已然不多，於是在九月給自己寫了輓詩三首。在第三首中他說：「親戚或餘悲，他人亦已歌。死去何所道，托體同山阿。」這位對美好的自然與人生充滿無限熱愛的大詩人，在面對死亡的時候，不喜不懼，態度超然，連一聲微微的歎息也不曾有。這年冬天，在菊花凋零的日子裡，淵明平靜地走到了天盡頭。

二

在陶淵明看來，眞淳的上古之世邈遠難求，而現實又如此讓人無可奈何，理想的人生社會，只能寄託在文學之中。「一語天然萬古新，豪華落盡見眞淳。」元好問的評語，精闢地點出了陶淵明文學創作的特點。

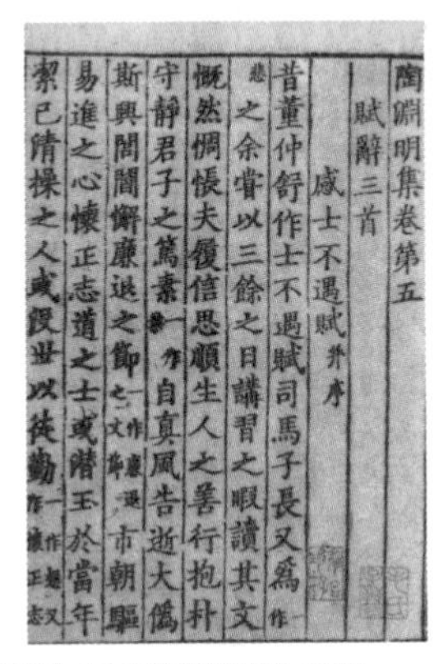
陶淵明集卷第五
賦辭三首
感士不遇賦并序
昔董仲舒作士不遇賦司馬子長又為
悲之余嘗以三餘之日講習之暇讀其文
慨然惆悵夫履信思順生人之善行抱朴
守靜君子之篤素 自眞風告逝大偽
斯興閭閻懈廉退之節 市朝驅
易進之心懷正志道之士或潛玉於當年
絜己清操之人或沒世以徒勤

《陶淵明集》（東晉陶淵明著）書影

陶淵明在詩歌、散文、辭賦諸方面都有很高的成就，但對後代影響最大的是詩歌。陶詩現存一百二十六首，其中四言詩九首，五言詩一百一十七首。他的五言詩沿著漢魏以來文人五言詩的發展方向，進一步向著抒情化、個性化的道路發展。尤其值得指出的是，他把平凡的鄉村田園勞動生活引入詩歌的藝術園地，開創了田園詩一派。

陶淵明依戀山水，曠達任眞，他說自己「少學琴書，偶愛閒靜，開卷有得，便欣然忘食，見樹木交蔭，時鳥變聲，亦復歡然有喜。嘗言五六月中，北窗下臥，遇涼風暫至，自謂是羲皇上人。」這樣一種貼近自然的天性，賦予他的田園詩以物我渾融的意象和平淡醇美的風格。

他的田園詩主要是組詩《飲酒》、《歸園田居》、《和郭主簿》等。詩人筆下的田園景物，既與其現實生活息息相關，又是詩人寄託情感的對象。且讓我們聽聽在《歸園田居》一詩中的夫子自道：「少無適俗韻，性本愛丘山。誤落塵網中，一去三十年。」這是一個天性熱愛自然的人，置身於名利場中，無異於鎖向金籠的那隻渴望自在啼鳴的鳥。歸隱之後又是怎樣的呢？同一首詩裡他這樣描寫他的田園：

方宅十餘畝，草屋八九間。榆柳蔭後簷，桃李羅堂前。曖曖遠人村，依依墟里煙。狗吠深巷中，雞鳴桑樹巔。户庭無塵雜，虛室有餘閒。

地幾畝，屋幾間，遠處青山隱隱，清溪環繞著村郭。房前屋後桃李春花淡淡地開放，榆柳疏疏落落地掛著新枝。暮靄和著炊煙嫋嫋升起，村落裡東一聲西一聲的狗吠，透過薄霧傳來棲息在樹上的雞的鳴叫。這裡，人們日出而作，日入而息，一派寧靜安樂的小康景象。在淵明的田園詩裡，「自然」這一哲學概念，以美好的形象表現了出來。請看著名的《飲酒》之五：

結廬在人境，而無車馬喧。問君何能爾？心遠地自偏。採菊東籬下，悠然見南山。山氣日夕佳，飛鳥相與還。此中有眞意，欲辯已忘言。

由於陶淵明在這首詩裡的吟詠，酒和菊已經成了他的精神和人格的象徵。古人愛酒的不少，但是能夠像陶淵明那樣識得酒中三昧並且從中體悟人生眞諦的卻並不多；他寫菊的詩也並不多，但就因「採

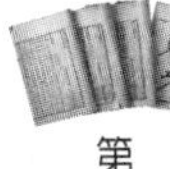

菊東籬下，悠然見南山」這兩句詩太出名了，菊便成了陶淵明的化身，也成爲了中國詩歌裡孤標傲世的高潔意象。

不過，陶淵明畢竟是有高遠的人生理想的。當這種理想遭遇現實的棒喝而只能流於空想時，心中的幽憤難平是不可能完全被美酒和秋菊消解的。於是，在田園詩以外，他還寫有大量的詠懷詠史的詩。《雜詩》十二首、《讀山海經》十三首都屬於這一類。在這些詩裡，我們分明能夠感受到靜穆悠遠的隱士對現實的憎惡與不安，對人生短促的無限焦慮，和那種強烈壓抑的建功立業的渴望。正因如此，荊軻這位敢爲知己者死的勇士的失敗結局，才在陶淵明的心中激起如此強烈的感慨：「惜哉劍術疏，奇功遂不成。其人雖已沒，千載有餘情！」《山海經》裡的刑天和精衛，也讓他激動不已：

精衛銜微木，將以塡滄海。刑天舞干戚，猛志固常在。同物既無慮，化去不復悔。徒設在昔心，良晨詎可待！

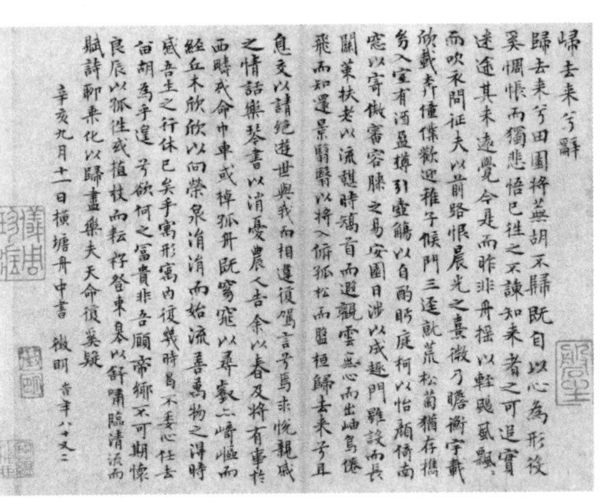

歸去來兮辭帖　明　文徵明

《歸去來兮辭》是陶淵明的著名文章，受到後世文人的高度讚揚和極力推賞，書法家更是常以它作爲表現對象。文徵明（1470～1559），初名壁，字徵明，後以字行，更字徵仲，號衡山居士，明代長洲（今江蘇蘇州）人。他與祝允明、王寵並稱吳書門派的三大書法家。此帖是文徵明八十二歲時的作品，筆法緊勁，中規中矩。

桃源仙境圖　明　王彪

此畫是對晉代文學家陶淵明《桃花源記》的形象表現。圖中叢山疊翠，桃花成雲，其間有良田桑竹掩映；人物衣冠古樸，有一種不知有漢、無論魏晉的田園之樂。

精衛僅是一隻小鳥，而有塡海之志，刑天被砍了頭，卻能以乳爲目反抗不止，這種不屈服於命運的精神，表明陶淵明雖身在田園，卻仍然渴望著有所作爲的壯麗人生。

三

「千秋萬歲名，寂寞身後事。」老杜的詩句用在陶淵明的身上，再恰當不過了。在他生活的當世，他僅僅是作爲一位高雅的隱士被人稱道的。當時的社會普遍推崇華麗綺靡的文學風格，他的詩歌樸素沖淡，並不合於當時人的口味。所以在他死後的兩百年裡，他的文學創作沒有引起多大的重視。到了唐代，李白、杜甫也並沒有對陶淵明表現出特別的尊崇。但是盛唐的山水田園詩派，明顯受到了他的巨大影響。六百年後的趙宋王朝，終於出現了一位陶淵明的異代知音，他就是蘇軾。在蘇軾的心目中，陶淵明在文學史上的地位毫無疑問應該在李、杜之上。由於東坡的極力推重，人們終於發現了陶淵明其人其詩的價值。從此陶淵明走出了寂寞的田園。

當今的世界，處處是喧囂與騷動，陶淵明似乎又回到了寂寞的東籬邊。但他獨特的藝術個性以及偉岸的品格，仍然深刻影響著並將繼續影響著一代又一代的文人。在這個紅塵擾擾的地球村，他的詩篇就是我們苦苦尋求的寧靜的大自然。它就是明月、晨曦、秋菊和泉流，它就是我們的田園。

歸去來辭詩意圖　明　李在

此圖描述的是晉代文學家陶淵明的名篇《歸去來兮辭》中「雲無心以出岫」這一句子。畫面中陶淵明獨坐在山峰上，仰望歸鴻和遠山，沉醉在大自然中，如有所思，超然物外。李在（　～1431），字以政，明代福建莆田人，畫史稱其「自戴文進以下，一人而已」。

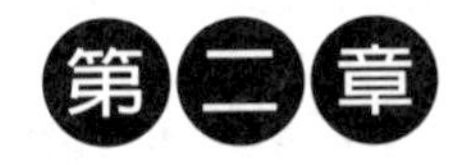

第二章

江南煙雨與塞北秋風

南北朝文學

從西元420年劉裕代晉到西元589年楊堅立隋，一共一百六十九年，這一段歷史空前的紛繁而複雜。中國處於長期南北分裂的狀態。南方經歷了宋、齊、梁、陳四個朝代，統稱南朝；北方共有北魏、東魏、西魏、北齊、北周五個朝代，統稱北朝。南北朝時期最重要的文學現象是永明體的發明，它直接影響了律詩的產生；民歌創作也給當時的詩壇帶來了清新的氣息。這一時期的著名文學家有謝靈運、鮑照、謝朓、庾信等人。此外，小說創作在魏晉南北朝也初具規模，《搜神記》和《世說新語》兩部書，一寫神聖，一寫人間，達到了很高的成就。

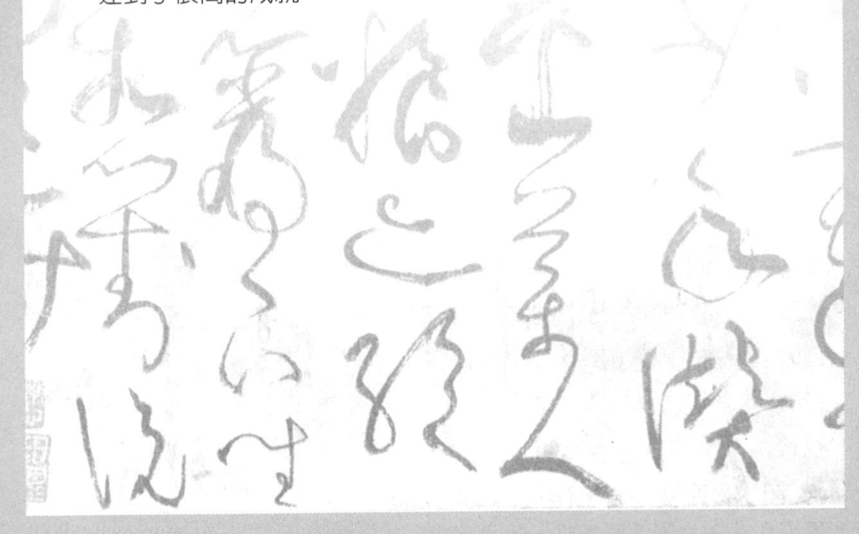

亂世中的山光水色與孤憤之聲

謝靈運和鮑照

謝靈運是東晉名將謝玄之孫，他襲封祖上的康樂公爵位，世稱謝康樂。謝氏家族爲東晉功臣，改朝換代之後，受到劉宋王朝的壓制。謝靈運本來是一位熱心功名的人，但由於他所代表的王、謝家族與當時的統治者之間存在著矛盾，因而一直得不到重用。他心懷憂憤，無處發洩，便把精神寄託在山水之間。

或許謝靈運是中國幾千年來最富有的詩人了。他在政治上的失意，並不影響他的高貴的門第。他在一個叫作始寧的地方建有一座很大的莊園，園中修築江曲桐亭樓、山中精舍和石門別墅，栽種桃梅百里。這裡背山臨水，茂林修竹，景致幽雅，如同仙境一般。他就在這裡流連山水，同時創作山水詩。這些詩作傳到京城裡，文士雅客們爭相傳頌，稱讚他才華蓋世。他卻說：「天下才爲一石，子建（曹植）獨得八斗。」剩下兩斗呢，天下人

謝靈運像

謝靈運（385～433），陳郡陽夏（今河南太康）人，移籍會稽（今浙江紹興）。幼年寄居於道館，族人常以「阿客」、「客兒」名之，世稱「謝客」；襲封康樂公，也稱「謝康樂」。其詩清新流麗、意境優美，開山水詩一派。鍾嶸《詩品》列爲上品。黃子雲《野鴻詩的》道：「康樂於漢魏外別開蹊徑，舒情綴景，暢達理旨，三者兼長，洵堪睥睨一世。」

共有一斗，另外一斗則非我謝靈運莫屬。話說到這份上，讓人都不知道說他是謙虛還是驕傲。

但是他的確是中國文學史上第一個大力創作山水詩的人。他的創作，擴大了詩歌題材的領域，豐富了詩歌創作的技巧。

在遊山玩水的過程中，或沿

蓮社圖　南宋　佚名

《蓮社圖》描述東晉時期的高僧慧遠在江西廬山虎溪東林寺結盟白蓮社的故事。參加蓮社的都是當時的名流，有陶淵明、謝靈運、宗炳、劉程之等人。上圖表現的是謝靈運騎馬而去，陶淵明因爲腿病由學生與兒子架抬前往。

溪緩行，或登臨棧道，或仰觀飛泉，或攀摘捲葉，耳目所及，皆以入詩，便成一幅美麗圖畫。他描寫山水景物，主要依據遊覽時的親眼所見，運用在當時算是清新自然的語言加以精細描繪。在他筆下，山就是山，水就是水，物就是物，讀者感受到的只是自然山水的光彩、動靜、聲響。

他的創作高潮期是擔任永嘉太守以後。離開京城這年夏天，他沿富春江溯流而上，經桐廬轉婺江而達金華，然後改由陸路到青田，再順流而下，直抵永嘉。這一路上景色秀麗，風光明媚，謝靈運詩興大發，寫下《七里瀨》、《初往新安桐廬口》、《夜發石關亭》等著名的詩篇。到永嘉後他不問政事，縱情遊玩，踏遍這裡的山山水水，寫下了諸如《登池上樓》、《登江中孤嶼》這樣出色的作品。

要完整地讀一篇謝靈運的詩並不容易。他就像是一位火候未青的雕刻者，在詩裡處處留下斧痕，不過他的佳句實在不少：

野曠沙岸淨，天高秋月明。（《初去郡》）

池塘生春草，園柳變鳴禽。（《登池上樓》）

雲日相暉映，空水共澄鮮。（《登江中孤嶼》）

這些名句語言工整精練，境界清新自然，猶如一幅幅鮮明的圖畫，從不同的角度向人們展示著美麗的大自然，給人以清新開朗的美感。尤其是「池塘生春草」兩句，由於元好問的極力推崇，更是爲人所熟知。

鮑照出身寒微，與謝靈運幾乎是兩個對立的階層。他少有才名，曾經擔任過秣陵令、中書舍人等官職，後來又擔任臨海王前軍參

軍，在一次戰爭中爲亂軍所殺。鮑照曾經自歎「孤門賤生」，不受人重視，一生受盡了歧視和打擊。

鮑照的文學成就是多方面的，詩、賦、駢都有名作，而最能體現其特色的，當數七言樂府詩，尤以《擬行路難》十八首爲人稱道。鮑照有時直抒胸臆，有時則純用比興，大抵以抒寫悲憤爲主。比如第四首：

瀉水置平地，各自東西南北流。人生亦有命，安能行歎復坐愁。酌酒以自寬，舉杯斷絕歌路難。心非木石豈無感，吞聲躑躅不敢言！

全詩突出了一個「愁」字，所歎者愁，酌酒爲消愁，悲歌爲瀉愁，吞聲不言則更添愁。第六首中說：「對案不能食，拔劍擊柱長歎息。丈夫生世能幾時，安能蹀躞垂羽翼！」抒情主人翁拔劍擊柱，仰天長歎，有志難伸而悲憤滿懷。

在《擬行路難》中還有一些詩，寫的是遊子、思婦以及棄婦的愁苦之情。如第八首寫思婦想念遠方的征夫：「床席生塵明鏡垢，纖腰瘦削髮蓬亂。」借寫室內器物的積滿塵垢和女主人的懶於妝飾，來表現相思之苦。

除了《擬行路難》之外，《梅花落》也是鮑照七言樂府詩的名作，詩是這樣寫的：

中庭雜樹多，偏爲梅咨嗟。問君何獨然。念其霜中能作花，露中能作實。搖盪春風媚春日。念爾零落逐寒風，徒有霜華無霜質。

《梅花落》本是漢樂府笛曲。鮑照借此古題，稱讚梅花能在嚴寒中開放，又歎其風華不能長久，顯然是用了比擬的手法，借梅花喻人，曲折地流露出對社會的不滿。

鮑照的詩歌創作對於稍後的沈約、謝朓以及唐代詩人都有很大的影響。

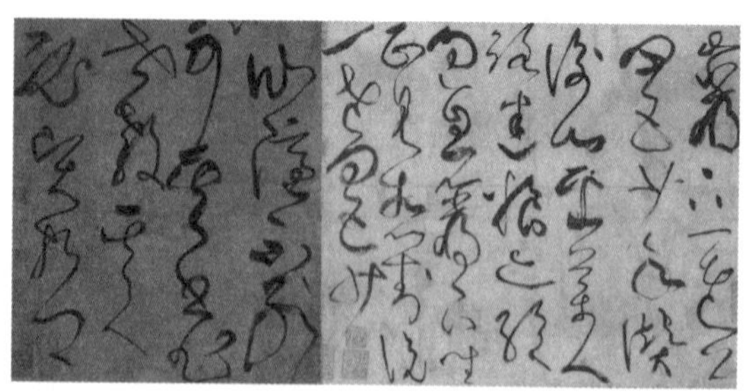

草書古詩帖　唐　張旭

此圖是古詩帖的一部分，書寫的是謝靈運的《岩下一老公四五少年贊》：衡山採藥人，路迷糧亦絕，過息岩下坐，正見相對說。一老四五少，仙隱不別可。其書非世教，其人必賢哲。此帖的作者也有人認爲是南朝宋時的詩人謝靈運。

格律詩的先聲

永明體

劉宋時期，謝靈運和鮑照的創作，追求新巧密麗，是詩歌向精緻典麗方向發展的一個指南。接下來的齊朝是一個短命的王朝，它的立國只有二十多年。但是這短時期內有一個重要的文學現象，那就是「永明體」的出現。

永明是齊武帝的年號（483～493）。

當時的文人們群集在竟陵王蕭子良的西邸，進行多種多樣的文學活動，形成了一個龐大的文學集團。其中最著名的有蕭衍、沈約、謝朓、王融、蕭琛、范雲、任昉、陸倕八個人，號稱「竟陵八友」。八友中的沈約和此外的周顒是聲韻學方面的專家，他們把漢語四聲的學問運用到文學創作之中，創立了四聲八病之說，給詩歌創作立了不少的規矩，比如一句之內，平仄交錯，兩句之間，平仄對立，一首詩的中間大都使用對仗的句子等等。

以現在的眼光看，這是掉進了形式主義的泥塘了。但是它強調了詩歌的音樂性，提出了諸如「好詩圓美流轉如彈丸」的評價標準，對於詩歌聲律之美的認識上升到了自覺的高度，從而為唐詩的興盛繁

蕭衍像

蕭衍（464～549）即梁武帝，字叔達，小字練兒，南蘭陵（今江蘇常州）人。早歲與沈約、王融、蕭琛、范雲等七人並遊於齊竟陵王蕭子良的西邸，號爲「竟陵八友」。
後乘齊內亂，攻下建康，建立梁朝。他於西元502至549年在位，是一位文學家、書法家、政治家，同時也是一位狂熱的佛教徒，曾捨身出家。他在位期間，梁朝文藝鼎盛，國力強大，但在後期由於寵信從北魏來降的奸臣侯景，使得自己國破家亡，淒淒然饑餓而死。

任昉像

任昉（460～508），字彥昇，樂安博昌（今山東壽光）人，歷仕宋、齊、梁三代，南北朝著名文學家。齊永明年間，任竟陵王蕭子良記室參軍，爲「竟陵八友」之一。齊梁之間，文辭爲世所重，與沈約齊名，人稱「沈詩任筆」。

榮打下了重要的基礎。

在嘗試「永明體」創作的詩人中，謝朓是比較成功的一位。他是謝靈運的族侄，叔侄倆都以山水詩見長，後世一般美稱他爲「小謝」，又因爲他曾經擔任過宣城太守，所以又稱他謝宣城。

雖然同出於豪門，但是謝朓並沒有謝靈運那一種野心和高傲，而是軟弱謹慎，處事猶豫。他的詩作裡所表現的感情，大多是迷惘、憂傷，寫景也大多是清麗悠遠。如他的名作《晚登三山還望京邑》：

灞涘望長安，河陽視京縣。
白日麗飛甍，參差皆可見。
餘霞散成綺，澄江靜如練。
喧鳥覆春州，雜英滿芳甸。
去矣方滯淫，懷哉罷歡宴。
佳期悵何許，淚下如流霰。
有情知望鄉，誰能鬒不變？

詩人以自然流暢的語言，將眼前層出不窮、清麗多姿的自然景觀編織成一幅色彩鮮明而又和諧完美的圖畫，使讀者感受到春天的氣息；而這明媚的春景又和詩人思鄉的情思自然地融合在一起。

和謝靈運的詩作個對比就能發現，謝朓繼承了大謝山水詩描繪細緻、語言清新的特點，但是又不同於他的寫實主義的客觀描摹，而是通過山水景物的描寫來抒發情感意趣，達到了情景交融的地步。

由於有意識地追求詩歌的聲律之美，謝朓的詩作裡出現了不少精美的警句。他只用簡簡單單幾個字，就能點染出一幅蕭疏淡遠的水墨畫，高雅閑淡而又富於思致。有很多句子放在唐人妙句裡也幾可亂眞。

除了上面所引的「餘霞散成綺，澄江靜如練」之外，還可以隨意列舉：

大江流日夜，客心悲未央。
（《暫使下都》）

天際識歸舟，雲中辨江樹。

（《之宣城郡出新林浦向板橋》）

喧鳥覆春洲，雜英滿芳甸。

（《晚登三山還望京邑》）

謝朓這種清新秀髮的文采風流，迷倒了他身後的一大批人。狂傲得誰都不放在眼裡的李太白，獨獨對謝朓深有會心。在《金陵城西樓月下吟》一詩裡，李白情不自禁地讚歎道：「月下沉吟久不歸，古來相接眼中稀。解道澄江靜如練，令人長憶謝玄暉！」

精采閱讀

佳期期未歸，望望下鳴機。徘徊東陌上，月出行人稀。

——南北朝・謝《同王主簿有所思》

洛陽城東西，長作經時別。昔去雪如花，今來花如雪。

——南北朝・范雲《別詩》

自君之出矣，羅帷咽秋風。思君如蔓草，連延不可窮。

——南北朝・范雲《自君之出矣》

林斷山更續，洲盡江復開。雲峰帝鄉起，水源桐柏來。

——南北朝・王融《江皋曲》

六代舊山川，興亡幾百年。繁華今寂寞，朝市昔喧闐。夜月琉璃水，春風柳色天。傷時為懷古,垂淚國門前。

——南北朝・沈約《登北固樓》

已矣平生事，詠歌盈篋笥。兼複相嘲謔，常與虛舟值。何時見范侯，還敘平生意。

——南北朝・任《出郡傳舍哭范僕射》

河中之水向東流，洛陽女兒名莫愁。莫愁十三能織綺，十四採桑南陌頭，十五嫁為盧家婦，十六生兒字阿侯。盧家蘭室桂為樑，中有鬱金蘇合香，頭上金釵十二行，足下絲履五文章，珊瑚掛鏡生輝光，平頭奴子提履箱。人生富貴何所望，恨不嫁與東家王。

——南北朝・蕭衍《河中之水歌》

一年漏將盡，萬里人未歸。君志固有在，妾軀乃無依。

——南北朝・蕭衍《冬歌》

陌頭征人去，閨中女下機。含情不能言，送別沾羅衣。

草樹非一香，花葉百種色。寄語故情人，知我心相憶。

——南北朝・蕭衍《襄陽踏銅蹄歌二首》

暮年詩賦動江關

庾信

庾信出身於一個詩書世家，祖父和父親都有很好的文學修養，他幼時即博覽群書，尤其喜歡讀《左傳》。十五歲那年，他被召入東宮，當了昭明太子蕭統的講讀。二十歲左右開始作官。歷任侍郎、別駕、正員郎等職。這一時期他的文學創作主要是寫一些宮體詩。

梁武帝末年，侯景叛亂，攻到建康，繁華的建康化為了一片瓦礫，庾信的三個孩子死於亂軍之中，老父親也不知流落到了何方。戰亂平定以後，他到了江陵，投奔梁元帝蕭繹，又開始作起了官。

兩年以後，他奉命出使西魏，恰在此時，西魏大軍進攻江陵，殺了梁元帝，把大批的南朝百姓帶到北方作奴隸，庾信的老母和妻子也在俘虜之列。庾信憑著他和西魏安定公宇文泰的朋友關係，總算讓敵人把妻母放還了。但是庾信卻以才華出眾被強留在北方，再也回不了江南。

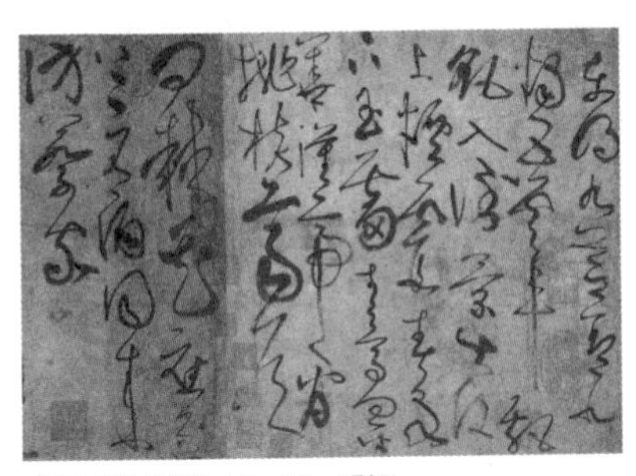
庾信《步虛詞》帖　唐　張旭

遙遠的故土江南在他的心目中，化成了富足安寧的理想之邦，他憤懣於北方異族對這一切的破壞，同情江南父老在這場歷史浩劫中的苦難遭遇，他也景仰那些曾經爲之奮鬥並在救亡圖存中作出過貢獻的英雄們，雖然他自己並不光彩。情鬱於中，發之於外，就成了一篇篇抒寫「鄉關之思」的詩賦華章。《哀江南賦》和《擬詠懷》二十七首，就是這一時期的代表之作。

《哀江南賦》是一篇用賦體寫的梁代興亡史和作者自傳。這篇賦敘述家風世德、個人際遇，又敘述梁王室的盛衰全程。它凝聚著對故國君臣與人民在金陵、江陵兩次被禍的哀傷，概括了江陵陷落時被俘到長安的十萬臣民的血淚生活。這篇賦概括一代興亡，描寫人民苦難，既是抒情的長篇，也是詠史巨製，在六朝的辭賦中絕無僅有。他

校書圖　北齊　楊子華

此圖表現北齊天保七年（556）皇帝高洋命樊遜等人刊校五經諸史的故事，反映了北朝對文藝的重視。和北齊並立的北周政權同樣對南朝文藝相當嚮往。當時庾信爲南朝梁的御史中丞，出聘西魏，因詞采有盛名，所以被扣留不允其還。後北周受禪，庾信歷官至司水下大夫、弘農郡守、司憲中大夫、洛州刺史、司宗中大夫，雖數次請求返回南方，但北朝終是惜才，不肯將他放還。庾信最後在隋開皇元年（581）卒於北方，年六十八。

還創作有抒情小賦如《枯樹賦》、《小園賦》、《傷心賦》等。《枯樹賦》純用比興手法，以樹木自比，表達身世飄零的感慨，極富感染力，據說毛澤東晚年時時吟頌。《小園賦》偏重寫景，《傷心賦》著意抒寫個人不幸。這些作品都是賦史上廣為傳誦的名作。

《擬詠懷》二十七首，雖然未必是作於一時，但是主旨相似，全是感歎自己的身世、思念家鄉、哀悼梁代亡國的內容。比如第十一首：

搖落秋為氣，淒涼多怨情。
啼枯湘水竹，哭壞杞梁城。
天亡遭憤戰，日蹙值愁兵。
直虹朝映壘，長星夜落營。
楚歌饒恨曲，南風多死聲。
眼前一杯酒，誰論身後名！

慘厲肅殺的戰爭氣氛，天高地遠的北地風光，淒壯悲涼的羌笛，無不激起詩人的鄉思與哀歎。庾信用寫宮體詩時練就的成熟的文學技巧，把自己從未有過的經歷和情感寫入詩中，這樣，北朝的生活環境，南朝的文學技法，全新的人生體驗，共同熔鑄了一位出色的詩人。

唐代詩人對庾信的作品都很熟悉。杜甫曾以「清新庾開府」稱讚李白，而他自己則在詩中一而再再而三地提起庾信，甚至在他的臨終絕筆裡還說自己「哀傷同庾信」。這位南北朝時期的最後一位大家，在生前一定不會想到，中國文學史上最偉大的兩位詩人，竟然都對他青睞有加。

精采閱讀

陽關萬里道，不見一人歸。唯有河邊雁，秋來南向飛。
——南北朝．庾信《重別周尚書》

玉關道路遠，金陵信使疏。獨下千行淚，開君萬里書。
——南北朝．庾信《寄王琳詩》

南登廣陵岸，回首落星城。不言臨舊浦，烽火照江明。
——南北朝．庾信《和劉儀同臻詩》

秦關望楚路，灞岸想江潭。幾人應落淚，看君馬向南。
——南北朝．庾信《和侃法師》

故人倘思我，及此平生時。莫待山陽路，空聞吹笛悲。
——南北朝．庾信《寄徐陵詩》

比日思光景，今朝始暫逢。雨住便生熟，雲晴即作峰。水白澄還淺，花紅燥更濃。已歡無石燕，彌欲棄泥龍。
——南北朝．庾信《喜晴詩》

人世與幽冥的二重奏

《搜神記》和《世說新語》

中國是一個抒情的國度，敘事文學並不發達。文學的腳步走到了魏晉南北朝時期，各種文學體裁競相亮相，小說也不甘落後，冒出來兩部奇書：《搜神記》和《世說新語》。

《搜神記》是一部記錄神仙怪異故事的書，它的作者是東晉時期的干寶。干寶字令升，河南新蔡人，年輕時勤學博覽，喜歡陰陽術數之類的東西，因爲才名出眾，被朝廷召爲著作郎。

《搜神記》中的故事，有寫歷代神仙的，有寫巫術方士的，有寫河伯和山神的，也有寫歷代妖異災祥之事的，不一而足。

《搜神記》中所寫鬼神，多有善惡的分別。比如《丁新婦》這則故事裡，講述一位善良的少女，被親人迫害而死，死後爲神現形，有那些居心不良的男子想要調戲她，她就施加懲罰；而忠厚的老者幫助她渡河，她就施以善報。與這位善神相對比的，有一位叫做蔣侯的惡神，他在世爲人時嗜酒好色，死後爲神，任意致人死命，爲害一方，而百姓卻無可奈何。

在勸善懲惡的主題之外，《搜神記》又描寫人鬼之間的愛情故事。如《紫玉韓重姻緣》一篇，講的是吳王的女兒紫玉，生前和韓重兩情相悅，私訂終身，而吳王堅決不許，紫玉鬱鬱而死，死後爲鬼，和韓重人鬼相見於墓穴，贈以

世說新語卷上之上
宋 臨川王義慶 撰
梁 劉孝標 注
德行第一
陳仲舉言爲士則行爲世範登車攬轡有澄清天下之志……爲豫章太守至便問徐孺子所在欲先看之……

《世說新語》（南朝宋劉義慶著）書影

干將莫邪煉劍圖　清　任頤

《三王墓》是東晉時期干寶《搜神記》中膾炙人口的名篇，講述的是干將莫邪煉劍及其子赤比復仇的故事。此圖表現的正是干將莫邪煉劍的情形，線條剛勁有力，用墨溫潤，設色淡雅，是任頤人物畫中的精品。

明珠。《辛道度》、《談生》、《鍾繇》等幾篇，也都是講的這類故事，寄寓追求婚姻自由的意義。

《搜神記》中，還有不少優美的神話故事和民間傳說，如《董永》、《嫦娥奔月》、《弦超》、《河伯女》等。如《嫦娥奔月》：

羿請無死之藥於西王母，嫦娥竊之以奔月。將往，枚筮之於有黃。有黃占之曰：「吉。翩翩歸妹，獨將西行。逢天晦芒，毋恐毋驚，後且大昌。」嫦娥遂託身於月，是爲蟾蜍。

又如《董永與織女》：

漢董永，千乘人。少偏孤，與父居，肆力田畝，鹿車載自隨。父亡，無以葬，乃自賣爲奴，以供喪事。主人知其賢，與錢一萬，遣之。永行三年喪畢，欲還主人，供其奴職。道逢一婦人曰：「願爲子妻。」遂與之俱。主人謂永曰：「以錢與君矣。」永曰：「蒙君之惠，父喪收藏。永雖小人，必欲服勤致力，以報厚德。」主曰：「婦人何能？」永曰：「能織。」主曰：「必爾者，但令君婦爲我織縑百匹。」於是永妻爲主人家織，十日而畢。女出門，謂永曰：「我，天之織女也。緣君至孝，天帝令我

謝玄像

謝玄，字幼度，謝安之侄，東晉時陳郡陽夏（今河南太康）人。《世說新語》記載了他大量的言行談吐和生平事蹟。《世說新語·言語》載：「晉武帝每餉山濤，恆少，謝太傅（謝安）以問子弟，車騎（謝玄）答曰：「當由欲者不多，而使與者忘少。」

助君償債耳。」語畢，凌空而去，不知所在。

這些故事情節曲折、描寫細緻，已經是比較成熟的短篇小說了。這一類故事對唐代的傳奇和元明兩代的戲曲，都有較大的影響。

魯迅先生在《中國小說史略》第八篇《唐之傳奇文（上）》中說：「小說亦如詩，至唐代而一變，雖尚不離於搜奇記逸，然敘述宛轉，文辭華豔，與六朝之粗陳梗概者較，演進之跡甚明，而尤顯者乃在是時則始有意為小說。」

《世說新語》的編纂者劉義慶（403～444）是劉宋武帝劉裕的侄子，十三歲時被封為南郡公，後來又襲封臨川王，很受皇帝賞識和重用。劉義慶生來就喜愛文藝，喜歡與文學之士交遊。《世說新語》是以記錄人物的軼聞瑣事為主的志人小說，堪稱中國文化史上的一部奇書，對後世中國文人的心理和創作都有不可估量的影響。

《世說新語》按照類書的形式進行編排，分為「德行」、「言語」、「政事」、「文學」等三十六

王子猷雪夜訪戴圖　明　佚名

圖中表現的是南朝宋劉義慶所著《世說新語》中的王子猷雪夜訪戴的故事。

東山報捷圖 明 仇英

謝安（320～385），字安石，陳郡陽夏（今河南太康）人，卒後贈太傅，謚文靖，是東晉的一代名相。《世說新語》中關於他的詞條最多，記載也最豐富。圖中表現的正是《世說新語》中描述的「東山報捷」場面：報捷的童子侍立在一旁陳述戰事的勝利，而謝安仍專心下棋，鎮定自如。

篇。主要記載自東漢至東晉這一段歷史中文人名士的言行，尤以晉朝人爲重。所記的事情，以反映人物的性格和精神風貌爲主，並不追求歷史的眞實性。或是高尚的品行，豁達的胸懷；或是出眾的儀態，機智的談吐；或忘情山水，流連江湖；或高居廟堂，勉力國是：都能夠表現出那一時代知識份子的人生態度和文化趣味。

魏晉是一個大動亂的時代，也是一個大解放的時代。人們的個性得到自由發揚，精神品格得到昇華，比如那位臨刑的時候仍然彈琴自娛的嵇中散：

嵇康身長七尺八寸，風姿特秀。見者歎曰：「蕭蕭肅肅，爽朗清舉。」或曰：「肅肅如松下風，高而徐引。」山公曰：「嵇叔夜之為人也，岩岩若孤松之獨立；其醉也，傀俄若玉山之將崩。」

這一種優雅的儀態，蘊涵著令人羨慕的人格修養。再如東晉名相謝安：

謝公與人圍棋，俄而謝玄淮上信至。看書竟，默默無言，徐向局。客問淮上利害，答曰：「小兒輩大破賊。」意色舉止，不異於常。

他的侄子謝玄在前方與敵軍八十萬大軍對敵，國家興亡，在此一舉，勝利消息傳來，他卻平靜如常，這種臨大事有靜氣的胸懷和雅量，不知傾倒多少自以爲是的士人。

書裡也寫那些名士們在平常生活中的行爲表現，很能夠見出人物的眞性情。比如著名的王子猷雪夜訪戴故事：

王子猷居山陰，夜大雪，眠覺，開室命酌酒，四望皎然，因起彷徨，詠左思《招隱詩》，忽憶戴安道。時戴在剡，即便夜乘小船就之。經宿方至，造門不前而返。人問其故，王曰：「吾本乘興而行，興盡而返，何必見戴！」

寥寥數語，而人物的個性風貌，纖毫畢見。魏晉人物能言善辯，在語言表達上十分的機智敏捷，尤以能說會道著稱。以「言語」中所記的鄧艾爲例：

鄧艾口吃，語稱「艾艾」。晉文王戲之曰：「卿云艾艾，定是幾艾？」對曰：「鳳兮鳳兮，故是一鳳。」

口吃的鄧艾，在別人嘲笑缺點時，能夠巧妙地引用古語爲自己解嘲，言辭十分得體，充分表現出一種急智。再比如王子敬：

王子敬云：「從山陰道上行，山川自相映發，使人應接不暇。若秋冬之際，尤難爲懷！」

很平常的一句話，但是細細讀來，的確能讓人感受到名士對美的敏銳的領悟能力，對大自然的一往情深。

一部《世說新語》，就是魏晉時期風流名士的人物畫卷。透過這些名士的言談舉止，我們窺見了那個時代優秀士人的眞性情，這是一種與天地造化相融爲一的絕響。

吳儂小調與草原牧歌

南北朝民歌

似乎是爲了與同一時期文學的貴族化相抗衡，南北朝的民歌創作蔚爲興盛。無論是南方的山青水秀，還是北方的天高地迴，都能在人民心中激起美的感悟併發而爲歌，展現出一種天籟自然之美。

江南地區氣候溫潤，物產豐富，花木繁榮，風光明媚，並且觀念也比較開放，人們普遍追求人生的快樂和感情的滿足。所以南朝民歌集中抒寫男女之情，而且絕大多數是以女子的口吻來表達對於戀人的相思和愛慕，風格深婉纏綿，清新豔麗。

南朝民歌善於以情景交融的手法，來抒寫悠悠的情思。比如《子夜四時歌．秋歌》中的一首：

秋風入窗裡，羅帳起飄颺。

烏衣晚照圖　明

《石城樂》、《莫愁樂》、《西洲曲》都是南朝民歌中的精品，展現了南方特別是當時文化中心建康(石頭城、石城)的風土人情。這幅烏衣晚照圖是後人想像的南朝石頭城朱雀橋東烏衣巷的水鄉風光，頗有古風。

出行圖　南北朝

《幽州馬客吟歌》、《紫騮馬》、《企喻歌》、《折楊柳歌》等都是北朝民歌中的名篇，內容大多與馬有關，這與當時的統治者多是北方草原遊牧民族有密切的聯繫。《企喻歌》中的「男兒欲作健，結伴不須多」、「放馬大澤中，草好馬著臕」，《折楊柳歌》中的「上馬不捉鞭，反折楊柳枝」、「放馬兩泉澤，忘不著連羈」，《幽州馬客歌》中的「快馬常苦瘦，剿兒常苦貧」都反映了當時「馬政」的興起，已滲入到日常生活中。上圖是山西省太原市武平二年（570）北齊墓中出土的壁畫，是北朝武士騎馬出行的情景，真實反映了當時的社會生活。

仰頭看明月，寄情千里光。

秋風入窗，吹起羅帳，此時不經意地抬頭，一眼望皎月。這圓圓的月亮勾起閨中女兒的情思，她想到遠方的情人或許也在癡癡地望著月亮，於是便把自己的情思借這光華遙相傳遞。這種以景寫情、情景相生的寫法，在樸素的漢樂府民歌裡是見不到的。

南朝民歌裡最出色、寫得最美的詩篇，當屬《西洲曲》。這首詩描寫一位少女從初春至深秋、從現實到夢境，對遠方情人的思念：

憶梅下西洲，折梅寄江北。單衫杏子紅，雙鬢鴉雛色。西洲在何處，兩槳橋頭渡。……採蓮南塘秋，蓮花過人頭。低頭弄蓮子，蓮子青如水。置蓮懷袖中，蓮心徹底

紅。憶郎郎不至，仰首望飛鴻。鴻飛滿西洲，望郎上青樓。樓高望不見，盡日欄杆頭。欄杆十二曲，垂手明如玉。捲簾天自高，海水搖空綠。海水夢悠悠，君愁我亦愁。南風知我意，吹夢到西洲。

這首詩基本上是四句一換韻，又運用了連珠格的修辭手法，形成了一種迴環婉轉的旋律，聲情搖曳，韻味無窮。

北朝質樸豪放的民歌的作者是身處北方的各族人民。大漠平川，駿馬爲伴，造就了他們孔武強悍的精神：

精采閱讀

儂作北辰星，千年無轉移。歡行白日心，朝東暮復西。

——南朝《子夜歌》

江陵去揚州，三千三百里。已行一千三，所有二千在。

——南朝《懊儂歌》

聞歡下揚州，相送江津灣。願得篙櫓折，交郎到頭還。

——南朝《那呵灘》

江南可採蓮，蓮葉何田田。魚戲蓮葉間，魚戲蓮葉東，魚戲蓮葉西，魚戲蓮葉南，魚戲蓮葉北。

——南朝《江南》

聞歡下揚州，相送楚山頭。探手抱腰看，江水斷不流。

莫愁在何處，莫愁石城西。艇子打兩槳，催送莫愁來。

——南朝《莫愁樂二首》

生長石城下，開窗對城樓。城中諸少年，出入見依投。

——南朝《石城樂二首》

敕勒川，陰山下，天似穹廬，籠蓋四野。天蒼蒼，野茫茫，風吹草低現牛羊。

——北朝《敕勒歌》

隴頭流水，流離山下。念吾一身，飄然曠野。

隴頭流水，鳴聲幽咽。遙望秦川，心肝斷絕。

——北朝《隴頭行》

男兒可憐蟲，出門懷死憂。屍喪狹谷口，白骨無人收。

——北朝《企喻歌》

橫吹圖　南北朝

著名的北朝民歌《企喻歌》、《地驅樂歌》、《隴頭流水》、《折楊柳歌》、《木蘭詩》都被歸入橫吹曲辭。橫吹曲，起初稱爲「鼓吹」，馬上演奏，是軍中之樂。其後分爲兩部：有簫笳者稱爲鼓吹，用於朝會道路；有鼓角者爲橫吹，用於軍中。上圖是山西省太原市武平二年(570)北齊墓中出土的壁畫，再現了當時的演奏形式。

健兒須快馬，快馬須健兒。

蹕跋黃塵下，然後別雄雌！

矯健的騎手騎上快馬才能顯示出他的威猛，快馬馱上健兒才能跑出牠的威風。他們即使是歌唱愛情，也有粗獷的調子：

驅羊入谷，白羊在前。

老女不嫁，蹋地呼天！

這首奔放樸野的愛情詩歌，把少女渴望出嫁的心情，表達得如此直露。至於北朝民歌的名篇，那是眾所周知。在天蒼蒼，野茫茫，風吹草低見牛羊的北國，走出了一位代父從軍的巾幗英雄花木蘭。木蘭慷慨從戎，馳騁沙場十餘年，爲國家立下汗馬功勞，而在凱旋之後功成不居，返回家園和雙親弱弟同享天倫。這位勇敢剛毅而又親情濃郁的女英雄，堪稱中國文學史上最理想的女性形象。

第四篇

唐朝文學

全盛時代的磅礴氣象

中華民族的歷史腳步終於走到了唐的門前。這是一個神奇的時代。無限的過去都以現在為歸宿；無限的未來都以現在為淵源。中國文學三千多年的漫長跋涉，一代又一代騷人墨客的風流吟唱，似乎都是為了這一次的爆發。唐代才子們站在高高的山巔上，極目四望，一覽無餘，心情極為舒展，不禁意氣洋洋，欲上青天。這恢宏的胸懷和氣度帶到文學創作裡，就出現了百花齊放的大好局面。三百年唐代文學的發展過程，經歷了初唐、盛唐、中唐、晚唐五代四個階段。其作品數量之大、文學形式之豐富多樣，是此前任何一個時期都無法與之相比的。

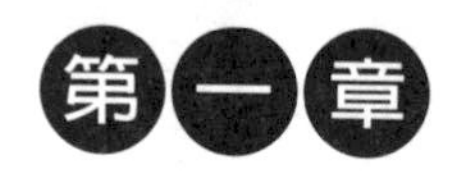

第一章 大唐樂章的嘹亮序曲

初唐文學

如果說大唐是一部輝煌的樂章，那麼和秦王朝一樣短命的隋朝就是短到只有幾個音符的過門。楊堅立隋到唐睿宗景雲年間的一百三十多年，文學創作主要集中在詩歌，而詩歌仍然步武梁陳餘風，創作的中心完全在宮廷，內容大抵是為帝王歌功頌德之類。武則天當政時期，唐詩揭開了自己神秘的面紗，初唐四傑、沈佺期、宋之問、陳子昂等人陸續登台亮相。他們改造了詩風，完成了律詩的體制，讓詩歌走出宮廷，走上了廣闊的社會舞台，從而為大唐樂章奏響了嘹亮的序曲。

不廢江河萬古流

初唐四傑

王楊盧駱當時體，輕薄為文哂未休。爾曹身與名俱滅，不廢江河萬古流！

只要對唐代文學略有了解的人就都知道，這是詩聖杜甫對初唐四傑的高度評價。四傑指的是生活在高宗、武后時期的王勃、楊炯、盧照鄰、駱賓王四位詩人，他們都是英姿逸發的少年天才，但是在仕途上，又都是地位卑微，坎坷不遇。王勃（650～676）很小的時候就有才名，朋友們把他和他的兩位哥哥比作「王氏三珠樹」。他出名的機會在乾封元年（666），這一年高宗要到泰山封禪，他向朝廷進獻《宸遊東嶽頌》和《乾元殿頌》，文采菁華，風傳一時。沛王李賢把他招到門下作文字工作。但沒過多久，王勃因為一篇文章得罪了皇帝，被逐出了王府。他四處遊歷，先後到了江漢和蜀中，結識盧照鄰，兩人過從甚密。此後他也曾幾度出仕，作過小官。有一次因為私藏欽犯差點被殺頭，因為朝廷改元大赦天下才保住性命，但還是被革掉了功名。上元三年（676），他遠道看望父親，途中落水受到驚嚇而死。這一年他二十七歲。

王勃的詩內容廣泛，風格高華。除了每個中國人都知道的「海內存知己，天涯若比鄰」之外，他的好詩還真不少。比如《山中》一詩寫道：「長江悲已滯，萬里念將歸。況屬高風晚，山山黃葉飛。」以大江的水流遲緩暗示自己不願再

王勃像

走，以紛飛的黃葉狀寫自己的鄉愁情緒，俊逸清新。但要說影響最大的作品，自然非那篇傳誦千古的《滕王閣序》莫屬。這篇駢文以生動的文筆，從各方面極力地鋪敘滕王閣的壯麗和閣中宴飲的盛況，並即景生情，抒發了自己懷才不遇的憤懣和客愁羈旅的傷情。這類主題前人寫得多了，並不新鮮。這篇作品最大的特點是意境開闊宏偉，聲調和諧優雅，詞采精練華美。並不

落霞孤鶩圖　明　唐伯虎

此畫是唐伯虎根據唐代王勃《滕王閣序》中的名句「落霞與孤鶩齊飛，秋水共長天一色」繪製而成的。畫幅自題詩：「畫棟珠簾煙水中，落霞孤鶩渺無蹤。千年想見王南海，曾借龍王一陣風。」詩中流露出對王勃少年得志的欽慕和嚮往。

滕王閣圖　元　夏永

此圖根據唐代王勃的《滕王閣序》文意繪製而成，描繪中國四大樓閣之一的「滕王閣」，界畫精麗，上部題有《滕王閣序》的全部文字。

太長的一篇文章，幾乎處處是警語，處處是麗句：

落霞與孤鶩齊飛，秋水共長天一色。

關山難越，誰悲失路之人？萍水相逢，盡是他鄉之客。

老當益壯，寧移白首之心？窮且益堅，不墜青雲之志。

這些名句情眞意切，同時又平仄協調，屬對工穩，沒有一點斧鑿的痕跡。所謂才華橫溢，用在王勃身上才覺得名實相符。

與王勃相比，楊炯（650～?）的才氣就少了一些。他的詩歌內容主要是抒寫離別的情緒，形式上全部是五言，而且名篇佳句也不多，所以略而不論。

楊炯像

駱賓王像

盧照鄰像

盧照鄰（634～?）號幽憂子。在四傑當中，他的遭遇和命運是最苦的，一生幾乎全在悲慘的歲月中度過。他的詩歌創作內容較爲豐富，形式也比較完備，而其中成就最高的是七言歌行。他的名篇是《長安古意》，詩中有些句子讀起來特別有意味：

梁家畫閣中天起，漢帝金莖雲外直。樓前相望不相知，陌上相逢詎相識？借問吹簫向紫煙，曾經學舞度芳年。得成比目何辭死，願作鴛鴦不羨仙。……節物風光不相待，桑田碧海須臾改。昔時金階白玉堂，即今唯見青松在。寂寂寥寥揚子居，年年歲歲一床書。獨有南山桂花發，飛來飛去襲人裾。

這些詩句四句一換韻，讀來

精采篇章

此地別燕丹，壯士髮衝冠。昔時人已沒，今日水猶寒。

——唐·駱賓王《易水送人》

烽火照西京，心中自不平。牙璋辭鳳闕，鐵騎繞龍城。
雪暗凋旗畫，風多雜鼓聲。寧為百夫長，勝作一書生。

——唐·楊炯《從軍行》

長江悲已滯，萬里念將歸。況屬高風晚，山山黃葉飛。

——唐·王勃《山中》

送送多窮路，遑遑獨問津。悲涼千里道，淒斷百年身。
心事同漂泊，生涯共苦辛。無論去與住，俱是夢中人。

——唐·王勃《別薛華》

城闕輔三秦，風煙望五津。與君離別意，同是宦遊人。
海內存知己，天涯若比鄰。無為在歧路，兒女共沾巾。

——唐·王勃《送杜少府之任蜀川》

自然流轉，具有特別的音樂之美。

在四傑裡，駱賓王（619～?）的年齡最大。駱賓王的創作大部分是五言律詩，其中最能表現他的豪邁遒麗風格的，是從軍一類題材的詩。駱賓王有過從軍的經歷，對軍旅生活有實際的觀察和體驗，故而以雄放見長，頗能見出詩人的豪邁氣概。此外，駱賓王也寫一些揭露黑暗現實的詩。這類詩或抨擊統治者的荒淫腐朽，或反映婦女的不幸遭遇，或抒寫個人的失意愁怨，都有一定的深度。和王勃有些類似，駱賓王的卓著名聲，也不是因爲他的詩，而是因爲他的一篇駢文。這篇駢文題目是《代徐敬業傳檄天下文》，後人也稱作《討武曌檄》。西元684年，唐朝開國功臣李勣的長孫徐敬業在揚州起兵，討伐臨朝稱制的武則天。駱賓王當時正在徐敬業幕府，代徐敬業寫下了這篇著名的檄文。作者站在擁唐討武的立場上，歷數武則天屠兄殺姊、鴆母弒君、蓄謀篡唐稱帝的種種罪名，號召天下起而伐之。文章揮灑自如，痛快淋漓，詞采並茂，聲勢雄壯。他在交代徐敬業的軍事實力後，這樣寫道：

班聲動而北風起，劍氣衝而南斗平。喑嗚則山嶽崩頹，叱咤則風雲變色。以此制敵，何敵不摧，以此圖功，何功不克！

聲光赫赫，山嶽震動，爲徐氏義旗增色不少。他在曉諭唐室舊臣時說：「言猶在耳，忠豈忘心？一抔之土未乾，六尺之孤安在？」最後以「試看今日之域中，竟是誰家之天下」作結，氣勢磅礴，大義凜然，千載之下，猶能感覺到作者的虎虎生氣。

駱賓王《詠鵝》詩意圖　清　惲壽平

此圖表現駱賓王最膾炙人口的名詩《詠鵝》：「鵝鵝鵝，曲項向天歌，白毛浮綠水，紅掌撥清波。」畫風淡雅精工，設色溫潤新奇。惲壽平（1633～1690），初名格，字壽平，後以字行，號南田，又號雲溪外史等，江蘇常州人，是清代六大畫家之一。

偉大的孤獨者

陳子昂

前不見古人，後不見來者。念天地之悠悠，獨愴然而涕下！

這首詩以一種頂天立地的偉大孤獨，不知感動多少在寂寞裡與命運抗爭的英雄志士。它的作者就是陳子昂。

陳子昂（659～700）是初唐文學家，四川射洪人。出身富有之家，輕財好施，任俠使氣。他有過十年仕宦和兩次從軍的經歷。因爲在武后篡唐時當過官，頗受後人的批評。

文學上，陳子昂是沿著初唐四傑開創的反對齊梁浮靡詩風的革新之路走下來的。他在《修竹篇序》一文中說：「文章道弊，五百年矣！漢魏風骨，晉宋莫傳。……齊梁間詩，彩麗競繁，而興寄都絕。」他痛感於慷慨悲涼的建安風骨之衰落，對齊梁詩歌的「彩麗競繁」表示尖銳批評。他的主張就是「反齊梁，復漢魏」，要求文學創作具有鮮明飽滿的感情和質樸有力的語言，文學家要關心現實，要抒發自己的眞情實感。

陳子昂最爲著名的就是那首《登幽州台歌》。詩人登上了古老的幽州台，對著雄偉壯麗的萬里江山，感慨燕昭王、樂毅這一類的明君良將已經消逝在歷史的煙塵中，而後繼者又依然隱藏在茫不可知的未來，舉目四望，誰是自己的事業知音呢？這首詩格調沉鬱雄渾，在芳草鮮美的初唐，它彷彿是一棵獨

古讀書台

陳子昂爲四川射洪人。古讀書台位於四川省射洪縣，是當年陳子昂讀書學習的地方，又稱「陳子昂讀書台」。

立蒼茫的勁松。他的《感遇》詩三十八首也是一組頗能體現他的獨特風格的五言古詩。以第三十五首爲例：

本爲貴公子，平生實愛才。感時思報國，拔劍起蒿萊。西馳丁零塞，北上單于台。登山見千里，懷古心悠哉。誰言未忘禍，磨滅成塵埃。

這首詩作於他第一次隨軍北征期間。詩人親臨沙場，有感於心，發而成篇。它繼承建安詩人的慷慨多氣，蘊藏著壯偉的情懷，展現出積極進取的精神風貌。

陳子昂生前孤獨，身後卻有一大批追隨的知音。張九齡、李白、杜甫、白居易等人的詩歌創作，都受到了他的影響。

陳子昂詩意圖
當代　劉旦宅

此圖表現《登幽州台歌》詩意。清黃周星評此詩曰：「胸中自有萬古，眼底更無一人。古今詩人多矣，從未有道及此者。此二十二字，眞可泣鬼神。」劉旦宅先生是當代名家，筆墨清潤，意境渾融，人物更是生動優雅。

皎皎空中孤月輪

《春江花月夜》

初唐時期是整個唐代文學的序曲階段，眞正傳唱不衰的詩篇並不太多。但是一篇就夠了。這就是《春江花月夜》。關於它的作者張若虛的生平，歷史記載不多，他的詩流傳下來的只有兩首，但一首《春江花月夜》就把張若虛推上了詩歌史上第一流詩人的位置。詩的題目就分外的別緻。春、江、花、月、夜，這五種事物集中了人生最動人的良辰美景，構成了一幅誘人探尋的妙境。一開篇，詩人從春江月夜的寧靜美景入筆：

春江潮水連海平，海上明月共潮生。灩灩隨波千萬里，何處春江無月明！江流宛轉繞芳甸，月照花林皆似霰；空里流霜不覺飛，汀上白沙看不見。

江潮連海，月共潮生。明麗的月色朗照千里春江，江流曲曲彎彎地繞過芳草遍地的春之原野；如水的月光瀉在開滿鮮花的樹上，是那樣的潔白幽美。這美麗的景色，讓詩人情不自禁地開始了對於似水年華的追憶和思索：

江天一色無纖塵，皎皎空中孤月輪。江畔何人初見月？江月何年初照人？人生代代無窮已，江月年年只相似。不知江月待何人，但見長江送流水。

由時空的無限，自然地聯想到了生命的無限。個人的生命曇花一現，而整個人類的存在則是綿延不絕的。但是畢竟逝者如斯，一去不還。孤月徘徊中天，大江日夜奔流，似乎都是爲了一個永遠無法實現的等待。江月有恨，流水無情，就像這滿溢著離愁別恨的人間。

詩人收回飛越的神思，轉而敘寫世間男女的相思之苦：「白雲一片去悠悠，青楓浦上不勝愁。誰家今夜扁舟子？何處相思明月樓？」這種相思，牽繫著思婦的愛恨情懷：「可憐樓上月徘徊，應照離人妝鏡台。玉戶簾中捲不去，擣衣砧上拂還來。此時相望不相聞，

延伸閱讀

東皋薄暮望，徙倚欲何依。樹樹皆秋色，山山唯落暉。牧人驅犢返，獵馬帶禽歸。相顧無相識，長歌懷采薇。

——唐・王績《野望》

疾風知勁草，板蕩識誠臣。勇夫安失義，智者必懷仁。

——唐・李世民《贈蕭瑀》

我昔未生時，冥冥無所知。天公強生我，生我復何為？無衣使我寒，無食使我饑。還你天公我，還我未生時。

——唐・王梵志《道情詩》

脈脈廣川流，驅馬歷長洲。鵲飛山月曙，蟬噪野風秋。

——唐・上官儀《入朝洛堤步月》

獨有宦遊人，偏驚物候新。雲霞出海曙，梅柳渡江春。淑氣催黃鳥，晴光轉綠蘋。忽聞歌古調，歸思欲沾襟。

——唐・杜審言《和晉陵陸丞早春遊望》

嶺外音書斷，經冬復歷春。近鄉情更怯，不敢問來人。

——唐・宋之問《渡漢江》

君不見昆吾鐵冶飛炎煙，紅光紫氣俱赫然。良工鍛鍊凡幾年，鑄得寶劍名龍泉。龍泉顏色如霜雪，良工咨嗟歎奇絕。琉璃玉匣吐蓮花，錯鏤金環映明月。正逢天下無風塵，幸得周防君子身。精光黯黯青蛇色，文章片片綠龜鱗。非直結交遊俠子，亦曾親近英雄人。何言中路遭棄捐，零落飄淪古獄邊。雖復沉埋無所用，猶能夜夜氣沖天。

——唐・郭震《古劍篇》

願逐月華流照君。鴻雁長飛光不度，魚龍潛躍水成文。」而兩地的離愁，一樣的相思，遊子的思念又是怎樣的呢：

昨夜閑潭夢落花，可憐春半不還家。江水流春去欲盡，江潭落月復西斜。斜月沉沉藏海霧，碣石瀟湘無限路。不知乘月幾人歸，落月搖情滿江樹。

落花，流水、殘月，襯托的是遊子的思歸之情。這種鄉情之深，連做夢也念念不忘。花落幽潭，春光將老，人還遠在天涯，情何以堪！結句「落月搖情滿江樹」，將不絕如縷的思念之情，月光之情，遊子之情，詩人之情，種種情愫交織成片，灑落在江樹之上，也灑落在一代代飽受相思之苦的人們的心上。

縱觀全詩，作者緊扣詩題所示的五種景物來寫，而以月爲中心。這位美麗的嬋娟，靜靜地走過夜空，靜靜地看著人世間的種種悲歡離合。在詩人筆下，自然的奇景、美麗的愛情、人生的哲理、宇宙的奧秘全都交融在一起。聞一多先生稱讚這首詩是「詩中的詩，頂峰上的頂峰」，算是道出了古往今來所有讀者的共同體會。

與張若虛同時的劉希夷，也是一位大詩人，寫有一篇《代悲白頭翁》，這也是初唐時期不可多得的名篇：

洛陽城東桃李花，飛來飛去落誰家？洛陽女兒惜顏色，行逢落花長歎息。今年落花顏色改，明年花開復誰在？已見松柏摧爲薪，更聞桑田變成海。古人無復洛城東，今人還對落花風。年年歲歲花相似，歲歲年年人不同。寄言全盛紅顏子，應憐半死白頭翁。此翁白頭眞可憐，伊昔紅顏美少年。公子王孫芳樹下，清歌妙舞落花前。光祿池台文錦繡，將軍樓閣畫神仙。一朝臥病無相識，三春行樂在誰邊？宛轉蛾眉能幾時？須臾鶴髮亂如絲。但看古來歌舞地，唯有黃昏鳥雀悲。

詩人以落花起興，在對自然的周而復始與青春年華的轉瞬即逝的領悟中，蘊藏著對生命短促的悼惜之情。與《春江花月夜》具有相類似的情思氛圍和空明詩境。

春江花月夜圖　現當代　任率英

《春江花月夜》是樂府《清商曲辭·吳聲歌曲》的一個舊題，始創者是陳後主，發展於隋煬帝，成名於張若虛。明代李攀龍《唐詩選》評張若虛的這一詩作道：「綺迴曲折，轉入閨思，言愈委婉輕妙，極得趣者。」現代研究唐詩的權威學者、詩人聞一多在《宮體詩的自贖》中則譽之爲「詩中的詩，頂峰上的頂峰」。全詩一共有三十六句，四句一換韻，計九韻，富節奏感，有音樂美，具古典味，如水墨畫，人稱「孤篇壓盛唐」。任率英（1911～1988），河北東鹿人，當代著名畫家。曾長時間在人民美術出版社創作室從事中國畫、連環畫的創作。

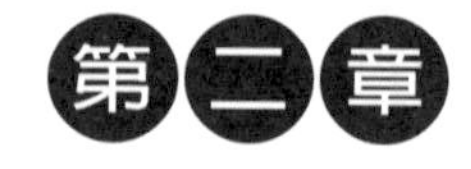

偉大時代的全面來臨

盛唐文學

偉大的孤獨與春江的晚景，讓人不覺驚歎此曲只應天上有，同時又產生了對於未來的殷切期待。從社會歷史來看，陳子昂之後，就是唐代的開元天寶時期，幾千年的封建社會逐步上升到了頂點。經過一百多年的準備和醞釀的唐詩，至此終於達到了全盛的高峰。詩壇呈現出一片大軍雲集的盛況。詩佛王維、詩仙李白、詩聖杜甫彷彿是早就約好了似的，一齊地出現在世人的面前。衆多大家足以流傳千古的華章，風起雲湧般地出現。無論是快樂還是痛苦，無論是寂寞還是喧嘩，都是生氣勃勃，這就是讓整個中國文學為之驕傲的盛唐之音。

山水有清音

王維和孟浩然

王維，字摩詰，山西太原人。他少年時就離開了家鄉，在當時的西京長安和東都洛陽活動。由於他能詩會畫，多才多藝，很受貴族社會的歡迎。王維爲貴族們寫了不少的應景助興的詩歌。同時他也寫了不少的愛情詩、閨怨詩。《相思》算是這一類題材的代表作：

紅豆生南國，春來發幾枝。
勸君多採擷，此物最相思。

這首詩透過對紅豆的吟詠來表達相思愛情，語言雖然簡短，但情深意長，彷彿一往情深的叮囑世間的有情人：紅豆是熾熱的愛情和入骨的相思的象徵。

王維二十一歲就中了進士。因爲精通音律，被任命爲大樂丞。不久因爲做事不謹慎，貶爲濟州司倉參軍。後來得到宰相張九齡的幫助，重新回到長安作了京官。

開元二十五年，邊境捷報傳到朝廷，王維奉旨到邊塞勞軍。出使途中，他寫下了著名的《使至塞上》。詩中的「大漠孤煙直，長河落日圓」兩句，以雄健粗放的線條，勾勒出沙漠上無邊的壯麗景色。和這首詩題材和思想感情相似的《少年行》這樣寫道：

新豐美酒斗十千，咸陽遊俠多少年。相逢意氣爲君飲，繫馬高樓垂柳邊。（其一）

王維像

輞川圖　唐　王維

王維不僅是詩人，同時也是畫家和音樂家。在長安附近的輞川，他創作了奠定他作爲繪畫南宗地位的《輞川圖》，也寫了許多永久地載入文學史的優美詩篇。

出身仕漢羽林郎，初隨驃騎戰漁陽。孰知不向邊庭苦，縱死猶聞俠骨香。（其二）

作者描寫長安遊俠少年的豪邁性格和他們的浪漫生活，寥寥幾筆，人物形象便躍然紙上。

王維留在邊城涼州工作了兩年多，回到都城後作了殿中侍御史。這一時期他寫出了許多寫景雄偉壯麗，同時又洋溢著積極樂觀情緒的優美詩篇，其中有不少十分精采的佳句。比如：「江流天地外，山色有無中。」（《漢江臨眺》）「日落江湖白，潮來天地青。」（《送邢桂州》）「唯有相思似春色，江南江北送君歸。」（《送沈子福歸江東》）

大約在四十多歲的時候，王維終於還是歸隱了。他最先隱居在長安附近的終南山。不久，他又在長安附近的藍田輞川買到了一份產業。這裡有山有水，風景優美，經過王維的刻意經營，更是溪山如畫。他的好詩源源不斷地湧了出來，比如《鹿柴》、《鳥鳴澗》、《渭川田家》、《白石灘》、《新晴野望》等。而《山居秋暝》一詩：

空山新雨後，天氣晚來秋。
明月松間照，清泉石上流。
竹喧歸浣女，蓮動下漁舟。
隨意春芳歇，王孫自可留。

蘇軾稱讚王維說：「味摩詰之詩，詩中有畫；觀摩詰之畫，畫中有詩。」這首詩是最好的證明。

王維的母親虔誠的信奉佛教，王維本人也對佛學深有研究，他之所以取字爲「摩詰」，就是因爲他對佛教《維摩詰經》十分喜愛。他在隱居這一時期的許多山水田園詩，既有很高妙的藝術境界，又寓含了深厚的禪理趣味，這些詩爲王維贏得了「詩佛」的美譽。僅以《辛夷塢》爲例：

木末芙蓉花，山中發紅萼。
澗户寂無人，紛紛開且落。

辛夷花在山澗自開自落，平淡，自然，沒有生的喜悅，也沒有死的悲哀。詩人的心境也有如這遠離紅塵的辛夷花一樣，寧靜淡泊，超然出塵。後世人說這首詩「讀之身世兩忘，萬念俱寂」，可見其藝術魅力之大。

天寶十四年(755)，發生了安史之亂，安祿山攻破長安，王維被迫作了僞官。朝廷光復長安以後，他雖然免罪復官，但從此就在一種頹唐和

孟浩然像

消沉的心境裡度過了晚年。

和王維並稱「王孟」的孟浩然（689～740），據說他也曾有過仕進的機會，只是因爲寫了兩句詩「不才明主棄，多病故人疏」，傳到皇帝耳朵裡去了，皇帝很不高興，說：「朕未嘗棄卿，奈何誣我？」這下他算是把天都得罪了，還能有官作嗎？孟浩然和王維、李白、王昌齡等人都有過交往，他的人品和詩風得到朋友們的讚賞和傾慕。李白在《贈孟浩然》一詩裡稱讚他說：「吾愛孟夫子，風流天下聞。紅顏棄軒冕，白首臥松雲。醉月頻中聖，迷花不事君。高山安可仰，徒此揖清芬。」在他去世後，王維寫了一首《哭孟浩然》：「故人不可見，漢水日東流。借問襄陽老，江山空蔡洲。」

孟浩然的詩作現存二百多首，大部分是他在漫遊途中寫下的山水行旅詩，還有一些是寫田園村居生活的。他的詩經常寫到漫遊於南國水鄉所見的優美景色和由此引發的自然情趣。請看《舟中曉望》：

掛席東南望，青山水國遙。
舳艫爭利涉，來往接風潮。
問我今何適？天臺訪石橋。

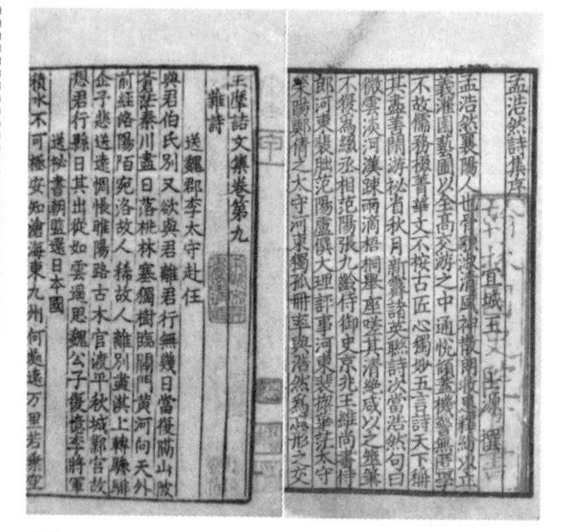
孟浩然詩集序
宜城王士源撰
孟浩然襄陽人也骨貌淑清風神散朗救患釋紛以立
義灌園藝圃以全高交游之中通悅頌蓋機警無匹學
不攻儒務掇菁華文不按古匠心獨妙五言詩天下稱
其盡善閑游秘省秋月新霽諸英聯詩次當浩然句曰
微雲淡河漢疏雨滴梧桐舉座嗟其清絕咸以之箍筆
不復爲綴丞相范陽張九齡侍御史京兆王維尚書侍
郎河東裴朏范陽盧僎大理評事河東裴揔華陰太守
滎陽鄭倩之太守河東獨孤册率與浩然爲忘形之交

王摩詰文集卷第九
雜詩
送魏郡李太守赴任
與君伯氏別又欲與君離君行無幾日當復隔山陂
蒼茫秦川盡日落桃林塞獨樹臨關門黃河向天外
前經洛陽陌宛洛故人稀故人離別盡淇上轉驂騑
企予悲送遠惆悵睢陽路古木官渡平秋城鄴宮故
想君行縣日其出從如雲遙思魏公子復憶李將軍
送秘書晁監還日本國
積水不可極安知滄海東九州何處遠万里若乘空

《孟浩然詩集．王摩詰文集》（唐孟浩然、王維著）書影

坐看霞色曉，疑是赤城標。

詩人信筆寫來，淡淡的，似乎無意爲詩，卻詩意濃郁，和那首婦孺皆知的《春曉》一樣，雖然「淡到看不見詩」，卻又都是一流的好詩。他的詩就是這樣，往往在白描之中見出不著痕跡的功力，於精心著力處卻又彷彿是不經意間說出的。比如同爲人們熟知的《過故人莊》：

故人具雞黍，邀我至田家。
綠樹村邊合，青山郭外斜。
開軒面場圃，把酒話桑麻。
待到重陽日，還來就菊花。

一個普通的農莊，一頓普通的農家飯食，竟然能夠寫得如此地富於詩意，一如陶淵明的田園詩。眞可謂「絢爛之極歸於平淡」了。

金戈鐵馬與碧血丹心

高適和岑參

盛唐時期，國力強盛，統治者爲了炫耀自己的武功，大肆地發動戰爭，開疆拓土。反映戰爭題材的邊塞詩派因此而蓬蓬勃勃地發展起來了。高適和岑參就是這一詩派的傑出代表。

高適（700～765），字達夫，在他的家族同輩中排行第三十五。他出身武將之家，但小時候家境並不見好。後來他從軍邊塞，成了獨當一面的戎帥，晚年曾先後任淮南節度使、劍南西川節度使。這是很特別的。從軍的詩人，前有駱賓王、陳子昂，同時的有岑參、王之渙、王昌齡等，但是他們都沒有高適這樣的武功。正因爲他的這種從武的背景，所以他與其他文人不大一樣。他的青壯年時期也曾遭遇坎坷磨難，落拓不遇，但是並沒像文士們通常表現出的那樣怨天尤人，而是從不灰心喪氣，一直努力地追求自己的人生理想，直到成功地步入仕途。史書上說：「有唐以來，詩人之達者，唯適而已。」這很大程度上是他的剛強性格造就的。

縱觀高適的一生，雖然經歷了唐玄宗、肅宗、代宗三朝，但是他現存的詩作，絕大部分寫於安史之亂以前。高適能以一個邊塞詩人獨步於當時，揚名於後世，這與他詩歌裡強烈的愛國主義精神分不

高適《除夜作》詩意圖　當代　戴敦邦

此圖表現的詩全文爲：「旅館寒燈獨不眠，客心無事轉淒然？故鄉今夜思千里，霜鬢明朝又一年。」戴敦邦（1938～　），自號民間藝人，江蘇鎮江人，中國當代著名畫家。其畫構圖富於變化，情趣盎然。

開。他長期從軍，三次奔赴塞外。他的邊塞詩是他豪壯的戎馬生活的反映，詩中抒寫了自己希望爲國家解除邊患而貢獻力量和建功立業的抱負，熱情歌頌了將士們在戰鬥中的英雄氣概，也表達了邊境和內地人民對和平生活的強烈嚮往。這方面的代表之作是被視爲唐代邊塞詩作珍品的《燕歌行》。

漢家煙塵在東北，漢將辭家破殘賊。男兒本自重橫行，天子非常賜顏色。……校尉羽書飛瀚海，單於獵火照狼山。山川蕭條極邊土，胡騎憑陵雜風雨。戰士軍前半死生，美人帳下猶歌舞。……相看白刃血紛紛，死節從來豈顧勳！君不見沙場征戰苦，至今猶憶李將軍！

彩繪武官俑　唐

所謂的盛唐氣象是一種剛健、清新、進取的心態和美，這種氣象爲之後的歷代所無。代表盛唐氣象的是以王維、孟浩然爲代表的山水詩派，以高適、岑參爲代表的邊塞詩派及李白、王昌齡等人的詩。彩繪武官俑是盛唐時期邊塞軍士的眞實反映，雙手的姿勢和面部的表情都顯示了傲視一切的盛世氣概。

陽關遺址

陽關遺址位於今甘肅省，在漢唐時期是西域與內地的分界，也是邊塞的前哨，所以常常成爲軍隊出征和送別的場所。唐代的邊塞詩人對之常有吟詠。

這首詩描寫了征戰生活的各個方面。錯綜交織的詩筆，把荒涼絕漠的自然環境、如火如荼的戰鬥氣氛、士兵在戰鬥中複雜變化的內心活動，與詩人強烈的愛憎感情水乳交融，形成了悲壯激昂的藝術風格。讀之彷彿可見邊塞惡戰的刀光劍影。

除了邊塞詩，高適也寫了許多反映民生疾苦的詩。如在《東平

岑參詩意圖　明　張瑞圖

這幅山水畫以岑參的詩句爲源泉，筆墨生動，氣象高遠。張瑞圖（ ～1644），字長公，一字果亭，號二水、白毫庵主，福建晉江人，明代著名的書畫家。明朝萬曆三十五年（1607）進士，後攀附魏忠賢，官至武英殿大學士。書江古怪奇張，山水學元四家中的黃公望，骨格清勁，點染清逸。

路中遇大水》中，他代那些遭受自然災害的農民向皇帝請命：「聖主當深仁，廟堂運良籌。倉廩終爾給，田租應罷收！」在《自淇涉黃河途中作十三首》中，他寫道：「試共野人言，深覺農夫苦！去秋雖薄熟，今夏猶未雨。」對處於困境中的農民表示了眞摯的同情。出於同樣的情感，他對那些魚肉人民的統治者表示出了極大的義憤，對那些貴族子弟驕奢淫逸的生活給予了辛辣的嘲諷。

高適是一個渴望建功立業並且願意爲之不懈追求的人。他雖生當大唐盛世，有時也感到「途窮」，他也曾感歎：「應知阮步兵，惆悵此途窮！」但是，就算在現實生活中碰得頭破血流，他也不曾像王維那樣去求仙訪道或面對空門。失望、挫折、壓抑、冷落，從來沒有動搖過詩人爲實現抱負而積極追求進取的心志。他總是對自己充滿信心，始終洋溢著熱情奔放的樂觀情緒：

寄言燕雀莫相忌，自有雲霄萬里高！（《見人臂蒼鷹》）

即今江海一歸客，他日雲霄萬里人！（《送桂陽孝廉》）

高適的這種積極奮發的生活

態度和追求精神，感動了無數的讀者。杜甫在《追酬故高蜀州人日見寄》一詩中，對他作出這樣的評價：「嗚呼壯士多慷慨，合遝高名動寥廓。歎我淒淒求友篇，感君鬱鬱匡時略！」

岑參（715～770），祖籍南陽，遷居江陵。早年喪父，家道衰微。天寶三年（744）中了進士，步入仕途。他曾幾度爲各路節度使幕府參軍，鞍馬風塵十多年，對征行離別之情有切身的體驗。這爲他的邊塞詩創作奠定了堅實豐厚的基礎。後來他又當了嘉州刺史，所以後世又稱他爲岑嘉州。

岑參是一位十分熱愛生活的詩人，對於美好的自然有著十分敏銳的感悟能力。描繪西域邊疆的雄奇壯麗的風光，就成爲他的邊塞詩的重要內容。茫茫戈壁，巍巍天山，加上塞外多變的氣候，的確讓人感受到迥異於南國水鄉的北國特色。這類作品中，《白雪歌送武判官歸京》和《走馬川行》是與高適

精采閱讀

千里黃雲白日曛，北風吹雁雪紛紛。莫愁前路無知己，天下誰人不識君？

——唐·高適《別董大》

雪淨胡天牧馬還，月明羌笛戍樓間。借問梅花何處落，風吹一夜滿關山。

——唐·高適《塞上聽吹笛》

走馬西來欲到天，辭家見月兩回圓。今夜未知何處宿，平沙莽莽絕人煙。

——唐·岑參《磧中作》

延伸閱讀

葡萄美酒夜光杯，欲飲琵琶馬上催。醉臥沙場君莫笑，古來征戰幾人回？

——唐·王翰《涼州詞》

黃河遠上白雲間，一片孤城萬仞山。羌笛何須怨楊柳，春風不度玉門關。

——唐·王之渙《涼州詞》

白日依山盡，黃河入海流，欲窮千里目，更上一層樓。

——唐·王之渙《登鸛鵲樓》

客路青山外，行舟綠水前。潮平兩岸闊，風正一帆懸。海日生殘夜，江春入舊年。鄉書何處達，歸雁洛陽邊。

——唐·王灣《失題》

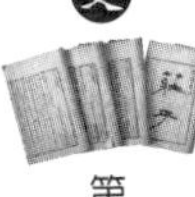

彩繪騎兵俑　唐

唐代自太宗提倡馬政以後，從西域進入大量良種馬，壯大騎兵。這也是唐朝初期能迅速平滅吐谷渾、突厥、高昌、龜茲的重要原因之一。馬自然也成爲邊塞詩人常常歌詠的對象。

的《燕歌行》不相上下的名作。他筆下的西域雪景，不僅鋪天蓋地，而且燦爛如春：「北風捲地白草折，胡天八月即飛雪。忽如一夜春風來，千樹萬樹梨花開。」北方的狂風利如刀箭，具有席捲一切的氣勢和力度：「輪台九月風夜吼，一川碎石大如斗，隨風滿地石亂走。」詩人身處這樣的環境中，並不以自然的惡劣爲苦，而是滿心裡充滿了好奇和熱愛。

在這樣壯麗的背景下，在前方爲國衝鋒陷陣的將士們的形象就顯得特別高大。讚頌大唐帝國的赫赫軍威和守邊將士們的驍勇善戰的尚武精神，也是岑參詩中的一大主題。比如他在《送李副使赴磧西官軍》寫道：

……脫鞍暫入酒家壚，送君萬里西擊胡。功名只向馬上取，眞是英雄一丈夫！

這裡抒發的不僅是詩人自己的抱負，而且表現了一種勇赴國難、奮發進取的時代精神。正是這種精神，熔鑄出大唐帝國的氣勢和聲威。

鄉思邊愁是邊塞詩的傳統題材，岑參長時間身處戎幕，久戍不歸，寫這種題材自是深有感受：

故園東望路漫漫，雙袖龍鍾淚不乾。馬上相逢無紙筆，憑君傳語報平安。

在征途中與故人意外相逢，倉促之中無法書寫家信，只能夠託他捎個口信，告訴家裡人自己好著呢，別太牽掛。這種客中送客，客歸己不歸，只能心隨飛鴻虛寄相思的滋味，旁人又怎能體會呢？

表現西域風情，反映胡漢的文化交流和民族融合，也是岑參邊塞詩的重要內容。此外，他的詩中也還有憂國傷時的內容，這些詩多作於安史之亂以後，數量雖然不及杜甫和高適的多，但自有一種體察入微的深切感受。

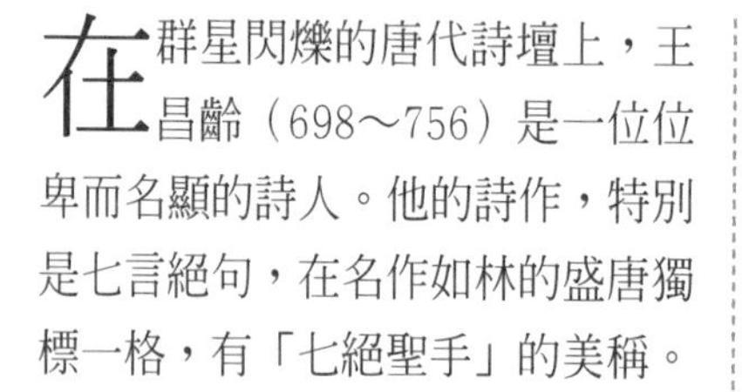

七絕聖手

王昌齡

在群星閃爍的唐代詩壇上，王昌齡（698～756）是一位位卑而名顯的詩人。他的詩作，特別是七言絕句，在名作如林的盛唐獨標一格，有「七絕聖手」的美稱。

王昌齡在開元十五年（727）考中進士，步入仕途。此後他有一段時間到過邊塞。他那些傑出的邊塞詩作正是他邊塞之行的藝術反映。王昌齡親歷戰場，到過蕭關、臨洮、碎葉等地。在他筆下，戍邊將士們總是那麼意氣風發，鬥志昂揚：

秦時明月漢時關，萬里長征人未還。但使龍城飛將在，不教胡馬度陰山。（《出塞》）

青海長雲暗雪山，孤城遙望玉門關。黃沙百戰穿金甲，不破樓蘭終不還！（《從軍行》其五）

萬里長征人未還，是秦漢以來世世代代人們的共同悲劇；而軍士們不勝不甘休的頑強戰鬥精神，在王昌齡的眼中是那樣的豪壯。這也許是詩人自況吧。

王昌齡的邊塞詩作數量不多，但幾乎篇篇是精品，所以他被視爲邊塞詩人的代表。但是他的創作並不單一，他有許多著名的宮怨

詩，大概寫於困居長安的時候：

奉帚平明金殿開，暫將團扇共徘徊。玉顏不及寒鴉色，猶帶昭陽日影來。（《長信秋詞》之三）

詩人深深地同情這些幽居深宮與世隔絕的不幸婦女，用淒婉的筆調，新巧的構思形象生動地描寫出了這些宮女們的悲慘處境，以及她們無處訴說的哀愁和幽怨。

王昌齡交遊很廣，和朋友們有相聚，自然也有許多的分別。他與朋友辛漸在芙蓉樓的一次尋常的分別，也激起了他的靈感，流溢出美妙的詩篇：

寒雨連江夜入吳，平明送客楚山孤。洛陽親友如相問，一片冰心在玉壺。

迷濛的煙雨籠罩著吳地的江天，織成無邊無際的愁網。夜雨的寒意不僅浸透了滿江煙雨，也浸透了兩位離別友人的心。平明時分，孤獨的楚山正像佇立江邊目送逝帆的孤單的我。我拿什麼去告慰洛陽友人們的牽掛和關懷呢？只有這一顆晶亮純潔的冰心可以作證。

在他被貶官龍標以後，友人們紛紛向他表示關心和慰問。李白聽到他的消息後，揮筆寫下了《聞王昌齡左遷龍標遙有此寄》：「楊花落盡子規啼，聞道龍標過五溪。我寄愁心與明月，隨風直到夜郎西。」詩行間飽含著深切的同情和不盡的關懷。王昌齡在龍標時，他的朋友柴侍御來看望他，離開龍標時，他寫了一首《送柴侍御》：

流水通波接武岡，送君不覺有離傷。青山一道同雲雨，明月何曾是兩鄉？

王昌齡在龍標已年近花甲，遠離家鄉，故土的青山明月，只能在夢裡相逢，心境十分悲苦。安史之亂發生，王昌齡從龍標返回故里。不料在路過安徽亳州的時候，被刺史閭丘曉殺害。盛唐的「詩家天子」，竟然落得這樣悲慘的結局，豈不令人黯然神傷！

琉璃堂人物圖　五代　周文矩

圖中表現的內容是詩人王昌齡在江寧縣丞任所的琉璃堂聚會吟唱的故事，與僧人相對著黑衣者爲王昌齡，後部倚松的是詩人李白。

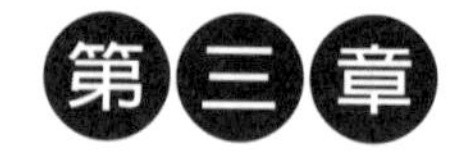

彪炳千秋的雙子星座

李白與杜甫

「李杜文章在，光焰萬丈長。」盛唐詩潮波瀾壯闊，氣象萬千，而其中最為引人注目、最能動人心弦的，是李白和杜甫的詩歌。李杜二人飽滿的詩情，如奔流的大川，一似寬闊的大海。李白其人倜儻風流，上躡老莊屈騷，自出機杼，開創百代雄風；杜甫則蘊藉含蓄，致君堯舜，憂患蒼生，把民間的疾苦化作了筆底的滔滔波瀾。這一仙一聖，其詩可望而不可及，可羨而不可逼，可欽而不可學，可敬而不可褻，在盛唐高高的頂峰上，樹立起兩座擎天的豐碑。

海到無邊天作岸

詩仙李白

酒放豪腸，七分釀成了月光
餘下的三分嘯成劍氣
口一吐就半個盛唐
——余光中《尋李白》

一

大唐帝國是當時全世界最強大的帝國，她驕傲地走在勝利的頂峰上，昂首四顧，胸中充滿了浪漫主義的解放情操和青春少年的樂觀精神。她需要盡情地表現，盡情地歌唱，於是便出現了李白（701～762）這個翻江搗海的弄潮兒。

李白出生在中亞的碎葉城，這是一個十分遙遠的地方。在今天，它已經不屬於中國的版圖。李白的父親是一位商人，家庭十分富有，可算是爲他早早地備足了喝酒的銀子。李白五歲時，全家遷回內地，居住在綿州青蓮鄉（在今四川省江油市）。

李白少年時學習過劍術，有任俠之風。還在蜀中時，他就與梓州劍俠趙蕤有交往；離開四川後，他行事仍然帶上了很濃厚的俠客風度。

李白像

在蜀中時，李白還和一些隱者、道士有交往。趙蕤就是一位隱士。李白還和東嚴子一同隱居在岷山之陽，年輕輕地就過了一段隱逸的生活。和李白交情極其深厚的元丹丘，後來也做了道士。對於隱逸生活的喜愛，幾乎貫穿了太白的一生。

年輕人這時已經表現出較高的文學才能，他這一時期的許多詩文作品寫得非常好。讓我們看看他唱給蜀國仙山的一首歌：

> **峨眉山月半輪秋，**
> **影入平羌江水流。**
> **夜發清溪向三峽，**
> **思君不見下渝州。**

清新的筆墨點染出秋山的月色，清幽靜謐，襯托出離鄉去國時眷戀的情懷。在二十五歲時，李白「仗劍去國，辭親遠遊」，從此再也沒有回到過故鄉蜀國，或許這首《峨眉山月歌》就是他對故鄉的深情告別吧。

江油李白故里

李白生於中亞碎葉，幼時回到內地的故鄉四川江油。

李白《靜夜思》詩意圖　清　石濤

這幅圖表現了李白最廣爲傳誦的詩的意境，詩爲：「床前明月光，疑是地上霜。舉頭望明月，低頭思故鄉。」

二

開元十三年（725）的秋天，李白乘舟東出三峽，沿江東下，泛洞庭，登廬山、遊金陵，到揚州。居留揚州的一年裡，廣交朋友，很快地「散金三十餘萬」。估計錢應該花得差不多了，他向西返回，到達了湖北安陸，在這裡，他結了婚。此後十年間，他仍以安陸爲中心，四處漫遊。他的《襄陽歌》、《江上吟》、《長干行》、《渡荊門送別》、《望廬山瀑布》等作品，就作於這一時期。

即將三十歲的李白，現在想

著該做大事業了。他對自己總是非常自信，因而抱負也很大。他的目標是做宰輔大臣，直接指導皇帝的工作，在政治上有一番赫赫的建樹，功成之後再輕鬆地揮一揮衣袖告別。在當時，爲了達到入仕的目的，隱逸學道，走所謂的終南捷徑，或者向高官顯貴們投詩贈文以展現自己的才能，也都是讀書人常用的手段。李白在安陸時便多次拜謁都督、長史，但是沒有什麼成效，於是在開元十八年到了京城長安，一度隱居在長安附近的終南山，還結識了唐明皇的親妹妹，但是也沒有什麼效果。他便順著黃河東下轉了一大圈，然後回到安陸。天寶元年(742)，唐玄宗終於把目光投向了李白，下詔徵他入京。李白在《南陵別兒童入京》詩中興奮地說道：

> 白酒新熟山中歸，
> 黃雞啄黍秋正肥。
> 呼童烹雞酌白酒，
> 兒女嬉笑牽人衣。
> ……
> 會稽愚婦輕買臣，
> 余亦辭家西入秦。
> 仰天大笑出門去，
> 我輩豈是蓬蒿人！

李白到長安後，被安置在翰林院，以才華出眾經常爲皇帝起草詔命，或侍從皇帝出遊，寫些宮廷題材的詩文；侍從之暇，則在繁華

太白醉酒圖　清　改琦

唐代大詩人杜甫於唐玄宗天寶五年（746）初至長安，分詠當時八位著名酒徒的個人性情和藝術成就。其中有這樣的詩句「李白斗酒詩百篇，長安市上酒家眠。天子呼來不上船，自稱臣是酒中仙」，淋漓盡致地描繪了李白作爲「詩仙」的狂妄和放逸不拘。此圖是清代著名畫家改琦爲這一詩句所作的人物畫，再現了李白的灑脫和輕狂。

的長安市上遊冶飲酒，賀知章金龜換酒的事就發生在這時候。對於他們的宴飲盛況，杜甫在《飲中八仙歌》中有生動的記載，李白的風采最爲出眾：「李白斗酒詩百篇，長安市上酒家眠。天子呼來不上船，自稱臣是酒中仙。」

但是由於他本人的桀驁不馴，不但官僚顯貴容不得他，連唐玄宗也打消了重用他的念頭，把他晾在一邊。李白意識到自己的處境，經過一番思索，終於下決心離開。就這樣，他懷著怨憤而又眷戀的心情，告別皇帝，告別京城。這時距應詔入京剛好三年。他的名篇《蜀道難》、《行路難》、《月下獨酌》以及一部分《古風》，都寫於這個時期。《蜀道難》一詩，形象雄偉，感情熾烈，想像豐富，語言誇張，竭力描繪蜀道之險：

……上有六龍回日之高標，下有沖波折之回川。黃鶴之飛尚不得過，猿猱欲度愁攀援。青泥何盤盤，百步九折縈岩巒。捫參歷井仰脅息，以手撫膺坐長歎。問君西遊何時還？畏途巉岩不可攀。但見悲鳥號古木，雄飛雌從繞林間。又聞子規啼夜月，愁空山。蜀道之難難於上青天！使人聽此凋朱顏。

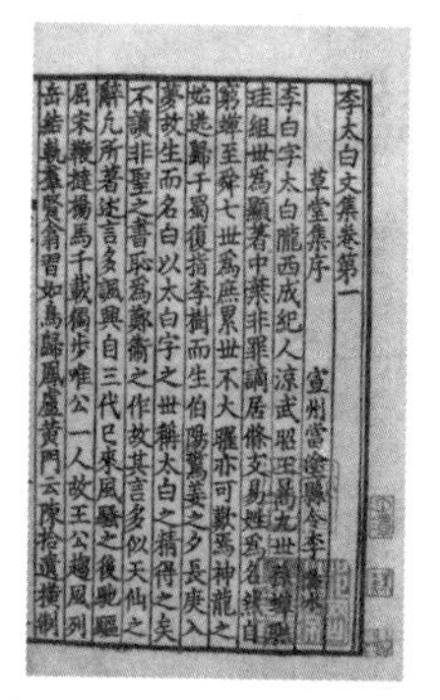
李太白文集卷第一
草堂集序　宣州當塗縣令李陽冰
李白字太白隴西成紀人涼武昭王暠九世孫蟬聯
珪組世爲顯著中葉非罪謫居條支易姓爲名然自
窮蟬至舜七世爲庶累世不大曜亦可歎焉神龍之
始逃歸于蜀復指李樹而生伯陽驚姜之夕長庚入
夢故生而名白以太白字之世稱太白之精得之矣
不讀非聖之書恥爲鄭衛之作故其言多似天仙之
辭凡所著述言多諷興自三代已來風騷之後馳驅
屈宋鞭撻揚馬千載獨步唯公一人故王公趨風列
岳結軌羣賢翕習如鳥歸鳳盧黃門云陳拾遺橫制

《李太白文集》（唐李白著）書影

險峻的蜀道，高峰絕壁，萬壑轉石，但是古往今來的讀者們並不畏懼，反而感受到一種崇高之美，進而對美麗的蜀中生發出深深

的嚮往之情。《行路難》三首中，詩人時而長歎「大道如青天，我獨不得出」，「停杯投箸不能食，拔劍四顧心茫然」，時而又自信地宣稱「長風破浪會有時，直掛雲帆濟滄海」，詩人的內心交織著痛苦、失望、希望和自負的複雜情緒。但是太白不會被壓制住的，「舉杯邀明月，對影成三人」，讓這萬千愁緒，都付與一輪明月與一杯醇酒！

月下把杯圖　南宋　馬遠

此圖取材於唐代詩人李白《舉杯邀明月》詩意。圖中文士繪於園林之中，天宇曠達，明月當空。

三

李白不幸離開長安，卻趕上了一個千年的約會。這個意外的相逢，或許是文學史上最美的故事。他出京後，向東到了洛陽，在這裡和杜甫相遇。詩仙和詩聖終於會面了，而且還加上了高適。他們三人一同東遊梁宋，終日痛飲狂歌，慷慨懷古。這年的秋天，高適一人獨自南遊，李白和杜甫繼續同行，到了齊魯大地。二人情同手足，「醉眠秋共被，攜手日同行」，結下深厚的友誼。後來李白寫過一篇《沙丘城下寄杜甫》：

李白《把酒問月》詩意圖　明　杜堇

此圖依據李白詩意繪製而成，左爲圖，右爲原詩。人物用白描法，筆法細勁秀逸，形象生動傳神。杜堇，本姓陸，字懼男，號古狂、青霞亭長，江蘇丹徒人，明成化、弘治年間的著名畫家。山水取法南宋四家，用筆遒勁；人物師李公麟，流暢疾利，追蹤晉唐。

我來竟何事，高臥沙丘城。
城邊有古樹，日夕連秋聲。
魯酒不可醉，齊歌空復情。
思君若汶水，浩蕩寄南征。

此後李白繼續自己的天涯孤旅。他北遊燕薊，南返梁宋，往來於宣城、金陵等地，直到安史之亂爆發，前後一共十年時間。這十年是他創作的高峰期。他或批判現實；或寄情於縱酒求仙；或讚美祖國的大好河山，或懷念眞摯的情誼。《夢遊天姥吟留別》、《將進酒》、《梁甫吟》、《遠別離》、《秋浦歌》組詩、《宣州謝朓樓餞別校書叔雲》、《聞王昌齡左遷龍標遙有此寄》、《哭晁卿衡》、《贈汪倫》等篇章，就寫於這一時期。《宣州謝朓樓餞別校書叔雲》寫於居留宣城期間。謝朓樓，是南朝謝朓擔任宣城太守時修建的樓。李白對謝朓十分欽服，登上他的故樓，自然會有萬千感慨：

棄我去者，昨日之日不可留；亂我心者，今日之日多煩憂。長風萬里送秋雁，對此可以酣高樓。蓬萊文章建安骨，中間小謝又清發。俱懷逸興壯思飛，欲上青天攬明月。抽刀斷水水更流，舉杯消愁愁更愁。人生在世不稱意，明朝散髮弄扁舟。

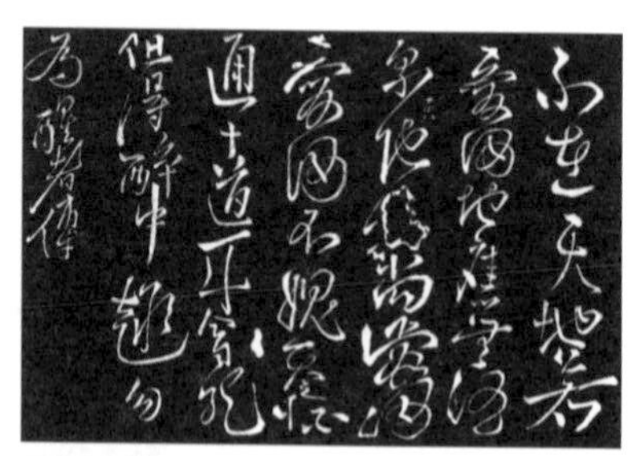
天若不愛酒詩帖　唐　李白

李白高傲自負而不能爲當世所容，被皇帝以「賜金還山」的名義趕出了長安，這種難以抑制的悲憤之情如火山爆發，慷慨激昂的情感，力量之強，無堅不摧。李白的悲傷之獨特，就在於他能於悲戚中見出豪壯，這是因爲詩人在本質上是一位頂天立地的強者，從來只知有抗爭，不知有屈服。

若論感情之奔放激烈，《將進酒》最能代表李白的特色。一開篇，詩人就用兩組奔放跳蕩的排比長句，如天風海雨迎面撲來：

君不見黃河之水天上來，
奔流到海不復回。
君不見高堂明鏡悲白髮，
朝如青絲暮成雪。

大河之來，勢不可擋，大河之去，勢不可回；而人生朝露，去日苦多！兩相比較，萬里長河是那樣的偉大，而生命是如此的渺小脆弱。這是一種驚心動魄的巨人式的悲傷。但是悲傷卻不悲觀，在詩仙看來，「人生得意須盡歡，莫使金樽空對月」，由此，狂放的詩情更爲高潮：

鐘鼓饌玉不足貴，但願長醉不願醒。古來聖賢皆寂寞，唯有飲者留其名。陳王昔時宴平樂，斗酒十千恣歡謔。主人何爲言少錢，徑須沽取對君酌。五花馬，千金裘，呼兒將出換美酒，與爾同銷萬古愁。

富貴的生活算得了什麼呢？只可歎古來的聖賢竟然都湮沒無聞，只有善飲的陳思王青史留名。爲了這一醉，「五花馬」、「千金裘」之類的名貴寶物也不値得珍惜，統統把它拿來換成美酒吧，一醉解千愁！

全詩筆酣墨飽，由悲轉樂、轉狂傲，轉憤激，如黃河奔流，有氣勢亦有曲折。感情悲憤而發爲狂放，詩句豪縱而不覺其浮囂。自有一種震動古今的氣勢與力量。

四

天寶十四年，安史之亂爆發，安祿山在范陽起兵，洛陽稱帝，攻破潼關，玄宗幸蜀，長安淪陷，整個國家都亂了。

詩人太白，年近花甲，他認爲當此天下大亂之際，正是壯士立功之秋。他進永王李璘的幕府。玄宗幸蜀，太子即位稱帝。安史之亂還未完全平復，皇家兄弟先打起來了。結果永王戰敗。李白淪爲朝廷的囚犯，坐監獄，遭流放，甚至幾乎被殺頭。李白在獄中，親人朋友多方營救，但是朝廷還是判處他長流夜郎。親人相送至潯陽江頭，然後他隻身西行。他仍舊作詩，喝酒，走到了白帝城。這時候朝廷大赦天下，詩人欣喜的心情無法言

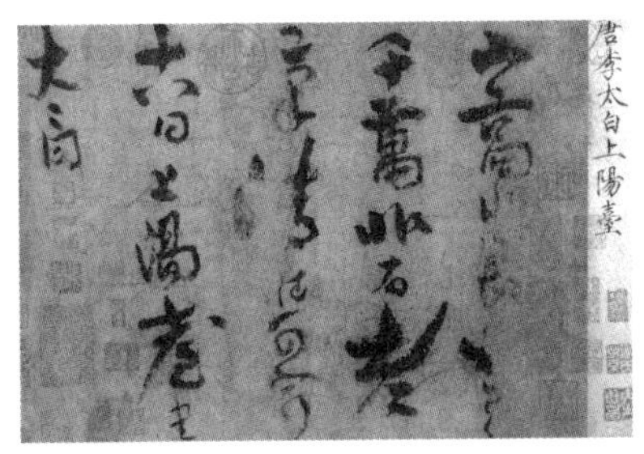

上陽台帖　唐　李白

宋代《宣和書譜》曰：「李白字太白，長於巴蜀，彌月之初母夢長庚，故因以取名。……至其名章俊語，鬱鬱芊芊之氣見於毫端者，固已過人，是豈可與泥筆墨蹊徑爭工拙哉！嘗作行書，有『乘興踏月，西入酒家，不覺人物兩忘，身在世外』一帖，字畫尤飄逸，乃知白不特以詩名也。」宋代書法家黃庭堅在《東坡題跋》中道：「白在開元、至德間，不以能書傳，今其行草殊不減古人。」《天若不愛酒帖》是李白書自己所作的詩，字跡迴環曲折，靈動放逸：《上陽台》帖格調天縱，點畫行走如雲煙，釋文曰：「山高水長，物象萬千，非有老筆，清壯可窮。十八日上陽台書。太白。」

表，立即返舟東下，重出三峽：

朝辭白帝彩雲間，
千里江陵一日還。
兩岸猿聲啼不住，
輕舟已過萬重山。

遇赦後，他作了很多詩。如《自漢陽病酒歸寄王明府》、《豫章行》，都是很感人的詩篇。《廬山謠寄盧侍御虛舟》一詩中，他這樣描寫廬山：「登高壯觀天地間，大江茫茫去不還。黃雲萬里動風色，白波九道流雪山。」一位飽經滄桑的老人，竟然還能寫出如此豪壯的詩句，從古到今，能有幾人？但是李白還是累了，他開始想念蜀地了。他想起了峨眉的月：

我在巴東三峽時，
西看明月憶峨眉。
月出峨眉照滄海，
與人萬里長相隨。
……

李白老矣，故鄉再也回不去了，他只有寫下這首《峨眉山月歌送蜀僧晏入中京》，寄託思念之情。

李白坎坷的一生，終於走到了終點。他以不世之才自居，頑強而執著地追求著驚世駭俗的功業，一直到臨終，他還寫了一首《臨路歌》：「大鵬飛兮振八裔，中天摧兮力不濟。餘風激兮萬世，遊扶桑兮掛左袂。後人得之傳此，仲尼亡兮誰爲出涕！」

李白詩意圖　明　謝時臣

此圖依據李白詩《望廬山瀑布》繪製而成，詩曰：「日照香爐生紫煙，遙看瀑布掛前川。飛流直下三千尺，疑是銀河落九天。」謝時臣（1487～1567），字思忠，號虎丘山人，吳（今江蘇蘇州）人。其畫氣勢雄放，設色淺淡，長於描繪江河湖海，生趣盎然。

山登絕頂我為峰

詩聖杜甫

林庚先生在談到李、杜時有一段絕妙非常的話語：「這兩個詩國的巨星，他們並肩站在那時代的頂峰上，然而心情是兩樣的。一個詩人正是剛從那上山的路走上了山尖，一望四面遼闊，不禁揚眉吐氣，簡直是『欲上青天攬明月』了。至於另外一個詩人，卻已經望見了那下山的路，在那心曠神怡的山的極峰，前面正是橫著那不愉快的下坡路；上山的時候似乎只望著天，下山的時候就不得不望著地了，『彩筆昔曾干氣象，白頭吟望苦低垂』。」

的確，李白以其天縱之才，一生笑傲林泉，酒月相伴，大部分時間過著神仙日子；比他晚十多年的杜甫（712～770），在生命中最美好的年歲裡遭遇上安史之亂，那滿地的難民和傷兵，胡馬和羌笛交踐的節奏，強烈地撞擊著他的心靈。他的人生角色，注定了不是飄逸的神仙，而是悲憫的聖人。

一

常常自稱爲「杜陵布衣」、「杜陵野老」的詩聖子美，他的祖父杜審言是初唐時期的詩人，像「雲霞出海曙，梅柳渡江春」這樣精采的詩句就出自這位老先生之手，這很使杜甫覺得榮耀。

從出生到三十五歲，是杜甫一生中最爲愜意的日子，這一段時

杜甫像

間，正是大唐帝國全盛的日子。據他自己說，他七歲時就開始吟詩，十四、五歲時就是一位青年詩人了。開元十九年（731），杜甫開始了他的漫遊生活，第一次漫遊吳越，飽覽江南名勝。過了四年，杜甫參加了進士考試，鎩羽而歸，第二年又開始了遊歷。這一次他在齊魯燕趙大地上一路風塵地飄來飄去，頗爲意氣風發。五年之後，他回到洛陽。

第三次漫遊杜甫再也不是形

杜甫詩意圖　明　項聖謨

此圖取意於杜甫詩句「千家山郭靜朝暉，日日江樓坐翠微」。項聖謨（1597～1658），字孔彰，號易庵，別號胥山樵、存存居士、煙波釣徒、逸叟等，秀水（今浙江嘉興）人，明清之交著名的畫家。

杜甫詩意圖　清　袁江

此圖用畫的形式表現了杜甫詩《月》：「四更吐山月，殘夜水明樓。塵匣元開鏡，風簾自上鉤。兔應疑鶴髮，蟾亦戀貂裘。斟酌姮娥寡，天寒耐九秋。」中的首句的內容。袁江（～1746），字文濤，晚號岫泉，江都（今江蘇揚州）人。擅畫山水、樓閣，亦工花鳥。他的詩意畫，詩抒畫意，畫含詩情，相得益彰，達到了很高的審美價值。

單影隻了。天寶三年他與李白在洛陽相遇。這一次相逢對於杜甫來說是生命中最有意義的一件事。翻閱他的詩集就可以發現，他在以後寫了不少的詩篇，比如《贈李白》二首、《冬日有懷李白》、《春日憶李白》、《夢李白》二首、《天末懷李白》、《不見》等等，懷念他們這段浪漫的日子，他對於李白的關心和懷念，有時甚至讓人感覺到李白只給杜甫寫了兩首詩，似乎有些對不住人。有充分的理由相信，在李白最孤獨的時候，如果還剩下

最後一位朋友，肯定是杜甫。有詩爲證：

不見李生久，佯狂眞可哀。
世人皆欲殺，吾意獨憐才。
敏捷詩千首，飄零酒一杯。
匡山讀書處，頭白好歸來。
（《不見》）

詩聖寫這首詩的時候，李白正走在長流西南夜郎的路上。「世人皆欲殺，吾意獨憐才」，有這樣一位在患難之際仍然關懷著自己的友人，李白的確很幸福了。

天寶五年（746），杜甫來到京城長安。他先是參加考試，結果奸相李林甫妒賢嫉能，竟然讓所有的考生全部落榜，並給皇帝上表稱賀，說「野無遺賢」。正規管道走不通，杜甫只有和眾人一樣，到處去拜訪達官貴人，期望得到他們的幫助。這種生活太傷自尊了，杜甫想起來就覺得屈辱：

朝扣富兒門，暮隨肥馬塵。
殘杯與冷炙，到處潛悲辛！
（《奉贈韋左丞丈二十二韻》）

但是生活仍然是那樣無可奈何。整整十年的時間，杜甫困守長安，到頭來，總算弄到了正八品下的官職——右衛率府兵曹參軍，負責管理兵器和倉庫門的鑰匙。

二

然而杜甫「走馬上任」的官定之日——天寶十四年（755）十一月，也就是安祿山造反之時。國家殘破，生靈塗炭，杜甫連這個比芝麻還小的官也做不成了。他先是帶著一家老小流亡。途中他得知太子李亨即位，便把家人安置下來，自己去投奔皇帝效力，不料卻被叛軍捉住並押解到長安。又是一個春暖花開的季節來了，漫步在昔日繁

杜甫詩意圖　明　陸治

作者以杜甫詩句「請看石上藤蘿月，已映洲前蘆荻花。」爲基點，創作了這幅山水畫。全詩《秋興八首》中的一首：「夔府孤城落日斜，每依北斗望京華。聽猿實下三聲淚，奉使虛隨八月槎。畫省香爐違伏枕，山樓粉堞隱悲笳。請看石上藤蘿月，已映洲前蘆荻花。」陸治(1496～1576)，字叔平，吳(今江蘇蘇州)人，號包山。曾從祝允明、文徵明學畫，是明代著名的畫家。

杜公祠

祠位於陝西省長安縣，是紀念杜甫的建築，建於明嘉靖五年（1526）。

盛的曲江邊，一切都觸動著詩人敏感的神經：

少陵野老吞聲哭，春日潛行曲江曲。江頭宮殿鎖千門，細柳新蒲爲誰綠？……人生有情淚沾臆，江草江花豈終極？黃昏胡騎塵滿城，欲往城南望城北。（《哀江頭》）

過了幾個月，杜甫冒險從長安逃出，到肅宗那裡，很快被任命爲「左拾遺」，就在御前當值。就任不久，他因上疏營救被罷相的房琯，觸怒肅宗，下獄問罪。幸虧有人相救，才保住性命。但是皇帝再也不想用他，於是讓他回家探親。這個打擊很沉重，但它給詩人帶來了創作的巨大豐收。他的所有反映國運民瘼的代表性作品，都在這時出現了。

《北征》是一首長篇敘事詩。全詩分爲五大段，依次敘述了蒙聖恩放歸探親，辭別朝廷登程時的憂慮情懷，歸途所見的破敗景象和引起的感慨，到家後與妻子兒女團聚的悲喜交集的情景，以及在家中對

名言警句

出師未捷身先死，長使英雄淚滿巾。——唐．杜甫《蜀相》

一片花飛減卻春，風飄萬點正愁人。——唐．杜甫《曲江》

香稻啄餘鸚鵡粒，碧梧棲老鳳凰枝。——唐．杜甫《秋興》

爾曹身與名俱滅，不廢江河萬古流。——唐．杜甫《戲爲六絕句》

春水船如天上坐，老年花似霧中看。——唐．杜甫《小寒食舟中作》

讀書破萬卷，下筆如有神。——唐．杜甫《奉贈韋左丞丈二十二韻》

挽弓當挽強，用箭當用長。射人先射馬，擒賊先擒王。——唐．杜甫《前出塞》

天寒翠袖薄，日暮倚修竹。——唐．杜甫《佳人》

千秋萬歲名，寂寞身後事。——唐．杜甫《夢李白》

文章憎命達，魑魅喜人過。——唐．杜甫《天末懷李白》

露從今夜白，月是故鄉明。——唐．杜甫《月夜憶舍弟》

隨風潛入夜，潤物細無聲。——唐．杜甫《春夜喜雨》

細雨魚兒出，微風燕子斜。——唐．杜甫《水檻遣心》

朝廷局勢的關心，最後表達了對國家前途的信心和對肅宗中興的期望。

《羌村》三首，則具體而形象地描寫了探親還家的種種情景：剛到家時闔家悲欣交集的場景、在家時的憂國的苦悶、以及鄰居相訪的情誼。一切都是如實地寫來，頗見詩人的白描功力。以第一首爲例：

崢嶸赤雲西，日腳下平地。柴門鳥雀噪，歸客千里至。妻孥怪我在，驚定還拭淚。世亂遭飄蕩，生還偶然遂。鄰人滿牆頭，感歎亦歔欷。夜闌更秉燭，相對如夢寐。

杜甫詩意圖卷　南宋　趙葵

此圖表現杜甫詩中的名句「竹深留客處，荷淨納涼時。」趙葵（1186～1266），字南仲，號信庵，衡山（今湖南衡陽）人。官至武安軍節度使，爲南宋名將。此畫構圖上突出「靜」、「深」，生動地表達了杜甫詩句的內容。

杜甫草堂

草堂位於四川省成都市，杜甫曾在此生活三年。

在夕陽西下的時候抵達家門，滿天是崢嶸起伏重疊萬狀的赤雲。迎接歸客的是喧鬧的鳥雀。愛妻和孩子們第一眼看到我時都愣住了，他們壓根沒想到，在這人命危淺的年月，親人還能活著回來。遠遠旁觀的鄰人們，看著這一幕歷經生死的意外重逢，也不禁心酸而泣下。夜深人靜了，可是一家人還沉浸在重聚的喜悅之中，幸福來得太突然了，這一切難道是在夢中嗎？

這首詩最爲人稱道之處，就在於它洗淨鉛華，於自然平淡之中見出款款深情。「妻孥怪我在，驚定還拭淚」、「夜闌更秉燭，相對如夢寐」，抓住典型的生活情景與人物的心理活動，故能感人至深。

這一時期，個人的遭遇也就是整個社會的苦難。杜甫在飄零的旅途上，忠實地描繪出時代的面貌和自己內心的悲哀。《北征》、《羌村》三首、「三吏」、「三別」、《春望》、《月夜》、《自京赴奉先詠懷五百字》等等，每一篇都是那個時代的忠實的記錄。

三

在這個兵荒馬亂的年月，杜甫實在找不到養家糊口的活路了，他想到了此時正在蜀中作官的朋友高適。

乾元二年（759），杜甫到了成都。第二年春天，在親友的幫助之下，他在成都西郊的浣花溪畔蓋了一所草堂。這下總算有了一個安定的家，雖然簡陋，但環境清幽：

去郭軒楹敞，無村眺望賒。
澄江平少岸，幽樹晚多花。
細雨魚兒出，微風燕子斜。
城中十萬户，此地兩三家。
（《水檻遣心》）

家安下了，自然會有客人來，這當然是令人高興的事情：

舍南舍北皆春水，但見群鷗日日來。花徑不曾緣客掃，蓬門今始爲君開。盤飧市遠無兼味，樽酒

家貧只舊醅。肯與鄰翁相對飲，隔籬呼取盡餘杯。（《客至》）

詩中不僅具體地展現了酒菜款待的場面，還出人意料地突出了邀請鄰人助興的細節，表現了誠摯真率的友誼。但是這種寧靜美妙的日子只有兩三年的時間。由於他所倚重的朋友幾度離開成都，他的生活時時發生危機。草堂經常被大雨淋得屋漏床濕，家裡也經常吃了上頓沒下頓。在這樣的艱難困苦中，杜甫表現出了聖人的淑世情懷。他並不單單地爲自己的一己之困而煩心，而是想到了普天之下和自己一樣身在困境的人們，祈願他們能夠過得比自己好：

安得廣廈千萬間，

大庇天下寒士俱歡顏，

精采閱讀

功蓋三分國，名成八陣圖。江流石不轉，遺恨失吞吳。

——唐・杜甫《八陣圖》

岐王宅裡尋常見，崔九堂前幾度聞。正是江南好風景，落花時節又逢君。

——唐・杜甫《江南逢李龜年》

國破山河在，城春草木深。感時花濺淚，恨別鳥驚心。烽火連三月，家書抵萬金。白頭搔更短，渾欲不勝簪。

——唐・杜甫《春望》

細草微風岸，危檣獨夜舟。星垂平野闊，月湧大江流。名豈文章著，官應老病休。飄飄何所似？天地一沙鷗。

——唐・杜甫《旅夜書懷》

昔聞洞庭水，今上岳陽樓。吳楚東南坼，乾坤日夜浮。親朋無一字，老病有孤舟。戎馬關山北，憑軒涕泗流。

——唐・杜甫《登岳陽樓》

夜醉長沙酒，曉行湘水春。岸花飛送客，檣燕語留人。賈傅才未有，褚公書絕倫。名高前後事，回首一傷神。

——唐・杜甫《發潭州》

王郎酒酣拔劍斫地歌莫哀！我能拔爾抑塞磊落之奇才。豫章翻風白日動，鯨魚跋浪滄溟開。且脫佩劍休徘徊。西得諸侯棹錦水，欲向何門趿珠履？仲宣樓頭春色深，青眼高歌望吾子，眼中之人吾老矣！

——唐・杜甫《贈王郎司直》

風雨不動安如山。

嗚呼！

何時眼前突兀見此屋？

吾廬獨破受凍死亦足！

（《茅屋爲秋風所破歌》）

然而，就是這樣的生活也難以爲繼。杜甫不得不帶著家人告別草堂，告別成都。他經過將近一年的漂泊，到達了奉節白帝城。依靠地方長官的照顧，他在這裡住了下來。又是一段安定的生活，杜甫得以大力的寫詩。在大約兩年的時間裡，杜甫寫了四百三十多首詩，詩歌藝術達到了爐火純青的境地。尤其是他的律詩創作，登上了一個前人沒有達到的、後人也無法企及的藝術高峰。後人把他的律詩專稱爲「杜律」，成爲寫作律詩的最高準則。《詠懷古跡》五首、《秋興》八首，以律詩寫組詩，是他的律詩裡登峰造極的代表之作。其他如《登高》、《登樓》、《春夜喜雨》、《蜀相》、《野老》、《白帝城最高樓》、《旅夜書懷》等等，莫不是傳誦千古、堪爲典則的名篇。僅以《登高》爲例：

風急天高猿嘯哀，

渚清沙白鳥飛回。

無邊落木蕭蕭下，

不盡長江滾滾來。

萬里悲秋常作客，

百年多病獨登臺。

艱難苦恨繁霜鬢，

潦倒新停濁酒杯。

這首詩在聲律上極其精密。八句都是工整的對仗句，而全詩這種嚴整的對仗又被形象的自然流動掩蓋起來，精密得不著痕跡。句中平仄諧調，輕重疾徐，變化有致。

四

三峽的樓臺淹留日月，但是詩人開始想念家鄉了。大曆三年（768），杜甫攜家人乘舟東出三峽，開始了人生最後一次漂泊。江陵、公安、岳陽、衡陽……但就是回不了他魂牽夢縈的河南鞏縣。兩年時間，江流上的一葉孤舟就是他的家。大曆五年（770）的冬天，經受一生的流離之苦的詩聖，終於停下了浪跡天涯的腳步，靜靜與天地造化相融爲一。「千秋萬歲名，寂寞身後事。」這是杜甫寫給李白的句子，正好也應在了他自己的身上。他把自己的苦難，化作了彪炳千秋的壯美詩篇，鑄成了一部沾溉後世的詩史。

第四章

巔峰下的崎嶇險徑

中唐文學

漁陽鼙鼓動地來，驚破霓裳羽衣舞。唐王朝迅速地由盛轉衰，作為時代精神反映的文學也跟著發生了巨大的變化。以詩歌為例，那一種僅屬於盛唐的豪邁自信、自由飛揚的精神面貌，再也看不到了。奔放的激情受到了壓抑，或轉化為哀苦，或轉化為閒適，或轉化為瑣細。但是，唐代文學富於創造性的生命力並沒有在中唐就消失，相反，中唐時期文學形式的多樣化、各種不同風格之間的差異，比盛唐更為顯著。在盛唐的高大背影之下，中唐文學頑強地尋求突圍，終於展現出了新的風貌。

告別盛唐

劉長卿和韋應物

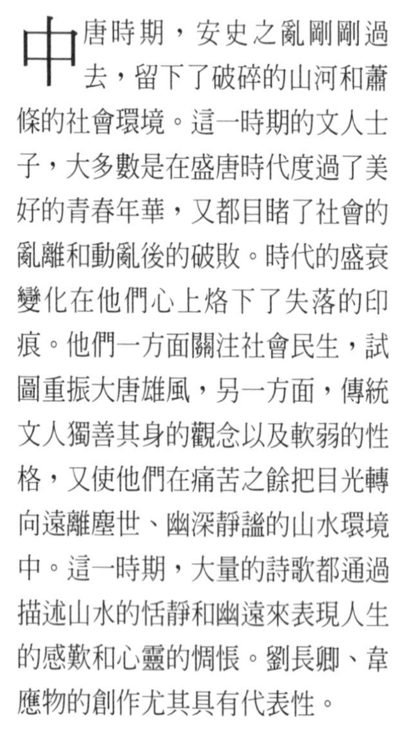

中唐時期，安史之亂剛剛過去，留下了破碎的山河和蕭條的社會環境。這一時期的文人士子，大多數是在盛唐時代度過了美好的青春年華，又都目睹了社會的亂離和動亂後的破敗。時代的盛衰變化在他們心上烙下了失落的印痕。他們一方面關注社會民生，試圖重振大唐雄風，另一方面，傳統文人獨善其身的觀念以及軟弱的性格，又使他們在痛苦之餘把目光轉向遠離塵世、幽深靜謐的山水環境中。這一時期，大量的詩歌都通過描述山水的恬靜和幽遠來表現人生的感歎和心靈的惆悵。劉長卿、韋應物的創作尤其具有代表性。

劉長卿一生歷經戰亂，憂世傷時的作品雖然並不太多，但是寫得極其沉痛慘切。

劉長卿性格傲岸耿直，因此常被朝堂小人誣陷，兩度遭到貶謫。抒發冤屈悲憤和人生惆悵就成了他的詩歌的重要內容。它們往往和思鄉懷親之情相互交織，在寫羈旅、登臨、弔古、酬贈等題材時，這種深沉的情感就蘊含其間。在《送李錄事兄歸襄鄧》一詩中，他借送別寫下了這樣的詩句：

十年多難與君同，
幾處移家逐轉蓬。
白首相逢征戰後，

劉長卿像

劉長卿（？～789），字文房，宣城（今安徽宣州）人，唐代著名詩人。明胡應麟《詩藪》稱其詩「自成中唐與盛唐分道」。清《四庫全書總目》云：「長卿詩號五言長城，大抵研練深穩，而自有高秀之韻。」

青春已過亂離中。

行人杳杳看西月，

歸馬蕭蕭向北風。

漢水楚雲千萬里，

天涯此別恨無窮。

個人的身世坎坷加上時代變亂的痛苦，讓詩人長時間地沉浸在消沉的情緒中，只能哀吟自己的不幸，抒寫人生的惆悵。這種詩風和盛唐的大開大闔的氣象相比，自然差了一截。但是劉長卿自有他的本領。他走近自然，對山水景物有細緻的觀察與體驗，在語言技巧上也形成了自己的獨特之處。比如他最著名的詩《逢雪宿芙蓉山主人》：

日暮蒼山遠，天寒白屋貧。

柴門聞犬吠，風雪夜歸人。

短短的一首小詩中，色彩、聲音、自然景觀渾然一體，就成了一幅荒村雪夜歸來的圖畫。這種淡淡的不著痕跡的風致，又自然而然地烘托出了詩人茫然無著的萬般惆悵。再比如《送靈澈上人》：

蒼蒼竹林寺，杳杳鐘聲晚。

荷笠帶夕陽，青山獨歸遠。

蒼蒼山林中傳來古寺的暮鐘，一位方外上人戴著斗笠，在夕陽的餘暉中獨自向青山走去，越走越遠，最終融入了這片閒淡的晚景

韋應物像

韋應物（735～792），京兆萬年（今陝西西安）人。貞元元年（785）任江州刺史，三年入朝爲左司郎中，四年出爲蘇州刺史，七年後罷任，居蘇州永定寺，世稱「韋左司」、「韋蘇州」或「韋江州」。

中。詩人即景抒情，構思精緻，在看似平常的詩句蘊含了綿綿餘意。

與劉長卿同時的，還有一位重要的詩人，他就是韋應物。韋應物和劉長卿的情況不太一樣。他出身貴族，一生仕途也比較順利，身居高官，生活優越，不過他關懷的目光倒是經常落在社會的下層。能夠看到一些社會問題，所以寫了不少關心國家安危和人民疾苦的詩篇。以他晚年在滁州刺史任上所寫的《寄李儋元錫》爲例：

去年花裡逢君別，

今日花開又一年。

精采閱讀

搖落暮天迥，青楓霜葉稀。孤城向水閉，獨鳥背人飛。渡口月初上，鄰家漁未歸。鄉心正欲絕，何處搗寒衣？

——唐·劉長卿《余干旅舍》

孤城上與白雲齊，萬古荒涼楚水西。官舍已空秋草沒，女牆猶在夜烏啼。平沙渺渺迷人遠，落日亭亭向客低。飛鳥不知陵谷變，朝來暮去弋陽溪。

——唐·劉長卿《登余干古縣城》

江漢曾為客，相逢每醉還。浮雲一別後，流水十年間。歡笑情如舊，蕭疏鬢已斑。何因不歸去？淮上有秋山。

——唐·韋應物《淮上喜會梁州故人》

淒淒去親愛，泛泛入煙霧。歸棹洛陽人，殘鐘廣陵樹。今朝此為別，何處還相遇？世事波上舟，沿洄安得住。

——唐·韋應物《初發揚子寄元大校書》

延伸閱讀

林暗草驚風，將軍夜引弓，平明尋白羽，沒在石棱中。

——唐·盧綸《塞下曲》

十年離亂後，長大一相逢。問姓驚初見，稱名憶舊容。別來滄海事，語罷暮天鐘。明日巴陵道，秋山又幾重。

——唐·李益《喜見外弟又言別》

回樂烽前沙似雪，受降城外月如霜。不知何處吹蘆管，一夜征人盡望鄉。

——唐·李益《夜上受降城聞笛》

世事茫茫難自料，
春愁黯黯獨成眠。
身多疾病思田里，
邑有流亡愧俸錢。
聞道欲來相問訊，
西樓望月幾回圓。

首聯即景生情，然而景美卻情不歡；第二聯以情歎景，也是傷心人看春色，茫然黯然，情傷而景無光；爲何如此呢？原因就在於「邑有流亡」。這裡表現的是一種有志而無奈的苦悶心情。

同時，他也寫了不少的山水田園詩，表現自己對於淡泊悠閒人生的嚮往。百代隱逸之宗陶淵明，則是他心中追慕的理想人物。他有很多類似陶淵明的手法的田園詩。不過讀起來總覺得隔了一層，不如陶淵明來得眞切。

韋應物最爲人們熟知和喜愛的，是下面兩首小詩。第一首是《寒食寄京師諸弟》：

雨中禁火空齋冷，
江上流鶯獨坐聽。
把酒看花想諸弟，
杜陵寒食草青青。

這首詩看似平鋪直敘，順筆寫來，而章法極其綿密。先從近處著筆寫客中寒食景色，而後思接遠方，遙念故園寒食景色，懷想自己的兄弟。全詩一氣流轉，渾然成章。他的山水詩代表作，則是《滁州西澗》：

獨憐幽草澗邊生，
上有黃鸝深樹鳴。
春潮帶雨晚來急，
野渡無人舟自橫。

春天萬物繁茂，詩人卻獨愛寂寞幽草，樹上鳴聲誘人的黃鶯也不過是這幽草的點綴和陪襯。郊野渡口，行人無多，此時更其無人，只有空空渡船在水面上自在的漂浮。整幅畫面，清幽靜寂，寄託遙深。

韋應物《滁州西澗》詩意圖　明　文徵明

文起八代之衰

韓愈和柳宗元

就在唐朝的詩歌之花蔚為大觀的時候，這個時代的另一朵奇葩——古文，也在這個強盛的帝國裡迎風綻放著。

所謂「古文」，是中唐時人們針對長期以來一直盛行的「駢文」而提出的一個概念，它指的是那種單行散句，摒棄駢驪句式，可以隨心所欲進行寫作的一種文體。這種文體的寫作，在中唐時期達到了一個小小的高潮，並且對宋朝的散文創作產生了極其深刻的影響。它的代表作家就是「唐宋八大家」中唐代的兩位：韓愈和柳宗元。

韓愈像

韓愈（768～825），字退之，郡望為河北昌黎，曾經擔任過吏部侍郎，死後朝廷又給了「文」的謚號，所以有「韓昌黎」、「韓吏部」、「韓文公」等稱謂。他三歲而孤，早年隨兄嫂遊宦避亂，游離轉徙。他七歲讀書，十三歲能文，後來跟從獨孤及和梁肅學習。貞元八年（792）韓愈考上進士，然後又去吏部考試，接連三次失敗，於是他不得不去當其他官員的幕僚。幾年後被任命為四門博士，總算正式地步入了仕途，歷任監察御史、刑部侍郎、潮州刺史、國子監祭酒、兵部侍郎，吏部侍郎等職，有過多次遭貶謫的經歷。

宋代的蘇軾在《潮州韓文公廟碑》一文中評韓愈說：「文起八代之衰，而道濟天下之溺；忠犯人主之怒，而勇奪三軍之帥。」這通常被視爲對韓愈其人最爲精當的評價。他的一生，在政治、哲學、文學各方面都有較高的成就，而主要成就又在文學方面。

韓愈在文學方面最大成就是他的散文。他一生致力於散文創作的實踐，寫出了許多典範性的散文作品。這些作品形式多樣，內容豐富，表現力強，無論是抒情說理還是寫人敘事，都有強烈藝術效果。

韓愈的散文大致可以分爲論說文、記敘文、抒情文三大類。其論說文或闡明自己的政治和哲學主張，或議論時政的得失，或是針砭世俗發抒內心的牢騷，或是發表自己的文學主張。《原道》、《原毀》、《諫迎佛骨表》、《師說》、《馬說》、《送孟東野序》、《進學解》等等，都是以後文人們寫文論道的樣板。他在《送孟東野序》的開篇這樣寫道：

大凡物不得其平則鳴。
草木之無聲，
風撓之鳴。
水之無聲，
風蕩之鳴。
……
金石之無聲，或擊之鳴。
人之於言也亦然。
有不得已者而後言，
其歌也有思，
其哭也有懷。
凡出乎口而爲聲者，
其皆有弗平者乎！

韓愈他從自然界的各種天籟得到啓發，加以比附，在此基礎上鮮明地提出了著名的「不平則鳴」的觀點。行文奇偶交錯，整齊而富有變化。

韓愈的記敘文，有敘事的，比如《平淮西碑》稱頌唐憲宗力排

鳶飛魚躍帖　唐　韓愈

眾議平定叛亂的功績。他寫人的文章最多，如《張中丞傳後序》記敘張巡、許遠、南霽雲等英雄，《柳子厚墓誌銘》詳細記載柳宗元的生平事蹟。這些作品記敘十分生動，人物形象非常鮮明。

韓愈的抒情散文，多數見於祭文、書信、贈序。這類文章最能夠見出作者眞摯的性情，也是韓愈散文中最好讀的一類文章。其中有表現骨肉之間深厚感情的，也有表現朋友交往患難情誼的。以《祭十二郎文》爲例，作者在追敘兄嫂的撫育之恩以及他與侄兒十二郎幼年時「就食江南，零丁孤苦，未嘗一日相離」的患難與共的經歷之後，有這樣一段抒情：

吾與汝俱少年，以爲雖暫相別，終當久與相處，故舍汝而旅食京師，以求斗斛之祿。誠知其如此，雖萬乘之公相，吾不以一日輟汝而就也。……嗚呼！汝病吾不知

精采閱讀

零落殘魂倍黯然，雙垂別淚越江邊。一身去國六千里，萬死投荒十二年。桂嶺瘴來雲似墨，洞庭春盡水如天。欲知此後相思夢，長在荊門郢樹煙。

——唐·柳宗元《別舍弟宗一》

天街小雨潤如酥，春色遙看近卻無。最是一年春好處，絕勝煙柳滿皇都。

——唐·韓愈《早春》

一封朝奏九重天，夕貶潮州路八千。欲為聖明除弊事，肯將衰朽惜殘年。雲橫秦嶺家何在？雪擁藍關馬不前。知汝遠來應有意，好收吾骨瘴江邊。

——唐·韓愈《左遷藍關示侄孫湘》

延伸閱讀

公子王孫逐後塵，綠珠垂淚滴羅巾。侯門一入深如海，從此蕭郎是路人。

——唐·崔郊《贈婢》

去年今日此門中，人面桃花相映紅。人面不知何處去，桃花依舊笑春風。

——唐·崔護《題都城南莊》

中庭地白樹棲鴉，冷露無聲濕桂花。今夜月明人盡望，不知秋思落誰家？

——唐·王建《十五夜望月》

望夫處，江悠悠。化為石，不回頭。山頭日日風復雨，行人歸來石應語。

——唐·王建《望夫石》

時，汝歿吾不知日；生不能相養以共居，歿不得撫汝以盡哀；斂不憑其棺，窆不臨其穴。吾行負神明，而使汝夭，不孝不慈，而不得與汝相養以生，相守以死，一在天之涯，一在地之角，生而影不與吾形相依，死而魂不與吾夢相接。吾實爲之，其又何尤！彼蒼者天，曷其有極！

作者行文樸素，如泣如訴，彷彿是與逝者共話家常，在述說中自然地流露出對於十二郎的懷念與痛悼之情，令人哀腸寸斷。

韓愈的古文，氣勢充沛，縱橫開合，或詭譎，或嚴正，如長江大河，渾浩流轉。在司馬遷之後，他是成就最爲顯著的散文大家，受到古代文人的高度推崇。

在古文運動中，和韓愈並肩的是柳宗元。柳宗元（773～819），字子厚，河東解人。早年寫文章即嫺於辭令。少年時代曾隨父親到過安徽、河南、湖南、湖北等地。他二十歲中進士，二十五歲登博學宏詞科，正式作官，先後任過集賢殿正字、禮部員外郎、永州司馬、遠州刺史等職。

柳宗元的散文大致可以分爲論說、寓言小品、傳記、山水遊記等幾類。論說文論證古今，敢破傳統，針砭時弊；寓言體裁多樣，既有深刻的哲理性，嚴肅的政治性，又有的幽默的諷刺性，是對先秦寓言的重大發展；傳記剪裁得體，敘事簡潔生動，與太史公司馬遷的人物傳記頗有神似；而山水遊記則代表了他的散文創作的最高成就。

柳宗元像

山水遊記由柳宗元而發展成爲一種獨立的散文體裁。以《永州八記》爲代表的山水遊記，歷來被視爲柳文的最高成就。這八篇遊記，是柳宗元被貶到永州後，在遊山玩水的過程中陸續寫成的。柳宗元的山水遊記並不是單純地去描摹景物，而是以全部感情去觀照山水之後，借對自然的描述來抒發自己

的感受，正如柳宗元在《愚溪詩序》中所說，他是以心與筆「漱滌萬物，牢籠百態」。

《至小丘西小石潭記》，純以寫景取勝，是八記中寫得最爲精美的一篇。他寫潭水，寫游魚，寫樹木，寫岩石，宛如一幅風景畫。描寫潭中的游魚，簡直是神來之筆：

潭中魚可百許頭，皆若空游無所依。日光下澈，影布石上，佁然不動，俶爾遠逝，往來翕忽，似與游者相樂。

作者借日光魚影，寫出游魚相戲之狀，魚水相得之樂。以魚寫水，則潭清水澈，不言而喻；以魚寫人，則人羨魚樂之情，含而不露。全文以清冷幽深的景致，寄寓寂寞悽愴的情懷，是一篇詩化的散文。

韓愈、柳宗元的散文創作，一振自漢魏以來散文創作的衰頹之勢，帶動了當時一大批文人從事散體文的寫作。不過，隨著韓、柳的去世，古文創作漸趨衰落。它的又一次中興，要等到兩百年以後了。

柳宗元《江雪》詩意圖　明　宋旭

此圖表現柳宗元《江雪》：「千山鳥飛絕，萬徑人蹤滅。孤舟蓑笠翁，獨釣寒江雪。」的詩意畫面。宋旭（1525～？），號石門，崇德（今浙江桐鄉）人，明代著名畫家。愛遊歷，後爲僧，法名祖玄，號天池發僧。山水取法董巨，蒼勁古拙，氣象深遠。

歌詩合為事而作

元稹和白居易

胡馬和羌兵的踐踏，使得唐代社會的各種矛盾更加激化，藩鎮割據，宦官專權，土地兼併，民不聊生，邊患四起，戰禍頻仍。亂世的文人們，位卑未敢忘憂國，他們要用自己的文學創作來反映社會，泄導人情。以元稹和白居易爲代表的一批詩人，發起了轟轟烈烈的新樂府運動，鮮明地提出了「文章合爲時而著，歌詩合爲事而作」的創作宗旨。

元稹（779～831），字微之，河南人。一生經歷豐富，既曾入相出將，也曾遠謫邊邑，既與專權的宦官對抗，也曾一度依附權貴而爲人所不齒。

元稹的樂府詩創作受到了同代的李紳的影響。李紳就是那位以「鋤禾日當午」出名的詩人，他寫過二十首「新題樂府」，元稹看了以後深受啓發，作了十二首和詩。後來他與別人互相唱和，又作了十九首《樂府古題》，其中《織婦詞》、《田家詞》稍好一些。但都趕不上《連昌宮詞》。

《連昌宮詞》是一首敘事長詩。詩人意圖通過連昌宮的興廢變遷，探索安史之亂前後唐代朝政治混亂的因由。開篇從「連昌宮中滿宮竹，歲久無人森似束」的荒涼景象寫起，引出了一位「宮中老翁」對連昌宮今昔盛衰的追述。在作者與老翁的一問一答之中，力圖探討

元稹像

「太平誰致亂」的重大問題。最後歸結為「老翁此意深望幸，努力廟謨休用兵」的寫作題旨。全詩以敘述為主，將史實和傳聞糅合在一起，輔之以想像和虛構，把一些和連昌宮本來沒有什麼關聯的人物和事件都集中在這裡描寫，這樣，既渲染了詩的氛圍，也使得詩情更加生動曲折。同時，詩人在敘事的過程中輔以議論，申明自己的創作意圖，表現了明顯的規諷之意。

元稹以新樂府詩創作為主，同時其他體裁的詩也寫得很好。他的一首《離思》，是古今的癡情男女人人都能成誦的了：

曾經滄海難為水，除卻巫山不是雲。取次花叢懶回顧，半緣修道半緣君。

這種低迴繾綣，一往情深的情調，沉浸在情海之中的人們誰不喜歡呢！

白居易也是一位名氣頗大的詩人，人們通常把他視為和李、杜並肩的唐代三大詩人，雖然也有人為李杜叫屈。

白居易（772～846）是一位極富有才華而且早慧的詩人。他在十七、八歲的時候，一度到過長安，並且帶著自己的詩文去拜見當

白居易像

時著名的詩人顧況。顧況很看不上這個初來乍到的年輕人，他看著詩卷上的名字，就開玩笑說：「長安米貴，居大不易。」可是讀到「野火燒不盡，春風吹又生」的時候，老夫子慌忙改口說：「有才如此，居易不難！」

這個小小的成功，也許從此堅定了白居易以畢生精力從事詩歌創作的想法。白居易一生勤於寫作，他在晚年的時候回憶平生，這樣說道：「凡平生所慕、所感、所得、所喪、所經、所遍、所通、一事一物已上，布在文集中，開卷而盡可知也。」現存白居易詩將近三

千首，數量上遠遠地超過了李、杜，在唐代首屈一指。

按照白居易自己的分法，他的詩歌有諷諭詩、閒適詩、感傷詩和雜律詩四大類。這四類中，他自己最爲重視的是諷諭詩。這一類詩以《秦中吟》十首、《新樂府》五十首爲代表。有的是反映民間疾苦；有的是反對統治者窮兵黷武的戰爭的；有的是專門寫給那些被壓迫婦女的。詩人對當時的很多政治弊端和嚴重的社會問題，做了直言不諱的揭露和鞭撻。這些詩中，除了廣爲流傳的《賣炭翁》之外，還

精采閱讀

寥落古行宮，宮花寂寞紅。白頭宮女在，閒坐說玄宗。

—— 唐・元稹《行宮》

一道殘陽鋪水中，半江瑟瑟半江紅。可憐九月初三夜，露似珍珠月似弓。

—— 唐・白居易《暮江吟》

離離原上草，一歲一枯榮。野火燒不盡，春風吹又生。遠芳侵古道，晴翠接荒城。又送王孫去，萋萋滿別情。

—— 唐・白居易《賦得古原草送別》

花非花，霧非霧，夜半來，天明去。來如春夢幾多時？去似朝雲無覓處。

—— 唐・白居易《花非花》

延伸閱讀

春種一粒粟，秋收萬顆子。四海無閒田，農夫猶餓死。
鋤禾日當午，汗滴禾下土，誰知盤中餐，粒粒皆辛苦。

—— 唐・李紳《憫農二首》

客舍并州已十霜，歸心日夜憶咸陽。無端更渡桑乾水，卻望并州是故鄉。

—— 唐・劉皂《旅次朔方》

故國三千里，深宮二十年。一聲何滿子，雙淚落君前。

—— 唐・張祜《宮詞》

金陵津渡小山樓，一宿行人自可愁。潮落夜江斜月裡，兩三星火是瓜洲。

—— 唐・張祜《題金陵渡》

月落烏啼霜滿天，江楓漁火對愁眠。姑蘇城外寒山寺，夜半鐘聲到客船。

—— 唐・張繼《楓橋夜泊》

有《觀刈麥》、《杜陵叟》、《紅線毯》、《井底引銀瓶》、《上陽白髮人》等名篇。這些詩作的批判鋒芒極其銳利，社會的黑暗，上層的醜惡，都被充分地揭露出來了，在當時社會上激起了強烈的迴響。那些權貴大臣讀了這些詩，竟然「相目變色」，「扼腕切齒」！

這些詩作自有其不可磨滅的價值。不過，為後世讀者最為重視的，大約應當是「感傷詩」一類，因為這裡頭有兩篇有名的敘事長詩：《琵琶行》和《長恨歌》。

《琵琶行》是詩人遭到政治打擊被貶官為江州司馬時的作品。在一個深秋的夜晚，詩人去潯陽江頭為友人送行。在醉不成歡、滿目淒涼的分別時刻，忽然聽到了陣陣動人心弦的琵琶聲。原來是一位獨守空船的女子正用琵琶抒發自己的哀怨。她本是京城長安的一位色美藝高的名妓，在年長色衰之後，不得不委身於一個重利輕情的商人，就這樣飄零於江湖間，一天天地打發自己的寂寞時光。琵琶女的一席傾訴和淒淒切切的琵琶曲，讓詩人想起了自己的遭遇。二十年前自己也曾心懷壯志走進長安，但幾番坎坷，幾番磨難之後，也和這位可憐的歌妓一樣被拋出了京城，過著屈辱的生活。於是詩人發出了「同是天涯淪落人，相逢何必曾相識」

白居易《琵琶行》詩意圖　明　仇英

的深沉感歎。這首詩不僅內涵飽滿，而且在藝術上也達到了極高的成就，是中國詩歌史上的典範。

比《琵琶行》名氣更大的，則是《長恨歌》。《長恨歌》以剛剛成爲歷史的唐明皇和楊貴妃的愛情故事爲題材，詩人意在寫出這一樁歷史上莫大的悲劇，以爲將來之鑒。全詩可以分爲前後兩大部分。前半部分對唐明皇的縱情誤國和楊貴妃的恃寵致亂作了諷刺和批評；這是符合詩人的創作意圖的。但是寫到後半部分，詩人幾乎把所有的才氣和情感都傾注在這兩位愛情悲劇的主角上，對他們的不幸寄寓了深深的同情。以現在的作文標準來看，這幾乎可以算作「偏題」，一定是不合格的了，但多虧詩人是受情感的驅使而不是受理智的約束，才有了這傳誦不衰的愛情名篇。

現在看這首長詩的後半部分。詩人著力描寫了唐明皇和楊貴妃生離死別以後雙方的思念之情，具有濃郁的浪漫主義色彩。詩中極力地鋪陳和渲染了馬嵬之變以後唐明皇對楊貴妃的哀思悼念：

蜀江水碧蜀山青，
聖主朝朝暮暮情。
行宮見月傷心色，

白氏長慶集目録
卷之一
賀雨 讀張籍古樂府
哭孔戡 凶宅
夢仙 觀刈麥 時爲盩厔縣尉
題海圖屏 羸駿
廢琴 李都尉古劍
雲居寺孤桐 京兆府新栽蓮 時爲盩厔尉趨府作
月夜登閣避暑 初授拾遺
贈元稹 哭劉敦質
荅友問 雜興三首
宿紫閣山北村 讀漢書
贈樊著作 蜀路石婦
折劍頭 登樂遊園望

《白氏長慶集》（唐白居易著）書影

夜雨聞鈴腸斷聲。

在入蜀途中，風塵荏苒，一路倉皇，尚且見月傷心，聞雨腸斷，回到昔日共同生活的長安，睹物思人，又是怎樣的悽楚心境：

歸來池苑皆依舊，
太液芙蓉未央柳。
芙蓉如面柳如眉，
對此如何不淚垂？
春風桃李花開日，
秋雨梧桐葉落時。
西宮南內多秋草，
落葉滿階紅不掃。
梨園弟子白髮新，
椒房阿監青娥老。

夕殿螢飛思悄然，
孤燈挑盡未成眠。
遲遲鐘鼓初長夜，
耿耿星河欲曙天。
鴛鴦瓦冷霜華重，
翡翠衾寒誰與共？
悠悠生死別經年，
魂魄不曾來入夢。

走在昔日同行同止的故地，看見芙蓉綻放，就想起了愛人的笑靨；看見新柳垂枝，就想起了愛人的細眉。這裡的一枝一葉，莫不關聯著心靈最深處的那份情感。生死悠悠，相別經年；在帳冷燈昏的深深寂寞裡，度過了多少年不眠的長夜，愛妃的一縷芳魂卻從未入夢以慰相思。於是有一個臨邛道士幫助尋找，上天入地兩處茫茫都不見。後來，終於在海上虛無縹緲的仙山之上找到了楊妃。仙境裡的她，玉容寂寞梨花帶雨，原來是一樣的苦苦相思。她殷勤地迎接漢家的使者，含情脈脈託物寄情，重申前誓，以回報玄宗對她的思念：

臨別殷勤重寄詞，
詞中有誓兩心知。
七月七日長生殿，
夜半無人私語時。
在天願作比翼鳥，

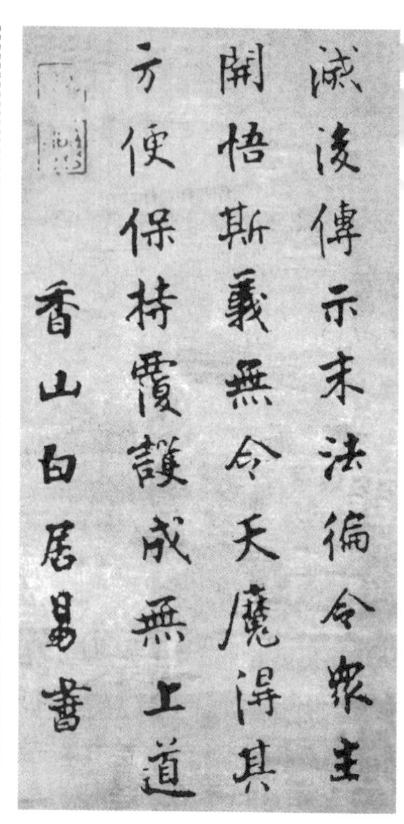

楞嚴經帖　唐　白居易

在地願爲連理枝。
天長地久有時盡，
此恨綿綿無絕期！

刻骨的相思化成了不絕的長恨，李楊的愛情得到高度的昇華，普天下的癡男怨女從中看到了自己的影子，激起了強烈的心靈震撼。精練的語言，優美的形象，迴環往復而又纏綿悱惻的旋律，使這首詩成爲了一個精妙絕倫的藝術珍品。

郊寒島瘦

孟郊與賈島

在盛唐詩歌的陰影之下，中唐詩人的日子很不好過。孟郊和賈島這一類詩人，既然沒有元、白一樣的天縱之才，便只有苦苦地鍛鍊，苦苦的經營，終於造就一種奇崛險怪的詩風。

孟郊（751～814），字東野。他的一生貧困潦倒，故而其詩多啼饑號寒、傾訴窮愁失意的不平之鳴和憂國傷時的句子。這種內容本來就沒有明亮的色彩，再加上詩人好奇矜新，追求「深」、「險」、「怪」，便形成了淒苦冷澀奇險爲主的詩風。他以苦澀淒冷的心靈，幽怨鬱憤的情緒去觀照外物，攝取的意象多爲峭風、秋蟲、冷月、寒露、枯枝、敗草、衰鬢、破壁等形象，用來表達內心的「寒」、

孟郊《遊子吟》詩意圖　清　錢慧安

孟郊像

「驚」、「苦」、「愁」、「冷」、「餓」、「痛」、「悲」等感受。因而，讀者所體會到的，也是一種苦如膽汁的情感。難怪元好問批評孟郊說：「東野窮愁死不休，高天厚地一詩囚。」他的詩有一些也寫得特別淺易，樸素而且平淡，卻自有一種感人肺腑的情感力量。《遊子吟》是其中傑出的代表：

慈母手中線，遊子身上衣。
臨行密密縫，意恐遲遲歸。
誰言寸草心，報得三春暉？

這是一首母愛的頌歌。詩人選取了母親爲即將遠行的遊子挑燈補衣的生活細節，表現了慈母深深的舐犢之情。

賈島像

賈島出身寒微。三十歲以前一直棲身佛門爲僧，法名無本。後來他跑到洛陽拜見韓愈。當時韓愈已經名滿天下，但對這位青年和尚十分熱心，極力揄揚。賈島於是還俗參加科舉考試，但直到四十四歲時依然未中，在他快近六十歲時，終於被任命爲長江縣主簿，此後在仕途上再無起色。

賈島是一位以苦吟出名的詩人，著意於創造一種未經人道的新的意境。比如《憶江上吳處士》一詩，其頷聯曰：「秋風吹渭水，落葉滿長安。」這兩句用秋風、渭水、落葉、長安來點明送別的時間、地點和景物，渲染出深秋淒厲蕭瑟的景象，增強了離情的深度。再看那首三歲小孩也能背誦的《尋隱者不遇》：

松下問童子，言師採藥去。
只在此山中，雲深不知處。

這首詩是典型的白描風格，不著一色，樸實無華，但是卻能在平淡之中見出一種全新的意境。

這一時期還有一位著名的詩人——劉禹錫（772～842）。他的詩作最有特色的是「竹枝詞」。這是他學習西南地區的民歌，加以藝術的提煉而成的。比如「東邊日出

賈舍人驢背敲詩圖　清　任頤

西邊雨，道是無情卻有情」、「千淘萬漉雖辛苦，吹盡狂沙始見金」，都是很出色的名句。他的詠史懷古作品很出名，如《石頭城》：

山圍故國周遭在，
潮打空城寂寞回。
淮水東邊舊時月，
夜深還過女牆來。

山海邊的空城，任潮起潮落，月缺月圓，始終沉浸在寂寞而滄桑的歷史之中。深深的懷古幽思，流溢在如畫的詩行間，使人既獲得了美的感受，又受到了思想的啓迪。

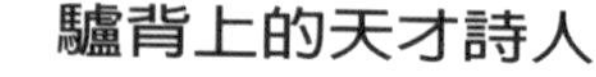

驢背上的天才詩人
李賀

在唐代著名的詩人當中，和王勃一樣才高命短的還有一位，他就是李賀。

李賀（790～816）是唐代宗室的後裔。詩人巨鼻，濃眉，身材瘦長，還留著長長的指甲。因爲體弱多病，不到十八歲，頭髮就開始變白了。他經常獨自騎驢吟詩，一有佳句，即投入隨身所背的錦囊之中。他的母親十分疼愛這個聰慧超群而又身體羸弱的孩子，每次看到他錦囊中的詩句寫得多了，總會心疼地說：「這孩子是要把自己的心都吐出來才罷！」

十八歲那年，李賀從家鄉來到東都洛陽，帶著自己的詩歌去拜見韓愈，很受韓愈的器重。時隔三年，他再次來到長安，準備參加進士考試，不料唐人應試，極重家諱，題目中如果遇見和自己尊長名字相同的字時，只能退出考試。李賀的父親名叫李晉肅，「晉」與「進」同音，於是嫉妒他的才華的人便揚言說李賀不能參加「進士」的考試。韓愈對此十分氣憤，特地寫了一篇《諱辯》爲李賀辯解，但是仍然未能破除偏見，李賀還是被迫放棄進士的考試回到故鄉。

李賀像

一年後，他得到朝廷的任命，當上了一個奉禮郎的小官。這是一個從九品的職位，負責在朝會祭祀時安排位次和祭品等。三年後，他以病辭官，回到家鄉。但是不能久住，因爲他必須得謀生，於是又在外飄零，而他的身體更不如前了，經常犯病。元和十一年(816)，也許是自感將不久於人世，李賀從外地返歸故鄉。同年病逝。

詩人的一生，才高志大，他每每以「皇孫」、「壯士」自稱。他常寫一些意氣昂揚的詩作：「男兒何不帶吳鉤，收取關山五十州。請君暫上凌煙閣，若個書生萬戶侯！」但流年似水，功名不就，他的精神始終處於極度的抑鬱、苦悶之中。這就使得他的詩作融入了極爲濃郁的傷感意緒和幽僻怪誕的個性特徵。這種風格，在《秋來》一詩中表現得最爲明顯：

梧桐驚心壯士苦，衰燈絡緯啼守素。誰看青簡一編書，不遣花蟲粉空蠹。思牽今夜腸應直，雨冷香魂弔書客。秋墳鬼唱鮑家詩，恨血千年土中碧。

在這苦雨淒風的夜晚，只有那些古代懷才不遇的詩人的香魂前來慰弔，他們才是自己的同調。桐風、衰燈、寒素、冷雨、秋墳、恨血，種種淒涼的意象編織成一張陰

精采閱讀

老兔寒蟾泣天色，雲樓半開壁斜白。玉輪軋露濕團光，鸞佩相逢桂香陌。黃塵清水三山下，更變千年如走馬。遙望齊州九點煙，一泓海水杯中瀉。

——唐·李賀《夢天》

幽蘭露，如啼眼。無物結同心，煙花不堪剪。草如茵，松如蓋，風為裳，水為佩。油壁車，夕相待。冷翠燭，勞光彩。西陵下，風吹雨。

——唐·李賀《蘇小小墓》

茂陵劉郎秋風客，夜聞馬嘶曉無跡。畫欄桂樹懸秋香，三十六宮土花碧。魏官牽車指千里，東關酸風射眸子。空將漢月出宮門，憶君清淚如鉛水。衰蘭送客咸陽道，天若有情天亦老。攜盤獨出月荒涼，渭城已遠波聲小。

——唐·李賀《金銅仙辭漢歌》

零落棲遲一杯酒，主人奉觴客長壽。主父西遊困不歸，家人折斷門前柳。吾聞馬周昔作新豐客，天荒地老無人識。空將箋上兩行書，直犯龍顏請恩澤。我有迷魂招不得，雄雞一唱天下白。少年心事當拏雲，誰念幽寒坐嗚呃。

——唐·李賀《致酒行》

冷的網，讓人透不過氣來。

前人稱李賀爲「詩鬼」，這是因爲對於幽冥世界的描寫幾乎成了他的詩歌的一大特色。他喜歡寫死亡、寫黑夜、寫寒冷，展現的是一個悲淒苦悶的活的靈魂。他的《蘇小小墓》一詩，對於南朝名妓蘇小小的鬼魂形象作了精妙的刻畫。他寫幽蘭，寫露珠，寫煙花，寫芳草，寫青松，寫春風，寫流水，創造一個鬼魂活動的氣氛，烘托出蘇小小芳魂的婉媚，反襯出她內心的索寞。

歌詩編第一
李憑箜篌引　隴西李　賀　長吉
吳絲蜀桐張高秋空白凝雲頹不流江娥啼竹素女
愁李憑中國彈箜篌崑山玉碎鳳凰叫芙蓉泣露香
蘭笑十二門前融冷光二十三絲動紫皇女媧鍊石
補天處石破天驚逗秋雨夢入神山教神嫗老魚跳
波瘦蛟舞吳質不眠倚桂樹露脚斜飛濕寒兎
殘絲曲
垂楊葉老鶯哺兒殘絲欲斷黃蜂歸綠鬢少年金釵

《李長吉歌詩編》（唐李賀著）書影

李賀身上有種天生的詩人的靈性和才氣。在《李憑箜篌引》這首詩中，空山凝雲，江娥啼竹，昆山玉碎，芙蓉泣露，石破天驚，瘦蛟跳舞，種種光怪陸離的意象都被詩人驅遣於筆端，用來狀寫箜篌樂聲之美。

李賀在詩的語言方面極力地避免平淡，追求峭奇，他尤其喜歡在事物的色彩和情態上著力。寫「綠」，就有「頹綠」、「寒綠」、「絲綠」、「凝綠」；寫「紅」，就有「笑紅」、「冷紅」、「愁紅」、「老紅」；風有「酸風」，雨有「香雨」。他的代表之作《雁門太守行》，整首詩就是用奇異的色彩組成的：

黑雲壓城城欲摧，甲光向日金鱗開。角聲滿天秋色裡，塞上燕脂凝夜紫。半卷紅旗臨易水，霜重鼓寒聲不起。報君黃金台上意，提攜玉龍爲君死！

壓城的黑雲暗喻敵軍氣焰囂張，向日的甲光則顯示出守城將士雄壯的英姿。而秋色、燕脂、夜紫、紅旗、玉龍，種種變幻莫測的光與色組成了這幅戰場的圖畫。這種五彩斑斕的奇詭境界，唯有李賀能爲！

第五章

滿目青山夕照明

晚唐文學

興亡誰能定，盛衰豈無憑。大唐的歷史終於還是無可逃避地走向終點。時代把失望與沮喪的陰影籠罩在文人的心中，他們既沒有盛唐自由奔放的朝氣，也沒有中唐滿懷激烈的勇氣。詩人們把關注的目光投射在歷史、自然和愛情上面。對歷史的追懷是對現實的喟歎，對自然的眷戀是對紅塵的疲倦，對愛情的追求是對真誠的呼喚。精緻的語言、豐富的情感、細膩的心靈體驗，達成了一種幽美深婉的詩境，在整個唐代詩歌的天空裡，是一抹豔麗的晚霞。

落魄江湖的風流浪子

杜 牧

遠上寒山石徑斜，白雲生處有人家。停車坐愛楓林晚，霜葉紅於二月花。

初讀這首詩，你很難相信如此流暢明亮的詩作出自晚唐人之手。它的作者就是晚唐時期與李商隱並稱爲「小李杜」的杜牧（803～852）。

杜牧的作品中，最爲人所熟知的是那篇精美的《阿房宮賦》，但是賦家本質是詩人。他是晚唐詩壇的一大巨擘。他出身於一個世代爲官的家庭，二十五歲時中了進士，長期在各地爲幕僚，後來曾任黃州、池州、睦州刺史，最後官至中書舍人，也算是詩人中的達者。杜牧生在晚唐，遭逢末世，也許不

杜牧像

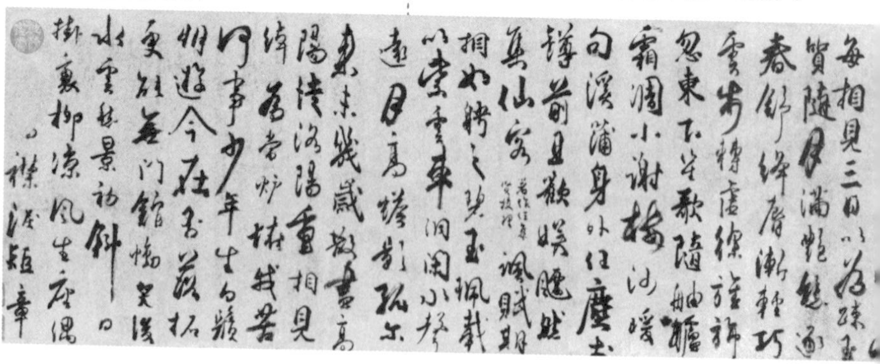

張好好詩帖　唐　杜牧

如盛唐人那樣幸運，但是他有那麼多的大家可供學習與借鑒，也不算壞事。他廣泛地學習李白、杜甫、韓愈、柳宗元，然後把各家之長加以熔鑄，形成了自己「雄姿英發」的獨特風格。他的詩歌，既表現了憂國憂民的壯懷偉抱，又流露出傷春傷別的綺思柔情，兩者剛柔相濟，在俊爽峭健之中顯出風華綺靡的情致。杜牧的詩歌當中，最為人稱道的是他的律詩和絕句，尤其是七律和七絕。前面已經說過，在杜甫手裡，律詩的創作達到了爐火純青的境界。但老杜的高才健筆與博學深情，令人難以望其項背，所以很長時間裡，沒有人能夠追攀他的境界。只有到了晚唐，杜牧

杜牧《赤壁》詩意圖　清　費丹旭

張好好詩 并序
牧大和三年佐故吏部沈
公江西幕，好好年十三，始
以善歌舞來樂籍中。
後一歲，公鎮宣城，復置
好好於宣城籍中。後二年，
沈著作述師以雙鬟納
之。又二歲，余於洛陽東
城重覩好好，感舊傷懷，
故題詩贈之。
君為豫章姝，十三纔有
餘。翠茁鳳生尾，丹葉
蓮含跗。高閣倚天半，
章江聯碧虛。此地試君
唱，特使華筵鋪。主公
顧四座，始訝來踟躕。吳
娃起引贊，低徊映長裾。
雙鬟可高下，纔過
青羅襦。盼盼乍垂袖，
一聲雛鳳呼。繁絃迸
關紐，塞管裂圓蘆。
衆音不能逐，袅袅穿雲

才高辭茂，風華流美，自能在眾多的詩人之中獨標異采。試看他的《九日齊山登高》：

江涵秋影雁初飛，與客攜壺上翠微。塵世難逢開口笑，菊花須插滿頭歸。但將酩酊酬佳節，不用登臨恨落暉。古往今來只如此，牛山何必獨沾衣。

重陽佳節，詩人和朋友帶著酒，登上齊山。高處下望江水，一切景色都映在碧波之中，更顯出秋天水空的澄澈。詩人面對這大好的山光水色，興致勃勃地摘下滿把的菊花。不用爲夕陽西下、人生遲暮

杜牧《山行》詩意圖　明　周臣

此圖表現杜牧《山行》詩：「遠上寒山石徑斜，白雲生處有人家。停車坐愛楓林晚，霜葉紅於二月花。」的詩意。作者周臣字舜臣，號東村，明代姑蘇（今江蘇蘇州）人。唐伯虎和仇英都曾從其習畫。他善山水，兼工人物，綿密蕭散，自成一家。

而感慨，還是忘卻那些令人煩惱的閒愁閒恨吧，只須舉起酒杯，酩酊一醉，以酬答這美好的良辰佳節。全詩的起承轉合，流轉自然，而中間兩聯，對仗工穩，語意精警，一腔抑鬱的情緒，出以曠達，感慨蒼茫，幾可與杜律比肩。

前人在論到七言絕句時，都推崇盛唐的李白和王昌齡，而杜牧的七絕，亦不減太白之風流。他本出自史學世家，對現實政治又抱有一種熱切的關懷，這兩方面的影響，使得他的詩裡常常蘊含一種深沉的歷史感和傷今懷古的憂患意識。這兩者是密切關聯著的，因為強烈地關注現實而又無能為力，所以就把滿腹的感慨訴諸詩篇：

煙籠寒水月籠沙，夜泊秦淮近酒家。商女不知亡國恨，隔江猶唱後庭花。（《泊秦淮》）

詩人對於執政者的荒淫糊塗和世人的居安忘危發出了深深的歎息，透過這種歎息，我們能夠窺見生於末世的有志之士潛藏在內心的無限悲涼。作詠史詩常須抒發議論，許多詩人因為才力不逮，詩中的議論未免顯得粗淺直率，而杜牧既有高才，自能把深刻的議論蘊藏在含蓄的詩家語之中。再如他的《赤壁》：

折戟沉沙鐵未銷，自將磨洗認前朝。東風不與周郎便，銅雀春深鎖二喬。

除詠史外，杜牧也用七絕抒寫情感體驗。杜牧年輕時有過豐富的情感經歷，這在他的一生中打下深深的烙印。情到深處，化為七絕。他與一位妙齡歌女有過一段交往，在分別時他寫下兩首贈別詩，第一首道：

娉娉嫋嫋十三餘，豆蔻梢頭二月初。春風十里揚州路，卷上珠簾總不如。

這首詩重在讚美情人的風姿。全詩正面寫她的美貌的只有第一句，其他三句避實就虛。先寫豆蔻春花作比，再寫揚州歌台舞榭美女如雲，不知有多少紅衣翠袖的美人，卻都不如這一位。杜牧從人寫到花，從花寫到鬧市春城，從鬧市春城再寫到眾多美人，最後烘托出意中人，這種筆法的瀟灑俊爽，一如他的少年風流。再看第二首：

多情卻似總無情，唯覺樽前笑不成。蠟燭有心還惜別，替人垂淚到天明。

因為愛得太深又太多情，所以離別總是讓人黯然銷魂。

靈心善感的末世大家

李商隱

這個世界什麼都會變老，只有愛情永遠年輕。遠自《詩經》開始，愛情就成了詩歌永恆的主題。但是大力創作愛情詩並登上最高峰的，則是李商隱（813～858）。李商隱是晚唐最爲傑出的詩人。

李商隱出生不久，就跟隨父親到了浙江。九歲父親死去。他度過一段非常艱難的歲月，人生轉機出現在十七歲。當時他還是布衣身分。天平軍節度使令狐楚欣賞他的文才，請他到幕府裡去做官，同時讓他和自己兒子一起學習。二十五歲時，他終於登進士第。李商隱二十六歲時，涇原節度使王茂元賞愛他的才華，把女兒嫁給了他。這一件人生中的喜事，對李商隱來說，卻種下不盡的煩根。原來王茂元和令狐家在政治上屬於不同的派別，李商隱作王家女婿後，就被令狐一派中氣量狹小之輩視爲忘恩負義之人。在他參加吏部考試時，考官本已錄取他，有一位官員把他的名字塗去了，不屑的說：「此人不堪。」李商隱一腔怨憤，無處申說。他寫了一首《安定城樓》：

李商隱像

迢遞高城百尺樓，綠楊枝外盡汀洲。賈生年少虛垂涕，王粲春來更遠遊。永憶江湖歸白髮，欲回天地入扁舟。不知腐鼠成滋味，猜意鵷雛竟未休！

詩人抓住與自己身世相似的賈誼和王粲二人的典型事例來比擬自己的憂時羈旅之感。對那些壓制打擊他的人，他憤慨萬端，極盡調侃。一年後，他通過禮部考試，當上一個九品的小官。終其一生不過是個寄人籬下的文墨小吏而已。

他的詩現在流傳下來的還有六百多首，寫政治，寫時事，憂國傷時，反映了那個時代動盪的時局和尖銳的鬥爭，以及身處這一亂世的靈心善感的文人破碎的心靈。在所有的詩作裡，最有李商隱特色並且代表其詩歌創作的最高成就的，是他的愛情詩。他的這一類詩，常以「無題」二字名篇。試看一首《無題》：

昨夜星辰昨夜風，畫樓西畔桂堂東。身無彩鳳雙飛翼，心有靈犀一點通。隔座送鉤春酒暖，分曹射覆蠟燈紅。嗟餘聽鼓應官去，走馬蘭台類轉蓬。

《華清宮》詩意圖　現當代　徐燕蓀

唐李商隱《華清宮》：「朝元閣迥羽衣新，首按昭陽第一人。當日不來高處舞，可能天下有胡塵？」這幅圖即是根據詩意繪製而成的。徐燕蓀(1898～1961)，原名操，字燕蓀，別號霜紅樓主，河北深縣人，是當代仕女畫大家。

這首詩抒寫的是對昨夜一度春風、旋成間隔的意中人的深切的懷想。可是要仔細地分析起它來，又覺得有些困難。絕大多數讀者都不敢說把這首詩完全理解透徹了，但是每個讀過它的人卻又忘不了像「身無彩鳳雙飛翼，心有靈犀一點通」這樣玲瓏剔透的句子。再如另一首《無題》：

相見時難別亦難，東風無力百花殘。春蠶到死絲方盡，蠟炬成灰淚始乾。曉鏡但愁雲鬢改，夜吟應覺月光寒。蓬山此去無多路，青鳥殷勤爲探看。

全詩意境迷蒙恍惚，讀之猶如在深谷徘徊，纏綿無休。

當然他的愛情詩也並不都是這樣難於索解。他遠遊異地時寫給妻子的《夜雨寄北》，就是一首語淺情深的小詩：

君問歸期未有期，巴山夜雨漲秋池。何當共剪西窗燭，卻話巴山夜雨時。

夜深不寐，獨剪殘燭，聽窗外秋雨淅瀝，閱讀著妻子詢問歸期的家信。歸期無準，心境何其煩悶。而詩人卻跨越現在寫未來，盼望在重聚的歡樂中追話今夜的一切，今夜的苦苦思念，自然會成爲未來剪燭夜話時的無限歡樂。這首段短的小詩，道出了古今多少兩地相思的有情人的衷腸啊！

在晚唐乃至整個唐代，李商隱是爲數不多的刻意追求詩美的作者。讀他的許多詩歌，常常會覺得在唯美的園地裡徜徉，在心靈的田野裡穿行。

第六章

花間月下的曼聲吟唱

晚唐五代詞

詞是「曲子詞」的簡稱，也就是歌詞的意思。它又稱為長短句，因為一首詞中每句的字數不像詩那樣是固定的，而是長短參差。它的性質和今天的流行歌曲相近。詞也要配合音樂來演唱，這種音樂主要是達官貴人在宴會時演奏的。所以詞的最初的產生環境不離花間月下，酒席樽前，它的創作者除了風姿綽約的妙齡歌女而外，更多的是那些倚紅偎翠的風流才子。這種新的文學體裁，最早在隋朝時可能就有人進行創作的實踐了。中唐、晚唐、五代十國各個時期，都有詞作流傳下來。這些優秀的作品，是宣告宋詞繁盛時代即將來臨的一束曙光。

從民間詞到文人詞

唐代詞家

一切文學創作最初都出自民間，詞也不例外。在甘肅敦煌發現的曲子詞，可能是最早的民間詞。這些詞讀起來的感覺與採自民間的樂府詩一樣，用語樸素，情感熱烈直率，而且也常用民歌慣用的托物寄意和觸景生情手法。後來，文人們漸漸地對詞的創作發生興趣。現在能夠指明作者的最早的一首詞，是相傳爲李白所作的《憶秦娥》：

簫聲咽，秦娥夢斷秦樓月。秦樓月，年年柳色，灞陵傷別。

樂遊原上青秋節，咸陽古道

張志和像

張志和（741～775），字子同，初名龜齡，號玄眞子、煙波釣徒，金華（今屬浙江省）人，唐代著名詞家。

劉禹錫像

劉禹錫（772～842），字夢得，洛陽（今屬河南）人。其詩剛健豪宕，雄渾蒼老；其詞清新流利，明白曉暢。

精采閱讀

平林漠漠煙如織，寒山一帶傷心碧。暝色入高樓，有人樓上愁。
玉階空佇立，宿鳥歸飛急；何處是歸程，長亭更短亭。

——唐・李白《菩薩蠻》

西塞山前白鷺飛，桃花流水鱖魚肥。青箬笠，綠蓑衣，斜風細雨不須歸。

——唐・張志和《漁歌子》

江南好，風景舊曾諳：日出江花紅勝火，春來江水綠如藍，能不憶江南？

——唐・白居易《憶江南》

四月十七，正是去年今日。別君時，忍淚佯低面，含羞半斂眉。
不知魂已斷，空有夢相隨。除卻天邊月，沒人知。

——唐・韋莊《女冠子》

晴川落日初低，惆悵孤舟解攜。鳥向平蕪遠近，人隨流水東西。

——唐・劉長卿《謫仙怨》

邊草，邊草，邊草盡來人老。山南山北雪晴，千里萬里月明。
明月，明月，胡笳一聲愁絕。

——唐・戴叔倫《古調笑》

天上月，遙望似一團銀。夜久更闌風漸緊，為奴吹散月邊雲，照見負心人。

——唐・無名氏《望江南》

音塵絕。音塵絕，西風殘照，漢家陵闕。

這首詞意境闊大，情感深沉，一般的文人是不可能有如此的胸襟的，難怪人們要把它和李白聯在一起。在唐代，現在可知的最早從事詞的創作的，是劉長卿、韋應物、張志和、白居易、劉禹錫這一批人。張志和的《漁歌子》描繪水鄉風光，在理想化的漁人生活中，寄託了熱愛自然、追慕自由的情趣，頗有山水詩的特點。至於白居易的《憶江南・江南好》，則是有唐一代詞中的名篇，其中的名句「日出江花紅勝火，春來江水綠如藍」，歷來爲人們所傳誦。

以上諸家都是專力寫詩的，作詞不過是客串的性質。到了晚唐時期，出現了一位大力填詞的名家，他就是溫庭筠。溫庭筠（812～870），字飛卿，出身於沒落貴族家庭。他長期出入青樓妓館，通曉

溫庭筠像

音律，能夠根據樂曲的旋律作一些側豔之詞。總共流傳下來的有六十多首，也算是晚唐時期一位頗有成就的詞家了。

詞的產生環境決定了它的內容的香豔特性。看看溫庭筠的詞就可以發現，他的詞絕大多數是寫閨情的，翻來覆去就是紅香翠軟的那一套。以他的《菩薩蠻．小山重疊金明滅》爲例，在詞裡，婦女的服飾是那樣華貴，容貌是那樣美麗，體態又是那樣的嬌弱，這顯然是爲了適應那些唱詞的歌妓，也爲了點綴當時上層社會燈紅酒綠的生活。這種詞從藝術性的角度來看，有它的成就，但並不見得能打動多少讀者。倒是下面這首《更漏子》更能打動人：

玉爐香，紅蠟淚，偏照畫堂秋思。眉翠薄，鬢雲殘，夜長衾枕寒。

梧桐樹，三更雨，不道離情正苦。一葉葉，一聲聲，空階滴到明。

通首詞寫畫堂人的秋思與離情，上闋寫畫堂中人所見，下闋從室內轉到室外寫人的所聞。秋夜三更冷雨，點點滴點梧桐樹上，也點點滴滴都在離人的心上。柔情繾綣，韻味悠長。前人比較詩和詞的異同時，有一個說法叫做「詩莊詞媚」，讀這首詞，大致可以領略詞之「媚」是怎麼回事了。

除了溫庭筠，當時大力塡詞的還有韋莊，二人並稱「溫韋」。相比之下，溫庭筠的詞是「隱約」，作者自己常常隱藏在筆下那些女子後面，通過她們抒寫自己的苦悶；韋莊則不然，他常常直抒胸臆，把自己的風流韻事和自己的心靈明明白白地告訴讀者。請看他的《菩薩蠻．人人盡說江南好》：

人人盡說江南好，遊人只合

江南老。春水碧於天，畫船聽雨眠。

壚邊人似月，皓腕凝雙雪。未老莫還鄉，還鄉須斷腸。

全詞沒有一句費解的話。先是借他人對江南的讚美寫出自己對江南的眷念，進而描寫典型的江南水鄉風光。下闋前兩句寫江南女子的可愛，與上闋寫景的兩句相回應，後兩句再回應「遊人只合江南老」，在面對江南美景的沉醉中表現出人生的惆悵。與溫庭筠的《更漏子．玉爐香》作個比較，就能發現，溫詞流露的是女性的細膩，韋詞展現的是男性的柔情。

溫庭筠《商山早行》詩意圖　清　袁耀

溫庭筠是晚唐著名的詞人，同時也是一位有特色的詩人。他最爲人稱道的詩是《商山早行》：「晨起動征鐸，客行悲故鄉。雞聲茅店月，人跡板橋霜。槲葉落山路，枳花明驛牆。因思杜陵夢，鳧雁滿回塘。」三、四兩句歷來膾炙人口，不用一二閒字，音韻鏗鏘，意象俱足，受到歷代文人的激賞。

到五代時，後蜀的趙崇祚選錄了溫庭筠、韋莊等十八家的詞，編爲一集，名之爲《花間集》。這一批詞人，或爲西蜀文人，或在西蜀遊宦，他們在詞風上大體一致，都以剪紅刻翠、香軟細豔爲主。後世就把他們統稱爲「花間詞人」。花間詞人的創作，標誌著文人詞的成熟，也預示了宋詞的繁榮即將到來。他們的男女之情的題材，爲後世建立了「詞爲豔科」的樊籬，其「婉約」的風格，亦被視爲詞的「當行本色」。

問君能有幾多愁

李煜

唐亡以後五十多年裡，國家四分五裂。南唐偏安江南，社會相對穩定，城市經濟繁榮。中主李璟、後主李煜、宰相馮延巳都十分愛好塡詞。他們不僅寫豔情而且抒眞情，既有對好景不長、人生易逝的喟歎，也有深沉的故國之戀和亡國之痛。其中，李煜(937～978)的創作獨步當時，成爲文學史上卓爾不群的傑出詞人。

李煜是一位九五之尊的帝王，也是一位天才的藝術家，書法、繪畫、音樂無所不精。當他即位稱帝的時候，國家已岌岌可危，他在對北宋的委曲求全中過了十幾年的生活，這一期間他依然是縱情聲色，侈陳遊宴。過了十多年，北宋滅掉了南唐，他被俘到汴京，宋朝封他作違命侯。兩年以後，在七月七日他的生日那天，他在寓所讓舊日宮

妓作樂，唱他新作的《虞美人》一詞：

春花秋月何時了，往事知多少？小樓昨夜又東風，故國不堪回首月明中。

雕欄玉砌應猶在，只是朱顏改。問君能有幾多愁，恰似一江春水向東流。

這是一首飽含亡國之淚的絕望悲歌，詞人的一腔悲慨之情，如出峽奔海的滔滔江水，永無止息。淒婉的樂聲傳到外面，宋太宗聽到後大怒，就派人把他毒死了。

李煜從南唐國主降爲囚徒的巨大變化，明顯地影響了他的創作，使他前後期的詞作呈現出不同

李煜像

的風貌。前期的詞寫對於宮廷生活的迷戀，不外是紅香綠玉那一套，在國家危急存亡之秋，這些詞讀起來讓人滿不是滋味。他的第一首眞正好詞，應該是作於亡國北去、辭別廟堂之際的《破陣子》：

四十年來家國，三千里地山河。鳳閣龍樓連霄漢，玉樹瓊枝作煙蘿，幾曾識干戈。

一旦歸爲臣虜，沈腰潘鬢消磨。最是倉皇辭廟日，教坊猶奏別離歌，垂淚對宮娥。

宮苑乞巧圖　五代·南唐　周文矩

此圖表現的是五代時期南唐宮苑秋天夜晚的情景，反映了當時皇家宮廷生活的奢華。周文矩是南唐時期的宮廷畫家，在後主李煜朝官至翰林侍詔。在他的一生中，畫過很多描繪李煜生活的畫卷。

散樂圖　五代．後唐

五代時期，國家分裂，戰亂不斷。眾多的小國家如後唐、南唐、前後蜀等都以唐代的制度爲根本。這種風氣一直延續至宋代中期。由這幅漢白玉雕刻成的散樂圖可以想像李煜辭別宗廟時教坊奏樂的情形。

先極言昔日的太平景象，家國一統，河山廣闊，宮闕巍峨，花草豔美。而一旦國破家亡，只有淒涼悲苦。在告別祖廟的那一天，宮中的樂工還吹奏起離別的曲子。此時的笙歌再沒有歡樂，卻加深了別離的悲涼。全詞明白如話，而眞摯的感情深曲鬱結，動人心弦。

身爲囚徒的歲月，度日如年。他從往日豪奢的帝王生活中醒過來，卻發現自己已經什麼都不是了，沒有尊嚴和富貴，也沒有自由。面對殘酷的現實，他只有把「日夕以眼淚洗面」的深哀巨痛，盡情地傾瀉在他的詞裡。除了那首給他帶來死亡的《虞美人》之外，他還寫有《子夜歌．人生愁恨何能免》、《清平樂．別來春半》、《浪淘沙．往事只堪哀》、《望江南．多少恨》、《浪淘沙令．簾外雨潺潺》等許多名作。他在這些作品中，念念不忘的是往日雕欄玉砌的生活，同時沉浸在綿綿長愁裡。請看《相見歡》一詞：

無言獨上西樓，月如鉤。寂寞梧桐深院鎖清秋。

剪不斷，理還亂，是離愁。別是一般滋味在心頭。

一個被幽禁的人有著常人難以體會的孤獨與寂寞。身處西樓，舉頭望月。如鉤的殘月，淡淡的清光，照著梧桐的疏影。如此淒清的景象，人何以堪？過去的歡樂永遠過去了，如今只剩下千絲萬縷的離愁，緊緊地纏繞著孤苦伶仃的一個人。這種愁，是回憶？是傷感？是憂慮？言語已經無法說清，唯有自己慢慢地咀嚼。

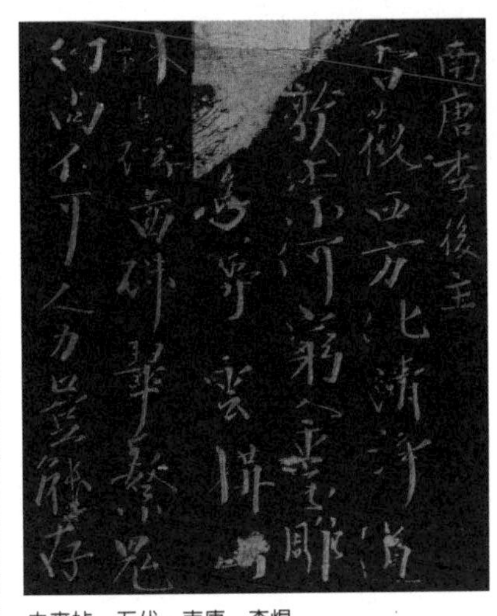

去來帖　五代．南唐　李煜

通觀李煜的詞作，可以發現他的詞作的最大特點就是一個「眞」字，情眞，語眞。技巧之類的東西在他來說已經沒有什麼用處了，他

精采閱讀

林花謝了春紅，太匆匆！無奈朝來寒雨晚來風。
胭脂淚，留人醉，幾時重，自是人生常恨水長東。

——唐．李煜《烏夜啼》

簾外雨潺潺，春意闌珊，羅衾不耐五更寒。夢裡不知身是客，一晌貪歡。
獨自莫憑欄，無限江山，別時容易見時難，流水落花春去也，天上人間。
往事只堪哀，對景難排。秋風庭院蘚侵階，一任珠簾閑不卷，終日誰來？
金鎖已沉埋，壯氣蒿萊，晚涼天淨月華開，想得玉樓瑤殿影，空照秦淮。

——唐．李煜《浪淘沙二首》

人生愁恨何能免，銷魂獨我情何限：故國夢重歸，覺來雙淚垂，高樓誰與上？
長記秋晴望，往事已成空，還如一夢中。

——唐．李煜《子夜歌》

別來春半，觸目柔腸斷，砌下落梅如雪亂，拂了一身還滿。
雁來春信無憑，路遙歸夢難成，離恨恰如春草，更行更遠還生。

——唐．李煜《清平樂》

心事數莖白髮，生涯一片青山。空山有雪相待，野路無人自還。

——唐．李煜《開元樂》

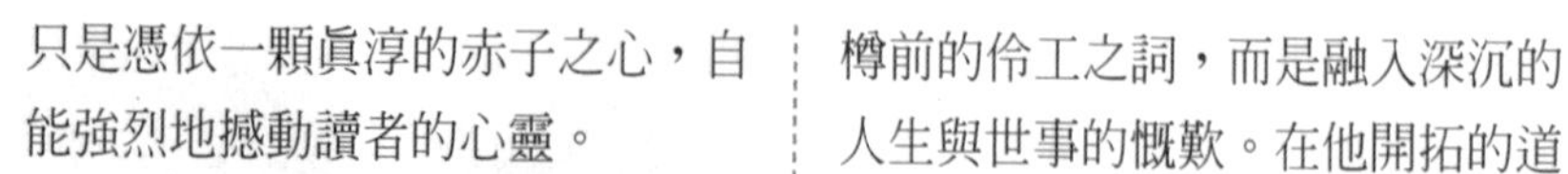

只是憑依一顆眞淳的赤子之心，自能強烈地撼動讀者的心靈。

詞到了李後主這裡，走出了花間月下的樊籬，不再局限於酒席樽前的伶工之詞，而是融入深沉的人生與世事的慨歎。在他開拓的道路上，宋代人走出了堪與唐人相媲美的優美步伐。

南唐文會圖　北宋　佚名

這幅圖描繪了南唐後主李煜和三位文士在庭院聚會的情形。院前有荷塘，院後有芭蕉，左右有叢竹老樹，環境清幽，富有自然的意趣。李煜振筆疾書，其他三人靜靜圍觀，奴婢則直立以待。李煜的藝術才能是多方面的，他的書法崇尚瘦硬，骨力遒勁，人稱「鐵鉤鎖」、「金錯刀」、「撮襟書」。

抒情時代的敘事插曲

唐代傳奇

「傳奇」在中國文學史上是一個多義的概念。明清時期它指的是一種戲劇體裁，而在唐代，它指的是一種小說體裁。唐代是詩歌的王國，詩歌的創作佔據了絕對的主流地位。在這悠揚宛轉的抒情旋律中，唐傳奇作為一種敘事文學，就像一支小小的插曲。但是如果從整個文學發展的角度去加以考察，唐代傳奇是我國小說創作的一個飛躍，對後世的小說創作具有深遠的影響。

浪漫盛世的映照

傳奇

唐代傳奇源自六朝的志怪小說，同時吸收《史記》以來傳記文學的傳統經驗，在文章體制、情節安排以及人物形象的塑造上，較六朝志怪有了長足的進展。這些小說家們有意識地把寫小說當成一種文學創作，自覺地追求藝術美，較多地運用想像和虛構等創作手段，基本上擺脫了史傳文學眞人眞事的框架。它注重人物形象的鮮明生動，故事情節的曲折離奇和文辭的優美華豔，標誌著中國小說具有了獨立的文學品格，進入了成熟的階段。

從整個唐代傳奇的發展過程來看，初盛唐時期是它的初步發展階段。王度所作的《古鏡記》是現存唐代傳奇中最早的一篇，記敘的是一面古鏡降妖、伏獸、顯靈、治病以及反映陰陽變化的各種靈異現象，和六朝志怪小說相比並無明顯的進步。無名氏的《補江總白猿記》和張鷟的《遊仙窟》則在人物描寫和情節安排方面有所著力。

中唐時期是中國傳奇小說的黃金時代。從數量上看比前一階段有了長足的增長。其內容以反映現實生活爲主，即使談神說怪，也往往具有社會現實性。沈既濟的《枕中記》和李公佐的《南柯太守傳》爲這一類題材的代表。這兩篇小說都曲折地反映了封建士子熱中功名

崔鶯鶯像　明　佚名

南柯夢石碑　清

中唐時期元稹的《鶯鶯傳》是一部著名的傳奇小說，爲後世的《西廂記》留下了大概的故事情節。李公佐的《南柯太守傳》也是一篇富有浪漫主義色彩的警世小說，對後世的戲劇有重大影響。上圖是後人根據《鶯鶯傳》和《南柯太守傳》所繪的崔鶯鶯像、所立的南柯夢石碑。

柳毅傳書圖　元　佚名

《柳毅傳》是唐傳奇中的傑作，對後世影響甚大。它的作者是唐朝的李朝威。唐儀鳳年間，書生柳毅路遇一美女牧羊，問知是洞庭龍君的小女，受公婆虐待，被罰在此牧羊。柳毅爲龍女傳書信，龍君救出龍女。龍女化爲人間女子，與柳毅成婚。

富貴的思想，也揭露了官場的險惡和權貴們互相傾軋的種種醜態。

反映愛情的主題，也是這一時期的重要內容。這類作品如《任氏傳》、《柳毅傳》、《霍小玉傳》、《李娃傳》、《鶯鶯傳》等，在所有唐代傳奇創作中成就最高。它們大都歌頌堅貞不渝的愛情，譴責封建禮教和門閥制度對女性的迫害，創造了許多美好的婦女形象。以《霍小玉傳》爲例。這篇傳奇寫歌妓霍小玉和書生李益的愛情悲劇。李益在長安與霍小玉相戀，後來李益入仕，到外地爲官，臨行時和霍小玉盟誓白頭偕老，但是他歸家後就變了心，另娶了一位貴家女子。小玉相思成疾。有一位俠士激於義憤，把李益捉拿到小玉家。小玉悲憤交加地痛責李益的負心薄倖，而後氣結而死。她的一縷冤魂化作厲鬼，使李益夫妻終生不和。

霍小玉是一位溫婉美麗的女性形象。她本是霍王的

風塵三俠圖　清　任頤

《虯髯客傳》是唐代傳奇中的名篇，也是中國武俠小說的開山之作。它的作者一說是唐代的張說，一說是五代前蜀的杜光庭。大概講述這樣的故事：隋末，三原李靖往見越國公楊素。當時楊府中的歌伎張氏喜執紅拂，見李靖才貌雙全，遂隨他逃去。途中遇虯髯客張仲堅，三人同往太原。後虯髯客見李世民志廣有爲，知不能與之爭天下，於是將家財贈李靖夫婦，不知所蹤。小說突出李靖、紅拂、虯髯客三人的俠義之氣，後人因稱「風塵三俠」。作品對後世影響甚大，明傳奇《紅拂記》、雜劇《虯髯翁》均取材於此。此圖表現的正是三人出行的情形，神情間透出俠義之風。

柳毅傳書圖鏡　元

此鏡的圖飾取自於唐代傳奇《柳毅傳》，講述柳毅爲龍女傳遞書信的故事。

婢女所生。在霍王死後，她因爲庶出的身分，被逐出王府，淪落爲娼。這種不幸的經歷，給她的人生性格打上了悲劇色彩。即便是在李益最迷戀她的時候，她也總是以淚洗面。然而現實的殘酷總是會超出善良的人們的想像。她連一點暫時的幸福都無法得到。她不願在命運之神的面前敗得這樣慘，於是變賣首飾，託親訪友，到處尋找李益的下落。隨著時日的遷延，她對於李益的滿腹柔情，化作一腔仇恨。不僅在最後會面的時候悲憤地對李益說：「我爲女子，薄命如斯；君是丈夫，負心若此」，而且發誓「我死之後，必爲厲鬼，使君妻妾，終日不安！」

這篇傳奇在反映唐代社會中女子的悲苦命運的同時，也提示了豪門貴族與市井細民間的對立，並且能夠聯繫廣闊的社會生活來描寫愛情和刻畫人物，結構謹嚴，形象完美，是唐代傳奇中不可多得的佳篇。

到了晚唐時期，傳奇創作在數量上更有大的增長，大批傳奇的專集出現。這一時期的作品中出現描寫劍俠生活的新題材。作家們歌頌俠義精神，實際上是當時社會弱勢群體，對於那些仗義鋤奸的俠客的熱切期望，這種強烈期望的背後，反映的是社會的黑暗。這類小說是後世武俠小說的源頭。其中最爲著名的是《虬髯客傳》、《聶隱娘傳》、《崑崙奴》。總之，唐傳奇在中國小說史上起著重要的承前啓後的作用。它所創建的許多生動美麗的人物和故事，成爲後世小說與戲曲中反覆描寫的對象和歌頌的主題。

第五篇

宋元文學

絢爛後的再造與重生

通過陳橋兵變而建立的趙宋政權，各個方面都有著先天不足的缺陷，北南兩宋的內政外交尤其顯得疲軟而陰柔。然而，「青山遮不住，畢竟東流去。」社會的進步和發展並沒有因此稍作停留，北宋的城市經濟在局部的範圍內遠遠地超過了唐代，「勾欄」、「燕樂」的興起，使得詞作為有宋一代獨具特色的文學體裁登上了絢麗多彩的文學舞台。另一方面，承唐代傳奇基礎發展的敘事文學也開始從文人的筆下走向市民階層，異彩紛呈的話本小說也悄然在文壇上佔了一席之地，這又為明清兩代的長篇小說的產生奠定了堅實的基礎。

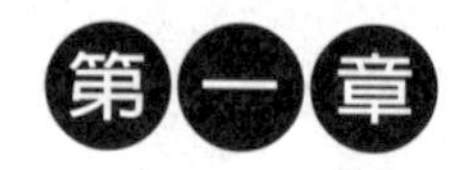

第一章 巔峰之後的柳暗花明

北宋的詞

宋詞無疑代表著宋代文學的高峰，無論是從參與創作群體的水準，還是它在抒情言志方面所達到的高度，我們都可以這樣定論。它的來源廣泛而駁雜，從里巷市曲到酒邊樽前，從走夫販卒到碩儒文人，都能聽到它或輕柔或剛健，或豪邁或蒼涼的旋律。走進宋朝，我們就會覺得有一股濃烈的詞香撲鼻而來，讓我們無法逃避，也無須逃避，就那樣沉醉在它馥郁的濃香之中。

柳永和晏殊

北宋前期，詞並未產生變革性的發展，大多數作者仍承襲晚唐五代花間詞派的風格，成就不大。至北宋中期，范仲淹、歐陽修、柳永、晏殊等大家相繼出現，其中以柳永、晏殊最爲著名。

一、慢詞聖手：柳永

中國的文學家往往有相似的經歷。唐代孟浩然在的王維的力薦下終於和唐玄宗有一面緣，卻因他的詩中有一句「不才明主棄，多病故人疏」，而使得龍顏震怒，孟浩然被驟然斥退，從此退隱江湖，以布衣終身。柳永（987～1053）也是如此。柳永原名柳三變，因排行第七，又稱柳七，官至屯田員外郎，故也稱柳屯田，福建崇安人，書香門第。柳永有兄弟三人：三復、三接、三變。兄弟都飽讀詩書，以進士第出仕，時稱「柳氏三絕」。柳永從小聰慧好學，幼年時每天晚上點著蠟燭苦讀，當地人因此將他讀書附近的山稱爲蠟燭山、筆架山。由於他父親和叔父輩先後都在京任職，成年後，柳永也從家鄉來到了汴京。他文名早成，風流倜儻，不久就在花柳叢中聲名遠揚。然而，儘管尋花問柳聽歌買笑是當時文人乃至士大夫們的常事，但柳永卻因爲沉醉於花間柳下在仕途上蹭蹬了十幾年，這其中還有一個曲折的故事。

宋仁宗像

宋仁宗在位時期，北宋政治經濟走向鼎盛，眾多的文學作品都與這位皇帝有著密切的關係，例如《水滸傳》、《七俠五義》、《楊家將》、《包公案》等。柳永與這位皇帝的故事在文學史上相當著名。

當時柳永已經被錄取，主考官將榜文呈送皇帝宋仁宗審定。可是這個平時以風流自命的皇帝卻一反常態，看到柳永的名字大怒，說道：「且去淺斟低唱，何要浮名？」一筆將柳永的名字勾了。爲什麼宋仁宗對柳永這樣生氣？原來不久以前，柳永落第時曾寫了首轟動一時的詞《鶴沖天》，原文是：

黃金榜上，偶失龍頭望。明代暫遺賢，如何向？未遂風雲便，爭不恣狂蕩？何須論得喪！才子詞人，自是白衣卿相。

煙花巷陌，依約丹青屏障。幸有意中人，堪尋訪。且恁偎紅倚翠，風流事，平生暢。青春都一餉，忍把浮名，換了淺斟低唱。

這首詞寫成不久，立即傳遍汴京。甚至連皇帝也知道了。因爲柳永不但有花柳之實，而且宣諸文字，這犯了統治者的大忌，使得他們大爲惱怒。這樣，就出現了皇帝親自黜落柳永的事情。而柳永也毫不示弱，他乾脆自稱爲「奉旨塡詞柳三變」，從此很長一段時間混跡於青樓勾欄之中，在歌伎名伶那裡尋找精神上的慰藉。

柳永在仕途上類似的遭遇還有幾次，景元年，他改名爲柳永參加考試。一舉登第。但過了很久也沒安排官職，他就登門去拜訪當時的宰相晏殊。晏殊對他的文名早有耳聞，但對他的爲人卻不是很欣賞，於是，在他

錢塘秋潮圖　宋　夏氏

這幅繪畫是典型的宋代小品，風格清麗，畫風充滿地域色彩，有夏圭的特點在其中，表現的是浙江省杭州市錢塘江一年一度的秋潮。北宋柳永《望海潮》曰：「……雲樹繞堤沙，怒濤捲霜雪，天塹無涯。」此圖可以說是宋朝錢塘江潮的眞實記錄。

西湖遊舫圖　宋～元　佚名

這幅13～14的繪畫作品向我們展示了宋元時期杭州西湖那美麗動人的風光。圖中，畫舫緩緩劃過西湖兩岸星羅棋布的夢幻人家。北宋柳永《望海潮》曰：「東南形勝，三吳都會，錢塘自古繁華。煙柳畫橋，風簾翠幕，參差十萬人家。……市列珠璣，户盈羅綺競豪奢。」此圖可以說是當時杭州的眞實寫照。

們之間發生了這樣一段對話：

晏殊：賢俊作曲子詞麼？柳永：只如相公亦作曲子詞。

晏殊：殊雖作曲子，不曾道「彩線慵拈伴伊坐。」

據當時文人記載，柳永聽了此話後，一聲不吭就走了。後來雖然也有了官職，柳永卻不是以前意氣風發的柳永了，正如他在《少年遊》中所感歎的那樣：

長安古道馬遲遲，高柳亂蟬嘶。夕陽島外，秋風原上，目斷四天垂。

歸雲一去無蹤跡，何處是前期？狎興生疏，酒徒蕭索，不似少年時。

命運對入仕後的柳永並不眷顧，不幸的打擊接二連三地降臨到

精采篇章

寒蟬淒切，對長亭晚，驟雨初歇。都門帳飲無緒，留戀處、蘭舟催發。執手相看淚眼，竟無語凝噎。念去去、千里煙波，暮靄沉沉楚天闊。　多情自古傷離別。更那堪、冷落清秋節。今宵酒醒何處，楊柳岸、曉風殘月。此去經年，應是良辰、好景虛設。便縱有、千種風情，更與何人說？

——北宋・柳永《雨霖鈴》

延伸閱讀

碧雲天，黃葉地。秋色連波，波上寒煙翠。山映斜陽天接水。芳草無情，更在斜陽外。　黯鄉魂，追旅思。夜夜除非，好夢留人睡。明月樓高休獨倚。酒入愁腸，化作相思淚。

——北宋・范仲淹《蘇幕遮》

塞下秋來風景異，衡陽雁去無留意。四面邊聲連角起，千嶂裡。長煙落日孤城閉。濁酒一杯家萬里，燕然未勒歸無計。羌管悠悠霜滿地，人不寐，將軍白髮征夫淚。

——北宋・范仲淹《漁家傲》

長憶觀潮，滿郭人爭江上望。來疑滄海盡成空，萬面鼓聲中。　弄潮兒向潮頭立，手把紅旗旗不濕。別來幾向夢中看，夢覺尚心寒。

——北宋・潘閬《酒泉子》

吳山青，越山青，兩岸青山相對迎。爭忍有離情。　君淚盈，妾淚盈，羅帶同心結未成。江邊潮已平。

——北宋・林逋《相思令》

他身上。在他任屯田員外郎時，掌管天文的太史官奏有老人星出現，宋仁宗認爲這是國家祥瑞，大喜，命文人獻詩作賦，以誌慶賀。柳永也寫了一首詞進上。仁宗皇帝看到首字即是「漸」，便不高興。再讀到「宸遊鳳輦何處」的句子時，頓時黯然失色。因爲這句話和他爲宋眞宗寫的輓詞暗合，心裡覺得極爲不順。最後讀到「太液波翻」時，心裡更加不快，說道：「爲何不說『太液波澄』？」便將柳永的詞稿扔在地上。這件事之後，有關柳永的事蹟也就不見於記載了。他大約死於西元1053年左右，由王和甫出資葬於潤州，也就是今天江蘇鎭江。

柳永的詞，既是社會生活的

反映，也是眞實感情的流露，他以及他的詞，都是北宋經濟發展和城市繁榮的產物。從內容上看，他的詞可分爲三類：反映婦女生活、願望和男女戀情的詞；描摩城市繁華和旅途風光的詞；抒發身世的詞。柳永的詞，不但內容充實，而且藝術上取得了相當高的成就，加上它大部分是通俗易懂的白話詞，所以當時流傳極爲廣泛，「有飲水處即能歌柳詞」。

詞體向來有「令、引、近、慢」之說，這是詞的一種分類法，它的標準是字數多少。慢詞到了柳永手裡，無論是在內容上還是形式上，都比此前的作者邁出了一大步。他的慢詞曲折委婉，長於鋪敘，融情入景，善於點染；語言明白，不避俚俗。下面舉一首《望海潮》爲例稍作分析：

東南形勝，三吳都會，錢塘自古繁華。煙柳畫橋，風簾翠幕，參差十萬人家。雲樹繞堤沙，怒濤捲霜雪，天塹無涯。市列珠璣，户盈羅綺競豪奢。

重湖疊巘清嘉。有三秋桂子，十里荷花。羌管弄晴，菱歌泛夜，嬉嬉釣叟蓮娃。千騎擁高牙。乘醉聽簫鼓，吟賞煙霞。異日圖將好景，歸去鳳池誇。

在內容上，這首詞填補了前代詞家對城市風光描寫的空白，把當時杭州的繁華和富麗寫得充實而富於生活氣息，躍然紙上，使人讀來，自有身臨其境之感。據說當時金主完顏亮讀到「有三秋桂子，十里荷花」時，頓起「投鞭渡江之志」，雖是文人掌故，但柳永對杭州風物人情的描寫，的確是別開生面。從藝術角度來講，這首詞也比以前大有進步。它起首以鳥瞰的方式將杭州地理位置及其重要性作大致交代，並一筆點出：這杭州自古以來就是繁華富庶的地方；然後以工筆手法細膩地描繪杭州的綠柳如煙，長橋似畫，十萬人家，掩映其中；錢塘江畔，潮起潮落，浩瀚無邊；杭州市裡，珠璣滿目，羅綺如雲，好一派富貴氣象!下闕寫西湖之濱，群山疊翠，桂花飄香；荷花十里，採蓮女樂，釣叟怡然；湖面上遊船往來如織，簫鼓菱歌，互競光輝。生性豪爽的遊人，對著煙雨雲霞，慨然吟詩作賦。

這首詞從全貌到細節，從景物到情感，都井然有序，層次分明，代表了慢詞的最高水準，成爲後世慢詞的典範。當然，歷史上的

文人對柳永的詞也頗有非議，指摘他多用俗語、俚語等民間詞語，但這正是柳永詞深得人民喜愛而能在大江南北廣泛流傳的原因。柳永的詞中所用的語言雖然有些淺俗，但卻明白如話，再經過他的加工，顯得樸素而又不粗俗，直率而不直露，達到了極高的藝術水準。

二、貴族詞士：晏殊

晏殊（991～1055），字同叔，撫州臨川人，死後諡「元獻」，世稱「晏元獻」。宋太宗淳化二年，晏殊呱呱墜地。晏殊從小就顯示了與眾不同的文學天賦，七歲即能作詩，而且文采可觀。張知白安撫江南，發現了少年晏殊的文學才華。以「神童」把他推薦給朝廷。宋真宗為了考驗晏殊的才學和膽識，讓他和一千多進士一起參加殿試。在考試過程中，晏殊鎮定自若，走筆如飛，洋洋灑灑，寫下錦繡文章。這讓宋真宗和滿朝文武刮目相看，頓時，晏殊聲名鵲起。宋真宗大喜，對他褒獎有加，賜同進士出身。「五十少進士，三十老明經。」晏殊十幾歲就成了進士，從此，晏殊就走上一帆風順的仕途。第二年召試中書，升為太常寺奉禮郎，此

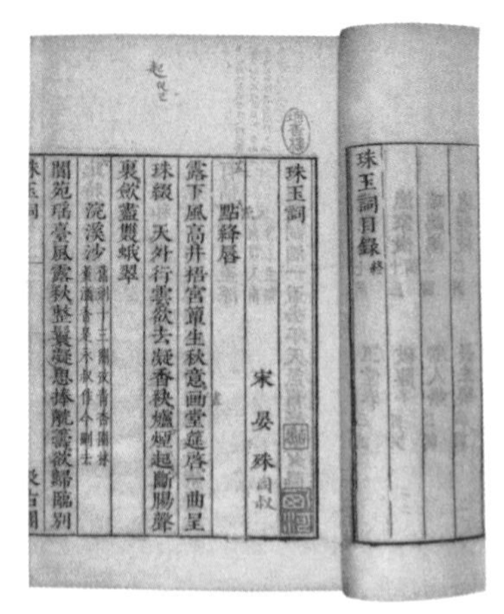
珠玉詞
宋 晏殊 同叔
點絳唇
露下風高井梧宮簟生秋意畫堂筵啓一曲呈
珠綴 天外行雲欲去凝香柈爐烟起斷腸聲
裏斂盡雙蛾翠
浣溪沙
閬苑瑤臺風露秋整鬟凝思捧觥籌欲歸臨別

珠玉詞目錄 終

《珠玉詞》（北宋晏殊著）書影

後幾年他頻頻升遷，三十歲的時候，就成了皇帝寵信的大臣。以後雖小有挫折，但總括來說，晏殊一生在仕途上的順利是中國古代文人中少有的。五十三歲那年，晏殊走到了事業的頂峰，集多種實權於一身，從此也就走上了政治上的下坡路。次年罷宰相之職，當了幾任地方官。六十四歲因病回京，第二年正月病故，享年六十五歲。

晏殊一生歷任要職，在政治並無多少建樹，但這並不影響他在文學上的地位。並且，從另一個角度來講，晏殊在中國文學史上重要意義，與其說是因為他本人在文學上的成就，還不如說是他慧眼識才，提拔了一大批後起之秀，如范仲淹、富弼、歐陽修、梅堯臣等，

都曾受到他的提拔和器重。

晏殊的文學當然也有其優點，他在仕途上一帆風順，品茶、飲酒、狎妓、賦詩，就成了他主要的生活內容。宴請賓客是他最大的嗜好，有時爲了一句好詩，可以通宵達旦地詩酒歌舞。一次中秋，天氣陰晦，廚房照例準備好了酒菜，可是晏殊以天氣不佳而早早就寢了。他的下屬王琪派人來看晏殊，卻發現他已睡了。王琪立即寫了首詩說：「只在浮雲最深處，試憑弦管一吹開。」晏殊在床上，讀詩後大喜，召集賓客，整治酒席音樂，和賓客們一起飲酒歡笑。到半夜時分，月亮終於出來了，晏殊更加高興，賓主盡情暢飲，到第二天早晨才散。

晏殊少年即登高第，平生著作極爲豐富。他的詩見於集子的就超過了一萬首。但眞正爲晏殊贏得盛譽的不是他的詩，而是他的詞。也許是得時代之助，晏殊的詞在藝術上取得了驕人的成就。下面這首詞是晏殊傳世詞中最膾炙人口的《浣溪沙》：

精采篇章

綠楊芳草長亭路，年少拋人容易去。樓頭殘夢五更鐘，花底離情三月雨。無情不似多情苦，一寸還成千萬縷。天涯地角有窮時，只有相思無盡處。

—— 北宋・晏殊《玉樓春》

延伸閱讀

一帶江山如畫，風物向秋瀟灑。水浸碧天何處斷，翠色冷光相射。蓼岸荻花中，隱映竹籬茅舍。天際客帆高掛，門外酒旗低迓。多少六朝興廢事，盡入漁樵閒話。悵望倚危欄，紅日無言西下。

—— 北宋・張杲卿《離亭燕》

滿斟綠醑留君住，莫匆匆歸去。三分春色二分愁，更一分風雨。花開花謝、都來幾許。且高歌休訴。不知來歲牡丹時，再相逢何處。

—— 北宋・葉清臣《賀聖朝》

龍頭舴艋吳兒競，筍柱秋千遊女並。芳洲拾翠暮忘歸，秀野踏青來不定。行雲去後遙山暝，已放笙歌池院靜。中庭月色正清明，無數楊花過無影

—— 北宋・張先《木蘭花》

一曲新詞酒一杯，去年天氣舊亭台，夕陽西下幾時回？

無可奈何花落去，似曾相識燕歸來，小園香徑獨徘徊。

這首詞中最爲後世文人激賞的是詞中的絕對：「無可奈何花落去，似曾相識燕歸來。」據說這一聯還是晏殊和他門下共同創作的。一日閒暇無事，晏殊偶然得一佳句：「無可奈何花落去」，卻怎麼也接不上下聯，於是懸賞徵求下聯。過了很久，一位才子應徵：「似曾相識燕歸來」。晏殊大喜，酬以重禮，並將其收爲門下。

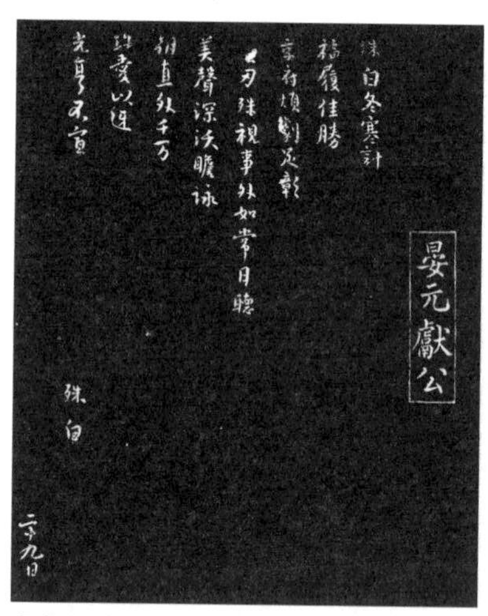

冬寒帖　北宋　晏殊

此帖選自南宋時期曾宏父所刻的《鳳墅帖》，筆法敦厚，頗有韻致。《鳳墅帖》收集了很多宋代名人的墨跡，其中著名的有李之儀、蘇舜欽、林逋、黃庭堅、李綱、岳飛、秦檜、朱熹、朱敦儒、虞允文、范成大等。

晏殊的詞除了寫閒適的生活之外，也寫男女愛情。如他的《採桑子》就是這方面的代表作：

時光只解催人老，不信多情，長恨離亭。淚滴春衫酒易醒。

梧桐昨夜西風急，淡月朧明，好夢頻驚。何處高樓雁一聲？

晏殊的《蝶戀花》應該是他寫男女相思之情的絕唱：

檻菊蘭煙愁泣露，羅幕輕寒，燕子雙飛去。明月不諳離恨苦，斜光到曉穿朱户。

昨夜西風凋碧樹，獨上高樓，望斷天涯路。欲寄彩箋兼尺素，山長水闊知何處？

這首詞是典型的懷人之作，寫得情景交融，渾然一體，情深意切，眞摯感人。

晏殊的詞在藝術上的成就很高，造語工妙，是晏殊詞的一大特色。他的詞大部分珠瑩玉潔、美不勝收、精工雅麗，並且感情充實，韻味深醇。情與景與文都達到了天衣無縫的完美結合。當然，作爲位極人臣的晏殊，又處在承平日久的太平時期，他的詞在內容上顯得略爲狹窄，題材有些單調，這是毋庸諱言的，這與他的生活和北宋前期的文風都有著千絲萬縷的關係。

銅板琵琶聲中的千古風流

蘇軾

西元1037年一月八日，四川眉山一個清寒的人家裡，傳出了幾聲清脆的啼哭聲，又一個嶄新的生命誕生了。已經二十八歲的蘇洵大喜過望，更讓他高興的是這個孩子生得眉清目秀，體格不凡。蘇洵以「夫子登軾而望之」之義爲兒子取名爲「軾」。蘇軾的母親程氏精通文史，十分注意對子女的早期教育。在她的悉心培育下，蘇軾不負眾望，少年時期即通經史，習字作文，下筆千言，一揮而就。二十二歲時，他和弟弟蘇轍高中同榜進士，深得歐陽修賞識。

三年後，守母制畢，父子三人再上京城，此時，他父親因自二十七歲後發憤讀書，刻苦勵志，爲當時名流所重，免試任編纂禮書。「三蘇」之名，震動京師。三年後，蘇洵在任上病故，蘇軾兄弟扶櫬南歸，又守制三年。這時蘇軾已經年近三十，然而，他仍然胸懷壯志，「達則兼濟天下」的理想依然

蘇軾像　明　佚名

這幅畫中，畫家用極具寫眞能力的筆墨和線條簡練細緻的描繪了一代文豪蘇軾的文雅形象。

在心裡激盪澎湃。但這三年中，朝政發生了變化，以王安石為代表的改革派在宋神宗的支持下推行新法。由於新法實施過程中的確存在若干問題，蘇軾對新法本來就不十分贊成，所以他上書言指出新法中的一些弊病，不料觸犯了一些人的利益。知道自己的政見不被採納後，按照中國官場的慣例，蘇軾只得請求出調為地方官。據記載，這段時間，蘇軾歷任杭州、密州（今山東諸城）、徐州等地知州。蘇軾每到一處，都能勵精圖治，興利除弊，為當地百姓做出貢獻，自然贏得了人民的愛戴和景仰，和改革派也暫時相安無事。可是時局變幻莫測，蘇軾又耿直敢言，所以無論是變法的新黨還是守舊的老黨，都不把他當作自己人。他們吹毛求疵，在蘇軾詩集中找一些稍露稜角的句子作為藉口，一次又一次地將蘇軾逼到懸崖的邊緣。

經過「烏台詩案」和其他幾次陷害後，蘇軾對政治清明的信心已經喪失殆盡。紹聖四年，因為又一次無中生有的中傷，當權者餘恨未解，將剛在惠州安頓好的蘇軾轉謫到海南。

因為這時蘇軾已年近六十，他自己也說：「垂老投荒，無復生還之望。」傷心之餘，他只得把安頓下來的家屬留在惠州，獨自帶著幼子蘇過漂洋過海。全家人都預感這次是生死之別，他們靜靜地聽蘇軾吩咐後事，默默地看著那一葉小舟消失在巨浪滔天的茫茫海天之際。「生人作死別，恨恨哪可論！」

命運並不因為蘇軾的天縱文才和勤政為民而對他青睞有加，流放到海南七年後，蘇軾終於得到一紙赦令，踏上了北歸旅程。然而，他沒有李白「千里江陵一日還」的幸運。多年的磨難和旅途的勞累，消磨了蘇軾全部的生命和精力，他艱難地走到了生命的盡頭，西元1103年7月28日，他在友人代為借租的一所房子裡溘然長逝。蘇軾與世長辭，朝野俱痛，幾百太學生自發到佛舍祭奠他，為這樣一代文人

之厄歎惋哀悼。蘇軾的詞飄飄欲仙，不惹紅塵，自有一種出世脫俗的飄逸，如他的《水調歌頭》就是這樣：

明月幾時有，把酒問青天。不知天上宮闕，今夕是何年？我欲乘風歸去，又恐瓊樓玉宇，高處不勝寒。起舞弄清影，何似在人間？轉朱閣，低綺户，照無眠。不應有恨，何事長向別時圓？人有悲歡離合，月有陰晴圓缺。此事古難全，但願人長久，千里共嬋娟。

這是蘇軾在密州任職時所寫的，是一首在文學史上負有盛譽的詞。蘇軾當時和弟弟蘇轍已七年沒有見面，這種血肉相連的感情在美酒和月華的催化下，終於凝成了一首千古絕唱。在詩人筆下的月華也通了人意，她轉過朱紅大門，繞過雕花瑣窗，照著天下相思的人們。蘇軾不禁又問道：「月兒你遠離塵囂，不應該再有什麼遺憾的，可爲什麼偏偏在人間相思難聚的時候圓得如此難堪呢？」看來，人間有悲歡離合，就和月亮有陰晴圓缺一樣是難免的啊。想到這裡，詩人對遠在千里之外的弟弟說：「即使我們相隔千里，無法相見，但只要我們能共同沐浴著這一片月亮的清輝，也就該滿足了。」這樣，本來沉重的思親之情，在作者幾經轉折之後，就從抑鬱翻轉爲超脫。胡仔之所以給這首詞如此高的評價，正是從這個角度來著眼的。

蘇軾回翰林院圖　明　張路

此圖表現這樣的情節：蘇軾因與王安石政見不和，被貶外官，不久被皇帝詔回任命於翰林院。一日，皇后詔見蘇軾，重申對他的信任，論及往事，不覺潸然淚下。之後，皇后派人摘下座椅上的金蓮燈爲其照明，送其回翰林院。

一般都將蘇軾看作是豪放派詞人，其實問題並不這麼簡單。蘇軾的詞包羅萬象，風格多變，有豪放曠達如《念奴嬌‧赤壁懷古》者；有婉約淒惻如《江城子‧十年生死兩茫茫》者；也有活潑眞切如《浣溪沙》五首者。人們之所以用「豪放詞人」來評價蘇軾，是因爲自從蘇軾之後，詞開始走出了「花間派」專詠風花雪月的路子，轉而寫生活中積極向上的事物和感情。從根本上看，蘇軾眞正稱得上豪放的，只有《江城子‧密州出獵》等幾首，像前面所說的《念奴嬌‧赤壁懷古》可能都不是。詞寫到最後時，蘇軾追古思今，想想自己已經年過四旬，卻壯志成空。忍不住悲從中來，說：「故國神遊，多情應笑我，早生華髮。人生如夢，一尊還酹江月。」

赤壁圖　南宋　李嵩

在這幅神妙的小品畫中描繪了蘇軾與黃庭堅等人共遊黃州赤壁的雅事。在這裡，東坡居士寫下《前後赤壁賦》和《念奴嬌‧赤壁懷古》等名篇。《念奴嬌‧赤壁懷古》爲：「大江東去，浪淘盡千古風流人物。故壘西邊，人道是三國周郎赤壁。亂石穿空，驚濤拍岸，捲起千堆雪。江山如畫，一時多少豪傑。遙想公瑾當年，小喬初嫁了，雄姿英發。羽扇綸巾，談笑間強虜灰飛煙滅。故國神遊，多情應笑我，早生華髮。人間如夢，一尊還酹江月。」

蘇軾對詞的貢獻是多方面的，他擴大了詞的內容，提高了詞的境界。胡寅的《酒邊詞序》說蘇詞「一洗綺羅香澤之態，擺脫綢繆宛轉之度，使人登高望遠，舉首高歌，而逸懷浩氣超乎塵埃之外矣」。的確如此，從蘇軾之後，詞不但可以寫花前月下的卿卿我我，也可以寫政治情懷和民生疾苦，甚至連農村的生活生產被他納入詞中，這在詞史上是一次重大突破。

蘇軾還有幾首小詞，雖然在文學成就上並不見出色，但卻寫得清新流暢，饒有情趣。如《蝶戀花》：

花褪殘紅青杏小，燕子飛時，流水人家繞。枝上柳綿吹又少，天涯何處無芳草？

牆裡秋千牆外道，牆外行人，牆裡佳人笑。笑漸不聞聲漸消，多情卻被無情惱。

這首詞寫於作者貶謫途中，蘇軾此時仕途不順，心中極爲不適，外出散步時走到一家人的院牆外，聽見裡面有清脆的笑聲傳來，他知道這肯定是富人家的女孩在園內賞春。她們青春年少，無憂無慮，正是人生最幸福的時候。而自己空懷壯志，只爲一封奏書，就拖家帶口一路南奔。這樣的日子何時才能結束？相傳蘇軾的愛妾朝雲在唱到這首詞泣涕滿襟，說：「妾所不能歌者，『枝上柳綿吹又少，天涯何處無芳草』也。」這也許正是蘇軾感觸最深的一聯吧。對蘇軾個人而言，本來應該大有作爲的一生竟會因爲一言不愼而付諸東流。這是怎樣一種深沉而無奈的悲哀！歷史的輕煙已經散去，知道這些隱曲的，可能只有隨風而去的古人了。

精采篇章

十年生死兩茫茫，不思量，自難忘。千里孤墳，無處話淒涼。縱使相逢應不識，塵滿面，鬢如霜。　夜來幽夢忽還鄉，小軒窗，正梳妝。相顧無言，唯有淚千行。料得年年腸斷處，明月夜，短松岡。

——北宋・蘇軾《江城子・十年生死兩茫》

老夫聊發少年狂，左牽黃，右擎蒼。錦帽貂裘，千騎卷平岡。為報傾城隨太守，親射虎，看孫郎。　酒酣胸膽尚開張，鬢微霜，又何妨。持節雲中，何日遣馮唐。會挽雕弓如滿月，西北望，射天狼。

——北宋・蘇軾《江城子・密州出獵》

似花還似非花，也無人惜從教墜。拋家傍路，思量卻是，無情有思。縈損柔腸，困酣嬌眼，欲開還閉。夢隨風萬里，尋郎去處，又還被、鶯呼起。　不恨此花飛盡，恨西園、落紅難綴。曉來雨過，遺蹤何在，一池萍碎。春色三分，二分塵土，一分流水。細看來，不是楊花點點，是離人淚。

——北宋・蘇軾《水龍吟・次韻章質夫楊花詞》

世事一場大夢，人生幾度秋涼。夜來風葉已鳴廊。看取眉頭鬢上。　酒賤常愁客少，月明多被雲妨。中秋誰與共孤光，把盞淒然北望。

——北宋・蘇軾《木蘭花令》

少年豪氣與兒女柔情

秦觀與晏幾道

蘇軾出現以後，標誌著北宋乃至整個宋朝的文藝事業走上巔峰。後世將蘇軾尊為豪放派的代表之一，而同一時期，詞風婉約的代表則是秦觀和晏幾道。

一、愁深似海：秦觀

在蘇軾文名遠揚的時候，有一批才華橫溢的文人如眾星捧月一樣簇擁著他，其中最為有名的就是後人稱之為「蘇門四學士」的秦觀等人。秦觀（1049～1100）字少游、太虛，號淮海居士，揚州高郵（今屬江蘇高郵）人。他青年時無意仕進，經蘇軾勸說應試中舉，曾任蔡州教授、太學博士、國史院編修官等職。在新舊黨爭中，因和蘇軾關係密切而屢受新黨打擊，先後被貶到處州、郴州、橫州、雷州等邊遠地區，最後在北歸途中死於藤州。秦觀是「蘇門四學士」之一，在文學史上卻以詞聞名，《宋六十家詞例言》甚至說他是「後主之後一人而已」，可見秦觀詞感人之深，影響之大。

秦觀像

清代詞論家周濟在《宋四家詞選》中說秦觀詞「將身世之感打併入豔情」,所以耐人吟詠。另外，秦觀的「女郎詩」也相當有名，如《春日五首》：有情芍藥含春淚，無力薔薇臥曉枝。

秦觀二十六歲時，聽說蘇軾將從杭州移任山東密州，並且要經過揚州，便模仿蘇軾的風格寫了幾首詩，預先貼到揚州一座寺院的牆上。蘇軾正好從這經過，讀了大為驚訝。後來遇到朋友孫覺，孫覺取出秦觀的幾百首詞讓蘇軾評鑒。蘇軾一讀，便說：「那次在牆上留詩的人，肯定是這位青年人。」又過了幾年，秦去拜訪蘇軾，蘇軾對這位後起之秀十分關心愛護，而秦觀對蘇軾也是感佩至深。在蘇軾最困難的時候，只有秦觀和鮮于侁沒有和他絕交。

秦觀並不願主動投身於政治漩渦，只是由於出自蘇門而被捲入其中，深受牽連。秦觀和許多不幸的文人一樣，才高而壽夭，只活了五十一歲。他去世後，蘇軾悲慟不已，悲愴地說：「少游已矣，雖萬人何贖！」親自將秦觀的兩句詞寫到扇面上，這是蘇軾最欣賞的兩句，出自秦觀的《踏莎行》：

霧失樓臺，月迷津渡。桃源望斷無尋處。可堪孤館閉春寒，杜鵑聲裡斜陽暮。

驛寄梅花，魚傳尺素。砌成此恨無重數。郴江幸自繞郴江，爲誰流下瀟湘去？

秦觀性格柔弱，情感細緻，所以內心總是被悲愁哀怨所纏繞，難以自解。所以他的詞風格婉約纖細、柔媚清麗，情調低沉感傷，愁思哀怨。寫「愁」是成爲他的詞中最常見的主題，如《千秋歲》「春去也，飛紅萬點愁如海」，《浣溪沙》「自在飛花輕似夢，無邊絲雨

西園雅集圖　明　陳洪綬

《西園雅集記》載宋代蘇東坡、秦少游、黃魯直、蔡天啓、李端叔、王晉卿、蘇子由、米元章、劉巨濟、王仲至等文人作詩、論畫、談禪、論道的文會故事。此圖描繪了這一文會故事的部分內容。圖中人物神態悠閒，恬靜怡然，有提筆作書者，有面壁題詩者，有坐而論道者，有站立欣賞者，有憑几作畫者，有扶案靜觀者，有撫琴奏樂者，畫面中穿插著蒼松、翠竹、芭蕉、湖石等。所選圖是整幅畫卷的一部分。陳洪綬（1598～1652），字章侯，號老蓮，浙江諸暨人。明亡後，自號悔遲，亦稱老遲。他早年師從藍瑛，後專攻人物，取法晉唐，高古樸拙，又悟宋代李公麟筆法，參以己意，富有裝飾味。其畫對後世影響甚大。

細如愁」，都是他的名句。而他的詞的意境，也正如王國維《人間詞話》說，「最爲淒婉」。

在傷懷人生命運之外，秦觀又寫了不少描寫男女戀情的詞，像著名的《鵲橋仙》：

纖雲弄巧，飛星傳恨，銀漢迢迢暗渡。金風玉露一相逢，便勝卻人間無數。

柔情似水，佳期如夢，忍顧鵲橋歸路？兩情若是久長時，又豈在朝朝暮暮！

借著七夕牛朗織女相會的古老傳說，秦觀寫出人間一種執著深沉的愛情。作者對於愛情的嚴肅態度，增添了「情」的感染力。結末處點出兩情的久長與否並不在於朝朝暮暮的相依相偎，而在於眞正的情深意長，在感情詞中可以說高人一籌。

秦觀雖然師出蘇門，但詞風卻能另闢蹊徑。他的詞大多寫得纖細、輕柔，語言優美而巧妙，善於把哀傷的情緒化爲幽麗的境界。這種風格主要承自李煜及歐陽修、晏殊一脈，在委婉細膩之外，自顯其清新深摯的特色。秦觀的詞也受到了柳永、蘇軾的若干影響，但總括來說，人們一般都把他看作是婉約派的代表作家之一。作爲老師的蘇軾曾對弟子秦觀師法柳七而頗有微詞，蘇軾讀他的《滿庭芳．山抹微雲》時曾說：「不意別後，公卻學柳七作詞。」確實，秦觀這首詞以及其他一些寫戀情的長調，寫得迴環曲折、纏綿悱惻，與柳永很相近，只不過語言不像柳永那麼俚俗。其實秦觀也有些詞是學了蘇軾的豪放磊落，但由於性情的關係，這一類詞他寫得很少。而在語言技巧方面，他把創自蘇軾的化用典故和前人詩句的手段，運用得相當成功。一些爲人稱道的名句，如「斜陽外，寒鴉數點，流水繞孤村」

與方叔賢友書帖　北宋　秦觀

此帖出自明代文徵明集的《停雲館帖》。文徵明工於書法，精鑒賞，所選之帖，僞少眞多。《停雲館帖》與《眞賞齋帖》並立爲明代兩大刻帖。秦觀的書法秀潤嫵媚，遒勁流利，與同一時代的書法大家米芾有神似之處。

(《滿庭芳》)出自隋煬帝。但因爲他用得恰到好處,所以起到「點鐵成金」的效果。

二、眞情入詞:晏幾道

中國文學史上有許多父子都是名家,如魏晉「三曹」、北宋「三蘇」,晏殊父子也是在文壇上先後馳名的作家。晏幾道(1038~1110),係晏殊第七子,和其父一樣,也是著名詞人,與其父晏殊並稱「二晏」。

然而,和他父親不一樣的是晏幾道出身高門卻秉性孤傲,許多友人曾勸他進入仕途,以求高官厚祿,但他不肯媚世求榮,一生官職卑微,只任過應昌府許田鎮監察。黃庭堅在給他的詞作序時評價他有「四癡」:官運不順,卻不能仰人鼻息、託庇求榮,一癡;文章才華橫絕一世卻不肯參加科考進士,二癡;錢財花費了成千上萬,家裡人面帶菜色,可他卻處之泰然,三癡;無論別人怎樣對他背信棄義,他卻始終不認爲這人是在騙自己,四癡。也許正是因爲他有這樣的「癡處」,才成爲一位至情至性的詞人。讀他的詞,我們就會眞切地看到一個形象鮮明、性格突出的人物,眞實感人而又格調高雅。晏幾道晚年窮困潦倒,悲涼的情緒已浸染思緒。他寫下一首《阮郎歸》:

天邊金掌露成霜,雲隨雁字長。綠杯紅袖趁重陽,人情似故鄉。

蘭佩紫,菊簪黃,殷勤理舊狂。欲將沉醉換悲涼,清歌莫斷腸。

歲月如風,未曾吹散心頭的悲哀和辛酸,生命中的痛苦和彷徨,世人的冷眼和勢利,都在晏幾道敏感而脆弱的心靈上刻下無數的傷痕。儘管他對負己之人全不追究,包括在感情上背叛自己的昔日情人,他也從未口出惡言,但他何

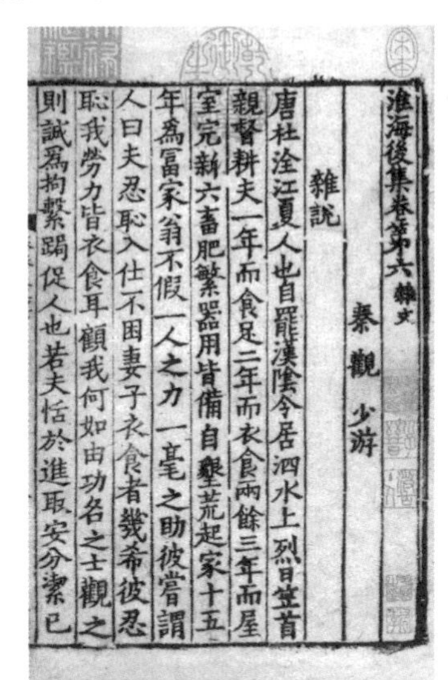
淮海後集卷第六 雜文
秦觀 少游
雜說
唐杜淦江夏人也自罷漢陰令居泗水上烈日笠首親督耕夫一年而食足二年而衣食兩餘三年而屋室完新六畜肥繁器用皆備自墾荒起家十五年爲富家翁不假一人之力一毫之助彼嘗謂人曰夫忍恥入仕不困妻子衣食者幾希彼忍恥我勞力皆衣食耳顧我何如由功名之士觀之則誠爲拘繫跼促人也若夫恬於進取安分潔已

《淮海後集》(北宋秦觀著)書影

嘗又不知道這世道的艱險？詞人也知道無法向世人訴說，只得將一腔心事付諸文學，寫成沉鬱蒼涼、曲折低迴的詞作，留待後人品評了。晏幾道的詞在藝術上成就甚高，主要表現在構思新穎曲折，手法多樣，章法多變；而語言方面豐富多彩，不露雕琢之象，雖是化用前人成句，卻通俗自然。

夢後樓臺高鎖，酒醒簾幕低垂。去年春恨卻來時，落花人獨立，微雨燕雙飛。

記得小蘋初見，兩重心字羅衣。琵琶弦上說相思。當時明月在，曾照彩雲歸。

這首詞最突出的特點是通過自然景物和人物形象來抒懷。短短的六十八個字，有情有景，有人有物，有落花飛燕，有明月彩雲，而每個常見的意象中都寫進了詩人濃得化不開的相思。辭藻華美而不覺浮豔，多口語而不覺淺俗，化用李白成句而意境卻絲毫不見勉強處。前面所說小晏詞的藝術特色，在這首詞中得到了極爲充分的體現。

精采篇章

守得蓮開結伴遊，約開萍葉上蘭舟。來時浦口雲隨棹，採罷江邊月滿樓。　花不語，水空流，年年拼得為花愁。明朝萬一西風動，爭奈朱顏不耐秋。

——北宋・晏幾道《鷓鴣天》

長相思，長相思，若問相思甚了期，除非相見時。　長相思，長相思，欲把相思說似誰，淺情人不知。

——北宋・晏幾道《長相思》

山抹微雲，天粘衰草，畫角聲斷譙門。暫停征棹，聊共引離尊。多少蓬萊舊事，空回首煙靄紛紛。斜陽外，寒鴉數點，流水繞孤村。　銷魂當此際，香囊暗解，羅帶輕分，漫贏得青樓薄倖名存。此去何時見也？襟袖上空惹啼痕。傷情處，高城望斷，燈火已黃昏。

——北宋・秦觀《滿庭芳》

水邊沙外，城郭春寒退，花影亂，鶯聲碎。飄零疏酒盞，離別寬衣帶。人不見，碧雲暮合空相對。　憶昔西池會，鵷同飛蓋，攜手處，今誰在？日邊清夢斷，鏡裡朱顏改。春去也，飛紅萬點愁如海。

——北宋・秦觀《踏莎行》

詞中老杜

周邦彥

儘管柳永、蘇軾等人已經把宋詞推上了一個似乎不可企及的巔峰，但是只有到了周邦彥（1056～1121）手裡，宋詞才基本上形成了規範的樣式。詞論家把周邦彥稱爲「詞中老杜」。周邦彥出身於書香門第，學業初成後，以平民身分來到繁華的帝都汴京。這裡既有眾多的太學同舍生經常與他切磋學問、唱和詩文，更有「新聲巧笑於柳陌花衢，按管調弦於茶坊酒肆」的音樂環境吸引他去倚聲塡詞，這裡正是周邦彥施展才華最理想的場所。他在攻讀之暇進行了大量文學創作活動，寫出不少如《少年遊．并刀如水》這樣風情旖旎、技巧高超的戀情詞：

并刀如水，吳鹽勝雪，纖指破新橙。錦幄初溫，獸香不斷，相對坐吹笙。

低聲問：「向誰行宿？」城上已三更。馬滑霜濃，不如休去，直是少人行。

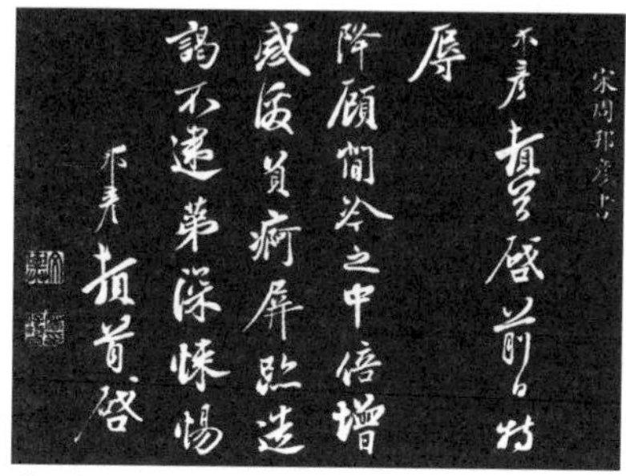

特辱帖　北宋　周邦彥

周邦彥在詩、詞、文、賦無所不擅，但在他生前即爲詞名所掩，詩、文零落不傳，只有他年輕時所獻《汴都賦》，爲當時所稱，流傳了下來。這篇賦讚許了王安石的新政，爲他贏得了聲譽，但更爲他後來仕途坎坷埋下了禍患。獻賦後，他名動天下，自太學諸生升任太學正。但此後不久，因政敵打壓，就出任地方官，流落州縣十一年之久。

周邦彥在汴京的生活，有許多傳說。據南宋末年的張端義《貴耳集》記載，《少年遊．并刀如水》就是宋徽宗和周邦彥同狎名妓李師

金明池爭標圖　北宋　張擇端

這幅畫的作者張擇端是北宋徽宗朝的翰林承旨，精於繪事，與周邦彥爲同時代的文人。北宋汴京的千年繁華在他的筆下瞬間再現，時隔千年，恍如隔日。周邦彥在汴京生活二十餘年，身爲皇家的大晟府官員，出入柳陌花衢、茶坊酒肆，直捷的音樂環境和自身的天分使他的作品富有音樂美和韻律感。圖中的金明池位於北宋汴京順天門外，在政和年間由宋徽宗建造殿宇，是皇帝春遊、賜宴群臣和百姓觀戲之所。

師的產物。一次，周邦彥正在李師師處歇宿，宋徽宗來了，嚇得慌忙躲起來。徽宗去後，周邦彥寫了這首詞，被宋徽宗知道後，把他趕出開封。

從紹聖末再次入京到重和初調離大晟府這二十餘年中，周邦彥大多數時間都在汴京。這個時期他專門「盡力於辭章」。他本是音樂家，又長期在京擔任館閣文臣，更有條件來從容創制新篇了。除了個人創作外，他還在大晟府率領僚屬萬俟詠、田爲、晁端禮等人討論古音、審定古調，總結一代詞樂，實現了詞律的嚴整與規範化；並創制新聲，使詞調更趨豐富繁複。這些對詞樂和詞律的重大貢獻，使他成了詞壇的權威。他後期的詞更加圓熟老成，渾厚和雅，風格沉鬱頓挫，章法迴環曲折。如《蘭陵王・柳》：

柳陰直，煙裡絲絲弄碧。隋堤上，曾見幾番，拂水飄綿送行色。登臨望故國，誰識京華倦客？長亭路，年去歲來，應折柔條過千尺。

閒尋舊蹤跡，又酒趁哀弦，燈照離席，梨花榆火催寒食。愁一箭風快，半篙波暖，回頭迢遞便數驛。望人在天北。淒惻，恨堆積。漸別浦縈回，津堠岑寂。斜陽冉冉春無極。念月榭攜手，露橋聞笛。沉思前事，似夢裡，淚暗滴。

周邦彥中年之後，不管人間紛爭，但他內心的正義感並未消盡。比如他雖曾提舉大晟府，但其詞集中卻「無一頌聖貢諛之作」。正因爲如此，他又一次惹惱朝廷。事情是這樣的，周邦彥的兩首名詞《大酺》、《六醜》受到宋徽宗的讚賞，他因爲所謂「祥瑞遝至」，想徵集新詞粉飾太平，遂令蔡京向周邦彥風示此意。不料邦彥乾脆以「某老矣，頗悔少作」爲辭拒絕了。由此得罪，以六十三歲的高齡被調離大晟府，出知眞定（今河北正定），改知順昌府（今安徽阜陽）。

遭到這次打擊後，周邦彥的晚景十分淒涼，他六十五歲時被從順昌調知處州（今浙江麗水）。未曾到任又被罷官，提舉南京鴻慶宮（在今河南商丘）。碰上方臘起義，他一路上倉皇失措，進退無據。宣和三年（1121）正月，他重過天長道中，回憶起四十多年前經此道上汴京求學的情景，不覺百感交集，吟成絕筆詞《西平樂》。詞中哀吟道：「歎事逐孤鴻盡去，身與塘蒲共晚，爭知向此征途，佇立塵沙！」到了南京後，他一病不起，不久這位北宋晚期最傑出的詞人逝於鴻慶宮齋廳，享年六十六歲。朝廷聞得到凶信後，贈與「宣奉大夫」之銜。

周邦彥在宋代「以樂府獨步，貴人、學士、市儇、伎女知美成詞爲可愛」，當時歌女以能唱周詞而自增身價。張炎在南宋末年遇見杭妓沈梅嬌、車秀卿等猶能唱周詞，可見他的社會影響之深。

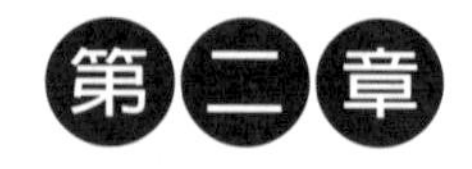

第二章

陽剛與陰柔的二重奏

南宋的詞

趙宋政權南渡到杭州後，偏安江南，經過幾十年的休養生息，經濟和文化都得到了恢復。當權者安於現狀，不再想收復中原，而辛棄疾、陸游等文人和廣大人民則日夜思念生活在中原的親人。那裡曾經是大宋的錦繡河山，現在卻成了蒙古和金人胡馬縱橫的淪陷區。因此，恢復和反恢復就成了南宋百餘年爭論不休的話題，也成了貫穿南宋文學的一條主線。然而，到南宋末年，眼看恢復的無望和元軍的大兵壓境，文人們或隱匿江湖，或出仕元朝，或不知所終，如姜夔、吳文英、蔣捷等，他們的作品也因此顯得各具特色，不再是南宋初年較為單一的思想和風格了。

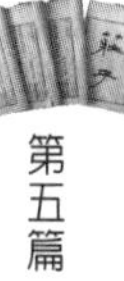

簾捲西風，詞香滿袖

李清照

李清照（1084～1155），山東濟南人，她的父親李格非以文章得到過蘇軾的賞識，有《洛陽名園記》傳世。她從小博聞強記，精通書史。十八歲那年，李清照和趙明誠結婚，婚後生活十分美滿。夫妻對古董、金石、字畫都有著濃厚的興趣，往往為了一張名畫或青銅器，不惜典衣而購之。不久後，黨爭興起，李清照父親因受蘇軾的賞識被趙明誠父親趙挺之列為黨人，李清照上書趙挺之無效，遂有「炙手可熱心可寒」之譏。婚後不久，趙家失勢，家人一度入獄。經歷這番變故後，李清照夫婦回到青州，築「歸來堂」，以詩酒度日。後來趙明誠曾到各地為官，生活頗為優裕，對金石文物仍保持著濃厚的興趣。

李清照前期的詞比較清新淡雅，富於生活情趣。如下面這兩首《如夢令》就是寫早年生活的一些片段：

常記溪亭日暮，沉醉不知歸路。興盡晚回舟，誤入藕花深處。爭渡、爭渡，驚起一灘鷗鷺。

昨夜雨疏風驟，濃睡不消殘酒。試問捲簾人，卻道海棠依舊。知否、知否？應是綠肥紅瘦。

這兩首詞採用白描手法，寫詞人詩酒年華，過得逍遙自在。這段時間裡，趙明誠外出為官，他們也有小別之時，作為文人，他們用來表達自己感情的自然是詞了。每次趙明誠外出，李清照總有佳詞寄贈。這為我們留下了不少佳作和詞壇佳話。其中最為著名的是《醉花陰》一首：

薄霧濃雲愁永晝，瑞腦銷金獸。佳節又重陽，玉枕紗櫥，半夜涼初透。　東籬把酒黃昏後，有暗香盈袖。莫道不銷魂，簾捲西風，人比黃花瘦。

相傳趙明誠看了這首詞之後，心中大為佩服，可是又不甘示弱。於是把自己關在屋裡三天三

夜，寫了五十首《醉花陰》，並將李清照的那首放在其中給朋友陸德夫評閱。陸德夫反覆審讀之後，說「只三句絕佳」。再問，正是李清照的「莫道不銷魂，簾捲西風，人比黃花瘦。」這首詞其過人之處，它的奧秘在於能以景見情，以物擬人，以自然景物中的西風黃昏、東籬菊花，作爲詞人精神的象徵；通過這些飽含感情色彩的景物，塑造詞人黯然神傷的憔悴形象。

國家的不幸往往帶來個人的不幸。靖康之變後，李清照隨眾南下，趙明誠已在南宋起復任職，但不久就因病故去。中年喪偶是人生三大痛之一，這年李清照才四十六歲。趙家王朝在金國的攻勢下惶惶然如喪家之犬，李清照爲了不落入敵人手中，帶著大批古董文物跟著趙構等人一路南下。一路上或失或搶，多年苦心經營所得基本上散失殆盡。而在這途中，有關李清照的流言甚多，有些甚至被記載下來。有人說她曾以金銀賄賂敵人，又有人說她不顧病危而改嫁等。這都是當時一些小人的無恥讕言，從偷盜她隨身文物那些人的身分就能看出來，他們本想趁火打劫，以極低價購得李清照夫婦多年苦心經營所

千秋絕豔圖之李清照像　明　佚名

得，遭拒絕後，便採取種種下流手段，他們雖然實現了自己的目的，可是最終得到的只是千古罵名。

南歸後，李清照的詞風有了明顯改變，山河的殘破，身世的多舛，人心的險惡，都給詞人留下深刻印象。有一首詞最能表現李清照此時的心境，那就是《聲聲慢》：

尋尋覓覓，冷冷清清，淒淒慘慘戚戚。乍暖還寒時候，最難將息。三杯兩盞淡酒，怎敵他晚來風急！雁過也，正傷心，卻是舊時相識！　滿地黃花堆積，憔悴損，如今有誰堪摘！守著窗兒獨自怎生得黑？梧桐更兼細雨，到黃昏，點點滴滴。這次第，怎一個愁字了得！

詞人在尋覓什麼呢？是往日情懷的不再重來？是曾經歡樂的煙

消雲散？還是其他？總之，自從戰亂一起，自從丈夫去世，自從逐步看清那些卑鄙小的嘴臉，無數的不幸遭遇都在她心頭投下重重疊疊的陰影。而秋風蕭瑟，冷雨淒涼，北雁南飛，菊花憔悴，這一切的一切，又怎能叫詞人不深感悲慟？這首詞不僅深沉悲愴，準確地表達了詞人當時悲苦的心情，而且更重要的是它顯示高超的藝術手法。在語言運用上，她那細緻的思想活動，與語言的流轉起伏極爲吻眞正做到了情景交融，聲情並茂。她充分利用雙聲迭字等藝術手法，開篇連下十四個迭字，猶如珠走玉盤，琮琮有聲，因而被後人稱之爲「公孫大娘舞劍手」。

精采篇章

生當作人傑，死亦為鬼雄。至今思項羽，不肯過江東。

——南宋．李清照《夏日絕句》

天接雲濤連曉霧，星河欲轉千帆舞。彷佛夢魂歸帝所，聞天語，殷勤問我歸何處？我報路長嗟日暮，學詩漫有驚人句。九萬里風鵬正舉，風休住，蓬舟吹取三山去。

——南宋．李清照《漁家傲》

落日熔金，暮雲合璧，人在何處？染柳煙濃，吹梅笛怨，春意知幾許？元宵佳節，融和天氣，次第豈無風雨？來相召，香車寶馬，謝他酒朋詩侶。　中州盛日，閨門多暇，記得偏重三五。鋪翠冠兒，撚金雪柳，簇帶爭濟楚。如今憔悴，風鬟霧鬢，怕見夜間出去。不如向簾兒底下，聽人笑語。

——南宋．李清照《永遇樂》

紅藕香殘玉簟秋，輕解羅裳，獨上蘭舟。雲中誰寄錦書來，雁字回時，月滿西樓。花自飄零水自流。一種相思，兩處閒愁。此情無計可消除，才下眉頭，卻上心頭。

——南宋．李清照《一剪梅》

風住塵香花已盡，日晚倦梳頭。物是人非事事休，欲語淚先流。　聞說雙溪春尚好，也擬泛輕舟。只恐雙溪舴艋舟。載不動、許多愁。

——南宋．李清照《武陵春》

草際鳴蛩，驚落梧桐。正人間、天上愁濃。雲階月地，關鎖千重。縱浮槎來，浮槎去，不相逢。　星橋鵲駕，經年才見，想離情、別恨難窮。牽牛織女，莫是離中。甚霎兒晴，霎兒雨，霎兒風。

——南宋．李清照《行香子》

呼喚英雄的英雄

辛棄疾

在蘇軾努力下，宋詞終於從花間樽前走向了更廣闊的天地，但因為它自身的特點和文學上的偏見，蘇軾以後的作家並沒有真正地將詞導向豪放壯闊的格局，真正完成這一歷史轉變的是南宋偉大的詞人、政治家辛棄疾（1140～1207）。

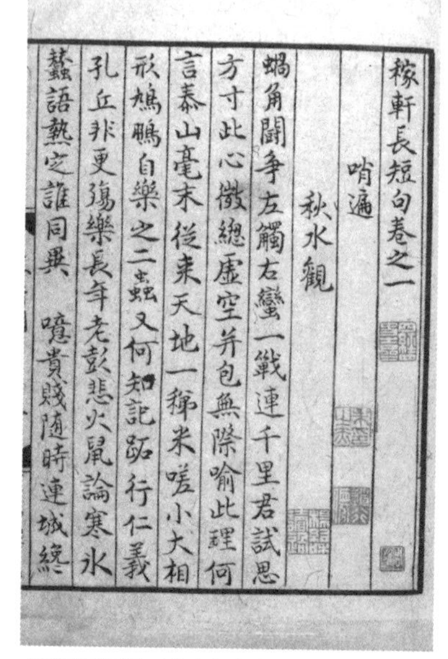
稼軒長短句卷之一
哨遍
秋水觀
蝸角鬬爭左觸右蠻一戰連千里君試思方寸此心微總虛空并包無際喻此理何言泰山毫末從來天地一稊米嗟小大相形鳩鵬自樂之二蟲又何知記跖行仁義孔丘非更殤樂長年老彭悲火鼠論寒氷蠶語熱定誰同異 噫貴賤隨時連城纔

《稼軒長短句》（南宋辛棄疾著）書影

辛棄疾出生於濟南歷城。他出生的時候，宋王朝已經南渡十三年，也正在這一年，南宋取得了對金作戰的歷史性勝利，可是在以趙構、秦檜為首的主降派的破壞下，並沒有最終改變宋金對峙的局面，金國仍不斷向偏安一隅的南宋發動進攻。辛棄疾就出生在這個風雷激盪的年代，他一出生，便被拋入了時代的巨大漩渦之中。辛棄疾家世不顯，父曾為金國縣令，但未忘國恥，而辛棄疾從小受到的教育和影響，更是讓他迅速成長為一個頂天立地的愛國男兒。他習文練武，志在報恥雪恨。辛棄疾二十二歲的時候，散盡家財，聚眾兩千餘人，參加到轟轟烈烈的反金戰爭中。他們將隊伍投靠到義軍耿京部下，但就在這時，發生了僧人義端棄信北逃的事件，耿京大怒，要殺辛棄疾，辛要求給三天寬限處理此事，三天之內，辛棄疾就率軍北上，終於殺死了義端這個反覆小人。在抗金形勢發生重大變化的時候，辛棄疾勸耿京南歸，但就在辛棄疾奉表向南宋傳達這一意思時，義軍內部又出現了叛徒，張安國夥同部進殺死耿京，投降金人，並被授以僞職。辛棄疾得知此事後，親率五十精兵，夜襲濟州，將張安國縛於馬上，連夜押回建康，斬首示眾。這傳奇一般的經歷在文學史上是絕無僅有的，也得到了時人的熱烈稱讚，也大大鼓舞了人民抗金鬥爭的士氣。多年以後，詞人在回憶這件事的時候還寫下了一首廣爲傳誦的《鷓鴣天》：

壯歲旌旗擁萬夫，錦突騎渡江初。燕兵夜銀胡，漢箭朝飛金僕姑。……

只有短短四句話，就把出其不意突襲敵營的迅猛聲勢和詩人年青有爲的英勇氣概展現在讀者眼前。

率眾南歸後，辛棄疾雖然得到了南宋統治者的接納，擔任了一系列地方官，他抗金之志不斷，時刻準備練兵備戰。當時宋孝宗在位，雖然也起用主戰派，但主和派也曾得勢，政局的反覆多變，儘管也取得了一些勝利，但由於主戰主和之爭和將領內部之爭，使得南宋基本上還是處於守勢。辛棄疾在任職期間，潛心分析了抗金以來歷年的得失，寫成《美芹十論》，進奏朝廷，雖然得到了孝宗的看重，並委以重任，但因爲內部的種種掣肘，辛棄疾的理想並不能順利實現。不久他又出任滁州，在那裡，他依然積極振興備戰，取得了顯著的成效。不久，他又轉任他職，此時，他率部南歸已經十二年了，想到恢復宏圖無法實現，他重回建康，登高北望，感慨涕零，內心多年的積鬱如決堤之洪，傾瀉而出。他奮筆疾書，寫成流芳千古的《水龍吟·登建康賞心亭》：

楚天千里清秋，水隨天去秋無際。遙岑遠目，獻愁供恨，玉簪螺髻。落日樓頭，斷鴻聲裡，江南遊子，把吳鉤看了，欄杆拍遍，無人會，登臨意。

休説鱸魚堪膾，盡西風，季鷹歸未？求田問舍，怕應羞見，劉郎才氣。可惜流年，憂愁風雨。樹猶如此。倩何人、喚取紅巾翠袖，英雄淚！

這首詞上片寫景，寫人，勃鬱之勁，蓄而未發；下片借用歷史典故，痛言自己不能像張翰那樣不問國事，更不能像許汜那樣苟且營

求。但現實如此，詩人不能不爲自己的光陰虛度而徒發浩歎，在極度的悲苦和憤懣中，詩人愴然涕下，只得吞聲問道：「有誰能爲我拭去眼角心頭的淚水？」近代學者胡雲翼認爲，這首詞所表現的憂國憂民哀愁比歷史上王粲的《登樓賦》還要深廣，可以說目光如炬。

去國帖　南宋　辛棄疾

去國帖是辛棄疾僅見的墨跡珍品，書寫時三十六歲，這一年，他因爲捕茶寇有功而得以高升。

此後，辛棄疾雖然也歷任要職，但南宋朝廷對從北地投歸的他並不深信，往往借種種理由讓他輾轉奔走於各地之間。在他年富力強的時候，終於將他免職，從此他回到上饒帶湖閒居。作爲一個抗戰志士被迫退隱，辛棄疾內心是充滿矛盾的。他一面笑傲山水，曠達自適，爲自己離開官場而慶幸，但另一面，閒居退隱並不能消釋他心中的無限憤慨。寄身田園，他並沒有忘懷故國的分裂，他在同友人的往來贈答的詩歌中，總是以堅持抗金相互激勵。這當中，辛棄疾還有過一次被召用，但時間很短，所任又非要職，他只是盡心爲官，均平賦稅，改革鹽政，不久又被藉故革職。此後辛棄疾還有過徵用、被免，再徵用、再被免的經歷。反覆的折磨和年歲已高，辛棄疾終於無法實現自己的理想，在朝廷想起用他爲樞密院承旨來挽回頹局時，歷盡滄桑的詩人再也無法起來振臂高呼了。帶著沉痛和失望，辛棄疾離開了這個他深愛著的國家和世界。前面已經舉了幾首辛詞稍作分析，但辛棄疾作爲詞史上最傑出的代表，在前人的基礎上，又邁出了遠遠的一大步。無論在內容上還是思想上或藝術上，他都取得了常人所難企的高度。

在近代以來宋詞選本中，辛詞高居榜首，這除了他的詞在思想內容上與眾不同之外，更主要的是因爲他在藝術上取得的巨大成就。

精采篇章

何處望神州，滿眼風光北固樓。千古多少興亡事，悠悠，不盡長江滾滾流。　年少萬兜鍪，坐斷東南戰未休。天下英雄誰敵手，曹劉？生子當如孫仲謀。

——南宋·辛棄疾《南鄉子》

延伸閱讀

怒髮衝冠，憑闌處，瀟瀟雨歇。抬望眼，仰天長嘯，壯懷激烈。三十功名塵與土，八千里路雲和月。莫等閒白了少年頭，空悲切。　靖康恥，猶未雪；臣子恨，何時滅？駕長車踏破賀蘭山缺。壯志饑餐胡虜肉，笑談渴飲匈奴血。待從頭收拾舊山河，朝天闕。

——南宋·岳飛《滿江紅》

金陵城上西樓，倚清秋，萬里夕陽垂地大江流。中原亂，冠纓散，幾時收？試倩悲風吹淚過揚州。

——南宋·朱敦儒《相見歡》

夢繞神州路，悵秋風，連營畫角，故宮離黍。底事崑崙傾砥柱，九地黃流亂注，聚萬落千村狐兔？天意從來高難問，況人情易老悲難訴；更南浦，送君去。　涼生岸柳催殘暑，耿斜河，疏星淡月，斷雲微度。萬里江山知何處，回首對床夜語。雁不到書成誰與？目盡青天懷今古，肯兒曹恩怨相爾汝？舉大白，聽金縷。

——南宋·張元幹《賀新郎》

《四庫全書總目提要》稱它「慷慨縱橫，有不可一世之概」。和婉約詞的柔婉細膩完全不同，辛詞以氣魄宏偉、形象飛動見長，它常常將大河、高樓、奔雷、巨浪等奇偉壯觀的形象寫入詞中，從而使詞顯得境界闊大，聲勢逼人，有一種不可約束的力量奔湧其中。辛詞往往熔寫景、敘事、抒懷爲一爐，採用多種表現手法，增強了詞的表現力和感染力。尤其值得一提的是辛詞的語言也是個性化的，和它的思想內容相適應，它雄深雅健，博洽渾厚，舒卷自如，顯得氣概超凡而倜儻自如，非才人之筆自是無從寫出。在辛詞中，寫得最爲深沉感慨、沉鬱蒼涼的還是抒發壯志難酬的詞，如《永遇樂·京口北固亭懷古》：

千古江山，英雄無覓孫仲謀處。舞榭歌台，風流總被雨打風吹去。斜陽草樹，尋常巷陌，人道是寄奴曾住。想當年，金戈鐵馬，氣吞萬里如虎。

元嘉草草，封狼居胥，贏得倉皇北顧。四十三年，望中猶記，烽火揚州路。可堪回首，佛狸祠下，一片神鴉社鼓！憑誰問，廉頗老矣，尚能飯否？

這是辛棄疾晚年所作，當時朝野正準備北伐，作爲曾積極抗金的辛棄疾對此自然不能反對，但他清楚，時勢不同了，現在要北伐，如果不做好充分準備，可能折戟沉沙鎩羽而歸。可是這話又不能直說，所以他只得將內心進退無據的憤懣以借古諷今的方式寫在詞裡。詞的上片感歎英雄無覓，即使像孫仲謀這樣能保住半壁江山的人物也不復存在。詞的下片則以隱晦的手法通過感懷古今表達自己的憂慮，從而形成了悲哀的、欲言又止的基調。到了詞的最後，辛棄疾再也忍不住心頭的惆悵和感慨，用廉頗未見棄的典故直抒胸臆：我如今還沒有衰老，可是誰會來問我還能不能爲國出力呢？詞寫到這種程度，在古今詞史上，恐怕無人能出其右。值得一提的是這首詞雖然運用五個典故，並嵌入了不少歷史人物的名詞，讀來卻不見堆砌之感，這也表現了作者在語言方面深厚的功力。

清空靈逸的孤鶴

姜夔

就在辛棄疾像一隻雄健的大鵬展翅高飛的時候，一隻飄逸的孤鶴也排雲而上，以清空靈逸的身影，爲宋詞的天空留下了一抹美麗的風景。他就是和辛棄疾、吳文英在南宋詞壇上鼎分三家，各逞風流的白石道人姜夔（1155～1209）。

姜夔是江西人，壯年後，得千岩老人蕭德藻提攜，受知於當時名流如楊萬里、范成大等，並與他們結下了深厚的友誼。五年之後，姜夔雪中再次去蘇州拜訪范成大，並作了《暗香》、《疏影》二詞，范成大大喜，當即將小紅贈給他，姜夔在過吳江垂虹橋作詩道：「自作新詞韻最嬌，小紅低唱我吹簫。曲終過盡松陵路，回首煙波十四橋。」從詩中可見姜夔的風流豪爽。姜夔一生好學、好客、好藏書，品格頗高，范成大將其比爲晉宋時期的名士，姜夔對詩文、音樂和書法都有相當深厚的造詣，但眞正讓他在文壇上名垂千古的是他的詞。姜夔的詞用健筆寫柔情，情深韻勝，不用粉澤濃妝，豐神獨絕，藝術成就之高，在當時是罕有其匹的。

姜夔的詞大致有記遊、送別、懷歸、傷亂、感遇、詠物六類，在這些作品中，或流露對時事的感慨，或慨歎自己身世的漂零和對意中人的思念，這也是姜詞最能打動人的地方。姜詞對後人影響之大之

姜夔像

深，更主要的是因爲他在藝術上達到了境界。他最拿手的是用清麗淡雅的詞句構成一種清幽的意境來寄託落寞孤寂的心情。如《玲瓏四犯》中用「疊鼓夜寒，垂燈春淺」、「酒醒明月下，夢逐潮聲去」這樣深幽峭寒的景物來烘托自己「天涯羈旅」的淒涼況味。善於運用暗喻、聯想等手法賦予所詠對象以種種動人情態，將詠物和抒情完美地結合在一起，這也是姜夔在作詞藝術手法上的創新和貢獻。最後，語言上多用單行散句，特別講究聲律，給詞一種清新挺拔的風格，讀來自是不同凡響。歷來論姜詞者多舉其《暗香》、《疏影》二詞。其實，姜詞中勝於此者不少，如作於淳熙三年（1176）的《揚州慢》：

淮左名都，竹西佳處，解鞍少駐初程。過春風十里，盡薺麥青青。自胡馬窺江去後，廢池喬木，猶厭言兵。漸黃昏，清角吹寒，都在空城。

杜郎俊賞，算而今重到須驚。縱豆蔻詞工，青樓夢好，難賦深情。二十四橋仍在，波心蕩，冷月無聲。

在姜夔有許多詞都附有小序，如上面所舉的《揚州慢》就是這樣：

淳熙丙申至日，予過維揚。夜雪初霽，薺麥彌望。入其城，則四顧蕭條，寒水自碧。暮色漸起，戍角悲吟。予懷愴然，感慨今昔，因自度此曲。千岩老人以爲有黍離之悲也。

這段文字不但介紹寫作的時間、地點、背景、緣由，概括了全詞的旨意，還點出了前輩蕭藻德的評語，既具有珍貴的文學史料價值，同時也是一篇精美的小散文。全文短小精緻，冷峭清峻，風格高遠，別有一種雋永的藝術魅力。對姜夔的詞來說，許多小序就是詞的有機組成部分。它們都顯得別出心裁，成爲後來文人有意追仿的對象。

齊天樂慢帖　南宋　姜夔

宋詞的餘緒

張炎與蔣捷

南宋末年，元朝初年，大批的遺民詞家創作了大量緬懷故國的詞作，使宋詞在宋末達到了一個小小的高峰。這批詞家以張炎和蔣捷成就巨大。

一、黍離之悲：張炎

張炎（1248～1323）的詞作大多情景交融，明快疏朗，他的《詞源》是系統總結兩宋詞創作上的理論。

張炎家世顯赫，其先祖多居高官，而且大多工詩善詞。他幼時從父學詞，又師從楊纘研習音律。前期生活優裕尊貴，宋亡後則落魄不堪，在蘇、杭一帶流寓不定，生活窮困潦倒，一度以賣卜爲生，可見其生活之困窘。張炎曾因事北遊大都，但不久即「慨然而返」，雖然個中原因不爲人知，但張炎畢竟還是沒有出仕新元。

張炎是宋末元初一位重要的詞人，在當時有著很高的聲譽。由於前後生活迥然有異，他常常追憶昔日的繁華和富貴，尤其經過舊日故宅時，總會想起那些無法重來的歡樂往事。家道中落，是張炎一生中最沉重的打擊，而北行不遇，又給他的後半生帶來了無法回避的困頓和淒涼。對於這一切的一切，張炎無法排解，只得將滿腹愁腸，付諸筆墨，寫成肝腸寸斷的懷舊詞《長亭怨．舊居有感》：

《詞源》（南宋張炎著）書影

望花外，小橋流水，門巷，玉簫聲絕。鶴去台空，佩環何處弄明月？　十年前事，愁千折，心情

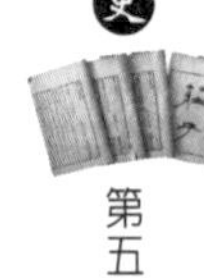

頓別。露粉風香誰爲主？都成爲消歇！

雖然「鶴去台空」的句子會讓人想到唐人崔顥的「黃鶴一去不復返，白雲千載空悠悠」，但很明顯，這種聯想只是表面的。因爲從這首詞中讀不出一絲唐代的氣象。我們所能感觸到的只是一個經歷了亡國之亂的落魄文人，在看到自己的舊宅時無法抑止的悲哀和辛酸。舊居雖在，但早已物是人非，改頭換面。燕歸黃昏，垂楊隔路，遊子歸家，卻發現站在熟悉的門前，卻已物易其主。這種時代的悲劇和個人的悲歡一旦結合起來，就會產生一種巨大的力量，將讀者深深打動。

西湖柳艇圖軸　南宋　夏圭

如同北宋滅亡後文人吟詠汴梁一樣，南宋退出歷史舞臺後，杭州西湖也成爲文藝作品中常見的題材，西湖不僅是盛世的映照，同時是衰亡的見證。夏圭爲「南宋四大家」之一，作畫喜留一角，人稱「夏一角」。此畫描述了南宋中期國家安寧和平時西湖遊人如織的盛況。

張炎的詞集名爲《山中白雲》，其中比較有價值的就是這種在抒發身世之慨的同時，寄託亡國之痛的作品，而且也寫得感人肺腑。可以說「黍離之悲」的情結，是改朝換代時期作品裡表現得最多也是最深的主題。文人總是容易將眼前的蕭瑟淒涼和往昔的繁華興盛進行對比，所寫盛者愈盛，便愈能見眼前之衰。張炎也是如此，再加上他特有的身世和前後境況對比，這種落差在作品中也就顯得格外突出了，比如他的《思佳客・題周草窗〈武林舊事〉》就是如此：

夢裡曾騰說夢華，鶯鶯燕燕已天涯。蕉中覆處應無鹿，漢上從來不見花。

今古事，古今嗟，西湖流水響琵琶。銅駝煙雨棲芳草，休向江南問故家！

像這樣直接在詞中發出淒厲

精采篇章

小巧樓臺眼界寬，朝捲簾看，暮捲簾看，故鄉一望一心酸。雲又迷漫，水又迷漫。天不教人客夢安，昨夜春寒，今夜春寒，梨花月底兩眉攢。敲遍闌干，拍遍闌干。

——南宋・蔣捷《一剪梅・宿龍游朱氏樓》

一夜凝寒，忽成瓊樹，換卻繁華。因甚春深，片紅不到，綠水人家。　眼驚白晝天涯，空望斷、塵香鈿車。獨立回風，東闌惆悵，莫是梨花。

——南宋・蔣捷《柳梢青・清明夜雪》

延伸閱讀

東南第一名州，西湖自古多佳麗。臨堤台榭，畫船樓閣，遊人歌吹。十里荷花，三秋桂子，四山晴翠。使百年南渡，一時豪傑，都忘卻、平生志。　可惜天旋時異，藉何人、雪當年恥？登臨形勝，感傷今古，發揮英氣。力士推山，天吳移水，作農桑地。借錢塘潮汐，為君洗盡，岳將軍淚！

——南宋・陳德武《水龍吟・西湖懷古》

乾坤能大，算蛟龍，原不是池中物。風雨牢愁無著處，那更寒蛩四壁。橫槊題詩，登樓作賦，萬事空中雪。江流如此，方來還有英傑。堪笑一葉漂零，重來淮水，正涼風新發。鏡裡朱顏都變盡，只有丹心難滅。去去龍沙，江山回首，一線青如髮。故人應念，杜鵑枝上殘月。

——南宋・文天祥《酹江月》

的呼聲，在張炎詞中已是少見。在這首詞中，出現了好幾個寓意極爲明顯的意象，如夢，夢華，天涯，銅駝，煙雨，故家等，這些在中國傳統文化中已被浸染了相當深厚的感情色彩的事物，被密集地堆積到這樣一首短小的詞中，它所要告訴讀者和所要傾訴的鬱悶也就是不同尋常的了。詞的上片連用兩個典故：蕉葉覆鹿和漢上傳花。前者出自《莊子》，暗指繁華如夢，轉眼成空；後者出自史書，感慨國家興亡之速，宛若翻掌。下片則直接感慨，古往今來，多少興亡大事，引起無數人的扼腕長歎。西湖的流水脈脈如昔，周邊的琵琶也依然在歌女淡漠的聲音裡撥轉不停。寫到這裡，詞人再用一個讓人觸目淒然的典故：銅駝荊棘，煙雨濛濛，在這恍若隔世的今天，誰還有心情去問

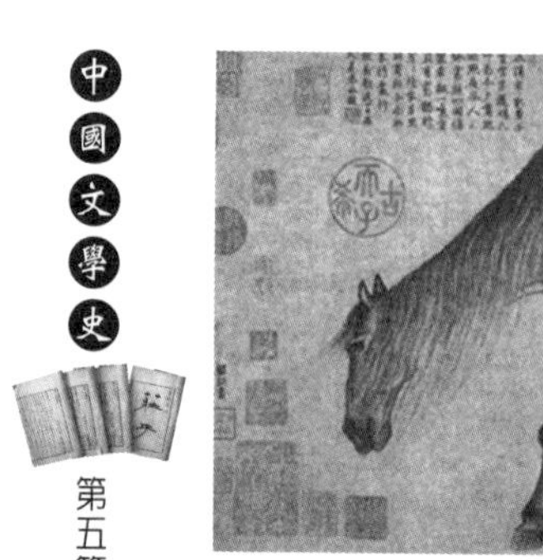

駿骨圖卷　南宋　龔開

當國家滅亡，縱使是有十五肋的千里馬，也嶙峋而無用武之地，但縱使國家滅亡，傲骨仍在。龔開（1121～1308），字聖與，號翠岩，淮陰（今屬江蘇）人。在南宋他是兩淮制置司監官。和當時的大多數文人士大夫一樣，進入元朝，他隱居不仕，表現了高尚的民族氣節。

自己的家在哪裡？讀到這裡，可以說是悲涼已極，足以讓人老淚縱橫。

由於身世和所經歷的起伏悲歡，張炎的詞大多表現爲一種「亡國之音哀以思」的感覺，而較少能讓人振奮向上的力量。當然，這本身就是他的特點，如果沒有這些因素，也許就不是張炎的作品了。其實，在張炎的作品中，也有些是寫得比較清新俏麗的，只是不大爲人所知罷了。如他的《清平樂・采芳人杳》：

采芳人杳，頓覺遊情少。客裡看春多草草，總被詩愁分了。

去年燕子天涯，今年燕子誰家？三月休聽夜雨，如今不是催花。

雖也寫羈旅他鄉，遊春無緒，但相對而言，已經很輕鬆了。關於張炎的評價，《四庫全書總目提要》有幾句話可以說是持平之論：「炎生於淳戊申，當宋邦淪覆，年已三十有三，猶及見臨安全盛之日。故所作往往蒼涼激楚，即抒情，備寫其身世盛衰之戚，非徒以剪紅刻翠爲工。」

二、詞風深摯：蔣捷

在清代詞學界眼裡，蔣捷是聲名顯赫的詞家。他的詞在當時即獲盛名。蔣捷（1245～1310），在宋末元初的詞壇上，蔣捷是一位非常奇特的詞人，他的作品，從內容說，既有寫黍離之悲、身世之感的詞作，也有詠物詞、壽詞等，涉及面之廣，是詞人中少有的。從詞風來說，既有效仿蘇辛豪放派的詞作，也有模擬周姜的婉約篇什，甚至還有學習民歌、通俗易懂的作品。

但在蔣捷詞中，最爲文人歎賞的還是那些抒發身世之感的詞作和日常生活情感的詞篇。如他的名作《虞美人·聽雨》：

少年聽雨歌樓上，紅燭昏羅帳。壯年聽雨客舟中，江闊雲低、斷雁叫西風。

而今聽雨僧廬下，鬢已星星也。悲歡離合總無情，一任階前、點滴到天明。

這首詞上下兩闋渾然一體，過渡顯得自然而順暢。作者通過「聽雨」這一生活中最爲常見的片段，分別概括了少年、壯年、晚年三個最具有代表性的階段的經歷和遭際，寫出自己的境遇每況愈下，從「歌樓」裡的縱情歌笑到「客舟」中的孤獨淒涼，到「僧廬」下的蕭然無著。詞的最後用兩句傷感已極的話作結，抒發了今昔的變化和不堪回首當年的悲哀與孤寂。

詞人一生漂泊不定，在他泛一葉小舟，飄然而過吳江的時候，他目睹岸邊樓上簾展如旗，江上船搖如夢，不禁又生感慨，信筆寫下了又一首佳作《一剪梅·舟過吳江》：

一片春愁待酒澆，江上舟搖，樓上簾招。秋娘渡與泰娘橋，風又飄飄，雨又瀟瀟。

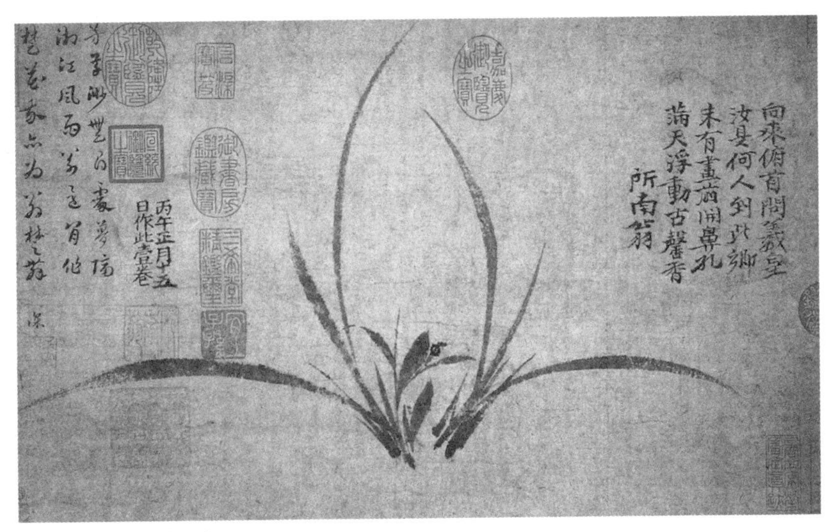

墨蘭圖卷　南宋　鄭思肖

畫家在這幅蘭花中沒有畫出土地，因爲故國已滅亡，何來國土。鄭思肖(1241～1318)字所南，號憶翁，初名某，宋亡後易名思肖，寓不忘趙宋之意，連江(今屬福建)人。曾有《寒菊》詩云：「寧可枝頭抱香死，何曾吹落北風中。」從他的字型大小和詩句上可以看出他對故國的想念和追懷。相對於張炎和蔣捷，同爲文人，一用筆墨，一用詩詞，同是表達遺老之情。

何日歸家洗客袍，銀字笙調，心字香燒。流光容易把人拋，紅了櫻桃，綠了芭蕉。

從「何日歸家洗客袍」句看，這是一首遊子思鄉的詞作。春光明媚，萬象更新，但詞人所感到的卻是滿腔的離愁無處傾訴。什麼時候能高舉酒杯，一醉解千愁？詞人的船在江心搖盪不定，而岸邊樓上的酒簾招展如旗，似乎都在向詞人伸出熱情的雙手。在小橋流水的吳江，連橋的名字也取得如此嬌媚，才過秋娘，又是泰娘。春風飄飄如拂，春雨綿綿如灑，而詞人心中的客愁已如岸邊青草，在荒涼的心底肆意地瘋長。獨自在外已是多年，身上的衣服已經風塵僕僕，只怕作者臉上心裡，也被歷年的塵埃沾染成滄桑斑駁的古畫了吧？何時回家，換下這一身沉重的客衣，重整歡顏，讓自己和妻子琴棋竟日？看看光陰似箭，自己已在逐年的風塵僕僕中憔悴了青春的容顏，而年年春光總是如舊，櫻桃又紅，芭蕉又綠，只是詞人已不再有當年的意氣風發了。

這首詞擁有著廣泛的讀者，尤其是常年在外奔波的人，讀到這首詞時總會有一種不勝悵然的感慨。蔣捷是由宋入元的詞人，在元初，曾有人多次推舉他入仕，但都被他拒絕了。他在竹山買地隱居，自號竹山，並寫《少年遊》以明志：

楓林紅透晚煙青，客思滿鷗汀。二十年來，無家種竹，猶借竹爲名。

春風未了秋風到，老去萬緣輕。只把平生，閒吟閒詠，譜作棹歌聲。

從文采上看，這首詞已經臻於「繁華落盡見眞淳」的境界，全詞沒有一處精緻的描寫或抒情，只是淡淡敘來，將自己隱居後無心塵緣的淡泊心境，寫得明白如話。對於蔣捷的詞，歷來褒貶不一，但從清代之後，以《四庫全書總目提要》爲主流的學者評來，還是肯定居多，當時許多詞學家如鄭燮、蔣士銓就在許多方面直接師承蔣捷。總之，在所謂詞的中興的清代，蔣捷的影響是相當大的，他的價值也逐步爲論詞者所認識到。

第三章

唐詩陰影下的艱難跋涉

宋　詩

唐詩在走到了自己最輝煌的頂峰的同時，也為詩歌的發展埋伏了種種障礙。它本身就是一座高不可攀的巨峰，它以極其卓越的成就為詩歌的內容和形式打造了形形色色的標準，這一切的一切，都使得一百多年後的宋朝文學家在進行詩歌創作時倍感艱難。然而，即使如此，宋代的詩歌還是在唐詩偌大的陰影下艱難地走了過來。宋代詩歌繼承了唐詩的傳統，在思想內容和藝術手法上都有所創新，也出現了一些優秀詩人和一些值得一提的詩歌流派，形成了有宋一代自己的詩歌特色。

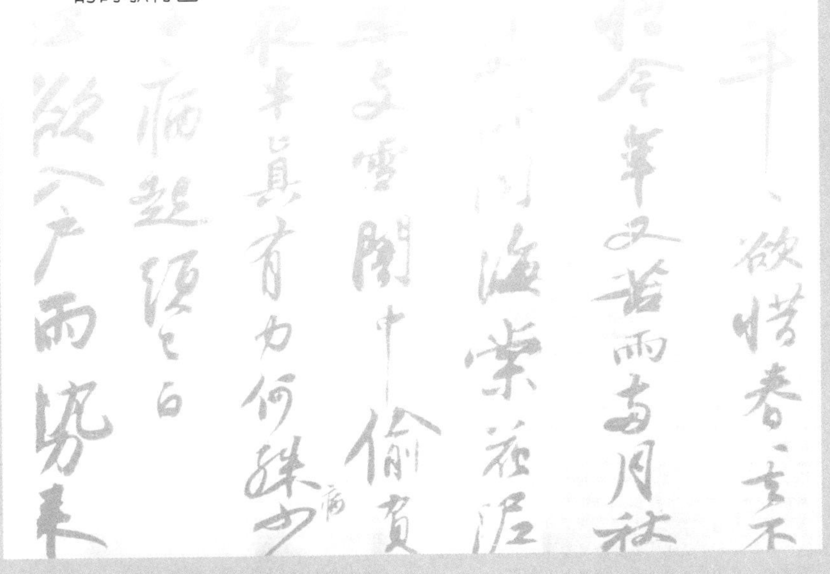

傳承與革新

宋初詩壇

宋初結束了晚唐五代的長期分裂局面，人民的生產和生活獲得了一個相對穩定的環境，宋朝統治者也採取一些寬鬆的政策，整個社會的經濟得到了迅速的恢復和發展。農業、手工業和服務業都呈現出繁榮的景象。由於宋朝江山得來的特殊性，整個宋朝都採取崇文抑武的政策，趙宋王朝大力提倡詩賦，常在宮廷內賞花釣魚，君臣以詩相互唱和。這樣，晚唐以來的浮靡文風不但沒被消除，反而在一定程度上得到發展。西昆體的形成和不久後梅堯臣等人發起的詩文革新運動，就是由此而起的。

梅堯臣像

梅堯臣（1002～1060），字聖俞，宣州宣城（今安徽宣州）人。官小家貧的他一生不得志，他的詩反映了當時民眾的眞實生活，歐陽修說他「非詩之能窮人，殆窮者而後工也」，他認爲「能狀難寫之景，如在目前；含不盡之意，見於言外，然後爲至矣」。宋人龔嘯說他「去浮靡之習，超然於昆體極弊之際；存古淡之道，卓然於諸大家未起之先」。

西昆體以楊億爲代表，他後來編了《西昆唱酬集》一書，收錄了以他爲首的十幾個御用文人點綴太平的詩作。這些作品並無思想內容，大多是在他們修書和制誥之餘，從前人文集中採摘名句名篇，略加點染以成篇章。他們或歌詠前代宮廷故事帝王將相，或吟詠男女愛情，或唱官僚生活，而更多的是詠物之作。但不管怎麼說，他們的作品都沒有什麼精神實質，雖然他們自己標榜說是在學李商隱的綺麗精工，但他們缺乏生活的感受，學到的只是他形式上的美。雖然也

范仲淹像

范仲淹（989～1052），字希文，蘇州吳縣人，北宋著名的文學家、政治家。歐陽修曾是范仲淹的親密追隨者，對他發起的慶曆新政表示了極高的興趣並給予了有力的支持。范仲淹是北宋名臣，深諳文武之道，詩詞文賦俱佳。他的文有「先天下之憂而憂，後天下之樂而樂」，詞有「年年今夜，月華如練，長是人千里」。

搬用典故，但並沒有形成自己活生生的語言，顯得虛假而單薄。如《淚》：

錦字梭停掩夜機，白頭吟苦怨新知。誰聞隴水迴腸後，更聽巴猿拭袂時。漢殿微涼金屋閉，魏宮清曉玉壺欹。多情不待悲秋氣，只是傷春鬢已絲。

全詩沒有情感上的內在聯繫，只是把幾個與淚有關的典故堆砌在一起，而且也沒有形成李商隱深情委婉、精工雅麗的詩格。但這些詩在格律和詞藻方面卻頗爲老到，來顯示了他們學問的深厚和廣博。

因爲西昆派詩歌的浮靡和空虛，有志於古道的文人也一直在進行抵制，他們旗幟鮮明地提出文道合一的文學復古主張。以牛希濟、柳開、王禹爲早期代表的詩人最早提出了繼承杜甫、白居易現實主義傳統。王禹說：「本與樂天爲後進，敢期子美是前身。」對當時文風空虛不實提出了嚴厲的批評，並身體力行，寫出不少反映現實的好詩。他甚至敢於向宋太宗獻《端拱箴》，對宮廷的奢華腐靡大爲憤慨，直接控訴了統治者搜刮民脂民膏，而對貧無立錐之地的百姓不聞不問。對當時因爲戰亂和災荒而四處流亡的百姓他深表同情，寫了著名的《感流亡》一詩。把自己和這些流離失所的人們進行類比，體現了一定的親民情結。

王禹他們的努力沒有白費，在西昆體正憑其主體詩人的政治地位在文壇上影響日益擴大的時候，宋眞宗下詔復古，指斥當時文風的不實，在客觀上打擊了西昆體的勢頭，推動了詩文革新的發展。而詩

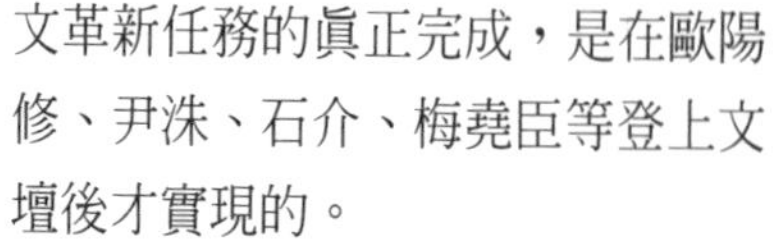

文革新任務的眞正完成，是在歐陽修、尹洙、石介、梅堯臣等登上文壇後才實現的。

四十歲就以「醉翁」自號的歐陽修，並不是眞的老了，而是因爲當時宦海險惡，大多數官僚只顧明哲保身，不但沒有一絲正直的氣概，反而在他人遭難時落井下石。歐陽修看不慣這種齷齪之舉，憤而指斥，於是被貶官外放。這也是當時正直文人的結局。歐陽修（1007～1072），字永叔，號醉翁，晚年又號六一居士。江西廬陵人。出身小官宦家庭，然而，他幼年父喪，由母親撫養並親自教育。家貧無紙，以蘆管代筆，在沙上寫教他習字攻書，並告訴歐陽修他父親生前的廉潔和仁慈。在這種教育下，歐陽修迅速成長起來，二十四歲中進士，入仕後與尹洙、石介、梅堯臣等人以詩唱和，形成了較大的聲勢。他積極參加范仲淹的慶曆新政，幾度被貶，四十八歲回京，官至參知政事。六十五歲致仕，次年去世。

歐陽修在革新文風的同時，也對當時「有作皆空言」的詩風進行了革新。他認爲詩應該重視生活內容的表現，而他的詩中同道梅堯臣則更明確提出了詩歌應該因事而作，不能空來空去。

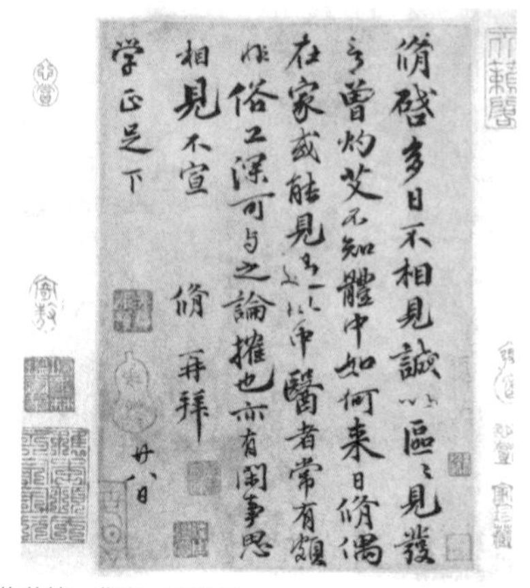

灼艾帖　北宋　歐陽修

這幅書法是歐陽修寫給其弟子焦千之的，對他的身體表示了關心。歐陽修的書法受唐代歐陽詢、顏眞卿影響很大，寬綽險勁，筆墨運用俱佳。蘇軾說他的書法「筆勢險勁，字體新麗，自成一家」。

歐陽修的詩較廣泛地反映了民眾的生活。如《食糟民》揭露農民種糧卻只能以酒糟充饑的不平現象；《邊戶》則描寫宋遼邊境人民的不幸遭遇。但歐詩更多地是表現個人的生活經歷或抒發個人情懷，但因爲這類作品本身就是作者本人生活經歷的眞實表現，所以顯得深沉，如《戲答元珍》：

春風疑不到天涯，二月山城未見花。殘雪壓枝猶有橘，凍雷驚筍欲抽芽。夜聞歸雁生鄉思，病入新年感物華。曾是洛陽花下客，野芳雖晚不須嗟！

首聯以邊遠山城春到甚遲爲興，明寫春風未到，實寫皇恩不來；頷聯則略爲上轉一層，寫山城早春，雖然殘雪壓枝，但枝上猶有經冬之橘，而凍雷一句更是寫出詩人心中的理想鬱勃待發的精神面貌；頸聯忽然回顧昨晚聽到的雁聲陣陣，因而想到，是不是自己也該回歸故鄉了？作此詩時，詩人此時已過中年，身體大不如前，歲末年

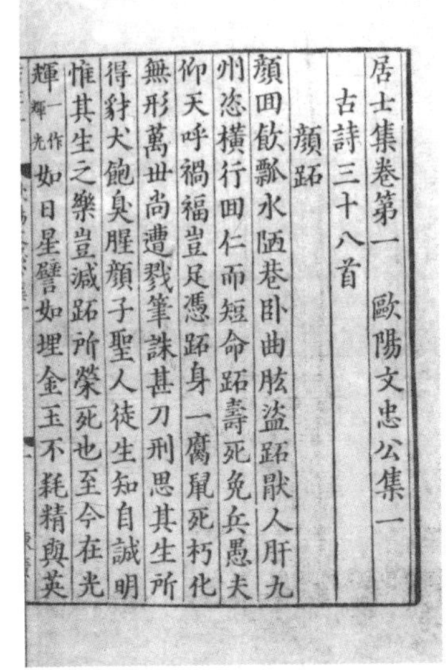
居士集卷第一　歐陽文忠公集一
古詩三十八首
顏跖
顏回飲瓢水陋巷卧曲肱盜跖猒人肝九州恣横行回仁而短命跖壽死免兵愚夫仰天呼禍福豈足憑跖身一腐鼠死朽化無形萬世尚遭戮筆誅甚刀刑思其生所得豺犬飽臭腥顏子聖人徒生知自誠明惟其生之樂豈減跖所榮死也至今在光輝（輝一作光）如日星譬如埋金玉不耗精與英

《歐陽文忠公集》（北宋歐陽修著）書影

頭，自然難免有「花謝猶自開，盛年不復來」的感慨；尾聯故作寬解語，說自己曾經在洛陽花叢中流連忘返，現在身居山城，雖然春來較遲，但又有什麼可以嗟歎的呢？雖是如此，作者心中的落寞和失意，卻是揮之不去的。歐陽修的詩多學韓愈，主要體現在散文手法和以議論入詩，但他也學李白，表現在語言的清新流暢，像上面這首詩雖有議論感慨，但沒有韓詩的險怪拗口。總而言之，歐陽修在詩歌上的成就不如他的散文，在藝術上甚至比不上他的詞作，但在宋詩壇中還是產生了相當大的影響。

歐陽修像

宋詩的突圍

蘇軾的詩

雖然蘇軾的詞在藝術上達到了一個無與倫比的高度，可是從數量上說，他存世最多的不是詞，而是傳統意義上的詩。蘇詩內容豐富，他以個性化的形式，抒情寫懷，廣泛地反映自己的時代和社會。在立意上多有創新，對生活有新的開發。黃庭堅稱蘇詩「公如大國楚，吞五湖三江」，可見東坡詩作的涵蓋面之廣。

蘇軾詩歌中成就最高的是他的景物詩。蘇軾興趣廣泛，熱愛生活，尤其喜歡登山臨水，探奇訪勝。再加上他歷任各地，閱歷豐富，所以他的寫景詩多而且好，爲北宋詩壇留下了許多膾炙人口的佳作。蘇軾寫景，往往不拘一格，有高山大川，有平湖長河，有歷史古蹟，也有竹林老松。在寫時，蘇軾善於抓住大自然中瞬息萬變的奇妙景象，給予生動而逼眞的描寫。如《望湖樓醉書》就是有名例子：

蘇軾像

同樣是才華橫溢的畫家的蘇東坡在《書摩詰藍田煙雨圖》中說：「味摩詰之詩，詩中有畫；觀摩詰之畫，畫中有詩。」

黑雲翻墨未遮山，白雨跳珠亂入船。捲地風來忽吹散，望湖樓下水如天。

這首詠西湖的小詩，一句一景，四句詩如四幅水墨畫，將西湖暴雨倏忽而來、又倏忽而去的景象描繪得形容備至。首句寫雨前之雲；次句寫雨，重在雨中；第三句寫風，意在雨停；末句寫水天一色，指明已是雨過天晴。這四幅畫連貫跳躍，既有相對獨立性，更是連貫一氣，跳轉如飛。非常暗合詩歌的跳躍美，同時也符合夏天陣雨來去匆匆的科學眞實。黑雲尚未遮住山頂，白亮的雨點已經跳入船中，正在欣賞這盛夏雨景時，一陣風來，吹散了滿天烏雲，也吹走了如斯暴雨。當人們氣定神閒，再往湖面上看時，只見水天一色，湛藍如初。在注意動靜搭配時，詩歌也有意使顏色成爲這首詩的重要角色。從烏黑到白亮，再到湛藍，是顏色的變化；而翻墨、遮山、跳珠、入船、捲地、吹散這一系列動態的轉換，而這所有的變化，都從靜到動，從動到靜，表現了詩人一種豁達自如的人生態度。當然，這首詩最能打動讀者的還是它所展示的美麗景色，這絕美的景象不但陶醉了讀者，也深深陶醉了詩人自身。十五年後，他重到杭州任職，還對此詩念念不忘：「還來一醉西湖雨，不見跳珠十五年。」

如果說這是一首「大珠小珠落玉盤」的「大弦嘈嘈」之詩，那麼下面這首《飲湖上初晴後雨》，同樣是吟詠西湖，就顯得「小弦切切」而婉約迷人了：

水光瀲灩晴方好，山色空濛雨亦奇。欲把西湖比西子，淡妝濃抹總相宜。

因爲詩人有著包羅萬象的胸襟和恬淡自適的氣度，所以無論是風是雨，是晴是晦，都不能影響詩人的情趣。從題目看，當是詩人與佳賓共飲湖上，本來水光瀲灩，晴空萬里，遊人如織，心曠神怡，可

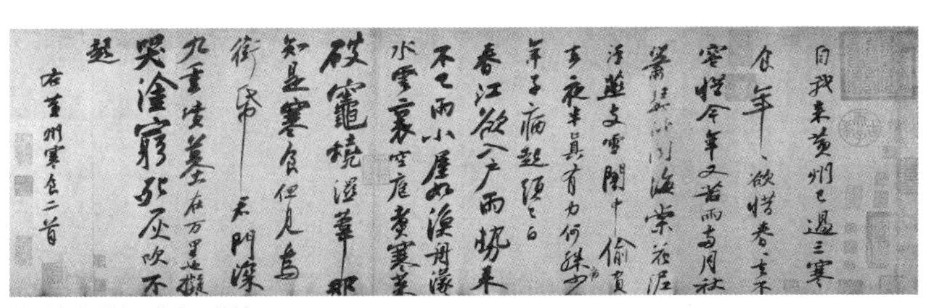

黃州寒食詩帖　北宋　蘇軾

此帖爲蘇軾自己創作的五言古詩兩首，用濃墨書寫於澄心堂紙上。詩的內容充滿感傷情緒；書法隨著詩情的起伏而變化，如音樂，有極強的節奏感，達到了藝術形式和內容的完美統一。此帖與王羲之的《蘭亭序帖》、顏眞卿的《祭侄文稿》並稱爲中國書法史上的三大行書作品。

四合的灰雲卻不合時宜地帶來了濛濛細雨。然而詩人並不因爲這不速

蘇軾像

蘇軾在《答謝民師書》中認爲詩文「大略如行雲流水，初無定質，但常行於所當行，止於所不可不止，文理自然，姿態橫生」。

之客而遊興大減，他反而想起了與西湖有一字之同的歷史美女西施，並將二者作一番恰到好處的比擬：這氣象萬千的西湖，和那儀態萬方的西施一樣，無論是淡妝輕施，還是濃妝豔抹，總是顯得那樣絕美迷人。這樣，在形象的詩歌之中，不著痕跡地溶入了理趣。山水如此，人生不也這樣？當然，詩人並沒說出來，這一切的言外之意，你可以品出來，達到人生境界上的昇華；你也可以不讀出來，就將它作爲一首絕佳的山水小詩，也不失其本來面目。

宋詩富於思致，東坡詩尤以理趣勝，這是他對詩歌藝術的一種探索和創新。他的理趣詩並不是晉宋間的玄言詩，一味以空言談玄，使人不知所云。他的詩是在對富於情趣的自然小景、生活片段和事物的描寫中，融入哲理思考，情與理渾然一體，從而引人入勝，有良好的藝術效果。如眾所周知的《題西林壁》：

橫看成嶺側成峰，遠近高低各不同。不識廬山眞面目，只緣身在此山中。

短短二十八個字，不但將作者欣賞名山時的情景與困惑描寫得形象具體，而且一語破的，道出個中原因：之所以我們感到山有不同的形狀，無法認識它的眞實面目，‧是因爲我們在大山之中。這首詩和我們常說的「旁觀者清，當局者迷」隱然暗合，語言上又流暢自然，故能流傳千古。像這樣的小詩在東坡的集子裡並非罕見。如《琴詩》、《觀魚台》等。前者以兩組反問句，以彈琴爲喻，說明只有主客觀條件統一和諧才能取得滿意的結果，《楞嚴經》說：「雖有妙音，若無妙指，終不能發。」蘇軾這首詩受到禪理影響。而《觀魚台》「欲將同異較錙銖，肝膽猶能楚越如。若信萬殊歸一理，予今知我我知魚。」借用莊子與惠施在濠上爭辯的典故，說明事物中同中有異、異中有同本來就是現實存在的，如果一定要分清彼此，那麼一個人的肝膽還會像楚、越兩個敵國那樣區別明顯。這些詩已經純粹陷於理趣之中，文采略遜一籌，而近於禪家的機鋒。到了晚年，蘇軾對陶淵明產生了深厚的興趣，並寫下了大量嚴格意義上的和陶詩，和詩的題目、句數甚至風格上都相似。語言潔淨古淡，意度高遠，氣韻清新。

精采篇章

遊人腳底一聲雷，滿座頑雲撥不開。天外黑風吹海立，浙東飛雨過江來。

——北宋．蘇軾《有美堂暴雨》

塔上一鈴獨自語，明日顚風當斷渡。朝來白浪打蒼崖，倒射軒窗作飛雨。

——北宋．蘇軾《大風留金山兩日》

人生到處何所似？應似飛鴻踏雪泥。泥上偶然留指爪，鴻飛那復計東西。老僧已死成新塔，壞壁無由見舊題。往日崎嶇還記否？路長人困蹇驢嘶。

——北宋．蘇軾《和子由澠池懷舊》

延伸閱讀

京口瓜洲一水間，鍾山只隔數重山。春風又綠江南岸，明月何時照我還。

——北宋．王安石《泊船瓜洲》

茅簷常掃淨無苔，花木成畦手自栽。一水護田將綠繞，兩山排闥送青來。

——北宋．王安石《書湖陰先生壁》

江北秋陰一半開，曉雲含雨卻低回。青山繚繞疑無路，忽見千帆隱映來。

——北宋．王安石《江上》

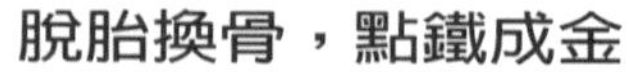

脫胎換骨，點鐵成金

黃庭堅和江西詩派

平生個裡願杯深，去國十年老盡少年心。這名句詞，凝結著無數滄桑與感傷的悲吟，是一代詩人黃庭堅（1045～1105）在被貶宜州時所作《虞美人》中的結句。詞句調子低沉，感情沉鬱，流露著一個在宦海風波中沉浮的人深摯的情懷。身爲「蘇門四學士」之一的黃庭堅，因爲新舊黨爭關係，仕途不順，被一貶再貶，最後死於宜州（今廣西宜山）。一生的艱辛與坎坷，造就了黃庭堅深沉卓異的詩歌藝術。

黃庭堅對曾經風靡宋代詞壇一時的西昆體進行了猛烈的攻擊，認爲他們過於講究聲律、對偶和辭藻。爲了擺脫這些約束，黃庭堅繼承前輩的方法，從立意和用事等方面作出了新的探索。黃庭堅對詩歌的主張是「隨人作計終後人」，也就是模仿別人總走不到別人前面。然而，雖然他在詩歌發展上有自己的雄心壯志，可是因爲他的生活經

黃庭堅像

歷不如蘇軾、王安石等人廣闊，所以他的途徑往往也就是向故紙堆尋找一些東西。他說：「詩詞高勝，要從學問中來。」又說杜甫的詩「無一字無來處」，並提出「點鐵成金」觀點。就是根據前人的詩意加以變化，以推陳出新，達到「化腐朽爲神奇」的目的。

但這些努力並沒有給黃庭堅帶來眞正的成功，儘管他在當時有很高的聲譽，也形成了以他爲中心的所謂「江西詩派」，但這些詩在藝術上並沒有取得多大的成就。相

對來說，倒是他那些平易清新的詩更容易爲人接受。如《登快閣》：

癡兒了卻公家事，快閣東西倚晚晴。落木千山天遠大，澄江一道月分明。朱弦已爲佳人絕，青眼聊因美酒橫。萬里歸船弄長笛，此心吾與白鷗盟。

這首詩中的頷聯名氣不小，寫得境界開闊，意象鮮明。近處落木蕭蕭，清峻乾爽；遠處千山明朗，入目如畫；抬頭再看，天空高遠遼闊，不是胸有丘壑的人，絕難寫出這樣的句子。而通篇也沒有生硬難懂的僻詞冷語，讀來朗朗上口。他另外一首小詩《雨中登岳陽樓望君山》也有這樣的特點：

投荒萬死鬢毛斑，生入瞿塘灩澦關。未到江南先一笑，岳陽樓上對青山。

這樣的詩在黃庭堅的集子中頗能引起人們的注意力，雖然表達的情感有些低沉，對自己的屢遭貶謫不無憤激之情，但「未到」兩句一轉一翻，便能寫出作者胸無芥蒂，坦蕩無私的情懷。和蘇軾的詩相比，黃庭堅的詩要單薄些，內容上貼近生活的不多，但作爲一派宗匠，他也形成了自己的詩風：生新瘦硬，氣象森嚴，拔地而起，令人望而生畏。

另外，陳師道、張耒也是江西詩派的重要詩人，他們在詩風上和黃庭堅相近，都要求在藝術上以精嚴取勝，重視千錘百鍊的功夫。到了南宋初年，呂本中作《江西詩社宗派圖》，首列黃庭堅、陳師道、陳與義三人爲三宗，江西詩派從此確立。

春遊賦詩圖　南宋　馬遠

此圖是南宋馬遠的名作，記述了北宋文人蘇軾、黃庭堅、米芾、王詵等人春日郊遊的情景。圖中黃庭堅和眾人在樹下觀看米芾書字，而蘇軾正準備過橋而來。

愛國壯志與田園情懷

陸游和「中興四大詩人」

和唐人杜甫一樣，陸游（1125～1210）的詩也被後人稱爲「詩史」。他以八十五歲的人生，以強烈的愛國熱情和深厚的文學功力，將自己的所見所聞，所思所感，都一一記錄到了自己的詩文之中。陸游出身於歷代仕宦之家，但正處於北、南宋交接的時期，他也隨著父親四處流轉，度過了他的童年。在成長和學習的過程中，陸游受到了呂本中、曾幾等愛國文人的影響。他才思敏捷，功力精深，詩作數量驚人，自稱「六十年間萬首詩」。他的詩反映了廣闊的社會生活，涉及南宋前期社會的各個方面。而其中最爲突出的主題是強烈的愛國主義熱情，詩人一生爲苦難的祖國而歌唱而戰鬥的愛國主義熱情在我國文學史上是十分突出的。

南宋時期最大的矛盾是宋金之間的對峙和衝突，對金究竟是戰是和？南宋朝野上下爲此展開了激烈的辯論。陸游是堅決的主戰派，他「慷慨欲忘身」的戰鬥精神不僅

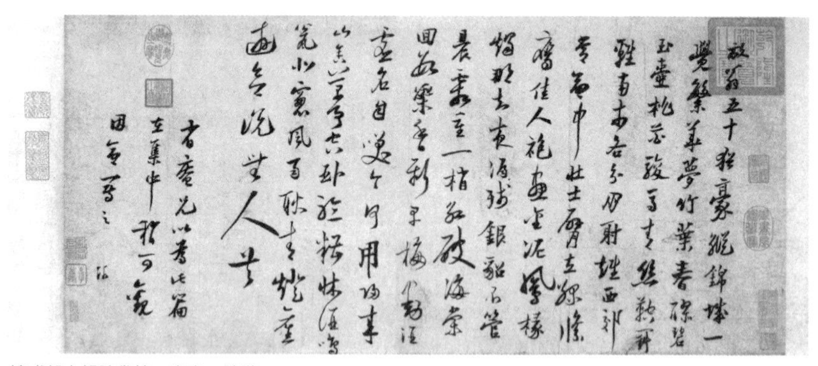

懷成都十韻詩卷帖　南宋　陸游

這是陸游回憶五十歲左右在四川做參議官時的詩卷。當時范成大身爲四川制置使，和他「以文字交，不拘禮法」，於是「人譏其頹放，因自號放翁」。

符合廣大人民的深切願望，而且也使他的詩歌充滿了鮮明的戰鬥性和時代性。他對投降派的無情揭露和批判，是他愛國詩歌中最爲強烈的色彩。陸游憤怒地斥責那些主和派誤國害民的罪行：「戰馬守槽櫪，公卿守和約」(《醉歌》)；「諸公尙守和親策，志士虛捐少壯年」(《感憤》)。而這種憤激情感表現得最爲激烈的是《關山月》：

和戎詔下十五年，將軍不戰空臨邊。朱門沉沉按歌舞，廄馬肥死弓斷弦！戍樓刁鬥催落月，三十從軍今白髮。笛裡誰知壯士心，沙頭空照征人骨。中原干戈古亦聞，豈有逆胡傳子孫？遺民忍死望恢復，幾處今宵垂淚痕？

南宋王朝主和投降的官僚，不只是秦檜一個人，他們爲了一己私利，彼此勾結起來，成爲民族的敗類。陸游對此看得十分清楚，他沉痛地說「諸公可歎善謀身，誤國當時豈一秦」！詩人痛感收復中原無望，擔心南宋朝廷最終會把大好的錦繡河山拱手送人。他極有預見地寫道：「中原干戈古亦聞，豈有逆胡傳子孫？」然而，詩人最不願意看到的局面卻最終成了現實。在詩人八十五歲高齡的時候，中原仍然歸於異族，所以他不得不無可奈何地把統一祖國的熱情寫進遺囑《示兒》：

陸游像

死去元知萬事空，但悲不見九州同。王師北定中原日，家祭無忘告乃翁。

只是那些尸餐素位的文武官僚們，卻一再地讓詩人失望而終至遺恨九泉。一直因昏庸無能而在金、西夏、元的攻勢下的南宋，最終被元滅亡。這時詩人去世已經過去半個多世紀了。

收復故土也是陸游詩中十分重要的一個主題，而且因爲南宋政

陸游祠

陸游一生在四川度過了很長時間，此祠位於四川崇州。

權從來就沒有實現這個目的，似乎也不準備實現這個目標，因此詩人一涉及到這個問題就顯得分外的沉重和無奈。如他的《題海首座俠客像》：

趙魏胡塵千丈黃，遺民膏血飽豺狼。功名不遣斯人了，無奈和戎白面郎。

作者一腔氣血無處灑，只得將復國壯志，寄託在一個遙遠的「俠客」的圖像上，這種「有志不獲騁」的悲哀，肯定能引起有志之士的強烈共鳴。

針對南宋小王朝甘心偏安一隅，無意收復淪陷的國土，詩人憂憤難平，寫下了《秋夜將曉，出籬門迎涼有感》：

三萬里河東入海，五千仞岳上摩天。遺民淚盡胡塵裡，南望王師又一年！

這首詩的沉痛悲愴，尤其撼人肺腑。而陸游詩集中廣為傳誦的另一首詩《書憤》則表現了作者殺敵報國的英雄氣概和壯志難酬的無限憤慨：

早歲那知世事艱，中原北望氣如山。樓船夜雪瓜洲渡，鐵馬秋風大散關。塞上長城空自許，鏡中衰鬢已先斑。出師一表眞名世，千載誰堪伯仲間？

又如《夜泊水村》：

腰間箭羽久凋零，太息燕然未勒銘。老子猶堪絕大漠，諸君何至泣新亭？一身報國有萬死，雙鬢向人無再青。記取江湖泊船處，臥聞新雁落寒汀。

這兩首詩，都反映了陸游愛國詩歌中所特有的悲憤中見豪壯的藝術風格。世事的艱難，現實的灰暗，作者無力將自己的力量投入到神往已久的殺敵報國中去，而歲月不饒人，眼看自己心力交瘁，在日無多，而恢復的希望卻愈來愈遙遠。詩人憤懣不已，只得向敵人，也向腐朽的統治者發出痛苦的質問：「楚雖三戶能亡秦，豈有堂堂中國空無人？！」現實中注定永遠也無法實現的願望，並沒有讓陸游徹底消沉，他即使晚年憶閒居山陰的一個小村，在夢裡他還是記掛著祖國的安危：

僵臥孤村不自哀，尚思爲國戍輪台。夜闌臥聽風吹雨，鐵馬兵河入夢來。

在陸游的詩中，像這樣寫夢言志的詩還有許多。如「壯心自知何時豁，夢繞梁州古戰場」（《秋思》）、「三更撫枕忽大叫，夢中奪得松亭關」（《樓上醉書》）等。陸游一生度過了將近一個世紀的時間，他的詩歌反映面之廣，也是其他詩人難以相比的。除了直接表現愛國主題之外，他還寫了不少農村

精采篇章

白髮蕭蕭臥澤中，只憑天地鑒孤忠，厄窮蘇武餐氈久，憂憤張巡嚼齒空。細雨春蕪上林苑，頹垣夜月洛陽宮。壯心未與年俱老，死去猶能作鬼雄！

——南宋・陸游《書憤》

當年萬里覓封侯，匹馬戍梁州。關山夢斷何處？塵暗舊貂裘。胡未滅，鬢先秋，淚空流！此生難料，心在天山，身老滄洲！

——南宋・陸游《訴衷情》

紅酥手，黃縢酒。滿城春色宮牆柳。東風惡，歡情薄。一懷愁緒，幾年離索。錯！錯！錯！　春如舊，人空瘦。淚痕紅浥鮫綃透。桃花落，閒池閣。山盟雖在，錦書難託。莫！莫！莫！

——南宋・陸游《釵頭鳳》

驛外斷橋邊，寂寞開無主。已是黃昏獨自愁，更著風和雨。　無意苦爭春，一任群芳妒。零落成泥碾作塵，只有香如故。

——南宋・陸游《卜算子・詠梅》

延伸閱讀

世情薄，人情惡，雨送黃昏花易落。曉風乾，淚痕殘。欲箋心事，獨語斜闌。難，難，難！　人成各，今非昨，病魂常似秋千索。角聲寒，夜闌珊。怕人尋問，咽淚裝歡。瞞，瞞，瞞！

——南宋・唐琬《釵頭釵》

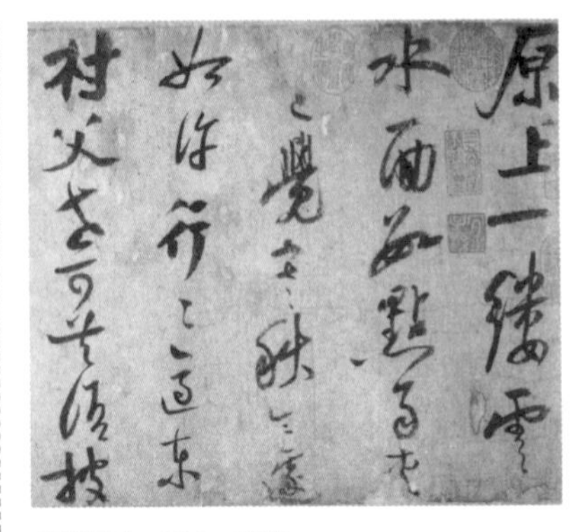

自書詩帖　南宋　陸游

陸游自稱：「草書學張顛（張旭），行書學楊風（楊凝式）。」此卷有八首詩稿，是作者八十歲時的作品，筆法蒼勁老到，瀟灑自如，墨色濃淡相宜，字裡行間，有「大舸破浪」、「瘦蛟出海」的磅礡氣勢。

生活的詩，這些詩顯得要自然圓熟，饒有情趣。如《遊山西村》：

莫笑農家臘酒渾，豐年留客足雞豚。山重水複疑無路，柳暗花明又一村。簫鼓追隨春社近，衣冠簡樸古風存。從今若許閒乘月，拄杖無時夜叩門。

全詩勾勒出一幅極富民俗風情的山村生活圖畫：民風古樸，人人好客，春社熱鬧非凡，人們衣冠如古。這一切讓詩人看在眼裡，喜在心裡。是啊，誰不希望能夠人人安居樂業、衣食無憂？可是「離亂人不如太平雞犬」，戰爭到來的時候，人們還會有這一切嗎？當然詩人寫詩之時不一定會想到這些，因爲他已被眼前這熱烈古樸的生活場景所感染了。而詩中「山重水複疑無路，柳暗花明又一村」之聯，已因爲其富含人生哲理而成爲廣泛流行的成語。在豪放激越之外，陸游也有部分詩寫得清麗流轉，極富情趣。如「小樓一夜聽春雨，深巷明朝賣杏花」（《臨安春雨初霽》）、「此身合是詩人未？細雨騎驢入劍門」（《劍門道中遇微雨》）等，都寫得情趣盎然，清麗可人。

陸游的詩歌在藝術上取得了巨大的成就，他強烈的現實主義精神接近於杜甫，後人也曾評他的詩爲「詩史」，在表達感情上，他往往採取直抒胸臆的手法。陸游的詩風格多樣，既有雄渾奔放的一面，也有清新婉麗的一面，他善於鍛鍊字句，尤其工於對偶。他曾師法江西詩派，卻反對追求過份雕琢和險怪，因而他的詩比較接近口語，「清空一氣，明白如話」，而又妥帖自然。另外，他有時也比較喜歡用典故來表情達意，這又爲他的詩增添了些許書卷氣。從體裁來說，陸游各體兼精，而最擅七律、七古。如《山南行》、《隴頭水》、《關山月》、《秋聲》等。陸游的律詩頗見功力，但因爲有時成章過於倉促，或有意境重複，或流於淺顯，這些缺點也就不足爲缺點了。可以這樣說，在南宋詩壇上，他是當之無愧的一代霸主。

號稱「中興四大詩人」之一的楊萬里，雖然在詩歌創作方面比起陸游頗有不如，但他也在自己的生活體驗中走出了一條自己的創作道路，他的田園詩，在有宋一代，都是舉足輕重的。楊萬里（1127～1206），江西吉水人，進士及第，歷任地方、中央數職，因上疏指摘朝政而觸忤權相韓侂冑，罷官居家十五年，憂憤而死。

楊萬里對詩歌有著重要貢獻，他自創一體，稱爲「誠齋體」。他對自然界中的一切，大至河流山川，小至遊蜂戲蝶，都可寫進詩裡。他說「不是風煙好，何緣句子新？」

他的詩歌富於幽默詼諧風趣，有時也寓感憤和諷刺於嘲笑之中。如《嘲淮風》「不去掃清天北霧，只來捲起浪頭山!」很明顯，這裡的「淮風」、「天北霧」都是有所指的，批評它不去掃清天北霧，其實也就是指責當時手握重權的大將和重臣，不去爲抵抗外侮，只在國內爲害一方。楊萬里的詩還有豐富的想像，善於抓住自然景物的特徵和變化動態，用擬人的手法加以突出，使之風趣活潑。他的詩另外一個特點就是語言平易明白，並用俗語入詩，這一方面使詩歌淺近易懂，另一方面也使詩流於庸俗無聊，失去了詩歌應有的嚴整。下面這首詩，比較完整地體現了楊萬里詩歌的特點：

野菊荒苔各鑄錢，金黃銅綠兩爭妍。天公支與窮詩客，只買清愁不買田。

在詩人眼裡，野菊、苔痕，都成了自然鑄造的貨幣，並且都有著自己的顏色。這就以一種戲謔的口吻將自然中本無生命的野花、苔痕，寫得生動形象而又與詩人的境

范成大像

遊大仰詩帖　南宋　范成大

遇自然地結合起來，體現了一種獨到的心思。

身居高位，家有萬金，而喜歡和文人交遊，范成大(1126～1193)就是這種豪爽之士。他曾經因爲姜夔的《暗香》、《疏影》而將自己一個心愛的歌女小紅送給了他。這雖然有些不近人情，但也算是豪爽之舉了。他少年時家境貧寒，入仕後，能愛國濟民，振作有爲。在金主面前，他毫不畏懼，慷慨陳詞，保全了南宋的氣節，此後仕途順利，一路升遷至參知政事，是南宋詩人中最爲顯達的。晚年因疾辭官，退居石湖，自號石湖居士。

范成大詩作不多，但內容充實，大多反映了農民的困窘和痛苦，他也有些詩揭露了南宋統治者的厚顏無恥：「莫把江山誇北客，冷煙寒水更荒涼」。他還有些反映中原人民悲慘生活的詩，表現了詩人強烈的愛國思想，如出使金朝時所作的《州橋》：

州橋南北是天街，父老年年等駕回。忍淚失聲問使者：「幾時眞有六軍來？」

范成大的田園詩成就很高，他晚年所寫的《四時田園雜興》和《臘月村田樂府》展示了豐富多彩的宋代風土人情，富有濃厚的鄉土氣息。其中描寫農村生產生活的詩尤其可貴。如《四時田園雜興》：

晝出耘麻夜績麻，村莊兒女各當家。童孫未解供耕織，也傍桑陰學種瓜。

新築場泥鏡面平，家家打稻趁霜晴。笑歌聲裡輕雷動，一夜連枷響到明。

採菱辛苦廢犁鋤，血指流丹鬼質枯。無力買田聊種水，近來湖面亦收租！

在這些詩裡，詩人眞切地寫出了他們的喜怒哀樂，流露了詩人對農民的同情。在藝術上，這些詩顯得清新嫵媚，淺切近人。

第四章

散文的第二次中興

宋朝散文

散文從來就是中國文學不可或缺的組成部分。先秦諸子以其空前絕後的勇氣和智慧將中國的散文推上第一個高峰。為了挽回魏晉六朝以來的駢驪頹風，以韓愈、柳宗元等人為旗手的散文大家力挽狂瀾，在理論上和實踐上為散文重新確立了文壇上的地位。然而，由於科舉等方面的原因，再加上駢文確實易於使事用典，凸顯學問，所以在晚唐五代，它們重新佔據了文壇。宋初散文一度退隱到無人喝采的角落裡了。然而，「江山代有人才出」，有歐、王、三蘇、曾鞏等人的積極投入，到了北宋中前期，中國的散文終於出現了第二次中興局面。

韓、柳的步武者

歐陽修與三蘇

身居「唐宋八大家」之一的歐陽修在北宋文壇上是德才學皆服於時人的一代前輩。歐陽修四歲喪父，家境貧寒，是由他母親鄭氏撫養大的。他母親十分重視對歐陽修的教育，留下了畫沙教子的美談。孤苦的身世和良好的薰陶，歐陽修刻苦讀書，勤奮過人，並且已經形成了自己獨立的判斷能力。他從鄰家借得一本韓愈的文集，讀完之後，立志要以終生力量將其發揚光大。這也許就是他後來致力於古文運動的緣由吧。中進士後，開始和尹洙、梅堯臣等互相以師友相稱，並力提倡古文，以其傑出的文學才華成爲了這個動運的領袖人物。歐陽修同時也是一位傑出的政治家，他主張輕賦稅、除積弊，實行「寬簡」的政治，他直言敢諫，屢遭貶謫而又重爲起用。和政治上的風格相同，他認爲文章和社會時尚有著密切的關係，主張文章應以淳樸厚實的文章來改變當時澆薄的世風。這些建議得到了統治者的支持，宋仁宗後於天聖七年下詔批評當時文章浮華不實，無助於國教儒風。這種自上而下的詩文革新，適應了政治和時代的要求，因而取得了一定效果。

歐陽修像

歐陽修（1007～1072），字永叔，號醉翁、六一居士，吉州廬陵（今江西永豐）人。曾鞏、王安石、蘇洵父子都出自其門下，爲唐宋八大家之一。

歐陽修曾擔任過朝廷和地方各種要職，尤其是當他任禮部貢舉

醉翁亭圖　明　仇英

此圖擬北宋歐陽修的《醉翁亭記》文意而作。圖中，醉翁亭臨立在泉上，幾位文士在亭中飲酒作樂，安然怡然。

時，他主持考試時，利用主考官身分，毅然進行了關於應考文體的改革。把一些形式平實樸素、內容有利於時政的作品選爲上乘，而對那些險怪奇澀、號稱「太學體」的時文一律革斥。這次改革甚至引起了士子的騷亂，他們趁歐陽修出衙時，攔住他的馬頭，不讓他過，要向他討個說法。但歷史證明歐陽修是完全正確的。這一榜選拔了蘇軾、蘇轍、曾鞏、程顥、張載等一批出色人才，可以毫不誇張地說，宋代文學史和文化史上如果沒有了這些人，可能連方向都會完全改變。這一次雷厲風行的改革，終於扭轉了險怪僻冷的文風。歐陽修關於詩文革新的理論可以上溯到唐代的韓愈。他強調道對文的決定作用，他打了個比方，說道是金玉，而文是形式，是金玉所發出來的光輝。因此，要寫好文章，首選必須培養良好的道德素養，培養對道篤信不

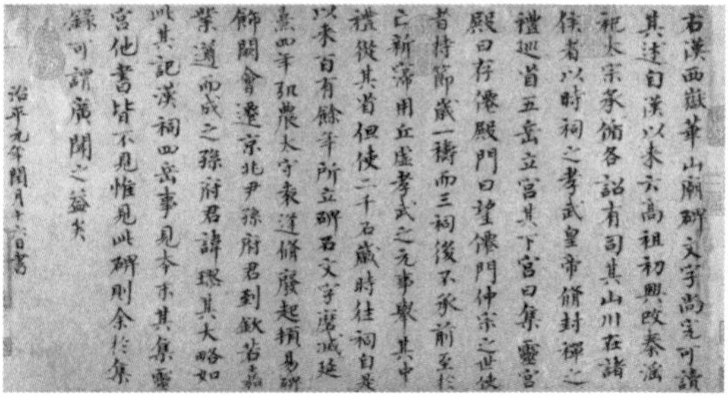

集古錄跋尾帖　北宋　歐陽修

《集古錄跋尾》又名《集古錄》，是歐陽修記錄碑帖、銘文的作品，議論考證，精準明確，在中國書法史上佔有相當重要的地位。另外，此帖也是歐陽修書法中的代表作。歐陽修工書，宗歐、顏二家，結字有顏體之寬綽，筆勢有歐體之森嚴。蘇軾評其書曰：「筆勢險勁，字體新麗，自成一家。」《歐陽文忠公文集》中的《學書爲樂》寫道：「蘇子美嘗言，明窗淨几，筆硯紙墨，皆極精良，亦自是人生一樂。然能得此樂者甚稀，其不爲外物移其好者，又特稀也。余晚年知此趣，恨字體不工，不能到古人佳處，若以爲樂，則自是有餘。」

蘇轍像

蘇轍（1039～1112），字子由，又字同叔，號潁濱遺老，眉州眉山（今屬四川）人，蘇軾弟，唐宋八大家之一。

蘇洵像

蘇洵（1009～1066），字明允，號老泉，與子軾、轍合稱「三蘇」，眉州眉山（今屬四川）人，唐宋八大家之一。

蘇軾像

蘇軾（1036～1101），字子瞻，又字和仲，號東坡居士，眉州眉山（今屬四川）人，蘇洵子，唐宋八大家之一。

疑，並且能行之於身。在此基礎上，他反對那些高談闊論而沒有實際內容的文章，認爲那種文章對時政於事無補。正因如此，歐陽修有相當一部分文章是政論文，但因爲這些文章針對實際有感而發，並且寫得婉轉流暢富有感情，所以不覺得空虛無味，反而讓人讀來有一種正氣凜然、無所畏懼的戰鬥精神。如他的《與高司諫書》，在歷述自己和高若訥的交往及對其認識的加深後，將高若訥身爲諫官卻懼禍無爲的小人作風揭批得淋漓盡致，並在最後對其直接痛斥：「君不復知天下有羞恥事耳。」歐陽修的散文，無論寫景狀物，敘事懷人，都顯得搖曳生姿，具有很強的感人力量。其中最爲著名的是《醉翁亭記》，其文寫滁州山間朝暮變化，四時不同的景色以及自己和隨從在山間的遊樂，層次分明，語言流暢，表達了自己擺脫這些約束後從容委婉的情懷。這篇文章開頭一段尤其得到歷代文人的稱賞和讚譽：

環滁皆山也，其西南諸峰，林壑尤美。望之蔚然而深秀者，琅

琊也。山行六七里，漸聞水聲潺潺，而瀉出於峰之間者，釀泉也。峰迴路轉，有亭翼然臨於泉上者，醉翁亭也。作亭者誰？山之僧智僊也。名之者誰？太守自謂也。太守與客來飲於此，飲少輒醉，而年又最高，故自號曰醉翁也。醉翁之意不在酒，在乎山水之間也。山水之樂，得之心而寓之酒也。

這一百五十多字的短文，筆鋒婉轉游移，如靈蛇走動，寫山，寫林，寫水，寫亭，寫人，寫遊樂，而最後點明主旨：太守(作者)之樂，不在山，不在水，亦不在酒，在乎心而寓於酒。這就是一種灑脫自得、寵辱兩忘的境界。這時正當作者謫居滁州，以寬簡之政治民，百姓也對他熱情友好，所以歐陽修在貶謫之中，倒也不覺失意難耐。從這點上說，他和後來的蘇軾應該說是「心有靈犀一點通」了。

蘇洵、蘇軾和蘇轍也是當時名噪一時的散文大家，是唐宋八大家的重要成員。蘇洵二十七、八歲才發憤讀書，但仕途並不順利，後因歐陽修等的延引，名聲大振，曾入仕，不久即病逝。他的文章博大精深，善辯宏偉，旁通經史，左右逢源，議論入微。他對自己的文章也頗爲自負，當然也承認了對古人的學習和借鑒，尤其是向孟子、韓非子、司馬遷、班固等人得到了不少經驗。所以他的文章能將道理講得十分透徹而又不生硬刻板，讓人心服口服。他的文章又以史論最爲出名。如他的名作《六國論》就體現了這一特點。

東坡赤壁圖　明　仇英

蘇軾的散文成就比其父要高得多，這是和他學貫古今分不開的。他的名篇很多，如《留侯論》、《教戰守策》、《日喻》、《赤壁賦》、《石鐘山記》等，無一不是膾炙人口的佳作。蘇軾生性豁達，所以無論是論史還是記事，也無論是感物懷人，都顯得條理通達，情文共生，如他的抒情散體賦《赤壁賦》就是如此。

三蘇祠

祠位於三蘇(蘇洵、蘇軾、蘇轍)的故鄉四川省眉縣，明洪武年間由三蘇故居改成祠廟，清康熙四年(1665)重建，同治、光緒年間又有所增改。其主要建築有大門、正門、二門、大殿、啓賢堂、木假山堂、來鳳軒等組成。大門上部匾額「三蘇祠」由清代大書法家何紹基題字，左右對聯爲「克紹箕裘一代文章三父子，堪稱楷模千秋景慕永馨香」；二門有著名的楹聯「一門父子三詞客，千古文章四大家」。

這篇文章是他被貶黃州時所寫的，當時他正處於政治上的低潮，思想上多少有些消沉。但在他的筆下，卻讀不到韓愈、柳宗元等人被貶後的傷感和悲涼。蘇軾在逆境中總是不怨天，不尤人，不悲傷，不沉淪，總顯得豁達大度。試讀其中一段便可知所論非假：

少焉，月出於東山之上，徘徊於斗牛之間。白露橫江，水光接天。縱一葦之所如，凌萬頃之茫然，浩浩乎如馮虛御風，而不知其所止；飄飄乎如遺世獨立，羽化而登仙。

寥寥幾筆，就繪出了一幅意境優美的圖畫，既表明作者心無芥蒂，同時也爲後面的主客答辯提供了情景基礎。以致後人說：「不是當前兩篇賦，爲何赤壁在黃州。」

蘇轍是蘇軾的弟弟，字子由，他的散文也是頗有特色，當時的文人稱他的文章汪洋淡泊，有一唱三歎的韻致，同時也顯得清秀靈傑，自是文壇巨擘。他的代表作是《黃州快哉亭記》。文章記敘了快哉亭的景色和得名的由來，讚美了蘇軾等人身處逆境仍樂觀自達，不以物違性的修養。和其他文章一樣，《黃州快哉亭記》結構清晰嚴密，文章寫景、記事、用典、述史，一氣呵成，渾然一體。

來自江西的文豪

王安石和曾鞏

在歷史上，出身於中下層官僚家庭的王安石是以政治家著稱的，他青少年時期即以天下爲己任。入仕後更是留心民生疾苦，曾寫有《上仁宗皇帝言事書》，即後人所說的萬言書。在這篇文章裡，王安石大膽提出了自己的政治主張，雖然並沒有取得立竿見影的效果，卻爲他後來施展政治才華提供了嶄露頭角的機會。

王安石像

王安石（1021～1086），字介甫，號半山，臨川（今屬江西）人，唐宋八大家之一。

司馬光像

司馬光（1019～1086），字君實，號迂叟，夏縣（今屬山西）人，史學家、散文家。

上萬言書之後不久，王安石就走到了政壇核心，在宋神宗的支持下進行了有名的改革。但由於舊黨的不斷阻撓，他在宰相的位置上也是時起時伏，他全力推行的新法也時斷時續，經過大約十來年這樣斷斷續續的艱難歷程，元豐八年，司馬光爲宰相，全部廢止新法。王安石憂憤成疾，於次年病卒，享年六十六歲。王安石在文學上強烈反對西昆體。他認為文章本來就應為社會政治服務，在這點上，他比歐陽修來得還要直接而積極。他的散文以政論性文章居多，這些作品大多針對時弊，根據深刻的分析，提出明確的主張，具有極強的說服力量。王安石也很喜歡作翻案文章，對歷史上已有定論的人物或事件做出一番新的解釋，如《讀孟嘗君傳》就是這樣。史書認為孟嘗君善養士，而且羅致了許多能人。但王安石通過自己的分析認為，孟嘗君並不善養士，至少沒有網羅到眞正的能人。如果他能把眞正的能人拉攏到身邊的話，就可以直接勵精圖治，處理好內政外交的大事，從而發展國力，壯大軍事能力，將秦國一舉滅亡，而不是費盡心思去做「雞鳴狗盜」之事了。全文不滿百字，卻論據充實，說理顯豁，眞是一字不可增損：

世皆稱孟嘗君能得士，士以故歸之，而卒賴其力以脫於虎豹之秦。嗟呼！孟嘗君特雞鳴狗盜之雄耳，豈足以言得士？不然，擅齊之強，得一士焉，宜可以南面而制秦，尚何取雞鳴狗盜之力哉！夫雞鳴狗盜之出其門，此士之所以不至也。

曾鞏像

曾鞏（1019～1083），字子固，建昌南豐（今屬江西）人，唐宋八大家之一。

王安石這類小品文通常以極簡的議論，一語破的的斷語，感發出一種獨具慧眼的識度和見解。王安石的散文還有遊記類的，如《遊褒禪山記》闡述治學之道在於不避險遠，有志有力，雖不成而無悔。也有寫人記事的，如《傷仲永》通過一天才少年因為不學而變為庸才的故事例，說明即使是天才，也要加強後天教育和學習。

王安石的哀祭文也是很有名的，清代的姚鼐就將他推舉到和韓愈相提並論的地位。這些散文中，最為有名的是《祭歐陽文忠公文》、祭《王回深甫文》等，都寫得情深意摯，哀思綿綿，是後世祭文的典範。

唐宋八大家的另一位重要人物曾鞏也是江西人。他父親曾當過知縣，因受誣罷官，家境從此陷入了困頓之中。曾鞏在艱難中除了維持家計之外，還要堅持學習，後來得到歐陽修的賞識，終於學問大成。曾鞏未中進士之前便文名遠揚，文壇名家歐陽修、王安石、蘇軾等人對他的文章對很推重。他散文中的書序很有特色，這些書序都是在他任職館閣時整理典籍時寫的。對古籍的存佚、完缺、分合、流傳都做了闡明，意見精闢中肯，極具文獻價值。也有些文章是隨機發揮，闡揚儒家的思想和義理，表明了他們「文以載道」的傳統觀念。曾鞏的文章，多喜歡就事立論，如給佛殿寫的序文中卻有反佛興儒的議論；他的《思政堂記》開頭簡述建堂經過之後，隨即緊扣「思政」之題闡發了一段精妙的議論，勉勵堂主沉思慎行，施行對人們有益的政策，而革去那些擾民的亂政，以求取得眞正良好的政績。他較有名的一篇文章是《墨池記》，文章不長，開頭一段簡述墨池的位置、形狀和得名緣由：

臨川之城東，有地隱然而高者以臨於溪，曰新城。新城之上，有池窪然而方以長，曰王羲之墨池者，荀伯子《臨川記》云也。羲之嘗慕張芝臨池學書，池水盡黑。此爲其故跡，豈信然哉？

接著推出王羲之的書法造詣是靠後天勤學苦練獲得的結論，並在此基礎上推出要深造道德需要付出更多的努力；再從這古蹟之所以存留而推出如果能德學兼備，對後世的影響就會更大。這篇文章結構嚴謹，筆調委婉有致，多用設問句，在自問自答之間，將枯燥無味的道理說得娓娓動聽。這是曾鞏雜記中的佳作，代表性地體現了他從容平實、委婉嚴謹的文風特點。

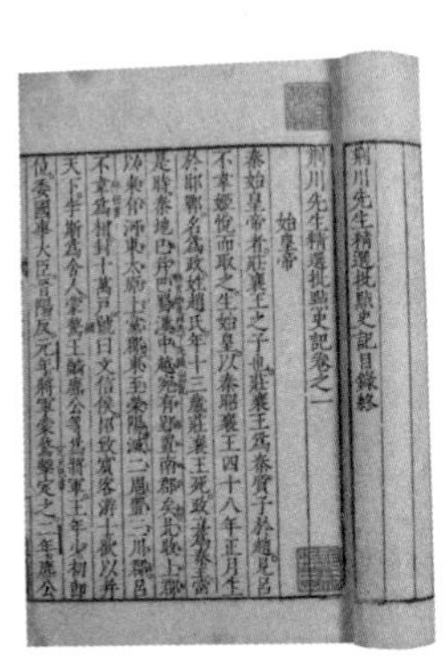

《荊川先生文集》（北宋王安石著）書影

《南豐曾子固先生集》（北宋曾鞏著）書影

第五章

為市民而歌舞

元代戲曲

元朝統治者憑藉其戰無不勝的鐵騎，建立了中國歷史上第一個以少數民族為主要統治階級的封建國家,疆域空前遼闊。由於蒙漢在文化程度上的迥然差異，元代統治者一方面加強對部分漢族文人的利用，另一方面對漢族和其他少數民族的統治和控制達到了前所未有的嚴酷。元初八十多年科舉的中斷，使得大多數文人處境維艱，一時有「十儒九丐」之說。這些文人懷才不遇，報國無門，只得將一腔熱血付諸文學創作。他們和勾欄院裡的歌妓們關係密切，經常為她們編寫劇本，有時甚至親自參加演出，這不但鍛鍊了他們的寫作才能，而且也為他們創作實踐夯實了基礎。關漢卿、王實甫、馬致遠、鄭光祖等人無疑代表了元代雜劇創作的最高水準。而關漢卿和王實甫則是這片璀璨星群中最為奪目的雙子星座。他們各自以獨具魅力的作品為元代日漸荒蕪的文壇樹立了一座不朽的豐碑。

才子佳人的第一聲號角

《西廂記》

聞名古今的《西廂記》的素材來自於唐代詩人元稹根據自己的親身經歷寫成的傳奇《鶯鶯傳》：元稹從小便失去了父親，家境貧寒，是母親一手拉拔他長大。可是當他長大後，卻因爲文名遠揚而過著輕裘肥馬的生活。他生性風流，卻又用情不專，早年和表妹崔氏相戀，並已成夫妻之實，後來卻爲了在仕途上更上一層樓，狠心將其拋棄，娶了裴尚書的女兒。若干年後，兩人都各自成家之後，元稹仍要求崔氏以外兄身分相見，遭到了崔氏的拒絕。傳奇故事《鶯鶯傳》就是元稹這一段情感經歷的眞實寫照，作品以細膩委婉的語言向人們訴說了崔鶯鶯和張生的愛情故事，故事哀婉淒絕，文字華麗流暢，使得它在文人中廣爲流傳。《鶯鶯傳》和後來文人們對這個故事的吟詠，成了後來《西廂記》的創作源頭。而對元雜劇《西廂記》發展作出貢獻最大的，當屬金章宗時期的董解元。

董解元，金朝人，其生平無從考證。他在此前說唱文學作品的基礎上，將這個纏綿動人的故事改編成了五萬字左右的演唱詞，名爲《弦索西廂記》，在董西廂中，崔張的愛情故事產生了質的飛躍：崔張之間的愛情終於結出甜美的果實，才子佳人終於大團圓；而不再是張生對崔鶯鶯的始亂終棄。作者理直氣壯地宣告：「自古佳人，合配才子。」這就從張生爲自己「忍情」

《弦索西廂記》（金董解元著）插圖

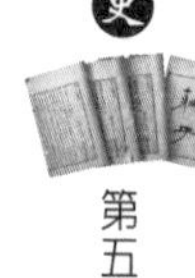

辯護轉而成爲對男女相愛的眞誠謳歌。使得這一流傳數百年的悲劇終於露出人性美的光芒。

如果說董解元的才子佳人自當相配的理想是漫長的封建社會中露出的第一道人性曙光，那麼王實甫的《西廂記》則更是第一聲氣貫長虹的號角，它直接喊出了「但願有情人終成眷屬」的呼聲。

王實甫，據僅存的極少資料記載，他名德信，大都人，約卒於元代中後期。時人賈仲明給他寫的悼詞稱他：「新雜劇，舊傳奇，《西廂記》，天下奪魁。」

《西廂記》在故事情節和董西廂基本上差不多，說書生張君瑞，父母雙亡，孤身一人，書劍飄零。正準備去京都趕考，在普救寺遇到了崔鶯鶯，兩人一見鍾情，他毅然放棄了進京趕考的計畫，租了一間西廂房，希望能再見到崔鶯鶯。一次偶然的機會，兩人隔牆聯詩，從此產生了深深的感情。孫飛虎聽說崔鶯鶯貌如天仙，發兵圍住寺廟，威脅說如果不將崔鶯鶯獻出，就將全寺僧俗一概殺死。老夫人只得許諾：誰能趕走孫飛虎，就將女兒許配給他。張生挺身而出，他修書一封，請同窗好友杜確將軍發兵相助，戰敗了孫飛虎，張生和鶯鶯喜出望外，只等老夫人親口許下這門親事。可是老夫人讓鶯鶯以兄妹之禮拜謝張生，張生和鶯鶯陷入了深深的相思中，不能自拔。在紅娘的指點下，張生爲鶯鶯彈了一曲《鳳求凰》，悠揚的琴聲在崔鶯鶯心中激起了深愛的漣漪。

張生爲鶯鶯陷入了難熬的相思而病倒，鶯鶯派紅娘去探望他。張生揮毫染翰，文不加點地寫了一首絕句，請紅娘帶過去。鶯鶯看了假意生氣，卻讓紅娘帶回一封信：「待月西廂下，迎風戶半開。拂牆花影動，疑是玉人來。」暗示張生

青花西廂記人物故事圖瓶　元

西廂記圖冊　清　任薰

此圖根據元代王實甫的雜劇《西廂記》繪成，上圖是其中的《前候》、《後候》二折，用筆纖細，人物動作妙趣橫生。

晚上過去約會。出人意料的是，晚上鶯鶯見了張生，卻將他訓斥了一頓。鶯鶯忽冷忽熱，弄得張生神魂顛倒，不知所措，病情更加嚴重了。不久，鶯鶯背地裡又託紅娘帶去一封含意隱晦的信。信中寫道：「寄與高唐休詠賦，今宵端的雨雲來。」這讓張生吃了顆定心丸。晚上鶯鶯終於來了，兩人終諧魚水之歡。老夫人得知此事後，立即把紅娘叫過來拷問，可紅娘卻有理有據地將老夫人駁得無言以對，只好順水推舟，同意張生和鶯鶯的婚事。然而她卻要求張生進京應試，並一再強調，如果不能得官就不要回來。張生應考中一舉成名，考中狀元，在京待選。此時，老夫人的侄兒鄭恆出場，鶯鶯原來是曾許配過他的。為了奪回鶯鶯，他捏造謊言，說張生已被衛尚書招為女婿。老夫人聽了這一面之詞，又改口就將女兒許給鄭恆。鶯鶯不明眞相，憂心如焚。張生回來後，老夫人十分憤怒，斥責他不守信用。張生發誓分辯絕無此事。就在難分難解之時，杜將軍來了，當場揭穿了鄭恆的陰謀，鄭恆羞愧難當，一頭碰在大樹上死了。最後，皇帝使者宣布張生和鶯鶯結為夫婦。在一片喜慶的氣氛中，張生和鶯鶯拜拜堂成親，戲劇最後順理成章地唱道：「願天下有情的都成了眷屬！」

《西廂記》中的人物都有鮮明的個性。如張生對愛情熱烈癡情，卻不輕薄下流；作品一方面寫張生思念鶯鶯時的惆悵和憂鬱，同時又

寫他得到鶯鶯信簡時手舞足蹈的喜劇性動作，使得這個形象呼之欲出，眞實可信；而崔鶯鶯多情執著，反抗老夫人也十分堅定，但她卻不得不爲自己設下種種防線，在愛情的道路上小心翼翼地試探著。

作爲戲劇藝術，《西廂記》巧妙地設置了一系列的「懸念」，使得劇情發展一環套一環，高潮迭起，引人入勝。老夫人賴婚，是第一個重大的「懸念」，即「賴婚」之後劇情會怎樣發展？張生鶯鶯他們會採取什麼行動？這讓觀眾不得不懷著巨大的興趣繼續觀看下去。張生鶯鶯他們採取的行動是「酬簡」，進而私定終身，這是對「賴婚」的解答，又是引起下一段故事發生的新懸念。此後的「哭宴」又是一個懸念：老夫人賴婚之後，張生今後去向何方？這只能在全劇結束時才能得到解答。這三個懸念都設置在全劇的主幹部位，使得劇本主幹部分層次分明，有條不紊，結構緊湊。《西廂記》善於吸取前代名句，再以深化加工，點染而成妙語。最著名的如「送別」一折：

青山隔送行，疏林不做美，淡煙暮靄相遮蔽。夕陽古道無人語，禾黍秋風聽馬嘶。

青山，疏林，淡煙，夕陽，本來都是客觀的景物，沒有情感內涵的。但在這對即將離別的情人眼裡，都塗上了濃厚的主觀感情色彩，青山疏林阻擋了自己視線；淡煙夕陽沒沒無語；禾黍秋風隨馬遠行，成了自己意念的化身。因而顯得淒豔、悲愴，使人讀了，對崔鶯鶯心中那種對心上人遠離後不能相見時的悲痛欲絕有更深的體會。這種大膽的兼收並蓄，使得《西廂記》的語言更爲清新典雅，精工富麗。

名家導讀

《西廂記》，必須掃地讀之。掃地讀之者，不得存一點塵於胸中也。《西廂記》，必須焚香讀之。焚香讀之者，致其恭敬，資其潔清也。《西廂記》，必須對花讀之。對花讀之，助其娟麗也……《西廂記》，必須與美人並坐讀之。與美人並坐讀之者，驗其纏綿多情也。《西廂記》必須與道人對坐讀之。與道人對坐讀之者，歎其解脫無方也。

——中國清代　書評家　金聖歎

《西廂記》是有永恆而且普遍生命力的偉大的藝術品。

——中國現代　文學家　郭沫若

王實甫的《西廂記》和曹雪芹的《紅樓夢》是中國古典文學中的雙璧。

——中國現代　學者　趙景深

頭角崢嶸的銅豌豆

關漢卿

相比其古希臘悲劇的早熟，中國戲劇的勃興有些姍姍來遲。然而就在歐洲戲劇還處於剛剛擺脫中世紀黑暗後的荒蕪時，中國的戲劇文學卻在元朝來了一次整體性的爆發。在所有的元雜劇作家中，關漢卿的名字無疑是最響亮的。他比文藝復興的巨匠莎士比亞早出生了一百多年，但他的劇作卻並沒有因爲時代的提前而顯得稚嫩，而是相應地早熟了一百多年。關漢卿是大都（今北京）人，大約生活在1225年至1302之間，可能做過「太醫尹」之類的官，但平生多與歌女伎人爲伍。他不但能撰寫劇本，而且能親自演出。他既是元雜劇作家的前輩，也是元雜劇的集大成者。

關漢卿一生所作劇本多達六十多種，今存十八種。從內容看，這些劇作可分爲三類：社會公案劇、愛情婚姻劇和歷史故事劇。

《竇娥冤》是關漢卿公案劇中的代表作，作品中人物刻畫精湛細膩，戲劇衝突扣人心弦，反抗精神強烈鮮明，尤其是竇娥對官府徹底

《竇娥冤》（元關漢卿著）插圖

《魯齋郎》（元關漢卿著）插圖

《金線池》（元關漢卿著）插圖

絕望時所立的三樁誓願，更是撼人肺腑，這的確是彪炳千秋的悲劇傑作。《竇娥冤》眞實地記錄了竇娥悲慘而短暫的一生：母親早逝，父親不名一文，把她作爲抵債品典給了放高利貸的蔡婆做兒媳，然而禍不單行，婚後三年，丈夫又去世了，只剩下她和年邁的蔡婆相依爲命。蔡婆出去要債時差點被賽盧醫害死，雖然得到了張驢兒父子的救助，可這並非喜從天降，而是引狼入室。這對父子看中了蔡婆的錢財和竇娥的人，竟想以強行倒插門的方式霸佔這對苦命的女人。他們設計想害死蔡婆，沒想到卻毒死了張驢兒的父親。官吏貪婪昏庸，只知索取錢財，嚴刑拷打。爲了挽救蔡婆的性命，竇娥屈打成招，只得承認是自己毒死了張驢兒的父親。在刑場上，竇娥對天發誓：

《耍孩兒》不是我竇娥罰下這無頭願，委實的冤情不淺；若是沒些靈聖與世人傳，也不見湛湛青天。我不要半點熱血紅塵灑，都只在八尺旗槍懸。等他四下裡皆瞧見，這就是咱萇弘化碧，望帝啼鵑。

《二煞》你道是暑氣暄，不是那下雪天；豈不聞六月飛雪因鄒衍？若果有一腔怨氣噴如火，定要感得六出冰花滾似綿，免著我屍骸現；要甚麼素車白馬，斷送出古陌荒阡！

《一煞》你道是天公不可期，人心不可憐，不知皇天也肯從人願。做甚麼三年不見甘霖降，也只爲東海曾經孝婦冤。如今輪到你山陽縣。這都是官吏每無心正法，使百姓有口難言。

所有的一切都會有報應的。早年貧困失志的竇天章終於得官而

雜劇圖　元

此圖爲山西省洪洞縣廣勝下寺水神廟壁畫，再現了元泰定元年（1324）四月忠都秀作場演北曲雜劇的情況。壁畫上部有一帳幔，上寫「大行散樂忠都秀在此作場」，下部繪兩塊壯士持劍鬥蛟的畫面。演員排列成兩行，後排樂工立於作場人身後，大鼓置於上場門處，一末上場的角色搴簾探望。前排演員居中者爲主唱角色正末，在整個舞臺中佔據突出地位。這種伴奏演出形式形成了中國戲曲六百年來的傳統規則。

《關公單刀赴會》雜劇圖　元

關漢卿一生創作有雜劇60餘種，今存有18種，著名的有《竇娥冤》、《望江亭》、《單刀會》、《救風塵》、《魯齋郎》、《孟良盜骨》、《進西施》等，以《竇娥冤》、《單刀會》、《救風塵》三劇最具影響。

歸，然而他在翻看案卷時並未發現竇娥的冤情，直到竇娥自己托夢給他，他才將那份案卷認眞地檢查。這樣，沉冤三年的竇娥才得以昭雪。

《竇娥冤》之所以有這樣震撼人心的力量和不朽的價値，就在於它最後的結局反映了人們樸素的願望：遭受苦難的人最終能獲得平安和幸福。《竇娥冤》在藝術上所取得的成就是相當高的，它是戲劇中本色派的代表作。它對社會現實的描寫，看似僅僅是把現實搬上舞臺，但實際上，作者在這方面是煞費了一番苦心。從竇娥被典賣到被屈殺，無一不眞實而集中地反映了當時社會中下層人們的生活現實，而她父親從窮書生到貴官，也是當時讀書人普遍的夢想。在語言上，《竇娥冤》也表現了本色派的特點：看來質樸無華，但卻一字難易；雖然經過加工，卻絲毫不露斧鑿痕跡。

關漢卿的愛情婚姻劇中最著名的是《救風塵》。汴梁妓女宋引章與秀才安秀實相戀，在富商周舍的引誘下她改變了意願，嫁給了周舍。她一嫁過去就遭到了非人的折磨，她只得求助於趙盼兒。趙盼兒盛裝來到周舍家，說自己要嫁給他，讓他休掉宋引章。周舍信以爲眞，休掉了宋引章，把休書給了趙盼兒。周舍發現中計，追回宋引章，扯碎了從宋引章那裡騙來的休書。把兩人拉到官府，狀告趙盼兒誆騙他的妻子。可是趙盼兒拿出眞正的休書，反告周舍強佔民妻，官府最後判周舍有罪，並把宋引章判給安秀實，以頗富喜劇色彩的結果收場。

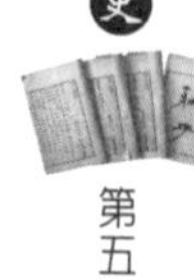

《單刀會》是關漢卿歷史劇中的代表作。劇作描寫了三國時期蜀國關羽和吳國魯肅之間爲了荊州而展開的一系列鬥智鬥勇的故事。曲文沉渾蒼涼，意境闊大豪邁，被稱爲一時之秀。

牛王廟戲台　元

戲台位於山西省臨汾市魏村，建於元至正二十年（1283），四角立石柱，上面爲亭榭式蓋頂，後部二石柱間砌有土牆一堵，牆端加設輔柱，是典型的元代建制。

關漢卿在他的歷史劇中表現出一種濃濃的化不開的歷史虛幻感，正如《單刀會》中一段著名的唱詞中所感慨的那樣：

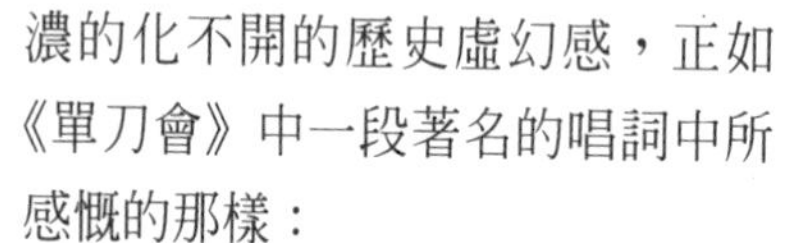

《駐馬聽》水湧山疊，年少周郎何處也，不覺的灰飛煙滅，可憐黃蓋轉傷嗟。破曹的檣櫓一時絕，鏖兵的江水由然熱，好教我情慘切。這也不是江水，二十年來流不盡的英雄血。

在作者筆下，當年爭雄叱吒的風雲人物，都已成往事。火燒赤壁，周瑜戰功威赫；黃蓋苦肉計成，曹操八十萬軍在一夜之間被燒得丟盔棄甲，潰不成軍。在這段定鼎三分的歷史決戰中，關羽也曾金戈鐵馬，躍馬揚鞭。可如今江水依舊東流，人物卻全然非昨。作品雖是寫關羽的感慨，但這何嘗不是作者自己的心聲？

儘管在今天，關漢卿可以當之無愧地受用中國、乃至世界戲劇大師的榮譽，然而在古代，對他的劇作卻有著相當的爭議。在元代時，人們對他的評價相當高，可是到了明代，評論家並未把他列爲傑出的作家。而清朝末年的國學大師王國維，則借鑒西方文學理論，對關漢卿的作品作出全新的評價。他認爲關漢卿不依傍古人，獨自創作出如此偉大的戲劇，並且做到了曲盡人情，字字本色，應當是爲元代第一作劇家。

國事家事兩不忘

白樸、馬致遠和鄭光祖

在眾芳爭豔的元雜劇作家中，白樸是一位以文采見長的劇作家。他幼年時期正遇上金國覆亡，在大詩人元好問的扶持下才倖免於難。白樸一生創作頗豐，但完整流傳下來的只有兩部：《牆頭馬上》和《梧桐雨》。《梧桐雨》取材於白居易的《長恨歌》，描寫唐明皇李隆基和楊玉環之間的故事。作者想通過他們之間的愛情來抒發一種對美好事物失去之後無法復得的寂寞和哀傷，一種從極盛到零落的失落。

白樸像

《梧桐雨》共四折。前三折寫李隆基自以為太平無事，寵幸楊貴妃，鶯歌燕舞，不理朝政。可是好景不長，不久就發生了安史之亂，唐玄宗倉皇出逃，在路上又生了禁軍嘩變，殺死了楊國忠，勒死了楊玉環。全劇的高潮在第四折，作者根據白詩「春風桃李花開日，秋雨梧桐葉落時」而作的。它藝術地表現了李隆基的內心活動：愁懷、傷感、寂寞，曾經的繁華和尊貴都成了無法重覆的舊夢，心愛的人兒也從此永訣，雖然自己是太上皇，可是連給楊玉環修一座廟都無能為力。曲詞中反覆出現的陰雲、敗葉、秋日、簷間玉馬雨打梧桐等這一系列衰敗淒涼的意象了濃得化不開的悲涼氣氛。而最後，李隆基夢見了楊玉環，請她到長生殿共敘舊情，可只說了一句話，就被風聲驚醒了。這種感覺無論對李隆基還是

《梧桐雨》（元白樸著）插圖三幅

對作者，或者是對讀者觀眾，都是刻骨銘心無法抹去的。白樸刻意描寫唐明皇盛衰前後強烈的對比，未嘗沒有給金國唱輓歌的味道。

《牆頭馬上》是元代四大愛情劇之一，它的素材來自白居易的

昭君出塞圖　明　仇英

昭君出塞的故事在唐宋兩代主要出現於詩詞裏，從北宋中期開始，成爲常見的繪畫題材，元明清三代，更是頻繁出現於各種文學藝術作品和手工製品當中。

《井底引銀瓶》詩，寫裴尚書之子裴少俊和洛陽中總管李世傑的女兒李千金一見鍾情，李千金當晚私奔至裴少俊家，在裴家後花園一住就是七年。裴尚書知道後，怒不可遏，要趕她出門，可是她義正詞嚴，據理力爭。但是裴少俊屈從他父親的壓力，要休掉李千金，遭到她的責備和譏諷。後來裴少俊中了狀元後，他父親得知李千金是李總管的女兒，又要他去賠禮道歉，並娶回了李千金。雖然這也是一個典型的才子佳人式的故事，但故事中的李千金和以前戲劇裡的女主人翁有了不同的特質。她雖然也是貴族女子，可是對愛情的追求卻顯得大膽而潑辣，對裴尚書的指責，她毫不示弱，不但有力地回擊了裴尚書

的指責，而且還無情地奚落了他。李千金的這一連串大膽的舉止一掃此前大家閨秀端莊、淑雅的形象。這在戲劇文學史上還是很少見的。

白樸的這兩部戲劇風格有著明顯的不同，《梧桐雨》以濃厚的抒情韻味見長，而《牆頭馬上》則以生動活潑的戲劇衝突取勝。這說明白樸在戲劇方面的功底十分深厚，能熟練而準確地把握不同戲劇的表現手法。

馬致遠，元朝大都人，生平事蹟不詳。馬致遠的雜劇有十五種，《漢宮秋》、《青衫淚》、《陳摶高臥》、《任風子》等。因爲他的作品中有很大一部分是神仙戲，所以當時人稱「萬花叢裡馬神仙」。

馬致遠的《漢宮秋》是元雜劇中優秀的歷史劇之一，它藝術地再現了漢代王昭君的故事。它寫漢元帝時國勢衰弱，奸臣毛延壽因求賄不成，將王昭君畫成醜女，事發後叛逃匈奴，以昭君爲由挑起兩國戰爭。面對匈奴的攻勢，朝廷上下束手無策，只得將昭君獻出。昭君行至兩國邊境，投江自殺。匈奴主大爲後悔，殺了毛延壽，與漢和好。

《漢宮秋》在藝術上的成就很高，作品很擅長借對景物的描寫來烘托環境氣氛和人物感情。在第三折寫漢元帝送別昭君的曲詞，眞正做到了情景交融，其中的《梅花酒》尤負盛名：

戲劇故事圖青花瓶　元

宋元時期，經濟重心南移至蘇杭一帶，商貿活動頻繁，市民階層勃興，特別是在元代，戲劇的大量創作，通俗小說的廣泛刊行，成爲一時風氣，並影響了眾多行業的發展。上面四件青花瓷中，依次是蒙恬將軍戲劇故事、蕭何追韓信戲劇故事、三顧茅廬戲劇故事、呂洞賓成仙戲劇故事，反映了元代戲劇的昌盛。

呀！俺向這迥野悲涼，草已添黃，兔早迎霜。犬褪得毛蒼，人搠起纓槍，馬負著行裝，車運著餱糧，打獵起圍場。他、他、他傷心辭漢主，我、我、我攜手上河梁。他部從入窮荒，我鑾輿返咸陽。返咸陽，過宮牆，繞迴廊；繞迴廊，近椒房；近椒房，月昏黃；月昏黃，夜生涼；夜生涼，泣寒螿，泣寒螿，綠紗窗；綠紗窗，不思量。

這裡的一景一物都染上濃濃的悲涼，句式的迴環往復，在頂真的修辭格中寫景狀物，將王昭君走後漢元帝獨自回城時的悲愴無奈和傷感低沉描摩得逼眞具體。

一代言情聖手鄭光祖，是元代後期重要的劇作家，生平事蹟不詳。所作雜劇十八種，現存《倩女離魂》等八種，《倩女離魂》也是他的代表作。

《倩女離魂》是一個愛情劇，寫王文舉和張倩女指腹爲婚的未婚夫妻，但張家嫌王文舉功名未成，不許他們成親。王文舉上京應試後，張倩女相思成疾，以致靈魂離體，追隨王生而去。王文舉得官回來後，張倩女靈魂也回到了軀體，於是和王文舉歡喜成親。作者運用浪漫主義手法，成功塑造了一個追求愛情和幸福的女子形象。

戲班圖　元　壁畫

戲班圖出自於山西省右玉縣寶寧寺，爲寺內的元代壁畫，反映了元代戲班攜帶道具和樂器趕路的情景。

在語言上，《倩女離魂》曲詞優美婉轉，每折都有出色的辭藻，文筆優美而又不空洞無著：

《柳葉兒》見淅零零滿江干樓閣，我各刺刺坐車兒懶過溪橋，他蹬蹬馬蹄蹄兒倦上皇州道。我一望望傷懷抱，他一步步待回鑣，早一程程水遠山遙。

這支曲子寫得淒惻纏綿，把兩人依依惜別的情景寫得眞切動人，即使放在《西廂記》中也毫不遜色。

此曲只應天上有

元代散曲

馬致遠元代散曲大家。從內容看，他的散曲有寫景、歎世、詠史、言情四種，所表現的思想十分複雜，大多顯得落寞、失意。如他的代表作《越調・天淨沙》《秋思》：

枯藤老樹昏鴉，小橋流水人家，古道西風瘦馬，夕陽西下，斷腸人在天涯。

作品語言凝練，充分體現意象之美的運用。每個意象都在前面綴一形容詞，簡練之極，也準確之極。這些具有極濃蕭瑟之意的景物一一疊加起來，爲全曲營造了一種濃到化不開的悲涼氣氛。明代周德清就認爲它是歷代「秋思之祖」。

精采篇章

咸陽百二山河，兩字功名，幾陣干戈。項廢東吳，劉興西蜀，夢說南柯。韓信功兀的般證果，蒯通言那裡是風魔？成也蕭何，敗也蕭何，醉也由他。

——元・馬致遠《蟾宮曲・歎世》

鶯鶯燕燕春春，花花柳柳真真，事事風風韻韻，嬌嬌嫩嫩，停停當當人人。

——元・喬吉《天淨沙・即事》

萋萋芳草春雲亂，愁在夕陽中。短亭別酒，平湖畫舫，垂柳驕驄。一聲啼鳥，一番夜雨，一陣東風。桃花吹盡，佳人何在，門掩殘紅。

——元・張可久《人月圓・春晚次韻》

翩翩野舟，泛泛沙鷗。登臨不盡古今愁，白雲去留。鳳凰台上青山舊，秋千牆裡垂楊瘦，琵琶亭畔野花秋。長江自流。

——元・張可久《醉太平・懷古》

一江煙水照晴嵐，兩岸人家接畫簷，芰荷叢一段秋光淡，看沙鷗舞再三，捲香風十里珠簾。畫船兒天邊至，酒旗兒風外颭，愛殺江南。

——元・張養浩《水仙子・詠江南》

馬致遠晚年的作品中也不時寄寓激憤不平的感慨，如著名的《雙調·夜行船》《秋思》。從藝術技巧來說，這套散曲可稱元代套曲中的壓卷之作，歷來曲論家都對它評價甚高，整套曲子一氣呵成，全無人力斧鑿痕跡，稱之爲元代散曲的壓卷之作。

元代還有許多在散曲方面取得了巨大成就的作家。他們或以孤篇稱奇，或套曲著稱，他們的作品詞氣日趨工麗，語言也變得越來越典雅。其中較有名氣的有張可久、喬吉、睢景臣、張養浩等。

張可久和喬吉的散曲在風格基本接近，都是以語言精工清麗著稱。張可久感懷歷史的作品往往表現他對現實的不滿和自己作爲一個文人的無奈。如他最爲著名的曲子《中呂·賣花聲》《懷古》：

美人自刎烏江岸，戰火曾燒赤壁山，將軍空老玉門關。傷心秦漢，生靈塗炭，讀書人一聲長歎。

這首曲子以極簡省的語言勾勒了歷史上的楚漢之爭、三國鼎立和後來歷朝的邊將苦戰，但歸結到一點，這些戰爭只不過是將老百姓置於水深火熱之中而已。其中對百姓的關切之情，形於言表，藝術成就也相當高。張養浩也有相近的作品《中呂·山坡羊》《潼關懷古》：

峰巒如聚，波濤如怒，山河表裡潼關路。望西都，意躊躇，傷心秦漢經行處。宮闕萬間都做了土。興，百姓苦；亡，百姓苦。

相對而言，這支曲子氣勢要更爲開闊，感情更爲深沉，作者的氣魄要比前者略勝一籌。喬吉的作品有一種強烈的否定功名的情緒，這應該是中國文人在懷才不遇時一種普遍的表現，只不過喬吉身處「十儒九丐」的元代，對此感受更深刻。他的《雙調·賣花聲》《悟世》就是這方面的代表作：

肝腸百煉爐間鐵，富貴三更枕上蝶，功名兩字酒中蛇。尖風薄雪，殘杯冷炙，掩清燈竹籬茅舍。

他還寫過「不占龍頭選，不入名賢傳。時時酒聖，處處詩禪。煙霞狀元，江湖醉仙。笑談便是編修院。留連，批風抹月四十年。」（【正宮·綠么遍】《自述》）這些作品，不難看出喬吉對自己無法入選的憤懣和嘲諷。

另一位散曲家睢景臣則是以孤篇稱奇的，《般涉調·哨遍》《高祖還鄉》以漢高祖還鄉爲題材，特別精采的有以下幾曲：

《二煞》你身須姓劉，你妻須姓呂，把你兩家兒根腳從頭數：你本來做亭長耽幾盞酒；你丈人教村學讀幾卷書。曾在俺莊東住，也曾借與我餵牛切草、拽壩鉏扶。

《一煞》春採了俺桑，冬借了俺粟，零支了米麥無重數。換田契強秤了麻三秤，還酒債偷量了豆幾斛。有甚糊塗處？明標著冊曆，現放著文書。

《尾》少我的錢，差發內旋撥還；欠我的粟，稅糧中私准除。只道劉三，誰肯把你揪住？白什麼改了姓，更了名，喚作漢高祖？

在這一連串的責問下，歷史上莊嚴神聖的漢高祖劉邦竟成了一個欠錢賴賬的人。這雖然和史實相比可能會有些出入，但劉邦出身的確不高，這些事實也有可能存在。關鍵在於睢景臣能以一種幽默的筆調把它寫出來，擺在我們眼前，這樣就顯得格外的可笑而突出。作品由數支曲子組成，但卻一氣呵成，絕無梗阻之感。後面的煞和尾這幾支曲子尤其酣暢淋漓，讀來使人意興勃發。

精采篇章

問東君何處天涯？落日啼鴉，流水桃花。淡淡遙山，萋萋芳草，隱隱殘霞。隨柳絮吹歸那答？趁遊絲惹在誰家？倦理琵琶，人倚秋千，月照窗紗。

——元．貫雲石《蟾宮曲．送春》

一聲梧葉一聲秋，一點芭蕉一點愁，三更歸夢三更後。落燈花棋未收，歎新豐逆旅淹留。枕上十年事，江南二老憂，都到心頭。

——元．徐再思《水仙子．夜雨》

平生不會相思，才會相思，便害相思。身似浮雲，心如飛絮，氣若遊絲。空一縷餘香在此，盼千金遊子何之，證候來時，正是何時？燈半昏時，月半明時。

——元．徐再思《蟾宮曲．春情》

平沙細草斑斑，曲溪流水潺潺。塞上清秋早寒，一聲新雁，黃雲紅葉青山。

——元．無名氏《天淨沙》

晨雞初叫，昏鴉爭噪，那個不去紅塵鬧。路遙遙，水迢迢，功名盡在長安道。今日少年明日老。山，依舊好；人，憔悴了。

——元．陳草庵《山坡羊》

山無數，煙萬縷，憔悴煞玉堂人物。倚篷窗一身兒活受苦，恨不得隨大江東去。

——元．朱簾秀《壽陽曲》

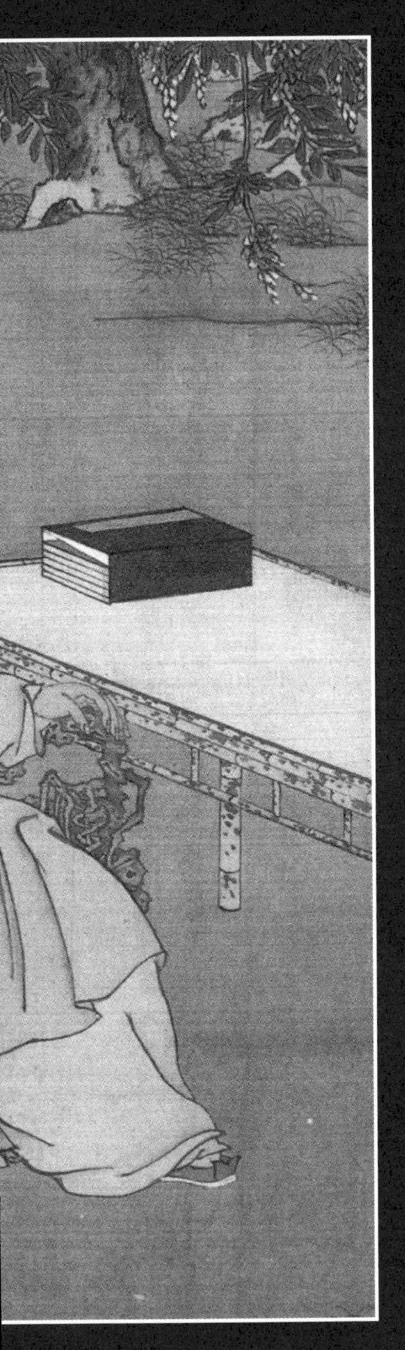

第六篇

明清文學

大器晚成的敘事文學

詩經、楚騷、漢賦、唐詩、宋詞、元曲……中國文學已經把抒情的各種可能性發揮到了極致，在漫長的發展歷程中，抒情文學中的敘事因子不斷游離出來，和史傳文學作品中的敘事框架和敘事理想經過無數次的分化組合，終於從片言隻語的言行錄發展到篇幅短小的志怪，再進化到情節完整形象鮮明的唐代傳奇。然而這一切都顯得那麼步履蹣跚。當時間的指標滑到元末明初的時候，敘事文學在默默的積累和探索之後，產生了一次總的爆發。如在地下運行了多年的岩漿，終於噴湧而出，形成了明清敘事小說群星璀璨的天空。

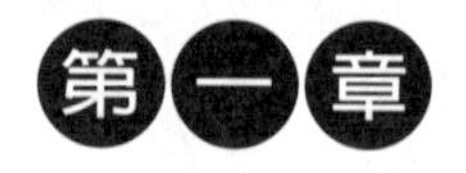

第一章 魏闕與江湖的英雄情結

歷史演義與英雄傳奇

元明之際的小說高潮，和大動盪的時代特徵密切相關。風雲激盪的時代，喚起了知識份子的憂患意識和與生俱來的使命感，他們揮動手中如椽巨筆，為天地立心，為生民呼籲，為民族吶喊。江山的得失流轉，在中國從來就是一個十分重大而神秘的問題。元主失政，群雄並起，誰是笑到最後的勝利者？這是當時有志之士反覆思索的一個問題，他們有意或無意地把自己的解釋寫進《三國演義》、《水滸傳》、《封神演義》，於是，中國初具規模的小說便負載了闡釋江山易主這樣一個沉重的主題。

《三國演義》

中國文學史上第一部長篇歷史演義小說《三國演義》，向我們展示了一幅描繪三國時期魏、蜀、吳三大統治集團之間的關係和戰爭的歷史畫卷。

《三國演義》的史實基礎是晉朝陳壽的《三國志》，後來裴松之為《三國志》作注時，引用了許多富於傳奇色彩的傳說。宋代的說話藝人，將三國故事整理得頗具規模，形成了「尊劉反曹」的思想傳統。元代開始有《三國志平話》這一類書的刻本，書中故事情節和後來《三國演義》基本接近。

這些材料積累到元末明初，一個大氣磅礡的人梳理了這些雜亂的材料，將它們重新組合、加工，形成中國文學史上第一部長篇章回小說，這個人就是元末明初的羅貫中。他的生卒年大約為1310～1385年之間，他多才多藝，創作面包括戲曲、樂府隱語，但最主要的方面還是小說。他的小說創作多體現在對歷史的演繹。如《三國志通俗演義》、《隋唐演義》、《隋唐志傳》和《殘唐五代史演義》等，他還是古典小說《水滸傳》的編撰者之一。

《三國演義》的內容十分龐雜，時間和空間的跨度極大，涉及的人物和方面也很多，讀來有一種粗線條式的勒勾的感覺。正如它卷

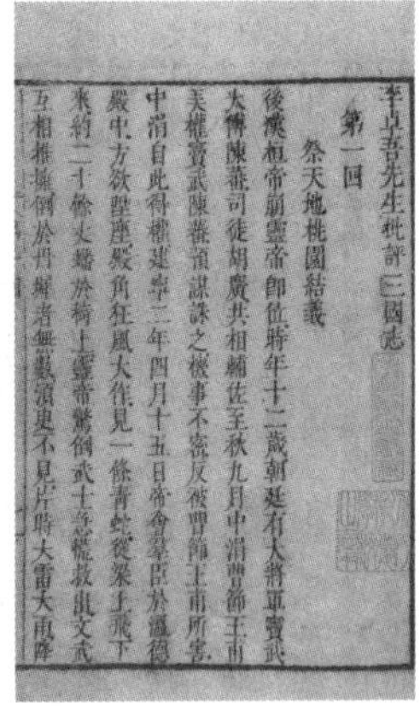

李卓吾先生批評三國志
第一回
祭天地桃園結義
後漢桓帝崩靈帝即位時年十二歲朝廷有大將軍竇武
太傅陳蕃司徒胡廣共相輔佐至秋九月中涓曹節王甫
弄權竇武陳蕃預謀誅之機事不密反被曹節王甫所害
中涓自此得權建寧二年四月十五日帝會羣臣於溫德
殿中方欲陞座殿角狂風大作見一條青蛇從梁上飛下
來約二十餘丈蟠於椅上靈帝驚倒武士急慌救出文武
互相推擁倒於丹墀者無數須臾不見片時大雷大雨降

《三國志通俗演義》（元末明初羅貫中著）書影

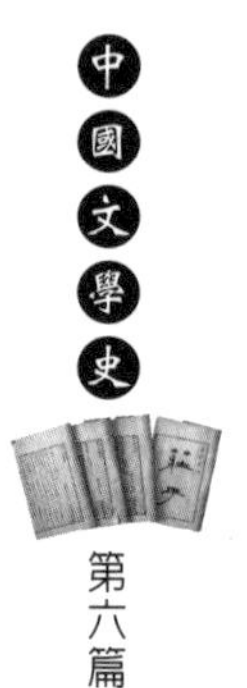

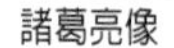
諸葛亮像

劉備像

周瑜像

首所引用的開卷詞《臨江仙》所說的那樣：

滾滾長江東逝水，浪花淘盡英雄。是非成敗轉頭空：青山依舊在，幾度夕陽紅。

白髮漁樵江渚上，慣看秋月春風。一壺濁酒喜相逢：古今多少事，都付笑談中。

小說一開始便將整個故事置於一種蒼涼而浩渺的宏大敘事結構之中：「話說天下大勢：分久必合；合久必分。」用簡短的幾句話勾勒了中國的歷史的規律。

三國時期是人才輩出的時代，在政治、軍事、政治、外交等方面或明或暗的鬥爭中，不同的人物表現了各自非凡的才能。《三國演義》刻畫了許多英雄形象，而且它所描繪的英雄不是孤立的，也不是獨一無二的，而是在相似乃至相近的場合或方面表現出不同特點的英雄人物。如董卓、曹操和劉備；孔明、周瑜和司馬懿；張飛、關羽和呂布等。這些不同的人物，或各爲一方霸主，或爲沙場猛將，或爲大帳謀士，在作者筆下，卻顯示了迥異的風格。

就董卓、曹操和劉備來說，董卓完全是邪惡和殘暴的代名詞。他平時就野心勃勃，一旦得到機會，立即率領大兵直入長安，燒殺擄掠，姦淫婦女。曹操在書中是一個奸雄，他有智有謀，從小就機智善變，能設計使父親不相信叔父，從而逃避叔父的非難。成年後，爲官不避豪強，頗有政聲；國難當頭，他不避官小位卑，挺身而出，獻計獻策。在獻刀殺董卓的故事中，充分顯示了他的英勇和機智。尤其是當董卓、呂布識破他的意圖後，他還能鎮定自若，借機脫身而去。曹操的膽識難能可貴。但同時曹操又表現了他多疑的性格，只因一句無頭無尾的話，便殺死呂伯奢一家，如果說這還是誤會，那麼在路上又殺死呂伯奢本人，就是爲掩蓋自己的過錯而殺人滅口了。

劉備是作者全力打造的「明主」形象。他以寬仁待民，對將士以誠心和義氣，從劉、關、張三結義時就有「上報國家，下安黎庶」的理想，他深知舉大事必須有民心作爲基礎。爲了成就大業，他能夠做到與民秋毫無犯，甚至在關鍵時刻，他也能夠與民眾共進退。在當陽撤退時，他不肯拋棄百姓先行，這爲他贏得了至關重要的民心。他知人善用，對諸葛亮、關羽、張飛、趙子龍的態度，可以說感人肺腑。當然，像他雙手拋子、白帝託孤等情節是他權謀的一種表現，特別是白帝託孤實是老謀深算之計。

名家導讀

《三國演義》幾百年來一直有著廣大的讀者群，其以情節取勝，以跌宕有致的寫法取勝。這部小說常讀常新。少年時閱讀可能是看熱鬧，故事多變有趣；年輕時閱讀可能對小說中種種人物性格的描寫以及他們的為人之道感興趣；年紀再大一些的人可能多注意人物命運描寫以及各方實權人物鬥智鬥力、巧弄權謀方面。小說在運籌帷幄、星移斗轉、奇峰對插、錦屏對峙的多種描寫後面，顯示了先人的無限智慧，以致今天的外國企業家要把它當案頭的必備之物，而將其智謀用到經營中了。

——中國當代　學者　鐘敬文

在中國的「四大奇書」——《三國演義》、《水滸傳》、《西遊記》、《金瓶梅》中，《三國演義》是令人十分喜愛的作品。在中國的古典小說中，《三國演義》享有崇高之極的地位，沒有任何一部小說比得上，近三百年來，向來稱之為「第一才子書」，或「第一奇書」。《三國演義》的社會影響，遠遠超過了它的文學價值，雖然，就文學而論，它的人物塑造功夫也確是第一流的，中國後世的小說家都從其中吸取了營養。

——中國當代　文學家　金庸

世界名著浩如煙海，喜讀之書可上千卷，但對軍事文學，我情有獨鍾。在軍事文學中，我首先推崇的是《三國演義》，它具有老少皆宜、雅俗共賞的藝術特色，它給我以歷史知識，給我以智慧，給我以眾多的鮮明的人物形象。

——中國當代　學者　黎汝清

在《三國演義》中，最為出色的人物無疑是諸葛亮，他幾乎就是超人智慧和絕世才能的化身。他隱居隆中時，對天下局勢瞭若指掌，初見劉備即提出據蜀、聯吳、抗魏的戰略。在後來大大小小的戰役中，他總能夠出奇制勝，而蜀漢的失利大多是因為沒有聽取他的意見而導致的。諸葛亮的超人智慧，是在和曹操、龐統、周瑜等人的對比中的表現出來的。尤其在為燒赤壁這段故事中，三方的主要首腦都粉墨登場，各自扮演著自己的角色。劉備已經被曹操趕得無路可逃，被迫向孫吳求援，而吳國內部也被曹操的百萬大軍嚇得幾欲投降。這時能出使吳國的，只有諸葛亮。他去後，首先是以滔滔雄辯，折服群儒，然後為火燒赤壁之役出謀劃策。面對來自周瑜的暗算，他不動聲色地破解，並不揭穿。而對周瑜對曹操施設的計謀，他一眼便

關羽擒將圖　明　商喜

《三國演義》中記載，荊州一戰，關羽水淹七軍，生擒龐德。圖中紅面關公長髯偉軀，倚石而坐。周倉持青龍偃月刀，關平握劍，侍立在旁。戰敗者龐德則被二位兵士綁在階下，怒目而視。

看穿，卻是只作壁上觀。他的草船借箭、祈禳東風、華容布陣，無不是出人意料的大手筆。劉備去世後，蜀國國力大弱，是諸葛亮一手撐起這個艱難的局面。安居平五路、七擒孟獲、六出祁山，那種「鞠躬盡瘁，死而後已」的精神成了封建時代人民所期望和幻想的「賢相」的典型。

讀《三國演義》需要注意的是它「尊劉貶曹」的思想。這種思想最遲起於宋代，此後不斷加強。這一方面是歷史學方面的原因，一方面是人民對「明君」盼望的結果。由於封建思想在中國根深蒂固，人們幾乎很少想過要改變這個社會，也幾乎沒有想過要有一種平等的政治地位和權利。受慣了欺凌和剝削的中下層人們，他們所能盼望的只是有一位「清官」或一位「明君」，稍微抑制豪強劣紳，從而從繁重的掠奪中暫時解脫出來就心滿意足了。從上面對董、曹、劉三人事蹟和結局的描寫和作者的取向就能看出來。《三國演義》中還有一個重要問題就是它所宣揚的「義氣」。小說第一回就極力寫劉、關、張三人的桃園結義，他們殺牛宰馬，祭天告地，發誓同心協力，救困扶危，上報國家，下安黎庶；不求同年同月同日生，但求同年同月同日死；誰若背信棄義，天人共戮。這個盟誓決定了他們三人名為君臣，實同骨肉的關係。這種義氣是小私有道德觀念的反映，表現了他們在遇到困難時互相支持、見義勇為、自發反抗的積極品德。但另一方面，這種義氣也有局限性：它可能為奸人所利用，也可能使人失去理智，因小失大。如關羽遇害後，劉備不顧諸葛亮、趙子龍等的勸告，誓死為他復仇，於是舉兵伐吳，後來伐吳之役損兵折將，蜀國也從此國力日衰。

《三國演義》是中國長篇章回歷史小說的開山之作，它的藝術結構，既宏偉壯闊，又不失嚴密和精巧，同時在照顧歷史事實的基礎上，適應了藝術情節的連貫。作者以劉蜀政權為中心，抓住三國鬥爭的主線，井然有序地展開故事情節，形成一個龐大有機的故事體。

綠林豪傑的忠義悲歌

《水滸傳》

在元明之際，出現了一部英雄傳奇《水滸傳》，它描寫了北宋末年以宋江爲首的農民起義的英雄故事，這支武裝有首領三十六人，在現在的山東、河北一帶所向披靡，後來被張叔夜伏擊而降。宋江等人的傳奇性事蹟不久就在民間廣爲流傳，並發展爲話本和雜劇等藝術形式。據記載，在宋末已有「石頭孫立」、「青面獸」、「花和尚」、「武行者」等說話名目，顯然是一些分別獨立的水滸故事。《宣和遺事》也有一部分內容涉及水滸故事，雖然只是簡要的提綱，卻已初具規模，像是《水滸傳》的雛形。而元雜劇中也有相當數量的水滸戲，它們對水滸故事的發展起了重要作用。《水滸傳》的作者就是在個基礎上，將說話、戲劇中的水滸故事綜合、加工而創作出了傑出的長篇小說，最後形成《水滸傳》今天的樣子。

《忠義水滸傳》（元末明初施耐庵著）書影

施耐庵著《水滸》圖　當代　晏少翔

施耐庵，元末明初人，曾在錢塘（今浙江杭州）生活，民間傳

關於《水滸傳》

關於《水滸傳》
中國四大古典名著之一
中國第一部成功的長篇白話小說
最能代表中國文化的文學書
清代金聖歎所列的才子必讀書
與《紅樓夢》共同構成中國文學史上空前絕後的雙峰
故事雛形來源於宋代的《大宋宣和遺事》
天下之樂，第一莫若讀書；讀書之樂，第一莫若讀《水滸》

說他也曾參加過張士誠領導的農民起義。《水滸傳》眞實地描繪當時政治腐敗、奸臣當道、民不聊生的社會全貌。而開篇即寫高俅發跡，更是對「亂自上生」的絕好注腳。高俅只不過是一個流氓無賴，卻因爲會踢球而飛黃騰達，進而魚肉百姓，陷害林沖等人。而他的後台就是宋徽宗。《水滸傳》通過這個典型事例令人信服地寫出了由昏君佞臣組成的統治集團對人民的壓迫，這才是人民起義的主要原因。

當然，《水滸傳》中的一百零八將並非都是被官府逼上梁山，如盧俊義、朱仝、蕭讓等人，他們或是因爲有一技之長、或是因爲聲名顯赫，而被吳用等設計騙上梁山的。《水滸傳》基本上都是出於藝術虛構；小說的基礎，也主要是市井文藝「說話」，受到市民階層趣味的制約；而小說作者羅貫中、施耐庵，都曾在元後期東南最繁華的城市杭州生活，他們的加工，並未改變水滸故事原有的市井性質。所以，梁山英雄裡有帝王子孫、富豪將吏、書生鐵匠、乃至獵戶漁人、屠兒劊子，卻幾乎沒有眞正的農民。因此，梁山英雄的個性，就比較多地反映了市民階層的人生嚮往。用正統的眼光來衡量，梁山漢只能算是盜賊流寇。小說要歌頌他們，並爲人們喜

施耐庵故居

施耐庵，名子安，字彥端，又字肇端，號耐庵，江蘇興化人。元末由於戰亂遷至浙江杭州，亂平後回到興化。又說施爲蘇州人，晚年遷興化，卒於淮安。

水滸人物圖之黑旋風李逵像　清

愛，就必須爲他們的行爲提出一種合乎社會傳統觀念的解釋，賦予這些英雄好漢一種爲社會所普遍認可的道德品格，而這種合法性和合理性就存在於「替天行道」和「忠義」準則。「忠義」是梁山好漢行事的基本道德準則，甚至梁山義軍的武裝反抗，攻城掠地，也被解釋爲「忠」的表現，因爲阮小二在對抗何清等人時說「酷吏贓官都殺盡，忠心報答趙官家」。其實，梁山上不主張「忠」的也有，像黑旋風李逵便動輒大喊「殺去東京，奪了鳥位」。可是這種力量始終處在以宋江爲代表的主「忠」力量的抑制之下，因而最終把梁山大軍引到了投降朝廷的滅亡道路。但作者深知在當時「忠」的艱難，宋江他們自從招安後，就再沒有過順心的日子。權臣的猜忌，部下的埋怨，都曾讓曾經風光無限的梁山好漢黯然失色；在借刀殺人式的征討方臘後，一百零八將只剩下孤零零的二十七人回朝，境況之慘，連皇帝都看不過去了，而宋江卻仍以所謂忠義自詡。所以他會把最後一杯毒酒留給李逵，徹底將梁山事業斷送得乾乾淨淨。這就是當時「忠」的代價和最後結果。在「替天行道」的大旗下，作者熱烈地肯定和讚美了被壓迫者的反抗和復仇行爲。武松身爲都頭，爲兄長伸冤卻狀告無門，於是拔刀相向，怒殺潘金蓮和西門慶；在受到張都監陷害後，更是大開殺戒，在飛雲浦、鴛鴦樓連殺十九人；林沖遇禍一再忍讓，最後被逼到絕境，終於復仇山神廟，雪夜上梁山……。這些反抗的劇烈程度遠遠超過了他們所受到的不公本身，但作者卻是以一種讚歎的筆調來描述這一切的，就是因爲這些行爲有一身合法的外衣：

替天行道。

《水滸傳》在標榜「忠義」的同時，也承認金錢的力量，肯定物質享受作爲基礎的自由生活，表現出濃厚的市井意識。晁蓋、宋江、盧俊義、柴進這些人凝聚力和號召力最主要的基礎就是有錢而又能「仗義疏財」。事實上，「義」要通過「財」來體現，否則宋江等人在集團中的聚合力也就無法存在。

《水滸傳》的基礎是宋元話本，用的是純粹的白話。《水滸傳》堪稱是中國白話文學的一座里程碑。《水滸傳》的作者駕馭流利純熟的白話，來刻畫人物性格，描述場景，生動活潑。特別是寫人物對話時，更是聞其聲如見其人，以致有人說《水滸傳》中的人物不是看出來的，而是「聽」出來的。如李逵的粗豪，魯智深的豪爽，武松剛毅而略帶幾分強悍，宋江慷慨背後卻又謹小愼微等，都是由語言表現出來的。

《水滸傳》所寫的英雄人物，性格傾向十分強烈，性格特徵十分鮮明，性格的複雜性和前後變化較少，但這並不能簡單地說成是「缺點」。因爲這些英雄人物的個性雖然比較單純卻並非簡單粗糙。比如李逵，作者常常從反面著筆，通過似乎是「奸猾」的言行來刻畫他的純樸。又如魯智深性格是暴烈的，卻常在關鍵時刻顯出機智。作者常常能夠把人物的傳奇性和富於生活氣息的細節結合得很好。這些英雄好漢既是日常生活中不大可能見到的，但在小說的具體環境中又是合情合理。

名家導讀

別一部書，看過一遍即休，獨有《水滸傳》，只是百看不厭，無非為他把一百零八個人性格都寫出來。《水滸傳》寫一百零八人的性格，真是一百零八樣。若別一部書，任他寫一千個人，也只是一樣，便只寫得兩個人，也只是一樣。

——中國清代　小說理論家　金聖歎

在五百年中，流行最廣、勢力最大、影響最深遠的書，並不是四書五經，也不是理性語錄，乃是幾部白話小說，《水滸傳》就是其中的一部奇書，是中國文學的正宗。

——中國現代　文學家　胡適

《水滸傳》的影響已遠遠超過了文學和演唱的範圍。根據記載：歷代強盜和造反者都喜歡借用《水滸傳》英雄好漢的綽號；近代20世紀的中國工農紅軍的游擊戰術也是從《水滸傳》得到啓發的。這是令人吃驚的。

——日本　漢學家　木村英雄

小說中許多不重要的人物以及反面人物，雖然著墨不多，卻寫得相當精采。像高俅發跡的一段，寫他未得志時對權勢人物十足的溫順乖巧、善於逢迎；一旦得志，公報私仇、欺凌下屬，逞足了威風，凶蠻無比。潘金蓮是小說中寫得比較成功的女性。作者把這個出身微賤、受盡欺凌，在不幸的人生中不惜以邪惡手段追求個人幸福的女子寫得活靈活現。

水滸人物圖之呼保義宋江像　清

明代，著名畫家陳洪綬畫過水滸人物的圖冊。清代，佚名者仿陳氏風格繪水滸將領40人，每人右上方篆書其名，冠以綽號。

《水滸傳》十分重視故事情節的生動曲折。它很少靜止地描繪環境、人物外貌和心理活動，而總是在情節的展開中通過人物的行動來刻畫人物的性格。這些情節又通常包含著激烈的矛盾衝突，包含偶然性的作用和驚險緊張的場面，包含著跌宕起伏的變化，富於傳奇色彩。

《水滸傳》全書藝術成就並不平衡，到了七十一回梁山大聚義以後，情節就變得鬆垮散漫，多有重覆場面出現，後來的征遼、征方臘，讀來索然無味，梁山好漢也大多失去了原有的色彩。因爲梁山的好漢們在這以後所做的事情，同他們原來的性格及人生取向全然背反，而英雄被招降而走向失敗的道路，沒有深刻的悲劇意識是無法寫好的。作者把整個故事放在一個宏大敘事結構之中，一百零八將從天上來，又回到天上，他們在紅塵中的干戈征戰，成敗榮辱，到頭來都只不過一場噩夢罷了。

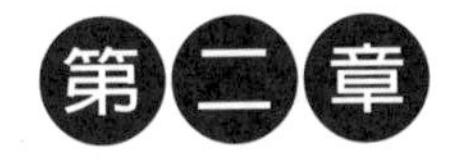

天上人間的尋覓與開拓

神話小說與世情小說

到了明代中葉，章回體敘事小說已經在形式和內容上都發育得比較成熟了，而明代一百多年來經濟的持續穩步發展，為市民階層的興起提供了現實的基礎。他們由於遠離戰爭和動亂，他們的視線開始從歷史上的英雄好漢轉而投射到自己身邊的尋常人物上來。《西遊記》雖然滿紙妖魔，但它所寫的人情百態，其實並不在《金瓶梅》之下。取經路上的悟空，與其說是一位曾令天地失色的造反英雄，不如說是一位經驗豐富的江湖老手。而八戒的形象，已經被公認為小農生產者代表。這一時期的小說，其實可以說還是在描寫現實生活的。

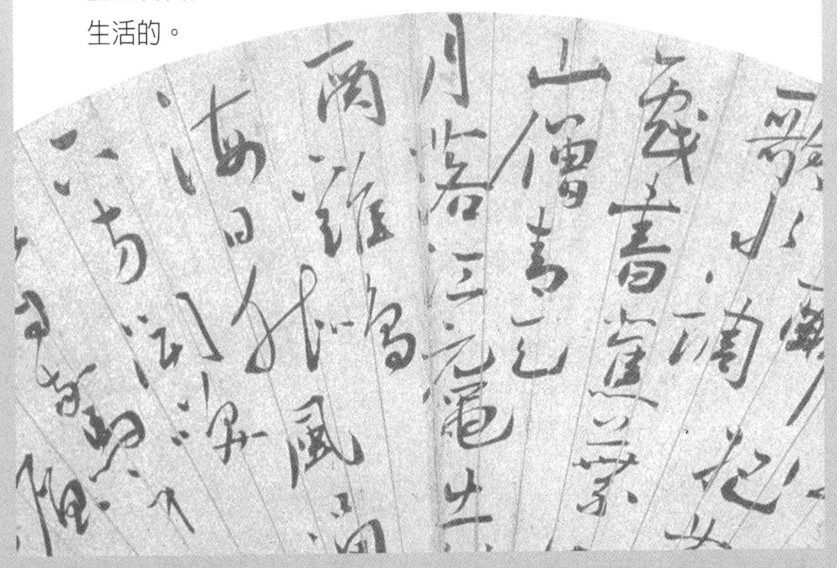

天堂裡的世態萬象
《西遊記》

頗受大眾喜愛的長篇神魔小說《西遊記》也是經過長期的積累和演變才形成的，它源於唐朝高僧玄奘赴印度取經的史實。由於這段經歷本身的傳奇性和佛家對這種故事的神化，唐僧取經的故事在社會中廣泛流傳，其虛構成分也日漸增多，並成爲民間文藝的重要題材。比較完整的小說《西遊記》，至遲在元末明初已經出現。

《西遊記》的寫定者吳承恩（1500～1582），字汝忠，號射陽山人，淮安山陽（今江蘇淮安）人。博學多才，幽默詼諧，在科場上卻極不得意，中年以後才補爲歲貢生，當了一個小官，不久後他就辭官歸隱，以賣文爲生。吳承恩對以前取經故事進行了自己的改造，沖淡了故事原有的宗教色彩，豐富了故事的現實內容，並將思想的時代特徵深深地印在了小說之中。他把「大鬧天宮」的故事放在小說的開篇，突出孫悟空的中心地位，又把

玄奘像

這位偉大的學者、翻譯家、佛教徒是7世紀最偉大的旅行家。他用十餘年的時間穿過大沙漠，攀越帕米爾高原，遊遍南北印度，帶回大量佛經，晚年寫成《大唐西域記》。他的精神以及人們對遙遠西域的好奇使得關於他的傳說在民間廣爲流傳。從唐末至元明兩朝，他的事蹟逐漸發展，成爲《西遊記》的雛形。

朱士行·唐僧取經浮雕　北宋

浮雕位於浙江省杭州市飛來峰，左面表現三國時期魏國僧人朱士行取經的故事，有三人牽二馬，三人的形式和裝束已與《西遊記》中的孫悟空、豬八戒、沙僧無甚區別。朱士行後來衍生成《西遊記》中的豬八戒。浮雕右面僧人爲唐玄奘，即是《西遊記》中的唐僧。

許多人們熟知的神話傳說有機地組織起來，用幽默、諷刺的筆調進行描寫、渲染，賦予了小說嶄新的藝術風格。

孫悟空的藝術形象，在兩個故事結構中都佔據著核心地位，通過這個神話英雄，寄託了人們的生活理想。而且，正因爲這是一部幻想性的神話小說，它比現實題材的小說能夠更充分地反映出人們內心深處的欲望。從開頭美猴王出世到大鬧天宮失敗，共七回的篇幅集中描繪了孫悟空的基本形象。他天生地長，學會了高強的本領，闖龍宮奪得如意金箍棒，又鬧冥司一筆勾掉生死簿上的姓名。於是他在花果山上自在稱王，無拘無束，無法無天。這是人性擺脫一切束縛、徹底自由的狀態，是神話中才能表現出來的人對於自由的幻想。但這種自由顯然不現實，龍宮奪寶，觸犯了四海龍王水族；陰司復生，違背了生死循環定律。玉皇大帝本想發兵剿滅孫悟空的，聽了太白金星奏議，就招他上天做個弼馬溫。他一開始恪盡職守，但聽說這只是個未入流的馬夫時，不由得怒火中燒，打出天宮，回花果山做了「齊天大聖」。玉皇大帝發兵征剿失敗，只好認可他自封的尊銜，於是他又在天宮裡快活。等他察覺這只不過是個有名無實的騙局後，便攪散蟠桃會，偷吃兜率宮的金丹，回到花果山。這些情節形象地反映了人們與

唐僧取經圖．昆藍園見摩耶夫人　元　王振鵬

本畫冊的出現在《西遊記》的形成史上具有重大的意義。王振鵬，字朋梅，浙江永嘉（今溫州）人，元代著名畫家。曾官至漕運千户，供職於宮內秘書監。其畫工密細緻，自成一家，很得元仁宗的賞識，賜號「孤雲處士」。

現實環境中是無法實現，也不可能實現的，但卻是人性中根本的要求；只要社會思想較為開放，它便會自然而然地顯露出來。《西遊記》的前七回，正是以神話形式滿足人們內在心理中這種不盡合理卻根深蒂固的嚮往。當然，人性的實際處境使小說不可能始終在這一方向上發展，孫悟空的失敗，從原型的角度宣告這種奮鬥的絕望，生俱來的渴求：在已有秩序中為自己找一個應該的位置。自由和固有的秩序再次發生碰撞，結果是作為個人的孫悟空敗給了以玉皇大帝、西天如來、東海觀音、太上老君為代表的天宮的整體力量。可以說，徹底的自由、生活欲望和個人尊嚴的充分滿足，反抗一切壓制，這在即自由的人性不可能不受到現實力量的約制。

第八回至第十二回作轉到唐僧方面，交代取經緣起。自第十三回起，寫孫悟空被迫皈依佛門，在八戒和沙僧的協助下，保護唐僧去西天取經。在這裡，兩大故事結構相互重疊。就前者而言，小說寫出嚮往自由的人性在受到強大的約制時的矛盾。在取經的過程中，孫悟空並未改變其基本的性格特徵：他仍然以「齊天大聖」自居，動輒誇耀自己闖地府、鬧天宮的光榮歷史。他照舊桀驁不馴，對玉皇大帝、太上老君等尊神放肆無禮，對如來佛和觀音菩薩也常顯出一副玩世不恭的樣子；當唐僧冤屈他，要將他趕出取經隊伍時，他首先想到的是取下「緊箍咒」，恢復自由生活。但「佛法無邊」，「緊箍咒」牢不可破，他又只能接受這樣的事實。在與妖魔鬥爭發生困難時，他還常常求助於如來、觀音、老君乃至天宮的神將。

《西遊記》直接的創作目的，是爲了給讀者以閱讀的快感，而作者思想又相當活潑，所以小說中一本正經的教訓甚少，戲謔嘲弄的成分卻十分濃厚。那些莊嚴尊貴的神佛，在作者筆下常顯得滑稽可笑。玉皇大帝的懦弱無能、太白金星的迂腐而故作聰明，像觀音菩薩在欲

唐僧取經圖・玉肌夫人 元 王振鵬

名家導讀

《西遊記》一書，自始至終，皆言誠意正心之要，明新至善之學，並無半字涉於仙佛邪淫之事。或問《西遊記》果為何書？曰實是一部奇文、一部妙文。

——中國清代 學者 張書紳

吳承恩撰寫的幽默小說《西遊記》，裡面寫到儒、釋、道三教，包含著深刻的內容，它是一部寓有反抗封建統治意義的神話作品。吳承恩本善於滑稽，他講妖怪的喜怒哀樂都近於人情，所以人人都喜歡看。

——中國現代 文學家 魯迅

沒讀過《西遊記》，就像沒讀過托爾斯泰或杜斯托耶夫斯基的小說一樣，這種人侈談小說理論，可謂大膽。

——法國 文學理論家 艾登堡

借淨瓶給孫悟空時，還怕他騙去不還，要他拔腦後的救命毫毛作抵押；就是在西天佛地，阿儺、伽葉二尊者也不肯「白手傳經」，唐僧用紫金缽盂換取有字眞經。而如來居然堂而皇之地爲這種敲詐勒索行徑作辯護，佛祖在這裡竟成了斤斤計較的生意人。這些游離於全書基本宗旨和主要情節的「閒文」，不僅令人發噱，而且表現出世俗欲念無所不在、人皆難免的意識，透露著商業社會的氣息。

《西遊記》中的藝術形象，既以現實的人性爲基礎，又加上作爲其原形的各種動物的特徵，再加上浪漫的想像，寫得生動活潑，令人喜愛。如孫悟空的熱愛自由、不受拘束、勇於反抗等特點，體現著人性中較高層次的追求。豬八戒的形象也頗值得注意。他貪吃好睡、懶惰笨拙等特點，既與他錯投豬胎有關，又是人性的一種表現。自然，豬八戒也有長處，如能吃苦，在妖魔面前從不屈服等等。但他貪戀女色，好佔小便宜，對孫悟空心懷嫉妒，遇到困難常常動搖，老想著回高老莊當女婿，在取經的路上，還攢著私房錢。他在勇敢中帶著怯懦，憨厚中帶著奸滑。豬八戒的形象，體現了人類普遍存在的欲望和弱點。但在作者筆下，這一形象不僅不可惡，而且很有幾分可愛之處。

為沫湖先生書詩扇　明　吳承恩

吳承恩工書，取法唐歐陽詢、虞世南，上追二王，尤得力於虞世南，摻合黃庭堅筆意，點劃精細，圓腴豐潤，勁秀俊朗。此扇爲吳承恩於嘉靖甲午年（1534），三十五歲遊江蘇鎭江金山寺時所書，行草相參，瀟脫爽利。

《西遊記》圖冊　清

明代吳承恩的《西遊記》問世後，各種表現唐僧師徒取經故事的藝術題材相繼湧現，如詩歌、繪畫、書法、雕塑、建築等，不僅有巨大的美學價值，而且在民俗學、社會學上也有不小成就。《西遊記》圖冊由清代康熙時期的四大書法家之一的陳奕禧書寫上簡單的文字說明，圖畫生動傳神，富有想像力，圖文並茂，使故事情節經過圖片與文字得到更好的體現和延伸。

紙醉金迷中的縱欲者

《金瓶梅詞話》

中國第一部以家庭日常生活爲素材的長篇小說《金瓶梅詞話》同時也是第一篇文人獨立創作的小說。它的開頭根據《水滸傳》中西門慶與潘金蓮的故事改編，寫潘金蓮和西門慶都未被武松殺死，反而結成夫婦，並設計使武松發配充軍。由此轉入小說主體部分，描寫西門慶家庭內發生的一系列事件，以及西門慶與社會中各色人物的交往，直到縱欲身亡，家庭破敗，眾妾分散，吳月娘讓兒子官哥出家。書名是從潘金蓮、李瓶兒、春梅的名字各取一字合成。《金瓶梅詞話》的作者，向來眾說紛紜，沒有定論，據書上署名爲「蘭陵笑笑生」，大約寫作於明萬曆年間。

小說主人翁西門慶是一個暴發戶，他通過反覆的

《金瓶梅》（明蘭陵笑笑生著）插圖及書影

錢權交易，瘋狂地擴大自己在貿易和官場上的地盤，在男女之欲方面追逐永無休止的滿足。小說以前所未有的寫實力量，描繪出這一時代活生生的社會狀態，以及人性在這一社會狀態中的複雜折射，這是以前的作家都沒有做到的。

《金瓶梅詞話》首先值得注意的一點，是它所描寫的官商關係和金錢對封建政治的侵蝕。西門慶正是憑藉其金錢買通政治權力，反過來又瘋狂掠奪金錢，爲所欲爲，以致陷入對金錢的絕對崇拜中。他有一段話很有名：

咱聞那佛祖西天也只不過要黃金鋪地，陰司十殿也要些楮鏹營求。咱只消盡這家私廣爲善事，就使強姦了嫦娥，合姦了織女，擄了許飛瓊，盜了王母的女兒，也不減我潑天富貴！

西門慶對金錢的崇拜已經達到迷狂的地步，迷信金錢能主宰一切。曾經籠罩在中國人頭上一千多年的因果報應和神佛的尊嚴，都在金錢光芒前黯然失色。《金瓶梅詞話》大量描寫了那種時代中人性的普遍弱點和醜惡，尤其是被金錢扭曲和異化的人性讓人不堪卒讀。西門慶在佔有各色女子時，一面尋歡作樂，一面商談著銀錢多少，兩性關係在這裡成爲赤裸裸的金錢交易。

《金瓶梅詞話》受後人批評最多的，是小說中存在大量的性行爲的描寫。這種描寫很粗鄙，多有抄襲前人的地方，是當時社會風氣的產物。

《金瓶梅詞話》對人物的處理不再簡單而平面化，小說中的人物已經擺脫了「好」或「壞」的簡單劃分。這些人往往以「惡」居多，有時也有人性的「善」的一面在黑暗中閃爍。如來旺的妻子宋惠蓮，俏麗輕浮而淺薄無恥，她勾搭上了西門慶，便得意忘形，一心想擺脫丈夫，在西門慶家爬上個小老婆的位子。但當來旺被西門慶暗算後，她卻悲憤異常，她在這裡的一段控訴，在整部文學史上也是極爲罕見的：

爹，你就是好人兒！你瞞著我幹的好勾當兒！把人活埋了，害死人還看出殯的！你成日間只哄著我，今日也說放出來，明日也說放出來，只當端的好出來。你如遞解了他，也和我說聲兒，暗暗不通風，就解發遠遠的去了。你也要合個天理！你就信著人，幹下這等絕户計！把圈套兒做的成成的，你還瞞著我，你就打發，兩個人都打發了，如何留下我做甚麼？

多年的貧賤夫妻生活，她和來旺兒畢竟還有一定的感情，她痛罵西門慶。西門慶百般勸誘，她再也不肯就範，最後終於自殺。這樣的人物形象，是過去的小說中所沒有的。

《金瓶梅詞話》的語言一向爲人稱道。作者十分善於摹寫人物的鮮活的口吻、語氣，以及人物的神態、動作，從中表現出人物的心理與個性，以具有強烈的直觀性的場景呈現在讀者面前。

《金瓶梅詞話》以其對現實的深刻揭露，對人性的弱點深入的描繪，以其在凡庸的日常生活中表現人性之困境的視角，以其塑造的生動人物形象，把注重傳奇性的中國古典小說引入到注重寫實性的新境界，爲之開闢了一個新的方向。《儒林外史》、《紅樓夢》就是沿著這一方向繼續發展的。

《金瓶梅》故事圖　清

此是清初人依據《金瓶梅詞話》第六十三回所繪的圖畫。畫面中央藝人正在表現海鹽腔，右下方的伴奏樂隊有提琴、三弦、笙、笛、雲鑼等樂器，兩旁是飲酒看戲的賓客，左上方是掀簾看戲的女眷。

回歸市井的宣言

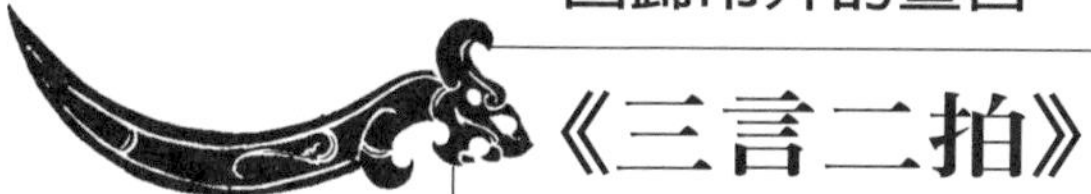

《三言二拍》

作爲曾經立志要做出一番事業的馮夢龍來說，既然科場不順，剩下能做的就只有用手中的筆和自己的才學爲這個社會留下自己的影響了。馮夢龍(1574～1646)，字猶龍，長洲人。出身書香門第，少有才名，年輕時行止頗爲風流，和兄弟馮夢桂、馮夢熊被稱爲「吳下三馮」。然科舉不得志，五十七歲時才選爲貢生，做過幾年知縣。清兵渡江後，曾參與抗清活動，南明政權覆亡不久就憂憤而死。

馮夢龍一生主要從事通俗文學的研究、整理與創作，成就卓著。最重要的成就，是編著「三言」。《喻世明言》、《警世通言》、《醒世恆言》各四十種，共計一百二十篇。

馮夢龍是晚明思潮的代表人物之一，他的文學觀也具有鮮明的時代特點。雖然「三言」的書名帶有濃厚的道教訓誡色彩，但這裡所表現的道德觀，已經具有新的時代特點，而與舊道德傳統相背。在「三言」中，寫戀愛與婚姻題材的佔據了很大比重，成就也最高。這類小說常把「情」和「欲」放在「理」或「禮」之上，要求「禮順人情」。這意味著道德規則只有建立在滿足人們的正常情感需要的基礎上，才有其合理性。如《喬太守

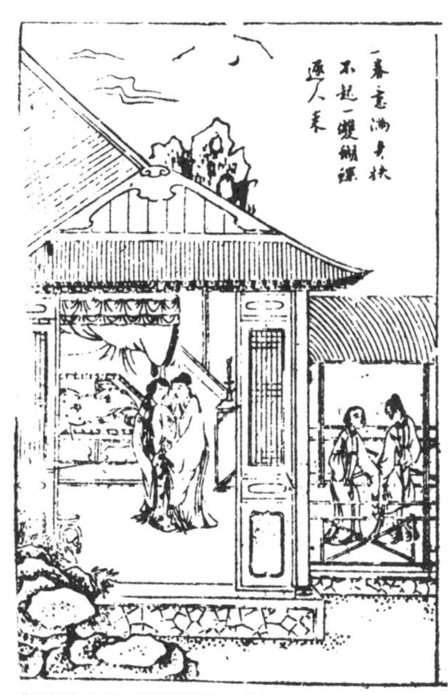

《醒世恆言》(明馮夢龍編著)插圖

亂點鴛鴦譜》，寫孫玉郎代姐到劉家行婚禮「沖喜」，夜與劉家女兒慧娘同眠，兩人本各有婚約，卻結下私情。劉家告玉郎誘騙其女兒，喬太守卻判二人結爲合法婚姻。判詞中說：「移乾柴近烈火，無怪其燃。」意謂人的情欲無法抑制。又說：「相悅爲婚，禮以義起。」意謂兩情相悅是婚姻的前提，而「禮」應該順合人情的實際。這位喬太守被讚爲「不枉稱青天」，他代表了人們對尊重感情的婚姻關係的嚮往。

《賣油郎獨佔花魁》突出了婦女維護人格尊嚴的要求。花魁娘子莘瑤琴作爲一個名妓，周旋於公子王孫之間，生活奢華的代價是人格屈辱；而在賣油小商人秦重那裡，她才得到近於癡情的愛和無微不至的體貼。這使得她終於擺脫了對秦重的身分地位的偏見，而寧願跟隨他去過一種相濡以沫的樸實生活。另外像《況太守斷死孩兒》寫邵氏守寡十年，其志甚堅，最終卻經受不住僕人的引誘。作者議論說：「孤孀不是好守的」，「到不如明明改嫁個丈夫」。在他看來，雖然邵氏有過失，但原因首先是守節本身不合理。

「三言」在小說藝術上有了重要進步，開始運用白描、鋪敘等物法來塑造人物形象，這在文言小說中是少有的。如《白娘子永鎮雷峰塔》中寫許仙借傘時老陳說的那一番話：

老陳將一把雨傘撐開，道：「小乙官，這傘是清湖八字橋老實舒家做的，八十四骨、紫竹柄的好傘，不曾有一些兒破，將去休壞了！仔細，仔細！」

老陳的謹慎和囉嗦，使讀者如聞其聲，如見其人，我們似乎看見了一位老成而略有些吝嗇的市民在借東西給人時反覆叮囑，一定要愛護他的家什。這些細節的描寫，已經突破了以前章回長篇小說中粗線條式的勾勒了。這肯定是中國小說在藝術上的提高和發展。

「三言」在用細緻的筆觸來寫人物的心理活動方面也有很明顯的發展。如《施潤澤灘闕遇友》寫施復在賣綢回來的路上，拾到六兩多銀子時的心理活動的那一段話，把施復拾到銀子後，從驚喜到盤算，從盤算到推敲，再從推敲到決定還銀，寫得眞實可信。施復也和平常人一樣，因這意外之財而高興；但他不是簡單地慶幸自己的好運，他會精打細算，在心中估算著這筆外財能給自己帶來多大的利息，雖然最後也歸結到了買田置產，但這都是在他虛擬的擴大再生產的基礎上才能實現的。這體現了小資本所有者不同於農民的思維方式。當然，施復的善良，表現在後面。他知道財主不會因六兩銀子而有什麼實質上的損失，所以他可以心安理得地歸爲己有；但他更清楚這六兩銀子對一個小生產者的意義，這是一家人的根本，是全家的養命錢。一旦失去了，就會有典妻賣子的慘劇出現。到那時，自己即使沒有罪過，也會於心不安。這也是傳統道德在施復身上的再生。經過這種種考慮後，他還是決定將銀子還給失主。能把人的心理活動寫得如此細緻眞實，在中國小說史上還是首見。這些眞實入微的人物刻畫，其實也是爲作者勸告世人這一目的服務的。類似的篇目和說教，在「三言」可說是屢見不鮮，但因往往因爲作者不是板著面孔講大道理，而是將這些道理比較恰當地融入到故事之中，就比較容易被人接受了。

和馮夢龍一樣爲中國通俗小說，並做出了巨大貢獻的還有一位，他就是凌濛初（1580～1644），字玄房，浙江烏程人。十八歲補廩膳生，但此後科場不利，只得轉向著述，五十五歲任上海縣丞，後因功擢徐州判官。作品主要有《初刻拍案驚奇》和《二刻拍案驚奇》。《初刻拍案驚奇》共四十卷四十篇；《二刻拍案驚奇》是因前書印行後受到普遍歡迎，應書商之請續作，只有三十九卷。「二拍」中完全是作者據野史筆記、文言小說和當時社會傳聞創作的。它對傳統的陳腐觀念的衝擊與反抗、所表現的市民社會意識，要比「三言」更爲強烈。

如《硬勘案大儒爭閒氣》一篇，寫朱熹因挾私嫌於唐仲友，便肆意迫害妓女嚴蕊，要她供出與唐「有染」，以便參奏唐仲友。「二拍」中寫縉紳名流厚顏無恥、兇暴殘忍、忘恩負義之類行徑的故事特多，也是基於相同的出發點。所謂「官與賊人不爭多」（《二刻》卷二十）、「何必儒林勝綠林」（《初刻》卷八）。這樣的評語，表現了作者對社會統治力量的認識。

在反映商人的經濟活動和追求財富的人生觀念方面，「二拍」也更爲集中和具體。如《烏將軍一飯必酬》的「頭回」，寫王生與嬸

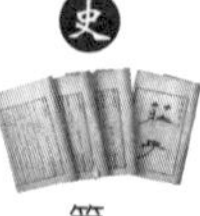

母楊氏相依爲命，王生經商屢遭風險，楊氏一再出資相助，鼓勵他不可洩氣。這個以經商爲「本等」的楊氏，與過去文學作品中所描繪的商家婦女形象有根本的不同；而作者稱讚她是「大賢之人」，也明顯是市民觀念上的評價。另外，《轉運漢遇巧洞庭紅》、《疊居奇程客得助》，均以歡快的文筆描述商人的奇遇，突出了商業活動中的偶然因素和把握機會的重要，撇開其神奇的成分，實際是讚賞敢於冒險求財富的人生選擇。愛情與婚姻也是「二拍」中最重要的主題，它肯定「情」對於人生的至高價值，並更多地把「情」與「欲」即性愛聯繫在一起，並且對女性的情欲多作肯定的描述，這對傳統道德觀的衝擊更爲直接。如《聞人生野戰翠浮庵》寫女尼靜觀愛上聞人生，便假扮和尚出走，在夜航船上主動招惹聞人生，最後得成完美婚姻。作者對此評述道：「這些情欲滋味、就是強制得來，原非他本心所願。」《通閨闥堅心燈火》一篇更具代表性。羅惜惜與張幼謙自幼相愛，私訂終身之盟，後惜惜被父母許嫁他人，她誓死反抗，每日與幼謙私會。小說中寫道：

如是半月，幼謙有些膽怯了，對惜惜道：「我此番無夜不來，你又早睡晚起，覺得忒膽大了

仿清明上河圖　明　仇英

《三言兩拍》在表現市民社會意識上取得了劃時代的進步。它生動地反映了商人的經濟活動和追求財富的人生觀念，同時，受整個社會風潮的影響，爲了迎合市民的口味，它對愛情與婚姻故事也進行了大量的渲染和描寫。仇英的《仿清明上河圖》在結構上對原作進行了複製，而圖中的人物、服飾、建築及風土人情，都是明代南方商業市鎮的眞實刻畫，再現了當時南方小市民的生活情景，可說是《三言兩拍》的鮮活的畫冊。仇英（？～1551），字實甫，號十洲，太倉（今江蘇太倉）人。師從周臣學畫，工山水人物。最擅臨摹古人名跡，落筆亂眞，尤工於仕女，爲明代工筆之傑。他與沈周、文徵明、唐伯虎合稱爲「吳門四家」。

些，萬一有些風聲，被人知覺，怎麼了？」惜惜道：「我此身早晚拼是死的，且盡著快活，就敗露了，也只是一死，怕他甚麼？」

青年女子爲追求幸福而對封建禮教所作的大膽抗爭，在這裡被描述得具有悲壯的意味。或者，這也是當時現實的一種再現吧。在宋明理學的壓制下，人性都被一條一條的綱常束縛得死死的，人們只要稍爲越軌，就會招來閒言碎語。而對一個待字閨中的少女來說，和人私會而傳揚出去，結局之慘，肯定是無法避免的。

「二拍」在描寫愛情與婚姻故事時，常常對婦女的權利作出肯定。《滿少卿饑附飽颺》中作者明白地指出，男子續弦再娶、宿娼養妓，世人不以爲意，而女子再嫁，或稍有外情，便萬口訾議，這是不公平的。兩性關係上的平等意識，表現得相當明確。《酒下酒趙尼媼迷花》一篇，寫巫娘子遭人姦污，之後設計報仇，丈夫見她「立志堅貞，越相敬重」。這裡對婦女的「堅貞」的看法，也明顯與「餓死事小，失節事大」的理學教條相背，而更具人道色彩和接近現代意識。但在「二拍」中有比較露骨地進行了部分性描寫，一是爲了迎合市民的口味，另外也是當時整個社會風潮的影響。

「二拍」中的故事，大多寫得情節生動而語言流暢，如大量運用活潑的口語、注意人物心理活動的刻畫等，也是「二拍」所具有的。「二拍」有格外值得注意之處，那就是凌濛初對小說反對偏重傳奇性的看法及其在創作中的表現。他批評當世小說「失真之病，起於好奇。──知奇之爲奇，而不知無奇之所以爲奇」。他的理想是寫一種「無奇之奇」。「二拍」中作品，雖未必能達到作者自己提出的標準，但其中寫得好的，如《韓秀才趁亂聘嬌妻》、《惡船家計賺假屍銀》、《懵教官愛女不受報》等篇，非但沒有神奇鬼怪或大奸大惡之類，而且也沒有過於巧合的事件。情節的生動，主要靠巧妙的敘述手法。這就更向「無奇」的方向發展了。小說擺脫傳奇性，這是藝術上的重要進步。因爲這樣它就更貼近人們的日常生活，而更有利於對人性內涵的深入開掘。後世《儒林外史》、《紅樓夢》等優秀作品，就是朝著這一方向發展而獲得更大成功的。

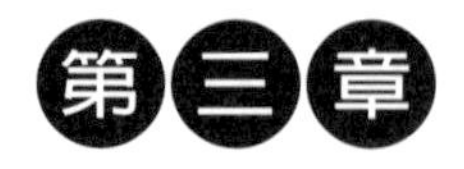

政治幻影裡的愛情

明清傳奇

元代無疑是中國戲曲藝術的黃金時期，它形成了一本四折的固定模式，也達到了高超的藝術水準。但隨著元代的衰亡和江南城市經濟的復興，舞台藝術的重心開始由北轉南，在元中期「南戲」的基礎上，形成了明清時多本多齣的傳奇劇本。專門演繹愛情的作品發展到此時已經蔚然成風，無數的才子佳人的生離死別，都被作家搬演上了舞台。然而，歷史的興衰更替，政治的風起雲湧都有機地融入了傳奇之中，成了這一時期傳奇獨有的特色。

人類自我發現的莊嚴儀式

《牡丹亭》

臨川四夢，得意處唯在《牡丹》。這是湯顯祖對自己四部傳奇所作的眞實評價。湯顯祖（1550～1616）字義仍，號若士，江西臨川人。二十一歲中舉，然而因不肯阿附權貴，會試屢次不第。至張居正去世才考中進士。次年任南京太常寺博士，後升至南京禮部祠祭司主事。湯顯祖性情耿直、熱心於政治，卻只任了一個閒職，與顧憲成、高攀龍等人來往密切。因此捲入政治衝突。萬曆年間，江南水旱相繼，瘟疫流行，湯顯祖目睹民間的慘狀，上《論輔臣科臣疏》，揭露賑災官員的貪賄之行，並進而抨擊張居正、申時行兩任宰輔，辭意嚴峻，震動朝野，被貶爲廣東徐聞縣典史。後來雖然又任知縣之職，但他對從政漸漸失去熱情，終於辭職還鄉，晚年主要從事戲劇創作。

湯顯祖最早的戲劇爲《紫簫記》，沒有寫完，後來改編爲《紫釵記》。其他劇作爲《牡丹亭》、《邯鄲記》、《南柯記》，都是晚年辭官以後創作的，這就是文學史上著名的《玉茗堂四夢》，也稱「臨川四夢」。在這四部劇作中，《牡丹亭》是用力最深、也是他最爲滿意的一部作品。故事取材於話本小說《杜麗娘慕色還魂記》，寫南宋

湯顯祖像

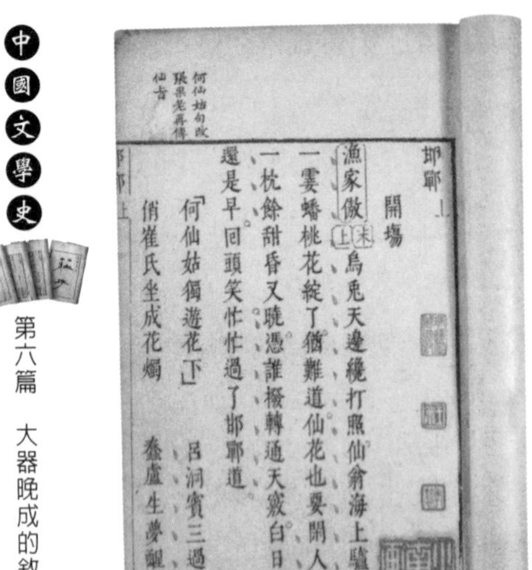

何仙姑句改張果老再傳仙旨

邯鄲 上

開場

漁家傲【末上】烏兎天邊纔打照，仙翁海上驢兒叫。一霎蟠桃花綻了，猶難道，仙花也要閒人掃。一枕餘甜昏又曉，憑誰撥轉通天竅，白日矬西還是早。回頭笑，忙忙過了邯鄲道。

「何仙姑獨遊花下」 呂洞賓三過岳陽
俏崔氏坐成花燭 蠢盧生夢醒黃粱

《邯鄲記》（明 湯顯祖 著）書影

時太守杜寶女兒杜麗娘私自遊園，在夢中與素不相識的書生柳夢梅幽會，極盡男女之歡。醒來後幽懷難遣，抑鬱而死，埋葬在官衙的後花園。書生柳夢梅上京赴試時路過此地，在花園內拾得杜麗娘臨終前的自畫像。他觀畫思人，終於和杜麗娘的陰魂相會。在杜麗娘的指點下，柳夢梅挖墓開棺，杜麗娘起死回生，兩人結爲夫婦。後柳夢梅考中狀元，杜寶卻拒不承認兩人的婚事，最終由皇帝出面解決，全家大團圓。

《牡丹亭》在當時引起相當大的迴響，不但爲眾多文士所激賞，在社會也上引起轟動。婁江女子俞二娘最喜歡讀《牡丹亭》後，哀歎自己的不幸身世，含恨而死。杭州女藝人商小玲演此劇時想到自己的遭遇，悲慟難禁，死在舞台上。

《牡丹亭》的確是一部具有鮮明的時代特點和震撼人心的藝術力量的劇作，比起過去的愛情劇，有重要的新內涵。杜麗娘並不是先愛上柳夢梅，才做出衝破「男女之大防」的選擇，而是難耐青春寂寞，因自然湧發的生命衝動引向與夢中的柳夢梅幽會，由此產生生死不渝的感情。在全劇最動人的兩齣中，以一系列精美的曲辭，唱出杜麗娘生命的渴望，如《驚夢》中的《皂羅袍》：

原來萬紫嫣紅開遍，似這般都付與斷井頹垣。良辰美景奈何

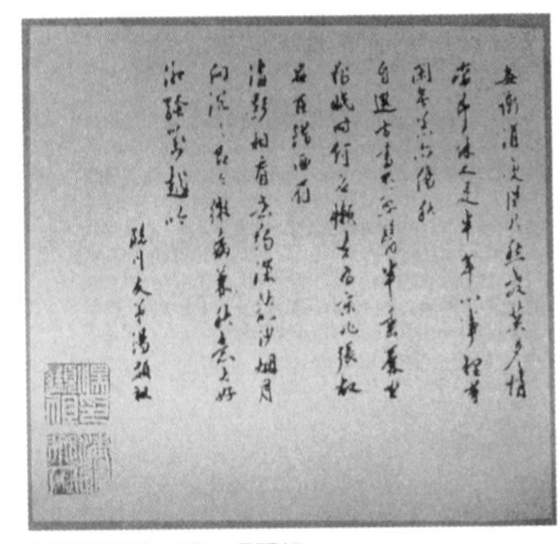

行書詩詞帖 明 湯顯祖

天，賞心樂事誰家院？朝飛暮捲，雲霞翠軒，雨絲風片，煙波畫船，錦屏人忒看的這韶光賤！

在大好春光的召喚下，杜麗娘回憶起了古代女子因春生情，卻美夢成空，終於抑鬱而死。但也有像張生、崔鶯鶯這樣的才子佳人終諧魚水之歡，想到這裡，杜麗娘的青春覺醒了，她一面感慨青春的虛度，一面執著於自由、眞誠的愛情和幸福。她不知道自己痛苦的眞正根源，但卻對束縛自己的一切表示不滿。

但現實是那樣殘酷，她的好夢無法成眞，甚至無法繼續，她深深感到這個世界並不値得留戀：如果找不到可以讓自己生死以之的愛情和幸福，活著又有什麼意義？在這樣的前提下，她選擇了死亡這樣一種絕望的方式結束了自己年輕的

精采閱讀

天下女子有情寧有如杜麗娘者乎？夢其人即病，病即彌連，至手畫形容傳於世後死。死三年矣，復能溟莫中求得其所夢者而生。如麗娘者，乃可謂之有情人耳。情不知所起，一往而深，生者可以死，死者可以生。生而不可與死，死而不可生者，皆非情之至也。

——明・湯顯祖《牡丹亭題詞》

予謂文章之妙，不在步趨形似之間，自然靈氣恍惚而來，不思而至，怪怪奇奇，莫不可名狀，非物尋常得以合之。

——明・湯顯祖《合奇序》

天下有閒人則有閒地，有忙地則有忙人。緣境起情，因情作境。神聖以此在囿引化，不可得而遺也。何謂忙人，爭名者於朝，爭利者於市，此皆天下之忙人也。即有忙地焉以苦之。何謂閒人，知者樂山，仁者樂水，此皆天下之閒人也。即有閒地焉而甘之。甘苦二者，誠不知於道何如，然而趣則遠矣。朝市之積，則有田廬；山水之餘，則為寺觀。故寺觀者，忙人之所有留；而田廬者，閒人之所不奪也。

——明・湯顯祖《臨川縣古永安寺復寺田記》

石楪過我，風雨黯然，酒頻溫而易寒，燭累明而似暗。二十餘年昆弟道義骨肉之愛，半宵傾盡。明日送之郡西章渡，險而汔濟，兩岸相看，三顧而別。知九月當更盡龍沙之概。見石楪如見石帆，終不能了我見石帆之願也。

——明・湯顯祖《與岳石楪》

生命。她只希望死後能葬於梅樹之旁，使幽魂得以常溫夢境：「這般花花草草由人戀，生生死死隨人願，便酸酸楚楚無人怨！」但她的死並不是生命的結束，而是新生活的開始，在另一個世界裡，杜麗娘更大膽地追求著理想和幸福。

杜麗娘出生於官宦之家，父母對她極其疼愛，而疼愛的方式卻是竭力把她塑造成一個絕對符合禮教規範的淑女。這樣，在繡房中因無聊而瞌睡、私下裡逛一趟花園、衣裙上繡著成雙成對的花鳥，都成了她受責罰的理由。杜寶夫婦並不是以惡狠狠的面貌出現的，他們對杜麗娘的關愛無以復加，可是他們的「愛」給予女兒的卻是最大的壓迫。除父母之外，杜麗娘唯一可以接觸的男性是她的老師陳最良，但作爲封建社會常規道路上的失敗者，他也只是拿社會教導他的東西教導杜麗娘，這同樣給杜麗娘以無形的壓迫。

作者如此描繪杜麗娘的生活環境、周圍人物，深刻地揭示了她所面臨的對手是由整個社會中的正統意識和正統勢力，在它們面前，杜麗娘個人的反抗顯得那樣微不足道。

但湯顯祖不但寫出壓制力量的強大，他也寫出反抗力量同樣強大，從而使生命的自由意志與陳腐的社會規範之間的衝突達到尖銳的程度，以此賦予劇作以一種力度和深度。這種強烈的反抗在現實中是不可能，因此他託之於幻想，託之於浪漫的虛構。劇中寫杜麗娘「慕色而亡」，死猶不甘，幽魂飄蕩，終得復生，與柳夢梅結成完美婚姻。這本是荒誕的虛構，但湯顯祖所追求的並非情節的離奇，而是要通過離奇的情節來表現人們追求自由與幸福的意志，這是無論如何也不能被徹底抹殺的，它終究要得到實現。

《牡丹亭》是一部美麗的詩劇，它的抒情氣氛極爲濃厚。構成這種抒情氣氛的的主要因素，一是眾多的浪漫的幻想場景，一是大量的內心獨白，再就是顯示出作者富贍才華的優美文辭，像《驚夢》、《尋夢》兩齣，把春日園林的明媚風光、杜麗娘的傷春情懷和內心深處的隱秘融爲一體，用豔麗而精雅的語言寫出，非常動人。

溫柔旖旎的江南戲文

李玉與李漁

李玉與李漁，兩個相近的名字，他們的文學重心也驚人地相似：在明末清初的戲劇創作史上，他們二人佔有極爲重要的地位。

一、蘇州派的核心：李玉

李玉字玄玉，明末曾中副榜舉人，明亡後不再入仕。他的傳奇中在明亡前所作的，以《一捧雪》、《人獸關》、《永團圓》、《占花魁》最有名，合稱「一人永占」。此外，《清忠譜》、《萬里圓》、《千鐘祿》都作於清初。

李玉屬於明末清初力圖以舊道德的重振來挽救「頹世」的人物，代表這一傾向的作品有《一捧雪》和《清忠譜》。

《一捧雪》寫嚴世蕃爲謀奪莫懷古家傳寶物「一捧雪」玉杯，而對他加以陷害的故事。劇作的主要角色是幾個僕人，莫家門客湯勤因懂得古董、擅長裱褙而得到莫家照顧，後來爲巴結嚴世蕃，反而陷害莫懷古，並趁機謀奪莫的愛妾雪豔娘。而莫家義僕莫誠和貞妾雪豔娘，前者代主受戮，後者爲了不讓湯勤說出莫誠代死的眞相，假意嫁給湯勤，在洞房中刺死他後自殺。

《清忠譜》寫天啓年間魏忠賢「閹黨」迫害東林黨人的史實。此劇注重與史實相符，有嚴格的歷史劇特色。劇中人物描寫得比較生動，如顏佩韋，讓人感到一種市井

康熙南巡圖卷　清　王翬

圖卷的主要作者王翬與王時敏、王鑒、王原祁、惲壽平、吳歷並稱「清初六家」。《康熙南巡圖》共十二卷，描繪康熙二十八年（1689）玄燁第二次南巡的盛況。觀戲的場面是整個畫卷的一部分，再現了清初戲劇的繁榮。可以看出，表演的是《單刀赴會》。

豪俠的氣質。但全劇人物性格顯得極端化。尤其是劇中核心人物周順昌，政治地位不高，作者卻把他描繪成國家精神支柱式的人物，使其在人格上呈現極端道德化的面目。

李玉劇作中寫得較好的是《千鐘祿》，記述明初燕王與建文帝爭奪帝位、攻破南京後，建文帝化裝成僧人逃亡的故事。其中《傾杯玉芙蓉》一段唱詞在當時流傳很廣：

收拾起大地山河一擔裝，四大皆空相。歷盡了渺渺程途、漠漠平林、疊疊高山、滾滾長江。但見那寒雲慘霧和愁織，受不盡苦風淒雨帶怨長。雄城壯，看江山無恙，誰識我一瓢一笠到襄陽。

劇中寫燕王爲追索建文帝而大肆屠殺的情節，以及建文帝逃亡途中的悽惶情景，都表現了巨大的歷史變動帶給人們的失落感，具有悲劇氣氛。

二、傳統戲曲的開拓者：李漁

李漁是清代前期的劇作家和戲劇理論家，劇作有《笠翁傳奇十種》。李漁宣稱自己寫劇是出於「點綴太平」、「規正風俗」等用意，立意不高，常流露一種庸俗的

李漁像

市井趣味，但不乏生活氣息。另外，李漁的戲劇中，還常用戲謔的語言嘲弄社會陋習和人性的可笑一面，表現出他洞察世情的機智。

在這十部作品中，《比目魚》寫得最爲感人。劇中寫貧寒書生譚楚玉因愛上一個戲班中的女旦劉藐姑，遂入班學戲，二人暗中通情。後藐姑被貪財的母親逼嫁錢萬貫，她誓死不從，借演《荊釵記》之機，自撰新詞以劇中人物錢玉蓮的口吻譴責母親貪戀豪富，並痛罵在場觀戲的錢萬貫，然後從戲台上投入江水，譚亦隨之投江。二人死後化爲一對比目魚，被人用網撈起，又轉還人形，得以結爲夫婦。一種生死不渝的兒女癡情，表現得淋漓盡致。戲中的情節，也十分新奇。

長生殿裡的愛情盟誓

《長生殿》

康熙年間，隨著清朝統治趨向穩定，明亡的陣痛歸於平靜，文人們開始更多地以一種空幻與傷感的情緒來看待明清之際的歷史興亡。這時在戲劇方面出現了洪昪的《長生殿》與孔尚任的《桃花扇》這兩部名作，前者以安史之亂爲背景，後者直接以南明政權的覆滅爲背景，把美好愛情的喪失和政治的變亂相聯繫，取得感人的效果，它們在不同程度上都與上述社會情緒有關聯。而兩位作者也因他們的優秀創作，獲得「南洪北孔」的稱譽。洪昪（1645～1704），字思，浙江錢塘（今杭州）人，曾爲太學生二十餘年。康熙二十八年（1689），因在佟皇后喪期內觀演《長生殿》而被劾下獄，革去學籍。此後往來於吳越山水間，最後在浙江吳興夜醉落水而死。

明皇遊月宮圖　明　周臣

唐明皇李隆基遊月宮的故事在唐代已廣爲流傳。後代的眾多文學家、書畫家更是將這一故事作爲常用的表現題材，唐代白居易的《長恨歌》、元代白樸的《梧桐雨》就是其中的代表作。在清代，洪昪對前代有關的文學作品潤色加工並加以創造，衍生成戲劇《長生殿》。

《長生殿》寫唐明皇與楊貴妃的愛情故事。他曾三易其稿：最初所作名《沉香亭》，後更名《舞霓裳》；最後定名爲《長生殿》，這一過程花了十餘年的時間。

劇中對「情」這一全劇的核心作了充分的描寫和反覆的渲染，並把故事的結局，寫成一方雖死，猶抱癡情，一方雖生，而痛不欲生，共守前盟，因此感動天地鬼神，得以共升仙宮，永久團圓。雖然「情」本是楊、李故事的中心，但《長生殿》的寫法，卻有把「情」從故事中抽離出來，作爲具有普遍意義和超越生死的力量來歌頌的用意。作爲歷史題材，《長生殿》又以一種距離感避免了對人心的強烈刺激。這樣，《長生殿》既在一定

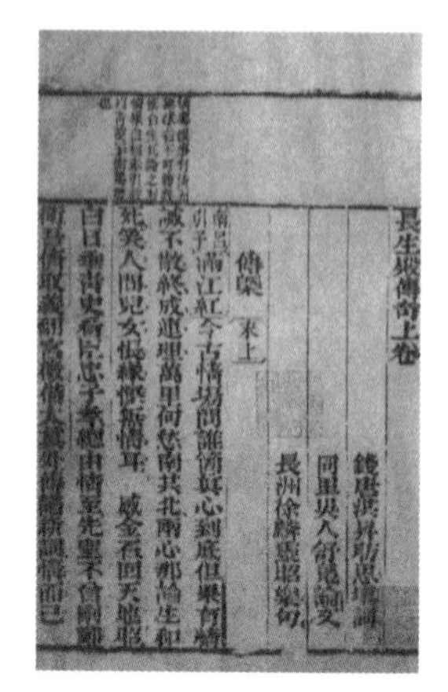
長生殿傳奇上卷
錢塘洪昇昉思填詞
同里吳人舒鳧論文
傳槩　末上
南呂引子【滿江紅】今古情場，問誰箇真心到底？但果有精誠不散，終成連理。萬里何愁南共北，兩心那論生和死。笑人間兒女悵緣慳，無情耳。　感金石，回天地。昭白日，垂青史。看臣忠子孝，總由情至。先聖不曾刪鄭衛，吾儕取義翻宮徵。借太真外傳譜新詞，情而已。

《長生殿傳奇》（清洪昇著）書影

程度上沿承了晚明文學的特色，又退縮到一個比較文雅和安全的範圍之內。

《長生殿》藝術上的優點很多，如在結構方面，全劇長達五十齣，場面壯麗，情節曲折，而組織相當嚴密。李、楊愛情是戲的主

精采閱讀

不提防餘年值亂離，逼拶得歧路遭窮敗。受奔波風塵顏面黑，歎衰殘霜雪鬢鬚白。今日個流落天涯，只留得琵琶在。揣羞臉上長街又過短街，那裡是高漸離擊筑悲歌，倒做了伍子胥吹簫也那乞丐。

淅淅零零，一片淒然心暗驚。遙聽隔山隔樹，戰合風雨，高響低鳴。一點一滴又一聲，一點一滴又一聲，和愁人血淚交相迸。對這傷情處，轉自憶荒塋。白楊蕭瑟雨縱橫，此際孤魂淒冷。鬼火光寒，草間濕亂螢。只悔倉皇負了卿，負了卿！我獨在人間，委實的不願生。語娉婷，相將早晚伴幽冥。一慟空山寂，鈴聲相應，閣道崚嶒，似我回腸恨怎平！

——清．洪昇《長生殿》

線，這條主線又以一組道具——一對金釵、一只鈿盒貫穿始終，隨情節變化由合而分，由分而合。劇本一開始就直接進入他們二人以金釵鈿盒爲定情信物，而後經過一番波折，至七夕長生殿盟誓，形成一個高潮；緊接著安史亂起，馬嵬坡兵變，楊貴妃慘死，李、楊的愛情轉化爲悲劇，而作爲信物的金釵鈿盒成爲隨葬品；其後再描寫他們的深情，已成蓬萊仙子的楊貴妃拆金釵一股、鈿盒一扇託道士轉交唐明皇，又堅守前盟；最終二人在天宮團圓，金釵再成雙、鈿盒又重合。對「釵盒情緣」的刻意描寫，具有很強的戲劇性。

另外，《長生殿》的曲詞優美，尤爲人們稱道。從文字上說，它具有清麗流暢、刻畫細緻、抒情色彩濃郁的特點。如《聞鈴》一齣，繼承《長恨歌》、《梧桐雨》的筆法，借風聲雨聲，襯托唐明皇心中的纏綿悱惻之情。而隨著人物身分的不同，《長生殿》曲辭的風格也多有變化，劇中有幾支民間百姓的唱詞，則大多偏向於通俗風趣。洪昇本人精於音律，所以即使從書面誦讀，也能感受到那富於音樂性的美感。由於《長生殿》具有很好的舞台效果，當時傳演極盛：「愛文者喜其詞，知音者賞其律，以是傳聞益遠。蓄家樂者，攢筆競寫，轉相教習。優伶能是，升價什佰。」至今，《長生殿》的若干齣還常常在昆劇舞台上演出。

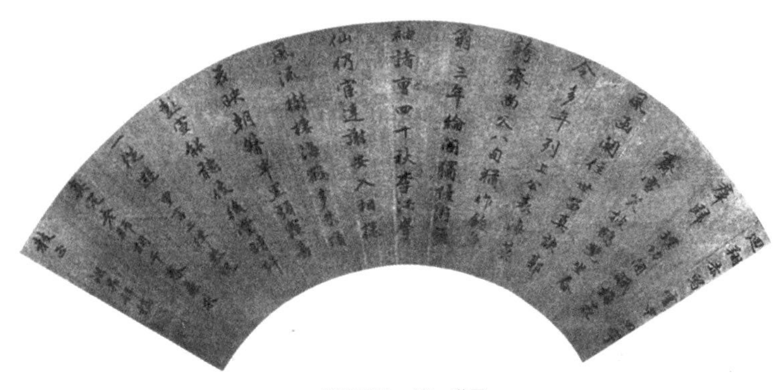
楷書詩帖　清　洪昇

劇中的歷史

《桃花扇》

孔尚任的《桃花扇》取材於數十年前南明滅亡的慘痛歷史，具有鮮明的時代感。一經演出，即在當時產生轟動效應。孔尚任（1648～1718）字聘之，山東曲阜人、孔子後裔。在康熙帝一次南巡返經曲阜時，孔尚任被薦在御前講經，受到賞識，由國子監生的身分破格升任爲國子監博士。他爲此作《出山異數記》，表達感激的心情。後遷至戶部員外郎，因故罷官。其間卻曾因參與疏浚黃河入海口的工程，在淮揚一帶生活了三年，結識了冒襄、黃雲、宗元鼎等明末遺老及其他一些著名文人，還在揚州、南京諸地憑弔明朝的遺跡，廣泛了解到南明政權興亡的史料，這爲他後來創作《桃花扇》提供了素材。

關於《桃花扇》劇本的創作，作者曾說隱居石門時就已開始經營創作，經十餘年苦心經營，三易其稿始成。它以復社名士侯方域與秦淮名妓李香君的愛情故事爲主線，描繪南明弘光王朝由建立到覆滅的動盪而短暫的歷史。劇本的宗旨，作者說是「借離合之情，寫興亡之感」（《桃花扇・先聲》），同時要通過說明「三百年之基業，隳於何人、敗於何事、消於何年，歇於何地」爲後人提供借鑒，「懲創人心，爲末世之一救」（《桃花扇小

孔尚任像

題畫帖　清　孔尚任

引》)。總結歷史教訓和抒發興亡之感，是兩個相互聯繫又各有偏重的方面，作者在這兩方面達到的深度有所不同。

孔尚任在處理人物的「正」與「邪」時相當高明：他並沒有像以前的《鳴鳳記》、《清忠譜》那樣，把人物的性格在道德意義上推向極端，以致完全失去正常的人情；而更重要的是，作爲《桃花扇》核心主題的所謂「借離合之情，寫興亡之感」，並不只是糾結在「正」、「邪」對立的鬥爭中，而是更多地關涉人和變化著的歷史環境的關係。

以前的戲劇把愛情故事與重大歷史事件結合來描繪的已經很多，而《桃花扇》在兩者的結合上，要比過去任何作品都來得緊密。在《桃花扇》裡，男女主人翁的悲歡離合，始終捲入在南明政治的漩渦和南明政權從初建到覆亡的過程中，作者甚至有意避免對「情」作單獨的描寫。這正是爲了突出「興亡之感」，也就是突出個人與歷史的關係。劇中一開始寫李香君與侯方域由相互愛慕而結合，這種才士與名妓的愛情，是明末東南士大夫生活中最具浪漫色彩的內容，在作者筆下，寫出一片旖旎的風光。然而經過一系列的風波曲折，當

孔尚任墓

孔尚任死後和祖先孔子共處一地。在山東曲阜孔林的東北隅，有雍正十三年（1735）立的墓碑：「奉直大夫户部廣東吏清吏司員外郎東塘先生之墓」。

侯、李二人於明亡後重新相會在南京郊外的白雲庵，似乎可以出現一個團圓的場面時，卻被張道士撕破以香君的鮮血點染成的代表著愛情之堅貞的桃花扇，以一聲斷喝了結這一段兒女之情：

兩個癡蟲，你看國在哪裡，家在哪裡，君在哪裡，父在哪裡，偏是這點花月情根，割他不斷麼？

因爲侯、李的愛情戲劇中被賦予了濃厚的政治色彩，這一愛情的圓滿性，已經和南明的存續聯繫在一起，所以「國破」自然「家亡」，兩人只能以各自出家爲結局。這正說明了個人一旦與某種歷史價值相聯繫，便從此不能擺脫它的影響。

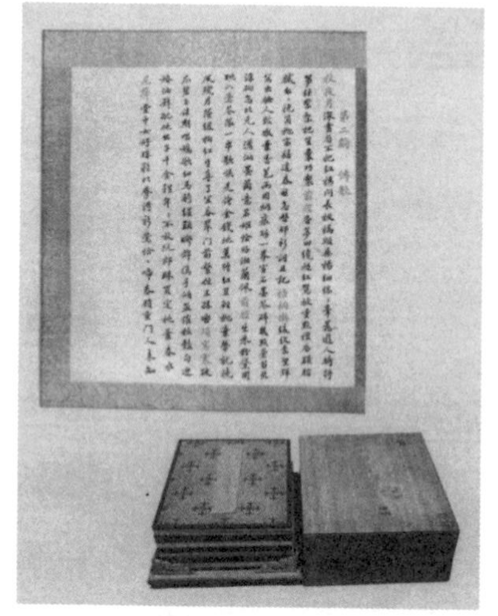

彩繪本《桃花扇》插圖　清

桃花扇自問世以後盛極一時，各種刊本、彩繪本多種多樣，改編成的地方戲更是層出不絕，相關題材的民間工藝品也數量巨大，產生了廣泛的社會影響。這本帶有插圖的《桃花扇》文字由三色筆錄成，是清代同治年間的彩繪精品，反映了當時人們對桃花扇的認識和藝術體現，同時這些繪畫也可以一窺同治年間中國士人的生活狀態。

在孔尚任那個時代，清取代明的合理性已經不容否認，而對個人曾經從屬的王朝的「忠義」精神也同樣無法否認。清朝在統治穩定後還褒獎了一批明朝遺老遺少，對那些拒不仕清的文人並沒有趕盡殺絕。這兩者構成了當時文人和士大夫的二難選擇：是順從當代朝廷還是忠於前代明朝？擺脫這種困境的最簡單的途徑，就是把歷史的巨變解釋爲一場空幻，就像侯、李的遁入「空門」所表示的。這種解釋固然無力，但它畢竟表現了對個人生存處境的思考，表現了個人在歷史

變遷中的無奈和渺小。在這一點上，《桃花扇》和晚明時代的自我意識有著根柢上的聯繫。《桃花扇》成爲中國戲劇史上少有的不以大團圓爲結局的作品，也正是因爲作者看到了在那樣的時代中人生悲劇的不可逃脫。不僅是寫侯、李的愛情，《桃花扇》全劇都瀰漫著悲涼與幻滅之感。如《沉江》一齣，以眾人的合唱對殉國的史可法致以禮讚。這裡感人至深的，其實已不是英雄赴義的壯烈激昂，也不是他生既不能力支殘局、死也不能於事有補的悲哀，而是英雄在強大的絕境中，竭盡全力後仍然只能面對失敗時的那種絕望後的幻滅感，時勢如此，再有英雄蓋地，也終究只是「萬事付空煙」。

《桃花扇》可謂中國古典戲劇的最後一部傑作，在許多方面均富有藝術創造性。從人物形象的塑造來說，女主角李香君給人的印象頗爲深刻。明末秦淮名妓多與當時名士交往，且表現出對於政治的熱情，這使她們多少能夠擺脫由妓女身分帶來的屈辱感。《桃花扇》把李香君放在政治鬥爭的漩渦中來刻畫，反映了一定的時代特點，雖說不免誇張，但她的聰慧、勇毅的個性，還是顯得頗有光彩。《寄扇》一齣，寫香君堅不下樓，以示對侯方域的忠貞，蘇昆生問她：「明日侯郎重到，你也不下樓麼？」香君道：「那時錦片前程，盡俺受用，何處不許遊耍，豈但下樓？」在對政治派別的選擇和對情人的忠貞中，包含了對美滿人生的憧憬。

中國古代戲劇寫到政治鬥爭時，正反兩面人物的品格常呈現爲相反的極端，《桃花扇》雖不能完全擺脫陳套，但已有較明顯的改進。如阮大鋮本是著名戲曲家，劇中既寫他的陰險奸滑，也注意寫他的才情；對復社文人，劇中也觸及了他們風流灑脫的名士派頭。尤爲突出的，是在正反兩面之間邊緣性的人物，其中楊文驄寫得最爲成功。他能詩善畫，風流自賞，八面玲瓏，政治上沒有原則，卻頗有人情味；他依附馬、阮而得勢，但在侯、李遭到馬、阮嚴重迫害時，又出力幫助他們。象徵李香君高潔品格的扇上桃花，是他在香君灑下的血痕上點染而成，這也是很有意思的一筆。由於他的存在，劇情顯得分外活躍靈動。

孔尚任非常重視戲劇結構。在《凡例》中，他提出劇情要有

「起伏轉折」，又要「獨闢境界」，出人意料而不落陳套，還要做到「脈絡聯貫」，緊湊而不可「東拽西牽」。這些重要的戲劇理論觀點，在《桃花扇》中得到較好的實現。全劇四十齣，外加開場戲、過場戲、尾聲四齣，規模略近於《長生殿》，但劇情要比後者複雜得多。劇中以桃花扇這一具有象徵意義的道具串聯侯、李悲歡離合的愛情線索，又以這一線索串聯南明政權各派各系以及社會中各色人物的活動與矛盾鬥爭，紛繁錯綜、起伏轉折而有條不紊、不枝不蔓。

總之，《桃花扇》不僅是古典歷史劇的典範，而且也是對傳奇藝術的提升和總結。它和《長生殿》一起，標誌了中國戲劇文學的最高水準。

李香君．侯方域像　清　陳清遠

異彩紛呈的平淡

明清散文

在整個明代，詩和散文都退隱到時代的二線了，這兩種文體中都沒有產生偉大的作品，卻產生好幾次流派的論爭，主要表現為擬古主義和反擬古主義的鬥爭，當時活躍在文壇上的如前後七子、唐宋派、公安派、竟陵派和小品文等。這些流派紛紛打出自己的旗幟，卻並沒多少可以拿得出來的家底。相比之下，倒是比較平淡的小品文作家為我們留下了一些雋永的篇章。

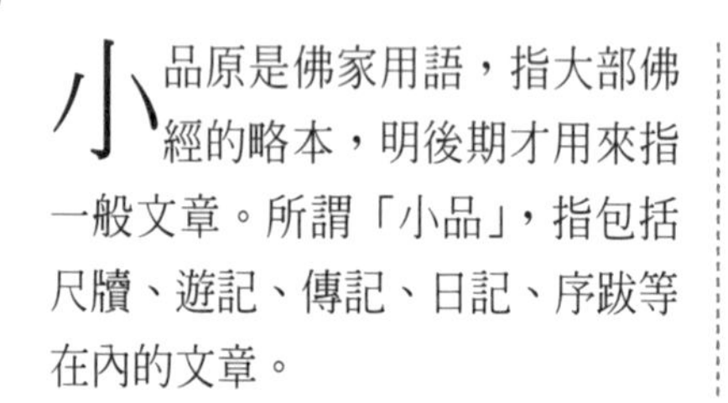

泥塘裡的光彩

晚明小品文

小品原是佛家用語，指大部佛經的略本，明後期才用來指一般文章。所謂「小品」，指包括尺牘、遊記、傳記、日記、序跋等在內的文章。

晚明小品大致以公安派為開端，袁宏道、袁中道都寫過出色的富於性情的短篇散文。但眞正在小品文寫作上取得卓越成就的當屬晚明王思任、張岱等人。張岱是晚明

精采閱讀

崇禎五年十二月，余往西湖，大雪三日，湖中人鳥聲俱絕。是日更定矣，余拿一小舟，擁毳衣爐火，獨往湖心亭看雪。霧凇沆碭，天與雲與山與水，上下一白，湖上影子，惟長堤一痕，湖心亭一點，與余舟一芥，舟中人兩三粒而已。

——明·張岱《湖心亭看雪》

數日陰雨，苦甚。至雙清莊，天稍霽，莊在山腳，諸僧留宿莊中，僧房甚精。溪流激石作聲，徹夜到枕上。石簣夢中誤以為雨，愁極，遂不能寐。次早，山僧供茗糜，邀石簣起。石簣歎曰：「暴雨如此，將安歸乎？有臥遊耳！」僧曰：「天已晴，風日甚美。響者乃溪聲，非雨聲也。」石簣大笑，急披衣起，啜茗數碗，即同行。

——明·袁宏道《初至天目雙清莊記》

殘陽接月，晚霞四起，朱光下射，水地霞天，始猶紅洲邊，已而潭左方紅，已而紅在蓮葉下起，已而盡潭皆赧，明霞作底，五色忽複雜之。下岡尋筏，月已待我半潭，乃回篙泊新亭柳下，看月浮波際，金光數十道，如七夕電影，柳絲垂垂拜月，無論明宵，諸君試思前番風雨乎！相與上閣，周望不去，適有燈起薈蔚中，殊可愛，或曰，此漁燈也。

——明·譚元春《三遊烏龍潭記》

曾與印持諸兄弟，醉後泛小艇，從西泠而歸。時月初上，新堤柳枝皆倒影湖中，空明摩蕩，如鏡中復如畫中。久懷此胸臆，壬子在小築，忽為孟陽寫出，真是畫中矣。

——明·李流芳《題孤山夜月圖》

散文的最後一位大家，浙江山陰人。出身於世代官宦之家，早年生活豪華，明亡後入山著書，隱跡不出。他現存的作品，大多作於明亡後。有《陶庵夢憶》、《西湖夢尋》等。

張岱愛好享樂，性情放達，守大節而不拘小禮。《陶庵夢憶》、《西湖夢尋》兩書中，都是憶舊之文，所謂「因想余生平，繁華靡麗，過眼皆空，五十年來，總成一夢」。《西湖七月半》寫道：

> 西湖七月半，一無可看，只可看看七月半之人。看七月半之人，以五類看之。其一，樓船簫鼓，峨冠盛筵，燈火優傒，聲光相亂，名爲看月而實不見月者，看之；其一，亦船亦樓，名娃閨秀，攜及童孌，笑啼雜之，環坐露台，左右盼望，身在月下而實不看月者，看之；其一，亦船亦歌，名妓閒僧，淺斟低唱，弱管輕絲，竹肉相發，亦在月下，亦看月而欲人看其看月者，看之；其一，不舟不車，不衫不幘，酒醉飯飽，呼群三五，躋入人叢，昭慶、斷橋，嘄呼嘈雜，裝假醉，唱無腔曲，月亦看，看月者亦看，不看月者亦看，而實無一看者，看之；其一，小船輕幌，淨几暖爐，茶鐺旋煮，素瓷淨遞，好友佳人，邀月同坐，或匿影樹下，或逃囂裡湖，看月而人不見其看月之態，亦不作意看月者，看之。……

他非常熟悉杭州的生活，並且觀察仔細，文筆細膩生動，語言詼諧有趣，對當時遊人的情態風俗，寫得自然風趣。在張岱的小品文中，我們看到曠達與癡情共同釀成純美的詩境，使散文走了詩化的美學道路。

重振旗鼓的傳統散文

清代桐城派

桐城派古文是清代中葉最著名的一個散文流派。主要作家有方苞、劉大櫆、姚鼐等人，他們都是安徽桐城人，所以後來就稱他們為「桐城派」。方苞（1668～1749）字靈皋，號望溪。他提出了明晰而系統的理論，通過對「義法」多層面的闡釋來建立自己的理論系統。他所說的「義」是指思想，也就是從維護封建統治的儒家思想出發的基本觀點。他所說的「法」就是表達這一中心思想的方法技巧，包括結構條理、材料語言的運用等。

《古文辭類纂七十五卷》（清姚鼐輯）扉頁

方苞本人的文章，以碑銘、傳記一類寫得最為講究，蓋因敘事之文，最易見「義法」。其長處在剪裁乾淨，文辭簡潔，有時尚能寫出人物的性格與神情。但對人物的褒揚中，總是滲透了封建倫理意識，少數山水遊記則板滯絕倫。他的文章中最有價值的，應數《獄中雜記》，因是作者親身經歷，以往的憂懼和憤慨記憶猶新，文章記獄中種種黑暗現象，眞切而深透，議論也較少迂腐氣。雖名「雜記」，卻條理分明，文字準確有力，可以見出方苞文章的功力。

劉大櫆（1698～1779）字才甫，晚任官黟縣教諭，他因文章受到同鄉方苞的嘉許而知名，在「桐城派」的形成中起著承先啓後的傳遞作用。同時，他也是「桐城派」與「陽湖派」之間的橋樑，「陽湖派」首領惲敬、張惠言都是他的再傳弟子。他對方苞的理論有新的闡發。他進一步探求了文章的藝術形式問題，講究文章的「神氣」、「音節」、「字句」及相互間的關係，他認為，義理、書卷是行文的內容，也是材料，而神氣音節是寫作技巧。以音節即文章的韻律感為關鍵，通過音節來表現神氣。劉大櫆本人的文章，大都鏗鏘上口，音調高朗，有韻律之美。這一種主張和文章特點，對後來桐城派文人的影響頗大。

姚鼐（1731～1815）字姬傳，世人以其書室名稱惜抱先生。乾隆二十八年（1763）進士，官至刑部

姚鼐像

春樓十里詩帖　清　姚鼐

郎中，任四庫館修纂。後辭官，歷主江寧、揚州等地書院共四十年。在文學文化方面影響深遠。

姚鼐本人的文章，說理、議論偏多且大都迂腐，但寫人物和景物，也間有生動之毫。他的遊記頗重文采，《登泰山記》、《遊媚筆泉記》，雖乏獨創之力，尚有文字凝練簡潔和刻畫生動之長。前者「蒼山負雪，明燭天南」，寫黃昏登山遠眺所見；後者「若馬浴起，振鬣宛首而顧其侶」，寫潭中大石，都是漂亮的文筆。下面錄《登泰山記》中觀日出的一節：

戊申晦，五鼓，與子穎坐日觀亭待日出，大風揚積雪擊面。亭東自足下皆雲漫。稍見雲中白若樗蒲數十立者，山也。極天雲一線異色，須臾成五彩。日上，正赤如丹，下有紅光動搖承之，或曰：「此東海也。」回視日觀以西峰，或得日，或否，絳皓駁色，而皆若僂。

姚鼐是一個沒有多少創造性卻很聰明的人，桐城派由於他而聲勢大張。他主講書院四十年，門下弟子甚眾，由此桐城派幾乎發展到全國範圍。姚門中管同、梅曾亮、方東樹、姚瑩號稱「四大弟子」，其中梅曾亮嚴守桐城「家法」，又吸取柳宗元、歸有光古文的長處，成爲繼姚鼐之後的桐城派領袖。

另外，姚鼐所選編的《古文辭類纂》，體例清楚，選擇較精，並附以評論，便於學習掌握桐城派古文理論的要旨。此書流布天下，也極大地助長了桐城派的聲勢。學者們看不起桐城派，原因之一是它的熟套，而這種熟套卻正是桐城派獲得眾人趨從的重要法寶；二是反對在字句上過於斟酌取刪，筆勢較爲放縱；三是把駢文的筆勢引入古文，使古文也有駢文的博雅工麗。

第五章

夾縫中的抒情者

清代詩詞

大江東去，浪淘盡、千古風流人物。唐宋時繁盛的詩詞創作到了清代，處在於非常尷尬的境地。它的作者之多以及數量之大，都遠遠地超出了此前任何一個時代；而就其創作的品質來說，雖在元明兩代之上，但是比起高歌低詠的唐宋差得又實在是太遠了。不過，在這廣闊的沙灘上披沙揀金，亦往往見寶。也有個別詩人詞家的創作，展現了自己的獨特風貌。在「好詩都讓唐人寫光了」和「好詞都讓宋人寫光了」的創作困境中，竟然也能走出自己的道路，這些文學家們也自有其可欽之處。

化作春泥的落紅

清代詩歌

清代詩歌在兼學唐宋的基礎上，力求有所創造，也在一定程度上形成了自己的特色。清初詩壇一大引人注目的現象是遺民詩人的創作。這些詩人目睹了易代之際血火交迸、滿目瘡痍的現實，大都具有強烈的民族意識，要求反清復明，有的人參加了反清鬥爭，有的人則以不仕二朝來表示自己非暴力不合作的態度。他們在詩歌裡，反映在民族壓迫之下的社會矛盾鬥爭和社會的心態，或揭露清軍的屠掠暴行，或頌揚抗清的死難英烈，或表現對於故國的哀思，或彰顯不屈的民族氣節。顧炎武、黃宗羲、王夫之、屈大均、吳嘉紀是其中較爲出色的代表。與這些遺民詩人生活年代相同而出仕清朝的詩人，以錢謙益、吳偉業最爲有名。他們因爲身仕二朝，歷來爲人所不齒，但是在詩歌創作中還是取得了較高的成就，是當時總領詩壇的領袖人物。錢謙益作詩兼收唐宋諸家之長，才藻富贍。吳偉業在學習前人的基礎上，創造性地形成了自己的「梅村體」。在他們的周圍，都聚集了一批詩人，其創作頗有可觀。

錢謙益像

錢謙益（1582～1664），字受之，號牧齋、蒙叟、東澗遺老、絳雲老人，江南常熟（今屬江蘇）人，清代著名文學家。

錢吳以後，詩壇仍然活躍，但乏善可陳。到了乾隆時期，詩歌理論和創作實踐都開拓出新的局

吳偉業像

吳偉業（1609～1671），字駿公，號梅村、鹿樵士，江南太倉（今屬江蘇）人，清代文學家。

面。這一時期成就最大的詩人是袁枚。他標舉性靈，反對模擬古人。其人天性多情，詩句自工。他寫過一首懷念祖母的《隴上作》，最後幾句是這樣的：「返哺心雖急，含飴夢已捐。恩難酬白骨，淚可到黃泉。宿草翻殘照，秋山泣杜鵑。今宵華表月，莫向隴頭圓。」對親人的緬懷之情，真切動人，可謂一字一咽。

趙翼也是性靈派的主要人物之一。他不僅在理論上有所建樹，而且在創作實踐也自成一格。不過人們知道最多的，往往是他的這首《論詩》：「李杜詩篇萬口傳，至今已覺不新鮮。江山代有才人出，各領風騷數百年。」儘管李杜的詩篇如今依然是常讀常新，儘管他本人的創作為人傳誦的並不多，但詩中流溢出的那種意氣風發的自信，在整個清代都是不多見的。

揚州八怪之一的鄭板橋，是一位兼有詩書畫三絕的全才人物。他的詩往往有感而發，直抒胸臆，言之有物。一些同情人民疾苦的作品，抨擊時政尤能見其筆力，在當時非常難得。比如《濰縣署中畫竹呈年伯包大中丞括》：

衙齋臥聽蕭蕭竹，疑是民間疾苦聲。些小吾曹州縣吏，一枝一葉總關情。

嘉慶、道光以來，張問陶、舒位、孫原湘等人，追慕袁枚的性

漆製文房用具　清

這件精密、細緻的清代漆器中，包含了中國傳統文人常用的筆、墨、硯、印泥、紐章、鎮紙等用具。

靈說，被視爲袁派的後勁。其他也還有一些詩人進行艱難的創作，也小有所成，但清詩創作已無可挽回地走上了下坡路。直到龔自珍登上了文壇，才打破了沉寂的局面，他對於艱難時局的歌吟，是清詩一抹血紅的晚照。

鄭板橋像　清

龔自珍（1792～1841）生活在鴉片戰爭前的半個世紀裡，當時的國家形勢正處於內外交困的時期。一些比較清醒的知識份子對時弊進行批判，並探索救亡圖存的途徑。龔自珍就是這一類人的傑出代表。但黑暗如漆的現實，使他無法實現濟世救民的抱負，只有把滿腔的積鬱宣泄在詩作裡。在他的詩中，往往表現出對於現實的強烈關注，以及個人理想難以實現的躁動不安、鬱悶和彷徨。他在三十五歲第五次會試失敗後，作了一首《秋心》，在對亡友的追憶和懷念以及抒發了對清王朝壓制人才的不滿：

秋心如海復如潮，但有秋魂不可招。漠漠鬱金香在臂，亭亭古玉佩當腰。氣寒西北何人劍？聲滿東南幾處簫？斗大明星爛無數，長天一月墜林梢。

秋心如海復如潮，而友人幽魂已不可招。爲什麼有如此廣漠的悲涼呢？這是因爲生者和逝者都是不得其用的人才。有用之才像長天落月那樣消失，而庸碌的官僚卻像斗大的明星那樣在空中炫耀。這怎麼不使人悲而生憤呢？這種悲憤，

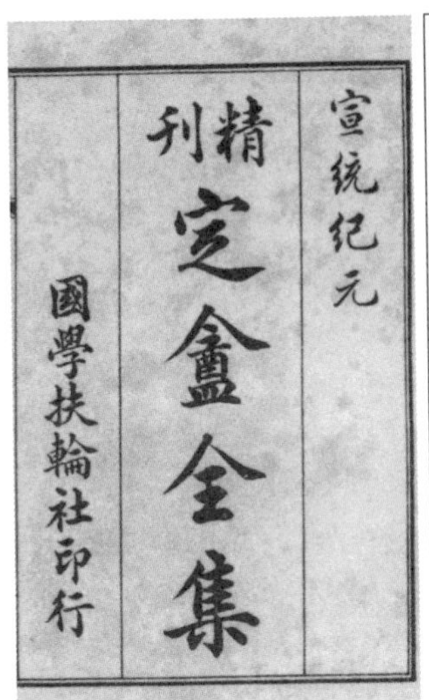
宣统纪元
精刊
定盦全集
國學扶輪社印行

《定庵全集》（清龔自珍著）書影

題碑帖　清　龔自珍

在《己亥雜詩》第一百二十五首中表現得最爲強烈：

九州生氣恃風雷，萬馬齊喑究可哀。我勸天公重抖擻，不拘一格降人材。

在龔自珍的身上，要求積極進取而又常受到壓抑所產生的憤懣情緒，幾乎貫穿了他的詩作的始終。但是他仍然保持著積極昂揚的精神。他在晚年時，辭官南歸，寫有《己亥雜詩》第五首：

浩蕩離愁白日斜，吟鞭東指即天涯。落紅不是無情物，化作春泥更護花。

他雖然遠離京師，告別官場，但是仍然深信自己所堅持的理想是正義的，而且也能像落花一樣，雖已飄零，卻仍能化爲春泥，爲社會盡責。縱觀清代詩壇，龔自珍以其傑出的詩歌創作成爲清代成就最高的詩人，也是最後一位著名的詩人。龔自珍在達到了很高的藝術成就的同時，也宣告了古典詩歌創作的終結。

絢麗的晚霞

清 詞

詞經過元明兩朝的式微後，在明清之際，顯露出中興的跡象。而眞正大張旗鼓形成流派，是以朱彝尊爲首的浙西詞派、以陳維崧爲首的陽羨詞派和以張惠言爲首的常州詞派。

朱彝尊（1629～1709）出身於沒落的貴族家庭，從小受到良好的教育。在康熙一朝爲官，幾起幾落，最後以罷官歸鄉。他與李良年、李符、沈登岸、沈湰日、龔翔麟六人經常相互唱和，影響頗大。後來龔翔麟把他們六人的詞合刻爲《浙西六家詞》，於是就有了浙西詞派之稱。朱彝尊在《解佩令·自題詞集》一詞中，對自己的詞的內容寄託和藝術情趣是這樣總結的：

十年磨劍，五陵結客，把平生、涕淚都飄盡。老去塡詞，一半

行草唐詩帖　清　陳維崧

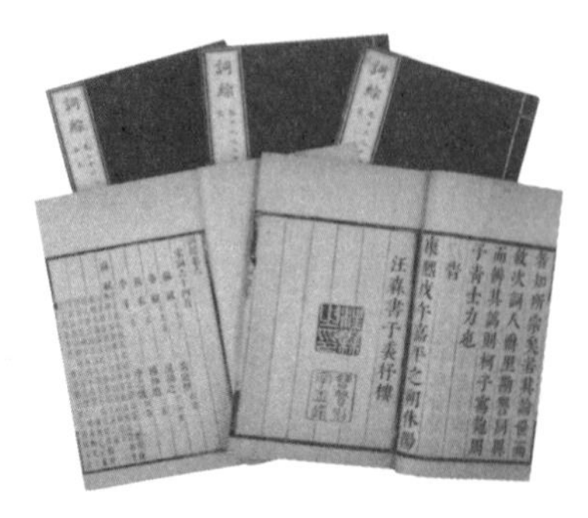

《詞綜》（清朱彝尊輯編）書影

是、空中傳恨。幾曾圍、燕釵蟬鬢。不師秦七，不師黃九，傳新聲、玉田差近。落拓江湖，且分付，歌筵紅粉。料封侯，白頭無分！

他認爲應該把自己的詞與那「燕釵蟬鬢」，單純寄情聲色者區別開來。在藝術上，既不師秦觀的柔婉，也不學黃庭堅的瘦硬，而是崇尚張炎所提倡的「清空」。

陳維崧（1625～1682），字其年，號迦陵。他長期浪跡江湖，晚年入仕。在詞的創作上，陳維崧以其宏大的氣魄和卓越的才情，把蘇辛開拓的豪放詞風發揚光大，因此他被視爲踵武蘇辛、雄視清代的豪放派詞家。陳維崧不僅在詞中表現家國興亡之痛，寄寓遺民之悲，而且他自覺地將白居易的樂府詩精神和表現手法移植到詞的領域中來，大大地拓展了詞的題材範圍和現實意義。

張惠言（1761～1802），乾嘉時期著名的經學家，他在文學上的主要貢獻就是創立了常州詞派並提出一套系統的理論主張，使這一詞派的影響一直延續到清末民初。

納蘭性德像

有清一代的詞壇，還有一位獨樹一幟的大家不能忽略。他就是納蘭性德。納蘭性德（1655～1685），滿族正白旗人，是康熙一朝太傅納蘭明珠的長子。自幼好學而擅騎射，文武雙全。康熙十五年賜進士出身，充任侍

衛，深受康熙大帝的寵信。

納蘭詞中，愛情是一個重要的主題。他與原配盧氏感情深厚，但盧氏不幸早逝，續娶宮氏，也琴瑟和諧。所以與愛妻的別離就自然反映在他的詞作之中：

陳維崧像

朔風吹散三更雪，倩魂猶戀桃花月。夢好莫催醒，由他好處行。

無端聽畫角，枕畔紅冰薄。塞馬一聲嘶，殘星拂大旗。

因為公務遠赴邊庭，在奔波的勞苦中更加思家戀室，這一種思念形諸夢境，心裡獲得了虛幻的補償。

此外，他也寫下了不少弔古傷今之作。比如《蝶戀花．出塞》：

今古山河無定據，畫角聲中，牧馬頻來去。滿目荒涼誰可語？西風吹老丹楓樹。

從前幽怨應無數。鐵馬金戈，青塚黃昏路。一往情深深幾許？深山夕照深秋雨。

上片寫今古征戰不定的塞外荒涼景色，下片引征典實，感慨良深。最後以青山夕照和黃昏雨，蘊含著綿綿不盡的懷古情愫。

第六章

玉山高並幾峰寒

清代小說

當中國敘事文學的接力棒傳到了清代小說家手裡的時候，他們面前橫亙的是由明代的四大奇書形成的一座座高峰。如何在這個高峰的基礎上繼續前進，成了中國敘事文學的一個歷史問題。歷史以期待的眼神望著他們，而他們也沒有讓歷史失望。由蒲松齡、吳敬梓、李汝珍所組成的小說景觀，足以和明代的高峰形成對峙。

花妖狐魅的笑影和詩情

蒲松齡與《聊齋志異》

自從傳奇小說在唐代蔚爲大觀之後，中國的文言小說就陷入了長久的沉寂之中。一直到蒲松齡的出現，這種局面才得以改變。1640年四月十六日破曉時分，山東省淄川縣蒲家莊一戶人家的一聲清脆啼哭，宣告了一個新生命的誕生。這個小生命的父親欣喜若狂，因爲在孩子降生前，他剛剛夢見一個清瘦的佛，把一帖膏藥貼在他的胸膛上。於是他給孩子起名叫蒲松齡——他希望孩子能夠和南山的不老松一樣長壽。

蒲松齡出生時，家道已經衰落。他在父親的指導下開始讀書，十九歲時以府、縣、道三個第一考中秀才。但之後三年一次的鄉試，成了他一生都邁不過的坎。一直到他七十二歲的時候，他才博得了一個歲貢的功名。一次次的志在必得，又一次次的折戟沉沙，他不得不在四十一歲時到別人家當家庭教師，直到七十一歲時才撤帳回家；另一方面使得他把大部分興趣和精力放在收集、整理談狐說鬼的故事上。從三十多歲開始，一直到去世前，他都堅持著對《聊齋志異》的創作與加工。在他七十二歲的時候，他一生的精神支柱、跟他患難與共五十六年的妻子劉孺人病逝。

蒲松齡像

他在埋葬妻子的儀式上對兒孫們宣布，自己將在三年之內死去。兩年後，也就是1715年，他倚書屋——聊齋的南窗邊。

《聊齋志異》是一本凝聚蒲松齡一生辛酸與痛苦的「孤憤之書」，全書共有近五百個故事。他在《聊齋志異》中，以飽含激情與熱淚的巨筆，爲讀書人譜寫了一曲壯志難伸的悲歌。《葉生》中的葉生「文章詞賦，冠絕當時」，但是窮其半生，卻困於科場，始終無法向功名邁進一步，最終鬱鬱而死。但他不知道自己已死，魂魄一直追隨著生前的文章知己、縣令丁稱鶴，教丁公子讀書應舉，結果每試必中，直至進士及第。當他帶著巨大的榮耀返回故里時，才突然發現自己早已死去多時，是一顆不甘心就此泯滅的靈魂支撐著自己，由自己的學生來實現自己終生未竟的心願。這一個個科舉考試制度下的悲劇形象身上，凝聚著作者自己一生懷才不遇的苦悶情懷，是作者自己一生痛苦的寫照。

由於在現實世界中的鬱鬱不得志，蒲松齡把自己的理想寄託在鬼狐花妖身上，建造了一個瑰麗奇特、異彩紛呈的精神家園。在他筆

蒲松齡故居

故居位於山東省淄川縣蒲家莊。蒲松齡一生幾乎都在家鄉度過，設館教書。圖爲蒲松齡故居北院的正房內景，是他的誕生之地，也是他後來的書房「聊齋」。

下，天地萬物，一花一草，一石一木都獲得了生命。從狐狸，到黃蜂，到老鼠，青蛙，甚至連牡丹花，都有思想有靈魂，有豐富的情感。而且與塵世的人相比，他們身上更具有浪漫的氣息，更富有理想性。這些花妖鬼魅置封建社會的傳統禮法不顧，常常夜扣書齋和心愛的書生幽會。他們大膽地追求自己的愛情和幸福，絲毫沒有世俗婚姻的門當戶對的觀念和嫌貧愛富的庸俗想法。相反，他們對於戀愛對象

的選擇，或是出於對男子才能膽識的崇敬，或是由於志趣相投、愛好相近，絕不會因爲對方是落魄潦倒的書生或小市民而嫌棄對方。《連瑣》中的連瑣和楊于畏相愛，是因爲共同的文學興趣；《晚霞》中的晚霞和阿端的相愛，是以舞蹈藝術愛好爲橋樑；《白秋練》中的白秋練追求慕蟾宮，詩歌是其媒介。

不僅如此，這些美麗的花妖鬼魅絕不像很多世俗的人一樣朝三暮四、喜新厭舊。他們一旦付出了眞心，就海枯石爛也絕不變心。《香玉》中的白牡丹，愛上了膠州的黃生，當她被遷往別的地方，與黃生兩地分離之後，立即枯萎而死。而在黃生日夜憑弔的眞摯感召下，她又起死回生。後來黃生魂魄所寄的牡丹花被道士砍死後，她也憔悴而死。這種可以爲情而生爲情而死的偉大愛情，已經超越了時空的限制，超越了物類的區別。而且一旦這些花妖鬼魅能最終與人類結合，生活往往會幸福美滿。《翩翩》中的仙女與羅子浮結合，生了兒子，並爲兒子娶親。在婚宴上她欣慰的唱道：「我有佳兒，不羨高官；我有佳婦，不羨綺紈」。這種超脫而健康的情緒，是世俗婚姻中很少見的。

《聊齋》故事圖冊　清

蒲松齡憑藉著自己的力量把文言小說推向了不可企及的高度。在他身後，出現大量模仿《聊齋志異》的作品，但再也沒有一部作品能像《聊齋志異》一樣，既深刻而廣泛地反映社會現實，又塑造出如此之多的鮮活人物，同時還留給世人一個瑰奇幻麗的藝術世界。

真儒理想與名士風流

吳敬梓與《儒林外史》

吳敬梓（1701～1754）出生在安徽全椒。吳敬梓十三歲時母親去世。他在十四歲時便隨父親寄寓楡贛。二十三歲的吳敬梓在這一年考中秀才，中試的這一天，父親撒手西去。這時，族人欺負他兩代單傳，提出分家。作爲宗子的他成了分家的犧牲品。看著族人拿走財產而自己兩手空空，看著妻子因爲不甘忍受族人的欺凌而含恨病逝，吳敬梓開始過放蕩不羈的生活。他先是出賣土地，繼而變賣家宅，帶著繼室葉氏移居南京。從此他下定決心在厄運中寫作《儒林外史》。1754年，他帶著妻兒寄寓揚州。這一年他與友人飲酒消愁後因痰湧而離開了人世。

吳敬梓像　當代　程十發

《儒林外史》的主體描寫明朝成化（1487）到嘉靖末年（1566）這八十年間的四代儒林士人。作者以時代文人對待功名富貴的態度爲衡準，揭示了在八股考試這一科舉頹風的影響下，文人在文（文章、學業）、行（行爲、品德）、出（出仕、做官）、處（處野、退隱）諸方面的亮相表演。

作者的批判，主要是通過對以下幾類人物的塑造來實現的：第一類是陷在科舉泥潭中不能自拔的

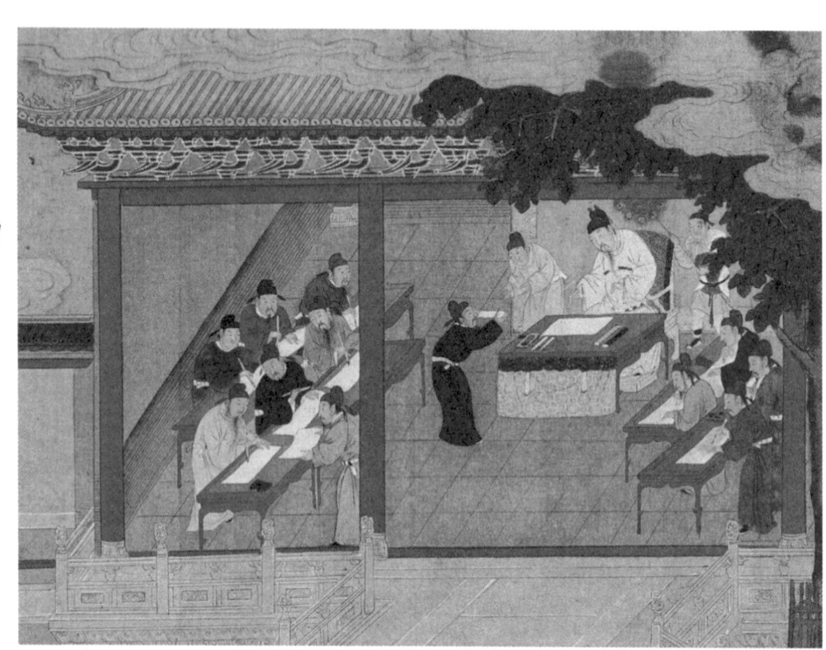

科舉考試圖　宋

科舉考試自隋唐以來，就成爲文人通往仕途的必經之路。隨著社會的發展，到明清兩代，科舉逐漸成爲戕害知識份子的利器。這幅科舉考試圖表現的是唐朝皇帝親自進行殿試的情形。殿試的前三名分別爲狀元、榜眼、探花。

迂儒。最典型的就是范進。他從二十歲開始童生應試。落拓中，夾著尾巴做人，淺陋無知的他甚至連蘇軾的名字都茫然無知。而一旦五十多歲意外中舉後，從丈人到街坊鄰居，全都對他恭敬起來。他也開始廣受錢財，不到兩三個月，奴僕、丫環都有了。他開始巴結鄉紳、甚至干預詞訟，成爲主管一省教育選士的學政。

第二類是以嚴貢生爲代表的見利忘義、裝腔作勢的文人。他家的豬誤跑到鄰居家，鄰居馬上送回，但他卻以失而復得的豬不吉利爲藉口，逼小二出八錢銀子買走。後來豬長到一百多斤重，錯走嚴家，他又把豬關起來，硬說豬是他家的，逼小二拿幾兩銀子來贖回，甚至把小二兄長的腿也打斷。他一直覬覦弟弟嚴監生的家產，弟弟一死，他就想把弟弟從本族中剔除出去。適逢嚴監生的兒子死了，他馬上要自己的二公子去繼承產業，並把嚴監生由妾扶正的趙氏趕出正

房。趙氏不服，告到縣裡，他被駁斥一番，但他仍然不死心地赴省赴京告狀，最終將嚴監生的家私獨佔七成。在這樣一個面目可憎的衣冠禽獸身上，體現著整個儒林風氣的敗壞。

第三類是貪生怕死、以權謀私的國家蠹蟲，以王惠爲代表。他被任命爲南昌太守，還沒上任，就打聽「地方人情，可還有甚麼出產？詞訟裡可也略有些什麼通融？」他在任期間拼命地盤剝百姓，搜刮錢財。到寧王叛亂的緊急關頭，帶領數郡投降，接受「江西按察司」的僞職。叛亂平定後，他喬裝潛逃，淪落爲欽犯，落得身敗名裂。

儒林外史第三回

周學道校士拔真才　胡屠戶行兇鬧捷報

《儒林外史》（清吳敬梓著）書影

作者塑造出的眞儒名士虞育德、莊紹光和反叛者杜少卿身上體現著作者的理想人格：他們爲人慷慨正直，對科舉功名絲毫不熱心，寧願遠離功名，陶冶性情、著書立說。他們身上體現著封建社會衰落時期，叛逆者要求個性解放和自由平等的時代呼聲，閃耀著作者理想主義的光芒。

《儒林外史》以「秉持公心，指摘時弊」的批判精神，「燭幽索隱，物無遁形」的描寫功力，和「戚而能諧，婉而多諷」的美學風格，奠定了諷刺小說在中國小說史上的崇高地位。它不但啓迪了晚清的譴責小說，甚至還影響了文學大師魯迅的創作。

參透世間繁華夢

李汝珍與《鏡花緣》

清代乾隆嘉慶年間，社會上大行其道的考據之風，給古典小說染上了一層濃重的倫理色彩；而封建王朝的日趨衰微和世風道德的日漸淪喪，則使得小說中充盈著一股解剖時代、憧憬理想的氣息。李汝珍的《鏡花緣》就是這樣一個時代的產物。李汝珍（1763～1830），字松石，直隸大興（今屬北京市）。早年隨兄移家江蘇海州（今連雲港），長期生活在淮南、淮北，精通醫術、算學，多才多藝，琴棋書畫、燈謎酒令無所不會，做過幾年治河小官。大約在三十歲時，李汝珍開始把大部分精力投入到《鏡花緣》的寫作中，歷經二十多年完成。

《鏡花緣》（清李汝珍著）書影

《鏡花緣》是一部通過學問馳騁想像，通過奇幻寄託理想，通過虛構諷刺現實的作品。小說寫心月狐下凡的武則天篡唐自立，在隆冬賞雪醉後突發奇想，命令園中百花開放。眾花神不敢違背人間帝王的旨意，卻因此違反天帝禁令，被貶謫到人間，爲百位才女。其首領百花仙子降生在嶺南唐敖家，起名叫小山。唐敖科舉受阻，於是打消考取功名的念頭，隨著妻兄林之洋出遊海外，見識三十多個國家的奇風異俗，奇人異事。後來他前往小蓬萊修道，從此一去不還。唐小山爲尋找父親，也乘船出海。回國後正值武則天開女科，百位才女被錄取，眾花神在人間得以團聚。後中

鏡花緣圖冊　清　孫繼芳

宗復位，尊武則天為「大聖皇帝」，武則天下詔再開女科，命前科才女重赴「紅文宴」。

《鏡花緣》的出現，標誌著女性解放春天的到來。作者塑造了一大批超群出眾的女子，如才華橫溢的史探幽，學識淵博的米蘭芳；如劍俠魏紫綃，音樂家井堯春；如具有經國濟世之才的枝蘭音等。作者虛構了一個與現實世界截然相反的「女兒國」，用「反諸其身」手法，形象地控訴了封建社會摧殘婦女的非人道。在這個「女兒國」裡，「男人反穿衣裙，作為婦人，以治內事；女人反穿靴帽，作為男人，以治外事。」作者讓林之洋在女兒國被納為王妃，讓他與現實中的女子一樣穿耳洞、戴耳環，像女子一樣道萬福，給國王請安，並遭受纏足痛苦，「未及半月，已將腳面彎曲做兩段，十指俱已腐爛，日日鮮血淋漓」，而且連自殺都不能。這種看似遊戲，但卻又蘊含著客觀真實性的描寫中，作者描繪出封建社會女性所遭受的非人待遇，強烈地控訴了封建時代對女性身心的摧殘。作者通過唐敖遊歷海外諸國的經歷、見聞，描寫、展示世情的醜惡、世風的淪喪。而與這些醜惡的現狀相對應的，則是作者所極力描寫的「君子國」式的理想國度。這樣一個烏托邦式的理想國度，完全是作者在自己的藝術世界裡建造的精神家園。

在某種程度上，《鏡花緣》可以說是明清時期各種類型小說的借鑒總結作品。他解釋科舉弊端、士林醜態的諷刺筆法，模仿《儒林外史》的風格；它詼諧幽默的筆調和奇幻瑰麗的結構模式，類似於《西遊記》；它對道家理想天國的描述，又和明代的《禪真逸史》、清代的《綠野仙蹤》頗有淵源。蘇聯學者費施曼曾評價《鏡花緣》是一部「熔幻想小說、歷史小說、諷刺小說和遊記小說於一爐的巨著」。

第七章

一枕幽夢向誰訴　千古情人獨我癡

紅樓夢

一代有一代之文學，如漢賦、唐詩、宋詞、元曲、明清小說它們都以自己獨特的時代為背景和旗幟，以自己最優秀的作家為歌者，唱出來了每一個時代最傑出的旋律。它們或雄渾，或豪放，或纏綿，或精緻。而一代文學必有其最為突出者，如漢代司馬相如、唐代李白、宋代蘇軾、元代關漢卿。明清文學也是如此，在浩如煙海的明清小說中，如果要找出一部而且只能找出一部小說作為代表作的話，這種選擇的結果必然是《紅樓夢》。在中國文學史上，以單部作品而形成影響海內外的專門顯學的，迄今為止，也只有《紅樓夢》。

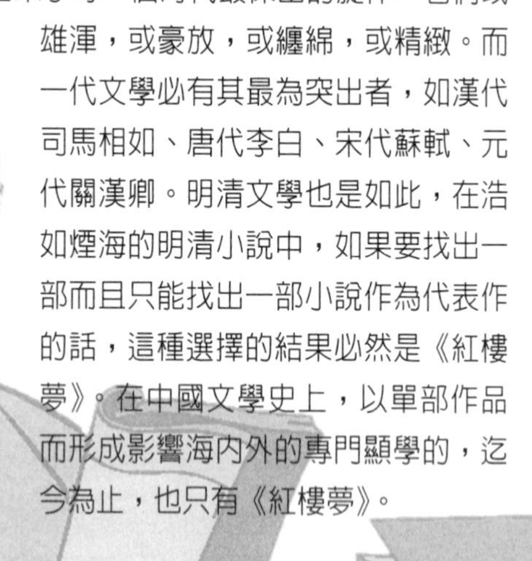

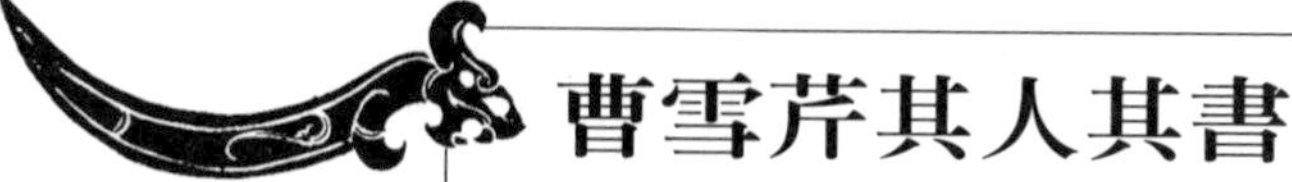

都云作者癡，誰解其中味

曹雪芹其人其書

曹雪芹名霑，字夢阮，「雪芹」是他的別號，又號芹圃、芹溪。約生於康熙五十四年（1715），卒於乾隆二十七年（1763）除夕或次年除夕。曹家在康熙朝盛極一時，曹璽、曹寅及其伯父曹顒、父親曹頫等任江寧織造一職前後達六十餘年。曹寅工詩能詞，又是有名的藏書家，著名的《全唐詩》就是他主持刻印的，曹雪芹就是在這種繁盛榮華而又充滿書香氣的家境中度過了他到十三歲爲止的少年時代。

雍正即位後，曹頫被查辦革職，抄沒家產。曹家全部遷回北京後，曹雪芹曾在一所學堂當差，境遇潦倒，常常要靠賣畫才能維持生活。他最後流落到北京西郊的一個小山村，生活困頓。乾隆二十六年（1762）秋，他唯一的愛子夭亡，不久，他也含恨謝世，只留下一位新娶不久的繼妻和一部未完成的書稿。《紅樓夢》第一回記述道：「曹雪芹於悼紅軒中批閱十載，增刪五次。」他去世時，全書僅完成前八十回和後面的一些殘稿。

小說一開始的十幾回，寫劉姥姥初入榮國府的見聞，寫寧國府爲秦可卿出殯時的聲勢，寫元春選妃、省親，像緩緩拉近的長焦鏡頭一樣，層層推進地表現出賈府特殊的社會地位和令人目眩的富貴豪奢。但就在這烈火烹油、鮮花著錦的繁華景象中，透出了它不可挽救的衰敗氣息。錢財方面坐吃山空，內囊漸盡。而人才方面的凋零則是賈府衰敗的眞正原因，賈府的男性

第三回
賈雨村夤緣復舊職　林代玉抛父進京都
卻說雨村忙回頭看時不是別人乃是當日同僚一案參革的號張如圭者他
本係此地人革職後家居今打聽得都中奏准起復舊員之信便四下尋情找
門路忽遇見雨村兩村自是歡喜忙忙的敘了兩句遂作別各自回家冷子與
聽得此言便忙獻計令雨村央煩林如海轉向都中去央煩賈政雨村領其意
作別回至館中忙尋邸報看真確了次日面謀之如海
道天緣湊巧因賤荊
去世都中家岳母念及小女無人依傍教育前已遣了男女船隻來接因小女
未曾大痊故未及行此刻正思向蒙訓教之恩未經酬報遇此機會豈有不盡

《石頭記》（清曹雪芹著，脂硯齋批）書影

或煉丹求仙，或好色淫亂，或安享尊榮，或迂腐僵化。按原作意圖，享盡富貴的賈寶玉淪爲乞兒，巧姐陷爲妓女，鳳姐在人心盡失後成了奴僕，最終鬱鬱而亡；曾經顯赫一時的賈府在兩度被抄家後終於一蹶不振。

賈寶玉是《紅樓夢》的核心人物。在他身上應該有作者早年生活的影子，但也滲透了他在後來的經歷中對社會與人生的思考。在賈寶玉身上，集中體現了小說的核心主題：新的人生追求與傳統價值觀的衝突，以及這種追求不可能實現的痛苦。小說的第一回，作者也似乎在有意識地運用一個神話模式作爲小說的框架。作者以女媧補天神話爲象徵，女煉石補天時剩的一塊石頭，時間一久，通了靈性，便因自己不能有補天之用而日夜悲號。一僧一道將它化爲一塊美玉，就是後來賈寶玉出生時口中所銜的「通靈寶玉」，也就是「寶玉」本人。這個神話故事揭示了賈寶玉這一形象的本質特徵——他是一個具有良材美質的「廢物」。這似乎有些矛盾，但事實就是這樣：他聰明無比，卻厭惡讀書；他是母親眼中的命根子，但卻是父親眼中的「逆子」；他和大觀園中的女孩們如膠似漆，但對老媽子卻很少有什麼好感；對秦鍾他一見如故，但卻視賈雨村爲祿蠹；……。總之，凡是沾

曹雪芹畫像

大觀園圖　清

大觀園是《紅樓夢》中的主要人物賈寶玉、林黛玉等人活動的場所。此圖縱137公分，橫362公分，展現了在凹晶館、牡丹亭、蘅蕪院、蓼風軒和凸碧山莊五個地方活動的人物173個，是研究《紅樓夢》的珍貴資料。

了利祿之氣的人或物，都遭到他的蔑視和拋棄，因而，他就成爲他的「詩禮簪纓之族」的「廢物」，也成了社會政治結構的「廢物」。賈寶玉便把他的全部熱情灌注在一群年輕女性的身上。他是一個天生的「情種」。一歲時抓周，「那世上所有之物擺了無數」，他「一概不取，伸手只把些脂粉釵環抓來」；七八歲時，他就會說「女兒是水作的骨肉，男人是泥作的骨肉。我見了女兒，我便清爽；見了男子，便覺濁臭逼人」；更有一句因林黛玉而起、對紫鵑所說的話：「活著，咱們一處活著；不活著，咱們一處化灰化煙，如何？」在賈寶玉看來，愛情已經成了生命的唯一意義，唯一立足之地。

在《紅樓夢》中，寶黛兩人既有一層表兄妹的現實關係，更有一層木石前盟的神話結構中的前身相愛關係。在現實關係中，他們的愛情是因長年耳鬢廝磨而形成，又因彼此知己而日益加深的。但這種愛情注定不能夠實現爲兩性的結合，因爲在象徵的關係上，已經規定了他們的愛情只是生命的美感和無意義人生的「意義」。

包括黛玉在內的年輕女性，寄託著作者的感情和人生理想，但她們在小說中無一例外地走向毀滅：有的被這腐敗沒落的貴族之家所吞噬，有的隨著這個家庭的衰亡而淪落。由女兒們所維繫著的唯一淨土也不能爲現實的世界所容存，所以《紅樓夢》終究是一個永遠也無法實現的夢。

高鶚所續的後四十回，給人的感覺是收束有些急促，顯得變故迭起，一片驚惶。語言文字上也相對遜色，不過從總體上看，後四十回還是保持了原作的悲劇氣氛，這是難能可貴的。後四十回中寫得最好的，是寶玉被騙與寶釵成婚、同時黛玉含恨而死的情節，在很大程度上感動了許多讀者，以致有人懷疑那可能就是曹雪芹的原稿。

大觀園圖（局部）　清

《紅樓夢》在藝術上，它達到了中國小說前所未有的成就。從《紅樓夢》前八十回看，這部作品的結構已經突破了原來章回長篇小說的模式。它以賈、林、薛、史四人的情感糾葛爲主軸，以他們生活的大觀園爲主要舞台，以賈、王、史、薛四大家族的興衰爲社會背景，組織一個龐大的敘事結構。而這個結構據原作推測，又放在一個巨大的神話敘事結構中。賈、林、薛、史等人從情天幻海而來，終將回歸仙境。

《紅樓夢》最值得稱道的，是人物形象的塑造。在《紅樓夢》的主要人物中，引人注目的，首先是王熙鳳，作爲榮國府的管家奶奶，她是《紅樓夢》女性人物群中與男性的世界關聯最多的人物。她「體格風騷」，玲瓏灑脫，機智權變，心狠手辣。她貌似精明強幹，在支撐賈府勉強運轉的背後，她挖空心思地爲個人攫取利益，放縱而又不露聲色地享受人生。遲發月銀用來放高利貸；私了官司以謀取暴利；而借機敲詐更是她的拿手好戲，連情人賈薔、丈夫賈璉都不放過。因此作者將加速賈府淪亡的過錯，有意無意地集中到了她身上，機關算盡，反誤了卿卿性命。王熙鳳在《紅樓夢》中，無疑是寫得最複雜、最有生氣、最新鮮的人物。

薛寶釵的精明能幹不下於王熙鳳，但她溫良賢淑，所以她的言行舉止就顯得委婉內斂。她有很現實的處世原則，能夠處處考慮自己的利益，但她同樣有少女的情懷，有對於寶玉的眞實感情。但她和寶玉的婚姻最終卻成了一種有名無實的結合，作爲一個典型的「淑女」，她也沒有獲得幸福。

金陵十二釵仕女圖之林黛玉像（上） 清　費丹旭
金陵十二釵仕女圖之史湘雲像（中） 清　費丹旭
金陵十二釵仕女圖之薛寶釵像（下） 清　費丹旭

林黛玉是一個情感化的、「詩化」的人物。她的現實性格聰慧伶俐，由於寄人籬下，有時顯得尖刻。另一方面，正因爲她是「詩化」的，她的聰慧和才能，也突出地表現在文藝方面。在詩意的生涯中，和寶玉彼此以純淨的「情」來澆灌對方，便是她的人生理想。作爲小說中人生之美的最高寄託，黛玉是那樣一個弱不禁風的「病美人」，也恰好象徵美在現實環境中的病態和脆弱。

值得注意的是，《紅樓夢》中不僅寫出了林黛玉、薛寶釵、史湘雲、賈探春以及女尼妙玉這樣一群上層的女性，還以深刻的同情精心刻畫晴雯、香菱、鴛鴦等婢女的美好形象，寫出她們在低賤的地位中為維護自己作為人的自由與尊嚴的艱難努力。這裡晴雯的勇補孔雀呢、笑撕紙扇、憤寄指甲；鴛鴦以死怒拒賈赦的淫威等等，都給人以美好和光明的希望。

黛玉葬花泥塑　清

賈府中的男性如賈赦、賈珍、賈璉、賈蓉等，大都道德墮落，行止不端。他們享受著家族的繁華，是一群對財色貪得無厭的寄生蟲。劉姥姥在《紅樓夢》中，尤其是在後半部分，基本上成了重要人物。這位鄉間老婦本是深於世故，以裝癡弄傻的表演，供賈母等人取樂。然而，這一個出場時極似戲曲中丑角的人物，後來卻成了巧姐的救命恩人。她可笑可憐，卻又可敬，人性含蘊十分豐富。在她的身上，表現了曹雪芹對下層人物的理解。

《紅樓夢》的語言，既是成熟的白話，又簡潔而略顯文雅，或明朗或暗示，描寫人情物像準確有力；它的對話部分，尤能切合人物的身分、教養、性格以及特定場合中的心情，活靈活現，使讀者似聞其聲、似見其人。

《紅樓夢》是一部具有歷史深度和社會批判意義的愛情小說。它顛覆了封建時代的價值觀念，把人的情感生活的滿足放到了最高的地位上，用受社會污染較少、較富於人性之美的年輕女性來否定作為社會中堅力量的士大夫階層，從而表現出對自由的生活的渴望。

第八章

巔峰後的低谷

譴責小說

19世紀中期以後，中國文人已經在切切實實地體會著一種文化的坍塌所帶來的社會震盪。在經歷了鴉片戰爭的屈辱，經歷了八國聯軍侵華的劇痛後，古老的中華帝國終於開始探索現代性的發展可能。而伴隨著資產階級改良運動和革命運動的開展，伴隨著資產階級啓蒙思想的流行和西方文化的輸入，中國的小說也開始了新的嬗變。「小說界革命」勃然興起，小說成為晚清思想啓蒙和文學革新運動中成績卓著的領域。作為針砭時弊、開啓民智的利器，新小說以其干預現實、踔厲風發的思想鋒芒而震撼文壇，出現了被魯迅稱為「譴責小說」的四大名著——《官場現形記》、《二十年目睹之怪現狀》、《老殘遊記》和《孽海花》。

封建社會的喪鐘

《官場現形記》和《二十年目睹之怪現狀》

在腐朽的清政府統治下的晚期中國封建社會，可以說是內憂外患，千瘡百孔。面對著列強的侵略，整個國家機構卻在普遍的醜惡、腐敗現象的侵蝕下形同散沙，毫無鬥志、士氣和尊嚴。有良知的知識份子拿起筆來，爲這個衰亡的時代、爲兩千年的封建社會敲響了喪鐘。

一、《官場現形記》

李寶嘉(1867～1906)字伯元，別號南亭亭長，江蘇武進人。二十七歲時，他以第一名的成績考中秀才。1896年，他來到上海，投身於報刊事業。從1901開始，他創作五部長篇小說，留下三部戲曲、彈詞集。繁重的工作、辛勤的創作，再加上困窘的生活，使他患上嚴重的肺病，四十歲時便英年早逝。

《官場現形記》是中國第一部在報刊上連載、直面社會而取得轟動效應的長篇章回小說。在作者筆下，上至尚書、軍機大臣，下至州縣吏役佐雜，無不在爲升官發財而奔走。他們一個個或鑽營詐騙，或狂嫖濫賭；或吸鴉片，或玩相公；或妄斷刑獄，或明碼買缺。總之，

官員見外國軍官漫畫　法國

這幅漫畫形象地揭露了晚清官員對外國人卑躬屈膝、奴顏媚骨的醜態。

官員打牌圖　法國

在中國遊歷的歐洲傳教士將晚清腐朽的官僚機構用略帶幽默和嘲笑的筆觸赤裸裸地表現在畫面上。

整個官場上全都是見錢眼開，視錢如命，蠅營狗苟，排擠傾軋，諂媚逢迎，道德敗壞之徒。用作者自己的話來說，就是「妖魔鬼怪，一齊都有」。這些國家的蛀蟲、社會的敗類，一方面掌握著國家的命脈，對人民百姓作威作福，極盡欺壓剝削之能事；另一方面，卻又在帝國主義面前奴顏婢膝，醜態百出。他們無論在什麼場合，只要聽到洋人或碰到洋人，馬上便手忙腳亂，面容失色。如第五十三回，兩江制台一聽到洋人來拜，「頓時氣焰矮了半截」。一聽到百姓反對洋人，便馬上派兵去「彈壓」。作者以犀利的筆鋒刻畫了官場的醜態，表達了對那些崇洋媚外的帝國主義奴才的鄙視，充分展示了一個覺醒的中國人強烈的民族自尊心。作者在小說中大膽地影射當時的很多權要人士，書中故事很多都以眞人眞事爲藍本，如書中的黑大叔影射李蓮英，華中堂影射榮祿，周中堂影射翁同龢。他所揭示的，正是窮途末路的清王朝無官不貪，無吏不污的現狀。而且，在清政府淫威下，他居然秉筆直刺最高統治者，借宮廷掌權太監的口吻道破天機：

佛爺早有話：「通天底下一十八省，那裡來的清官。」但是御

史不說，我也裝糊塗罷了；就是御史參過，派了大臣查過，辦掉幾個人，還不是這麼一回事。前者已去，後者又來，眞正能懲一儆百嗎？

這赤裸裸的揭示，正說明了清代社會末年的官場普遍貪污，實在是在最高統治者的縱容下進行的，而腐朽的社會制度又是滋養這些貪官污吏的溫床。作者以極大的注意力去觀察著污濁的心靈世界，並將之形象地刻畫出來，揭發了這個統治階級集團道德情操的極端墮落，明示著曾經輝煌的的大清帝國，實際上已經是一片廢墟。

二、《二十年目睹之怪現狀》

吳沃堯（1866～1910），字小允，號研人，廣東南海縣佛山人。他出身書香門第，仕宦之家。十七歲時，父親死在任上。十八歲他離開家鄉，到上海謀生並開始了他的創作生涯。1903年，時梁啓超創辦《新小說》，他開始爲這本刊物寫小說，並在第二年發表了他創作生涯中最爲輝煌的作品——《二十年目睹之怪現狀》。從此他在創作的道路上一發不可收拾，到他逝世的七八年之間，他先後發表了十幾部長篇小說和十二種短篇小說，還有五六種筆記和數部笑話集。由於勞累過度，他在四十五歲便英年早逝，臨死時，口袋裡只剩下四角大洋。

《二十年目睹之怪現狀》是一部帶有自傳性質的作品。作者通過主人翁「九死一生」在二十年中耳聞目見的怪現狀，揭示了在封建社會的總崩潰時期，整個統治階級的腐敗、墮落，以及封建社會的黑暗、醜惡和必然滅亡的命運。它就像晚清社會的一面鏡子，反映了清王朝在覆滅前的概況。

作者的批判，首先從對封建官僚機構開始。統治機構的每一個毛孔裡，都滲透著貪污盜竊、男盜女娼的毒菌。知縣做賊，按察使盜銀，學政大人販賣人口……整個上流社會，充斥著流氓、騙子、煙鬼、賭棍、訟師、潑皮、和尙、道士、婊子、狎客……。爲了升官發財，他們不惜出賣故交，嚴參僚屬，冒名頂替，竄改供詞，甚至把自己的女兒、媳婦、老婆去「孝敬」上司。總之，上自慈禧太后、王爺，中至尙書、總督、巡撫，下至未入流的佐雜小官，宮裡的大小太監，官僚的幕客、差役、姨太太、丫環，全都置國家的危亡和人民苦難於不顧，赤裸裸地幹著強盜、騙子、娼婦的勾當。

如果說作者對封建官僚機構腐敗的揭露，是力圖從政治的角度來展示末代封建王朝崩潰前兆的話，那麼作者對於封建家庭的罪惡與道德的淪喪，則是從賴以維繫一個社會存在的文化機制的角度來揭示封建大廈的必然坍塌。吏部主事符彌軒滿口「孝悌忠信」，卻自己成天花天酒地，而讓祖父到處行乞。九死一生的伯父平時道貌岸然，動輒對子侄加以訓斥，可是他竟乘料理喪事之機吞沒了亡弟家產。作品抹去了封建制度「天意」「永恆」的神聖靈光，將它腐敗不堪的醜惡面貌徹底暴露在世人面前。

在辛辣地批判現實的同時，作者也塑造了蔡侶笙、吳繼之等正直、賢良而又恪守封建道德的正面人物。吳繼之由地主、官僚轉化爲富商，是中國小說中最早出現的新型資產階級形象。他與九死一生所經營的大宗出口貿易曾經興旺一時，與昏庸腐敗的官場群丑形成鮮明對比。然而，在當時的社會環境裡，在帝國主義和封建主義的雙重擠壓下，他們最後還是不可避免地走向破產的命運，這種命運也正是半殖民地半封建時代的中國新興資產階級命定的歸宿。書中的正面人物無一例外的被人欲橫流的塵囂濁浪所吞沒，既眞實地折射了時代的悲劇，也反映出作者改良主義理想的幻滅。

官員審人圖　法國

這幅歐洲人的油畫形象地表現了晚清下級官吏審訊犯人的情形，可以說是當時官場的一個側面反映。

古典向現代的轉變

《老殘遊記》和《孽海花》

在鴉片戰爭的炮聲中，目睹國家淪喪的有識之士紛紛爲民族命運而上下求索。中國到底要走向何方？時代的難題，成了作家筆下的主題。

時局圖　清

清末甲午戰爭以後，列強掀起了瓜分中國的狂潮。此圖中的動物和太陽代表俄、英、德、法、日、美等國，對中國形成包圍之勢。小說《孽海花》反映的正是這一時期內憂外患的中國在政治、軍事、外交、文化和社會生活各方面的廣闊畫卷。

一、崩城染竹之哭：《老殘遊記》

劉鶚（1857～1909）原名孟鵬，字鐵雲，江蘇淮安人。1880年，他先後在淮安、上海、揚州經商、行醫。後被河督吳大澄推薦到總理衙門「考驗」，得以知府任用。1900年後，劉鶚在上海、天津開工廠，但都置辦一年就倒閉。1906年，他被清政府革職通緝。兩年後，終在南京被捕，流放新疆。第二年，他因腦溢血死於烏魯木齊。

正如劉鶚在《老殘遊記》的自序中說的那樣：「棋局已殘，吾人將老，欲不哭泣也得乎？」這部書是他爲了抒發自己的身世之感、家國之痛、社會之悲、種教之恨而寫的，是他字字泣血的崩城染竹之哭。

作品的主人翁老殘——一個搖串鈴走四方的走方郎中，實際上是作者的自況。老殘給自己取號「補殘」，是因爲他希望自己能像傳說中唐代的神僧懶殘一樣，能夠推演社會治亂，預測國家興亡。

慈禧太后像　清

小說以老殘的行蹤爲線索，展示了他在中國北方土地上所見、所聞、所思、所感。而所有這些，都是圍繞「補殘」這一深刻的寓意來進行的。

作者對於「補殘」的追問與探索，主要從兩條線索來進行。一方面，它立足現實，以老殘爲主線，描寫玉

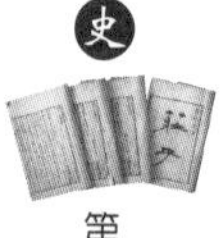

賢、剛弼、莊宮保等所謂「清官」的本質。小說破天荒地把「清官」之惡揭示在眾人的面前，豁人耳目，掀動人心，爲眾多讀者激賞。除以上主線外，小說在八至十一回中，撇開主線人物老殘，插入申子平夜訪桃花山的故事。作者煞費苦心地把桃花山描繪成一個「桃花源」——這裡風景如畫，環境幽美，人們過著無拘無束、安逸閒適的生活。他們精通物理，洞察世運，超塵脫俗，逍遙自在，在這裡自由地宣講教義，縱論時局。

《老殘遊記》在小說中摻入散文和詩的藝術筆法，使得小說讀來文筆清麗瀟灑，意境深邃高遠，大大地開拓了小說審美空間。

二、石破天驚的呼聲：《孽海花》

曾樸（1872～1935），江蘇常熟人。他十九歲中秀才，二十歲時中舉人。後捨棄仕途前往上海，創

頤和園大戲臺 清

清光緒二十三年(1897)，慈禧爲慶賀自己六十三歲大壽，從國庫中抽白銀160萬兩在頤和園內修建德和園大戲臺。時人有對聯：臺灣省已歸日本，頤和園又搭天棚。又有：萬壽無疆，普天同慶；三軍敗績，割地求和。《孽海花》對慈禧的無恥行徑進行了深刻的揭露。

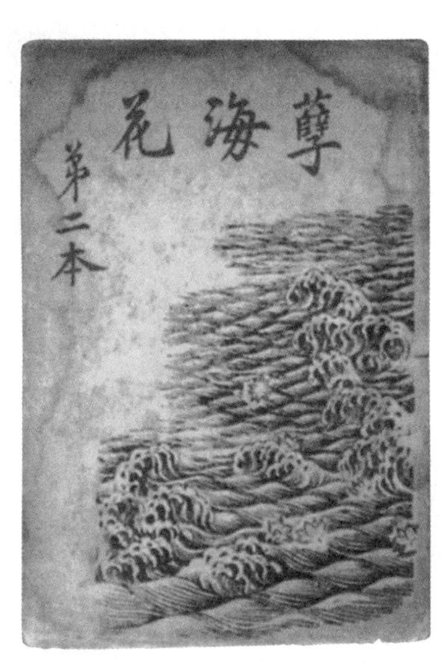

《孽海花》（清曾樸著）封面

辦「小說林」書店。1927年，他退居上海，與兒子開辦眞善美書店，刊行《眞善美》雜誌。1931年，由於經濟告竭，雜誌不得不停刊，他回到了家鄉直至病逝。

《孽海花》是一位不甘淪亡的赤子，爲反對封建專制統治和帝國主義侵略的雙重黑暗，拯救祖國於危難而發出的最強呼聲。小說以清代狀元金雯青與妓女傅彩雲的婚姻故事爲線索，描寫清末同治初年到甲午戰爭三十年間的眞人眞事，爲我們展示了內憂外患的中國在政治、軍事、外交、文化和社會生活各方面的廣闊畫卷。他批判的筆鋒直指最高統治者慈禧太后，揭示了她的凶頑貪暴，荒淫無恥，在國家危亡、戰事頻起之時，利用海軍軍費建造頤和園。

《孽海花》告訴人們，這個專制的清王朝從上到下已經爛透。那個時代的各種新人物和新思想都出現在作者筆下，他們中有的強調首先應該加強軍備，有的則力主改善外交環境；有的堅持君主立憲拯救中國的主張，有的則認爲最主要的是「商有新思想，工有新技術，農有新樹藝」。作者甚至借書中人物之口，闡述了石破天驚的革命主張：「從前的革命，撲了專制政府，又添一個專制政府；現在的革命，要組織我炎黃子孫民主共和的政府。」這是一個炎黃赤子對於民族未來的清醒的認識。

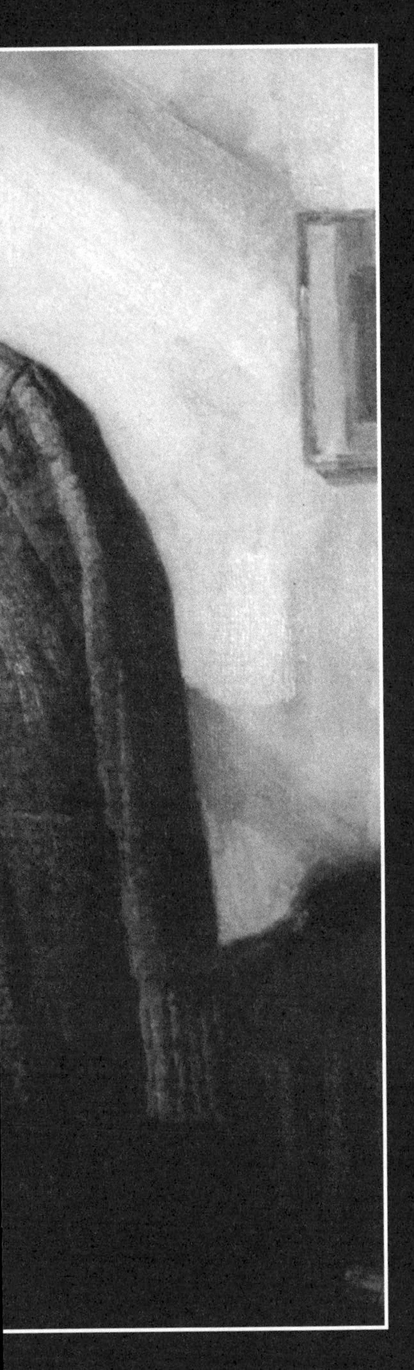

第七篇

現代文學

風雨滄桑三十年

嶄新的起點：現代文學三十年結束了幾千年封建文化的暗淡與輝煌、光榮與夢想，中國文學帶著與傳統斷裂後的迷惘與隱痛進入了二十世紀。站在新的起點上，中國的作家們探索著文學的出路。他們不僅用現代的語言表現現代的科學民主思想，而且在藝術形式與表現手法上都對傳統文學進行了革新，建立了話劇、新詩、現代小說、雜文、散文詩、報告文學等新的文學體裁，在敘述角度、抒情方式、描寫手段及結構組成上，都有了新的創造，具有現代化的特徵。然而歷史留給他們的時間畢竟還太短暫，新的經典文本並沒有如期地大量出現。

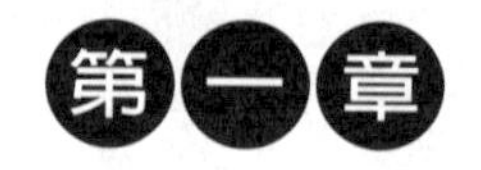

民族的脊樑

魯迅

無論有些人怎麼詆毀，魯迅依然是中國現代文學史上一面光輝的旗幟。他的骨頭最硬，這已不必說；他的文章犀利有如投槍匕首，也自有敵人的恐懼證明；而他長久地戰鬥在黑暗中的人性，在有些人眼裡，似乎只剩下了「好鬥」和「尖刻」。事實上，只要稍微翻翻文學史，我們就能看到一個真實的魯迅。他並不像有些人口誅筆伐的那樣可惡而且簡直可殺，他始終走在我們思想和行動的前面，他以一個盜火者的精神，用自己的肋骨，點成了火炬，照亮我們前行的路。這就是我們的魯迅！

中國現代的民族魂

魯迅

魯迅和曹雪芹一樣，是一位永遠也說不完、讀不透的文學大師。他的一生，無論是爲人、處世、做事都値得我們學習硏究一番。

第一節　生於憂患：魯迅生平

魯迅曾沉痛地說過：「有誰從小康墜入困頓中的麼？」雖然只是一句簡單的問話，可是誰又知道其中包含多少辛酸和苦楚？

魯迅童年很幸福，祖父爲官，父親也是文人。但魯迅十三歲那年，他祖父替親友向浙江鄉試的主考官行賄賂，事發被捕。第二年，魯迅父親突然吐血，兩年多後，撒手歸天。周家頓時陷於貧困之中：祖父入獄要錢；父親一病三年更是花錢如流水，家裡的幾十畝田僅夠日常開銷，少年魯迅就這樣從小康之家走進了典衣當物的貧困生活。

周家頓時敗落到了不可收拾的地步，周圍的人全都變了臉。大舅父家的人竟稱魯迅他們是「乞食者」。在百般無奈中，魯迅只得先去南京水師學堂求學，後來去日本留學學醫。仙台的那場電影，深深地震撼了青年魯迅：凡是麻木愚昧的國民，病死多少是並不必以爲不幸的。這雖然是偏激的話，但何嘗不是魯迅盼望國人能早日警醒的沉

魯迅的斷髮照（1902年於日本）

痛之語？因爲意識到救治人的靈魂比肉體遠爲重要，所以魯迅開始從事文藝等工作，希望用新的精神來改變改變國民的麻木和冷漠。

魯迅先生回國後，在學校和教育部門曾工作了一段時間。1918年五月，在錢玄同的勸說下，沉默已久的周樹人首次用「魯迅」爲筆名，發表中國現代文學史上第一篇白話小說《狂人日記》，對人吃人的制度進行猛烈的揭露和抨擊，奠定了新文學運動的基石。五四運動前後，參加《新青年》雜誌的工作，站在反帝反封的新文化運動的最前列，成爲五四新文化運動的偉大旗手。從這以後，魯迅就成了中國現代文學史上一座巍峨的豐碑。他以大量的小說、散文和詩歌創作，爲自己在文壇上奠定了自己崇高的地位。其中最爲有名有《吶喊》、《彷徨》、《野草》、《朝花夕拾》、《墳》、《而已集》等，爲中國新文學開創了一個嶄新的時代。1936年十月十九日，魯迅病逝於上海。

第二節　寂寞裡的《吶喊》

從1918年發表的第一篇白話小說《狂人日記》到1922年的《社戲》，魯迅這一時期的創作基本上是「聽將令」的，正如他所說的「有時候仍不免吶喊幾聲，聊以慰藉那在寂寞裡奔馳的猛士，使他不憚於前驅。」無可否認，《狂人日記》是中國現代文學史上劃時代的小說。作品通過「精神病人」的眼睛來看周圍的世界，用迷狂、錯亂的語言和敏感而尖銳的思想來點破舊禮教的實質：「我翻開歷史一查，這歷史沒有年代人，歪歪斜斜地每頁上都寫著『仁義道德』幾個字。我橫豎睡不著，仔細看了半夜，才從字縫裡看出字來，滿本都寫著兩個字是『吃人』！」其實，中國有由來已久的「吃人」傳統，不是魯迅第一個發現，但只有到了

《新青年》刊影

魯迅《他們的花園》手跡

《吶喊》初版封面
（魯迅設計，1922）

《華蓋集續編》初版封面
（魯迅設計，1927）

《墳》初版封面
（陶元慶設計，1927）

《朝花夕拾》初版封面
（陶元慶設計，1927）

《野草》初版封面
（孫福熙設計，1927）

魯迅，才以振聾發聵的聲音說了出來。在藝術上，《狂人日記》爲中國現代小說創造了一種新形態；而白話文的熟練運用，深入地傳達作品的主題，體現了魯迅在小說創作方面的高度成就。

《阿Q正傳》無疑是魯迅最負盛名的作品。這部小說爲他贏得了國際性的聲譽，阿Q的「精神勝利法」成了當時文人們耳熟能詳的專有名詞。作品通過阿Q的形象深刻挖掘了中國國民愚昧落後的因素，作者以「哀其不幸，怒其不爭」的人道主義精神，將這一人物身上所體現出來的愚弱的國民劣根性毫不留情地揭露了出來，並予以重重的鞭撻。阿Q是未莊的雇農，全靠給人打短工維持生計。他沒有土地，因而和完全的農民不同，他沾上遊

《阿Q正傳》漫畫

手好閒之徒的習氣。他幾乎就是一個複雜矛盾的綜合體：一心想佔小尼姑的便宜，卻又滿腦「男女授受不親」的封建思想；在他看來，造反本來是要殺頭的大罪，但在看到造反能使假洋鬼子和趙老太爺之流

的人都膽戰心驚時，又奮而投身於革命；然而更大的矛盾也是更大的悲劇卻在後面：他想革命卻被拒之門外，最後的罪名竟是「造反」。這是阿Q的悲劇，也是中國的悲劇。這種隨心所欲的「實用」原則和懦弱愚昧的「精神勝利法」成了阿Q乃至所有中國人悲劇的根源，也是中國人無法根除的劣根性。

關於辛亥革命的小說還有《藥》和《風波》，小說從城市和農村兩個角度反映了革命在全國各地所引起的迴響和震動是那樣微茫。華老栓和花白鬍子們根本無法理解夏瑜他們的事業，他們依然相信「人血饅頭」能治病。甚至連夏瑜的母親也不能理解，她只知道自己的兒子是受委屈，但這委屈究竟是什麼，她只能借助烏鴉來判斷兒子的「清白」與否。農村裡的七斤們，對革命更是一無所知。張勳的復辟，給他們帶去了滅頂之災的恐懼感，而給趙七爺之類的「遺老」則帶去了「於仇家有殃」的快感。所謂的革命和復辟，在農村裡產生的影響只不過是一場小小的風波而已。魯迅曾說過，看了辛亥革命，看了張勳的復辟，看了二次革命……，漸漸地有些疑惑了。這疑惑就是對革命未能對民眾產生根本的改變而發的。《孔乙己》雖然只是很短的一篇小說，但孔乙己卻成了可以和長篇小說《儒林外史》中的范進和周進相提並論的文學人物。只不過一百多年後，他的命運比起兩位前輩來，顯得更為淒涼。他自幼攻書，卻到老無成；身無長物，卻放不下讀書人的架子；他不願接近農民，卻也無法和闊綽的長衣幫平起平坐，於是只得成了文學史上永遠「站著喝酒而穿著長衣」的人。他一生寂寞，連個說話的人都沒有，甚至於小孩都厭煩他的「之乎

魯迅像

者也」。最後在眾人的嘲笑和漠視中死去。魯迅先生寫出這個人物，應該也像是俄國的契訶夫一樣，是為小人物而歌哭。從這部作品中，我們能讀出作者那顆滴血的心。《吶喊》中也有一些描寫農村生活回憶性作品，如最後一篇《社戲》，在風格和精神狀態與前面的作品有著明顯的不同。小說著重描寫了農民的善良、豪爽、淳樸和正直的優秀品質。這樣充滿了亮色和環境美感的小說，在魯迅的小說中實屬罕見。

第三節：戰鬥後的《彷徨》

1924年後，曾經氣貫長虹的五四運動已經進入低潮，新文化運動的隊伍也開始分化。魯迅親眼目睹了許多人的變化，而政府的統治尤其讓他失望。這一時期的作品大多都帶在一種灰色和陰鬱的調子，在小說成集後，他題詩於扉頁：「寂寞新方苑，平安舊戰場。兩間餘一卒，荷戟獨彷徨。」這就是這部小說集命名為「彷徨」的原因。《彷徨》小說集所收的作品主要有《祝福》、《在酒樓上》、《肥皂》、《孤獨者》、《傷逝》等，共十一篇。這些小說較為明顯地反映了魯迅這段時期思想上的苦悶。

《祝福》是《彷徨》的第一篇，反映了當時農村婦女生活的悲

魯迅與進步文學青年在一起

1936年魯迅去世，上海各界五千人自發來送行。

魯迅在廈門市的墳地留照

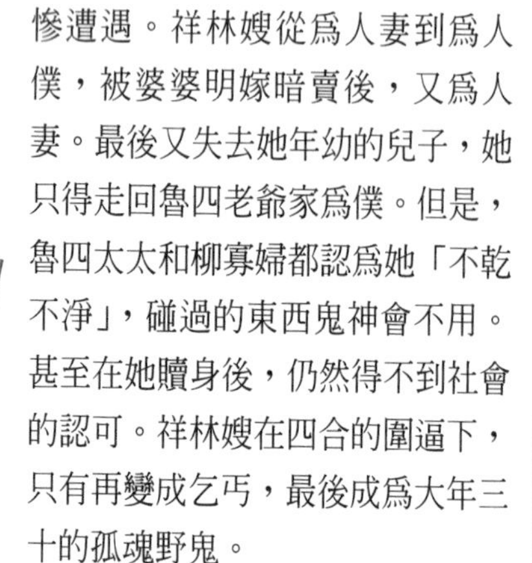

慘遭遇。祥林嫂從爲人妻到爲人僕，被婆婆明嫁暗賣後，又爲人妻。最後又失去她年幼的兒子，她只得走回魯四老爺家爲僕。但是，魯四太太和柳寡婦都認爲她「不乾不淨」，碰過的東西鬼神會不用。甚至在她贖身後，仍然得不到社會的認可。祥林嫂在四合的圍逼下，只有再變成乞丐，最後成爲大年三十的孤魂野鬼。

和《吶喊》相比，《彷徨》裡反映知識份子的作品要多些，如《在酒樓上》、《肥皂》、《孤獨者》、《傷逝》等，都寫出了當時知識份子眞實的思想面目。而其中又以《傷逝》最爲引人注目，因爲這是魯迅唯一關於愛情的小說。《傷逝》的主人翁涓生和子君剛從大學畢業，兩人從相戀到相愛，感情眞摯。他們置生活中的種種困難於不顧，毅然走到一起。但生活是沉重殘酷的，他們結合後不久就遇到失業的問題，生活失去來源，愛情的浪漫與幻想一點一點地被生活磨滅。涓生終於說出不愛子君的話來。子君在被家人接走後就離開了人世，而涓生也終於無法擺脫對子君的歉疚而抑鬱不安。「人必須活著，愛才會有所附麗。」這是魯迅的名言，也是當時知識份子的心裡話。這篇小說故事情節簡單，但語言細膩眞切，抒情性極強。

《故事新編》是魯迅根據歷史上的記載和流傳的故事所改編的小說，每個故事到魯迅筆下，都有了全新的意義和內涵。魯迅的文學創作包羅萬象，詩歌，有散文，還有一部分精美的政論文和雜文。這些都構成了他龐大的文學殿堂。

沉思之處

沒有偉大的人物出現的民族，是世界上最可憐的生物之群；有了偉大的人物，而不知擁護，愛戴，崇仰的國家，是沒有希望的奴隸之邦。因魯迅的一死，使人們自覺出了民族的尚可以有為，也因魯迅之一死，使人家看出了中國還是奴隸性很濃厚的半絕望的國家。

魯迅的靈柩，在夜陰裡被埋入淺土中去了；西天角卻出現了一片微紅的新月。

一九三六年十月二十四日在上海

——現代　作家　郁達夫

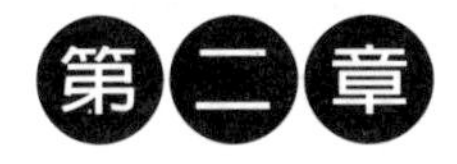

第二章 新生中的小說與戲劇

中國的小說歷來被視為不能與詩文同登大雅之堂的「稗官野史」。但是到了清末民初，小說從文學的邊緣地位向中心地位的移動已經開始。這一時期西方小說的大量引入，對中國小說由古典形態向現代形態的轉變起了巨大的推動作用。五四時期，除了魯迅這樣的天才，大部分的小說家還處於成長的階段，並無十分成熟的作品。二十世紀三〇年代，則出現了小說創作的高峰階段。茅盾、老舍、巴金等作家先後發表了他們的長篇代表作，青年小說家們充滿銳氣地登上了文壇。此後長期的戰亂並沒有割斷文學的命脈。各位大家銳氣不減當年，而沈從文、錢鍾書等人的創作，又為文壇增添了亮麗的風采。在現代文學史上，話劇的創作是一個全新的領域。曹禺的《雷雨》和《日出》，標誌著這種體裁的成熟。

靈與肉的衝突

郁達夫

五四時期，受不同的文藝思潮和藝術方法影響，產生了不同的創作群體，其中最大的兩個團體是「文學研究會」與「創造社」。前者被視爲「爲人生而藝術」的現實主義一派，作家們以人生和社會的問題爲題材，特別注重對於社會黑暗的揭示和灰色人生的詛咒，表現新舊衝突；後者則被視爲「爲藝術而藝術」的浪漫主義一派，他們強調文學創作必須表現作者自己內心的要求，講求文學的全與美，推崇文學創作的直覺與靈感。著名的小說家郁達夫，就是創造社的發起人和代表作家之一。

郁達夫（1896～1946），名文，浙江富陽人。這位頗具才氣的現代作家，在散文、舊體詩詞、文學理論、翻譯等諸方面都有獨到的貢獻，而以小說的影響最大。郁達夫特別突出強調小說的主觀性和抒情性，其作品大都有一個抒情主人翁的自我形象，作家並不著意於通過人物的性格刻畫以某種思想意識來教化讀者，而是直接抒發主人翁的強烈情感，以此來打動讀者。郁達夫的小說處女作是他留學日本期間寫作的《銀灰色之死》，這期間他還創作了《沉淪》、《南遷》。這三篇小說在1921年結集爲《沉淪》出版，這是中國現代文學史上第一部短篇小說集，在當時產生了巨大的轟動。《沉淪》這篇小說寫的是

《沉淪》初版封面

郁達夫和其妻王映霞的合照

一位留日學生，因爲追求自由和個性解放，反抗專制弊風而被學校開除。他對愛情的渴望得不到滿足，又不堪忍受異族的欺凌，最後投海自盡。郁達夫大膽地描寫了這位「心思太活」的五四青年「性的要求與靈肉的衝突」，以及由此而產生的變態的性心理。

1922年郁達夫結束留學回國，爲生活所迫，輾轉於國內各地。這一時期他的目光投向社會底層的廣大民眾。《春風沉醉的晚上》、《血淚》、《薄奠》等作品，或寫知識份子和勞動者謀生過程中的同病相憐，或寫自己回國後生計的貧困和失業的痛苦，表現出從寫「性的苦悶」向抒寫「生的苦悶」的轉移。三○年代初，郁達夫移家杭州，當時魯迅先生還特地寫了一首《阻郁達夫移家杭州》勸阻他。他在這一時期寫有《遲桂花》、《東梓關》等作品。抗戰爆發後，郁達夫數度遷徙，最後定居南洋，他由一位作家轉變爲一位戰士，做了大量抗日救亡的實際工作。1945年抗戰勝利前夕，他被日本憲兵隊暗害。

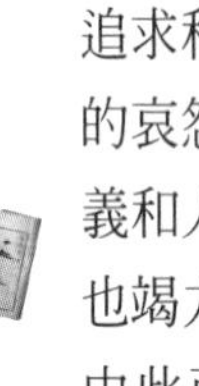

綜觀郁達夫的小說，他突出地表現五四時期青年對人性解放的追求和被生活擠出軌道的「零餘者」的哀怨，同時也鮮明地表達愛國主義和人道主義的情懷。同時，作家也竭力抒發主人翁的苦悶情懷，及由此而生的頹廢和變態的心理言行，因而使小說呈現出一種獨特的感傷美和病態美。

郁達夫的小說還有一個顯著的特點，那就是文中處處可見花街柳巷、秦樓楚館，充滿了色與欲的描寫。自從《沉淪》發表以後，對於他的小說的非議就從來沒有停止過。的確，對於傳統道德觀念濃厚的人們來說，《沉淪》中的自瀆與窺浴，《秋柳》和《寒宵》中的宿妓嫖娼，《茫茫夜》和《她是一個弱女子》中的畸戀與同性戀，這種種離經叛道的描寫，無異於是對雅文學的冒犯與褻瀆，與那些下流的色情文學何異？

郁達夫的《閒書》初版封面

沉思之處

兒時的回憶，誰也在說，是最完美的一章，但我的回憶，卻盡是些空洞。第一，我所經驗到的最初的感覺，便是饑餓，對於饑餓的恐怖，到現在還在緊逼著我。

—— 現代・郁達夫《悲劇的出生》

平時老喜歡讀悲歌慷慨的文章，自己捏起筆來，也老是痛哭淋漓，嗚呼滿紙的我這一個熱血青年，在書齋裡只想去衝鋒陷陣，參加戰鬥，為衆捨身，為國效力的我這一個革命的志士，際遇著了這樣的機會，卻也終於沒有一點作為，也呆立在大風圈外，捏緊了空拳頭，滴了幾滴悲壯的旁觀者的啞淚而已。

—— 代・郁達夫《大風圈外》

許君究竟是我的朋友，他姦淫了我的妻子，自然比敵寇來姦淫要強得多。並且大難當前，這些個人小事，亦只能暫時擱起，要緊的，還是在為我們的民族復仇。

—— 現代・郁達夫《賀新郎原注》

《贈魯迅》絕句詩帖　現代　郁達夫

這件絕句詩帖是郁達夫於1933年一月十九日在上海贈給魯迅先生的，詩曰：「醉眼朦朧上酒樓，彷徨吶喊兩悠悠。群盲竭盡蚍蜉力，不廢江河萬古流。」在五四一代的作家中，郁達夫的古體詩是其中的佼佼者。1939年三月五日他發表於香港《大風》第三十期的《毀家詩紀》也相當好，其中有：「中元夜後醉江城，行過嚴關未解醒。寂寞渡頭人獨立，滿天明月看潮生。」

然而需要明確的是，郁達夫並不是一個淺薄得只會用文字進行肉欲挑逗和官能刺激的人。作家是以嚴肅的態度，力圖在文學作品中探討人的自然本性，探討靈與肉、愛與欲衝突的深層奧秘。

在很多時候，主人翁所感受到的那種「性的苦悶」與「生的苦悶」緊緊地聯繫在一起，而作家則意在用一種新的眼光去剖析人的生命和性格中包孕的情欲問題。郁達夫受西方人道主義特別是盧梭的「返歸自然」的思想的影響，主張人的一切合理欲求的自然發展，認爲人的情欲作爲自然的天性，應該在文學中得到正視和表現。作家以他的眞率而坦誠的自我暴露，在當時剛剛走出封建社會的中國，驚世駭俗地證明了這樣的眞理：人對於異性的渴望與性的要求，原本就是自然的，正常的，應該給予肯定，封建時代那種認爲性是可恥的、卑鄙的觀念，實際上是一種虛僞而違背人性的道德教條。郁達夫小說對於青年性苦悶、性心理的描寫，從思想意義上來說，體現了強烈地反封建的個性解放的要求，從現代小說的創作來說，作家開闢了創作的新的題材和領域，直接引出了一個新的抒情小說的流派。

小說之外，郁達夫的散文創作也達到很高成就。他的散文大都在敘述自己的生活遭遇，抒發感傷的情緒，常常讓讀者十分感動。讀他的散文，就像走進了他的生活；走進了他的生活，你會發現，郁達夫竟然從來不知掩飾自己，他把內心最爲隱秘的東西，都交給了讀者。

剖析社會的大手筆

茅 盾

在中國現代小說家當中，茅盾（1896～1981）是極具代表性的一位。他原名沈德鴻，字雁冰。「茅盾」是他1927年發表第一篇小說《幻滅》時開始使用的筆名。他是最早從事中國共產主義運動的革命知識份子之一，中國共產黨成立時，他就成爲第一批黨員，並積極投身於黨所領導的社會鬥爭。1927年「四一二」反革命政變，茅盾轉入文學創作活動。他很快地完成《蝕》三部曲。

《蝕》三部曲是茅盾的處女作，原稿筆名爲「矛盾」，正好反映了他的心態，後來葉聖陶改爲「茅盾」。這部用血與淚的激情寫成

茅盾像

茅盾手跡

的三部曲是由三個系列的中篇組成：《幻滅》、《動搖》、《追求》。整個作品以大革命前後一群小資產階級知識青年的生活經歷和心靈歷程爲題材，深刻揭示了革命陣營中林林總總的矛盾鬥爭。作品意在表現當時青年在革命大潮中必經三個時期：革命前夕的亢奮和革命既到面前時的幻滅；革命鬥爭劇烈時的動搖；幻滅動搖後不甘寂寞

尙思作最後之追求。

一年後茅盾東渡扶桑，在日期間他完成了短篇小說集《野薔薇》和長篇小說《虹》的創作。1930年茅盾歸國，這時正是左聯剛剛成立不久的時候，茅盾積極地參加左聯的活動。此後直到抗戰爆發，是茅盾創作的高峰期。長篇小說《子夜》、農村三部曲《春蠶》、《秋收》、《殘冬》）和《林家鋪子》等短篇小說展示了茅盾作爲一位革命現實主義作家強大的創作生命力，也奠定了他在中國現代文學史上舉足輕重的地位。

根據茅盾同名小說改編成的電影《春蠶》劇照（著名作家夏衍改編，程步高導演，1933年明星影版公司出品）

《子夜》原名《夕陽》，1931年十月開始動筆，次年底完稿。《子夜》結構恢宏嚴謹。作品以吳蓀甫爲矛盾衝突的中心，輻射出各種人物和事件。整個作品的情節發展十分緊湊，時間跨度只有三個月，而人物眾多，但作者採用開門見山和盤托出的手法，一開始就在吳老太爺的弔唁儀式上把幾乎所有的重要人物都推上前台，組成了複雜的人物關係網絡。這場聚會就成了整個小說的結構上的綱。這是外國小說尤其是托爾斯泰的《戰爭與和平》給作者的啓示。同時，茅盾是一個擅長於心理描寫的作家，他在《子夜》中有意識地學習托爾斯泰，運用所謂的「心靈辯證法」細膩地刻畫人物心理。吳蓀甫召見屠維岳時內心的複雜活動、吳少奶林佩瑤的內心失落和四小姐的心靈變化，都是作者採用這種手法的成功嘗試。

在中國現代長篇小說史上，《子夜》具有重要的意義。它與老舍的《駱駝祥子》，巴金的《激流三部曲，李劼人的《死水微瀾》、《暴風雨前》、《大波》同在三〇年代問世，標誌著現代長篇小說成就的一個高峰。

把心交給讀者

巴 金

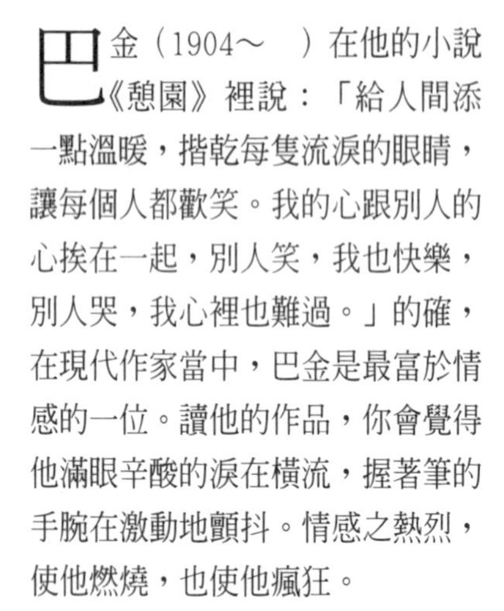

巴金（1904～　）在他的小說《憩園》裡說：「給人間添一點溫暖，揩乾每隻流淚的眼睛，讓每個人都歡笑。我的心跟別人的心挨在一起，別人笑，我也快樂，別人哭，我心裡也難過。」的確，在現代作家當中，巴金是最富於情感的一位。讀他的作品，你會覺得他滿眼辛酸的淚在橫流，握著筆的手腕在激動地顫抖。情感之熱烈，使他燃燒，也使他瘋狂。

巴金原名李堯棠，字芾甘。「巴金」是他1928年開始用的筆名。他出生在四川成都。童年時代的巴金是在一種充滿「父母的愛，骨肉的愛，人間的愛，家庭生活的溫暖」的環境中度過的。他的母親是他的第一位先生。巴金十歲時，母親病故，三年後父親病故。1923年，巴金離家到上海和南京求學。1927年赴法國留學。他最早的創作始於1922年，但完成於1928年的《滅亡》在巴金的創作中具有重要的意義。它反映的是北伐戰爭前上海的生活。小說的主人翁叫杜大心，他的身上最突出的特點是「恨人類」。而這種恨也是由愛走向反面而形成的。小說的這種主題，已經表現出巴金小說創作的某些特色，這種特色，用作家自己的話來說，就是「我寫的是感情，不是生活」。

巴金於1928年回到上海。從

1934年，巴金在北平沈從文家中

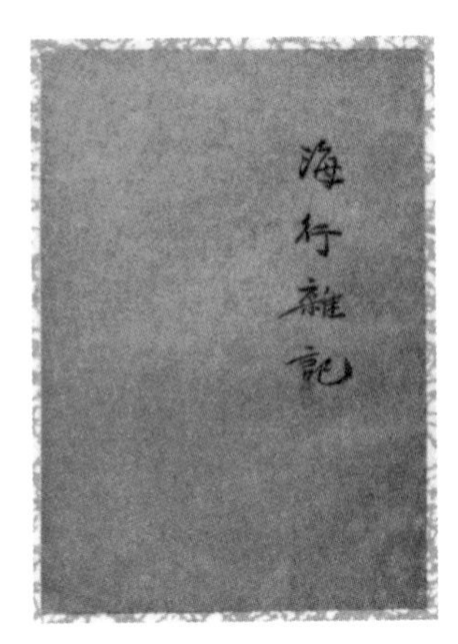
巴金《海行雜記》初版封面

那時起一直到1949年，他創作了十八部中篇小說，十二本短篇小說集，十六部散文隨筆集，還有大量的翻譯作品。這其中著名的有《激流三部曲》、《愛情三部曲》、《憩園》、《寒夜》等。巴金自己對《愛情三部曲》情有獨鍾，作品問世五十多年後他還說過：「就在今天我讀著《雨》和《電》，我的心還會顫動。它們使我哭，也使我笑。它們給過我勇氣，也給過我安慰。」而就讀者來說，《激流三部曲更能撥動他們的心靈之弦。

巴金在《激流》總序中這樣說道：「在這裡我所欲展示給讀者的乃是描寫過去十多年的一幅圖畫，自然這裡只有生活的一部分，但已經可以看見那一股由愛與恨，歡樂與受苦所組織成的生活之激流是如何地在動盪了。」縱觀三部作品，作者所要反映的正是這樣一種悲壯的歷程：一方面隨著封建宗法制度的崩潰，垂死的封建力量瘋狂地吞噬著年輕的生命；另一方面，在革命潮流的吸引之下，青年一代開始了覺醒、掙扎與鬥爭。《激流三部》由《家》、《春》、《秋》三部小說組成。其中《家》的成就最高，影響也最大。這部小說帶上了作者自己生活的影子，作家彷彿回到了自己熟悉的生活，找到了自己感同身受而又最能打動同代青年的題材與主人翁。作品以愛情故事爲情節發展的主幹，寫了覺慧與鳴鳳，覺新與錢梅芬、李瑞玨，覺民與琴等幾對青年在愛情上的不同遭遇以及他們選擇的不同的生活道路。從整部小說的構思來看，作家是有意地把覺慧與覺新兩相對照，以此告訴青年們：應該這樣走，而不應該那樣做！從藝術結構上看，任何一位讀過《紅樓夢》的讀者都能從《家》裡看到《紅樓夢》的影子。

巴金自己曾說過這樣的話：「在中國作家中，我可能是最受西方文學影響的一個。」

人民藝術家

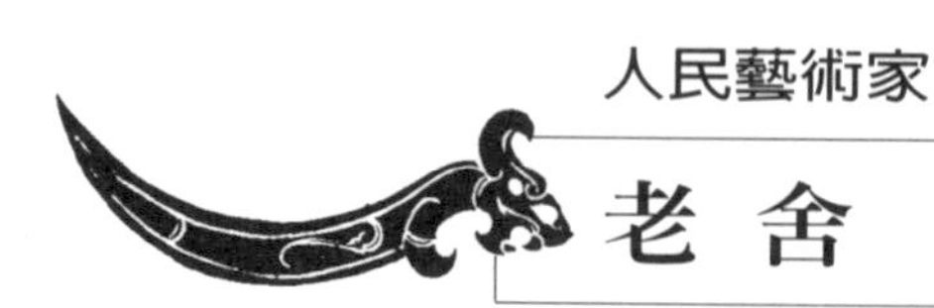

老 舍

老舍（1899～1966），原名舒慶春，字舍予。原籍北京，滿族正紅旗人。他創作過小說、雜文、鼓詞、新詩、話劇、民歌，是現代文壇上的一位難得的多面手。五四運動前一年，老舍畢業於北京師範學校。五四運動給他創造了當作家的條件，他自己說：「沒有五四，我不可能變成個作家。」1924年他赴英國擔任倫敦大學東方學院中文講師。1929年回國。這期間他完成了三部長篇小說《老張的哲學》、《趙子曰》、《二馬》。前兩部小說以作者的故鄉北京爲背景，分別展示了小市民和大學生生活的不同側面。《二馬》以馬則仁、馬威父子從北京到倫敦的生活軌跡爲經，以中英兩國國民性的比較爲緯，展開了廣闊的社會畫面，是老舍前期小說創作的代表之作。

回國後到抗戰爆發以前，老舍執教於濟南齊魯大學和青島山東大學。這一時期他一共創作了六部長篇小說，一部中篇和三個短篇小說集。其中《大明湖》毀於戰火，後來老舍根據書的主要情節改寫成中篇小說《月牙兒》，這是新文學中篇小說的精品。

而爲他帶來盛譽的，則是現代小說名篇《駱駝祥子》。老舍自稱《駱駝祥子》是他的「重頭戲」。這部小說最初連載於《宇宙風》雜誌，1939年出版了單行本。《駱駝祥子》的主要藝術成就在於它的人物典型形象的成功塑造。其中尤其以主人翁祥子和虎妞的形象

老舍先生遺像．老舍辭世處

《駱駝祥子》劇照（1957年北京人民藝術劇院演出）

在老婆手裡討飯吃。但是這樣的日子也過不了多久。虎妞因爲難產而死，祥子只得賣掉車子來料理喪事。此生不再有買車的希望，但是他還有意中人小福子。但是當他得知小福子也已經不在人世的時候，祥子終於不堪這最後的沉重一擊，向著命運的深淵沉沉地墮落下去。長久以來潛藏內心的劣性全都發作，吃喝嫖賭，打架佔便宜，甚至連原來作爲立身之本的拉車，他也討厭了。殘酷的現實扭曲

最爲突出。祥子的不幸命運是依照「精進向上——不甘失敗——自甘墮落」三部展開的。在小說開頭，祥子初到北平，懷著尋求新的生路的希望，開始了他的個人奮鬥史。他年青力壯，善良正直，樂於幫助與他命運相同的人。他堅韌頑強，風裡雨裡地咬牙，追求自己的生活目標用孤苦的掙扎編織著美麗的夢想。但是不久他即連遭厄運。他想擁有自己的一輛車的夢想總是那麼遙遠，而他如避瘟神的虎妞卻牢牢地控制了他。儘管如此，面對失敗他依然作了一定程度的反抗，不改自己做一個獨立的勞動者的初衷，不願意

《茶館》話劇劇照（1973年北京人民藝術劇院演出）

名家導讀

老舍的《四世同堂》不只是第二次世界大戰以來中國出版的最好小說之一，也是在美國同一時期所出版的最優秀的小說之一。

——美國《星期六文學評論》

在許多西方讀者心目中，《四世同堂》的作者老舍比起任何其他的西方和歐洲小說家，似乎更能承接托爾斯泰、狄更斯、杜斯托耶夫斯基和巴爾札克的「輝煌的傳統」。

——美國 評論家 康斐爾德

《四世同堂》是老舍生前自認最好最滿意的作品，三部曲組成的壯闊史詩猶如《紅樓夢》一般有著豐富的內涵，戰爭時的衆生面貌、淪亡中的北平古都，一一在這部作品裡鮮活地重現。

——《老舍與四世同堂》

了他的性格，把一個曾經有著頑強生存能力的人變成了一堆行屍走肉。祥子的悲劇，是強者沉淪的悲劇，也是性格和命運的悲劇。除了人物形象方面的成就，這部小說的語言也達到了很高的成就。老舍創造性地運用北京口語，並融合狄更斯、契訶夫、莫泊桑等外國小說家幽默而洗練的語言風格，形成他自己的「斯文」而「雅謔」的京味：平易而不粗俗，精緻而不雕琢，這就是他被人們尊爲「語言大師」的原因。

從抗戰爆發到1949年，老舍依然保持著旺盛的創作力。這一時期他的代表作是《四世同堂》。這部小說選取北平西城一條普普通通的小羊圈胡同，作爲故都這座亡城的縮影，以舊式商人祁天佑一家四代的境遇爲中心，展開了廣闊的歷史畫面與錯綜的故事情節，眞實地反映了北平人在外族侵略者的統治下靈魂遭受凌遲的痛史。新中國成立以後，老舍的激情轉到了話劇的創作上。《龍鬚溝》、《茶館》等作品的成功，爲他贏得了「人民藝術家」的光榮稱號，尤其是《茶館》，更爲他贏得了世界的聲譽。文革剛剛開始，他就投水自殺了，清清白白地走到了人生的終點。

《邊城》與《圍城》

沈從文和錢鍾書

在現代小說史上，還有兩位極有特色的小說家。他們就是湘西才子沈從文和一代國學大師錢鍾書。

沈從文（1902～1988）出身於行伍世家。他六歲入私塾，小學畢業後入伍。成年後他離開湘西來到北京，開始文學活動。沈從文是一位遠離政治的作家。與當時文壇上多數注目於社會歷史之變不同，沈從文潛心於表現「人性最真切的欲望」。他說：「我只想造希臘小廟。選山地作基礎，用堅硬石頭堆砌它。精緻，結實，匀稱，形體雖小而不纖巧，是我的理想的建築。這廟裡供奉的是『人性』。」他擅長從倫理道德的角度去審視和剖析人生，進而抨擊現代異化的人性，謳歌古樸美好的人性。這個創作的總主題，在他的中篇小說《邊城》裡，表現得最爲突出。

沈從文舊照

小說開頭，幽幽的遠山，清澈的溪水，溪邊的白塔，翠綠的竹篁，以及賽龍舟、唱山歌等濃郁的民族風情，給讀者展現的是一處安靜和平、淳樸渾厚的天然樂園。在這裡，白塔下，住著兩個相依爲命的擺渡

關於《邊城》

《亞洲周刊》評選的20世紀100部最優秀的中文小說第一名
20世紀中國10部影響深遠的小說之一
最純淨、最唯美、最富鄉土氣息的現代小說
中國文學史上少見的田園牧歌式的文本經典
「風俗畫家」沈從文的「湘西世界」
回歸自然的人性之美

人。外公年逾古稀而精神矍鑠，翠翠情竇初開而善良清純。他們依著溪水，伴著黃狗，守著渡船，把往來的人們送到彼岸。在端午賽龍舟的盛會上，翠翠與外公失散，當地船總的小兒子、美少年儺送幫助她順利地返回渡口。從此翠翠便有一了件無法明言的心事。而儺送的哥哥天保也愛上了翠翠，虔誠地派人說媒。儺送與哥哥天保相約爲翠翠唱歌，讓翠翠自己選擇。天保自知唱歌不是弟弟的對手，也爲了成全弟弟，於是外出闖灘，不幸遇難。儺送因爲哥哥的死悲痛不已，無心留戀兒女之情，也駕船出走。一直爲翠翠的未來擔憂的外公經受不住這樣的打擊，在一個暴風雨之夜溘然長逝。孤獨的翠翠，就這樣長年地守著渡船，等待著那走進她的心靈的年輕人。

《邊城》插圖　當代　黃永玉

《邊城》是沈從文創作的一首美好的抒情詩，一幅秀麗的風景畫。翠翠在青山綠水之中長大，大自然既賦予了她清水芙蓉的麗質，也養育了她清澈純淨的性情。她的人性的光華，在對愛情理想的探尋中顯得分外嬌豔燦爛。白塔下綠水旁翠翠佇立遠望的身影，就是作家的希臘神廟裡供奉的那尊高雅的女

名家導讀

一部《邊城》足以讓沈從文在現代文學中笑傲於世人，也足以讓他與世界文學的一些所謂的頂級作家們比肩且毫不遜色。然而他的創作力非常驚人，80多部作品集使他成為成書最多的現代作家之一，這方面跟老舍和巴金有一比。其實他不僅僅只有《邊城》，反過來講，《邊城》也不僅僅只屬於他它更屬於湘西，屬於我們的民族。

——中國 著名學者 易森

沈從文的鄉愁就像長河一樣靜靜地流在中國的大地，流動在他和他的民族記憶中的是一條染紅的河流，是一腔斬不斷的鄉愁，是一種古老情緒的震顫，是民族使命感與責任感的體現。

——美國 著名學者 金介甫

神。其他人物如外公的古樸厚道，天保的豁達大度，儺送的篤情，順順的豪爽，無不是獨特的湘西世界裡和諧的生命形態和美好的人性的象徵。沐浴著濕潤與和諧的水邊小城，到處蓬勃著人性的率眞與善良。作家把自我飽滿的情愫投注到邊城子民的身上，展現了一個詩意的自然環境與人類社會中的人性美和人情美。這位滿心裡充滿了愛的作家，建國以後放下了手中的筆，開始從事文物研究，從此與文學作別。1981年他在自己的作品選的自序中寫道：「我和我的讀者都行將老去。」然而這傷感的預言卻並沒有應驗。他的作品和他的讀者都青春常在，就像那美妙的邊城。

沈從文故鄉岩腦坡素描　當代　黃永玉

精采篇章

深潭為白日所映照，河底小小白石子、有花紋的瑪瑙石子，全看得明明白白。水中游魚來去，全如浮在空氣裡。兩岸多高山，山中多可以造紙的細竹，長年作深翠顏色，逼人眼目。近水人家多在桃杏花裡，春天時只需注意，凡有桃花處必有人家，凡有人家處必有桃花酒。……

火是各處可燒的，水是各處可流的，日月是各處可照的，愛情是各處可到的。……

月光如銀子，無處不可照及，山上竹篁在月光下變成一片黑色。身邊草叢中蟲聲繁密如落雨。……

——現代．沈從文《邊城》

錢鍾書（1910～1998）名字的來由，據說是因爲他滿周歲「抓周」抓了一本書，因此取名爲鍾書。他的家庭是無錫的一個書香門第。二十歲時錢鍾書進入清華大學學習，立志「橫掃清華圖書館」。三年後他到英國牛津大學求學，以後又赴法國巴黎大學進修。回國後，在各地大學的外文系擔任教授。他於1941年出版了散文集《寫在人生邊上》，1946年出版了短篇小說集《人．獸．鬼》，第二年出版了《圍城》。

《圍城》是中國現代文學中傑出的諷刺小說。小說裡有一段很有意思的對話，說英國哲學家羅素曾引過一句英國古話：結婚像金漆的鳥籠，籠外的鳥想住進去，籠內的鳥想飛出來；所以結而離，離而結，沒有了局。法國也有相似的話，說結婚是被圍困的城堡，城外的人想衝進去，城裡的人想逃出來。這就是小說得名的由來，也是小說的用意所在。抗戰初期，留學生方鴻漸和幾個同伴搭法國輪船回到了萬方多難的祖國。小說卻是以他的生活道路爲主線，反映了那個時代一批知識份子生活和心理的沉浮變遷。抗戰爆發時，他們大都置身於這場民族存亡的偉大鬥爭之外，先是在十里洋場的上海，後來在湖南一個僻遠的鄉鎮，圍繞著生活、職業和戀愛婚姻等問題，進行著一場場勾心鬥角的傾軋和角逐。

錢鍾書像

小說建構的是一個令人眼花繚亂的知識份子的世界。這是在二十世紀半殖民地半封建社會的中國土壤上孳生起來的獨特的知識份子群。這裡有高松年那樣道貌岸然的僞君子，也有汪處厚那樣的依附官僚的可憐蟲；有李梅亭那樣滿口仁義道德，內心男盜女娼的遺老，也有韓學愈那樣僞造學歷，招搖撞騙的假洋博士；有蘇文紈和范懿那樣混跡學界而一心在情場上爭強鬥狠的大家閨秀，也有陸子瀟和顧爾謙那樣一心攀

關於《圍城》

《亞洲周刊》評選的20世紀100部最優秀的中文小說之一
20世紀中國10部影響深遠的小說之一
1986年法國《讀書》雜誌評選的理想藏書
新《儒林外史》
錢鍾書唯一一部長篇小說
語言犀利，妙語連珠，喜劇中透出悲劇效果
剖析知識份子靈魂的栩栩如生的人生百態圖

名家導讀

《圍城》比任何中國古典小說都優秀，是中國近代文學中最有趣和最用心經營的小說，可能亦是最偉大的一部。

——美國　著名學者　夏志清

如果把諾貝爾文學獎授予中國作家的話，只有錢鍾書才能當之無愧。

——法國　文藝理論家　西蒙・萊斯

我認為《管錐編》、《談藝錄》的作者是個好學深思的鍾書，《槐聚詩存》的作者是個「憂世傷生」的鍾書，《圍城》的作者呢，就是個「癡氣」旺盛的鍾書。

——中國　知名作家　楊絳

龍附鳳的小人……活躍在這新「儒林」裡的各色人等，都扯起一面漂亮的旗幟，將自己的眞面目掩蓋起來，去追求新的晉身之階。

在《圍城》裡，所有的人物都是盲目的追夢者，主人翁方鴻漸也不例外。他的旅途正是一個精神追尋的歷程。在與鮑小姐的追求與引誘的遊戲中，在蘇小姐、方鴻漸、唐曉芙的錯位追求中，在與孫柔嘉的婚戀中，在謀職中，無一不是以追求始，以幻滅終。對於他來說，不僅是婚姻，人生萬事都是圍城。他能夠走出去嗎？小說的最後，夫妻倆終於勞燕分飛，方鴻漸準備到重慶去，而重慶未必不是他的另一個圍城。

錢鍾書先生晚年被冠以「國學大師」、「學術泰斗」、「文化崑崙」種種眩人眼目的名號，讓這位老先生幾乎喘不過氣來。然而他仍堅持自由思考、獨立地從事學術的精神，在整個時代都淪落以後，錢鍾書就顯得特別高大和可敬。

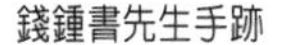
錢鍾書先生手跡

戲如人生

曹禺

中國現代話劇早在五四以前就已發端，五四時期再度興起。到了三〇年代，中國話劇史上終於出現了一位大師級的人物，他就是曹禺。

曹禺（1910～1997），原名萬家寶。他在清華大學讀書時，廣泛接觸從莎士比亞、易卜生、奧尼爾、契訶夫等人的戲劇作品。經過幾年的醞釀，他在清華大學畢業前夕完成了他的話劇代表作——《雷雨》。從《雷雨》到《日出》和《原野》，是曹禺創作的第一個階段，他在這三部話劇中逐漸深化表現了反封建與個性解放的主題，顯示他獨特的戲劇風格與悲劇藝術才華。抗戰爆發到新中國成立，是曹禺話劇創作的第二個階段，有《北京人》等作品問世。解放後，曹禺一面從政，一面繼續從事創作。

《雷雨》封面、曹禺書王勃詩句墨跡

曹禺像

四幕話劇《雷雨》是一幕傑出現實主義的家庭悲劇。戲劇集中在一天的上午到午夜兩點鐘，只有兩個舞臺背景：周家客廳和魯家住房。在這簡單的時間和場景之中，展開了一個長達三十年的故事。

全劇交織著「過去的戲劇」

與「現在的戲劇」：前者是指周樸園與魯侍萍始亂終棄的故事和後母繁漪與周家長子周萍戀愛的故事；後者是指繁漪與周樸園的衝撞，以及繁漪、周萍、四鳳、周沖間的情感衝突。同時作家也展示他們各自的悲劇，而所有悲劇的根源都歸結到作爲一家之長的周樸園。劇本通過周樸園這個形象對封建專制統治作了深刻揭示。他年輕時愛上了女傭梅媽的女兒——侍萍，但是爲了娶一位有錢有門第的小姐，在家人逼使侍萍投河自盡時他並沒有反對。儘管三十年來他一直爲此懺悔，而侍萍再次出現在他面前時，他依然表現得十分自私。對待妻子繁漪的態度，則是一種典型的家長專制，他逼迫妻子喝藥，目的是要她給孩子們「做一個服從的榜樣」。這種專制是從精神方面對於他人意志的壓迫與控制，更見其殘酷性。但是，這位專制家長也並非等於魔鬼。曹禺在透析周樸園的靈魂時，始終沒有忘記把他當作一個活生生的人來寫。他深深的內疚，沉痛的回憶，以及劇終時他命令周萍去認自己的生母，都是人物心靈深處眞實性的體現。這樣方才顯出這個人物形象的不滅的生命力。

在劇的尾聲，無辜的青年一代都命歸黃泉，只留下悲劇性的年老一代：周公館變成教會醫院，樓上和樓下分別住著兩位瘋婦人，她們就是繁漪與侍萍。孤寂衰老的周樸園來到醫院看望她們，彼此卻沒有說什麼。所有的衝突、憤懣與恐懼都消散了，只有一雙充滿悲憫的天眼俯視著這紅塵裡的一切。

名家導讀

《雷雨》的確是一篇難得的優秀力作。作者於全劇的構造、劇情的進行、對白的運用，的確是費了莫大的苦心，而都很自然緊湊，沒有現出十分苦心的痕跡。作者於精神病理學、精神分析學等，似乎也有相當的造詣。以我們學醫的人看來，即使用心地要去吹毛求疵，也找不出什麼破綻。在這些地方，作者在中國作家中應該是傑出的一個。他的這篇作品受到同時代人的相當地歡迎，是可以令人首肯的。

——中國　文學家　郭沫若

《雷雨》已經在中國演了近70年，70年來常盛不衰。這確實是經典（即古典）之作。其情節、人物性格與人物關係之周密與鮮明的處理，令人叫絕。

——中國　作家　王蒙

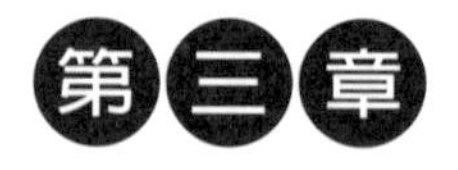

第三章

探索中的現代散文

在五四時期，最早發端的是議論性散文，其代表是魯迅的雜文；抒情性的散文在這一時期常被稱作「美文」，冰心、周作人、朱自清多致力於這一類散文。五四前後的散文創作，大都洋溢著反封建的思想感情，體現了個性解放的強烈要求。二〇年代中期到三〇年代，出現了一批具有自己獨特風格的抒情小品作者，比如豐子愷、梁遇春等作家。林語堂在這一時期提倡脫離現實鬥爭的幽默、性靈和閒適的小品文，形成了一時的風尚。敘事性散文繁榮的標誌則是這一時期出現了大量的報告文學作品，夏衍的《包身工》是其中的優秀作品。從抗戰爆發一直到新中國成立，隨著社會的動盪和時代脈搏的變化，散文創作的面貌也發生了變化，這一時期抒情散文與敘事散文數量減少，而雜文和報告文學的創作仍然興盛。不過從總體上看，成就比二、三〇年代要低。

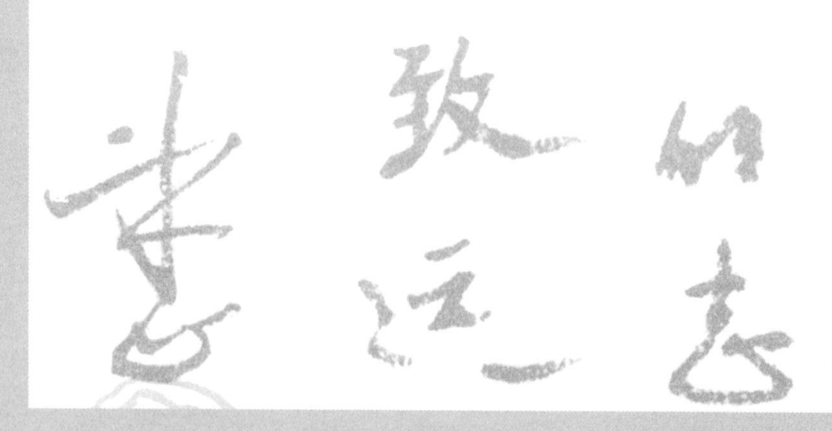

一片冰心在玉壺

冰心和朱自清

在五四時期的「美文」創作中，周作人而外，冰心的影響也是很大的。冰心（1900～1999），原名謝婉瑩，曾在北京協和女子大學預科讀書。1919年，她就以處女作《兩個家庭》在新文壇嶄露頭角。隨後她又發表了許多小說、詩歌、散文，成爲新文學初期最負盛名的女作家。她的散文則是至今還擁有廣大讀者的現代散文精品。

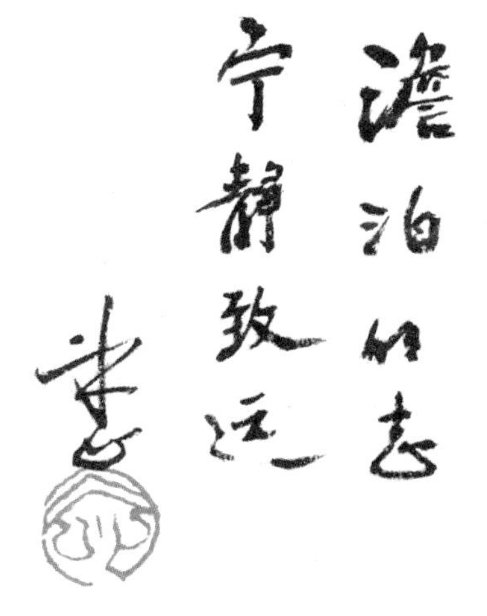

書諸葛亮文句　當代　冰心

冰心像（1923於美國）

冰心出身名門，後來又長期地就讀於教會學校。和諧幸福的家庭生活，基督教博愛思想的薰陶，印度宗教哲學泰戈爾的「愛的哲學」與文學的影響，以及她個人溫婉雅致的氣質，都影響著她的散文風格。有人把她的這種獨特風格稱之爲「冰心體」。所謂冰心體的散文，是以行雲流水般的文字，說出

心中想說的話，即宣揚「愛的哲學」，包括母親之愛、自然之愛、兒童之愛，以及對祖國、故鄉、家人、大海的眷念。字裡行間蘊含著溫柔，微帶著憂愁，顯示出清麗的風致。這種思想內容與行文風格，集中地體現在她的名篇《笑》裡。

這一篇散文的開頭，勾畫出了一幅「苦雨孤燈」之後的窗外圖畫：雨聲住了，涼雲散了，樹葉上的殘滴映著月光，螢光點似地閃爍滾動。在這個背景裡，憑窗而望的女主人翁轉過身來，開始在滿屋朦朧的光雲裡，編織她眼前的幻景：牆上畫中「抱著花兒，揚著翅兒」的白衣天使，讓她想起了五年前古道旁「抱著花兒，赤著腳兒」的陌生少年，想起了十年前「倚著門兒，抱著花兒」的老年農婦。這三個抱著花兒的天堂與凡世的人物，都在向著「我」微笑，泯滅了時間與空間的界限，在作家的心中達到了這樣的境界：

> 這時心下光明澄靜，如登仙界，如歸故鄉。眼前浮現的三個笑容，一時融化在愛的調和裡，看不分明了。

可以看出，那時的冰心，陶醉在這種愛的湖水裡，溫馨而輕柔。只有理解了這種愛的氛圍，才

冰心《繁星》初版封面
朱自清《背影》初版封面
冰心《超人》初版封面
冰心《寄小讀者》初版封面
《吉檀迦利》（冰心譯）
《印度童話集》（冰心譯）
冰心《春水》初版封面

朱自清和其前妻的合影

能更好地感受她的散文的格調。

《寄小讀者》和《往事》，也都是冰心散文的代表之作。《寄小讀者》是一本通訊集，主要寫她1923年去美國留學途中和到達之後的生活和見聞。《往事》則是一篇回憶性的散文小品。在這些作品裡，她的思想印著她的經歷，而她的筆總是凝聚著她在人間感受到的種種溫暖和佳趣，傳達給讀者的是一段摯情，或一縷幽思，空靈而纏綿，纖細而澄澈。

朱自清（1898～1948）原名自華，字佩弦。二十世紀二〇年代開始文學創作，先寫詩，後寫散文，以散文的成就最高。

朱自清是文學研究會的成員，他的散文是面向人生的。《執政府大屠殺記》、《白種人上帝的驕子》、《生命的價格——七毛錢》等作品，正視淋漓的鮮血與慘澹的人生，帶有很強的紀實性。《背影》則是許多人都能成誦的抒寫平凡人生的名作了。而他更擅長寫那種漂亮精緻的寫景抒情的散文。《荷塘月色》、《槳聲燈影裡的秦淮河》與《綠》是這一類的名篇。作者對自然景物精確觀察，對色彩、聲音有著敏銳的感覺，再通過千姿百態或動或靜的鮮明形象和巧妙的比喻

聯想，融入自己的感情色彩，從而點化出一種細密、幽遠、渾圓的意境。在《荷塘月色》一文中，曲折的荷塘，田田的荷葉，新浴的荷花，脈脈的流水，伴以月色、微風、清香、樹影、蛙鳴……這種景色怎不讓人欣喜而忘情呢。以繪畫作比，朱自清的這一類散文是中國畫中的工筆畫。作家一筆不苟，將常見的景物細細描出，爲讀者勾勒一幅賞心悅目的圖景，營造出一種情、理、趣、景相融爲一的藝術境界。

朱自清於中國古典文學造詣頗深。他的散文時時透露出一種濃郁的古典氣質。這突出表現在他具有傳統文人的靈心善感的情意和略帶憂鬱的心理特徵。寫於早年的《匆匆》，一開頭是這樣寫的：

燕子去了，有再來的時候；楊柳枯了，有再青的時候；桃花謝了，有再開的時候。但是，聰明的，你告訴我，我們的日子爲什麼一去不復返呢？

世間美好的事物似乎都有重來的時候，除了時間。普通的人們也天天都在過日子，爲什麼就沒有感到日子彷彿有靈性，就像長了腿腳似的匆匆地從身邊溜走了呢？偏偏朱自清有這種感覺，他因而把無跡可尋的時間流逝寫得若有其形，就好像在生活中一直陪伴著我們的朋友，有那麼一天忽然挽留不住地揮袖作別。這讓深具詩人氣質的「我」非常憂鬱：

在逃去如飛的日子裡，在千門萬户的世界裡的我能做些什麼呢？只有徘徊罷了，只有匆匆罷了；在八千多日的匆匆裡，除徘徊外，又剩些什麼呢？過去的日子如輕煙，被微風吹散了，如薄霧，被初陽蒸融了；我留著些什麼痕跡呢？我何曾留著像游絲樣的痕跡呢？

輕煙薄霧般的日子一天天地溜走了，在那些以平常心度日的人們看來，這沒什麼好傷感的，不是說平平淡淡才是眞嗎？但這是常人，不是詩人，詩人們都是多情的種子。詩人朱自清的散文有一個靈魂，那就是純眞的情。如謂不然，請通讀這篇情意濃濃的《匆匆》。通觀朱自清、冰心乃至巴金、沈從文等作家，他們有一個共通的地方，那就是眞情至上，作家把自己的心與讀者的心連在一起，把一腔眞情毫無虛飾地交給讀者，於是就有了不朽的文學。

烏篷船裡的苦茶

周作人

在中國的現代文學初期，周作人（1885～1967）是一個產生過重要影響的作家。他在散文和新詩的創作上都十分活躍，並勤於翻譯和文學理論的介紹。五四高潮後，他的思想日趨消沉，二十世紀三〇年代和林語堂在一起提倡過幽

周作人像

默閒適的小品文。1937年日本佔領北平後，他變節附逆，出任偽華北政務委員會教育總署督辦。1945年抗戰勝利後，他因漢奸罪被逮捕並判刑。全國解放前夕交保釋放。晚年定居北京，翻譯希臘和日本文學。

在現代文學史上，周作人最早從西方引入「美文」概念，提倡

沉思之處

中國人何以喜歡印度的泰戈爾？因為他主張東方化，與西方化抵抗。何以說國粹或東方化，中國人便喜歡？因為懶，因為怕用心思，怕改變生活。所以他反對新思想新生活，所以他要復古，要排外。

——現代·周作人《羅素與國粹》

我是尋路的人。我日日走著路尋路，終於還未知道這路的方向。現在才知道了：在悲哀中掙扎著正是自然之路，這是與一切生物共同的路，不過我們意識著罷了。路的終點是死，我們便掙扎著往那裡走，也便是到那裡以前不得不掙扎著。

——現代·周作人《尋路的人》

文學理論

假的，模仿的，不自然的著作，無論他是舊是新，都是一樣的無價值；這便是因為他沒有真實性。……因此我們可以得到結論：1.創作不宜完全沒煞自己去模仿別人，2.個性的表現是自然的，3.個性是個人唯一的所有，又與人類有根本上的共通點，4.個性就是在可以保存範圍內的國粹，有個性的新文學便是這國民所有的真的國粹的文學。

（周作人《個性的文學》）

我以為古書絕對地可讀，只要讀的人是「通」的。我以為古書絕對地不可讀，倘若是強迫的令讀。讀思想的書如聽訟，要讀者去判分事理的曲直；讀文藝的書如喝酒，要讀者去辨別味道的清濁：這責任都在我不在它。人如沒有這樣判分事理判別味道的力量，以致曲直顛倒清濁混淆，那麼這毛病在他自己，便是他的知識趣味都有欠缺，還沒有「通」（廣義的，並不單指文字上的作法），不是書的不好：這樣未通的人便是叫他去專看新書——列寧，馬克思，斯妥布思，愛羅先珂……也要弄出毛病來的。我們第一要緊的是把自己弄「通」，隨後什麼書都可以讀，不但不會上它的當，還可以隨處得到益處：古人云，「開卷有益」，良不我欺。

（周作人《古書可讀否的問題》）

記述的、藝術的抒情散文。他的散文理論的核心是強調以我爲中心，提倡言志的小品文。《故鄉的野菜》是他早期名篇，全文開頭一段寫道：

我的故鄉不只一個，凡我住過的地方都是故鄉。故鄉對於我並沒有什麼特別的情分，只因釣於斯遊於斯的關係，朝夕會面，遂成相識，正如鄉村裡的鄰居一樣，雖然不是親屬，別後有時也要想念到他。

這種情感看上去眞的淡淡的，但是他在文中時而旁徵博引，塗抹出一幅自然古樸而又富有生活情趣的江浙風光。

此外，《北京的茶食》、《苦雨》、《喝茶》、《烏篷船》，也都是現代散文中的名篇。作家將口語、文言和歐化語種種雜糅，使得文章呈現出一種舒敘中略帶點澀的特殊風格。

幽默的中國人

林語堂

二十世紀三〇年代前期，文壇上風行幽默閒適的小品文，成爲當時引人注目的文學現象。推動這一風氣的是「幽默大師」林語堂（1895～1976）。「幽默」一詞就是他根據英文翻譯過來的。

林語堂出生在一個信仰基督教的家庭。他父親是一位牧師，一心要兒子學習英文，接受新式的教育，他先後在美國哈佛大學、德國萊比錫大學學習西方語言和文學。1923年回國任教。1932年，林語堂創辦《論語》半月刊，稍後又創辦《人間世》和《宇宙風》，都以發表小品文爲主，提倡幽默、閒適和獨抒性靈的創作。林語堂所提倡的幽默，同樣要求正視現實，只不過並不想直接地針砭現實，而是以超然的姿態和深遠的心境，並且帶上一點「我佛慈悲之念頭」，對現實中的滑稽可笑之處加以戲謔，也就是所謂的「熱心人冷眼看人生」。

從1932年《論語》創刊到1936年去美國，林語堂發表了近三百篇文章，就像他自己評論的那樣，他是「一心評宇宙文章」，他的散文題材非常龐雜，「宇宙之大，蒼蠅之微」，幾乎無所不談。

程子曰讀論語有讀了全然無事者有讀了後其中得一兩句喜者有讀了後知好之者有讀了後直有不知手之舞之足之蹈之者
程子曰今人不會讀書如讀論語未讀時是此等人讀了後又只是此等人便是不曾讀
林語堂

林語堂墨跡

中國民權保障同盟會員合影

1932年，宋慶齡、魯迅、蔡元培、楊杏佛在上海發起組織中國民權同盟。圖爲部分成員合影。左起：胡愈之、林語堂、黎沛華（宋慶齡秘書）、楊杏佛、宋慶齡。

作家追慕純眞平淡，或抒發見解，或切磋學問，或描繪人情，都能做到出自性靈，絕無矯飾。

在林語堂的所有創作中，還有必要提出的是那些「兩腳踏東西文化」的篇章。1935年，林語堂用英文寫的《吾國與吾民》（又譯《中國人》）在美國出版，產生了很大的迴響，美國作家賽珍珠對其極力推崇。1936年起，林語堂長期居留美國，他繼續比較系統地向西方介紹中國文化和中國人的生活，所著的《生活的藝術》、《京華煙雲》、《孔子的智慧》、《莊子的智慧》、《蘇東坡傳》等二十多種著作，風行一時。林語堂在中西文化的鴻溝之上，架起了一座溝通的橋樑。

嬗變中的現代詩歌

中國古典詩歌發展到晚清，已經走到了盡頭，它的所有的輝煌都成為了無法追回的歷史。清末民初已有人發出了「詩界革命」的呼籲。以《新青年》雜誌為陣地，集聚了最早的一批新詩嘗試者如胡適、劉半農、沈尹默、周作人等。代表新詩創始時期的最高成就的是郭沫若。他的以《女神》為代表的創作，在飛動和呼嘯的抒情形象中傳達出五四的那種狂飆突進的時代精神，開創出一種以雄渾的調子、急速的旋律、囊括萬物而又不拘形跡為特徵的豪放詩風。隨著新詩的勃興，它的缺點也漸漸顯露出來，最突出的是因為沒有節制而趨於散漫。聞一多、徐志摩、朱湘等人創辦了《新月》詩刊，並形成了新月詩派，他們在新詩的格律化方面走出了自己的道路。到了三〇年代，艾青、田間、臧克家三位詩人異軍突起，標誌著中國新詩的成熟。

再生的鳳凰

郭沫若

郭沫若或許是中國現當代文學史上命運升沉起伏最爲劇烈的一位作家。生前的顯貴與身後的寂寞形成落差如此之大，足以引起世人關於人生和命運的深沉思索。然而現在他的被冷落與被遺忘並不能否定他的一切，放在中國現代文學史的座標上來看，他仍然是一位足以代表一個時代的傑出詩人。

在小學和中學時代，郭沫若即對中國古典文學經典有深厚的積澱，深受莊子的奇詭恣肆和屈原的浪漫想像的影響。1913年他到天津求學，同年底赴日本留學。在日本的十年時間裡，他的閱讀十分廣泛，從孔子哲學、老莊哲學一直讀到明代的王陽明的哲學；從印度詩人泰戈爾一直讀到德國詩人海涅和歌德；此外還有西方現代哲學家康德、尼采與佛洛依德等人的著作。廣博的閱讀使他的思想呈現出異常複雜的情況。1916年他開始新詩的創作，1921年詩集《女神》出版。

郭沫若像

這部詩集不僅確立了郭沫若在中國現代文學史上的卓越地位，而且也爲中國的新詩開闢了一個嶄新的時代。這一年，郭沫若和郁達夫等人一起在日本創立了創造社。1923年，郭沫若從九州帝國大學醫科畢業回國，積極從事於創造社的文藝活動。

從文藝思想上看，郭沫若以浪漫主義爲主，同時吸收了西方現代主義的某些因素。其主要特徵是尊崇自我，偏重主觀，認爲藝術是自我的表現，是藝術家的一種內在的衝動，是不得不發的表現，在這個發而爲詩的過程中，作家的天才、靈感與激情又是非常重要的。他的這些思想，在其作品中都有鮮明的體現。

1926年郭沫若南下廣州，同年七月參加北伐戰爭。兩年後他離開中國去了日本，與他的日本妻子帶著孩子們避居在千葉縣，一住就是十年時間。這一時期他的主要精力在於古代歷史與古文字學的研究。抗戰爆發以後，他隻身歸國，投入到抗日戰爭的大潮中，同時進行歷史劇的創作。新中國成立以後，郭沫若由一位出色的文學家，轉變爲一位重要的社會活動家。

綜觀郭沫若的文學創作，他的最大成就乃是他的第一部詩集《女神》。這部詩集之所以在今天依然能夠獲得如此高的評價，在於詩人將五四時代的精神與自身的創作個性高度地融合在一起，表現出了一種歷久彌新的五四精神。《女神》共分爲三輯。第三輯主要是受泰戈爾的影響而作的一些清新恬淡的抒情小詩，表現的是詩人渴望愛情，熱愛自然而又煩悶寂寞的靈魂。第一、二輯是這部詩集的主體，鮮明地體現了五四狂飆突進的時代精神，格調雄壯豪放，唱出了民主與科學時代的最強音。

郊原的青草

《郊原的青草》墨跡　當代　郭沫若

《女神》的抒情主人翁是一位「開闢鴻荒的大我」，或謂之爲五四時期初步覺醒的中華民族的自我形象。郭沫若最先感受到了偉大的五四運動中祖國的新生和中華民族的覺醒，《鳳凰涅》就是一首莊嚴的時代頌歌，鳳凰所象徵的古老的中華民族正經歷著「從死灰中更生」的歷史過程，詩中的「鳳歌」和「凰歌」以悲壯的葬歌結束了中華民族歷史上最爲黑暗的一頁，「鳳凰更生歌」以熱誠而和諧的歡唱預示著生動、自由、淨朗、華美的民族振興的新時代的到來。

這位抒情主人翁也是一位具有徹底破壞和大膽創造精神的新人。在詩劇《女神之再生》中，詩人通過「黑暗中女性之聲」形象地

表達了中華民族的新覺醒：「破了的天體，我們盡他破壞不用再補他了！待我們新造的太陽出來，要照徹天內的世界，天外的世界！」這位新生的巨人崇拜自己的本質，把自己的本質神化，熱烈地追求精神自由與個性解放。「我崇拜我」（《我是個偶像崇拜者》），「我讚美我自己」（《梅花樹下的醉歌》），「我效法造化的精神，我自由創造，自由地表現我自己。我創造尊嚴的山岳，宏偉的海洋，我創造日月星辰，我馳騁風雲雷雨」（《湘累》），「我飛奔，我狂叫，我燃燒，我如烈火一樣地燃燒！我如大海一樣地狂叫！我如電氣一樣地飛跑！」（《天狗》）。

在《女神》裡，人的自我價值得到肯定，人的尊嚴得到尊重，人的創造能力得到承認。這是一個偉大的解放與覺醒。詩人郭沫若在這裡顯示出了一種極度自由的精神狀態，人的一切情感都被引發出來，奔放無拘地自在表演，無所顧忌地追求天馬行空的心靈世界。對於習慣於含蓄，習慣於壓抑自己的精神和情感的中國人，這是一個爆炸式的、全新的心靈境界。徹底破壞的意志，大膽創新的精神，加上豐富的想像，神奇的誇張，激越的音調，成就了現代詩歌的奠基之作——《女神》。今天的讀者閱讀這部詩集，或許會覺得寫得有些粗糙，藝術上不夠成熟。這些都是勿庸諱言的。然而《女神》自有其不可磨滅的價值，那就是它集中而強烈地表現了衝破封建樊籬，掃蕩舊世界的五四精神，而且其藝術上的奇特雄偉的浪漫主義特色，也爲新詩的發展開闢了廣闊的道路。作爲社會活動家的郭沫若，隨著歷史的推移，也許會漸漸地被人們遺忘；而作爲文學家的郭沫若，自會與他的《女神》青春常在。

郭沫若與安娜及孩子合影（1923）

「新月」的詩情

徐志摩

郭沫若的《女神》以絕對的形式自由和狂放不羈的旋律，衝破了傳統詩詞嚴整的形式，是對於「舊」的一個大破壞。破壞之後必定要求再造新的形式，新的規範，以促使新詩的發展走上「規範化」的道路。以聞一多（1899～1946）、徐志摩（1897～1931）為代表的前期新月派，正承擔著這樣的歷史使命。

徐志摩像

徐志摩與張幼儀合影

新月派的詩人針對《女神》這一類只求創造，不講形式的詩作，提出了「理性節制情感」的原則與詩的形式格律化的主張。他們批評詩歌中情感的過分氾濫和不加節制的直抒胸臆的抒情方式。他們認為：「如果只是在感情的漩渦裡沉浮著，旋轉著，而沒有一個具體的境遇以作知覺依皈的憑藉，結果不是無病呻吟，便是言之無物了。」這種理論，實質上與傳統的「樂而不淫，哀而不傷」的抒情模式相暗合，也受到了西方唯美主義的影響。可以這樣認爲，他們是在借助傳統與外來的雙重力量，在破壞之後的一片廢墟上重建詩國的綱領與章法。

徐志摩是一位才高命薄的天才詩人。他早年拜梁啓超爲師，1918年起赴美留學，兩年後，爲追隨思想家羅素而到了英國，隨後進入康橋大學（即劍橋大學）學習。1922年徐志摩學成歸國，先後在北京、上海等大學任教。1931年因飛機失事身亡。

徐志摩是新月派的靈魂人物。他具有自己獨特的人生信仰。他熱烈地追求「愛」、「自由」與「美」，追求人與自然的和諧，這與他那活潑好動而瀟灑空靈的個性以及天縱之才結合在一起，就形成了徐志摩詩特有的飛動飄逸的藝術風格。徐志摩是一位沉浸在濃得化不開的愛情裡的詩人，他把自己對於愛情的熾熱的追求，全都化作了美妙的歌吟。在他所有的詩作裡，愛情詩是最有特色的。比如《雪花的快樂》一詩，詩人在開頭寫道：

假如我是一朵雪花，翩翩的在半空裡瀟灑，我一定認清我的方向，飛揚，飛揚，飛揚，這地面上

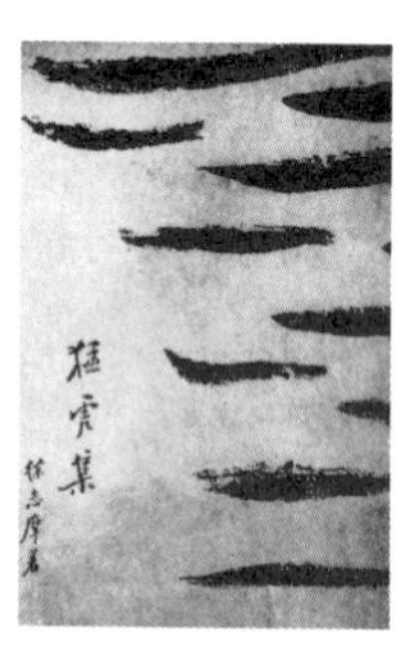

《猛虎集》初版封面（1932）
《瑪麗瑪麗》初版封面（徐志摩，沈性仁合譯）
《落葉》初版封面
《曼殊斐爾小說集》初版封面（徐志摩，沈性仁合譯）
《新月》雜誌環襯（1929，聞一多設計）

徐志摩與林徽音像

徐志摩和林徽音的故事成爲中國現代文學史上一段令人捉摸的往事。

有我的方向。不去那冷寞的幽谷。

那麼它會飛向哪裡呢？原來她有另一種追求，另一個「我的方向」：堅定地飛揚，直奔向清幽的住處，會見花園裡的她，「盈盈的，沾住她」，直到融入「她柔波似的心胸」。在這首詩裡，雪花並非自然之物，是被詩人意念填充的雪花，是人的精靈，他要爲美而死。在追求美的過程中，他絲毫不感到痛苦和絕望，他充分享受著選擇的自由，熱愛的快樂。雪花的飛揚，是一種堅定、歡快和輕鬆自由的追尋，而絕美的她，住在清幽之地，出入雪中花園，渾身散發著梅的清香，她的心胸恰似萬縷柔波的湖泊。可以想像，詩人創作這首詩的時候，或許正漫步於雪花飛揚的天地間，他的靈魂正隨著雪花一起飛揚。胸中有愛的人，一定熱愛美麗的大自然。徐志摩把大自然稱爲「最偉大的一部書」，他的不少詩作裡，經常出現大海星空、白雲流泉、空谷幽蘭、落葉秋聲等美麗的景觀。《再別康橋》則是以他的母校康橋大學的校園景色爲對象，抒發了對於自然的深厚感情。詩人在第一節裡，抒寫了故地重遊的學子作別母校時的萬千離愁：

輕輕的我走了，正如我輕輕

沉思之處

新詩傳宇宙，竟爾乘風歸去，同學同庚，老友如君先宿草。

華表托精靈，何當化鶴重來，一生一死，深閨有婦賦招魂。

——陳紫荷作的輓徐志摩聯

三卷新詩，廿年舊友，與君同是天涯，只為佳人難再得。

一聲河滿，九點齊煙，化鶴重歸華表，應愁高處不勝寒。

——郁達夫自作的輓徐志摩聯

的來：我輕輕的招手，作別西天的雲彩。

連用三個「輕輕的」，彷彿是一縷清風一樣來了，又悄然無聲地離去；那對於康橋的至深情意，竟在招手之間幻化成了西天的一抹殘紅。第二節至第六節，詩人在康河裡泛舟尋夢，披著夕照的金柳，軟泥上的青荇，綠陰下的水潭，一一映入眼簾，詩人進入了物我兩忘的境界，幻想自己化成康河裡隨著柔波招搖的水草。詩人要尋夢，要放歌，但是終歸於沉默：

但我不能放歌，悄悄是別離的笙簫；夏蟲也為我沉默，沉默是今晚的康橋。

此際的沉默無言，勝過多少別離的情語！詩的最後一節，以三個「悄悄的」與開頭迴環對應，瀟灑地來，又瀟灑地離開。揮一揮衣袖，不帶走一片雲彩，但是真的如此了無牽掛麼？詩人一定牽掛著什麼。是柔波裡的水草？還是沉默的夏蟲？

作為新月派格律詩的代表詩人，徐志摩在創作方面取得了極大的成功。而新格律詩理論的奠基工作，主要是由聞一多來完成的。聞一多的新詩理論的核心內容是講究詩的「三美」：音樂美，繪畫美，建築美。徐志摩對此十分推崇。聞一多的創作主要集中在二〇年代中期，1931年發表長詩《奇蹟》以後，便基本上擱下詩筆。他的詩作結集為《紅燭》和《死水》兩部詩集，貫穿其中的詩魂，就是聞一多濃烈、真摯的愛國主義情思。在這些詩篇中，詩人一面為滿目瘡痍的祖國、為陷於苦難的人民唱出悲哀的歌聲，表現自己希望破滅時的泣血的呼號，另一方面又對心愛的祖國懷著「鐵樹開花」的堅定信念。

抗戰勝利後聞一多剃去長鬚的留影

土地的兒子

艾 青

中國新詩經過幾代詩人二十多年的艱苦探索，到了四〇年代進入了成熟的季節。繼郭沫若、聞一多之後的詩人艾青（1910～1996），在新詩的發展歷程上所完成的歷史任務是「綜合」。他的詩一方面保持並發展了革命現實主義流派「忠實於現實的戰鬥的傳統」，克服了其「幼稚的叫喊」的缺點；另一方面又吸收了浪漫主義與象徵主義詩歌藝術的精華，成爲現代新詩成熟時期最爲優秀的代表。

艾青出身於一個地主家庭，但是因爲「命相」不好，出生後被父母送往本村一個貧苦農婦「大葉荷」家裡寄養，「大葉荷」對他的疼愛遠遠勝過他的父母。初中畢業以後，艾青赴法國留學，專攻繪畫藝術，在巴黎度過了三年精神自由而物質貧困的生活。這一期間他也接觸了大量的西方哲學與文學著作。回國後，艾青加入了革命性質的左翼美術家聯盟，不久即以「顚覆政府」的罪名被投入了監獄，度過了三年鐵窗生涯。

獄中的艾青開始了他的詩歌創作。《透明的夜》是他的第一首詩。《大堰河——我的保姆》則是他的成名作和代表作。這首詩的發表引起了詩壇的注目，艾青被稱爲

艾青像

「吹蘆笛的詩人」。詩人自己宣稱，他的「蘆笛」是從「彩色的歐羅巴」帶回的。詩人用歐羅巴的蘆笛吹出的第一首歌呈現給了養育自己的大地和母親，他在自己創作的起點上就與民族多災多難的遠遠地與人民聯繫在一起。抗日戰爭的號角一吹響，艾青迅速地在爭取獨立、自由、解放的鬥爭中找到了自己的位置，1939年，他獻出了詩集《北方》和長詩《向太陽》以後，人們一致認爲，現代新詩經過二十多年的發展，我們民族自己成熟的詩人終於出現了。

艾青的詩，把個人的悲歡融合到時代的悲歡之中，反映自己民族和人民的苦難命運，反映現實的生活與鬥爭，鮮明地傳達出時代的呼喚和人民的心聲。

《大堰河》初版封面

土地是艾青常用的一個意象，也是他詩歌的生命所繫。《復活的土地》、《雪落在中國的土地上》、《北方》、《冬天的池沼》等等，彙集著詩人的土地之愛。在對於「土地」的吟唱之中，凝聚的是詩人對於祖國，對於大地母親最爲深沉的愛。在《我愛這土地》一詩中，詩人的愛國情感表現得至眞至誠：

假如我是一隻鳥，我也應該用嘶啞的喉嚨歌唱：這被暴風雨所打擊著的土地，這永遠洶湧著我們的悲憤的河流，這無止息地吹刮著的激怒的風，和那來自林間的無比溫柔的黎明……——然後我死了連羽毛也腐爛在土地裡面

爲什麼我的眼裡常含淚水？因爲我對這土地愛得深沉……

詩人對蒼老而衰弱的祖國感到萬分悲哀，他用憂鬱的目光凝視寂寞而貧困的土地。生活在這塊土地上，痛苦多於歡樂，這裡鬱結著過多的悲憤與激怒。然而這畢竟是生我養我的祖國！即使爲她痛苦到

死，也不會離開，只會把自己深深地融入土地。「為什麼我的眼裡常含淚水？因為我對這土地愛得深沉」，這兩句詩，真實而樸素，卻來自詩人的內心最深處，來自民族生命的最深處，敲擊著每一個熱愛這片土地的人的心靈。

詩人對於土地的熱愛，也飽受著對生活在這片土地上的勞動者的愛，對於他們的命運的關注與探索。艾青最真切的詩情，都是獻給中國的農民的。《大堰河——我的保姆》這首詩，就是一個地主階級叛逆的兒子獻給他的真正母親——中國大地上善良而不幸的普通農婦的讚歌。這位母親是平凡的，她的歡樂、她的痛苦，都是十分習見的，幾乎可以代表所有勞動著的母親。她在沉默著蘊含著寬厚、仁愛、純樸與堅忍。艾青以真誠的赤子之心，讚美了養育自己的大堰河，為她一生淒苦的命運抒發悲憤與不平，傾注了對被侮辱與被損害的勞動者的深切關懷。

艾青終生在為自己所熱愛的「土地」而深情歌唱，他也終生在對「太陽」熱情的禮讚。幾十年來，艾青執著地謳歌著太陽、光明、春天、黎明，表現出的是對於偉大的理想不息的追求。

艾青是一位憂鬱的詩神。詩人的憂鬱裡，浸透著對於祖國、人民極其深沉地愛，更表現了詩人對於生活的忠實與思索。

技巧的良心

穆 旦

穆旦像

在二十世紀中國詩歌的舞台上，穆旦（1918～1977）曾經被人們遺忘在歷史的角落。然而，在他去世多年後，人們在整理二十世紀中國詩歌遺產的時候才突然發現，這位長期不被重視的詩人，原來是這個國度裡最耀眼的一顆寶石。

穆旦原名查良錚，他是清代詩人查慎行的後人。他在六歲時就發表過作品。1935年，他考入清華大學外文系讀書。抗日戰爭爆發後，他隨著清華大學遷往西南聯大。在那裡他成了英國著名詩人、批評家燕卜蓀教授的弟子。在這位大師的指導下，他比同時代的很多詩人都較早地接觸了葉慈、艾略特、奧登等英美著名詩人的作品。

1942年，詩人參加遠征軍入緬甸抗日。在部隊失敗撤退時，他參加了殿後戰。在這場自殺性的戰鬥中，他目睹著戰友一個個死去，最後只剩下他一人。他曾經斷糧達八天之久，卻依然保住了性命。他大難不死逃到了印度。在印度的三個月，他又因吃得過飽而幾乎死去。解放戰爭勝利了，年近而立的穆旦赴美芝加哥大學研究生院攻讀英美文學碩士學位。五〇年代初，他懷著滿腔熱忱回到祖國。1958年，在那場政治運動中，他被打成「歷史反革命」，被迫從詩壇上銷聲匿跡，轉而潛心於外國詩歌的翻譯。1977年，就在「四人幫」被粉碎的時候，他卻因心臟病逝世於故鄉天津，年僅五十九歲。

穆旦在本質上是個浪漫主義的詩人，他把浪漫主義的激情牢牢控制在詩歌技巧威力下，使之達到一種眞正意義上的現代詩歌標準：

綠色的火焰在草上搖曳，
他渴求著擁抱你，花朵。
反抗著土地，花朵伸出來，
當暖風吹來煩惱，或者歡樂。
如果你是醒了，推開窗子，
看這滿園的欲望多麼美麗。
藍天下，爲永遠的謎迷惑著的
是我們二十歲的緊閉的肉體，
一如那泥土做成的鳥的歌，
你們被點燃，捲曲又捲曲，
卻無處歸依。
呵，光，影，聲，色，
都已經赤裸，
痛苦著，等待伸入新的組合 。

——《春》

這首詩歌裡表現出的技巧的尖銳，心智的成熟，都與同時代的作家顯得格格不入。在四〇年代那種內憂外患的歲月裡，「政治意識悶死了同情心」，也熄滅了技巧的明燈。而穆旦是少數幾個舉著技巧的火炬前進的詩人之一。他的詩歌裡沒有那些陳詞濫調，而是通過語詞之間不尋常的配合，營造出一種特殊的藝術效果。

穆旦不僅非常爆炸性地使用詩歌技巧，而且把它揉合、陶鑄到對民族苦難主題的抒唱裡。他在詩歌中深刻地表現了個人與這一主題的關係。他對民族的愛往往通過冷靜的語言來表現，在冰一般的語言下隱藏著火一般的赤誠心靈：

在寒冷的臘月的夜裡，
風掃著北方的平原，
北方的田野是枯乾的，
大麥和穀子已經推進村莊，
歲月盡竭了，牲口憩息了，
村外的小河凍結了，
在古老的路上，
在田野的縱橫裡閃著一盞燈光，
一副厚重的，多紋的臉，
他想什麼？他做什麼？
在這親切的，
爲吱啞的輪子壓死的路上。……

——《在寒冷的臘月夜裡》

穆旦通過客觀的事實直指深層的精神世界；通過這些豐富的畫面和畫面蘊含的眞相，進入關於整個民族生命存在的深刻話題，探討民族的命運。抽象概念與具體形象的結合，精心獨創的暗喻和意象聯想上的跳躍，使得他的詩具有一種深厚的新奇、鋒利和澀重，同時也帶來了讀者接受上極大的陌生感。這些獨到的藝術特徵，使穆旦的詩作不管是在四〇年代，還是在整個二十世紀，都不愧是最具現代感的優秀作品。

第八篇

當代文學

喧嘩與騷動

天安門城樓上雄渾的宣言，昭示著一個舊的時代已經結束，一個新的時代正在開始。人們載歌載舞，抒發自己對新生活的歌頌和嚮往。然而對於文學來說，這個嶄新的時代則別有一番滋味。人們驚愕地發現，在這個原本應該是百花齊放、百鳥爭春的時代，那些在解放前顯示出巨大潛力的作家，反倒喪失了歌唱的能力，紛紛走向了沉默。而一些迎合時代歌唱的作家，卻在藝術上陷入了困境。意識形態對文學的影響凸現了出來，造就了文壇三十年的荒蕪。壓抑得越久，爆發的能量也就越大。一旦發現思想上的濃霧被吹散的時候，人們便重新拿起筆來，盡情書寫民族的艱辛與坎坷，個人的迷惘與悲傷。

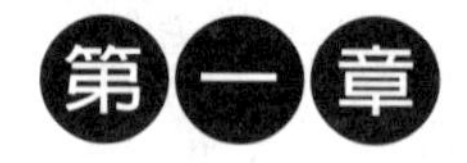

第一章 沉默的十七年

從舊社會過來的一批知識份子，滿懷著希望和熱忱走進了新的時代；新中國的文學，也因之而呈現出了新的作風和新的面貌。然而，令人遺憾的是，在新文學發展的道路上，政治的干涉總如影隨形：關於電影《武訓傳》的討論，對俞平伯《紅樓夢》研究的批判，對於胡風文藝思想的批判……運動一波接著一波，聲勢浩大，牽連衆多。1956年「百花齊放，百家爭鳴」文藝方針的提出，給文藝界吹來了新鮮的風；但是隨後波及社會生活各個領域的整風運動和反右鬥爭，則是對這一方針的背離，給當代文學帶來了深深的創傷。進入二十世紀六〇年代，由於國家政治生活方面的調整，文學也有過一個短暫的春天，但的確是短暫的。從1962年開始，噩夢再次開始，直到文化大革命爆發，不但沒有走入噩夢醒來的早晨，反而更深地墜入黑夜。

三紅一創唱青春

十七年的小說

新中國成立十七年的小說，以革命現實主義爲主潮，在歷史和現實兩類題材的創作上，都有一些收穫。在歷史題材方面，本時期小說以反映民主革命爲主，描寫了中國共產黨領導的革命鬥爭的各個歷史階段。杜鵬程的《保衛延安》，吳強的《紅日》，曲波的《林海雪原》和羅廣斌、楊益言的《紅岩》，是四部反映解放戰爭的長篇小說；峻青的《黎明的河邊》、茹志鵑的《百合花》，則是同類題材中短篇小說中的代表。也有一些作家反映抗日戰爭和二、三〇年代的革命鬥爭，使民主革命時期的鬥爭生活得到充分的反映，如知俠的《鐵道游擊隊》，李英儒的《野火春風鬥古城》，楊沫的《青春之歌》等等，都是成功的作品。與歷史題材相輝映，現實生活成爲本時期小說創作的另一類主要題材，代表作有柳青（1916～1978）的《創業史》和周立波的《山鄉巨變》等。在這許多的作品中，柳青的《創業史》、梁斌（1914～1996）的《紅旗譜》、楊沫的《青春之歌》等經受住了時間的考驗，是建國十七年小說創作留給文學史的不滅的記憶。

柳青在青少年時代參加革命活動，三〇年代即開始從事文學創作和文化宣傳工作，建國後一直勤於寫作。1960年《創業史》出版，

羅廣斌、楊益言《紅岩》初版封面

樹立起了他文學道路上的里程碑。

《創業史》是一部探索中國農民歷史命運和生活道路的長篇小說。小說的時間跨度從1929年一直到解放後。作者通過描寫梁家父子兩代人的創業道路及其結局，概括了中國農民的生活歷程，反映了他們要求改變命運的強烈願望，指出只有在共產黨的領導下，堅持社會主義方向，走共同富裕的道路，農民才能眞正開始自己的「創業史」。

小說中，梁生寶始終處於軸心的位置。這是一位二十世紀五〇年代農村社會主義創業者的英雄形象。作爲世代貧窮的農民的兒子，

柳青像

柳青《創業史》初版封面

他接受黨的教育，質樸的進取
神，在他身上昇華爲堅定的社會
義信念，這種信念主導著人物的
部行動，支配著梁生寶拋棄個人
一切，把肉體與靈魂毫無保留地
給集體事業。這是一個完全擺脫
小生產者私有觀念羈絆的新人
象，在他的身上寄託著作家的社
政治理想。以現在的眼光審視，
個形象帶有明顯的英雄化、理想
的傾向，但是讀者仍然能夠感受
那個時代作家對藝術追求和對生
的虔誠與執著。梁三老漢是小說
塑造得十分精采的中國老一代農
形象。在舊社會裡他經歷了發家

楊沫《青春之歌》初版封面

夢的辛酸，解放後他憑直覺感激新社會給他帶來新的希望；同時，他身上又帶有幾千年來小生產者所背負著的私有觀念，傾向個人致富，反對集體事業。這個形象身上反映的是一位眞正的中國農民性格上的本質內容。

梁斌三〇年代開始從事文學創作。《紅旗譜》於1957年出版，是梁斌整個文學創作中的高峰，也是一部具有民族風格的農民革命鬥爭史詩。作品開篇於清朝末年，長工朱老鞏、嚴老祥阻止惡霸地主馮蘭池毀鐘侵田大鬧柳樹林，揭開鬥爭的序幕。馮蘭池得勝，朱老鞏吐血身亡，嚴老祥漂泊異鄉，孕育了下一輩朱老忠、嚴志和與馮家的矛盾衝突。朱老忠出走關東，歷盡磨難，二十五年後重返故土，繼續與馮家抗爭，但是殘酷的鬥爭使他遭受一連串打擊。後來他找到黨，在黨的領導下，組織反割頭稅和保定二師學潮等鬥爭，才眞正改變了與馮家的鬥爭形勢，結束悲劇命運。小說中最爲鮮明突出的人物形象是朱老忠，這是一位處於新舊交替時期的農民英雄形象，他的身上既保留了舊時代豪俠的特徵，又融入新時代英雄的精神。他所走過的道路，既是舊時代農民自發反抗鬥爭

吳強《紅日》初版封面

的終結，也是新時代農民自覺革命的開始。

和上述兩部小說相比，楊沫的《青春之歌》直到今天還能擁有較多的讀者。《青春之歌》以林道靜的生活軌跡爲主線，展現了她從爭取個性解放到走向獻身於社會解放的革命事業，最終實現人生價值與生命意義的艱難旅程。林道靜出身於一個上層社會家庭，卻在繼母的虐待下長大，從小養成了反抗壓迫和同情弱者的品格。求學北平使她開闊眼界，接受了時代潮流的薰陶。當繼母想把她作爲供品獻給公安局長時，她離家出走流落到北戴河，投奔楊莊小學的表哥張文清。但是校長又想把她獻給縣長作姨太太。林道靜孤立無援，只得縱身跳進大海。當林道靜自絕時，北大青年學生余永澤向她伸出援手。對方「騎士兼詩人」的瀟灑風度重新點燃她對人生的希望，他們相愛並且同居。然而林道靜在余永澤眼中，不過是一隻花瓶，一位服侍丈夫的主婦。在苦悶與彷徨中，愛情慢慢地褪去玫瑰色的光環。由於余永澤粗暴干涉林道靜的行動，直接導致共產黨人盧嘉川的被捕。盧嘉川的獻身精神與余永澤的自私卑瑣兩相對比，加深了林道靜夫妻感情的裂痕。經過痛苦的感情矛盾，她與余永澤徹底決裂，邁出了走向新生活的關鍵一步。小說層次分明地描寫了林道靜的成長道路，全篇洋溢著濃郁的抒情筆調。無論是描繪環境，還是敘寫事件，作家總是滿貯詩情。正是這個特點，使楊沫《青春之歌》具有長久的文學魅力。

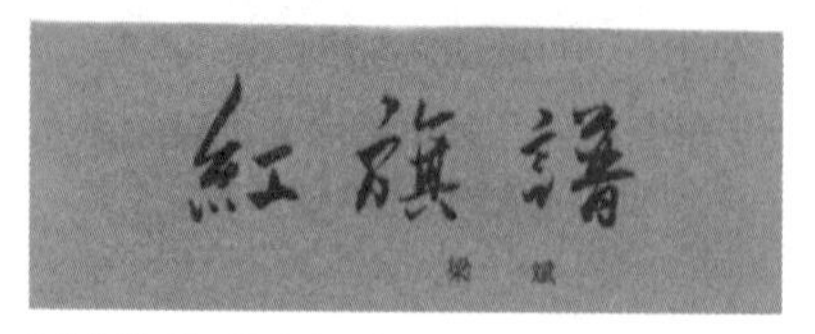

梁斌《紅旗譜》初版封面

綜觀十七年的小說創作，雖成績顯著，但缺點明顯：簡單而機械地理解文藝與政治的關係，過多地考慮迅速及時地配合現實鬥爭，宣傳歷次政治運動，導致了文藝上嚴重的公式化、概念化傾向。

為革命吶喊

十七年詩歌與散文

建國十七年的詩歌創作十分興盛，詩人們寫下了大量的詩篇，歌頌黨，歌頌祖國，歌頌偉大的新時代。雖說現在除了研究者們，極少有讀者有一點點的興趣哪怕是翻一翻這些作品。但是它們畢竟佔領了一個時代，反映了那個特定年代的社會風尚與文學的價值取向。

老一代詩人們，或是面對新的時代感到無法適應，因而自覺地放下手中的詩筆，退隱回平凡的生活中；或是在新的時代裡煥發出更加豪放的詩情，大喊大叫地唱響了時代的讚歌。但是屬於他們的時代畢竟過去了。構成十七年詩壇主力的是郭小川、賀敬之、聞捷這一批來自解放區的詩人，他們在這一時期紛紛進入創作生涯的旺盛狀態。

郭小川（1919～1976）中學期間參加抗日救亡運動，開始寫詩，1937年參加八路軍。解放以後從事專業的文學創作。1955年起，郭小川以《致青年公民》爲題，發表了一組「樓梯體」的政治鼓動詩，在當時頗受讚譽。此後他進入了詩歌創作的爆發期。他以戰爭年代的生活爲題材，寫下了《白雪的讚歌》、《深深的山谷》等敘事詩和《致大海》、《望星空》等優秀的抒情詩。這期間並出版了五部詩集，這些詩作在思想藝術上呈現出非常複雜的傾向，在以後的政治運動中受到過接二連三的批評。1960年以後，郭小川的詩作更加貼近現實生

郭小川像

活中的政治運動，寫下了一批政治抒情詩如《刻在北大荒的土地》、《甘蔗林——青紗帳》、《崑崙行》等。文化大革命中，郭小川受到嚴重的政治迫害。痛定思痛，他將對於政治形勢的思考和認識，全部傾瀉在他的絕唱《團泊窪的秋天》和《秋歌》兩首詩中，對於自己「戰士兼詩人」的一生作了總結。這是他可貴的地方。

郭小川詩《月下》插畫（趙志方、張德育作）

賀敬之（1924～　），山東人。1940年他參加過延安「魯藝」文學系的學習，與丁毅等人集體創作了大型歌劇《白毛女》。解放以後他繼續從事詩歌創作，採用陝北民歌「信天遊」的形式創作的《回延安》影響較大。在這首詩裡，詩人以滿懷的激情歌頌了養育一代革命者的延安精神，字裡行間流溢著詩人對母親延安永不泯滅的眞情。此外，賀敬之還創作了《桂林山水歌》和

沉思之處

戰士自有戰士的性格：不怕污蔑，不怕恫嚇；／一切無情的打擊，只會使人腰桿挺直青春煥發。／戰士自有戰士的抱負：永遠改造，從零出發；／一切可恥的衰退，只能使人視若仇敵，踏成泥沙。／戰士自有戰士的膽識：不信流言，不信欺詐；／一切無稽的罪名，只會使人神志清醒、大腦發達。／戰士自有戰士的愛情：忠貞不渝，新美如畫；／一切額外的貪欲，只能使人感到厭煩，感到肉麻。／戰士的歌聲，可以休止一時，卻永遠也不會沙啞；／戰士的明眼，可以關閉一時，卻永遠也不會昏瞎。／戰士可以在這裡戰鬥終生，卻永遠也不會告老還家；／戰士可以在這裡勞累而死，卻永遠也不讓時間的財富白搭……

—— 當代・郭小川《團泊窪的秋天》

精采篇章

南方的甘蔗林哪，南方的甘蔗林！／你為什麼這樣香甜，又為什麼那樣嚴峻？／北方的青紗帳啊，北方的青紗帳！／你為什麼那樣遙遠，又為什麼這樣親近？／我們的青紗帳喲，跟甘蔗林一樣地布滿濃蔭，／那隨風擺動的長葉啊，也一樣地鳴奏嘹亮的琴音；／我們的青紗帳喲，跟甘蔗林一樣地脈脈情深，／那載著陽光的露珠啊，也一樣地照亮大地的清晨。／肅殺的秋天畢竟過去了，繁華的夏日已經來臨，／這香甜的甘蔗林喲，哪還有青紗帳裡的艱辛！／時光像泉水一般湧啊，生活像海浪一般推進，／那遙遠的青紗帳喲，哪曾有甘蔗林裡的芳芬！／我年輕時代的戰友啊，青紗帳裡的親人！／讓我們到甘蔗林集合吧，重新會會昔日的風雲；／我戰爭中的夥伴啊，一起在北方長大的弟兄們！／讓我們到青紗帳去吧，喝令時間退回我們的青春。

——當代．郭小川《甘蔗林——青紗帳》

《三門峽歌》等抒情短詩，以及長篇的政治抒情詩如《放聲歌唱》、《東風萬里》、《雷鋒之歌》等等，這些詩歌在藝術形式上有新的探索，借鑒了外國政治抒情詩的形式，並將古典詩歌韻律和對仗特點融入其中，形成了自己的特色。

聞捷（1923～1971）早年參加抗日救亡運動，1940年到達延安。解放以後當過記者。1971年含冤去

秦牧像

世。他的作品中，《天山牧歌》是最有代表性的生活抒情詩總輯，其主題正如作者在序詩中所說，「記載下各族人民生活的變遷」，藉以歌唱剛剛展開畫卷的新時代。詩人創造了柔和、輕快、明朗的牧歌格

秦牧《奇蹟泉》手跡

楊朔像

楊朔（1913～1968），原名毓，山東蓬萊人。解放前即從事寫作，1949年，任中國鐵路總工會的文藝部長。朝鮮戰爭時，他在戰場完成長篇小說《三千里江山》。1956年開始主管文學藝術的外事工作。1968年，他受迫害而死。

調，通過提煉單純而明朗的藝術形象和生活情節，展現了西北地方少數民族的地方風情和精神生活。《復仇的火焰》是聞捷敘事詩的代表作，這部長詩是詩人根據親歷的一次發生的新疆東部的平叛事件，記載下解放初期聚居巴里坤草原的哈薩克民族從懷疑、反對到擁護共產黨的歷史過程。詩人意圖「以詩來寫小說」，所以作品氣勢恢宏，情節曲折，人物塑造也有一定成就。但是整體上看詩意不足。

十七年的散文創作大致可以分爲兩個階段，以1956年爲分界。前一個時期通訊報告得到了空前的發展，成爲創作的主要實績。它的主題主要表現在兩個方面，一是反映抗美援朝戰爭，比如魏巍的《誰是最可愛的人》、巴金的《生活在英雄們中間》；一是迅速及時地反映社會主義建設，《祖國在前進》、《散文特寫選》（1953～1956）是這方面作品的選集。這些作品從文學的角度來看，乏善可陳。

後一時期，是當代文學史上

楊朔手跡

精采篇章

月亮一露面，滿天的星星驚散了。遠近幾座金字塔都從夜色裡透出來，背襯著暗藍色的天空，顯得又莊嚴，又平靜。往遠處一望，那利比亞沙漠，籠著月色，霧茫茫的，好靜啊，聽不到一星半點動靜，只有三兩點夜火，隱隱約約閃著亮光。

——當代·楊朔《金字塔夜月》

隔一天黃昏，我撲著那顆紅樹走去，走進一個疏疏落落的漁村。村邊有一戶人家，滿整潔的磚房，圍著道石頭短牆，板門虛掩著，門外晾著幾張蟹網。那棵紅樹遮遮掩掩地從小院裡探出身來。院裡忽然飄出一陣笛子的聲音，我不覺站著腳。乍起先，笛子的聲調飛揚而清亮，使你眼前幻出一片鏡兒海，許多漁船滿載著活鮮鮮的魚兒，揚起白帆，像一群一群白蝴蝶似的飛回岸來。不知怎的，笛聲一下子變了，變得哀怨而幽憤，嗚嗚咽咽的，想是吹笛子的人偶然間想起什麼痛心的舊事，心血化成淚水，順著笛子流出來，笛音裡就濺著點點的淚花。這是個什麼人，吹得這樣一口好笛子？

——當代·楊朔《漁笛》

散文創作趨於活躍的一個時期，楊朔(1913～1968)、秦牧(1919～　)爲代表的一批散文作家，以各自的創作實踐打破了文壇上沉悶的空氣，算是填補了十七年散文創作的空白。

作爲一名時代的歌者，楊朔認爲，散文應該從生活的激流裡抓取一個人物、一種思想、一個有意義的生活片段，迅速反映出這個時代的側影。從這個創作思想出發，他的散文努力追隨時代的足跡，表現新中國的建設事業與人民的幸福生活。但是，現實的痛楚與作家筆下的烏托邦的詩境畢竟相差太遠，他的作品在身後受到眾多的批評和指責，也就在所難免了。但是他在藝術上還是有成就的。他明確地提出「好的散文就是一首詩」的主張。在創作實踐中，作家講究藝術構思，善於大處著眼、小處著筆，洞幽燭微，見微知著，並且注重創造散文的詩境。《雪浪花》、《荔枝蜜》、《茶花賦》等比較著名的篇章，就是此類的典範。以《雪浪花》爲例，結尾部分，天邊燃燒著金光燦爛的晚霞，「老泰山」把野菊花插到車上，然後慢慢地推著車離開，「一直走進火紅的霞光裡去」。這裡，自然景物的美，人物精神的美與作者抒情的美水乳交融，「黃昏頌」的主題顯得十分悠

文學理論

我素來喜歡散文。常覺得，好的散文就是一首詩。還記得我是孩子的時侯，有一個深秋的夜晚，天上有月亮，隔著窗戶聽人用高朗的音調讀著《秋聲賦》，彷彿自己也走進詩的境界。

當然，我喜歡散文，還有更重要的原因。散文常常能從生活的激流裡抓取一個人物一種思想，一個有意義的生活斷片，迅速反映這個時代的側影。所以一篇出色的散文，常常會塗著時代的色彩，富有戰鬥性。（楊朔）

風格這個詞兒，看起來很抽象，所以抽象，是因為它概括了大量事物的緣故。一個作家的生活道路、思想、感情、個性、選擇的題材、運用文學語言的習慣和特色、生活知識積累的廣度和深度……這一切總匯起來構成他的風格。藝術家把他的思想、感情、氣質、素養都溶進作品裡了。因此，越成熟的藝術越是應該有自己的風格。中國文學史上的那些詞語：「韓潮蘇海」、「詩仙、詩鬼」、「郊寒島瘦」、「清新庾開府、俊逸鮑參軍」等等……從歷史上的這些例子，可見某個人的寫作特點發揚到了一定的高度，就必然形成風格。（秦牧）

遠和雋永。在當代散文裡，能夠達到這種藝術水準的，並不多見。

在十七年散文界，與楊朔形成南北呼應的作家是秦牧。他提出了題材與表現形式多樣化、散文知識化、藝術化等有悖於當時流行文學觀念的主張，並創作出《古戰場春曉》、《土地》、《社稷壇抒情》等十分出色的、融抒情性與知識性爲一體的散文佳作。秦牧的散文被讀者稱作「知識的花城」。作家在作品中敘述著鮮爲人知的軼聞傳說，古今中外，天上人間，山川勝景，花鳥蟲魚，充滿了奇異的、誘人的知識趣味，但是它又不是拉拉雜雜的科普讀物。秦牧極擅長於把「形散」和「神聚」結合起來，表面上自由自在的敘事狀物、縱橫馳騁的聯想和想像，總是貫穿著一根思想的線索，極其分明。秦牧特別鍾愛「林中散步」和「燈下談心」的行文作風，語言流利酣暢而又凝練生動，流露出直接面對讀者的親切感和語言氛圍。作家還善於採用多種藝術表現的手段，營造聲情並茂的語言氣勢。這也是他的散文到今天還擁有讀者的一個原因。

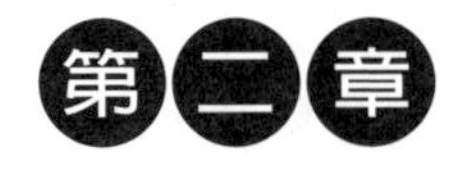

第二章

活躍的新時期

舔著滲血的傷口，拖著疲憊的身軀，從十年動亂的痛苦與迷惘中走出的中國文學，也像改革開放後的中國一樣，重新迸發出長期壓抑之後的巨大激情來。一些早已經擱筆多年的老作家重新開始，那些長期默默堅持的也更加努力，而大批血氣方剛的年輕人的加入，更為寂寥已久的文壇注入了新鮮的血液。從懺悔到反思，從批判到尋根，從探索到創新，在老中青三代作家的努力下，新時期的文學，呈現出前所未有的繁榮景象來。

尋覓與開拓

新時期小說

改革開放的春風吹遍了大江南北，吹醒了人們沉睡的思想，也吹綠了中國小說的一池春水。在經歷了建國後尷尬的單一模式之後，中國小說終於迎來了全面探索的新時期。

一、傷痕文學

當整個民族從十年的心靈創傷中走出來的時候，人們心中所充盈著的，不僅僅是對「四人幫」的強烈義憤和喜獲新生的喜悅，更有一種說不清楚的痛——關於這個苦難的古老民族，關於每一個在苦難中備受煎熬的靈魂。只有正視傷口，才能獲得力量。1977年十一月，《人民文學》上發表的劉心武的短篇小說《班主任》，就是剖開傷口的第一刀。它通過鮮活的藝術形象，在十年的噩夢結束後第一個揭露了「文化大革命」給這個民族帶來的累累傷痕，尤其是給青年一代的心靈所造成的毒害。它因此成爲新時期文學的開山之作。

劉心武像

次年八月，《文匯報》發表了盧新華的短篇小說《傷痕》。這篇小說寫的是在「文革」中，「革命小將」王曉華爲了表明自己的立場，而和被打爲「叛徒」的母親劃清了界線，前往遼寧插隊。後來，當她得知「叛徒」的罪名不過是「四人幫」所強加的時候，她滿懷悔恨地趕回上海，探望八年未通音信的母親。然而，由於在 「文革」中飽受摧殘，母親已經在長期的重病纏身之後撒手人寰。她終於還是不能見到母親一面，心中留下的，只有無盡的悔恨和遺憾。由於準確地道出了人們劫後餘生的心理狀

班主任

刘心武

班主任》手稿

劉心武的《班主任》標誌著所謂的「傷痕文學」的興起，在中國文學史上具有里程碑式的地位。

態，這篇小說因而成了「傷痕文學」的一面旗幟。

在「傷痕」的旗幟下，許多引起了巨大社會迴響的「傷痕文學」的作品應運而生，如王蒙的《最寶貴的》、韓少功的《月蘭》、張潔的《從森林裡來的孩子》、王亞平的《神聖的使命》、李陀的《願你聽到這支歌》，宗璞的《弦上的夢》、從維熙的《大牆下的紅玉蘭》等。這些閃爍著淚光與怒火的作品，在衝破了「四人幫」極「左」文藝的種種清規戒律，突破了一個個現實題材的禁區的同時，在當代文學史上第一次眞正遵循現實主義美學原則，按照生活的本來面目描寫生活，從而開啓了八〇年代文學現實主義深遠的思潮。

二、尋根小說

如果說「傷痕文學」正視民族心靈創傷的創作方式還是在爲一

阿城像

阿城（1949～　），原名鍾阿城，祖籍四川，生於北京。1984年，他在《上海文學》發表處女作《棋王》，榮獲當年全國優秀中篇小說獎。

韓少功像

些苦難的民族歷史還債的話，那麼1985年前後，「尋根小說」自覺地超越社會政治層面，從歷史傳統的深處對中國的民族性格進行文化學和人類學的思考，可以看作是在爲中國文學發展做的長遠的投資。以韓少功、陸文夫、阿城、賈平凹、張承志、王安憶爲代表的作家，在一種強烈的現代意識的指導下，積極地觀照現實和歷史，反思傳統文化，企圖從中重鑄慘遭「文革」破壞的民族靈魂，探尋中國文化重建的可能性。

其代表就是阿城的《棋王》。《棋王》描寫下放知青王一生在那個混亂的世道中，癡迷於象棋，以棋來排遣人生痛苦，追求心靈的清淨和精神的自由的故事。當王一生的人道、棋道、食道在「道」的旗幟下完成統一的時候，他就像絕塵而去的莊子一樣，達到了對喧囂塵世的超越、對人生苦悶的超越。儘管他對現實的態度不無消極的因素，但他對棋的一種精神寄託其實也是對當時醜惡現實的一種抗爭。《棋王》表現出的對中華傳統文化的精深認識，使之成爲文化「尋根」的一個頗爲成功的範例。韓少功的

《收穫》雜誌封面

在上世紀八〇年代，這一大型文學雜誌逐漸成爲先鋒小說的大本營。

《北方的河》封面

回族作家張承志的《北方的河》、《黑駿馬》是尋根小說中的佳作。

《大紅燈籠高高掛》劇照

這部電影由先鋒派作家蘇童的小說《妻妾成群》改編而成，導演是張藝謀。

中篇小說《爸爸爸》則體現出另一種探索的向度。小說以一種富於想像力的魔幻現實主義手法，通過描寫在湘山鄂水之間一個原始部落的歷史變遷，把祭祀打冤、迷信掌故、鄉規土語揉合在一起，刻畫出了一幅具有象徵色彩的民俗畫，其中隱喻著封閉、凝滯、愚昧落後的民族文化形態。

三、唯我先鋒

在「尋根小說」推進的同時，一種激進的敘事實踐給中國小說眞正迎來了一次革命，一次脫胎換骨的革命，這便是以馬原的《拉薩河女神》（1984）、《岡底斯的誘惑》（1985）等小說爲肇始，以洪峰的《極地之側》，余華的《鮮血梅花》、蘇童的《妻妾成群》、格非的《褐色鳥群》、孫甘露的《訪問夢境》等爲回應的「先鋒小說」潮流。

馬原的創作是對於國際上正在興起的後現代主義思潮的一種響應。一方面，他接受了外來的後現代主義文學及其理論的影響，另一方面，它融合了中國當代環境中自身的生存感受，用西方結構主義的方法，把小說的敘述形式和敘事結構看作是創作的本體和目的，在非因果性的、現時性、隨意性和不可捉摸性的故事敘述中，將傳統小說的「意義」和「內容」全部解構。以馬原爲先導，先鋒小說家掀起了一場在技術和精神上的雙重革命。這些作家的創作有各自的內容中心，如寫「殘忍」，寫「噩夢」，寫「近代的歷史生活」，寫「民族生存狀態」。而在小說形式上，在敘述方法上，在意義把握上，語言運用上都在進行前所未有的、冒險性的實驗。在平面化的敘述遊戲和散亂、破碎的結構模式中，以戲擬、反諷的寫作策略描摹趨於符號化的人物性格，構成了先鋒小說的文本特徵。而在深層的在文化意識上，先鋒小說則大膽地顛覆了傳統的文學一貫奉行的眞實觀。有意識地迴避、反叛與消解了意識形態，使得文本超脫了傳統小說所承載的深重內涵，而只剩下自我指涉的功能。

四、無法限定的新寫實

1989年三月，《鍾山》雜誌隆重推出了「新寫實小說大聯展」的專刊，宣稱「在多元化的文學格局中，1989年《鐘山》將著重提倡一下新寫實小說」，從而使一些默默創作的年青作家如池莉、方方、劉震雲、范小青等被推到了眾人矚目的前台，「新寫實」三個字從此成爲眾多理論者經常提及的一個名詞。新寫實小說以寫實爲主，但更強調採用客觀化的敘述態度，提倡作家應「退出小說」、「零度介入」，即有意採用一種缺乏價值判斷的冷漠敘述，不做主觀預設地呈現生活的「原始」狀態。與這種藝術追求相適應，描寫普通小市民庸常的人生狀態和繁瑣的日常生活，展示在這種生活中的煩惱和欲望，從中表現現實的荒誕、醜惡、灰暗與無奈，展示小人物生存的艱難、個人的孤獨無助，成了「新寫實小說」的美學追求。池莉的《煩惱人

王小波《黃金時代》封面

沉思之處

本書的三部小說被收在同一個集子裡，除了主人翁都叫王二之外，還有一個原因，那就是它們有著共同的主題。我相信讀者閱讀之後會得出這樣的結論，這個主題就是我們的生活；同時也會認為，還沒有人這樣寫過我們的生活。本世紀初，有一位印象派畫家畫了一批倫敦的風景畫，在倫敦展出，引起了很大轟動——他畫的天空全是紅的。觀眾當然以為是畫家存心要標新立異，然而當他們步出畫廊，抬頭看天時，發現因為污染的緣故，倫敦的天空的確是磚紅色的。天空應當是藍色的，但實際上是紅色的；正如我們的生活不應該是我寫的這樣，但實際上，它正是我寫的這個樣子。

——當代・王小波《黃金時代・後記》

生》及與之一起構成「人生三部曲的《不談愛情》、《太陽出世》，劉震雲的《一地雞毛》、《單位》、《官人》、《官場》，方方的《風景》、《冷也好熱也好活著就好》、《黑洞》等，是「新寫實」的代表作。

五、沉默的局外人

有人在潮頭呼嘯，就必然有人在浪底沉默。就在那些文學流派風雲際會的時候，卻有一些特立獨行的作家，暗中堅持著他們自己獨樹一幟的寫作。等到退潮時，他們就帶著長期積累的作品一下子出現在人們面前。1997年四月，一位青年作家因心臟病突發在北京病逝。他生前沒沒無聞，死後他的小說卻在社會上颳起一陣強烈的旋風。這就是王小波。王小波在小說上的貢獻，主要是以《黃金時代》、《白銀時代》和《青銅時代》命名的「時代三部曲」。這些小說始終以「文革」時期這一動亂年代作爲基本的敘事母題，在對性與政治、社會、革命的關係的剖露中，展示出在那個環境中，作爲主體的個人所蒙受的理性損傷、創造力的毀滅、以及健康自然的生命狀態的扭曲。這種損傷、毀滅和扭曲所導致的直接後果，就是人們在行爲邏輯上的荒謬和理性上的可笑。這是對我們泛道德化世界的盡情嘲諷，是對支撐中國幾千年的反智主義思維的重重一擊。在自由不羈、充滿即興意味的敘事中，作品形成了機智而不做作，感性但不沉溺的獨特風格。

傳承與斷裂

新時期詩歌

對於中國詩歌來說，二十世紀已經成了一個遠去的背影。激情與淚水，吶喊與彷徨，世俗與崇高、悲觀與絕望交織成一曲悲情布魯斯，演奏著不堪一擊的理想主義和哀而不傷的情懷，讓走過它的人們刻骨銘心。那些出生於五〇、六〇年代的詩人們以其悲憫的朝聖者姿態，忘情地吟詠苦難的經歷，含蓄地表達他們特殊的精神體驗，而其後的湧現的「後朦朧詩」、「新生代詩人」、「先鋒詩人」則毫不客氣地漫過了二十年前的往事，從沒頂的水中直立起來。一個豐富的文化時代、詩歌時代就要來臨了。

一、荒與拓荒者：朦朧詩

1978年十二月二十三日，中共十一屆三中全會公報發表不久，一份原本在地下流傳的文學刊物《今天》創刊了，它的周圍凝聚了芒克、多多、北島、江河等詩人，組成了「今天派」。在由北島執筆的《告讀者》中有這樣的話：「歷史終於給了我們機會，使我們這代人能夠把埋藏在心中十年之久的歌放聲唱出來。」是的，當北島大聲喊出「告訴你吧，世界／我——不——相——信」時，這革命性的、里程碑式的聲音，尖利地表達出了一代人的生存狀態和自由精神。

人們把這個詩歌派別稱爲「朦朧詩」——。這是一種「詆毀的榮耀」，在當時的詩歌氛圍中，這些在今天看來一點都不朦朧的

舒婷像

《北島詩選》封面

「朦朧詩」，被指責為晦澀、難懂，而「朦朧詩」也正是在人們潮水般的批判聲中發展起來的。在人的本體與詩的本體雙重失落的年代，從十年動亂的荒誕現實中覺醒的一代青年，發現了「那從蠅眼中分裂的世界」如何造成人的價值的全面崩潰、人性的扭曲和異化。朦朧詩人企圖通過作品重建一個眞正屬於自己的世界，一個眞誠而獨特的世界，正義和人性的世界。在這個世界中，他們嘲諷怪異和異化的世界，反思歷史和現實；他們悼念烈士，審判劊子手；他們以理性和人性為準繩，重新確定人的價值，恢復人的本性。他們的思想世界儘管自成天地，但是又有一個共同的圓心，那就是太陽和人——十八世紀啓蒙主義的太陽和十九世紀的「思想者」。

介於浪漫主義與批判現實主義之間的朦朧詩，在總體上以藝術的崇高美為最高的追求境界。在對民族現實和歷史悲劇的深刻感悟中衍生出的歷史責任感和憂患意識，被朦朧詩人們予以了集中的渲染和昇華，從而充滿了悲壯的英雄主義色彩和強烈的反抗精神。「卑鄙是卑鄙者的通行證／高尙是高尙者的墓誌銘／看吧，那鍍金的天空中／飄滿了死者彎曲的倒影……就算你腳下已經有一千名挑戰者/那就把我算作第一千零一名。」朦朧詩人以歷史悲劇的挑戰者的姿態，在人們紛紛倒下的地方紀念碑似的屹立著。

如果說以北島為代表的朦朧詩人的崇高是一種「靜穆的偉大」的話，那麼，在以舒婷、顧城為代表的朦朧詩人那裡，則顯示出另外一種崇高的形態——「高貴的單純」。同樣表現深重的歷史責任感和社會憂患意識，舒婷、顧城他們

往往把一種憂患與反抗意識寄託於古典式的童話和幻美的寓言之中，從而與北島們的深沉、冷凝有著審美風格上的差異。不過，無論是舒婷式的「美麗的憂傷」，還是顧城式的天真的尋求，雖均似貴族王子式的優雅姿態，但卻終究掩蓋不了骨子裡的悲劇性。

二、自我命名的一代：第三代詩歌

由於歷史的因素，中國當代詩歌始終沒有擺脫與政治糾纏在一起的命運。朦朧詩的崛起，在一定程度上淡化了詩的政治角色，解放了詩人的自我。然而，由於朦朧詩人所處的歷史轉折時期，由於他們是以反現實的姿態出現，因此，朦朧詩所表現的恰恰是一種泛化的社會政治意識，北島們仍然沒有擺脫政治的牽制。在很多富有先鋒意識的詩人看來，朦朧詩對詩的現實政治感、歷史感和文化感的強化，都是妄圖使詩變爲抽象理性的載體，這正是現代詩歌長期不得要領的主要原因。於是，由「後朦朧詩」、「新生代詩人」、「先鋒詩人」——後來統稱爲「第三代」詩人——發起的一場重建詩的本體的革命便從這裡開始了，而「非文化」便是這次詩學革命的最燦爛的標識和出發點。和朦朧詩的前身《今天》派一樣，「第三代」詩一開始也不是在正式產物上，而是自發地出現於各種民間的同仁刊物，然後引起詩歌評論界注意，並逐漸爲詩界所承認的。在經歷了1984至1985年的潛伏和發生期之後，「第三代」詩人終於在1986年全面地「搶班奪權」了。1986年底，《深圳青年報》和《詩歌報》聯合舉辦的「中國詩壇1986』現代詩群體大展」，展現了先鋒詩壇的全景性景觀。李亞偉、萬夏和「莽漢主義」，楊黎、何曉

顧城詩集《黑眼睛》封面

竹和「非非主義」，于堅、韓東和「他們」……層出不窮的詩歌流派喧囂一時，詩人們紛紛揭竿而起，自我命名，自我確認，形成了蔚爲壯觀的景象。

第三代詩人重建一個本體世界，使之重現人和世界本來面目的努力，是從「非文化」開始的。這裡的「非文化」，絕不是一個蒼白的觀念，也不是一個美麗的寓言。在紛紛淡化文化、消解文化的過程中，第三代詩人已切實地突進到了詩體實驗的前沿，還原了人和詩存在的本眞狀態。比如，同樣是「大雁塔」，在朦朧詩人楊煉筆下是民族命運的象徵，是民族苦難的歷史見證者：

我被固定在這裡
山峰似的一動不動
墓碑似的一動不動
記錄下民族的痛苦和生命。

這座有著千年的歷史的塔，被詩人賦予了濃重的歷史感和人文色彩，因而讀來十分沉重。而在第三代詩人韓東這裡，大雁塔身上承載的所有意義和價值全部被消解了，剩下的只是一座塔：

有關大雁塔
我們又能知道些什麼
我們爬上去
看看四周的風景
然後再下來。」
(《有關大雁塔》)

大雁塔與歷史的聯繫完全被切斷了，它失去了任何美麗的側面和深度象徵，也不再是一種歷史和文化的積澱物，而成爲一個在此時此地存在著的物體。在第三代詩人們看來，詩人首先是人，然後才能談得上詩；詩首先應該是一種返歸到平凡人世界的生命形式，然後才是文學。原本充斥在朦朧詩中的那種英雄主義的崇高感被極度地消解和淡化了，代之以一種覺醒的平民意識。這種意識如同一場在高原上四處漫溢的洪水，浸沒了崇高與平凡、偉大和渺小、高貴和低賤的界限。在這個平凡的世界裡，既沒有高貴優越的情愫，也沒有令人肅然起敬的優雅，一切事物都消失了莊嚴與崇高的光環，還原到一個眞正的存在世界。

三、麥田裡的守望者：海子

在新詩發展的歷程中，海子是最具獨創性的一位詩人，也是最出色的抒情詩人。他原名查海生，1964年生於安徽省懷寧縣高河查

精采篇章

遠方除了遙遠一無所有／遙遠的青稞地／除了青稞　一無所有／更遠的地方　更加孤獨／遠方啊　除了遙遠　一無所有／這時　石頭／飛到我身邊／石頭　長出　血／石頭　長出　七姐妹／站在一片荒蕪的草原上／那時我在遠方／那時我自由而貧窮。／這些不能觸摸的　姐妹／這些不能觸摸的　血／這些不能觸摸的　遠方的幸福／遠方的幸福　是多少痛苦

——當代・海子《遠方》

海水點亮我／垂死的頭顱

——當代・海子《兩行詩》

亡靈遊蕩的河／在過去我們有多少恐懼／只對你訴說

——當代・海子《漢俳・河水》

我請求熄滅／生鐵的光、愛人的光和陽光／我請求下雨／我請求／在夜裡死去／我請求在早上／你碰見／埋我的人／歲月的塵埃無邊／秋天／我請求：／下一場雨／洗清我的骨頭／我的眼睛合上／我請求；雨／雨是一生過錯／雨是悲歡離合

——當代・海子《我請求：雨》

孤獨是一隻魚筐／是魚筐中的泉水／放在泉水中／孤獨是泉水中睡著的鹿王／夢見的獵鹿人／就是那用魚筐提水的人／以及其他的孤獨／是柏木之舟中的兩個兒子／和所有女兒，圍著詩經桑麻沅湘木葉／在愛情中失敗／他們是魚筐中的火苗／沉到水底／拉到岸上還是一隻魚筐／孤獨不可言說

——當代・海子《在昌平的孤獨》

灣，1979年入北京大學法律系就讀，畢業後在中國政法大學執教。他在生前幾乎無人知曉，然而當他於1989年三月二十六日在河北省山海關臥軌自殺後，卻震動了整個中國詩壇。正如謝冕先生所說，「他已成爲一個詩歌時代的象徵」。他的詩在二十世紀八〇年代末曾經影響了中國整整一代人，在他死後，社會上掀起了一股狂熱的學習海子的風潮，很多人不僅學習他在詩歌中寫「麥地」、「村莊」，寫神聖、純潔，甚至追隨他的道路去自殺。第三代詩人所開拓的平民化、口語化的詩歌道路，幾乎中止於他一個人手中。

海子的詩歌將自己童年與少年時代的鄉村生活經驗帶進了詩歌中，構造了一個由「麥地」、「天空」、「土地」、「村莊」、「月亮」

海子像

等原始意象構成的單純世界。他的短詩營造了一個純粹、唯美、聖潔的藝術境界，具有一種美得令人心碎的抒情力量。如他的名作《面朝大海，春暖花開》，展示了一個在現實的工業文明與理想的原始文明的衝突中掙扎，在困窘的生活現狀和對愛與美的追求的矛盾中憔悴的純潔靈魂：

從明天起，做一個幸福的人
餵馬，劈柴，周遊世界
從明天起，關心糧食和蔬菜
我有一所房子，面朝大海，
春暖花開
從明天起，
和每一個親人通信
告訴他們我的幸福
那幸福的閃電告訴我的
我將告訴每一個人
給每一條河每一座山
取一個溫暖的名字
陌生人，我也為你祝福
願你有一個燦爛的前程
願你有情人終成眷屬
願你在塵世獲得幸福
我也願面朝大海，春暖花開

這首詩和海子所有的抒情短詩一樣，呈現出語言簡潔而明快、想像豐富而奇特、感情純粹而眞摯的風格。相比起他的長詩和同時期大多數詩人的詩，他的短詩不是策略性的、有目的性的寫作，而是完全自發的、出於生命需要的寫作。正因爲如此，他的詩歌才能如此地打動人。就像他自己所說的那樣，他的短詩是「絕對抒情的」，具有「刀劈斧砍的力量」。從他的詩歌，我們看到的是詩人一生的熱愛和痛惜，對於一切美好事物的眷戀之情，對於生命的世俗和崇高的激動和關懷，所有這些已容不下更多的思想和眞理。

往事與隨想

新時期散文

巴金在北京現代文學館留照（1985年）

相比於小說與詩歌的轟轟烈烈，新時期散文在歷史激變的轉折過程中顯得步履遲緩，沉寂無聲。然而，這種最自由的文體注定是人們書寫創傷、回味痛苦的最自由的方式。那些親身經受了「文化大革命」折磨的作家和學者紛紛拿起筆來，爲民族的苦難添上自己的一筆。

一、歷史的記憶：反思與懺悔

「文化大革命」結束後，各種各樣的「憶悼」文章空前興旺起來，構成了震撼人心的民族眞情大宣洩，反映出在長期的壓抑和禁錮之後，整個民族思想的大解脫、大奔湧。雖然許多文章由於較多地停留在「政治」層面上而未能成爲「審美」的範本，但以老作家巴金的《隨想錄》，楊絳的《幹校六記》、《將飲茶》，孫犁的《晚華集》、《秀露集》、陳白塵的《雲夢斷憶》等爲代表的作品，卻以其「講眞話」、「訴眞情」、「寫眞相」的巨大勇氣而一掃「假大空」的陋習，有力地召喚了散文「載道」精神的回歸。

巴金在1978年到1986年之間創作的《隨想錄》，是這段「歷史的記憶」中最眞實感人的一段。他把自己所有的懺悔與反思都寫在這本書裡，作爲他們這一代作家「留

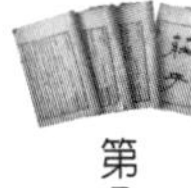

給後人的遺囑」。文革的悲劇性歷史事件是巴金探索、表現的中心。他懷著強烈的責任感，把他對歷史的反思，對痛失親友的追憶，對自我的拷問，尤其對一些他不能認同的言論與觀點的批判，質樸而直白地講述出來，表現了一位老藝術家令人感動的人格美。他也不是對這些問題作理論的邏輯論證，而是從嚴肅的自我反省做起，對自己進行剜心剖肉式的痛苦自行和深刻懺悔，然後再輻射到社會批判中。這部「用眞話建立起來的揭露『文革』的『博物館』」，體現了一個純潔的靈魂由「牛鬼蛇神」復歸爲「人」

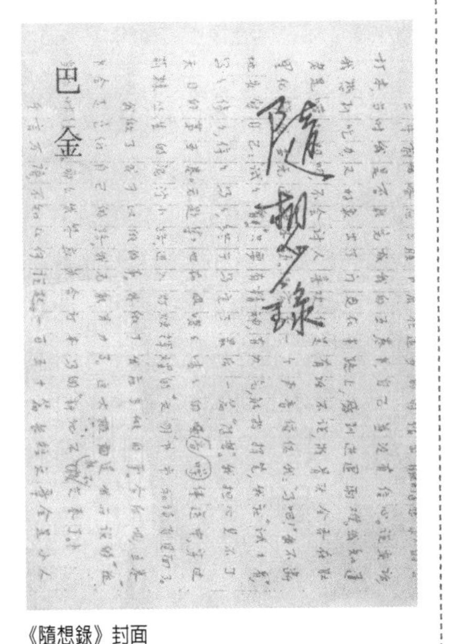

《隨想錄》封面

沉思之處

> 十年浩劫教會一些人習慣於沉默，但十年的血債又壓得平時沉默的人發出連聲的吶喊。我有一肚皮的話，也有一肚皮的火，還有在油鍋裡反覆煎了十年的一身骨頭。火不熄滅，話被燒成灰，在心頭越集越多，我不把它們傾吐出來，清除乾淨，就無法不作噩夢，就不能平靜地度過我晚年最後的日子，甚至可以說我永遠閉不了眼睛。
>
> ——當代・巴金《隨想錄》

之後的大徹大悟。

二、知識的力量：學者散文

二十世紀八〇年代以來，以金克木、張中行、余秋雨爲代表的知名學者，憑藉豐富的學術修養，將學術知識和理性思考融入散文的表達中，形成了別有情趣的學者散文。

張中行從八〇年代初期開始，以三〇年代前期北京大學周圍的舊人舊事爲主要題材，陸續寫下一批憶舊的隨筆，這就是《負暄瑣話》、《負暄續話》、《負暄三話》以及《流年碎影》等隨筆集。在古語中，「負暄」是一邊曬太陽一邊閒聊的意思，張中行拿它做書名，很好地概括了自己寫作的追求：以

「詩」與「史」的筆法，傳達一種閒散而又溫暖的情趣。由於他深厚的學術功底和廣博的知識，在他的隨筆中，各種人與事的知識和「掌故」都信手拈來，涉筆成趣，而且評點人事都透出理趣和淡雅的品味。

到了九〇年代的余秋雨那裡，學者散文則體現出不同的特點來。余秋雨發揮了學者兼作家的優勢，既以感性爲情懷，又注重誠實的理性，關注群體人格和處於隱蔽狀態的文化，形成了獨具特色的散文風格。他的《文化苦旅》，便是將自然山水置於人文山水的層面上，從中探尋中國文人艱辛跋涉的腳印，挖掘積澱千年的文化內涵。在對具體的文化個案的解析中，他追尋著中國文化傳統與山水風物的最初聯繫；在對文明傳播過程的描述中，他探索著文人與民族文明之間難以掙脫的歷史宿命。在足跡所到之處，作者完成了人文山水的勘探。《文化苦旅》是一次眞正的苦旅，是處於現實和傳統邊緣的現代人尋找文化根源、重建精神家園的一次苦旅。在理性上，余秋雨趨向於現代文明，而在感情上，他對傳統文化又無限留戀。在難以割捨的文化情結中，他時時感到矛盾和困惑。因此，在撫慰那些飄零的文化孤魂時，他又把濃重的主體色彩注入其中，對人們的心靈產生極大的震撼。

《秋雨散文》封面（浙江文藝出版社，2002年版）

大事年表

西元前21世紀前

原始神話及傳說於此前已產生並在口頭流傳。

西元前11世紀至前771年西周時期

《詩經》於此時已大致編定。

西元前479年春秋周敬王四十一年

孔子卒（生於前551年）。老子在世，約與孔子同時稍早。

西元前464年戰國周貞定王五年

《左傳》記事基本上止於本年，成書當在此後。

西元前289年戰國周赧王二十六年

孟子（軻）卒（生於前372年）。

西元前286年戰國周赧王二十九年

莊子（周）卒（生於前369年）。

西元前278年戰國周赧王三十七年

屈原卒（生於前339年）。屈原為戰國時期楚國詩人，代表作品有《離騷》、《九歌》、《天問》、《九章》等。

西元前 221年秦始皇帝二十六年

秦統一中國，秦王朝建立。《戰國策》記事基本上止於秦滅六國，約為戰國末年和秦、漢間人所纂，後於西漢末經劉向校定成書。秦始皇「焚書坑儒」。

西元前138年漢建元三年

司馬相如約於本年應詔見漢武帝。在此前後，作有《子虛賦》、《上林賦》等，為西漢散體大賦的代表作品。

西元前87年漢武帝後二年

司馬遷卒（約生於前145或前135年）。司馬遷除《史記》外，還作有《感士不遇賦》等。

西元82年漢章帝建初七年

班固於漢明帝永平年間（58～75）開始撰寫《漢書》，至本年基本完成（部分「表」、「志」系其妹班昭和馬續於其卒後續成），為第一部紀傳體斷代史著作。

西元139年漢順帝永和四年

張衡卒（生於78年）。張衡作有《二京賦》，為東漢散體大賦代表作品；又作有抒情小賦《歸田賦》等。此後至魏晉南北朝時期，抒情小賦逐漸盛行。

西元163年漢桓帝延熹六年

東漢後期，五言詩漸趨成熟，樂府詩歌繼續發展。

西元196年漢獻帝建安元年

建安時期，「建安七子」為建安時期的代表作家。這一時期的詩風文風，後人稱之為「建安風骨」。

西元 223年魏黃初四年

曹植的《洛神賦》和五言詩《贈白馬王彪》作於本年。

西元240年魏齊王正始元年

正始時期，阮籍、嵇康、山濤、向秀、劉伶、阮咸、王戎號「竹林七賢」。正始時期與整個曹魏後期的文學風貌，後人稱之為「正始體」。正始時期，詩歌中開始出現玄理，為後來玄言詩之濫觴。

西元 263年魏元帝景元四年

阮籍卒（生於210年）。阮籍作有五言《詠懷》詩82首，為時代較早、規模較大的個人抒情組詩；又作有散文《大人先生傳》等。嵇康卒（生於 223年）。嵇康作有散文《與山巨源絕交書》等。

西元280年晉武帝太康元年

太康時期，代表作家有張載、張協、張亢、陸機、陸雲、潘岳、潘尼、左思等，後人稱

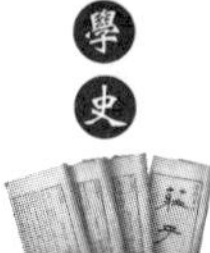

之為「三張、二陸、兩潘、一左」(「三張」一作張華、張載、張協)。太康年間及其前後一段時期的詩風,後人稱之為「太康體」。

西元305年晉惠帝永興二年

左思卒(生於250年)。左思作有《三都賦》,為繼承漢賦傳統的散體大賦代表作品;又作有《詠史》詩8首等,為西晉時期五言詩代表作品。魏晉時期,小說開始興盛。干寶的《搜神記》約成於東晉初期,與其後王嘉的《拾遺記》同為早期志怪小說的代表作品。

西元 427年南朝宋文帝元嘉四年

陶淵明卒(生於365年)。陶淵明為田園詩傳統的開創者。其詩歌代表作品還有《飲酒》20首、《讀山海經》13首等。

西元 433年南朝宋元嘉十年

謝靈運卒(生於385年)。謝靈運為最早大量寫作山水詩的詩人,作有五言詩《登池上樓》、《歲暮》等。元嘉時期,玄言詩逐漸衰退,山水詩開始興起,後經長期發展,逐漸形成山水詩派。

西元444年南朝宋元嘉二十一年

臨川王劉義慶卒(生於403年)。劉義慶招聚文學之士撰成《世說新語》。

西元479年南朝齊高帝建元元年

南朝宋亡。南朝齊建立。東晉以來,至南朝宋、齊間,樂府民歌興盛。長江下游一帶流行「吳聲歌」(《子夜歌》等),長江中游一帶流行「西曲歌」(《石城樂》等)。

西元 526年南朝梁武帝普通七年

梁昭明太子蕭統及其門客於此後數年間編成《文選》,為現存最早的詩文總集。徐陵的《玉台新詠》約編成於梁中葉,為主要收錄豔情詩的詩歌總集;所作《玉台新詠序》,為當時駢文代表作品之一。北朝樂府民歌《木蘭詩》約產生於北魏時期(後經文人加工)。

西元 554年西魏恭帝元年

西魏攻破江陵,俘殺梁元帝蕭繹。時庾信奉使西魏,此後遂留居長安,作有《哀江南賦》並序、《擬詠懷》詩27首等。

西元581年隋文帝開皇元年

北周亡。隋王朝建立,至開皇九年(589)滅陳,統一中國,南北朝結束。

西元 676年唐高宗上元三年

王勃卒(生於649或650年)。王勃與楊炯、盧照鄰、駱賓王齊名,時稱「王楊盧駱」,後人稱之為「初唐四傑」。

西元700年唐武周聖曆三年

陳子昂卒(生於659年)。陳子昂在《與東方左史虯修竹篇序》中明確標舉「風骨」、「興寄」,反對六朝以來的綺靡詩風,為唐詩的革新發展奠定了理論基礎。

西元713年唐玄宗開元元年

開元年間及天寶前期,國力強盛,政治局面相對穩定,經濟、文化獲得較大發展,史稱「盛唐」。盛唐詩歌創作空前繁榮,詩人輩出,風格流派紛呈,為中國詩歌發展史上的高峰。

西元 728年唐開元十六年

孟浩然入長安,次年應進士不第,與張九齡、王維交遊。王維與孟浩然齊名,並稱「王孟」,同為盛唐山水田園詩派代表詩人。屬於這一詩派的詩人還有儲光義、常建、祖詠、裴迪等。

西元 738年唐開元二十六年

高適的《燕歌行》作於本年。高適與岑參齊名,並稱「高岑」,同為盛唐邊塞詩派代表詩人。屬於這一詩派的詩人還有王昌齡、李頎、王翰、王之渙、崔顥等。

西元744年唐天寶三年

李白與杜甫本年在洛陽會見,後同遊梁、宋及齊、魯一帶。李白天寶時期作有《夢遊天姥吟留別》、《答王十二寒夜獨酌有懷》、《遠別離》等。前後又作有《古風》59首等。

西元754年唐天寶十三年

崔顥卒。崔顥的代表作品有七律《黃鶴樓》等。岑參於天寶八至十載首次出塞，作有《走馬川行奉送出師西征》、《輪台歌奉送封大夫出師西征》、《白雪歌送武判官歸京》等。

西元755年唐天寶十四年

杜甫作《自京赴奉先縣詠懷五百字》。本年底，安史之亂爆發。

西元 761年唐上元二年

王維卒。王維的山水田園詩代表作品還有《終南山》、《漢江臨泛》、《山居秋暝》、《渭川田家》、《鳥鳴澗》等。杜甫於成都草堂作有《春夜喜雨》、《茅屋為秋風所破歌》等。

西元762年唐肅宗寶應元年

李白卒於當塗（生於701年）。李白與杜甫並稱「李杜」，代表著唐代詩歌的最高成就。

西元770年唐代宗大曆五年

杜甫卒於湖南湘江舟中（生於712年）。岑參卒（生於715年）。大曆時期，盧綸、吉中孚、錢起、司空曙、苗發、崔峒、夏侯審、李端等號「大曆十才子」，其詩風標誌著由盛唐至中唐的轉變。

西元 801年唐貞元十七年

本年前後，韓愈作有散文《原道》、《答李翊書》、《師說》、《送李愿歸盤穀序》、《送孟東野序》等。韓愈與柳宗元齊名，並稱「韓柳」，同為中唐時期「古文運動」的宣導者。

西元 802年唐貞元十八年

白居易與元稹定交，二人後在詩壇上齊名，並稱「元白」，同為中唐時期「新樂府運動」的宣導者。

西元 814年唐元和九年

孟郊卒（生於751年）。孟郊作有《寒地百姓吟》、《遊子吟》等。

西元816年唐元和十一年

李賀卒（生於790年）。

西元 819年唐元和十四年

柳宗元卒（生於773年）。柳宗元還作有長篇政論散文《封建論》等。

西元 824年唐長慶四年

韓愈卒（生於768年）。

西元 843年唐會昌三年

賈島卒（生於779年）。賈島與孟郊齊名，並稱「郊島」；又與姚合齊名，並稱「賈姚」。其詩歌代表作品有《送無可上人》、《劍客》等。

西元 846年唐會昌六年

白居易卒（生於772年）。白居易今存詩近3000首，為唐代創作數量最多的詩人。

西元 858年唐大中十二年

李商隱卒（生於813年）。李商隱與杜牧齊名，世稱「小李杜」；又與溫庭筠齊名，並稱「溫李」。其詩歌代表作品有《賈生》、《嫦娥》、《樂遊原》、《錦瑟》及《無題》詩多首，開創無題詩傳統。李商隱又與溫庭筠、段成式同為晚唐駢文代表作家，三人均排行十六，所作駢文時號「三十六體」。

西元 866年唐懿宗咸通七年

溫庭筠卒（生於812年）。溫庭筠為唐代文人中第一個大量寫詞的作家，其代表作品有〔菩薩蠻〕（小山重疊金明滅）等，開創「花間詞」傳統。

西元 907年後梁太祖開平元年

唐亡。後梁建立。五代十國時期開始。五代時期，詞的創作有較大發展，西蜀和南唐分別成為詞壇中心。趙崇祚編《花間集》，收溫庭筠、皇甫松、韋莊、和凝、孫光憲等詞人18家、詞作500首，為敦煌《雲謠集雜曲子》後最早的詞選集。後人稱所收詞人為「花間派」。

西元978年宋太平興國三年

李煜卒（生於937年）。李煜於宋開寶八年（975）國亡被俘後作有〔虞美人〕（春花秋月何時了）、〔浪淘沙〕（簾外雨潺潺）等。《尊前集》約編成於李煜卒後，為繼《花間集》後又一部唐五代詞總集。

西元1057年宋嘉祐二年

歐陽修主持進士考試，宣導平易樸實的文風，蘇軾、蘇轍、曾鞏等人及第。這次考試為北宋詩風文風轉變的一大契機。此後散文與詩歌創作出現繁榮局面，詩文革新運動進入高潮。北宋詩文革新運動的散文代表作家歐陽修、王安石、蘇洵、蘇軾、蘇轍、曾鞏繼承韓愈、柳宗元的散文傳統並有所發展，與韓柳被後人合稱為「唐宋八大家」。

西元1072年宋熙寧五年

歐陽修卒（生於1007年）。歐陽修為北宋詩文革新運動領袖。蘇軾在杭州，作有詩《雨中游天竺靈感觀音院》、《六月二十七日望湖樓醉書》5首等；次年作有《飲湖上初晴後雨》2首等。

西元1082年宋元豐五年

蘇軾在黃州兩遊赤壁，作有《前赤壁賦》、《後赤壁賦》以及〔念奴嬌〕《赤壁懷古》等。

西元1084年宋元豐七年

司馬光等修成《資治通鑒》，為中國古代第一部編年體通史著作。

西元1100年宋哲宗元符三年

秦觀卒（生於1049年）。秦觀詞上承柳永，下啟周邦彥、李清照等，為傳統的婉約派代表詞人，作有〔滿庭芳〕、〔鵲橋仙〕（纖雲弄巧）等。

西元1101年宋徽宗建中靖國元年

蘇軾遇赦北歸，中途卒於常州（生於1037年）。

西元1166年宋乾道二年

陸游本年作有《遊山西村》詩等。陸游與尤袤、楊萬里、范成大並稱「尤楊范陸」，後人稱之為南宋「中興四大詩人」。

西元1200年宋寧宗慶元六年

朱熹卒（生於1130年）。自北宋張載、周敦頤、程顥、程頤以來至朱熹，形成了理學家一派的散文傳統。後人所編的朱熹言論集《朱子語類》，開創了宋以後的新語錄體。

西元1207年宋開禧三年

辛棄疾卒（生於1140年）。辛棄疾 今存詞600多首，其詞被稱為「稼軒體」，又與蘇軾並稱「蘇辛」，形成宋代詞壇豪放派傳統。

西元1208年金章宗泰和八年

金董解元《西廂記諸宮調》約作於金章宗年間（1190～1208），為現存唯一完整的諸宮調作品。

西元1210年宋寧宗嘉定三年

嘉定二年年底（1209），陸游作絕筆詩《示兒》，卒（生於1125年）。

西元1221年宋嘉定十四年

薑夔卒（生於1155年）。薑夔除詩詞外，還撰有《白石道人詩說》，為宋代詩話代表著作之一。

西元1271年宋度宗咸淳七年

蒙古改國號為「大元」，元王朝建立。宋末愛國詩文成為文學創作的主流，代表作家有文天祥、汪元量、謝枋得、謝翱、劉辰翁等。

西元1295年元成宗元貞元年

元元貞、大德年間，雜劇創作出現高峰。代表作家有關漢卿、白樸、馬致遠、王實甫等。元貞、大德年間，散曲逐漸發展成熟並出現創作繁榮局面。

西元1368年明太祖洪武元年

明王朝建立。長篇章回小說發展成熟，後成為明清及近代長篇小說的唯一形式。元末明初，羅貫中在民間創作和歷史資料的基礎上，寫成長篇小說《三國志演義》，為古代歷史演義小說代表作品。元末明初，施耐庵在民間創作和歷史資料基礎上寫成長篇小說《水滸傳》，為古代英雄傳奇小說代表作品。

王慎中卒（生於1509年）。自嘉靖初期以來，王慎中、唐順之等提倡唐宋散文，其後茅坤、歸有光等繼起，被稱為「唐宋派」。

西元1573年明神宗萬曆元年

嘉靖後期至萬曆初年之間，吳承恩在民間創作基礎上寫成長篇小說《西遊記》，為古代神魔小說代表作品。署名「蘭陵笑笑生」的《金瓶梅》約作於隆慶、萬曆年間，為第一部以現實社會及家庭日常生活為題材的長篇世情小說。

西元1610年明萬曆三十八年

袁宏道卒（生於1568年）。袁宏道與兄袁宗道、弟袁中道並稱「三袁」，繼李贄之後反對「後七子」復古潮流，提倡「性靈說」，被稱為「公安派」。袁宏道作有散文《晚遊六橋待月記》、詩《猛虎行》等。王思任的遊記《遊喚》作於本年，為明末小品散文的代表作品之一。

西元1616年明萬曆四十四年

湯顯祖卒（生於1550年）。湯顯祖為明代傳奇代表作家，作有《牡丹亭》、《紫釵記》、《邯鄲記》、《南柯記》等。

西元1621年明熹宗天啟元年

馮夢龍所編的古代短篇白話小說集《喻世明言》（又稱《古今小說》）於本年刊行，其後又陸續編有《警世通言》（1624），《醒世恆言》（1627）刊行，合稱「三言」，共收宋元話本和明代擬話本120篇。

西元1671年清康熙十年

李玉卒於本年後（大約生於1610至1620年）。

西元1679年清康熙十八年

李漁卒（生於1611年）。李漁作有傳奇集《笠翁十種曲》（《風箏誤》等10種），又撰有戲曲理論著作《閒情偶寄》等。蒲松齡的《聊齋志異》約於本年前後基本寫成，此後不斷有所增刪修改，為清代短篇文言小說代表作品。

西元1685年清康熙二十四年

納蘭性德（滿族）卒（生於1655年）。納蘭性德詞自成一家，作有《長相思》（山一程）、《菩薩蠻》（朔風吹散三更雪）等。

西元1688年清康熙二十七年

洪昇撰成傳奇《長生殿》。次年因在皇后喪期內演出，洪昇被革除國子監生員籍，觀劇者趙執信被革職，查慎行被除籍。

西元1699年清康熙三十八年

孔尚任撰成傳奇《桃花扇》。孔尚任與洪昇齊名，時號「南洪北孔」，同為清代戲曲代表作家。

西元1754年清乾隆十九年

吳敬梓卒（生於1701年）。吳敬梓的《儒林外史》約寫成於乾隆初期，為清代長篇小說的代表作品之一。

西元1763年清乾隆二十九年

曹雪芹卒（生於1715年）。曹雪芹的《紅樓夢》（原名《石頭記》）於其生前已開始傳抄，乾隆五十六年（1791）由程偉元首次刊行，後四十回為高鶚所續。《紅樓夢》標誌著中國古代長篇小說發展的高峰。

西元1821年清宣宗道光元年

李汝珍的長篇小說《鏡花緣》約成於道光初。

西元1839年清道光十九年

龔自珍本年辭官歸杭州，復北上接眷屬，於

往返途中作《己亥雜詩》，至次年春共得315首，為其詩歌代表作品。

西元1903年清光緒二十九年

梁啟超創辦《新小說》(月刊)，發表《論小說與群治的關係》，宣導「小說界革命」；同時宣導「文界革命」。譴責小說興起。《官場現形記》、《二十年目睹之怪現狀》、《老殘遊記》、《孽海花》被稱為晚清「四大譴責小說」。

西元1918年

《新青年》陸續發表胡適、劉半農、沈尹默等人的白話詩作，並於5月起全部改用白話。魯迅的短篇小說《狂人日記》發表，為中國現代文學史上第一篇白話小說。

西元1919年

五四運動爆發。《新青年》出版「馬克思主義專號」，介紹馬克思主義學說，並發表李大釗的《我的馬克思主義觀》。白話作品大量出現，本年採用白話的刊物達400餘種。胡適的新詩集《嘗試集》出版，為中國現代文學史上第一部白話詩集。郭沫若的長篇新詩《鳳凰涅》發表。魯迅的短篇小說《孔乙己》、《藥》、《明天》、《一件小事》發表。

西元1921年

郭沫若的新詩集《女神》、郁達夫的小說集《沉淪》出版。《沉淪》為中國現代文學史上第一部白話小說集。魯迅的小說《阿Q正傳》於本年底在《晨報副刊》上連載，次年2月載畢。

西元1925年

魯迅與韋素園、李霽野、曹靖華、台靜農等在北京組織「未名社」，辦有《莽原》、《未名》半月刊等。楊晦、陳翔鶴、馮至等在北京組織「沉鐘社」(前身為「淺草社」)，創辦《沉鐘》週刊、半月刊等。魯迅的雜文集《熱風》、徐志摩的詩集《志摩的詩》出版。

西元1930年

3月，「中國左翼作家聯盟」(簡稱「左聯」)在上海成立，魯迅、夏衍(沈端先)、馮乃超、田漢、鄭伯奇、洪靈菲為常委，先後接辦或創辦《萌芽月刊》、《拓荒者》、《文學導報》(初名《前哨》)、《北斗》、《文學月報》等。

西元1933年

瞿秋白編《魯迅雜感選集》並作序。茅盾的長篇小說《子夜》、短篇小說《春蠶》，巴金的長篇小說《激流三部曲》第1部《家》，王統照的長篇小說《山雨》，戴望舒的詩集《望舒草》，臧克家的詩集《烙印》，洪深的劇本《五奎橋》等出版(發表)。

西元1934年

曹禺的劇本《雷雨》發表。沈從文的中篇小說《邊城》出版。艾青的詩歌《大堰河——我的保姆》發表。

西元1936年

10月19日魯迅在上海逝世(生於1881年)。

西元1942年

5月，延安文藝座談會召開，解放區文學創作出現繁榮局面，此後陸續產生了趙樹理的短篇小說《小二黑結婚》(1943)、中篇小說《李有才板話》(1943)，孫犁的短篇小說《荷花澱》(1945)，賀敬之、丁毅執筆的新歌劇《白毛女》(1945)。陳獨秀卒(生於1879年)。獨秀在五四時期提倡科學與民主，宣傳馬克思主義，宣導文學革命，在新文化運動中產生了重大的影響。蕭紅卒(生於1911年)，現代最有才華的女作家之一，著有長篇小說《生死場》、《呼蘭河傳》，散文集《商市街橋》、《橋》，短篇小說《牛車上》、《曠野的呼喚》等。

西元1944年

老舍的長篇小說《四世同堂》第1部《惶惑》

發表（第2部《偷生》於次年發表；第3部《饑荒》於1947～1949年間在美國完成）。張愛玲的長篇小說《傾城之戀》發表。

西元1947年

錢鍾書的長篇小說《圍城》、朱生豪翻譯的《莎士比亞全集》（3輯）出版。

西元1948年

朱自清卒（生於1898年）。自清著有《朱自清文集》。丁玲的長篇小說《太陽照在桑乾河上》出版。周立波的長篇小說《暴風驟雨》出版。

西元1949年

10月，中華人民共和國成立。中華全國文學藝術工作者代表大會（簡稱「文代會」）於建國前夕在首都北京隆重召開。

西元1956年

5月，毛澤東在最高國務會議上的講話中提出「百花齊放、百家爭鳴」的方針（簡稱「『雙百』方針」）。

西元1958年

長篇小說《紅旗譜》（梁斌）、《青春之歌》（楊沫）、《上海的早晨》第1部（周而復），劇本《關漢卿》（田漢），文學理論著作《夜讀偶記》（茅盾）等出版（發表）。

西元1959年

長篇小說《一代風流》第1部《三家巷》（歐陽山）、《創業史》第1部（柳青），劇本《蔡文姬》（郭沫若）等出版（發表）。

西元1963年

長篇小說《李自成》第1部（姚雪垠）、散文集《海市》（楊朔）、詩集《甘蔗林——青紗帳》（郭小川）、劇本《霓虹燈下的哨兵》（沈西蒙等）等出版（發表）。

西元1966年

長達10年的「文化大革命」開始。

西元1976年

3月底至4月初，北京天安門廣場出現群眾性的詩歌運動。馮雪峰卒（生於1903）。郭小川卒（生於1919），著名詩人。

西元1978年

6月，全國「文聯」及所屬各協會正式恢復工作。6月12日，全國「文聯」主席郭沫若在北京逝世（生於1892年）。柳青卒（生於1916年）。12月，中國共產黨第11屆中央委員會第3次會議在北京舉行，決定實行工作重點的轉移。社會主義現代化建設的新時期開始。劇本《丹心譜》（蘇叔陽）、《於無聲處》（宗福先），短篇小說《傷痕》（盧新華），報告文學《哥德巴赫猜想》（徐遲）等發表，長篇小說《東方》（魏巍）出版。

西元1979年

10月底至11月，第四次全國「文代會」在北京召開，鄧小平在會上致《祝辭》。巴金的隨筆集《隨想錄》開始出版。周立波卒（生於1908）。立波著有長篇小說《山鄉巨變》、《暴風驟雨》等。

西元1981年

3月27日，中國「文聯」名譽主席、中國「作協」主席沈雁冰（茅盾）在北京逝世（生於1896年）。古華的長篇小說《芙蓉鎮》發表。張潔的長篇小說《沉重的翅膀》發表。

文學流派

流派	時代	代表	作家表現內容及藝術主張	風格
玄言詩派	西晉～東晉	孫綽、桓溫、庾亮	闡述莊老思想和佛教哲理。	文義艱深，詰奧難懂。
山水詩派	南北朝（宋～齊）	謝靈運、謝朓	描寫山水，暢敘閒逸之情。	講究對偶，追求語言錘鍊。
山水田園詩派	盛唐（開元、天寶）	王維、孟浩然	模範山水，抒寫隱逸生活。	色彩清淡，意境深幽，精美含蓄。
邊塞詩派	盛唐（開元、天寶）	高適、岑參、王之渙	表現邊塞戰爭與風情。	慷慨激越，豪邁雄渾。
花間詞派	晚唐五代（後蜀）	溫庭筠、韋莊	吟風弄月，敘寫男女相思離別。	華豔清麗，疏淡古媚。
江西詩派	北宋	黃庭堅、陳師道、陳與義	閒情逸趣，以學問入詩。	以俗為雅，以故為新，點鐵成金。
江湖派	南宋	戴復古、劉過、姜夔	歸隱山林，江湖之情。	平直流暢，流於粗率淺薄。
婉約派	宋代	晏殊、柳永、秦觀、周邦彥、李清照	表現男女相思，離愁別緒。	構思細密，婉美軟媚。
豪放派	宋代	蘇軾、辛棄疾	社會現實生活中的多個方面。	氣象雄放，不拘音律，富陽剛之美。
茶陵詩派	明代	李東陽	以樂府古題表現生活和情感。	格律嚴整，古典文雅。
唐宋派	明代	王慎中、唐順之、歸有光	依唐宋古文法度，展示生活直抒胸臆。	樸素自然，以簡雅取勝。
臨川派	明代	湯顯祖、李玉、高濂	戲劇表現生活，具有反封建思想。	文辭華美，鍛鍊細密，自由活潑。
吳江派	明代	沈、馮夢龍、呂天成等	強調諷諭教化，注重曲律和語言本色。	立意平白，通俗生動。
公安派	明代	袁宗道、袁中道、袁宏道	抒寫個人情性，表現其韻趣獨抒性靈。	不拘格套，清新活潑。
竟陵派	明代	鍾惺、譚元春	反對復古擬古，要求抒寫性情。	清新輕俊，幽深孤峭。
雲間詞派	明代	陳子龍、李雯、宋徵璧、宋徵輿	抒亡國之恨、悲憤之情。	淒苦惆悵，婉然明麗。
虞山詩派	清（順治年間）	錢謙益、馮舒、馮班	倡導轉益多師，宗李商隱。	溫柔敦厚，典雅清秀。
婁東詩派	清（順治年間）	吳偉業	採取調和論調，法百家 。	風華穠豔，情韻獨絕。
河朔派	清（順治年間）	申涵光	反映現實生活。	沉鬱悲涼，深刻精密。
柳洲詞派	明清（崇禎、順治）	曹爾堪、錢繼章、魏學渠	尚《花間集》，吐納風流。	慷慨悲涼，不纖不詭。
陽羨詞派	清（順治、康熙）	陳維崧	推重蘇東坡、辛棄疾。	沉雄俊爽，氣魄高古。
神韻派	清（康熙年間）	王士禎	以神韻為宗，標舉王孟。	沖淡自然，清奇玲瓏。
浙西詞派	清（康熙年間）	朱彝尊	推舉南宋詞家，追求詞意、格律。	風神搖曳，虛浮空疏。
桐城派	清（康熙、乾隆）	方苞、劉大櫆、姚鼐	標舉義法，取法唐宋八大家文。	流暢潔淨，條理清晰。
浙派	清（乾隆年間）	厲鶚	以宋詩為尚，強調書卷學問。	刻琢研煉，幽新雋妙。
格調派	清（乾隆年間）	沈德潛	宗尚格調說，以溫柔敦厚為原則。	平正精警，新奇變化。
性靈派	清（乾隆年間）	袁枚	抒發真性情，突出性靈。	新鮮生動，輕薄浮滑。
高密詩派	清（乾隆年間）	李懷民、李叔白、李憲喬	精研中晚唐格律，議論世風。	平實樸素，清新脫俗。
肌理派	清（乾隆年間）	翁方綱	強調「窮形盡變」之法，追求肌理。	堆砌學問，枯燥無味。
桐城詩派	清（乾隆、嘉慶）	姚鼐	熔鑄唐宋，學李商隱、黃庭堅。	眾體兼備，無體不擅。
陽湖派	清（乾隆、嘉慶）	惲敬、張惠言、李兆洛	博采百家，兼取駢散。	醇厚放肆，堅實雅正。
常州詞派	清（嘉慶初年）	張惠言、周濟	強調詞須重意，講究比興寄託	渾涵清雅，寄意深化。
漢魏六朝派	清（咸豐年間）	王闓運	推源漢魏，上溯周秦。	豐富多彩，風格各異。
湘鄉派	清（咸豐年間）	曾國藩	重視器識和事業，推重陽剛之美。	柔和淵懿，堅勁雄直。
唐宋兼采派	清（同治、光緒）	張之洞、張佩綸	以清切為主，主張「宋意入唐格」。	才情富豔，廣博艱深。
詩界革命派	清（光緒年間）	黃遵憲、康有為、梁其超、丘逢甲	倡導詩界革命，熔鑄新事物。	富開拓性，新穎獨特。
西昆派	清（光緒末年）	李希聖、曾廣鈞、曹元忠、張鴻	專以李商隱為宗，寄託亂離之悲。	詞采古豔，哀怨憂傷。
鴛鴦蝴蝶派	清末民初	徐枕亞、李涵秋、張恨水、包天笑	描寫男女怨情及眾多社會問題。	淒婉纏綿，輕便有趣。
學衡派	民國（1922年）	梅光迪、吳宓等	鼓吹復古，攻擊新文化運動和文學革命。	駁雜古今，學術味濃。
現代評論派	民國（1924年）	陳翰笙、胡適、淩叔華、李四光等	提倡唯美藝術，主張改良。	深受西方文化薰陶。
新月派	民國（1923年）	胡適、徐志摩、丁西林、林徽音等	提倡唯美藝術，提倡格律體新詩。	熔鑄中西，古典唯美。
新感覺派	民國（1932年）	穆時英、施蟄存、劉吶鷗等	強調直覺和主觀感受，表現都市生活。	節奏快速，手法特殊而現代
論語派	民國（1932年）	林語堂、周作人、邵洵美等	提倡小品文，以自我為中心。	幽默閒適，平淡新奇。
戰國策派	民國（1940年）	林同濟、雷海宗、何永潔等	宣揚「戰國重演論」思想，強調心靈表現。	恐怖狂怪，帶有法西斯印記。
七月派	民國（抗戰初期）	胡風、田間、艾青、牛漢。賀敬之等	反映現實生活，具有時代精神。	富有戰鬥性和鼓動性。
九葉派	民國（1946年）	辛笛、穆旦、袁可嘉、陳敬容等	力求智性與感性的溶合，滲透現實與幻想。	意象跳躍，新奇澀重。

後記

在本書的出版過程中，得到了中國現代文學館、中國戲劇出版社和北京師範大學中文系師生的大力支持與幫助，在此特表示鳴謝。同時，我們還得到有關專家、學者的幫助和指導，吸取了他們很多好的建議；此外，本書的插圖繪製工作由李海、王辰完成，中華書局的陳靜負責文稿的終審。這本賞心悅目的文學史中，同樣凝結著他們的心血和智慧，在此一併表示誠摯的謝意。

編　者

2004年5月

國家圖書館出版品預行編目資料

中國文學史／李小龍、張仲裁、楊飛 主編；
-- 一版. -- 臺北市： 大地, 2006〔民95〕
面； 公分-- （History；16）

ISBN 986-7480-46-5（平裝）

1. 中國文學—歷史

820.9 95002059

中國文學史

主　　編	李小龍、張仲裁、楊飛	History 16
發 行 人	吳錫清	
出 版 者	大地出版社	
社　　址	114台北市內湖區瑞光路358巷38弄36號4樓之2	
劃撥帳號	50031946 (戶名：大地出版社有限公司)	
電　　話	02-26277749	
傳　　真	02-26270895	
E-mail	vastplai@ms45.hinet.net	
網　　址	www.vasplain.com.tw	
美術設計	黃雲華	
封面設計	洸譜創意設計股份有限公司	
印 刷 者	普林特斯資訊股份有限公司	
一版二刷	2010年3月	

大地

定　　價：300元